CB059794

O ESPLÊNDOR

ALEXEY DODSWORTH

1ª edição

Editora Draco

São Paulo
2016

ALEXEY DODSWORTH é mestre em filosofia. Atualmente, cursa doutorado em filosofia na USP, tendo como foco de estudo o transumanismo e as implicações éticas da exploração espacial. Já atuou como consultor da Organização das Nações Unidas para Educação, Ciência e Cultura e foi assessor especial no Ministério da Educação em 2015. Dedica-se em paralelo à ficção científica e a palestras de divulgação científica e filosófica, especialmente sobre astronomia. SITE alexeydodsworth.com REDES SOCIAIS @AlexeyDodsworth

© 2016 by Alexey Dodsworth.

Todos os direitos reservados à Editora Draco

Publisher: Erick Santos Cardoso
Produção editorial: Janaina Chervezan
Edição: Cirilo S. Lemos
Arte: Ericksama
Capa: Studio DelRey

Dados Internacionais de Catalogação na Publicação (CIP)
Ana Lúcia Merege 4667/CRB7

D 647

Dodsworth, Alexey
   O Esplendor / Alexey Dodsworth. – São Paulo : Draco, 2016.

ISBN 978-85-8243-170-2

1. Ficção brasileira 1. Título

CDD-869.93

Índice para catálogo sistemático:
1. Ficção : Literatura brasileira 869.93

1ª edição, 2016

Editora Draco
R. César Beccaria, 27 – casa 1
Jd. da Glória – São Paulo – SP
CEP 01547-060
editoradraco@gmail.com
www.editoradraco.com
www.facebook.com/editoradraco
Twitter e Instagram: @editoradraco

AGRADECIMENTOS 6

SIM 10

PARTE I - A HORA DA LUZ SANGRENTA 14
CAPÍTULO ZERO: A Torre dos Brinquedos 15
1: Aula de Cosmologia 20
2: Amor em tempos vermelhos 24
3: Fome de luz 30
4: A Polícia do Pensamento 36
5: Anomalia 43
6: Privacidade 56
7: Alagbawo-Re 930 64
8: Liberdade ilícita 69
9: O lugar natural dos quatro elementos 75
10: O primeiro confronto 81
11: Os Cultistas de Kalgash 94
12: Sua Resplandecência, Monge Supreme 1920 102
13: Purificação 107
14: Não o primeiro 110
15: Desvios no mundo perfeito 113
16: O deficiente 127
17: Pluralidade de mundos 131
18: O terrorista 140
19: Bilhões de sóis 148
20: O vazio 154

PARTE II - A HORA DAS ESTRELAS 162
1: Os Ilês de Aphriké 163
2: A maioridade do filho de Orin-Olu 168
3: Sobre orquídeas 172
4: A Assunção do Nome Próprio 178
5: Viver com metade de si 195
6: Meu particular enigma 209
7: O desabrochar da flor mais rubra 219
8: O ritual unimente 227
9: O Templo do Progresso reabre suas portas 232
10: Estratégias de guerra 243
11: A canção de Lah-Ura 23 249
12: O eterno retorno 255
13: Elementos incógnitos 260
14: Acidentes acontecem 267
15: O sétimo astro 280
16: Guerra contra Kalgash 284
17: Veneno da separação 296
18: Laços de família 301
19: Livre e espontânea vontade 319
20: Aprendendo a sonhar 322
21: Casamento sob o azul do sol 337
22: Planos alternativos 340
23: Preparativos 349
24: O cair da noite 357
25: Menino-Deus, quando a flor do teu sexo abrir as pétalas para o Universo 373
26: A minha voz comporá tua lenda 381
27: A eletricidade ligada no dia em que brilharias por sobre a cidade 384
28: Ligando os breus, dando sentido aos mundos 389
29: Sentimentos profundos de terna alegria no dia do Menino-Deus 397

Agradecimentos

Livros e mundos não se fazem sozinhos, há os ajudantes voluntários e os que são envolvidos sem saber disso. É preciso, portanto, agradecê-los. Agradeço em primeiro lugar a Amâncio Friaça, professor de astrofísica da Universidade de São Paulo, por ter dado a devida importância à ficção científica em suas aulas de astrobiologia. Foi como aluno numa dessas aulas que tive a ideia de escrever "O Esplendor", inspirado na cosmologia que Isaac Asimov criou em seu clássico *Nightfall*. Também é preciso agradecer a Cristina Lasaitis, Ricardo França, Patrícia Montini e Cirilo S. Lemos, meus primeiros leitores críticos, por suas considerações, críticas, elogios e sugestões.

Aphriké é o nome do mundo ao qual vocês serão apresentados. A referência ao continente africano é proposital. Em latim, *aprica* significa "ensolarado", e faz bastante sentido como nome de um planeta iluminado por seis sóis. Em egípcio antigo, *af-rui-ka* significa algo como "voltar-se para a abertura do Ka". "Ka" seria a aura humana, segundo a crença egípcia. Mas pode ser que "África" venha do grego αφρίκη (*aphriké*). Significaria tanto "sem medo" quanto "sem frio". Bem adequado. África é o lugar onde, pela primeira vez, os seres humanos deixaram de sentir medo e se afirmaram no mundo. Nessa perspectiva grega, cada vez que alguém diz "África", está também a dizer "não tenho medo". "O Esplendor" é, portanto, a história da luta contra o terror. É a história da vida que se afirma contra o medo diante do desconhecido e que se abre, resplandecente, para a vastidão do Universo. Nada mais adequado que o drama se passe, portanto, num planeta chamado Aphriké, iluminado por sóis vivos com nomes de orixás.

Este livro é dedicado a Leonardo Chioda, pelos sóis de ontem e de hoje. A Lívia Stroppiana, pelos sóis do amanhã. E a Tulla, que, aos 56 anos, encontrou o esplendor.

Deixo vocês com as primeiras palavras que Amâncio Friaça proferiu ao iniciar o curso de astrobiologia. São as palavras de Clarice Lispector, em "A Hora da Estrela":

Tudo no mundo começou com um sim.
Uma molécula disse sim a outra molécula e nasceu a vida.
Mas antes da pré-história havia a pré-história da pré-história
e havia o nunca e havia o sim.
Sempre houve.
Não sei o quê, mas sei que o universo jamais começou.

Bem vindo ao planeta Aphriké! Vire a página, nossa aventura vai começar. E ela, como tudo no mundo, começa conforme nos ensinou Clarice: com um sim.

Corona Borealis
Bootes
Serpens Caput
Virgo
Libra

ESPLENDOR

ALEXEY DODSWORTH

SIM

No princípio era a luz, luz inesgotável a se estender por todas as direções, e a face do Semeador se via refletida no vasto espelho das águas. Disse ele – não que alguém pudesse ouvi-lo, e isso haveria de ser corrigido – *sim, isto é bom* e, dizendo-o, investigou cada abismo, cada cume daquele novo planeta em todos os detalhes.

Rejeitou a divisão entre noite e dia, pois viu o quanto a luz era boa para seus intentos. Por sua própria experiência, o Semeador aprendera que o paraíso deveria ser protegido da vastidão dolorosa, da curiosidade diante da noite e do infinito.

E disse o Semeador: *que haja ar, pois a água aqui já está, e que as terras jamais se movam em ameaças. Que os ventos se comportem, assim como o fogo no interior do planeta domado esteja. Porque amo minha criação, não desejo vê-la sofrer, que tudo seja estável. Este será o melhor de todos os mundos.*

Ciente da existência de possíveis ameaças espaciais, o Semeador estabeleceu um campo de força capaz de desviar asteroides e demais corpos intrusos. *Jamais passarão*, determinou, e assim se deu.

Esse foi apenas o dia primeiro, mas não porque o Semeador necessitasse repousar, e sim porque o pequeno mundo precisava de tempo para se ajustar às modificações que lhe foram impostas. Transformações planetárias jamais devem ser feitas às pressas.

Ao que é grande deve se suceder tudo o que é pequeno, para que se realizem os milagres da coisa única, e eis que adveio o segundo dia, no qual o Semeador ajustou sua perspectiva do macro para o micro. Com algum lamento, constatou a existência de minúsculos organismos na sopa amniótica do planeta. Disse: *sinto muito, mas tomo este lugar como meu* e, libertando radiação gama através do olhar, extinguiu toda a biologia emergente. E o segundo dia foi para a purificação. Para regozijo daquele que era, ao mesmo tempo, o dador da vida e da morte.

Mas a vida ela mesma, imperativo que se afirma, voltaria ao mundo nas estritas condições controladas que o Semeador definiu. E ele disse: *produza a terra erva verde, azul, dourada, erva que dê semente, árvore frutífera que dê fruto segundo a sua espécie, que se espalhem por toda a terra.*

E assim foi o dia terceiro, quando o Semeador ordenou, voz de encanto a perpassar o planeta:

Refaça-se a vida!
Retornando para a perspectiva macrocósmica, o Semeador calculou em cada detalhe os movimentos dos astros no céu, concluindo que eram seis estrelas cujas luzes garantiriam a eternidade do dia. *Que haja luz infinita sobre a terra*, alegrou-se o Semeador, e definiu um sol para o passar das horas, outros dois para a definição dos dias e dos meses, mais outro para a contagem dos anos e ainda outros dois sóis para a contagem das eras. E esse foi o quarto dia, o dia dos cálculos da cortina de luz.

Luz sempiterna, definiu o Semeador, dando nome a algo que duraria para sempre.

Mas eis que era a hora do quinto milagre: povoar a nova terra com inteligência, preenchê-la com quem fosse capaz de contemplá-la e criar um sentido para a existência. Pois que não havia sentido algum que estivesse predefinido e era necessário construí-lo, tarefa que nem mesmo o Semeador conseguiria realizar sozinho. Era preciso ter companhia, mas ele bem conhecia o preço da diversidade, os mecanismos imprevisíveis da pluralidade. Decidiu que não haveria outros seres além dos necessários, não haveria animais irracionais e, com um gesto, fez surgir macho e fêmea à sua imagem e semelhança. Que era também a imagem e semelhança de outra gente em outro tempo, outro lugar, e sobre essas duas coisas nem ele mesmo tinha certeza de "onde" ou "quando".

Pois eis a tragédia maior de se ter consciência cósmica: impossível distinguir com clareza o que é futuro do que é passado. Todavia, se as lembranças do Semeador se referiam ao ontem ou ao amanhã, isso igualmente pouco importava. Portanto, fez as criaturas semelhantes às imagens de sua memória, porém não idênticas. A nova versão haveria de ser muito melhor, estável, livre de falhas. E assim as abençoou, dizendo:

Frutifiquem, multipliquem-se e encham a terra, e aproveitem os frutos de todas as árvores, pois que lhes dou cada planta que está sobre a face do mundo. E não temam as doenças ou a dor, nem terremotos ou furacões ou vômitos de fogo ou bólidos celestes, mas sobretudo não temam a escuridão, pois aqui ela não há de vicejar nem em fato, nem em conceito. Pois sempre haverá luz infinita a proteger vocês da curiosidade diante da imensidão devastadora do espaço. Este mundo é para vocês e somente para vocês, para que vicejem, para que sejam felizes além da conta, e viverão exatos duzentos anos, pois assim os programei. Para que, ao final do ciclo de vida, árvores todos se tornem e seus filhos continuem a poder usufruir dos frutos de sua existência.

Sim, porque toda vida é infinita no mundo do dia sem noite.
O Semeador viu que tudo era bom, o melhor trabalho que já havia feito, a mais controlada das terraformações. Implantou na mente de cada macho e cada fêmea as sementes de todo o conhecimento que acumulara em sua longa e solitária existência. A generosidade, contudo, haveria de ter limites, e o Semeador deixou de fora a única coisa que, bem sabia, seria bastante inconveniente: o conhecimento do além-sóis. Nada de astronomia neste mundo sem noite.
O que a escuridão revela, a luz há de esconder. Assim haveria de ser, como sempre deveria ter sido. E, ao fim do sexto dia, os senhores do mundo se tornaram cantores, músicos, poetas, matemáticos, engenheiros, médicos, filósofos, e nenhum desconfiava do que havia além da luz sempiterna.
Deste modo, o Semeador reinou por quase mil anos. Seus filhos o amaram e, grato, o Semeador os amou de volta. Viu que tudo era mais do que apenas bom, era a mais esplêndida maravilha, e estava tudo sob controle. Livre do caos. Nada disso, contudo, era suficiente para apaziguar o vazio do desejo no coração daquele que dava a vida.
Ele, mesmo com todo seu poder, continuava a ser ignorado pelas desdenhosas estrelas. Mesmo sendo capaz de milagres, infestando a galáxia de vida, o Semeador continuava indigno da atenção dos dragões que habitam os corações das estrelas.
Isso haveria de mudar. Sim, precisava mudar.
Confiante na perfeição do que criara, o Semeador partiu rumo à sua nova e mais desafiante empreitada. Acariciou a face de seus milhares de filhos uma última vez e, olhando para um dos seis sóis, escolheu o branco. Não que estivesse isento de temor, pois lembrava muito bem de sua quase destruição nas mãos de um sol amarelo (*No passado? No futuro? Pouco importa*, pensou o Semeador). Aprendera a temer os amarelos, irascíveis que eram, demasiado juvenis, mas o branco parecia mais calmo e compreensivo, mais velho e sábio.
Após uma preparação de mil anos do novo mundo, ignorando que havia cometido um desastroso erro de cálculo ao considerar os astros que garantiam a cortina de luz, o Semeador voou para o céu, ascendendo diante de seus filhos que choravam e perguntavam *voltará, Grande Pai?* E ele disse que sim. Sim, voltaria. Se soubesse do erro que cometera, jamais teria partido. Contudo, foi-se. Voou direto para o coração do sol, com a determinação de quem não aceitaria negativa resposta.

Sondou a mente cósmica entranhada no coração estelar e detectou apenas amor, alegria, a mais genuína felicidade por existir. Havia feito a escolha sábia. Fascinado, o Semeador de Mundos se aproximou do Dragão Branco e implorou:
Fale comigo, por favor.
O sol, para sua surpresa, disse sim. E entoou uma canção. Uma canção matemática que durou mais de treze mil anos.
Longos treze
mil
anos.

PARTE 1
A HORA DA LUZ SANGRENTA

Na Hora da Luz Sangrenta, quando Sango brilhar solitário no céu
Surgirá Esú-Elegbá, envolvendo Aphriké num globo de trevas
Cai a cortina de luz, revela-se a inescapável verdade:
Muitas são as moradas de R'av!
Louvado seja o Menino-Deus Semeador!
Aphriké morrerá mil vezes
Até que desperte.
(O Livro das Revelações – Profecia Cultista do Último Dia)

Capítulo Zero

A Torre dos Brinquedos
(Treze mil anos depois: três horas para o fim do mundo)

– Olá, Tulla! O que há pra se fazer enquanto esperamos a catástrofe? Eu estava mergulhada em meus próprios pensamentos a ponto de nem perceber a chegada de Kayera 777, mas lá estava ela, divertida como sempre. Apenas Kay seria capaz de manter tanto bom humor diante de uma tragédia, e essa era uma das razões que me faziam amá-la tanto. Ela poderia ter permanecido ao lado do irmão, a salvo, no Hemisfério Leste. Havia, contudo, preferido me ajudar. Ou era muito corajosa, ou muito louca.

– E se eu disser que sou ambas? – disse Kay, captando meus pensamentos.

– Eu diria que você tem toda razão – respondi, rindo.

Kay me abraçou e encostou a testa na minha, fundindo nossas mentes por apenas dois segundos, mas era tudo o que eu precisava para me sentir revigorada. Pelo brilho branco de Osala, como eu a amo!

– Também amo você, Tulla – disse Kay, estendendo-me uma bolsa. – Surpresa! Trouxe um presentinho.

Antes mesmo de abrir a bolsa, a imagem de seu conteúdo me assaltou, emitida por Kay. Mal pude acreditar.

– Isso é sério? Você conseguiu mesmo fazer? – eu disse, tomando em minhas mãos o imenso icosaedro cristalino. Eu nunca tinha visto algo como aquilo, era um cristal espantoso e bem lapidado. Uma peça única e de alta complexidade. Sua capacidade de armazenamento seria de algo em torno de vinte mentes adultas, mais do que suficiente para suprir minhas necessidades. Kay percebeu meu espanto e explicou:

– Segui as orientações detalhadas de Itzak. Ele teve a ideia, eu a pus em prática.

– Você deve ter tido um trabalho e tanto! – eu disse.

– Não é tão difícil, quando se entende a teoria geométrica envolvida. O fundamental é seguir as medidas à risca. O que você tem em

mãos é o maior arquivo telepático existente, o presente perfeito pra qualquer historiadora.
— Isso é maravilhoso, minha luz! Posso transferir os arquivos de recordações para um único!
— E o que você está esperando? Temos apenas três horas antes de tudo ir pelos ares, Tul! Um ciclo e meio de Omulu! Mas acho que você consegue transferir tudo em bem menos tempo, se começar agora.
— As crianças...?
— Não se preocupe com elas. Estão no último andar com os outros.
— Não há mesmo risco de a Polícia do Pensamento nos encontrar aqui?
— A hexagramação telepática já foi iniciada. Estamos invisíveis, Tul. Ninguém poderá nos detectar por telepatia e nem nos ver, mesmo através das paredes transparentes.
— E os móbiles solares?
— Em posição e carregados, para quando forem necessários — disse Kay, erguendo um em cada mão. — Há pelo menos cem deles no andar superior.
— Então, acho que posso começar a transferência. Mas preciso de sua ajuda. Levarei em torno de meio ciclo de Omulu para transferir os arquivos. Não devo ser interrompida.
— Eletrocuto quem ousar interromper você — disse Kay, exibindo suas manoplas faiscantes e me fazendo rir. Parecia não haver mesmo limites para o que ela conseguia inventar, nem para seu bom humor.

Sentei diante do icosaedro, rodeada por todos os demais arquivos menores, e iniciei a transferência das lembranças. Aquela seria minha obra prima, o registro final com os pontos mais importantes dos últimos trinta anos. Eu não poderia falhar, por causa de tudo o que estava envolvido. Pela memória de nosso povo. Pela sobrevivência de nossa cultura.

E, sobretudo, por causa das crianças.

O REGISTRO DIAMANTINO DE TULLA 56
(contém: memórias coletadas)

MENSAGEM PARA AS CIVILIZAÇÕES FUTURAS

A quem encontrar este arquivo telepático, neste ou em qualquer mundo: os registros a seguir englobam os últimos trinta anos de meu mundo, o planeta Aphriké. Espero em meus dois corações que este relato seja útil para quem o encontrar. Tenho dúvidas inquietantes acerca do destino final desta transmissão mas, dentre elas, a maior é: os que vierem depois de mim serão capazes de acessar as recordações que lhes deixo como legado? Gosto de pensar que sim. Afinal, não me valho de meros escritos, mas de telepatia para mostrar com exatidão o que vi ou extraí da mente alheia nos últimos trinta anos.

Gosto de pensar que meu trabalho não será em vão. Letras se perdem ou não são compreendidas e, por isso, decidi registrar tudo num icosaedro diamantino. Escrever é um ato primitivo e passível de erros de interpretação, pois o passar das eras é traiçoeiro e traz consigo inevitáveis mudanças linguísticas. Parece-me acertado apostar no fato de que qualquer raça desenvolvida possuirá os seis sentidos usuais: audição, visão, olfato, tato, gustação e telepatia, sendo esse último o mais nobre e confiável.

A história não é única, e a apresentarei sob diversos pontos de vista. As imagens, sons e sentimentos que vocês acessarão têm pouca intervenção da minha parte, mas às vezes elas serão inevitáveis. Uma Tulla jamais pode deixar de registrar e transmitir a história tal qual esta se apresentou, pois este é nosso imperativo ético. Ainda assim, como sou a narradora, é natural que meus sentimentos vazem às vezes e peço perdão por isso.

Devo, como convém, me apresentar: em nossa sociedade, sou conhecida como Tulla 56, e isso significa que sou a quinquagésima sexta fêmea de uma geração de historiadoras. Uma cadeia sucessória iniciada há mais de mil ciclos de Osala, quando a primeira Tulla – iluminada seja! – procurou registrar a confusa história de nossa civilização. A história deste mundo que se encerra hoje, chamado

Aphriké. Se o que aprendi nos últimos anos for verdade, o fim que se avizinha é apenas o início de uma nova era, de modo que não me submeto a sentimentos melancólicos. Não, não há melancolia, sobretudo com Kayera 777 ao meu lado.

Uma vez que não faço ideia de quem encontrará este cristal, parece-me importante esclarecer que eu não nasci Tulla, tornei-me uma. A maioria de nós considera estranhíssima a possibilidade de alguma civilização ignorar o direito civil básico de escolha para algo tão significativo quanto o próprio nome. Todavia, como uma Tulla que sou, e considerando tudo o que descobri em minhas incursões de campo, devo levar em conta que civilizações futuras ou de outros mundos – se é que eles de fato existem – talvez pensem de forma distinta da nossa.

Não recebemos um nome ao nascer. Até atingirmos a maturidade, somos apenas filhos de nossos pais. Devemos escolher nossos nomes próprios quando nos tornamos adultos, e foi com muita determinação que me tornei digna de pertencer ao Ilê Tulla, adquirindo o direito de usar este título. Na qualidade de quinquagésima sexta historiadora dessa linhagem, meu projeto principal de pesquisa envolveu as investigações de campo no Hemisfério Leste do planeta. Um vasto deserto onde apenas algumas poucas plantas brotam em meio a ruínas do que um dia foi uma antiga civilização. Uma cidade destruída pelo fogo, conhecida como "Kalgash".

Considerando tudo o que descobri nos últimos anos, justifica-se a minha vigília nestas últimas horas antes do suposto fim do mundo. Encontro-me trancada no alto da Torre dos Brinquedos e acompanhada por alguns poucos amigos e muitas crianças. O máximo que conseguimos sequestrar ao longo do dia, a fim de salvá-las. Enquanto gravo este relato, seis Monges formam uma hexagramação em torno de nosso grupo, criando um vazio telepático que nos tornará indetectáveis à Polícia do Pensamento. Não creio que seremos interrompidos, é apenas precaução. Quando derem por falta das crianças, o fenômeno cósmico já terá iniciado e, se for tudo do jeito que Itzak 42 teorizou, não há de sobrar nada lá fora. Toda a Cidade Iridescente será devastada e, com isso, milhares deixarão de existir. Apenas ruínas serão as testemunhas da glória passada de Aphriké. Seremos reduzidos a nada.

Tão destruídos quanto Kalgash.

Antes que nos acusem de omissão, quero deixar registrado com veemência: *nós tentamos.* Conforme ficará claro, nós tentamos, à custa de nossas próprias reputações, alertar a alta cúpula do Conselho dos Anciões. Graças à teimosia deles, as cidades ocidentais encontrarão seu fim em poucas horas. Eu preciso contar tudo o que testemunhar. Alguém precisa garantir a preservação da memória. Não temo os riscos que podem me levar à extinção, e nossa chance de sobrevivência na Torre dos Brinquedos é boa.

Meu único lamento é a incapacidade de conduzir as crianças até o Oriente. Se já seria desafiante atravessar sozinha, com mais de cem crianças é impossível. Espero ter forças suficientes para protegê-las, se for necessário. Por enquanto, é tudo uma grande gincana para elas, e se divertem como nunca. Nem fazem ideia do que nos espera nos próximos ciclos do sol Omulu.

Os Cultistas chamam esse último momento de nosso mundo de "Escuridão", palavra que não tem o menor significado em nossa cultura, e provavelmente se trata do resquício de alguma língua morta. A velha Kalgash tinha um nome para isso: *okunkun*. Seu significado mais aproximado é o de "não-luz", o que não ajuda muito a compreensão. Quem, afinal, seria capaz de imaginar o que é uma não-luz?

Quando a tal "Escuridão" chegar, eu continuarei aqui, na Cidade Iridescente. Ficarei firme na Torre dos Brinquedos, um lugar repleto de nosso mais popular enfeite: móbiles com os seis astros de Aphriké. Carregados com energia solar, basta acioná-los e acendem como vários pequenos luzeiros. São centenas de reproduções dos sóis coloridos, copiando os seis corpos celestes que concedem luz eterna ao meu mundo. Ficarão desligados, até que precisemos deles.

Luz nunca é demais, afinal, e a última Hora da Luz Sangrenta já vai começar.

Inicio agora a transferência das memórias de todos os envolvidos. Trinta anos de lembranças num único cristal telepático, contando tudo desde o princípio. Pela glória da história! Pela glória da verdade! Pela glória de Aphriké!

Ciclo 1024 de Osala, 6 de Oya, 112 de Yewa, 7 de Omulu da Era de Sango.

Sua fiel historiadora, Tulla 56.

I

Aula de Cosmologia
(Trinta anos para o fim do mundo)

Primeiro de tudo, creio ser importante registrar o que meu pai, Arimeo 500, transmitia para a Cidade Iridescente. Ele comunicava a mesma coisa a cada Hora da Luz Sangrenta:

Caros concidadãos, antes de tudo quero agradecer aos dezessete membros do Ilê Monástico que se dispuseram a amplificar minha voz psíquica por toda a extensão da Cidade Iridescente. Da altura de meus cento e sessenta anos, não possuo mais a mesma intensidade telepática. Sem ajuda, eu teria que apelar para a pobreza da escrita.

Mais uma vez, adentramos na estação da baixa luz. Osala está se pondo e, por um ano, não veremos o sol branco. Teremos em torno de novecentos e doze momentos da Luz Sangrenta ao longo do ano, segundo os cálculos do Ilê Isiro.

Estou ciente dos boatos venenosos que costumam se propagar, relacionando a Hora da Luz Sangrenta às razões que levaram a antiga Kalgash à queda. Por isso, venho a público apaziguar as mentes de vocês. Afirmo que nem mesmo as Tullas sabem o que causou a ruína de Kalgash, há dois mil anos. Peço que vocês não alimentem lendas irracionais.

Começo como deve proceder todo membro do Ilê Arimeo, garantindo a verdade: nada existe além de Aphriké. Tenho notado, com severo desagrado, a adesão dos mais jovens a ideias ridículas sobre a tal "pluralidade de mundos". Repito, e esta minha transmissão é, em especial, dedicada aos jovens: nada existe além de Aphriké. Os que dizem o contrário não passam de supersticiosos ludibriados pela crença venenosa dos Cultistas. Já há muito tempo pecamos com nossa leniência diante dos absurdos propagados por esses criacionistas. É chegado o momento de endurecermos as leis punitivas contra quem semeia a mentira.

Que lógica há em não seguir os nossos próprios sentidos, rejeitando a verdade autoevidente que se descortina até para as crianças? Onde está a evidência empírica de que há outros mundos além do nosso? Tudo o que há para ser visto está girando no céu!

Esses Cultistas tentam convencer nossas crianças — vejam, cidadãos, a dimensão do ridículo! — que é Aphriké que se move em torno do sol Osala, e não o contrário. Ora, essa crença estapafúrdia contraria qualquer critério mínimo de razoabilidade observacional. O fato, referendado pelo mais simples olhar, é inconteste: vivemos num mundo rodeado por seis sóis. O nome desse mundo é Aphriké e ele permanece suspenso no ar graças ao delicado equilíbrio das forças atrativas dos seis astros. Quanto ao que há além dos sóis, a resposta é: nada! O que poderia haver além do limite dos sóis?

Muito me espanta, com todo o respeito à Sua Resplandecência, Monge Supreme 1920, que o Conselho dos Anciões não tome medidas mais drásticas contra esses Cultistas e sua líder, a insidiosa Lah-Ura. Acuso essa gente de heresia intelectual. Como levar a sério quem ousa contradizer a verdade natural de nosso mundo, de nossa própria existência, pautando-se num tal Livro das Revelações de origem incerta, cujo teor contesta cada verdade estabelecida pelo método empírico? Quem é essa gente para nos dar lições de moral? Essa gente volta e meia envia bombas telepáticas e inunda a malha psíquica comunitária com imagens ameaçadoras de um fantasioso apocalipse! São sujos, e a pior é Lah-Ura! Ela não passa de uma terrorista escorregadia, covarde semeadora da perfídia. É ela quem comanda o terrorismo telepático em nossas cidades. Sim, isto é o que ela é: uma criminosa comum, invejosa da civilização, uma fêmea que quer destruir o que não tem!

Aponto outra aberração: além de pregar a existência de uma pluralidade de mundos, esses Cultistas insistem que os sóis de Aphriké são apenas seis dentre bilhões de outros. Notem bem, concidadãos, o ridículo da enormidade desse número: bilhões! Têm até uma palavra para essa gigantesca quantidade de luminares: chamam tais corpos de "estrelas". Apresentam, todavia, alguma evidência dessas tais "estrelas"? Claro que não! Fica o dito pelo não-dito, e a "verdade" deles não passa de fé. Inferências sem evidências.

Se a existência fosse maior do que realmente é, se fosse coalhada de bilhões de luminares como dizem esses fanáticos, é claro que veríamos cada um desses sóis! Se até Sango, o menor de todos os sóis, é suficiente para — quando sozinho — nos sustentar com sua luz... Quem me dera se existissem bilhões de sóis! Quem me dera!

Queria eu a luz de bilhões de sóis!

Mas a tolice não é apenas criativa, é vasta, talvez tão infinita quanto a versão do universo dos Cultistas. No Tomo III do Livro das Revelações, podemos ler que Aphriké só tem seis sóis "por contingência", e que outros mundos podem existir em órbita de apenas um sol. É de fazer rir: um único sol! Qualquer um sabe que a vida só pode existir com a presença da luz, e Aphriké é a prova disso. Existimos porque os seis sóis se distribuem ao redor de nosso mundo, garantindo luz sempiterna. Assim, se houvesse tal mundo dotado de apenas um único sol, apenas metade dele seria beneficiado pela existência da vida. Pior:

se esse mundo girasse em torno de si como um pião – movimento que, alegam os Cultistas, ocorre em Aphriké – haveria uma sucessão de períodos de luz e de ausência de luz. Mal emergisse, a vida encontraria seu fim quando o sol se pusesse no horizonte. E que sentido faz a existência de mundos sem vida num suposto universo tão grande quanto alegam? Seria um ridículo desperdício de espaço! Pior: como confiar nas informações de um livro? Como confiar nos erros interpretativos decorrentes da pobreza e grosseria da escrita?

O fato, meus ouvintes, é que quem argumenta uma afirmação, precisa prová--la. Lah-Ura e seus Cultistas nos falam de "bilhões de estrelas". Por que não as mostram? Dizem que Aphriké gira não apenas em torno do sol branco, Osala. Como se não bastasse, dizem que o mundo gira em torno de si, como um brinquedo infantil! Onde estão as provas desses movimentos? Alegam a possibilidade da existência da vida sem luz solar, e talvez essa seja a mais irresponsável das perfídias divulgadas.

Os médicos do Ilê Alagbawo-Re, no passado, mediram o tempo que uma pessoa consegue viver sem luz. Testaram nos raros criminosos: alguns Cultistas mais extremistas. Por mim, testariam em todos, pois Cultista bom é Cultista extinto. Os resultados não foram surpreendentes. Um deles aguentou trezentos segundos antes de morrer. Seu cérebro desligou! Considerando que conseguimos ficar trezentos e oitenta segundos sem respirar, o que podemos concluir? A verdade científica inefável: a luz é mais essencial para a vida do que o próprio ar que respiramos.

Mas esqueçamos esses loucos por um momento e mergulhemos no que de mais belo alguém pode aprender: a essência da natureza. A segura beleza mecânica celestial. A próxima parte de minha transmissão, uma pequena lição de cosmologia, é dirigida especialmente às crianças.

Dentre os astros que concedem luz eterna a Aphriké, o principal é Osala, o glorioso. Imenso e branco, banha-nos com a mais límpida das luzes. Contamos a passagem dos anos considerando as auroras de Osala: dois anos entre uma aurora e outra. A partir dele, definimos nossas duas estações: a alta luz, que ocorre enquanto Osala está conosco, responsável pelo tempo quente. E a baixa luz, consequência de seu crepúsculo em nosso hemisfério, trazendo-nos o frio. Cada estação dura um ano.

O segundo maior sol é Omulu, de um laranja intenso e também mais rápido em suas revoluções, se comparado a Osala. É o movimento de Omulu que nos confere o senso da passagem da hora, pois esse é o tempo utilizado por esse Sol para percorrer a abóbada celeste. Em seguida vem Yewa, o sol azul-pálido, a nos conferir o senso dos dias. Oya, com seu suave brilho amarelo, nos dá a contagem dos meses. E, por fim, o pequeno e vermelho Sango, de quem muitos não gostam, mas precisam aprender a vê-lo com maior gratidão. Afinal, é apenas pela presença do lento Sango que temos algum calor na Hora da Luz Sangrenta, quando os outros sóis vão juntos para o Hemisfério Leste de nosso mundo.

Quanto ao azul Osum, cuja velocidade é idêntica à de Sango, este sol pouco nos importa. Levará milhares de anos para que Osum venha para o nosso lado do mundo e troque de posição com Sango, e ninguém quer morar no Deserto de Outrora, não é mesmo? Pelo menos não até que debelemos a rebelião Cultista e consigamos enfim irrigar aquela vastidão arenosa repleta de pedras velhas...

A Hora da Luz Sangrenta é um fenômeno natural, minha gente! Não há, nela, nenhum "significado esotérico". Esse fenômeno se repete em torno de mil vezes a cada estação da baixa luz, mas não dura muito. Apenas uma hora por vez, no máximo. Enquanto Sango impera solitário, a Cidade Iridescente vive um rebaixamento de qualidade luminosa. O céu fica avermelhado, e a luz esmaecida de Sango tende a ser vista com temor por pessoas mais suscetíveis.

É compreensível que esse período de tempo de luz avermelhada nos cause algum transtorno psicológico, uma vez que estamos acostumados ao brilho fulguroso de Osala, ou mesmo à luz magnífica de Yewa, Oya ou Omulu. Ou de todos eles combinados, com exceção de Osum. Ficamos acabrunhados, tristes, quando ocorre o desvio luminoso para o vermelho. Alguns entram em depressão temporária. Mas é tudo psicológico, compreendem? A limitação espectral ao vermelho não perdura a ponto de causar transtornos metabólicos às pessoas ou às plantas. Logo um dos sóis retorna e soma sua luz ao fraco rubor de Sango. A Hora da Luz Sangrenta é a forma que a natureza tem de nos ensinar o quanto devemos ser gratos pela existência do sol vermelho. Sem essa perfeita arquitetura celestial capaz de garantir luz sempiterna, a vida certamente não existiria.

Em contrapartida, enquanto apenas um sol impera sobre um hemisfério, o oposto se compraz com o brilho de cinco sóis reunidos. Quando isso ocorre no Hemisfério Oeste durante a estação da alta luz, fazemos festa! Sempre ocorre um espetáculo musical, alguma fêmea do Ilê Orin canta e a cidade oferece um banquete com as melhores frutas, raízes e sumos que Aphriké pode oferecer. A este momento, chamamos de Hora do Esplendor.

Já pensaram se fosse sempre assim? Se pudéssemos evitar a Luz Sangrenta e migrar para um balneário turístico no Oriente sempre que o Esplendor ocorresse por lá?

A civilização deve expandir seu território. Deixemos em paz nossos ancestrais perdidos e suas ruínas! Eu, Arimeo 500, seu servo, preservador da tradição da Cidade Iridescente, não descansarei até que convertamos o Hemisfério Leste num lugar vivo e habitável, com a ajuda dos arquitetos do Ilê Oluya-Woran, e com a graça de Sua Iridescência, Monge Supreme 1920.

E nunca, nunca mais o Esplendor nos será negado.

2

Amor em tempos vermelhos
(Trinta anos para o fim do mundo)

Faltavam duas voltas do sol Omulu até que se desse o crepúsculo de Osala. Nesse momento, os sóis branco e laranja estariam alinhados e se despediriam do céu da Cidade Iridescente, dando início à fria estação da baixa luz. Osala retornaria um ano após, trazendo de novo o conforto de sua presença quente. O horizonte oeste explodia em vivos tons alaranjados, tornando a beleza daquele momento motivo de admiração para quase todos os habitantes da Cidade Iridescente.

Para quase todos, mas não para Orin 53. Para aquela cuja voz era considerada a mais bela dentre todas as Orines, as cores do momento eram péssimas. A Hora da Luz Sangrenta se repetiria em torno de mil vezes ao longo da estação da baixa luz e isso era, para ela, a pior coisa do mundo.

O sol Sango, quando solitário, empresta às árvores douradas do Jardim de Ailopin uma aparência de sangue coagulado. Orin já podia ver tudo ao seu redor se avermelhando e o medo crescendo em seus dois corações.

— Olu, por favor, não quero que você trabalhe hoje. Não quero ficar sozinha, sinto uma estranha ansiedade — disse Orin ao seu marido, enquanto ele ajeitava joias ao longo do corpo: uma corrente de quartzo azul no tornozelo esquerdo, uma malha de prata pontilhada por diminutos exemplares de ametistas ao longo de ambos os braços e toda uma vastidão de pedras brilhantes que os machos costumam utilizar como forma de chamar a atenção.

Oluya-Woran 30, por sua vez, não tinha muita paciência para os temores de sua esposa. Os considerava infundados, e bem sabia a origem cultural de todo aquele medo. Sua esposa seria perfeita, se não tivesse sido educada por um pai Cultista. Ainda que Orin não frequentasse as tais reuniões religiosas proibidas onde os crentes

24

bradavam suas mitologias irracionais, era difícil afastar por completo todas as superstições paternas.
— Nem uma palavra sobre minhas joias? Como estou? — perguntou Olu, tentando mudar de assunto e, assim, evitar uma discussão.

Orin respondeu com um suspiro impaciente:
— Você está radiante como sempre, meu sol, embora tanta vaidade esteja no limite entre o que é tolerável e o que é veneno da mente.
— Veneno? Orin, eu sou um macho! Machos usam joias!
— Sei que é típico dos machos o gosto por enfeites, mas... tantos? Ainda prefiro seu corpo naturalmente despido, conforme ditam os bons costumes. E prefiro mais ainda não ser subestimada em minha inteligência, Olu. Não fuja do assunto.
— Não seja tola — respondeu Olu, dando-se por vencido. — Não há de acontecer nada. A Hora da Luz Sangrenta se repete sem parar desde antes de você adquirir seu nome próprio e nunca ocorreu nada. Tirando a melancolia, o que haveria de acontecer?
— Não sei... apenas sinto medo.
— Pelo brilho branco de Osala, meu amor, não sei por que você cultiva temores sem sentido. Além disso, é apenas uma hora!
— E se o bebê vier nessa hora? Não quero que o bebê nasça hoje, Olu! É mau agouro nascer sob o signo deste rubro sol!

Mau agouro. Signo. Olu suspirou e conteve os maus pensamentos prestes a brotar. Não queria agredir o psiquismo de sua esposa num momento tão delicado.
— Orin, isso é impossível! A gestação dura um ano inteiro, e você está apenas entre o quarto e o quinto ciclo de Oya! Nove meses! Um nascimento nas atuais condições seria muito raro!
— "Muito raro" não é impossível, Olu! Não confunda improbabilidade com impossibilidade!

Com algum contragosto, Olu não podia deixar de admitir que Orin tinha lá suas razões. Nossa gravidez demanda meio ciclo do sol conhecido como Osala, e meio ciclo do sol branco (um ano) equivale a seis ciclos (ou doze meses) de Oya, o amarelo. Entretanto, em alguns poucos casos os bebês nascem no nono mês, e isso é tão precoce quanto perigoso. Os especialistas médicos do Ilê Alagbawo-Re apenas conjecturavam as razões para tais exceções. Em decorrência desses raros casos, viagens para as outras cidades de Aphriké nunca são recomendáveis a partir do oitavo mês gestacional. Eventuais situações de stress poderiam antecipar o parto, e

Olu bem sabia o quanto isso seria perigoso, gerando risco de traumas para o recém-nascido. Crianças precoces demoram para aprender a falar e ficam viciadas em usar apenas a comunicação subtelepática de emoções básicas por quase seis anos de vida. Depender apenas da telepatia para a comunicação não é considerado algo saudável. Falar é um procedimento lento e, por isso mesmo, demanda mais elaboração mental e cautela de raciocínio. A não ser que a pessoa seja tão disciplinada quanto alguém do Ilê Monástico e possa se valer apenas de telepatia.

À parte as superstições de sua esposa, Oluya-Woran 30 não tinha como repreendê-la. Ele sabia que não tinha sido sábio gerar uma criança tão perto da estação da baixa luz, quando a Luz Sangrenta se daria. Nada poderia ser feito para impedir um fenômeno celeste natural, era algo que se poderia apenas tolerar. Ainda que não fosse supersticioso e se considerasse um exemplo da mais tradicional boa educação científica da Cidade Iridescente, até Olu admitia que a Hora da Luz Sangrenta era irritante.

Tudo era piorado pela tolice Cultista, conforme julgava Olu: insanos a granel invadindo sorrateiramente as praças das cidades nesses momentos vermelhos. Eles faziam explodir bombas mentais propagando o fim do mundo, brandiam o ridículo Livro das Revelações e louvavam a R'av, a suposta divindade criadora da vida. Os Cultistas terminavam internados no Templo da Purificação, mas conseguiam fazer barulho suficiente para incutir o veneno da dúvida em parte do povo.

Era em ocasiões assim que Olu maldizia o que lhe parecia uma terrível incompetência da Polícia do Pensamento. Como era possível que um bando de fanáticos religiosos conseguisse driblar todas as sondagens mentais em Iridescente? Como eram capazes de se infiltrar no Ocidente, ocupar a praça de uma cidade e começar a disparar suas bombas telepáticas com mensagens bizarras sobre um suposto apocalipse? Muitas perguntas, nenhuma resposta. Ninguém fazia ideia das táticas de infiltração Cultista. Quando menos se esperava, lá estavam eles, propagando insanidade. Infectando cidadãos decentes. Contaminando a malha telepática da Cidade Iridescente.

Considerando o conjunto de fatos e lendas em torno da Hora da Luz Sangrenta, não havia como não dar alguma razão às ansiedades de Orin.

— Minha luz mais linda, entendo seus receios — disse Olu, enquanto emitia ondas azuladas na direção da esposa. — Acredite, Orin, eu entendo você! E preciso me desculpar.

— Se desculpar? Por que?

– Foi tolice de minha parte insistir no dever de termos um segundo filho este ano, Orin. Eu sei, eu insisti, mesmo sabendo que a baixa luz estava chegando. Deveríamos ter esperado um pouco, seguindo os bons conselhos de Monge 5054, mas fui apressado.
– Você pode até ter insistido, mas eu aceitei. Não se faz um filho sozinho, Olu.
– Bem, de fato. Tarde demais, agora não há como desfazer nosso equívoco. Peço apenas um pouco de paciência, pois a excursão é inadiável.
– Qual a urgência dessa viagem, afinal? Não consigo ler direito seus pensamentos, a luz está muito fraca.
– É a oportunidade de minha vida, Orin. Lembra do projeto que visa a construir uma linha direta que ligará Ocidente a Oriente, nos limites do Deserto de Outrora? O trem capaz de passar por cima do rio Omi-Okun?
– O Conselho dos Anciões liberou a linha direta? Monge Supreme 1920 autorizou? Achei que isso fosse enfurecer as Tullas. Elas odeiam a ideia de urbanização por lá.
– E enfureceu! Como enfureceu! – disse Olu, agitando as mãos com impaciência e fazendo irromper diminutas explosões marrons em sua aura. – Perturbaram meu Ilê mais do que minha paciência suporta, principalmente aquela anciã desagradável, a tal Tulla 49!
– Não deixe que o veneno da aversão contamine sua mente, marido. Você, mais do que ninguém, sabe o quanto a Polícia anda atenta a delitos psíquicos, e você é reincidente no veneno da ira. Veja como o marrom já contamina sua aura, ela ficou toda suja! Saia assim na rua, e você vai preso! Isso que digo é tão certo quanto as órbitas solares, Olu!
– Eu sei, eu sei que meu pensamento é reprovável, minha luz, tem razão – disse ele, enquanto se esforçava para remover as impurezas psíquicas de seu campo energético.
– Você tem meditado? – perguntou Orin.
– Sim, tenho praticado as meditações. Não vou deixar que o veneno da ira me domine, não se preocupe.
– Melhor assim, Olu, faça-me o favor. Num momento delicado como o meu, não suportaria ficar sem você. E se o obrigarem a ficar internado no Templo da Purificação, expurgando venenos mentais? Não é justo que eu carregue sozinha o fardo desta gestação!
– Eu sei, minha luz, procurarei me controlar. Mas espero que tão

cedo não surja uma nova leva de Tullas a herdar a ideia cretina de preservar as ruínas de Kalgash. O que elas pretendem encontrar no deserto? Está tudo destruído, calcinado pelo fogo e devastado pelo tempo! Bando de inimigas do progresso, com suas mentes sequestradas pelo passado. Esse Ilê... essas Tullas...

— Cuidado com a aversão, marido... a aversão... não sei mais o que fazer com você! Ao contrário do que havia prometido, Olu não parecia muito disposto a ter cuidado, e disparou:

— As Tullas é que deveriam se processadas por fomentar veneno mental! Veneno do apego! Até porque, a linha direta do trem solar não invadirá as preciosas ruínas de Kalgash!

— Qual a ideia, afinal?

— A ideia é ir apenas até o começo do Hemisfério Leste. Construiremos um sistema de irrigação, para que o Ilê Agbe possa revitalizar a terra.

— Mas Olu, você acredita mesmo que seria possível revitalizar o Deserto de Outrora?

— Aposto que sim! Quem sabe os Agbes conseguirão recuperar um pouco de vida vegetal naquela região desolada? As ruínas que permaneçam onde estão! Poderiam se tornar museus, e as Tullas não deixariam de ter o que fazer. Continuariam a chafurdar em velharias, como tanto apreciam...

Orin, ciente das atuais consternações de Olu, decidiu que não seria mais um dentre tantos estorvos na vida do marido. Aproximou-se dele, tocando a região entre seus olhos e imprimindo um toque telepático verde-esmeralda de paz.

— Então vá, meu solzinho — disse Orin. — Admito, sinto um pouco de inveja, pois na fronteira oriental você irá presenciar a Hora do Esplendor. Será um banho de brilho!

— Por que não vem comigo? — disse Olu, empolgado, abraçando a esposa. — A luz do Esplendor faria bem a você e ao bebê!

— Por Osala, quem me dera, quem me dera! Se a lei permitisse, iria com você. Você sabe como amo o Esplendor. Mas não posso viajar grávida. Vou ficar com nossa filha biológica e ensaiar a apresentação para mais tarde: a festa do retorno da luz de Oya.

— Você vai cantar na aurora de Oya?

— Claro que sim! Você vai assistir? A composição deste mês está radiosa. As expectativas são de um magnífico transe coletivo.

– Não tenha dúvida de que assistirei, Orin. Amo as auroras de Oya. Amo mais ainda ouvir seu canto. Você é a melhor de todas, e não o digo apenas por ser seu marido.

Olu sorriu, alisando com sua palma esquerda a palma direita de Orin num só movimento de cima para baixo. Uma carícia típica de casais apaixonados. Tamanho apego seria reprovável aos olhos dos anciões, mas nem mesmo o orgulhoso Olu fazia questão de recalcar seus sentimentos quando eles diziam respeito a Orin.

3
Fome de luz
(Trinta anos para o fim do mundo)

Horas após Oluya-Woran 30 sair em busca do dirigível que faria a trajetória rumo ao Hemisfério Leste, Orin 53 adentrou o jardim interno da casa. Era uma área extensa, tomada por exemplares das mais belas e raras plantas oriundas de todos os cantos de Aphriké. Orin amava seu jardim, e era com orgulho que exibia os exemplares de Fogo Dourado, uma flor oriental desértica. Olu havia trazido pequenas mudas daquela planta em sua última incursão às ruínas de Kalgash, há mais ou menos quatro ciclos de Osala (oito anos), por ocasião do nascimento da primogênita do casal.

Olhando para cima a partir do jardim particular, era possível ver Sango reluzindo vermelho ainda no zênite, como se para ele o tempo não tivesse passado.

Se em breve tudo se avermelharia na vida de Orin, o Hemisfério Leste estava prestes a experimentar a Hora do Esplendor, graças à reunião de cinco dos seis sóis. *Que desperdício*, pensou Orin em seu jardim, imaginando as dunas solitárias do Oriente e as ruínas de Kalgash recebendo a energia do mais brilhante dos momentos. Ninguém para aproveitar o Esplendor. Havia, é bem verdade, os Cultistas. Os fugidos da civilização, autoexilados no Deserto de Outrora. O próprio pai-gênese de Orin havia debandado para o lado desses crentes, muitos anos atrás, antes que ela adquirisse seu nome próprio. A fuga ocorrera numa Hora da Luz Sangrenta. Seu pai, um respeitável membro do Ilê Alagbawo-Re, um curador, fugira para o Deserto de Outrora, cooptado pelo fanatismo Cultista. Abandonara esposa e filha, sem a menor explicação ou consideração. Isso era algo muito difícil de esquecer, quanto mais de perdoar, e Orin tinha mais uma razão para detestar a Hora da Luz Sangrenta.

Ela era inclinada a dar alguma razão a Olu. Se não fosse a sanha conservadora das historiadoras do Ilê Tulla, o Hemisfério Leste já teria sido ocupado há tempos com os sistemas de irrigação artificial e seria um ótimo lugar para escapar quando se desse a Luz Sangrenta. Seria ótimo nunca mais na vida precisar passar por um momento como aquele. Ela se deslocaria até o Hemisfério Leste usando a linha direta do trem solar, talvez até se aventurasse usando um balão, e se banharia no Esplendor. Por outro lado, ela considerava perigoso mexer com aquela gente oriental. As ruínas de Kalgash haviam sido moradas dos antigos e eram guardadas por Cultistas, embora ninguém soubesse precisar a quantidade de gente envolvida nisso. Numa daquelas edificações ancestrais – segundo lendas – vivia a mítica Lah-Ura, guardiã do Livro das Revelações. Orin só não sabia precisar qual seria o atual número de Lah-Ura. Já seria a décima nona?

Talvez vigésima terceira, no máximo, ponderou Orin. De repente, tomada por uma horrível dor que rasgou seu ventre e a água que escorreu de suas pernas, ela teve a certeza de que havia algo errado. Orin jamais conhecera a dor em seus cento e dois anos de vida e nem sabia como definir o que sentia. Sabia apenas que era um horror. Ela já tivera a experiência de parir uma criança, e nem vagamente o que sentia naquele momento se assemelhava a qualquer coisa que ela já tivesse conhecido. "Dor" não é uma experiência comum para nós. Só a conhecemos quando, muito raramente, sofremos acidentes.

Dobrando-se sobre si mesma, Orin não se deu conta de que havia esmagado um exemplar da Fogo Dourado com sua mão esquerda, nem viu quando o sumo esverdeado e brilhante escorreu, misturando-se ao líquido que lhe escorria das pernas. Nem mesmo sentiu o cheiro forte da flor. A cantora apenas desabou ao chão, ajoelhada e gemendo.

Sentindo-se um pouco melhor após alguns minutos, Orin tentou contatar Olu telepaticamente, mas não conseguiu. A dor insuportável não permitia sua concentração. Para piorar, nossos dotes telepáticos são muito fracos quando a única luz a nos banhar é a do vermelho Sango. Respirando fundo, a cantora tentou enviar um eco mínimo, que chegaria a seu marido como uma intuição. Deparou-se com uma esquisitíssima barreira flamejante que interrompia seu acesso. Bloqueios telepáticos desse naipe são criminosos. Crime de privacidade.

– Por todos os sóis do céu, que sensação é esta? – grunhiu Orin, entre os dentes.

Extraindo forças que até então desconhecia, pôs-se de pé e tentou sair do jardim, dirigindo-se para o sofá da sala, guiada por uma esperança. Usaria o pequeno sol branco de brinquedo de sua filha para dar uma carga luminosa em seus olhos e amplificar, ainda que por alguns

segundos, seu sentido telepático. Aos tropeços, Orin alcançou o sofá da sala. Tinha certeza de que vira o sol de brinquedo jogado sobre uma das almofadas. Encontrou o mini-Osala caído ao chão, ao lado de algumas esferas diamantinas que sua filha usava para estudar.
– Tenha um pouco de luz branca, pelo amor de R'av! – rogou Orin, quase em delírio.
Agarrando o pequeno globo com as duas mãos, ergueu-o na altura dos olhos, e o acionou. Um flash prateado inundou seu rosto. Orin foi tomada por uma sensação estimulante, como se tivesse acabado de tomar um gole de sumo de frutas azuis.
Controlando a dor, preparava-se para disparar um apelo psíquico na direção de Olu, quando um som explodiu em sua mente, tão intenso quanto o de dez tambores, minando sua já débil energia. Não era bem uma voz. Era como uma punhalada na mente, mas o cérebro de Orin traduziu o impacto numa frase clara e distinta: *SAIR!*
– R'av abençoado, o bebê... Agora não, por favor, por favor... – Orin gemia e se desesperava, ao perceber que estava de novo sem energia. Tentou acionar o pequeno sol uma vez mais, e nada. Bateria solar gasta. Ela necessitava de mais luz do que aquela esmola avermelhada a descer do teto de vidro, banhando a casa com uma cor odiosa. Começou a se desesperar e, na angústia, ideias malucas turbilhonaram.
E se ela pusesse fogo no sofá? A luz das chamas lhe concederia carga suficiente para um pedido de socorro telepático enviado a Olu. Mas e se o fogo saísse do controle, tomando a sala, incendiando a casa? Ela sentia como se o espaço estivesse se tornando mais e mais apertado. Queria correr, mas sabia que não teria força suficiente para isso.
Se eles morassem no centro de Iridescente, como Orin sempre quis, seria possível apenas pedir socorro a um vizinho ou ir para a rua em busca de ajuda. Mas Olu insistira para que eles vivessem mais isolados, alegando necessidade de concentração. Por mais que o Ilê Monástico estivesse sempre amortecendo os excessos mentais urbanos, alguma coisa sempre escapava. E Orin sabia o quanto seu marido era afetado pela estática psíquica, o quanto ele odiava quando se via em meio aos pensamentos alheios. Nesse sentido, Olu sempre fora frágil.
– Frágil... homenzinho frágil... que ódio... – sussurrou Orin, delirando.
Morar longe do centro urbano não era um privilégio concedido a qualquer um, e se Olu não fosse o mais habilidoso planejador urbano de Iridescente, eles jamais teriam conseguido autorização para viver naquele palácio cristalino na entrada da Floresta Ébano.

Mas agora o privilégio havia se convertido em prisão e, por mais que procurasse, Orin não conseguia sentir nenhuma mente disponível no raio de mil medidas. Este era o máximo que seu sentido telepático conseguia alcançar naquele momento.

Eis uma limitação para a telepatia: ela depende da distância, exceto se houver um profundo vínculo afetivo entre as partes envolvidas. Orin até conseguiria alcançar o marido com uma réstia de sinalização telepática, ainda que ele se encontrasse no outro lado do planeta. Mas a barreira flamejante, somada à fraca luz, tornava isso impossível.

Orin pensou em sair correndo na direção do centro, mas suas pernas pesavam como se feitas de pedra. A única coisa que ela conseguia pensar era *preciso de mais luz*. Raciocinar direito era complicado na Luz Sangrenta, sobretudo quando uma pessoa cresce ouvindo lendas sobre uma coisa incompreensível e assustadora chamada "Escuridão". O mito do *okunkun*, das trevas, aterrorizava Orin. Não importava o que os Arimeos repetiam em suas transmissões-ladainha. Quando se tem apenas um sol no céu, não é nada estranho que alguém se pergunte: e se nem ele estivesse lá?

Dane-se eu quero luz preciso de luz maldito Olu e suas barreiras psíquicas ele sabe que estou grávida por que fez isso comigo cadê o acendedor vou pôr fogo no sofá e nos tapetes e na casa toda e na Floresta Ébano e...

No desespero, os pensamentos iam e vinham furiosos. Orin se agarrou a uma almofada e se pôs a chorar de dor. Sentia como se suas vísceras estivessem se enredando num nó apertado. Somado a esse incômodo, um novo golpe psíquico se deu. Poderoso, imperativo. Era a vontade de seu bebê:

SAIR. SER. VIVER. SEPARAR. **EXISTIR!**

Cada ordem, uma martelada no cérebro.

— Por favor, por favor, meu querido, fique calmo, em nome de R'av...

AGORA. SAIR. **LIBERAR!**

— R'av, oh grande R'av, eu acho que vou morrer... Onde está o acendedor? Preciso de luz... PRECISO DE LUZ! SOCORRO!

Água escorria das pernas de Orin, prenunciando o parto, e a ideia da casa em chamas era cada vez mais tentadora.

∞

O Templo do Conhecimento se situava na exata metade do caminho entre a residência de Orin 53 e o centro de Iridescente. Longe o suficiente do núcleo urbano, com pouca estática psíquica.

Nosso aprendizado se dá através de um gradual processo de transmissão telepática, demandando o máximo de atenção por parte dos instrutores. As crianças, inseridas no Templo desde seu primeiro ciclo de Osala, são expostas à influência psíquica de diferentes pais-educadores. A transmissão respeita o desenvolvimento natural do cérebro segundo as características particulares de cada um e, por isso, é possível definir o quanto cada indivíduo é capaz de absorver, sem risco de sobrecargas. A primogênita de Oluya-Woran 30 e Orin 53 era uma jovenzinha de apenas oito anos em nossa contagem de tempo e ainda sem nome próprio. No futuro, ela se tornaria o amor da minha vida: Kayera 777. A criança recebia suas aulas favoritas de álgebra linear no exato momento em que sua mãe-gênese se contorcia de dor não muito longe dali. Entretida com o conhecimento algébrico enviado para seu cérebro, a menina viu o mundo explodir em formações caleidoscópicas quando o grito psíquico de Orin a alcançou. Por dois segundos, a sala de aula desapareceu e foi substituída por um imperativo emocional: sua mãe necessitava de ajuda urgente.

O laço existente entre Orin e sua filha biológica era poderoso demais, permitindo vencer a distância física e não demandando intermediários. Telepatia instantânea é a única vantagem dos vínculos afetivos, o que explica bem a tolerância do Conselho dos Anciões ao veneno do apego. Não fosse esse efeito colateral tão conveniente, nossa cultura teria banido os vínculos amorosos há muitos ciclos de Osala e não seria difícil convencer os cidadãos a optar por uma reprodução sexual sem casamentos.

A filha de Orin-Olu era ainda bem criança, mas já tinha sido educada a jamais perder a compostura. A angústia tentava se impor ao seu espírito, mas ela resistiu e foi com muita polidez que interrompeu a aula, unindo as duas mãos como sinal de que tinha algo a dizer.

— Pois não, pequenina? — perguntou Isiro 117, instrutor de ciências exatas.

— Minha mãe-gênese precisa de ajuda, pai-educador. Ela está grávida, e meu irmão biológico está nascendo.

— Onde está seu pai-gênese? — perguntou Isiro, indiferente.

— Meu pai-gênese partiu em missão. A telepatia da mãe-gênese está fraca e ela está tendo um ataque clássico de pânico sub-luz. Temo que eu tenha recebido sua última mensagem antes do esgotamento da carga telepática.

— Continue, criança.

– Se não a ajudarmos, ela corre o risco de colapsar. Sua vida irá se extinguir antes do tempo natural, junto à de meu irmão biológico ainda não nascido.
– Bem, não podemos permitir que isso ocorra, seria lamentável. Sua mãe-gênese é muito jovem e sua voz é a mais bela dentre todas as Orines atuais. Seria difícil substituí-la. Vamos ajudá-la, e ficará registrado nos autos sua compostura e autocontrole, criança.
– Agradecida, pai-educador.
Ui ui ui, queridinha do pai-educador – pensou um dos garotos presentes. Teria continuado a provocação, mas foi atingido por uma chicotada telepática de Isiro 117.
– Ai! – queixou-se o menino.
– Eu ouvi isso, rapazinho – disse Isiro. – Sarcasmos não serão admitidos neste Templo, muito menos em minha aula.
– Era brincadeira! – argumentou o garoto.
– Esse tipo de emanação imprópria conduz ao veneno da aversão, menino. Vá para o canto e pratique meditação lateral. Dois desenhos feitos ao mesmo tempo, cada um com uma mão. Um icosaedro com a esquerda e um dodecaedro com a direita. Cores diferentes.
– Mas pai-educador...
– Sem "mas", criança. *Vá agora!* – comandou Isiro, num tão poderoso solavanco telepático que o menino se viu de pé antes de se dar conta do que fazia. Em seguida, o instrutor se virou para a filha de Orin-Olu:
– Como eu dizia: parabéns, você tem muita dignidade.
– Agradecida.
Isiro então se voltou para as outras crianças, e disse:
– Transmissão encerrada por hoje, crianças. Ao saírem, não esqueçam as esferas diamantinas. Elas estão carregadas com os problemas aritméticos cujas soluções deverão ser apresentadas no próximo ciclo de Oya. Sem desculpas.
Somos gratos, Centésimo Décimo Sétimo Isiro! Glória a Aphriké, nada há além de Aphriké, Aphriké é tudo o que existe! – responderam, numa só voz telepática, as crianças.
Alguns minutos depois, escondida entre as árvores atrás do Templo do Conhecimento e protegida por uma barreira psíquica bem avançada para sua pouca idade, a primogênita de Orin-Olu permitiu-se ser criança. Por alguns minutos, ela chorou de medo diante do risco de perder a mãe-gênese.

4

A Polícia do Pensamento
(Trinta anos para o fim do mundo)

A Polícia do Pensamento é uma linhagem muito respeitada (e temida) do Ilê Monástico. Seus membros passam por um processo chamado "transgênese", que consiste na transcendência do gênero sexual para, assim, melhor servir ao controle da malha telepática coletiva. Seu trabalho é policiar pensamentos impuros dos cidadãos comuns.

A disciplina telepática da Polícia é tão rigorosa que, ao final do treinamento, é impossível enxergar com clareza qualquer um deles. Os policiais são vistos como silhuetas prateadas de sexo indefinido. Por isso, adotamos um tratamento de gênero neutro, não nos referindo ao Ilê Monástico como "eles" ou "elas". Usamos o neologismo "el@s". Não gosto de neologismos, nenhuma historiadora gosta, mas esse em especial termina sendo conveniente. Ao olhar comum, cada membro desse Ilê não passa de fumaça bruxuleante, graças ao treinamento – conhecido como *odó* – que conduz o indivíduo a uma quase-invisibilidade. A invisibilidade total, porém, jamais fora alcançada por nenhum@ Monge. Nem mesmo Monge Supreme 1920, a mais alta entidade do Ilê Monástico, era completamente invisível.

É importante dizer que, diferente dos outros Ilês, um membro do Ilê Monástico pode atuar em dois fronts, seja como Policial ou como Purificador@. Quem possui audição telepática mais sensível entra para a Polícia do Pensamento. Suas responsabilidades envolvem monitorar a atividade mental dos cidadãos de Iridescente, prendendo os que irradiarem más vibrações. A lei é clara: manter a paz e a ordem no plano da mente é fundamental para a felicidade comunitária. Excessiva tolerância aos seis venenos desencadearia uma contaminação telepática dificílima de conter na medida em que o tempo passasse. A maioria dos membros do Ilê Monástico se dedica ao revezamento nos postos de purificação meditativa em cada esquina da Cidade Iridescente e das outras comunidades menores. Diferentes d@s Policiais, el@s são @s Purificador@s. Posicionad@s em cada esquina, são capazes de permanecer imóveis por muitos ciclos do sol Omulu, captando e purificando os pensamentos dos demais cidadãos, sendo revezad@s por outr@s colegas sempre que percebem o cansaço se infiltrando.

Já à Polícia é reservado um papel muito mais ativo. Um@ Policial clássic@ costuma ter um temperamento agitado. Alguém assim nunca serviria para atuar como Purificador@ e, não fosse a notável acuidade telepática, dificilmente seria autorizad@ a adentrar o Ilê Monástico. Mas a capacidade de ouvir venenos da mente era um dom cada vez mais valorizado tanto em Iridescente quanto nas demais comunidades ocidentais, sobretudo com as infiltrações terroristas recorrentes.

Pois bem: após a convocação emitida pelo matemático Isiro 117, cinco membros da Polícia do Pensamento se dirigiram para a Floresta Ébano, a fim de socorrer Orin 53.

Como de praxe, dois/duas dentre el@s eram veteran@s cujo treinamento, de tão avançado, tornava quase impossível a visualização de suas silhuetas. Montad@s em suas quadrirrodas, mais pareciam uma fina linha de luz trepidante para quem quer que @s olhasse. Seus números eram 3921 e 4001, uma safra antiga e poderosa do Ilê Monástico.

Monge 3921 era conhecid@ em todo o Ocidente por ter sido responsável pela rápida dissolução de uma tentativa de terrorismo psíquico há cinco ciclos de Osala (dez anos de nosso calendário). A ação elevara 3921 a patamares heroicos, convertendo-@ num@ d@s Monges de confiança de Supreme 1920. Não aproveitara, contudo, o momento de glória. Vaidade é um veneno evitado com vigor pelos membros do Ilê Monástico.

Dois/duas outr@s Monges, numerados como 5222 e 5649, encontravam-se ainda em treinamento, contudo eram poderos@s o bastante para participar da Polícia. Monge 6000 era bem mais novat@, com menos de um ciclo de Osala (dois anos) em serviço no Ilê.

Ao receber o aviso de Isiro 117, Monge 3921 não subestimou o alerta. A perturbação mental de Orin tinha todos os indícios de um clássico pânico sub-luz. Mas – e isso 3921 não poderia deixar de considerar – bem poderia ser outra coisa. Poderia ser um ataque Cultista. Pegar de surpresa a esposa de Oluya-Woran 30, aproveitando-se da ausência do marido, é algo que 3921 faria, se Cultista fosse.

Colocar-se no lugar do inimigo era um de seus maiores talentos, e el@ bem sabia o quanto os rebeldes orientais sabiam ser insidiosos quando assim desejavam. Como tais criminosos adentravam o Hemisfério Oeste era ainda um mistério indecifrado, para irritação da Polícia.

Naquele momento, o maior incômodo de 3921 era a presença de 6000, estreante na Polícia do Pensamento. Fazia parte dos protocolos monásticos que um@ novat@ sempre acompanhasse dois/duas veteran@s e dois/duas intermediári@s, pois apenas com a prática um@ bom/boa Policial poderia ser aperfeiçoad@. Entretanto, se o ocorrido com Orin fosse um ataque Cultista, a última coisa desejável seria ter de pajear novat@s. Cultistas eram poderosos, subestimá-los seria um erro. 3921 achava delicado colocar a operação em risco, por conta da inexperiência d@ garot@.

6000, entretanto, parecia estar se saindo bem. Camuflava-se o suficiente, aparecendo aos demais como uma silhueta de sexo quase indefinido. Monges hábeis ainda conseguiam ver que se tratava de um rapaz, mas o tempo e o treinamento garantiriam ao jovem o aperfeiçoamento de seu *odó*. Pilotava com eficiência suas quadrirrodas, e tinha procedido com cuidado, carregando as baterias solares do motor antes do crepúsculo de Omulu. A maioria d@s novat@s sempre esquecia esse detalhe. A maioria, mas não 6000. O procedimento disciplinado d@ novat@ fez 3921 sorrir, embora seu sorriso fosse indetectável, eclipsado pela camuflagem psíquica.

A comunicação telepática permitia que longos diálogos se dessem em questão de segundos:

Virem à direita e peguem a estrada de terra. A casa de Orin 53 e Oluya-Woran 30 fica nos limites da Floresta Ébano – transmitiu Monge 4001.

Não compreendo – disse Monge 6000. – *Qual o sentido de morar tão longe do centro urbano? É de espantar que essa família tenha obtido autorização para construir uma casa desconectada da malha psíquica comunitária. Chega a ser indecente.*

Concordo com 6000 – disse Monge 5222. – *Tamanho distanciamento é sinal do veneno da ilusão de separação. Individualismo excessivo.*

Não julguem tão rápido, Monges – interrompeu 3921. – *Chequem mais tarde a esfera diamantina de registro do casal. Oluya-Woran 30 é um dos mais notáveis arquitetos de Iridescente, e a estática psíquica das aglomerações retira a concentração dele. Por isso, os Anciões abriram uma exceção, com aval direto de Sua Luminescência. A exceção foi dada para que Oluya-Woran 30 continue* a desenhar as mais belas casas e templos para a cidade. Não é uma regalia ou mero favorecimento, mas tem por objetivo o bem comum. Ele também conta com um@ Monge particular, de número 5054, para ajudá-lo a lidar com a estática telepática. Vocês conhecem bem as leis das cidades civilizadas: a cada um é dado conforme sua real necessidade.

A cada qual de acordo com sua necessidade, e assim é Aphriké! Nada existe além de Aphriké! Glória a Aphriké! – transmitiu 4001, reforçando a ladainha mais antiga do Ocidente.

Soube que Orin 53 é mais sociável – comentou 6000. – Já assisti a várias apresentações dela, e sempre me impressiono com a harmonia de sua música.

Não se disperse, 6000. Estamos chegando – disse 3921.

Também estou sentindo. Vocês percebem a estática? É bem desagradável. A moça parece estar sofrendo muito – disse 4001.

Nisso, Monge 3921 freiou as quadrirrodas tão de repente que fez 6000 quase cair de susto. Voltou-se para @s outr@s Policiais e enviou um sussurro telepático:

Parem! Não avancem!

Tod@s obedeceram e, seguindo os protocolos, elevaram vários Escudos de Ápata: barreiras psíquicas preventivas.

O que houve? São os Cultistas? – questionou 5649, que até então tinha se mantido silencios@ e concentrad@.

Ainda não sei dizer – respondeu 3921. – Sinto uma presença intrusa. Orin 53 não está sozinha, mas não consigo identificar quem está com ela. A assinatura identificada não me parece Cultista. Nunca senti isso. É algo bem mais brutal.

6000 começou a sentir um crescente de excitação. Esta era apenas a sua terceira missão em campo como Policial do Pensamento, e já se via diante do que parecia ser um mistério, uma aventura.

Controle-se, 6000! – disse 3921. – Seu entusiasmo não é conveniente a um@ Policial. Se for um Cultista, ele vai se aproveitar disso e fazer a sua matriz psíquica em pedaços, afogando você num oceano de ilusões desejosas!

6000 obedeceu, e se pôs a recitar mantras de zeramento. Em poucos segundos, o calor empolgado que crescia em sua mente deu lugar à tão necessária indiferença monástica. Queria mostrar a todos sua capacidade de sustentar o melhor *odó*, mesmo sendo novat@.

Deixem as quadrirrodas aqui e vamos andando, com cuidado – disse 3921.

Passaram a se movimentar com a sutileza monástica. Eram tão suaves em seu caminhar, que não se ouvia nem mesmo o rumor do estalar das folhas secas no chão. Assim procederam por poucos minutos, até que viram a casa de Orin 53 e Oluya-Woran 30, entre as árvores da Floresta Ébano. Pelo que viam, o arquiteto não poupara seus talentos na elaboração daquela residência. Tudo nela era espetacular: a perfeição da transparência das paredes, o teto estruturado como uma grande lente de aumento capaz de amplificar a luz dos cinco sóis, as plantas exóticas semeadas dentro do ambiente. Parecia mais um templo do que uma casa familiar.

Morar ali deve ser maravilhoso, pensou 6000.

Avançaram mais um pouco e tudo parecia normal, exceto pela estática psíquica desagradável. A vibração nefasta irradiava da casa como um mau cheiro telepático de tamanha intensidade que fez 6000 intensificar seus mantras de zeramento. 3921 estancou e, dada a sua camuflagem mental, ninguém seria capaz de vê-l@ abrindo os braços, gesto típico de quem procura amplificar a audição telepática, convertendo o próprio corpo numa antena. Sua intenção era a de sondar a residência de Orin e descobrir o que ocorria por lá. As paredes eram transparentes, mas as plantas no interior tapavam a visão. De longe, só era possível identificar um brilho alaranjado muito estranho que bruxuleava entre as plantas.

Pela luz branca de Osala... – pensou 3921, sua preocupação transmitida como facadas n@s demais Policiais.

O que foi? São Cultistas? O que podemos faz... AAAAH! – o grito de 6000 ecoou no silêncio absoluto da Floresta Ébano. El@ estava sofrendo um ataque.

– DEFENDAM-SE! – disse 4001, enquanto criava um Escudo de Ápata não somente para si, mas também para a proteção de 6000, que tinha desabado ao chão e esperneava tanto que sua camuflagem havia começado a se desfazer.

Em decorrência da dor, a imagem física de 6000 se tornava cada vez mais nítida. 4001 podia ver os traços de um rapaz diante de si. Péssimo sinal. Se o ataque era suficiente para neutralizar a androginia psíquica de um membro do Ilê Monástico, ainda que novat@ fosse, isso era sinal de encrenca. Encrenca das piores.

– Pela luz brilhante do Esplendor! O que é isso? Parece que estou sendo virad@ do avesso! – disse 5222, deixando a telepatia de lado. Era impossível pensar com clareza, diante daquela estática.

– Isso é... isso é "dor" – disse 4001.

– "Dor"? O que, em nome de Osala, é "dor"? – perguntou 5222.

3921, naquele momento, não parecia interessad@ em dar explicações para os menos experientes. Aproximou-se d@s colegas, e disse:

– Não sei quem ou o que está fazendo isso, mas não me parece uma pessoa. Nunca vi isso antes. Parece uma... uma arma. Emite sinais brutais, grotescos.
Enquanto isso, 6000 convulsionava no chão.
– Monge 6000 não está nada bem – disse 5649.
– Como se eu não o soubesse – respondeu 3921, controlando-se para não permitir a erupção do veneno da ira em si mesmo. – Dá até pra identificar o gênero sexual dele! Nós não podemos lidar com isso agora. Não temos a menor condição de enfrentar quem ou o que quer que seja, se tivermos que nos preocupar com 6000. Vamos fazer o seguin... aaah! Por Osala, como dói!
Mesmo sem precisar ouvir o resto da frase de 3921, Monge 4001 captou os planos d@ amig@ e arrastou o corpo de 6000 para longe da casa de Orin.
– Isso... – disse 3921, entre os dentes. – Tire o menino daqui. Afaste-se o máximo que puder e crie um Escudo de Esú em torno de vocês dois.
4001 pareceu não gostar, e contestou:
– Um Escudo de Esú? Mas 3921, desviar a luz... Criar uma encruzilhada na realidade... Tem certeza? Isso é muito perigoso!
– Situações urgentes, medidas desesperadas, 4001. Faça o que eu disse. Se nós três não voltarmos, fuja daqui e chame reforços.
4001 obedeceu, afastando-se com 6000. Restaram 3921, 5322 e 5649. Pé ante pé, aproximaram-se da casa de Orin 53 e Oluya-Woran 30, e deram-se as mãos. Entoaram em uníssono telepático o mantra capaz de ativar o Escudo de Esú: *laróyè... laróyè... laróyè...*
Um espectador externo os veria como uma bolha de ausência de cor. Num mundo de luz eterna como o nosso, formado por casas e torres de cristal transparente e plantas coloridas, poucas coisas são mais aterradoras do que aquela coisa deslizando na floresta. Não era negro aquele escudo. Era algo muito mais tenebroso: era o *absolutamente nada*. O Escudo de Esú desabrochava como um rasgo na realidade. Era o último dos recursos diante de situações terríveis capazes de ameaçar a existência física de um@ Monge, e até o nome do artefato mental – retirado da mitologia primitiva de Kalgash – era mal visto. Dentre @s três Policiais, apenas 3921 já havia evocado tal ferramenta, e tod@s el@s sabiam que o desvio da luz só poderia ser sustentado por alguns minutos. Enquanto estivessem dentro do campo, nada poderia atingi-los, pois el@s estariam ao mesmo

tempo dentro e fora da realidade. Se demorassem muito, el@s "apagariam" para sempre. Mas o plano de 3921, se bem executado, não demandaria muito tempo de uso do Escudo de Esú.

Vou contar até seis. No seis, eu quebro a parede. Após isso, desativem o Escudo de Esú e ataquem o inimigo, seja ele quem for – disse 3921. *1... 2... 3... 4... 5... 6!* – Ao fim da contagem, 3921 golpeou a parede de vidro da casa. Por mais resistente que fosse, a parede não resistiu ao golpe de *ka'a pûer*.

A bolha de vácuo luminoso se desfez, e @s três Policiais do Pensamento se viram em meio às chamas famintas que a tudo devoravam no interior da residência. Olhando para o fogo, gritando, lá estava a última coisa que esperavam encontrar: uma fêmea grávida. Orin 53, sozinha. Olhos escancarados, toda a sanidade evaporada, a contemplar o alaranjado brilho das chamas e gritando com aquela voz poderosa, que fazia a carne tremer.

Mas nem o fogo assustava e nem a voz de Orin foi capaz de abalar a disciplina de 3921. Havia coisa pior. Por toda a casa em chamas, um único grito mental ecoava com uma força capaz de fazer as entranhas de 3921 revirarem:

EU EXISTO!

5

Anomalia
(Trinta anos para o fim do mundo)

Deter Orin 53 – ou, melhor dizendo, deter a criança carregada em seu ventre – havia esgotado as forças da Polícia do Pensamento. Monge 3921 sabia que, não fossem seus/suas dois/duas colegas, não teria dado conta da situação.
3921 mal podia acreditar. Monges, nocautead@s por um bebê. Nenhum@ d@s Policiais sabia como explicar algo tão absurdo ao Ilê Monástico, mas a condição de Monge 6000 falaria por si só. Desde o início do confronto na Floresta Ébano, 6000 mal conseguia se manter em sua forma esfumaçada. Tremeluzia, revelava-se como um rapaz diante de todos por apenas um segundo e voltava a tremeluzir. Ainda que fosse um@ novat@, era difícil aceitar a intensidade do trauma experimentado por 6000.
Um bebê fez isso, pensava 3921. *Uma criança ainda no ventre materno! Será possível, ou há algo mais que não estou vendo? Uma trapaça Cultista, talvez?*
Ao dar entrada no Templo dos Nascimentos, onde os bebês de Iridescente são trazidos ao mundo e os orgasmos dos partos são multiplicados, Orin horrorizou a todos. Nenhum deles jamais havia presenciado alguém parir uma criança naquelas condições. *Isso não pode ser normal*, pensavam os que se depararam com Orin. Ela urrava em agonia e, vergonha das vergonhas, clamava pelo "deus R'av". Se ninguém estava familiarizado com a ideia do sofrimento acompanhando o processo de dar à luz a um bebê, era ainda mais incomum testemunhar alguém bradando superstições. Pior: a onda de choque irradiada por Orin começava a dar mostras de afetar as outras mães em trabalho de parto, mesmo com a presença amortecedora de mais de trinta policiais do Pensamento. 3921 havia convocado reforços pouco antes de chegar ao Templo dos Nascimentos, mas ninguém ajudou muito.
Em estado normal, qualquer fêmea que entrasse em trabalho de parto sentiria um crescente de prazer genital cujo ápice se daria no momento em que a criança se liberasse do ventre materno.

Um orgasmo nunca antes obtido, mesmo na melhor das relações sexuais. Caberia às Ranyas, assistentes de nascimentos, catalizar o orgasmo múltiplo das parturientes, criando uma rede de prazer a ser difundida pela malha psíquica de Iridescente. Considerando a sabedoria da natureza em fazer o parto ser acompanhado por orgasmos, o estranhamento geral era compreensível. Poucas coisas poderiam ser mais bizarras para nós do que a experiência rara da dor, sobretudo num parto.

E estas roupas? Quanto pano cobrindo pele! Que indecência! Por que ela está vestida assim? Por que não está nua?, pensavam as Ranyas do Templo, ao verem o longo tecido azul cobrindo a maior parte do corpo de Orin. Ela, por sua vez, piorava. A enxurrada telepática de pensamentos críticos em nada ajudava a sanar seu sofrimento. Orin sabia que não estava decente, tanta roupa cobrindo seu corpo era imoral, mas o fato é que a ausência de sóis mais quentes a fazia sentir frio. Ela não viu escapatória e embrulhou-se com uma toalha de mesa. Sabia que não tinha culpa por estar sentindo dor, e começou a se irritar com tantos julgamentos. Pela vigésima vez desde que fora resgatada pela Polícia do Pensamento e pelas assistentes do Ilê Ranya, Orin rogou pela presença de seu esposo:

– Olu... Por favor, encontrem meu marido, seu nome é Oluya-Woran 30... Não consegui alcançá-lo, estou muito fraca... Estou com medo...

– Nós também tentamos, querida, fique calma – disse uma das muitas Ranyas. – Não sabemos o que está acontecendo, mas estamos colidindo com uma forte barreira telepática.

– Então peçam pra Polícia contatar Monge 5054!

– Não conseguimos contatar nem mesmo @ acompanhante de seu marido.

– Como assim? Não conseguem acessar nem Monge 5054? Que loucura é essa?

– A corrente de Monges bem que tentou, mas algum tipo de fenômeno está ocorrendo na fronteira! O escudo é superior a qualquer coisa que já tenhamos visto. Engloba o rio inteiro, isolando os hemisférios!

– Mas não faz sentid... AHHH! – com seu grito, Orin espantou a assistente, que correu como se a dor daquela fêmea pudesse ser contagiosa. E, a bem da verdade, era. Qualquer sensação mais forte é irradiada pela malha telepática, e poderia infectar a Cidade

Iridescente se não fosse contida. Ali, no Templo dos Nascimentos, construído como uma antena multiplicadora de sensações, a presença de Orin causaria danos. Era apenas uma questão de tempo. A maioria das Ranyas estava indignada com a atitude d@s Policiais do Pensamento. *Que despreparo! Trazer uma pessoa em dor para uma casa de multiplicação sensorial,* pensavam elas, e Orin captava cada réstia desta justa indignação, o que a fazia se sentir ainda pior.

Outra assistente, muito mais bem treinada no devido controle emocional apesar da pouca idade, aproximou-se da fêmea grávida. Irradiava calma e não demonstrava medo diante da dor. E, aqui, vale esclarecer a todos que acessam este registro diamantino: na época, essa assistente era eu. Sendo filha biológica de Ranya 722, eu às vezes auxiliava minha mãe-gênese na arte de trazer bebês ao mundo e multiplicar orgasmos pela malha telepática. Eu era apenas uma aprendiz, mas era habilidosa. Tocando a fronte de Orin e procurando sentir o que poderia haver ali, perguntei:

– Não está a sentir nenhum sinal de prazer orgástico, minha senhora? Nada mesmo?

– Pelos sóis de Aphriké, garota! Eu pareço sentir a mais vaga satisfação?

– Qual sua sensação? Está tudo muito confuso, eu consigo captar prazer, mas creio que é do bebê. Ele... é um menino... ele quer nascer. Parece empolgado.

– Eu nunca senti isso. Disseram-me que se chama "dor"... AHH! Perdão, mas é demais... E sinto fraqueza, frio. É esta maldita Hora da Luz Sangrenta que não para de se repetir... Não há calor suficiente... Eu... eu acho que pus fogo na sala de minha casa – disse Orin, chorando.

Eu sorri, acariciei sua cabeça e disse:

– De fato a senhora pôs, mas não se preocupe. O fogo foi debelado e o estrago não foi grande, pois a Polícia chegou em tempo. Soube que o impacto dos pensamentos do bebê derrubou @s Monges. Foi como se uma pequena bomba telepática explodisse.

– R'av amado... Vou ser processada como terrorista?!

Antes que eu pudesse responder, eis que Alagbawo-Re 930 adentrou o recinto. Sua presença física impressionava: 3,25 medidas, muito mais alto que um macho comum. Àquela altura feminina se combinava o olhar intenso e astuto do médico, perfazendo um conjunto impactante. Ele não era um assistente de nascimentos, pois essa função era exclusiva das fêmeas do Ilê Ranya, e sim alguém cuja ocupação quase não tinha serventia em Iridescente ou em qualquer comunidade. Alagbawo-Re 930 era um curador, e vinha direto do principal Templo da Medicina. Havia sido convocado em decorrência da estranha aflição de Orin, e sua entrada impôs uma anestesia emocional irresistível.

– Ninguém vai processar você, Orin – esclareceu Alag. – Admite-se estado de exceção em raras situações patológicas. Os maus pensamentos e sentimentos que você emite estão fora de seu controle. A Polícia do Pensamento sabe muito bem disso.

O semblante de Alag, austero, intimidava os presentes. Ele lançou um olhar de severa repreensão a todos e declarou, por telepatia:

*O mesmo, contudo, não pode ser dito de vocês. Vocês não têm vergonha? Eu conseguia sentir seus pensamentos aversivos antes de entrar aqui. Estamos no Templo dos Nascimentos! Tais vibrações são intoler*áveis, *aqui! Intoleráveis! Os sentimentos delituosos e aversivos de vocês só pioraram as condições desta pobre fêmea!*

– E como não ter emoções ruins? A dor dela está contaminando o ambiente! Não fomos treinadas para lidar com isso! – disse uma assistente, Ranya 813. – Além disso, veja como ela está indecente, Alagbawo-Re 930! Isso é muito inadequado!

– Não sabemos suas razões, sabemos? – disse Alag. Em seguida, voltou-se para a paciente, que estava mais calma com sua presença. Orin e Alag se conheciam há muito tempo. – Minha querida, que panos são estes em seu corpo? Esqueceu que tais roupas não são apropriadas e podem fazer mal a você? Quanto mais áreas expostas, melhor é a captação da energia luminal. Talvez essa seja a razão de seu padecimento.

– Eu sei, estou muito envergonhada, Alag... – disse Orin, ainda gemendo um pouco. – Mas eu juro que vesti a toalha da mesa e cobri meu corpo apenas depois... Depois que o bebê gritou dentro de mim... Estou sentindo frio, ele extrai todo o meu calor... E os sóis... Justo agora... Justo na Hora da Luz Sangrenta... Pouca luz, pouco calor...

Alag pareceu se dar conta do que estava a ocorrer e, sem pestanejar, ordenou:

– Vocês todas para fora daqui, seus pensamentos aversivos não estão ajudando! Orin 53 sente dor, e eu não vou conseguir manter a anestesia telepática por muito tempo, ainda mais com vocês a lançar flechas mentais.

– Você vai fazer tudo sozinho, meu bom curador? – perguntou a assistente mais velha. – Esta criança é perigosa, nocauteou um@ Policial do Pensamento.

– Um@ Policial *novat@*. E eu não sou nenhuma das duas coisas. Não, claro que não agirei sozinho. Quero que ela fique – disse Alag, apontando para mim, a única que havia conseguido manter a neutralidade psíquica diante do sofrimento de Orin. A única que não era oficialmente uma Ranya. Aquilo pareceu ofender as outras.

Ignorei e sugeri:

– Creio que seria sábio convocar a presença de alguns membros do Ilê Monástico. Uns seis... não, dez. Dez está bom. Mas não podem ser novat@s. Eu recomendaria @s de registro anterior a 4500.

– Você tem um plano, minha jovem? – perguntou Alag.

– Sim, tenho. Vamos amenizar o sofrimento da senhora Orin 53, dividindo sua dor por dez telepatas bem treinad@s. Será mais eficaz do que a anestesia mental comum e o senhor poderá agir enquanto tento acalmar o bebê.

Alag pensou por alguns segundos, avaliando a ideia. Então sorriu, e disse:

– Parece adequado. Muito bom seu raciocínio, minha cara. Você já tem um nome próprio? Já é uma Ranya? Você parece tão jovem!

– Ainda não atingi a maioridade, meu senhor. Estou experimentando atividades variadas como treino. Por enquanto, sou apenas a filha de Ranya-Arimeo. Um dia, serei merecedora de um nome.

– Estou certo de que você será – disse Alag, sorrindo. – Pois bem, vamos ao trabalho!

∞

Com Orin 53 no centro de um círculo composto por dez membros do Ilê Monástico cedidos em condição de emergência, o curador conhecido como Alagbawo-Re 930 iniciou sua intervenção. Fora do círculo, numa pequena abertura proporcionada pelos Monges, lá estava eu. Eu não passava de uma sem-nome em treinamento, mas eu desempenhava bem minhas funções, e era elogiada até pelas veteranas mais austeras.

Mais tranquila, Orin ainda assim não conseguia deixar de respirar mais rápido, como se estivesse prestes a perder o fôlego. Eu jamais tinha visto algo como aquilo. Ela arfava e cravava as unhas em meu braço! Pior: sem conseguir evitar, ela clamava pela proteção do deus

R'av. Todos na sala eram capazes de escutar seus pensamentos supersticiosos, mas ninguém parecia se importar. Mesmo na época, nem eu me importava com o fato de alguém acreditar na existência de R'av. Isso nunca me pareceu algo digno de nota, e eu não entendia a gravidade que a Polícia do Pensamento atribuía às crenças Cultistas.

– Pois bem – disse Alag, interrompendo o silêncio. – Irei suspender o controle anestésico sobre a paciente. Ela voltará a sofrer uma torrente de... bem, a palavra para isto é "dor". Não sabemos o que causa essa sensação antinatural, mas nada nos impedirá de trazer a criança ao mundo. Assim que Orin eclodir em dor, @s Monges dividirão o impacto entre si. Preparad@s?

Sim, Alagbawo-Re 930. Existimos para servir. Tudo correrá bem. Aphriké é segura, Aphriké é estável, nada existe além de Aphriké! – responderam @s Monges, em uníssono telepático.

– Agora! – disse Alag.

Por um breve segundo, Orin teve a esperança de que a tal "dor" não voltaria. Entretanto, a onda agonizante voltou mais poderosa, trazendo consigo um frio assustador. Ela gritou. Gritou tão alto que se assustou com a própria voz e fez tremer as paredes. Todos tapamos os ouvidos, cientes do perigo que é a voz de uma Orin descontrolada. Na mente dela, um único pensamento: ela precisava de calor. Se pudesse, poria fogo em tudo. A ideia da Cidade Iridescente em chamas lhe era muito tentadora. Um incêndio tão colossal que lhe traria mais calor do que todos os sóis reunidos. Mais calor que a Hora do Esplendor. Ela faria qualquer coisa, o que fosse preciso, a fim de aplacar aquele frio, aquele vazio monstruoso. Aquela fome de luz.

– Absorver... agora... – grunhiu Alag entre dentes e, apesar de disfarçar muito bem a tremedeira que sobre ele se acometeu, pude perceber que ele havia sido tomado por uma dor imensa. Nunca deixei de admirar Alag por sua abnegação.

Os dez membros do Ilê Monástico – dentre os quais se destacava 3921, sempre ciente de suas responsabilidades – se mantiveram em suas posições, captando e redistribuindo o sofrimento de Orin, num ato de comovente generosidade. Naquele instante, Orin deu graças ao bom R'av, o tal "criador de toda a luz e toda a vida", pela existência daqueles indivíduos.

A imensa dor foi pouco a pouco substituída por um leve incômodo, e Orin pôde sentir a intrusão psíquica de Alag dando o arremate final capaz de anestesiá-la por completo. Então, percebendo que era

a minha deixa, emiti um preciso vetor mental que adentrou Orin e alcançou a consciência do bebê. Só que a criança não gostou nada disso e eu levei um chute psíquico tão forte que me fez cair para trás.
— Você está bem, sem-nome? — perguntou Alag.
— Só machuquei meu ego. Vou tentar de outro jeito.
Enviei o vetor mental novamente, na forma de um "olá" suave. O menino estava furioso com a intrusão e gritou de volta, o mais alto que podia. Garanto que isso era bem, bem alto:
FORA DEMIM! NASCER! EXISTIR! CONFUSO! CURIOSO! QUEM. É. VOCÊ?
Ainda não tenho nome próprio, pequenino, mas confie em mim — disse eu.
— *Pode nascer, pode vir, quero ajudar você. Venha sem medo!*
Pouco tempo depois, não sem algum esforço conjunto, o sofrimento de Orin se tornou mera lembrança.
Alag, tomando o bebê em seus braços, espantou-se como nunca antes, e sussurrou:
— Pelos seis sóis de Aphriké... Mas o que vem a ser isto?

∞

Quando Orin 53 despertou, o bebê já havia recebido seu primeiro banho e estava numa câmera especial, protegida por Monges, 3921 dentre el@s. A bem da verdade, não era o filho da cantora que estava sendo protegido, e sim as demais crianças. Ninguém cometeria a tolice de deixar que um bebê capaz de agredir Policiais permanecesse no Salão dos Neonatos. Um@ d@s Monges que auxiliou no parto precisou ser medicad@, pois jorrava sangue de seu nariz. E eu sentia a primeira dor de cabeça de minha jovem vida.

Alagbawo-Re 930 havia ficado tão impressionado comigo que fez questão de elaborar ele mesmo um registro diamantino reportando minhas competências ao Conselho dos Anciões, com um adendo especial bastante elogioso enviado a Monge Supreme 1920. As intenções de Alag eram boas, mas isso tornaria ainda mais difícil romper as expectativas que os outros tinham a meu respeito. Era esperado que eu seguisse os passos de minha mãe-gênese e escolhesse para mim o nome de Ranya. As pessoas me viam como uma futura assistente de nascimentos e multiplicadora de orgasmos.

Outros planos, contudo, cintilavam em partes ocultas de minha mente. Pensamentos que eu aprendera a esconder muito bem. Crime de privacidade. Eu era boa nisso.

49

Alag adentrou o quarto, irradiando de pronto suas capacidades anestésicas. Sua presença, um bálsamo para qualquer pessoa.

Inevitável perceber o quanto ele era diferente dos demais machos de nossa espécie, diferença salientada não apenas por sua altura feminina incomum, mas pelo despojamento que demonstrava em relação às joias. Os machos adoravam se enfeitar com as mais reluzentes gemas oriundas do Luzeiro Noroeste, uma forma de compensar o fato de que suas auras eram menos brilhantes do que as femininas. Alag, por sua vez, se limitava a uma tiara de aço escovado com uma magnífica gema de opala que brilhava, solitária e azul, na região entre seus olhos. A pedra de seu Ilê. O resto de seu corpo, conforme convinha, estava nu. Ele às vezes era visto usando joias, mas o fazia apenas para seguir protocolos sociais em reuniões.

– Orin, precisamos conversar sobre seu bebê – disse Alag, sem rodeios.
– Ele está bem? Eu quero vê-lo!

Alag sorriu e tomou uma das mãos de Orin com complacência, exercendo um pouco mais de seu toque anestésico telepático.

– Sim, ele está vivo e bem, embora faminto. Vou trazê-lo em breve para que você possa amamentá-lo. É um menino muito intenso.
– Intenso? Intensa sou eu! O que foi aquilo?
– São raros os casos em que o bebê manifesta uma telepatia tão poderosa, mas acho que ele herdou a amplitude e a intensidade de sua voz psíquica, Orin.
– Mas do que vale isso, se aos machos não é permitido seguir a carreira de cantora?

Alag riu. Ela tinha razão. Não que ele concordasse com o sexismo da tradição, mas havia pouco ou nada a fazer sobre isso.

– De fato, seria impossível a um macho adentrar o Ilê Orin. Há, porém, outros caminhos possíveis para ele. A Polícia do Pensamento, por exemplo. Ou o Ilê Arimeo. Os melhores Arimeos são os capazes de alcançar centenas com a voz mental, sem o auxílio dos Monges. Mas é muito cedo para pensarmos nisso. Não sabemos se esta habilidade precoce há de se manter, ou se foi um surto episódico.

Orin aprumou o corpo, pondo-se sentada na cama. Sentia-se grata pela presença apaziguadora do mais compassivo dentre os membros do Ilê Alagbawo-Re. Não sentia mais frio e já estava quase despida, trajando apenas um tapa-sexo prateado, como convinha à decência e à boa saúde. Cada célula de seu corpo sorvia a luz combinada da conjunção de Sango e Omulu. Ainda que esse fulgor não fosse o ideal para sua recuperação, ao menos a fazia se sentir melhor. Orin estava de fato mais calma, porém não conseguia se livrar da preocupação diante da estranheza de seu processo de parto. Como era possível a uma criança se comunicar ainda no ventre? E por que ela sentira aquela sensação excruciante, incomum, que Alag chamava de "dor"? Tais enigmas turbilhonavam na mente de Orin, e Alag sentiu que precisava oferecer algumas respostas, por mínimas que fossem. Ele tomou com suavidade a mão direita da paciente e amiga e disse em voz alta, evitando telepatia. Sabia o quanto ela ainda estava cansada:

– Normalmente, o nascimento é prazeroso. A criança vai emitindo impulsos psíquicos suaves, a bolsa se rompe e a mãe-gênese entra em trabalho de parto com muitos espasmos orgásticos. Tudo muito simples e com muito prazer. Você sabe como é, já pariu antes. É a sabedoria da natureza.

– Eu sei, foi assim com minha pequena. Um enorme orgasmo ao final. Gozei como nunca e irradiei prazer por toda a cidade! Não entendi por que tive essas sensações, agora!

Alag assentiu:

– A sensação conhecida como "dor" não é mesmo comum à fisiologia, principalmente num parto. Não faz sentido, é antinatural. Já tinha ouvido falar em raras condições como esta, mas nunca as havia presenciado. Fico feliz com o fim de seu sofrimento, minha cara.

– E eu lhe sou muito grata, meu amigo.

– Cumpri meu dever, Orin. Não só por você, mas por todos nós. Como você bem sabe, a sensação de um é partilhada pelos demais no entorno. Deu tudo certo, não deu? Seu filho nasceu!

– E por que ele não está aqui comigo?

– Achei melhor conversarmos antes. Você sabia que alguns poucos bebês, pouquíssimos, nascem com uma... – Alag deu uma pausa, como se não soubesse a exata palavra a ser usada. – ...uma *deformação* física?

Mesmo sem entender o que Alag dizia, Orin sentiu como se uma pedra bem pesada tivesse sido colocada sobre seu baixo ventre.

– O que é "deformação"?

– É muito raro, mas algumas crianças... Eu diria que uma em um milhão... Nascem com diferenças físicas. Eu já vi casos piores em alguns registros diamantinos de meu Ilê: casos de crianças despigmentadas, ou anãs, que não cresciam acima de meras 1,80 medidas. Meninas, sempre.

– Pelo brilho branco de Osala! Alag! É o caso de meu filho?
– Não, felizmente não. Seu bebê tem a pele negra normal, lustrosa e firme como a de qualquer um. Seus olhos, porém... bem, os olhos dele são azuis como a luz do sol Osum.
– Azuis?!
– Sim, azuis. Além disso, as órbitas oculares apresentam uma pele que as envolve. Essa pele se move, cobrindo e descobrindo a visão do menino em ritmos cadenciados. Ele... como dizer? Ele "pisca". Ele também tem uma profusão de fios negros saindo do alto da cabeça, como se fossem linhas de tecido fartas e grossas. Mas o mais estranho e preocupante é o coração. Ele tem apenas um, localizado no lado esquerdo do corpo.

Orin estava chocada, mas não de todo surpresa. Ela sempre soubera que nascer na Luz Sangrenta não podia ser um bom sinal. Os leitores do céu, pertencentes ao Ilê Wolika-Orun, responsáveis pela interpretação das posições dos sóis, eram firmes: nascer na Luz Sangrenta era sinal de mau presságio. Mesmo que Arimeo 500 considerasse tais prognósticos "um amontoado de tolices" e acusasse os Wolika-Orunes de "falsos cientistas" e "propagadores de superstições com inclinação para o Cultismo", Orin preferia ter tido seu filho numa configuração celestial mais auspiciosa.

– Pela luz do Esplendor! – ela quase disse "Grande R'av", mas se conteve. – Como isso é possível, Alag?
– Não sabemos ainda, Orin. Há apenas conjecturas. Eu mesmo nunca havia me deparado com algo assim, embora já tenha acessado registros diamantinos sobre raros casos. Fora as estranhezas constitucionais, ele é um bebê normal e agitado. Há, porém, complicações físicas que podem ocorrer em decorrência de tais mutações, principalmente no que tange ao sistema circulatório.
– Como o corpo dele lidará com a existência de apenas um coração funcional, Alag?
– Não sei responder, não ainda. Há também as complicações sociais... Ele pode sofrer preconceito, mesmo que tais sentimentos vis sejam proibidos por lei em qualquer cidade ocidental. Mas, bem, você sabe como são as crianças, ainda indisciplinadas, não devidamente adestradas por nossos imperativos morais...
– Mas o que você imagina que possa vir a ser um problema?
– Os olhos. Por serem claros demais, serão mais sensíveis à radiação luminosa, sobretudo nos momentos de maior intensidade,

como na Hora do Esplendor. E aquela pele que abre e fecha sem parar em torno dos olhos é o pior de tudo. É estranha, impede que a luz o alcance por menos de um segundo, e não sei dimensionar o quanto isso pode ou não ser perigoso. Felizmente, posso dar um jeito em tudo, inclusive incrementando a força de seu coração único.

– Como?

– Há uma medicação excepcional para o órgão cardíaco, mas ele precisará tomá-la todos os dias pelo resto da vida. Trata-se de uma bebida feita a partir da seiva da árvore mais comum do Hemisfério Oeste: a Majestosa Ébano.

– Sumo dos corpos transformados de nossos ancestrais falecidos? Mas isso é permitido? Não é desrespeitoso?

– Claro que não, Orin! E as árvores não são prejudicadas no processo. O sabor dessa seiva é desagradável, mas um de meus antecessores, Alagbawo-Re 800, descobriu que ela tem um efeito de intensificação da potência cardíaca. Além disso, farei uma cirurgia que removerá a estranha pele que cobre os olhos do menino, para que ele não corra o risco de ficar sem luz por muito tempo. Os fios que brotam de sua cabeça são inofensivos mas, pelo bem de sua boa aparência, irei removê-los usando luz pulsada.

– Só isso?

– Teremos que fazer dez sessões e uma reavaliação anual, a fim de manter sua pele livre desses fios negros. Para todos os efeitos, ninguém perceberá as anomalias físicas de seu filho, com exceção do azul dos olhos. Sobre isso, pouco posso fazer. Não sei como mudar cor de olhos.

– Pobre criança... Como explicar para meu filho o fato de ele ter olhos de uma cor diferente? Como explicar que ele é a única pessoa diferente das outras?

– Tenha calma. Estou pensando em testar uma pequena invenção capaz de proteger os olhos de seu menino: lentes cristalinas de quartzo negro inseridas numa armação acoplada ao rosto. O nome disso é "óculos".

– Quem inventou isso? Uma Kayera?

– Não. Trata-se de uma das exóticas criações do Ilê Itzak, tomei conhecimento disso ao acessar antigos registros diamantinos. Não sei o que Itzak 41 tinha em sua mente quando inventou os tais "óculos", mas vai saber o que se passa pela cabeça de um membro desse Ilê... E eu posso pedir a uma das moças do Ilê Kayera para construir um.

— Não sei o que é pior, Alag. Ter os olhos azuis é muito estranho. Mas usar um artefato no rosto o tempo inteiro?

— Não se trata apenas de estética, Orin. Os olhos azuis do menino são sensíveis à radiação dos sóis. Ele só suportaria ficar sem os óculos durante a Hora da Luz Sangrenta.

— E o que acontece se ele não usar essa coisa?

— Ele pode ficar... como é mesmo o termo? "Cego".

— O que é "cego"?

— Significa "que não pode enxergar" — disse Alag. — As lentes dos óculos filtrarão o excesso da radiação solar, e ele estará protegido.

Orin pareceu mais aliviada.

— Muito grata, meu querido Alag. Serei atenta para que o pequeno tome sua medicação todos os dias. Conversarei com meu marido a respeito... Assim que conseguir falar com ele, claro — disse Orin, com um indisfarçado tom de mágoa em sua voz.

— Estamos tentando contatar Oluya-Woran 30. Não cultive o veneno da aversão por seu esposo, Orin. Duvido que ele tenha culpa.

— Como assim, Olu não tem culpa?! Nem ele e nem Monge 5054 atendem aos chamados. Aquela maldita barreira psíquica! Um enorme Escudo de Ápata! Isso é coisa de 5054! O que el@ estava pensando?

— A barreira é terrível, não é um Escudo de Ápata. É coisa dos locais, eu aposto.

— O que você quer dizer com "coisa dos locais"?

— O Deserto de Outrora. Eles foram para lá em missão, não foram? Foram num balão, pelo que sei.

— E o que tem isso, Alag? Vá ao ponto.

— Cultistas, minha cara — disse Alag, tomando a mão da amiga. — Cultistas e suas barreiras telepáticas mais poderosas do que qualquer coisa que já tenhamos visto. Monge 5054 não seria capaz de criar e sustentar um bloqueio daquele tipo por toda a extensão do rio Omi-Okun! Aquilo foi trabalho de muitos!

— Pelo brilho branco de Osala! Você acha que Olu está em perigo?

— Eu não sei, Orin. Eu não sei.

Alag e Orin ficaram alguns segundos em silêncio, de mãos dadas. Alag procurava apaziguar Orin, anestesiando-a. Então, acariciou a testa da amiga e disse:

— Diante de situações em que nada podemos fazer, só nos resta relaxar.

— E meu filho, Alag? Quero ver meu filho.

— Trarei o pequenino no momento devido. Mas, antes, quero que você conheça melhor uma pessoa que nos ajudou mais do que qualquer um.

Chamaram-me, conforme eu mesma já esperava, e fui convocada a me aproximar. Lembro de ter sorrido e acolhido a mão direita da paciente. Eu estava emocionada, pois era fã das canções de Orin. Fiz uma mesura, e disse:
– Muito aprecio sua música brilhante, minha senhora. Fico feliz e honrada em ajudar.
– De quem você é filha? – perguntou Orin.
– Sou o fruto primogênito da união entre Arimeo 500 e Ranya 722.
– Arimeo 500 é um grande aliado de meu marido. Sabia que ele tinha uma filha, mas ainda não havíamos sido apresentadas. Fico feliz que você tenha me ajudado, pequena luz. Você pretende seguir os passos de sua mãe, por certo. Uma futura Ranya.
– Talvez. É cedo para decidir, tenho apenas quatorze anos. Gosto de trazer crianças ao mundo – menti, já muito hábil na arte delituosa de ocultar os próprios pensamentos. Os pensamentos que meu pai-gênese, Arimeo 500, odiaria descobrir muito em breve.

Pretendo escolher o Ilê Tulla – foi o que na verdade pensei, mas ninguém ouviu. Eu era mesmo boa em cometer crimes de privacidade.

Desculpe, papai.

6

Privacidade
(Trinta anos para o fim do mundo)

Horas depois, lá estava ela: a aurora de Yewa. O brilho azulado desse sol se espalhou pela cidade, debelando a melancolia vermelha que tanto atormentava não apenas Orin 53, como também inquietava a maioria dos habitantes da Cidade Iridescente. Omulu, o sol que marca as horas, já havia ido e voltado várias vezes logo após o nascimento da criança. Era tudo ainda alaranjado demais para o gosto dos cidadãos, mas Yewa melhorava muito a intensidade da luz celeste. Com a ascensão de Yewa, a frequência azul seria pouco a pouco adicionada ao céu. Um pouco de azul faria bem à saúde.

Será um longo ano sem o brilho reconfortante do branco sol Osala, pensou Orin com um longo suspiro. Um ano frio de baixa luz.

Já com o bebê em seus braços, ela mal podia acreditar que aquele mesmo ser tão pequenino tivesse sido capaz de tamanho grito telepático, a ponto de quase enlouquecê-la. Ele agora estava quieto, e não emitia sinais psíquicos alterados. A aparência da criança era de fato estranhíssima, bem de acordo com o descritivo de Alagbawo-Re 930, mas Orin nem vagamente nutria pelo filho quaisquer traços de aversão. Seus instintos maternos a faziam enveredar pelos melhores sentimentos possíveis. Ainda que o aspecto físico de seu filho a preocupasse, Orin não sentia pelo pequeno ser nada além do mais genuíno amor. O Ilê Monástico com certeza ralharia com ela por irradiar tanto apego, mas Orin não se importava com isso. Ela às vezes se sentia esgotada com tamanho escrutínio sobre seus pensamentos e sentimentos. Daria um sol por um pouco de privacidade.

Examinando com atenção, Orin ficou fascinada com as peculiaridades de seu bebê: olhos incomuns, de um azul claríssimo e vivo, de fato faziam lembrar a luz do sol Osum. Ela não costumava viajar com frequência até o Hemisfério Leste, mas tivera a oportunidade de ir para o Deserto de Outrora em raras ocasiões acompanhando o marido, e tinha a perfeita lembrança do azul de Osum, mais brilhante do que o suave ciano do sol Yewa.

Uma estranha penugem negra e crespa brotava da cabeça do bebê, como se fosse uma floração. Mas nada deixava Orin mais estupefata do que a fina película em torno dos olhos da criança. Aquela bizarra pele extra se fechava de vez em quando, cobrindo o campo visual do menino, e isso preocupava Alag a ponto de ele já estar providenciando uma cirurgia emergencial. Iriam remover as películas nos olhos do bebê, usando um instrumento que emitia um fino facho de luz pulsada. Esperavam apenas que Yewa subisse ainda mais no céu, para que, junto com o brilho emitido por Sango e Omulu, houvesse energia capaz de alimentar o maquinário. A cirurgia, contudo, era urgente.

– Não posso prever as consequências das privações de luz. Fique atenta para que esta pele não cubra os olhos do menino por mais do que dez segundos, Orin – disse Alag.

Não havia ainda nem sinal de Oluya-Woran 30, e isso deixava Orin preocupada. Ela sabia que não podia fazer nada, e procurava meditar para o bem de seu filho. Tão concentrada estava, que não se deu conta de que havia outra pessoa no quarto. Até que uma voz feminina muito suave, típica de assistentes de nascimento, a interrompeu. Era Ranya 722, a minha mãe-gênese. De pé em frente ao leito de recuperação, Ranya sorriu, saudou Orin com a devida mesura, e disse:

– Ele é mesmo um menino interessante. Lamento não ter estado presente, cheguei após o parto. Mas soube que minha filha biológica preencheu o meu vazio a contento.

– Você é a mãe-gênese da pequena sem-nome? – perguntou Orin, sorrindo. – Pois se orgulhe de sua filha, ela foi de uma destreza meritória da grandiosidade do Templo dos Nascimentos. Será uma bela sucessora de seus deveres!

Ranya sorriu, agradecida. Adiantou-se e impôs as mãos sobre o bebê, irradiando o calor acumulado em suas células. Dentre as múltiplas habilidades do Ilê Ranya, uma das mais belas era, sem dúvida, o *agbara*: o dom de emitir calor pela imposição de mãos. O recém-nascido pareceu gostar e, sorrindo, inclinou o rosto na direção das mãos de Ranya.

– Sim, minha filha biológica tem habilidade, é competente em quase tudo o que deseja – disse Ranya. – Mas não estou tão certa de que será minha sucessora.

– Como não?
– Ela tem outros interesses, embora hesite em partilhá-los comigo. A juventude de hoje em dia não tem por costume a abertura telepática de nossos ancestrais. Lembro que, na idade dela, eu não conseguia ocultar pensamento algum de meus pais biológicos. A nova geração parece gostar da ideia de impedir o acesso à própria intimidade.
– Você diz uma verdade, Ranya 722 – disse Orin, rindo. – Também tenho uma filha biológica, também ela ainda sem-nome. Com alguns poucos ciclos de Osala de vida, é capaz de criar poderosos escudos telepáticos. Essa nova geração valoriza a tal "privacidade". Imagine você se tais procedimentos se tornarem comuns...
– Acha que isso é possível?
– Você consegue conceber uma sociedade onde cada qual possui seus próprios pensamentos mantidos em privado, Ranya 722? Uma cidade em que as coisas não sejam todas claras e públicas? Imagine como isso seria egoísta!
– São modismos juvenis, não se preocupe – disse Ranya, ofertando um copo de sumo de frutas azuis a Orin. – Modismos, nada além disso. *Muito embora...* – pensou Ranya, transmitindo cada palavra com cuidado. – *...muito embora às vezes a cautela exija alguma privacidade mental.*
Quê...? – murmurou Orin, sem entender as razões da abordagem telepática.
– Beba as frutas azuis, minha cara. São da melhor safra, brotaram na última Hora do Esplendor, estão carregadas de luz e são ótimas para estimular a produção de leite. Eu mesma as colhi e irradiei um pouco de *agbara* em cada uma delas. O pequenino precisa comer – disse Ranya em voz alta, disfarçando.
Importuno se conversarmos por aqui? – continuou ela, no plano mental. – *Não se preocupe, Orin, não estamos a cometer um crime grave. É apenas um pequeno delito, e eu sou muito boa na arte antiga do escudo telepático. Não seremos identificadas.*
Mas qual a razão disso? – perguntou Orin, enquanto olhava para o bebê e sorria com candura.
Todas as residências da Cidade Iridescente, quer fossem particulares ou coletivas, são feitas de vidros tão grossos quanto transparentes, de forma a permitir o máximo de captação da luz proveniente de cada um dos cinco sóis. Nossos corpos, baterias solares que são, se beneficiam do banho luminoso. Nossa estrutura celular, adaptada para as condições de nosso mundo, necessita de pouco alimento

(frutas e raízes), alguma água, além do próprio brilho e calor dos sóis. Se os pensamentos são partilhados, o conceito de "privacidade" está longe de ser compreendido por nossa cultura, portanto faz sentido que nem mesmo as paredes sejam opacas. A mania de se ocultar, tão característica de minha geração, é tida como "rebeldia juvenil" pelos mais velhos, e como "vício perigoso" por tantos outros. Em nosso mundo, tudo é público, sem exceções admitidas. Alimentação, sexo, excreção, pensamentos, sentimentos, nascimentos, mortes: tudo público. Sempre fora assim. E, se dependesse do Conselho dos Anciões, sempre seria.

Estamos a nos comportar como crianças – resmungou Orin, por telepatia. – *Não há necessidade de ocultarmos nossos pensamentos e travarmos esta conversa no plano mental. Os concidadãos são nossos irmãos mentais, e a verdade é um imperativo absolu....*

Acredite em mim, há necessidade – disse Ranya, interrompendo Orin. – *Mas continue amamentando, irei sentar ao seu lado e os passantes pensarão que estou a acariciar o bebê com pensamentos graciosos. Você vai entender meus motivos.*

Do lado de fora do quarto, atrás da parede de vidro, Alagbawo-Re 930 acenou para as duas fêmeas e sorriu. Estava contente em verificar que tudo havia corrido melhor do que o esperado. Orin se sentiu mal por ocultar pensamentos de seu amigo. Alag, por sua vez, estava satisfeito em captar as ondas de serenidade enviadas por Ranya. Tão poderosas eram as vibrações, que Alag não conseguia captar nada além de paz, harmonia e sentimentos virtuosos. Cumpria bem suas funções, a assistente de nascimentos. Alag pensou em enviar um registro diamantino aos Anciões, elogiando Ranya 722. *Que belos pensamentos essa moça emite, brilham como a luz branca de Osala*, pensou ele, enchendo Orin de vergonha.

Ranya, sentada em posição de transe sobre uma almofada ao lado da cama de Orin, na verdade realizava a mais antiga das artes sombrias: ocultamento telepático. Privacidade.

Não é à toa que os jovens de hoje têm esta mania de ocultar pensamentos, com o exemplo que você dá – disse Orin. Ranya, por sua vez, parecia não se importar com o incômodo da jovem mãe.

Diga-me: você crê? – perguntou Ranya, sem pestanejar.

Orin entendeu, mas fingiu o oposto.

Não compreendo – disse ela.

Apsoto que você me compreende muito bem, Orin. Pergunto uma vez mais:

59

você crê? Pode falar sem medo! Você sabe que a minha é uma pergunta retórica. Seus pensamentos são transparentes como as paredes desta casa. Não sou Cultista, se é o que você quer saber.

Não passou por minha cabeça que você fosse. Reelaboro minha questão, portanto: ainda que você não seja uma Cultista praticante, você crê em R'av, o Menino-Deus criador deste mundo e semeador de tantos outros? Você acredita na pluralidade dos mundos? Acredita que muitas são as moradas de R'av?

Orin mal podia acreditar no que lhe estava sendo perguntado. Seria Ranya um membro disfarçado da Polícia, investigando-a por suposta cumplicidade com Cultistas?

Não sou nada disso. Não sou Policial, nem estou a el@s associada. Você pode responder livremente – disse Ranya, após captar os temores de Orin.

De cabeça baixa, a cantora nutria o bebê. Assustada, temia transmitir medo para o menino. E ele "piscava", a pele em seus olhos subindo e descendo com rapidez angustiante. Aquela película precisava ser retirada o mais rápido possível, ponderou Orin. Então ela respondeu:

Eu... eu fui criada por um pai-gênese do Ilê Alagbawo-Re. Hoje em dia ele é considerado um criminoso foragido, um renegador do próprio nome. Sua mente foi posta a prêmio para a reciclagem pela Polícia do Pensamento. Nunca mais o vi, nem o senti, sei apenas que vive nas ruínas de Kalgash e usa um novo nome individual, desprovido de Ilê. Não partilho dos ideais Cultistas, mas eu diria que sim, eu acredito em R'av, o criador de tudo. E às vezes eu me pego pensando que podem existir sim outros mundos além de Aphriké. Mesmo sem evidências... Não sei explicar, é um sentimento, não algo que se sustente pela razão.

Você crê que R'av é não apenas o senhor deste mundo, como o criador de toda a vida? – inquiriu Ranya.

Sim... Sim, eu creio... ao menos um pouco. Eu sinto que existe um deus. Criacionismo, contudo, é uma aberração. Meus pensamentos são delituosos. Não ensino isso para minha filha, e jamais ensinarei a meu filho.

Ranya sorriu. Era bem o que ela esperava.

Orin, você já ouviu falar nos Iranses?

Sim... Os ministros dos sóis. São uma lenda antiga. Estão no Livro das Revelações, mas eu nunca tive a oportunidade de lê-lo inteiro, após a fuga e desonra de meu pai.

Não são uma lenda, Orin. Seu filho recém-nascido é um Iranse.

Como assim? Você está louca?

No plano mental, o diálogo se dava com muito mais rapidez do que se estivesse limitado ao plano verbal. O problema se restringia

ao processo de fusão dos pensamentos. Seria quase impossível a um espectador externo, se fosse capaz de ouvi-las, discernir entre o que provinha da mente de Ranya e o que brotava da mente da Orin:
Não estou louca, sei o que digo.
Pois o que você diz é absurdo, meu filho é uma criança normal.
"Normal" não é uma expressão muito cabível a este bebê, Orin. Alagbawo-Re 930 corrigirá as estranhezas físicas.
Não são "estranhezas", Orin, são sinais. O sol Sango marcou seu filho como um Iranse. Estes sinais não podem ser corrigidos, apenas ocultados.
Quero que ele seja um rapaz como outro qualquer.
Você pode disfarçá-lo se quiser, até recomendo, mas ele é e sempre será um Iranse. O que você quer de mim, Ranya 722?
De você? Não quero nada de você, Orin, além de que, quando ele for mais velho, você não o deixe na ignorância. Oriente-o a procurar Lah-Ura no Deserto de Outrora.
Mas nem que os sóis se apaguem! Perdi meu pai-gênese para os Cultistas! E agora você quer que eu sugira ao meu filho que procure pela líder terrorista de um bando de fanáticos religiosos? As fêmeas Lah-Ura são bárbaras! Selvagens!
Seu filho pode ser a salvação deste mundo, Orin.
Salvação? Salvação do quê? Que insanidade é essa?
Em alguns anos, pouquíssimos anos, não apenas a Cidade Iridescente como todas as comunidades ocidentais serão destruídas pelo sétimo sol, o negro Esú-Elegbá. Não sobrará nada, Orin! Nada! A não ser que um Iranse resgate R'av do interior do sol branco e acabe com esse jogo que se repete há milhares de anos.
Ranya 722, você é uma Cultista, não existe isso de sétimo sol. Uma coisa é ter sentimentos religiosos, outra bem distinta é fundamentar decisões a partir de lendas. Devo denunciar você à Polícia do Pensamento?

Ranya não parecia temer a ameaça de Orin. Estava mais preocupada em ocultar os pensamentos e emoções desencadeados pelo diálogo mental. Fortaleceu o escudo psíquico, tomando o cuidado de revestir o campo protetivo com o máximo de pensamentos positivos capazes de distrair os passantes. Quem quer que as visse, perceberia apenas alegria, paz e afeto mútuo. Respirou fundo, e continuou a conversa no plano mental:

Vou pedir que não faça isso, Orin. Sei que corri grande risco ao me expor, mas peço sua confiança. Estou infiltrada na Cidade Iridescente há muitos ciclos de Osala. Nem mesmo nasci aqui, nasci no Oriente, mas todos pensam que sou natural de Solaris. Desposei um macho do Ilê Arimeo porque este seria o melhor

disfarce para uma Cultista: casar com um mantenedor da tradição. Adentrei o Ilê Ranya para testemunhar o eventual nascimento de algum Iranse. Eis que hoje, após ciclos de espera, tive êxito. Sei que me arrisco ao me revelar pra você, mas vejo este nascimento como um sinal.
Você é um perigo social, Ranya 722!
Por R'au, se pareço perigosa ou louca, tudo bem, me denuncie! Mas os dons de seu filho emergirão, faça você o que fizer. Mandar me prender não mudará nada, Orin. E, quando os dons do menino emergirem, ele precisará encontrar Lah-Ura na antiga Kalgash, no Deserto de Outrora. E você vai precisar de mim, Orin!
Dons? Mas de que malditos dons você está falando?
O dom de falar com os sóis. O dom de vislumbrar outros mundos.
Crimes do pensamento! Não há mundos além de Aphriké!
Isso é o que o Ilê Arimeo diz, isso é o que o idiota do meu marido prega, e você estás apenas a repetir a ladainha. Não é o que você crê em seus dois corações, Orin.

Envoltas pela bolha psíquica, nem Ranya e nem Orin pareceram se dar conta de um intruso capaz de ouvir cada pensamento: o menino recém-nascido. E, apesar de não ter idade para compreender o que elas diziam, a impressão psíquica o instigava. Incomodava-o. Ele queria mamar, queria mais luz. Queria que elas fizessem silêncio.

Sssssssssssssssssssssss... – começou a emitir o bebê.
Você é completamente louca! – gritou Orin em seus pensamentos.
Com o tempo, você verá a verdade e me procurará – disse Ranya.
Vá embora daqui, antes que eu chame a Polícia!
Sssssssssssssssiiiiiiii...
Vou embora. Mas se você precisar de ajuda, chame – disse Ranya.
Nada quero com uma maldita Cultista!
SSSSSSSSSSSSILÊNCIO! – explodiu a criança.

As duas fêmeas gritaram telepaticamente o mais alto que puderam, enquanto jatos de sangue irrompiam de suas narinas dilatadas, colorindo de vermelho os lençóis brancos do leito de Orin. O bebê, por sua vez, emitiu um ruído de aprovação. E riu.

Ele adorava vermelho.

∞

Fora do quarto, mais alguém conseguiu escutar tudo, a despeito da suposta impenetrabilidade da bolha psíquica: eu mesma, Tulla 56, narradora desta história no registro diamantino. Se nem a Polícia do Pensamento conseguiu ouvir o diálogo entre Orin 53 e Ranya 722, as minhas capacidades auditivas mentais, se descobertas, me tornariam uma excelente candidata ao Ilê Monástico. Eu era ainda muito jovem e sem-nome, mas já era bastante habilidosa em muitas coisas que fariam meu pai-gênese se enfurecer. Era com afinco que eu estudava os registros diamantinos do Templo do Saber, informando-me sobre diversas questões nas mais distintas áreas do conhecimento. Após algum empenho, eu enfim tinha conseguido fazer valer o sofisticado vírus telepático que havia implantado em minha própria mãe-gênese. O vírus era uma tecnologia clássica da Polícia do Pensamento, mas poucos sabiam criá-lo. Como filha biológica única de Ranya 722 e Arimeo 500, eu bem desconfiava que minha mãe-gênese tinha segredos, e acabara de descobri-los.

Desses segredos, eu, que num futuro próximo me tornaria a Tulla de número 56, me ocuparia pelo resto de minha vida.

7
Alagbawo-Re 930
(Trinta anos para o fim do mundo)

Era muito escândalo para tão poucas horas, e Alagbawo-Re 930 se sentia esgotado após socorrer o filho de Orin-Olu numa nova crise psíquica. Ele precisara de dois/duas Policiais do Pensamento para conter a criança e depois teve que tratar do sangramento de Orin 53 e Ranya 722, mas tudo ficou bem no final. Ou pelo menos *parecia* ter ficado bem. Ele não conseguia tirar da cabeça a impressão de que algo mais incomodava Orin. Alag tinha captado pensamentos esquisitos e paranoicos em sua amiga, mas não deu muita atenção a nada disso. *Efeitos colaterais da Luz Sangrenta*, julgou. De tão cansado, sua telepatia já estava falhando e ele precisava de um tempo sozinho, no Templo da Medicina. Queria aproveitar a ascensão de Yewa e absorver um pouco de luz azul.

Alag podia ser singular em diversos aspectos, mas em pelo menos um ele era como os demais irmãos de seu Ilê: amava a regularidade da existência. A perfeição de Aphriké o fascinava, instigando-o a passar ciclos de Omulu a fio apenas contemplando os detalhes da ordem impreganada na malha psíquica coletiva. A forma como os Monges garantiam a estabilidade fazia com que ele se sentisse seguro, nada lhe era mais caro que esse sentimento. Por isso mesmo, optara por adiar ao máximo a união a uma fêmea em matrimônio. Ele sabia que em algum momento deveria escolher e ser escolhido por uma fêmea, a fim de realizar suas obrigações legais de procriação, mas poderia fazê-lo muito bem nos próximos quinze ciclos de Osala. Não havia razão para pressa.

Sublimar afetos e impulsos sexuais não era tão difícil para Alag. Ele teria se tornado um membro do Ilê Monástico com muita satisfação, não fosse sua curiosidade natural, incompatível com a vida de Monge. Alag se interessava bastante pela gradual transformação das células de pessoas em células vegetais quando cada um morria após completar a idade de cem ciclos de Osala: duzentos anos. Os

Monges não estavam interessados em nada disso, para eles as coisas apenas eram o que eram e não havia o que questionar, de modo que sua escolha mais lógica fora o Ilê Alagbawo-Re, onde poderia dar vazão ao seu interesse pelo estudo da anatomia.

Não era bem a pontualidade do fenômeno da morte que instigava Alag. Num mundo como o nosso, onde tudo é regular e ordenado, o fato de todos morrerem no ducentésimo aniversário não era algo que gerasse espanto. Dignos de nota eram os mecanismos de mutação celular, o processo capaz de converter pouco a pouco uma pessoa numa árvore de longevidade indefinida. Alag, quando era ainda muito jovem e sem-nome, testemunhara a ocasião da morte do próprio pai-gênese. Familiares e amigos reunidos em festa e portando seus cálices cheios de suco de frutas azuis, brindaram à produtividade da existência de Agbe 17217, do Ilê agrícola. O pai-gênese sorriu e, no momento pontual de sua centésima aurora de Osala, ao completar duzentos anos, despediu-se de seus dois filhos e esposa. Retirou a tiara do Ilê Agbe, desligando em seguida. A festa da morte, então, começou. E nada poderia ser mais divertido do que a festa da morte.

Era festa, mas Alag lembrava de ter quase chorado. Só não o fez por ter sido advertido da inconveniência de tal ato por sua mãe-gênese. Ele era jovem e, não fosse a interferência de um@ Monge que lhe amortecera as emoções, sem dúvida teria caído num vergonhoso e contagioso pranto, fruto do veneno do apego. Fora um filho tardio de seu pai-gênese, e apenas oito anos depois havia atingido a maioridade e o direito ao nome próprio. Testemunhar a morte de Agbe 17217 ajudara muito na escolha de seu Ilê.

Um ciclo de Omulu após o outro, aquele que se tornaria Alagbawo-Re 930 visitara escondido o corpo de seu pai-gênese. Ele havia sido enterrado até os joelhos na Floresta Ébano, pois assim determinava a tradição. E, a cada vez que visitava o pai, Alag podia constatar a gradual mudança do corpo de Agbe 17217 numa árvore que já nascia crescida. A primeira coisa que se deformava eram as extremidades, cada um dos doze dedos se encarquilhando, os nós das falanges engrossando, as orelhas crescendo e assumindo a conformação de folhas. Cada trecho de carne se convertendo em planta sob a luz dos cinco sóis. Ao fim do primeiro ciclo de Yewa, as mudanças assumiram um ritmo mais acelerado, e o futuro Alag testemunhara a erupção de flores de uma tonalidade roxa muito suave ao longo do que haviam sido os braços de seu pai. A pele há muito já havia se convertido inteira em pura casca, uma casca tão negra quanto fora um dia a epiderme. Inicialmente, o jovem pensara que a madeira estivesse crescendo em torno da carne de seu pai-gênese, e teve a ideia de descascar uma parte. Encontrara apenas mais madeira, até que uma seiva negra brotou das ranhuras. A transformação estava completa, e o ser que um dia fora Agbe 17217 havia se convertido numa Majestosa Ébano, a árvore sagrada e imortal, testemunha silenciosa das várias eras do mundo. E aquilo era mesmo uma beleza: a garantia da eternidade da vida, da regularidade da existência. Como não festejar isso?

De seu pai-gênese nada restara, exceto um arremedo de rosto no tronco central da árvore. O jovem Alag quase conseguia reconhecer os olhos de Agbe 17217 fitando o vazio, naquele sutil rosto desenhado. Poderia jurar que seu pai ainda existia ali, de alguma forma, mas sua mãe-gênese insistira que tudo não passava de fantasia. Árvores não pensam, dissera-lhe a mãe. E aquela era apenas mais uma dentre as tantas árvores iguais da Floresta Ébano: incontáveis indivíduos falecidos. Mas o menino sempre sabia qual delas era seu pai, sem nem mesmo precisar ler a placa de identificação. Sempre. Era como se pudesse sentir-lhe os pensamentos, mas isso sem dúvida era impossível. Árvores não pensam, convenceu-se.

O menino se tornou um médico. Tornou-se Alagbawo-Re 930, mesmo sabendo que essa profissão seria pouco útil. Conforme ensinavam os Arimeos, nada de errado poderia acontecer a uma pessoa enquanto a Doutrina do Lugar Natural dos Quatro Elementos fosse respeitada. Os poucos acidentes em qualquer lugar sempre foram culpa daqueles que, movidos pelo veneno da dúvida imprópria, resolveram invadir espaços pouco apropriados. Infelizmente, antes da estabilização mental que a maioridade traz, alguns poucos jovens indisciplinados morreram por afogamento ou após caírem de grandes alturas. Sempre havia uns ou outros imbecis o suficiente para se atirar nos poucos rios e lagos de superfície, ou tentar voar com balões pessoais sem estudar a tecnologia da invenção de Itzak 41. Em geral, isso era pouco comum. O Ilê Alagbawo-Re quase não tinha com o que se preocupar, exceto quando, na Hora da Luz Sangrenta, alguns indivíduos mais sensíveis ao decréscimo de luz tinham surtos leves de instabilidade psíquica. De resto, nossos ossos são fortes como rochas e dificilmente se quebram. Em raros acidentes de amputação, que em geral ocorriam com as engenheiras do Ilê Kayera, bastava aguardar a regeneração do membro perdido. Pouco labor havia para os Alagbawo-Res.

Após testemunhar o mesmo processo de transmutação de pessoas em árvores por mais de vinte vezes, Alag passara a entender a inexorabilidade da natureza, e seu espanto inicial se convertera em curiosidade científica. Como médico, sabia que não seria muito solicitado, e poderia dedicar quase todo o seu tempo à contemplação da natureza e à investigação da transformação pós-morte. Sua maior curiosidade era morrer. O que sentiria uma pessoa no exato instante do desligamento da consciência? Estaria ela paralisada, mas ainda consciente? Seria dolorosa, a conversão em árvore? Seu pai-gênese ainda estava de algum modo vivo naquele novo corpo vegetal? Eram muitas questões, e apenas a investigação biológica dedicada poderia trazer alguma resposta, por menor que fosse. Às vezes, Alag pensava no quanto os Itzakes faziam falta. O Ilê Itzak era conhecido pela capacidade de pensar em coisas que ninguém mais pensava.

Mas não havia mais Itzakes em Aphriké, desde o Quadragésimo Primeiro. Desde o balão.

A regularidade absoluta das coisas, porém, causa a erosão de qualquer curiosidade. Com o passar dos anos, Alag deixou de se maravilhar com a transformação das células das pessoas em vegetais após a morte, e passou a se dedicar aos cuidados médicos diretos. Curadores são tão necessários em Iridescente quanto um mundo com seis sóis precisaria de luz artificial. O Ilê Alagbawo-Re é, contudo, fundamental para a avaliação médica capaz de determinar o momento no qual um indivíduo se torna adulto. A maioridade não se concede por uma idade, e sim por avaliações psicofísicas individualizadas.

Por tudo isso, ao se ver diante de uma criança com tão estranha fisiologia, Alag oscilou entre a curiosidade científica e a irritação. Ele, como quase todos nós, tinha passado a detestar a quebra da rotina, a não-regularidade. Pouco se parecia com quem ele mesmo havia sido na juventude. A irritação com a desordem precisaria ser domada naquele caso específico, caso contrário o pobre bebê terminaria sendo contaminado por emoções sujas. Não era culpa da criança ter nascido com alterações físicas, e Alag – mais do que ninguém – era capaz de sentir empatia quando o assunto era "diferença física".

Não era ele mesmo alto como uma fêmea? Não havia sofrido com o desprezo de seus colegas quando ainda nem tinha nome próprio, mas já era mais alto do que um macho da espécie costumava ser? A altura padrão de um macho é de 2,50 medidas. As fêmeas em geral têm entre meia e uma medida a mais. Alag, com apenas dezenove anos, já era mais alto que uma fêmea adulta média. E as demais crianças não poupavam troças a esse respeito: *Com esta altura, você vai escolher o Ilê Ranya? Ou talvez o Ilê Orin? Sua voz é muito bonita! Você vai ser uma cantora? Ou uma engenheira Kayera? Hahahaha!*

Jovens podem ser bastante cruéis, principalmente no plano telepático, onde tudo é mais doloroso. Terminavam punidos por seus pais-gênese ou pelos pais-educadores, mas reincidiam. Nossa sociedade repudia os venenos da mente e se calca em intensa sublimação, mas sempre tolerou as coisas horríveis das quais as crianças são capazes. Alag ouvira toda sorte de ofensas antes da maioridade, apenas por ser "alto demais".

Ele faria de tudo para normalizar o filho de Orin 53 e Oluya-Woran 30. E isso não deixaria de ser um desafio científico interessante. Deveria, com urgência, remover aquela perigosa pele que insistia em cobrir a luz dos olhos da criança. Em seguida, removeria os estranhos fios crespos que brotavam da cabeça do bebê. Quanto ao coração único, nada havia a ser feito, mas os exames iniciais não demonstraram nenhuma fraqueza circulatória. Ainda assim, a ingestão periódica de sumo da Majestosa Ébano serviria para reforçar o vigor cardíaco do menino na medida em que ele crescesse. Seria interessante acompanhar o desenvolvimento de uma pessoa dotada de um só coração. O improvável irritava, mas não deixava de representar o resgate a uma época onde a curiosidade ainda era forte na alma de Alag. Aquilo o fazia se sentir mais jovem, um pouco mais como o antigo rapaz que um dia fora. Alag sorria. Nada como ter a juventude resgatada por um recém-nascido.

8

Liberdade ilícita
(Trinta anos para o fim do mundo)

– Você pode me denunciar se quiser, mas advirto que vai precisar de ajuda – disse Ranya 722, sem se preocupar com a aspereza das próprias palavras, enquanto ajudava Orin 53 a organizar uma cesta--maternidade. – Você vai precisar de mim, pois Alagbawo-Re 930 não terá como ajudar.

– Não seja tola, Alag é um ótimo médico. O melhor de Iridescente – disse Orin.

Ranya tocou a mão de Orin, mas esta rejeitou o toque. Ranya suspirou e disse:

– Ele pode ser até o melhor médico do mundo inteiro, mas não dispõe do conhecimento necessário pra ajudar a criança. O menino é um Iranse, e isso é sinônimo de "muito perigoso".

– Não vejo como uma criança pode ser perigosa.

– Não é possível, Orin, você está em negação. Você viu o que ele fez. Imagine este derrame hemorrágico que sofremos, ocorrendo com crianças no Templo do Saber! O que acha que farão com seu filho quando perceberem a ameaça que ele é para a paz e a saúde pública? O destino dele é escolha sua, Orin.

– Eu bem que deveria denunciar você – respondeu Orin, ainda irritada, enquanto limpava restos de sangue seco das mãos. O soco mental dado pelo próprio filho ainda lhe fazia doer a cabeça.

– E do que adiantaria? Quando a Polícia viesse à minha procura, eu já estaria bem longe. Ninguém me encontraria, Orin. Tenho meus recursos. Ou você acha que eu estou limitada às habilidades das Ranyas? De onde venho, sou muito mais que uma simples parteira. De onde venho, não nos limitamos às atribuições de um só Ilê. Somos livres.

– Estou ciente de que você é cheia de truques, Ranya. E bem sei como é perder o pai-gênese para sua laia Cultista. Se nada farei, é porque não desejo que sua filha biológica fique sem mãe-gênese tão cedo. Tenho pena dela. Nem nome próprio ela tem!

Ranya parou de mexer na cesta e ficou muda por segundos, antes de voltar a falar:
— Agradeço por isso, Orin, de verdade.
— Não dei intimidade pra que você cite meu Ilê sem dizer meu número.
— Está bem, está bem, perdão, Orin 53! Está melhor assim? — disse Ranya, sorrindo e abrindo as palmas das mãos em sinal de paz. — Não fomente o veneno da aversão por mim. Sei que você está zangada e preocupada com seu marido, mas garanto que nada acontecerá a ele.
— Então é verdade. Os Cultistas sequestraram meu marido.
— Não é um "sequestro", Orin 53. Eles estão apenas conversando. Relaxe. Ele estará de volta em breve. Mas quero que você saiba: quando precisar de nós, estaremos aqui. Basta que me procure.
— "Nós"? Devo então supor que há muitos outros Cultistas infiltrados em Iridescente.
— Não somos muitos, mas sim, estamos em vários cantos da cidade, ocupando diferentes funções. Indetectáveis pela Polícia.
— E você quer me convencer da bondade de suas intenções? Bombas telepáticas, ataques terroristas, espionagem... Você é muito cínica!
Ranya suspirou, cansada, e disse:
— Minha cara, com o tempo contarei a nossa versão dos fatos. Se você me dá um pouco de fé, digo que as coisas não são como os Arimeos relatam. Seja discreta, e nos encontraremos em outras oportunidades. Com o tempo, você entenderá.
Orin a encarou, mais preocupada do que furiosa, e disparou:
— Não me faça rir, você acha que é assim tão fácil? Como você imagina que serei capaz de esconder nossa conversa de meu marido? Não sou como você, Ranya 722! Não domino nenhuma técnica insidiosa de privacidade, sou péssima nisso! Mesmo que Olu nada perceba, coisa que duvido, Monge 5054 saberá de tudo assim que puser a mente em mim! Por Osala, qualquer um pode ler meus pensamentos, até uma criança! Não posso esconder você, serei acusada de cumplicidade!
Ranya nem precisaria ler a mente de Orin para constatar a intensidade do medo que a cantora sentia. Orin tremia, de tão nervosa.
— Bem, eis um problema real – disse Ranya. — Mas nada que eu não tenha pensado antes. Você poderia me dar a sua tiara identificatória um minuto, por favor?

Orin mal podia acreditar no que Ranya pedia. Riu nervosamente, e passou a olhar para todos os lados, tentando descobrir se alguém as via pela transparência das paredes. Mas não havia ninguém muito próximo. Então, respondeu:

— Sua louca! Você sabe o que me pede? Você tem a mínima noção? É desonroso retirar a tiara de meu Ilê depois que ela me foi concedida! Por quem você me toma?

— Não exagere, Orin 53! É apenas por um minuto! Quero substituir a ametista de sua tiara por outra... bem, por outra melhor. Ninguém perceberá a diferença.

Ranya sacou da bolsa um exemplar de ametista, pedra típica das tiaras do Ilê Orin. Depositou-a discretamente na mão esquerda de Orin e explicou, num sussurro telepático:

Eis a obra-prima do passado pouco conhecido de Aphriké. Orientados por Lah-Ura, lapidamos uma gema protetora. Enquanto você a usar, de sua mente sairão apenas as ideias e sentimentos aceitáveis pelo Ilê Monástico. Seu marido adorará os lindos pensamentos que você terá. E garanto, Orin 53: você apreciará a liberdade. Poderá pensar e sentir o que quiser, sem que ninguém a repreenda, sem que nenhum@ fastidios@ Policial do Pensamento queira levar você para o Templo da Purificação. Orin 53, a cidadã perfeita.

Como... Mas será possível? Você está brincando?

De forma alguma. Este será nosso pequeno segredo. Experimente, Orin 53. Troque as gemas da tiara e avalie. Verá que digo a verdade.

Orin substituiu as gemas com rapidez, olhando para os lados, desconfiada.

— Se você tinha esta ametista, já sabia de antemão que falaria comigo? Sabia que eu teria um filho... um filho Iranse?

— Oh não, de forma alguma — respondeu Ranya, abrindo a bolsa e mostrando seu interior repleto de pedras as mais variadas, uma para cada Ilê feminino. — Não tínhamos como saber qual fêmea geraria um Iranse. Se a mãe fosse de outro Ilê, eu teria outra gema alterada a oferecer.

— Pois verei se você fala a verdade. Se mentira for, irei à Polícia agora mesmo!

— À vontade, minha cara. Por que eu me exporia a tamanho risco? Pode checar.

Após verificar que a nova gema estava ajustada à sua tiara de identificação, Orin saiu da sala e encontrou três outras Ranyas conversando no fim do corredor. As três assistentes de nascimento pareceram

um pouco surpresas ao vê-la de pé. Um tanto constrangida, a mais velha se adiantou e abordou Orin.
— Como você se sente, Orin 53? Está melhor? — perguntou Ranya 795, uma das que havia fugido correndo, emitindo ondas de repugnância. Ela agora parecia resplandecer na mais pura empatia.
— Ah, sinto-me muito melhor, grata por perguntar — disse Orin, mas o que ela pensou foi *que a Escuridão devore seus olhos, vagabunda*. E ninguém pareceu captar nada.
— Fico feliz! Foi realmente um parto... inusitado — disse Ranya 795.
— De fato — assentiu Orin, enquanto disparava uma série de pensamentos aversivos: *desgraçada, opaca, apagada, crepuscular, aura suja, luz sangrenta*. Mas ninguém demonstrava ouvi-la.
— Bem... Com sua licença, temos alguns partos a fazer e orgasmos a multiplicar.
— Imagino! Muito grata! Adeus!
Espero que você morra antes do tempo, fêmea medonha. Nada. As Ranyas se afastaram, e Orin ainda pôde ouvi-las conversar telepaticamente entre si: *como é forte, essa Orin! Após tão traumatizante experiência, emite pensamentos tão suaves e amorosos! É mesmo luminosa como dizem!* Sentiu vontade de gargalhar e o teria feito, se não tivesse sentido a mão de Ranya em seu ombro.
— Não é um brinquedo, Orin 53. É proteção. Lembre-se disso.
— Lembrarei. E... Ranya...
— Sim?
— Sou... sou-lhe muito grata. Apenas "Orin" está bem.
Sorriram. A privacidade era boa. Melhor que isso: era ótim*a*.

∞

Após a saída de Orin 53, Ranya 722 resolveu mais alguns afazeres no Templo dos Nascimentos e comunicou às irmãs que precisaria se ausentar por uns instantes. Antes de sair, checou o filho de Orin-Olu na sala especial, onde estava sendo preparado para as intervenções médicas de Alagbawo-Re 930. Ficou feliz ao constatar que o bebê estava bem e calmo... ao menos por enquanto!
Ranya se retirou do Templo, montou nas quadrirrodas e se dirigiu ao Jardim de Ailopin, no centro da cidade. Antes de chegar ao seu destino, deu uma breve parada no cruzamento próximo a Alto Orun e sussurrou telepaticamente para um macho cuja tiara identificava como sendo um Agbe: *temos um Iranse*.

O membro do Ilê Agbe continuou a caminhar como se nada tivesse acontecido, até chegar ao mercado de distribuição de frutas, a fim de receber a cota mensal a que tinha direito. Lá chegando, encontrou uma gestora do Ilê Makiuri, uma fêmea bem alta e responsável pela distribuição dos benefícios sociais. *Temos um Iranse*, sussurrou Agbe através da mente.

A Makiuri sorriu e entregou uma grande sacola de frutas das mais diversas espécies ao macho Agbe. Pediu licença às irmãs e caminhou quase duas mil medidas até chegar a uma pequena casa onde duas crianças brincavam. A mãe delas, Ewi 4300, uma das muitas fêmeas do Templo da Poesia, reconheceu Makiuri 1300 de pronto. *Temos um Iranse*, transmitiu Makiuri, sem nem mesmo se deter diante de Ewi 4300.

Ewi entrou em casa, beijou o marido – um macho do Ilê Isiro – e disse que iria à Floresta Ébano meditar à sombra da árvore que um dia fora sua mãe-gênese.

– De novo? – perguntou Isiro 150, seu marido.

– Não se preocupe, não é apego, estou inspirada para um novo poema – respondeu Ewi. E se foi, protegida pela gema alterada em sua tiara, que lhe permitia... mentir.

Em menos de meia hora com suas quadrirrodas, Ewi se viu diante da Floresta Ébano. A árvore que um dia havia sido sua mãe-gênese estava um pouco mais para dentro da área, na região onde eram semeadas as fêmeas do Ilê Kayera. Havia sido uma magnífica engenheira, sua mãe-gênese. Ewi, todavia, não precisava adentrar a floresta para realizar seu intento. Simplesmente tocou a testa num tronco escolhido ao acaso, e sussurrou no plano mental: *temos um Iranse*.

Apenas Ewi 4300 poderia realizar tal proeza. Pois, para ser ouvida pelo reino vegetal, era preciso o toque sutil da poesia. Era preciso um tom de voz que apenas os mais sensíveis seriam capazes de reproduzir, ainda que quase ninguém em Iridescente conhecesse essa habilidade de Ewi. Ela estava ciente de sua imensa responsabilidade, do tanto que dela dependia.

Temos. Temos um Iranse. Escutem-me e espalhem a boa nova. Temos um Iranse. Temos, temos. Temos um Iranse.

As folhas pareceram farfalhar ao vento. Mas não havia vento algum. Havia apenas o silêncio da floresta a murmurar o segredo de uma árvore a outra, indetectáveis vozes vegetais a cantar *Iranse, Iranse, temos um Iranse.*

A floresta tinha seu próprio ritmo, e não havia pressa. No devido tempo, as árvores partilhariam seus mistérios e emitiriam seu canto capaz de ressoar até entre suas irmãs esparsas no Vale de Iyalenu. Uma voz multiplicando a outra, passando de árvore a árvore e de flor a flor, até explodir num coro de milhões de vozes. A mensagem saltaria o rio de Omi-Okun e alcançaria os ouvidos solitários de outra sensitiva Cultista, que faria chegar o recado até Lah-Ura 23.

E, então, a líder de Kalgash saberia que não estava mais sozinha em sua tarefa de alcançar o coração do sol branco.

9

O lugar natural dos quatro elementos
(Trinta anos para o fim do mundo)

Chegou a hora de transmitir o que aconteceu com Oluya-Woran 30 após partir em um balão rumo ao Hemisfério Leste. Mas, antes de relatar a terrível experiência de Olu, preciso contar a história da criação dos balões.

Aceitar que um veículo daquele tamanho fosse capaz de levitar, carregando consigo tantos passageiros, sempre foi bastante incômodo para qualquer um de nós. Por mais que víssemos essa façanha várias vezes, a ideia de voar não deixava de ser contra-intuitiva. Afinal, coisas terrenas invadindo o espaço aéreo era a antítese da Doutrina do Lugar Natural dos Quatro Elementos, conforme nos ensina o Ilê Arimeo. Mesmo considerando que Itzak 41, inventor daquele veículo, tivesse sido muito convincente em sua explicação teórica (e mais ainda na demonstração prática), não havia quem não transparecesse insegurança diante da ideia de singrar os ares de um lado para o outro.

Este magnífico instrumental automotivo não contraria a Doutrina do Lugar Natural dos Quatro Elementos, dissera Itzak 41, há mais de duzentos ciclos de Osala (quatrocentos anos). Estava tudo registrado numa esfera diamantina. Itzak 41 continuava: *aprisionamos grande quantidade de gás no balão e, como sabemos, a natureza das coisas gasosas é procurar o alto. Se não ultrapassarmos uma quantidade específica de massa sólida na nave que pretendemos fazer levitar, ela não terá escolha a não ser se deixar arrastar pela massa gasosa rumo às alturas. O elemento ar procura o elemento ar, e arrasta um pouco de matéria do elemento terra consigo. A terra atrai a terra, e isso impede o balão de voar até os sóis. Tudo se equilibra. Nada de estranho nisso.*

Os membros do Ilê Arimeo eram já abundantes, quatrocentos anos atrás. Algo em torno de trinta ao mesmo tempo, levando em conta apenas a Cidade Iridescente. Eles manifestaram firme oposição ao experimento de levitação. Dois terços afirmaram que o balão poderia até decolar, mas cairia. Segundo eles, o elemento terra atrairia as coisas terrestres ao seu lugar natural, fazendo com que a nave se separasse da esfera contendora do gás. Um terço dizia que o balão nem sequer levitaria, pois o gás não se permitiria aprisionar pelo balão, rasgando o tecido e matando os passageiros numa explosão.

Desobedecendo aos decretos oficiais e pouco se importanto com as perspectivas teóricas dos Arimeos, Itzak 41 executara seu voo sozinho, sem aguardar por autorizações, singrando os ares na direção do Oriente. Tudo isso se deu numa Hora do Esplendor. Pela primeira vez em mais de um milênio, os cidadãos da Cidade Iridescente não deram a menor atenção ao encontro dos cinco sóis, ignorando a luz que se derramava sobre a cidade. Itzak 41 havia roubado a atenção do povo para si.

Ohhhhhh! – clamaram as pessoas em uníssono, enquanto o cientista levantava voo diante de trinta pasmos Arimeos.

Não é polido contaminar a tessitura telepática da Cidade Iridescente com estática emocional, e nós sempre fomos muito austeros em relação a essa regra da mais básica civilidade. Tanto que, incapazes de acusar Itzak 41 de algum crime científico (afinal, seu experimento funcionara), os membros do Ilê Arimeo apelaram para o vago conceito de "perturbação da ordem psíquica".

As acusações eram graves: Itzak 41 havia emocionado milhares de cidadãos e intencionalmente tentara – *por pura vaidade*, criticara Arimeo 308, sem assumir sua própria pontinha de inveja – desviar a atenção da Hora do Esplendor. A Defensoria Pública do Ilê Agbejoro fez um bom trabalho, inocentando o ousado cientista do crime de "emocionar os outros" a partir do argumento de que cada um é responsável pelo próprio psiquismo. Foi, porém, impossível poupar Itzak 41 da acusação de soberba.

Seis são os crimes da mente nas cidades ocidentais: apego, ira, soberba, autodepreciação, dúvida imprópria e separatismo. Segundo a interpretação do Conselho de Anciões, a escolha de realizar um espetáculo de levitação em plena Hora do Esplendor, sem autorização, era um forte indício de que Itzak 41 agira por vaidade. Por mera soberba, vaidade fútil, e não por amor à ciência.

Sua penalidade não poderia ser muito pesada, soberba eventual não era lá um grande crime da mente. Condenado a se purificar por três ciclos de Oya, Itzak 41 nunca mais foi visto após cumprir a pena. Uma divertida lenda urbana dizia que ele havia alçado voo num balão e, exagerando na dose de gás, levitara tão alto a ponto de alcançar um dos sóis e morrer queimado. Mas a lenda servia apenas para preencher o vazio da ignorância, já que ninguém sabia explicar de fato que fim levara Itzak 41.

O escândalo na época fora tão grande que nenhum jovem desde então ousara escolher para si o nome de Itzak e seu Ilê praticamente se extinguira, para alívio dos implicantes Arimeos. A rivalidade entre o progressista Ilê Itzak e o conservador Ilê Arimeo era tão antiga quanto as fundações de Iridescente, e esta era apenas uma dentre tantas incongruências em nossa cultura. Como pode uma lei que penaliza a ira e o separatismo tolerar o denso ranço emocional gerado entre dois dos Ilês mais poderosos do Ocidente? Para mim, sempre foi claro que os Arimeos gozavam de privilégios legais, mesmo que isso não fosse assumido pelo Conselho dos Anciões.

Por muitos ciclos de Osala, ninguém usou o legado de Itzak 41. Por anos a fio, ninguém mais tentou sobrevoar a Cidade Iridescente. O problema era o medo. Outro Arimeo, o 320, havia se aproveitado da lenda urbana em torno do sumiço de Itzak 41 para convencer a população do risco de, levitando, ser possível alcançar um dos sóis. De fato, ninguém nunca mais teria usado um balão em toda a Aphriké se, ironia das ironias, o filho biológico do próprio Arimeo 320 não tivesse passado por um bizarro acidente. Um acidente que exigiu o uso do balão para salvamento. Assim me contaram os Alagbawo-Res, sobre o incidente que marcou o início oficial do uso de balões:

O filho biológico de Arimeo 320 sempre fora um garoto difícil, mas houve um dia em que terminou por ultrapassar todos os limites da razoabilidade. Mesmo ciente da Doutrina do Lugar Natural, o menino resolveu desafiá-la. Determinara-se a atravessar um dos raros lagos de superfície. Foi persuadido por outros garotos que insistiam na tese de que era possível trafegar pelas águas através de um procedimento apócrifo conhecido como "nado". O resultado, contudo, fora quase trágico. Conforme prevê a Doutrina, o elemento terra no fundo do lago atraiu o corpo do menino, afundando-o como uma pedra. Até hoje ninguém sabe explicar direito como o garoto conseguiu sair do fundo das águas. Há uma esfera diamantina com o registro do salvamento da criança, contendo as memórias das testemunhas e da própria vítima, mas tal registro é uma contradição absoluta, eu mesma o acessei. Cada testemunha lembra de uma cena diferente, nada faz sentido.

As testemunhas disseram que uma pessoa se atirara ao lago e resgatara o menino antes que ele se afogasse. Os cinco amigos do filho biológico de Arimeo 320 se contradiziam tanto na descrição do salvador, que era impossível encontrar alguma coerência descritiva. Segundo dois dos rapazes, o salvador era uma fêmea inteiramente nua, sem nenhuma tiara de identificação. Outro insistia que o salvador era um macho cuja tiara indicava o Ilê Agbe, agrícola. Dois outros só lembravam de um borrão brilhante e apostavam que o salvamento havia sido protagonizado por alguém do Ilê Monástico. Dentre tantas descrições conflitantes, um único ponto comum despontava como a coisa mais esquisita: como essa criatura, fosse quem fosse, havia conseguido se mover dentro d'água? Isso nenhuma das testemunhas sabia explicar. A única coisa indiscutível naquele estranho relato é que alguém resgatara o garoto do fundo do lago. Mesmo salvo, porém, o filho de Arimeo 320 terminou tendo um colapso. Não respondia aos chamados e, apesar de respirar, nem seu corpo nem seus olhos se moviam.

– Ele dorme – disse o salvador ou salvadora, segundo todos os relatos.

– O que significa "dorme"? – perguntaram as outras crianças.

Mas a criatura indefinida não parecia nada disposta a explicar.

– Ele precisa de um curador, ou não conseguirá voltar. Eu o ajudaria, mas ainda não recebi treinamento, posso matá-lo sem querer. Chamem alguém do Ilê Alagbawo-Re – respondeu a entidade, antes de se embrenhar na Floresta Ébano e desaparecer como se nunca tivesse estado ali.

Foi graças a esse incidente que o balão de Itzak 41 voltou aos céus. Àquela época, as pessoas ainda se locomoviam apenas com quadrirrodas. Isso era muito restritivo, pois a velocidade automotiva varia de acordo com a quantidade de sóis no céu.

O acidente ocorrera numa Hora da Luz Sangrenta. Não era à toa que as superstições associam esse momento às desgraças: se algo podia dar muito errado, sem dúvida seria quando apenas o rubro sol Sango brilhasse no céu. Não havia energia luminosa suficiente para imprimir velocidade às quadrirrodas. Os únicos quatro Alagbawo-Res de Iridescente se encontravam longe, na Vila Radiante, investigando o processo de metamorfose de um corpo morto numa árvore viva. Não seriam alcançados a tempo.

Motivado pelo terror de perder seu filho querido e contrariando todas as regras da própria Doutrina, Arimeo 320 cometeu um pequeno (e tolerável) crime da mente: permitiu-se levar pelo apego. Foi apego o que fez Arimeo 320 ignorar as evidências de que seu filho havia morrido e em breve se converteria em planta. Foi apego o que fez Arimeo 320 correr na direção do balão de Itzak 41, convertido em peça de museu, acionar o transporte aéreo e se enfiar junto ao seu filho imóvel no tão temido veículo.

– Ele dorme, ele dorme, seja lá o que isso significa, ele não morreu, ele apenas dorme... – repetia Arimeo 320, sem parar.

Num rápido ciclo de Omulu, mesmo sem experiência prévia na arte de dirigir balões e quase cometendo vários acidentes, Arimeo 320 alcançou os Alagbawo-Res na Vila Radiante. Eles, por sua vez, constataram não haver sinal de conversão de células carnais em vegetais no corpo do menino. Apesar de não se mexer nem reagir, a criança estava viva e foi preciso apenas fazê-la aspirar o pungente perfume da flor Fogo Dourado para romper a paralisia. Os Alagbawo-Res ficaram fascinados, mas nunca souberam explicar o que testemunharam.

– Era só um dorme! Era só um dorme! – dizia Arimeo 320, em prantos, enquanto abraçava seu filho.

E nenhum dos Alagabawo-Res tinha a mais vaga ideia do que Arimeo 320 estava dizendo. Ninguém conhecia a expressão "dorme".

Desde então, os balões se sofisticaram e, graças à tecnologia solar, se tornaram muito rápidos. Sem dúvida, o mais eficiente meio de transporte entre Iridescente e as demais cidades. Mas nem a eficiência fazia o balão deixar de ser desconfortável, num sentido psicológico. A Doutrina do Lugar Natural dos Quatro Elementos está muito entranhada em nossas mentes, e mesmo os mais jovens demonstram grande desconforto diante da ideia de alçar voo. As coisas da terra pertencem à terra. O ar pertence ao ar. Navegar pelo elemento ar torna o sujeito mais próximo ao fogo dos sóis e, por mais agradável que isso seja para nossa biologia, não deixa de ser perigoso. Ninguém sabe ao certo a distância entre os sóis e o mundo e, embora Arimeo 500 houvesse estimado essa distância em um milhão de medidas, era impossível sustentá-la com convicção.

Voar de balão é permitido, mas quase ninguém o faz, dado o desconforto psicológico. Por tudo isso, caberia a Oluya-Woran 30 a tarefa de construir a primeira linha direta do trem solar que ligaria a Cidade Iridescente às ruínas de Kalgash, no Deserto de Outrora. A trilha cobriria a longa distância entre os dois hemisférios planetários, sendo capaz de atravessar – por uma ponte – o temível rio longitudinal conhecido como Omi-Okun. Caberia a Olu e seus irmãos de Ilê, junto às fêmeas do Ilê Kayera, a missão de converter uma parte daquela área abandonada em um oásis: a Cidade do Amanhã. A Cidade do Amanhã seria um balneário turístico para os cidadãos de Iridescente. Poderíamos, enfim, experimentar os efeitos de Osum. Osum, o sol azul que, de acordo com os registros do Ilê Itzak, possuía propriedades calmantes para o espírito e amplificava o sentido da telepatia. A Cidade do Amanhã seria um refúgio para onde poderíamos escapar quando, no Hemisfério Oeste, ocorresse a desagradável Hora da Luz Sangrenta. Um lugar que possibilitaria aos ocidentais experimentar o Esplendor quando este se desse em qualquer um dos hemisférios de nosso mundo.

10

O primeiro confronto
(Trinta anos para o fim do mundo)

Horas antes do parto de Orin 53, deram-se as cenas que transmito a seguir:
    Voar de balão era desagradável mas, pela grandiosidade da tarefa, Oluya-Woran 30 suportaria o desconforto de desafiar os elementos e navegar pelos ares.
    Olu se aproximou do dirigível já aparelhado e viu que seu/sua assessor@ de sexo indefinido, Monge 5054, se antecipara. Olu sorriu. Gostava muito da eficiência e zelo dos rapazes e moças do Ilê Monástico, embora após o treinamento eles não fossem mais nem rapazes e nem moças.
    – Um dia hei de conseguir chegar antes de você, 5054. Nem pude ajudá-l@ a despachar os instrumentos no dirigível! Você fez tudo sozinh@! – disse Olu, sorrindo.
    – Existimos para servir, Trigésimo – respondeu 5054, emitindo luzes prateadas de reverência.
    – Que tal minha aparência, hoje? – perguntou Olu.
    – Novas joias, senhor?
    – Sim! são presentes de Orin! Ela as adquiriu em Luzeiro Noroeste.
    – Eles têm os melhores desenhadores de pedras, meu senhor – disse 5054.
    – De fato. Mas e então? O que você acha? Gosta? – disse Olu, dando uma voltinha.
    – Oh, Trigésimo... não sei se devo entrar por tais searas... – disse 5054. – Não é conveniente emitir opiniões derivadas de meu gosto pessoal. Seria inapropriado ao meu Ilê.
    – Admiro seu zelo e fidelidade aos deveres do Ilê Monástico, caríssim@, mas não seja tão rígid@ consigo – disse Olu, tocando a face de 5054 (ou o que parecia ser a face; era sempre difícil dizer, em se tratando de qualquer pessoa do Ilê Monástico) – Há quanto tempo você me serve? Treze ciclos de Osala?

– A bem da exatidão, treze ciclos de Osala, cinco de Oya, quatorze de Yewa, dois ciclos de Omulu.
– Quase vinte e sete anos. Muito bem, e isso é muito tempo, não é mesmo? Você é meu/minha amig@ mais antig@.
– Acho-as lindas, Trigésimo – disse Monge 5054, deixando de lado a moral monástica. – Enchem de cor a aparência do senhor, como convém a um macho. Quanto mais joias, mais viril. Adequado a alguém de seu Ilê.
– Mesmo? Bom saber, caríssim@. Bom saber. Me é impossível captar com suficiente clareza telepática as opiniões de qualquer um@ d@s Monges. O que vocês pensam é sempre uma incógnita para mim.
– Nosso pensamento é vazio, Trigésimo. Somos treinad@s para transcender julgamentos e gostos. Somos treinad@s para estar além da mente comum. Apenas assim seremos serv@s eficientes e dign@s da glória de Aphriké.
– Oh, como se eu não o soubesse... – riu Olu, com típica afetação masculina. – Vamos, caríssim@. Temos um voo a realizar. Conte-me: você não tem medo de voar?
– Nada temo, Trigésimo. O medo é um veneno da mente, deriva da dúvida imprópria. Aphriké é perfeita e segura, e nada há além de Aphriké. Nada temos a temer.
– Então me faça um favor, 5054. Por cortesia, neutralize minha mente enquanto voamos. Faça-me pensar em boas coisas, cante seus suaves mantras, libere minha mente do desconforto. Detesto voar. De-tes-to!
– Assim será, Trigésimo. Alguma memória específica que o senhor deseja exaltar?
– Oh sim, caríssim@. Faça-me lembrar da primeira vez que vi Orin. Acesse essa minha lembrança e a repita, até que cheguemos à velha Kalgash. Se não peço muito...
Não era muito, e nem de longe seria para Monge 5054. Quando se existe para servir, mesmo o muito se converte em pouco.
Decolaram. Eram os únicos em todo o balão, além do condutor. No alto do céu, Sango cintilava fracamente em seu prenúncio de solidão, e Olu podia jurar que o sol vermelho lhe apontava um dedo acusatório, a dizer *aonde você pensa que vai? Foge de mim, homenzinho?* Com algum esforço, Olu afastou da própria mente tais fantasias, enquanto se permitia engolfar pelo encantamento telepático de 5054.

Não havia razão real para temer deuses do céu. Afinal os sóis, assim como as árvores, nada dizem ou exigem. *Seria superstição*, pensou Olu antes de entrar em transe, *acreditar no contrário*.

∞

Graças ao que havia de mais moderno em termos de motor, unindo geradores solares e eólicos, o percurso de Oluya-Woran 30 e Monge 5054 até a fronteira com o Deserto de Outrora não seria longo, mas nem por isso deixaria de ser cansativo. Eles teriam de atravessar a extensão da Floresta Ébano, passar pelo vale de Iyalenu, cortar o rio de Omi-Okun para então, enfim, chegar aos limites arenosos de Outrora. A paisagem era deslumbrante, mas Olu não estava disposto a admirá-la. Odiava voar.

5054 se sentou em posição meditativa num dos bancos vazios da nave e, com suavidade, estendeu seus tentáculos psíquicos na direção de Olu, nele aplicando os efeitos calmantes aprendidos ao longo dos anos de treinamento monástico. Neutralizar a própria mente não era difícil para 5054, que seria capaz de permanecer no assim chamado "estado de zeramento" por vários ciclos de Omulu. Complicado seria, isso sim, suportar os solavancos psíquicos decorrentes do entrelaçamento com Olu. Olu era um bom mestre, mas estava longe de ser uma pessoa tranquila, se comparado com outras pessoas a quem 5054 já servira. Entretanto, naquela Hora da Luz Sangrenta, 5054 percebeu que Olu daria um pouco mais de trabalho do que o usual. Havia preocupação e fortes traços de veneno do apego no psiquismo do arquiteto, provavelmente em decorrência da gravidez de Orin 53.

Nosso povo, ao contrário do que poderia parecer à primeira vista, está longe de ser naturalmente plácido e racional. Somos, na verdade, intensos e apaixonados, porém adestrados por uma cultura que tem horror a extremos emocionais. Dentre os Ilês da Cidade Iridescente, é o Ilê Monástico o mais dedicado aos mecanismos disciplinares e seus membros são os mais adequados para pajear, proteger e até policiar os demais cidadãos.

Quanto à anulação da sexualidade, 5054 pensava nisso com alívio. Sem os impulsos eróticos a comandar suas ações, sua mente estava livre para a contemplação, o estudo e o aprimoramento da arte de harmonizar a malha psíquica comunitária. *O prazer sexual é algo superestimado*, pensam @s Monges em geral. Há outras formas de satisfação bem mais sublimes, alcançáveis por quem se dedicar às tradicionais técnicas meditativas.

5054, assim como os demais membros do Ilê Monástico, via a si mesm@ como um@ artista. A realidade se descortina para @s Monges de um modo único e, no lugar do mundo exterior, el@s veem uma teia multicolorida de suaves fios passíveis de manipulação. Um puxãozinho aqui, uma esticada ali, e seria possível ajustar a malha psíquica das mais diferentes formas. Quase ninguém se dá conta, mas poucos são mais poderosos do que as pessoas do Ilê Monástico. Se não fossem tão zelos@s de seus deveres, poderiam causar um terrível estrago na sociedade, levando multidões inteiras à loucura. Bastaria emaranhar, puxar ou cortar os fios certos na mente de alguns, e o caos estaria instalado. Esse risco, contudo, era quase inexistente. Treinad@s no mais exaustivo sistema de aprimoramento telepático e no mais rígido código de ética, cada antigo macho e fêmea se convertia numa entidade quase perfeita, incorruptível. Em quase dois mil anos de história civilizada, nenhum@ Monge de Iridescente jamais fugira ao seu programa disciplinar, e os deveres eram cumpridos com zelo.

O maior representante do Ilê Monástico é aquel@ que conseguir alcançar a sublimação, chegando à quase-invisibilidade, ao "zeramento ideal". Desde que nasci, o indivíduo mais elevado dentre @s Monges era a pessoa conhecida pelo título de Monge Supreme 1920. Dotad@ de alta compaixão e de uma bondade conhecida por todas as cidades e vilas menores, Supreme 1920 era adorad@ por seus pares, e 5054 desejava um dia, talvez, ser tão nobre quanto Sua Luminescência.

Enquanto entoava os mantras de sempre, 5054 penetrava mais fundo no psiquismo de Olu em busca da memória específica solicitada por seu senhor. Não tardou a encontrar o registro da primeira vez em que Olu vira sua esposa. Orin era linda, com sua máscara ritual espelhada cintilando à luz dos sóis combinados de Sango, Oya, Omulu, Osala e Yewa, naquela Hora do Esplendor há muitos e muitos anos.

O canto de Orin era descrito pelos concidadãos como um fenômeno da natureza, pois ela não se restringia ao nível físico em sua performance. Ao mesmo tempo em que usava a voz para entoar uma canção, Orin se valia de telepatia para amplificar sua música.

Assim, cada indivíduo era afetado pela canção em dimensões muito além das auditivas. Nossa voz telepática costuma ter um alcance bastante limitado, mas as Orines podem ser ouvidas a uma distância considerável. Numa Hora do Esplendor, graças ao estímulo dos cinco sóis reunidos na vastidão branca do céu, seria possível ouvir Orin 53 por quase cinco mil medidas de raio.

Diante de tanta beleza e talento, não era de espantar que Olu tenha se apaixonado no ato, refletiu 5054 enquanto vasculhava as memórias do arquiteto. Era tanta a paixão, que o Conselho dos Anciões quase não dera a permissão para que Olu e Orin se casassem.

– Tamanha paixão é indecorosa! Poderá trazer sua ruína e até mesmo infectar seus semelhantes! – disseram os velhos governadores.

Não era mesmo conveniente que duas pessoas que se desejavam tanto se unissem em matrimônio. No máximo, era tolerável que fossem amantes sexuais sem consequências reprodutivas. *A paixão infecta os bebês*, dizem as autoridades médicas. Fora preciso que Olu demonstrasse a capacidade de diminuir o veneno do apego para que autorizassem seu desejo de se unir a Orin. E isso Olu só conseguira realizar graças à ajuda dada por 5054, que amortecera seus impulsos passionais e lhe ensinara mantras de zeramento.

Acessando o momento específico que dava tanto prazer a Olu, 5054 congelou a mente de seu senhor naquela lembrança de primeiro encontro, estendendo-a ao infinito. Olu permaneceria em transe até que eles chegassem às fronteiras do Deserto de Outrora, assim, não seria perturbado pelas chacoalhadas que o balão fazia ao navegar pelos ares.

Ao mesmo tempo, 5054 aproveitaria para admirar as belezas da paisagem que se desnudavam em seu percurso: a densidade da Floresta Ébano dando lugar às esparsas árvores no vale florido de Iyalenu e, logo em seguida, o grandioso e negro Omi-Okun, um dos únicos rios externos do mundo. Do outro lado do rio, derramava-se o Deserto de Outrora, até onde a vista poderia alcançar. Eles aterrissariam nos limites orientais, ainda próximos a Omi-Okun.

Se de Olu as ondas mentais eram quase sempre de afeto e gratidão por 5054, o mesmo não poderia ser dito de outras pessoas. O condutor do balão, Iwako 5, era um exemplo disso. Sempre que 5054 adentrara o veículo em ocasiões pregressas, Iwako emitira ondas psíquicas de desprezo tão consistentes que pareciam até físicas. A aversão brotava da mente do condutor como uma flor espinhosa de cores opacas, desabrochando imunda e contaminando com seu mau cheiro a atmosfera do entorno. Ainda que tais impulsos aversivos bem valessem uma denúncia à Polícia do Pensamento, 5054 não ligava para isso. Havia aprendido a manter seu zeramento a despeito dos afetos circundantes. Iwako não passava de um pequeno incômodo e, via de regra, eles nem se falavam. Era preciso lidar com um pouco de emoção aversiva, mas isso não era nada para 5054. Mas, naquele dia, as coisas foram diferentes. Talvez pelo fato de estarem tão próximos à Hora da Luz Sangrenta, o humor de Iwako não estava nada bom. Estavam sozinhos na nave, os três, e Iwako não tirava os olhos de 5054. O sujeito resolveu dar vazão ao desprezo que sentia, e passou às provocações:

– Ei, coisa esquisita! – disse Iwako. – O que você era antes de virar Monge? Macho ou fêmea? Não consigo identificar nenhum traço sexual em você, nem nos outros esquisitões de seu Ilê.

5054 nada respondeu, tinha mais o que fazer. Iwako continuou:
– Como você consegue isso? Por indução telepática? Olho para você e tudo o que consigo ver é fumaça diáfana. É isso o que vocês são? Umas malditas fumaças?

5054 nem se moveu, e continuou sua cantilena mântrica: *oní sé a àwuré a nlá jé / oní sé a àwuré ó bèri omon / oní sé a àwuré a nlá jé / oní sé a àwuré ó bèri omon...*

Ao se ver ignorado, Iwako pareceu se irritar ainda mais.
– Você é surda, aberração? Estou falando com você.

Mas 5054 não moveu nenhum de seus doze dedos e continuou a parecer uma silhueta esfumaçada diante de Iwako. Disposto a intensificar as provocações e se aproveitando do fato de que Olu parecia transportado a outro plano de existência, Iwako atirou um pouco de água na direção da névoa tremeluzente e indefinida que era 5054.

– Responda, criatura!

5054 não daria atenção a tais provocações. Todavia, se as coisas continuassem num crescente, chegando ao ponto da agressão física, aquilo poderia atrapalhar a sua tarefa de gerir os ânimos de Olu. E isso 5054 não toleraria. O fato é que muitos de nós entendem mal a calma d@s Monges, e Iwako estava cometendo um erro comum: confundir pacifismo com fraqueza. Não reagir não significa não saber se defender, se preciso fosse.

Diante do mais principiante dos Monges, o condutor do balão apareceria como uma frágil malha psíquica. Um ligeiro puxão no fio certo o faria desabar como um boneco feito de flores. Mas tontear Iwako seria arriscado, levando em conta que ninguém além dele saberia pilotar o balão. Arrancar o conhecimento de pilotagem de sua mente seria até possível, mas absurdo e indecente para qualquer Monge. Roubar o conhecimento alheio, assumindo tarefas que não são permitidas ao nosso Ilê é crime da mente. Induzir pensamentos pacíficos na psique de Iwako seria igualmente invasivo, considerando que o baloeiro não solicitara isso. Eis um dilema: o que fazer?

5054 decidiu que nada faria, a não ser que fosse fisicamente atacad@. Nesse caso, retiraria Olu do transe induzido, e ele daria um jeito na situação. Estava muito claro que Iwako só tomava aquelas liberdades porque Olu se encontrava em transe.

– Responda, criatura! – repetiu Iwako.

Se havia calculado direito, 5054 sabia que eles estavam prestes a chegar à fronteira fluvial entre Iridescente e Outrora: o vasto e negro Omi-Okun. Já conseguia vislumbrar o limite súbito e marcante. O lugar onde as flores de Iyalenu deixavam de existir e a paisagem dava lugar ao espelho líquido do rio, como se alguém tivesse cortado o planeta com uma gigantesca faca e enchido a cicatriz com água escura. Estavam chegando a Outrora, e de longe já era possível divisar algumas das mais altas ruínas de Kalgash. Era tudo, portanto, uma questão de tolerar um pouco mais.

– Responda, criatura! Responda, criatura! Responda... – continuou Iwako, repetindo não apenas a exata frase, como também os exatos movimentos, chamando a atenção de 5054 a ponto de fazê-l@ cessar os mantras. Havia algo de muito estranho no garoto.

– Criatura! Iatura! Tura! Ura! Ra! Ra! Rrrrrrrrr...!

– Mas o que é isso? – murmurou 5054, diante do que parecia ser algum tipo de colapso mental. Levantou-se e, caminhando na direção de Iwako, deu-se conta de outros sintomas: olhar congelado, movimentos repetitivos. O condutor estava em circularidade psíquica, travado no tempo. Como e por quê, 5054 nem conseguia imaginar. Estavam sozinhos no balão, Olu dormia e o único indivíduo capaz de trancar a mente de alguém seria um integrante do Ilê Monástico, e não havia ali nenhum além de 5054.

Não foi sem algum susto que 5054 percebeu que o balão havia iniciado um brusco deslocamento rumo ao nordeste, dirigindo-se em alta velocidade para muito além do destino proposto. A mão de Iwako parecia tomada por vida própria ao alterar o curso do balão, enquanto o resto de seu corpo repetia os movimentos de um minuto atrás e sua boca balbuciava sem parar: *iatura... tura... ra... iatura... tura... ra... iatura... tura... ra... rrrrrrrrrrrrr...*

— Retorne, Iwako! – disse 5054, balançando com gentileza o ombro do rapaz. – Volte, você está saindo da rota!

Iwako não reagiu. Estava congelado no tempo, tão fora do mundo real quanto Olu.

Em alguns segundos, 5054 concluiu que o ocorrido com o jovem não se tratava de mero colapso mental, e sim de alguma forma sofisticada de intrusão telepática. Um claro crime da mente. Entretanto, o único tipo de pessoa capaz de fazer aquilo seria alguém proveniente do Ilê Monástico. Ainda assim, as capacidades monásticas eram limitadas. Seria preciso estar a uma distância bastante restrita para conseguir realizar uma dominação mental daquele tipo, e apenas aquel@s com anos de treinamento seriam capazes de executar tal façanha. 5054 não sentia mais ninguém dentro do balão, eles estavam sozinhos por ali. As tentativas de sondar a mente de Iwako se revelaram vãs e dolorosas, considerando a dureza do escudo psíquico presente. Era possível ver uma formação sutil, quase transparente, mas muito bem trançada, na aura em torno da cabeça do rapaz. Quem quer que fosse o responsável por tudo aquilo, sabia o que estava fazendo e como fazer.

5054 sabia que seria impossível, nas dadas condições, emitir um pedido de socorro. O recorde de alcance telepático de uma pessoa poderosa como Supreme 1920 era de dez mil medidas de raio, só podendo ser ultrapassado em caso de grande vinculação afetiva. E "paixão" era uma emoção excluída do conjunto de traços aceitáveis numa personalidade monástica. Mesmo que fosse capaz de alcançar outra mente naquela altitude, 5054 não sabia como alguém poderia ajudar, já que quem quer que pudesse socorrê-los não teria como voar até eles. Apesar das reiteradas sugestões de membros de diversos Ilês progressistas de Aphriké, a Polícia do Pensamento jamais acatara a ideia de possuir um balão institucional, e se encontrava limitada à esfera terrestre.

5054 decidiu, então, enviar um sinal telepático aleatório, porém muito bem elaborado. Um construto mental capaz de manter sua consistência informativa por algo em torno de doze ciclos do sol Omulu. O pedido de socorro vagaria pelo espaço até encontrar uma consciência capaz de decodificá-lo. Serviria para que eles pudessem ser localizados mais tarde, uma vez que o balão havia se desviado da rota original e se encaminhava rumo ao Nordeste. Sabe-se lá para onde.

Se não tivesse recebido árduo treinamento nas técnicas de controle mental do Ilê Monástico, 5054 teria entrado em pânico ao constatar que seu pedido de socorro telepático havia esbarrado e sido destruído. Consumido por uma poderosa muralha psíquica flamejante, tão logo passara por cima do rio Omi-Okun. Tentou mais uma vez, porém era um total desperdício de energia. Seriam necessários pelo menos cinquenta Monges para criar uma barreira de tamanha magnitude, e 5054 nem conseguia imaginar por que alguém o faria. Entretanto, era inegável que aquela muralha era tecnologia telepática clássica do Ilê Monástico. 5054 havia participado da elaboração de construções mentais semelhantes em suas aulas de autodefesa psíquica no ano de formatura. Aquilo não era um mero Escudo Telepático de Ápata, era uma Muralha de Iparun, capaz de estraçalhar pensamentos.

Resolveu mudar de estratégia. Concentrou ao máximo sua telepatia na direção de Iwako, a fim de golpeá-lo com força e retirá-lo do torpor no qual se encontrava. Socar alguém com telepatia era contra o código moral do Ilê Monástico mas, diante das circunstâncias, qualquer pessoa entenderia a decisão de 5054. Todavia, o golpe – seco e poderoso, capaz de fazer qualquer um surtar – não fez o menor efeito sobre Iwako. A barreira construída em torno do rapaz tinha a mesma poderosa assinatura da Muralha de Iparun. 5054 não era capaz de penetrá-la.

Constitui equívoco comum pensar nos membros do Ilê Monástico como pacífic@s filósof@s que passam a vida praticando meditação e técnicas de ascese. Poucos imaginam que um@ aspirante do Ilê Monástico é também treinad@ na prática de uma luta antiga conhecida como *ka'a pûer*. Apesar de sua aparência esfumaçada e comportamento pacífico, 5054 era um@ d@s fisicamente mais fortes de seu Ilê, além de um@ grande conhecedor@ de anatomia. Tivera algumas aulas de biologia com Alagbawo-Re 930, alguns anos antes. Se bem lembrava de suas lições, um golpe suave nas têmporas de Iwako faria com que o jovem "reiniciasse". Seria uma forma de, talvez, fazê-lo voltar a si, ainda que um pouco abalado. Porém, antes de ter a oportunidade de dar seu golpe, 5054 levou um susto e quase caiu para trás. Iwako, ainda em transe, dirigiu-se para 5054 e disse:

– Se eu fosse você, não faria isso.

– Você voltou? – perguntou 5054, entre surpres@ e esperanços@.

Iwako – ou o que quer que agisse através dele – riu:

– Apenas relaxe e aproveite a viagem. Você deveria me agradecer por ter silenciado esta criatura desagradável.

– Como assim? Quem é você? – perguntou 5054.

– Pssssiu! Estamos quase chegando onde precisamos chegar. Temos muito o que conversar. E não se esforce em vão, Monge 5054. Você pode lançar seus feitiços mentais, pode bater neste rapaz. Ele não retornará até que eu permita.

– Mas quem é você? Como me conhece? Por que está fazendo isso? Como consegue fazer isso? Você é do meu Ilê?

– Quantas perguntas, quanta ansiedade! Tenha paciência, Monge, tenha paciência. Nos veremos em breve. Trate de retirar seu senhor do transe. Está na hora de Oluya-Woran 30 lidar com as exigências do mundo real.

Apurando a visão, 5054 pôde identificar o que parecia ser uma pequena multidão reunida num ermo ponto da vasta área desértica conhecida como Outrora. Algo em torno de cinquenta ou sessenta pessoas em torno de algumas ruínas de Kalgash, carregando instrumentos que 5054 poderia jurar que se tratavam de arcos e flechas. Ainda que qualquer objeto bélico tivesse sido banido das cidades ocidentais há mais de mil ciclos de Osala, 5054 lembrava bem de suas sessões de história, e tivera acesso a esferas diamantinas capazes de mostrar com detalhes o arsenal beligerante do passado remoto de Aphriké.

– Não se preocupe, não iremos feri-los. As armas são para nossa própria segurança, caso vocês tentem alguma gracinha – disse o intruso, através do corpo de Iwako.

– Que loucura é essa? O que podem fazer três de nós... dois, considerando que você dominou um de uma forma que nem mesmo eu compreendo... O que podem fazer dois de nós contra dezenas de pessoas?

– Você sabe muito bem do que é capaz de fazer, Monge.

– Não há necessidade de armas! Arcos e flechas foram banidos há mais de mil anos! Você nos ameaça de morte antecipada? Que tipo de pessoa é você?

O invasor mental riu. Parecia cada vez mais à vontade ocupando o corpo de Iwako, pois já ensaiava uns passos e manejava os instrumentos do dirigível com desenvoltura. O intruso ria, mas sem ironia ou prazer. Transparecia alguma melancolia, talvez até tristeza. 5054 podia jurar que captava um pouco de medo através dos olhos de Iwako e, ainda que fosse incapaz de sondar a mente do intruso, 5054 era treinad@ em leitura corporal avançada. Estava claro: o intruso até podia estar confortável com o corpo que ocupava, mas não com as próprias atitudes.

– E não estou mesmo, mas faço o que faço por grande necessidade. A existência é feita de dilemas, e nem sempre o certo e o bom andam juntos.

5054 mal podia crer no que testemunhava.

– Você consegue ler a minha mente ao mesmo tempo em que possui outra? Como você faz isso?

– Não importa. Sobre as armas de meus confrades, justifico: sei muito bem o que você é, e eu jamais subestimaria alguém do Ilê Monástico. Você luta *ka'a pûer*. Sei que você é capaz de, sozinh@, derrubar trinta, se quiser.

– Mas eu não...

– Não me interrompa! Se atacar telepaticamente ao mesmo tempo em que desfecha seus golpes, você poderia derrubar até o dobro, com algum esforço. Não, Monge 5054. Não cometerei o erro de subestimar você. Os arcos e flechas ficam, não nos induza a usá-los. Evitamos conceder morte antecipada aos outros, mas não hesitaremos caso você tenha a imprudência de nos atacar com golpes de *ka'a pûer*.

Há anos que 5054 não experimentava nenhuma emoção significativa mas, naquele preciso momento, algo esquecido começou a brotar em seu coração: o medo. Caso se permitisse levar pela torrente do medo, 5054 bem sabia o que viria a seguir: frustração, sentimento de impotência. Raiva. Seria irresponsabilidade manter-se vinculad@ ao seu senhor nessas circunstâncias e, assim, 5054 rompeu o elo com Olu. O arquiteto pouco a pouco retomou a consciência ordinária, e perguntou:

– Chegamos?

5054 foi na direção de Olu e o tomou pelo braço, criando uma barreira psíquica em torno de ambos. Era o Escudo de Ápata mais sólido que 5054 jamais criara, embora el@ desconfiasse que a inteligência por trás daquele sequestro seria bem capaz de arrebentar com facilidade qualquer barreira telepática.

– Lamento, Trigésimo. Ocorreu um contratempo, peço que o senhor permaneça ao meu lado para que eu possa cumprir o meu dever de protegê-lo.

– Proteger-me? Contratempo? Como assim, o que está acontecendo?

– Fomos sequestrados, Trigésimo. Não sei dizer por quem, mas é o mais poderoso telepata que já conheci. Ele agora controla a vontade do baloeiro.

– Não que tenha sido muito esforço – disse, com indisfarçado desprezo, a voz através de Iwako. – A mente deste rapaz é débil e simplória. Espanta-me que os velhos teimosos do Ocidente escolham este tipo de sujeitinho para guiar um dirigível. Iwako 5, hein? Apenas quatro antes dele foram guiadores de balões? Vocês são de fato um povo bem covarde... Pelo menos este asquerosinho tem coragem.

Olu deu um passo adiante. 5054 pôde perceber o veneno da ira brotando como uma flor malévola e marrom no alto da cabeça do arquiteto.

– Exijo que me diga quem é você e declare suas intenções! – disse Olu. – Você sabe quem sou eu? Sabe o que acontecerá quando o Conselho souber que fomos sequestrados?

– Você não exige *nada*, Oluya-Woran 30 – disse o invasor. – Sei muito bem quem você é e o que faria, se pudesse.

– Se sabe, não deveria me ameaçar!

– Não tenho medo de você, homenzinho. *Agora sente e cale esta boca, arquiteto!*

Não mais que de repente, como se tivesse sido empurrado por um soco invisível, Olu desabou sobre o banco de passageiros. Tentou falar, mas foi em vão, pois sentia como se seus lábios tivessem sido colados. 5054, frustrad@, percebeu que nada poderia fazer. A despeito de perceber o desconforto nas expressões do invasor de corpos, 5054 sabia que aquela pessoa, fosse quem fosse, estava munida de um propósito e era dotada de poder mais do que suficiente para cumpri-lo. Um poder cuja intensidade, ao primeiro olhar, parecia ser muito maior até que o de Monge Supreme 1920. A cautela exigia a rendição e a atenção redobrada. Com tempo e calma de espírito, 5054 seria capaz de identificar os pontos fracos de seu adversário. Assim que soubesse quem, afinal, poderia ser aquela criatura.

O balão iniciou os procedimentos de aterrissagem, e já era possível divisar com maior clareza os rostos da multidão que os aguardava. Semblantes calmos, expressões serenas. Estavam inteiramente nus como qualquer outro ocidental, porém não usavam as tiaras identificadoras de Ilês tão comuns no Hemisfério Oeste. Faria sentido se fossem todos naturais do Hemisfério Leste, mas pensar num ocidental retirando a tiara do próprio Ilê era algo abominável. O que esperar de um desertor, afinal? Onde seriam capazes de chegar aqueles que abdicam de seus juramentos, de toda honra?

Daquela distância, 5054 já seria capaz de realizar uma sondagem telepática na multidão e assim procedeu, não identificando em

nenhum dos presentes o mais vago traço de intenções hostis. O intruso parecia dizia a verdade. Eles queriam apenas conversar.
– Chegamos – anunciou a voz através do baloeiro possuído. – Fiquem calmos e tudo correrá bem. Não pretendemos que isso dure mais do que o estritamente necessário, e eu estou ansiosa para me desligar deste sujeitinho desagradável.

Ansiosa, pensou 5054, registrando a informação. *Então meu adversário é uma fêmea*, ponderou. Saber disso era um alívio, e também seria se o inimigo se declarasse macho. O importante era que seu sexo biológico fosse claro e definido. Se a entidade identificava a si mesma a partir de um gênero sexual, não poderia pertencer de forma alguma ao Ilê Monástico. A hipótese de traição estava, portanto, afastada.

– Jamais pertenci ao Ilê Monástico e sim, sou fêmea. Igualzinha a você, 5054. Ou, pelo menos, igualzinha a como você era antes de concluir seu treinamento e abdicar do binarismo de gênero – disse a voz intrusa.

5054 sentiu um calafrio subir por sua espinha. Aquilo já era o cúmulo. Ninguém em lugar algum seria capaz de identificar o gênero sexual original de um indivíduo pertencente ao Ilê Monástico. Ciclos e mais ciclos de Osala dedicados à prática do *odó* tinham por objetivo a transcendência da identidade vulgar. Ninguém seria nem sequer capaz de *ver claramente* um membro do Ilê Monástico. Quem quer que fosse a invasora de corpos, por maior que fossem os crimes mentais que ela estava a cometer naquele momento, seria alguém interessante de conhecer.

Monge 5054 não sentia mais medo.
Sentia um princípio de fascínio.

I I

Os Cultistas de Kalgash
(Trinta anos para o fim do mundo)

Eis como se deu o primeiro confronto, de acordo com as memórias daquela que é conhecida como Lah-Ura 23, líder rebelde dos Cultistas de Kalgash:
Controlar o corpo do baloeiro ao mesmo tempo em que erigia a Muralha de Iparun seria uma árdua tarefa até mesmo para Lah-Ura. Mas, numa condição celestial como aquela, alimentada pela energia do Esplendor, o difícil se tornava possível. Ainda que com limitações: seria possível suportar os horríveis efeitos colaterais da luz em sua pele por poucos minutos. Lah-Ura já começava a sentir horríveis bolhas se formando, e resolveu ficar parcialmente escondida dentro do túnel, porém ainda um pouco exposta à radiação. Sentia seu corpo pegando fogo, e conseguiria suportar a dor apenas mais um pouco.
O rapaz a quem ela havia dominado não era um empecilho, embora fosse desagradável interagir com tão imbecil caráter. Ela conseguia identificar em Iwako 5 venenos da mente que bem renderiam alguns ciclos de Oya em um Templo da Purificação. O fato de a Polícia do Pensamento ainda não ter detido Iwako não causava espécie a Lah-Ura. Era provável que o rapaz fosse um dos únicos em toda Iridescente com conhecimento (e coragem) para pilotar um balão, e isso justificava a "vista grossa" feita sobre ele. Como Iwako vivia em tráfego aéreo, não representava significativa ameaça à higiene da matriz psíquica coletiva. As coisas em Iridescente não haviam mudado, pelo visto: puro jogo de conveniências e muita tolerância oportunista, considerou Lah-Ura. Bem de acordo com o que seu pai, Abasi, lhe contara.
Contudo, ainda que a mente do rapaz fosse débil, Lah-Ura sabia que não poderia continuar muito tempo ligada a ele. Já começava a sentir o emaranhamento agindo, e a gradual dissolução do ego tornando-a cada vez mais una a Iwako. Não era saudável permanecer tanto tempo entrelaçada a alguém, sobretudo a alguém tão idiota. Sempre havia o risco

de que ela esquecesse de si mesma e não conseguisse retornar ao próprio corpo original. Acima de tudo, Lah-Ura não poderia subestimar a ameaça representada por Monge 5054, afinal aquela garota também estava recebendo a mesma quantidade de energia concedida pelo fenômeno do Esplendor. Apesar de poderosa, Lah-Ura não tinha a menor intenção de ver do que 5054 seria capaz ao descobrir os efeitos da cor azul do sol Osum em sua biologia.

Manipulando o balão com a habilidade extraída da mente de Iwako, Lah-Ura o fez pousar suavemente nas areias de Outrora, numa distância de apenas dez medidas em relação aos seus cinquenta e dois aliados rebeldes. Não tendo mais necessidade do baloeiro, largou-o ao chão como se fosse um saco de lixo, travando sua mente em um labirinto. Iwako ficou deitado em posição fetal no chão do veículo aéreo, alisando as próprias coxas e sussurrando sem parar: *eu sou um mau mau mau menino e preciso melhorar...*

– Não foi um prazer, criaturinha desprezível – disse Lah-Ura, já de posse de um novo corpo: uma das garotas que integrava o grupo de seus cinquenta e dois apoiadores. Saltar de um corpo para o outro era a melhor tática, confundindo 5054 o suficiente, não lhe dando tempo para agir. Expor o sexo biológico de 5054 havia sido uma excelente estratégia, e Lah-Ura sabia que a cada vez que se referisse a el@ com um pontual *ela*, o constrangimento da exposição dificultaria a concentração de sua antagonista.

5054, porém, nem se movia. Atuava de acordo com o que Lah-Ura conhecia do treinamento Monástico: diante de uma ameaça, a consciência entra em modo de hiper-análise, em busca de pontos frágeis e soluções eficientes. Lah-Ura não tinha intenção de facilitar as coisas para 5054, e podia contar com um aliado involuntário: Oluya-Woran 30. Perturbar Olu faria com que 5054 tivesse outras coisas com as quais se preocupar. Não seria uma tarefa difícil, levando em conta o quanto ele já estava exaltado.

– Você, fêmea! Você é a líder desses criminosos? Apresente-se! – disse Olu.

– Não é ela – disse 5054, sem a menor hesitação ou nervosismo.
– Esse é apenas outro corpo sendo ocupado. Eu consigo perceber a leitura de uma aura intrusa.

Ela é ótima, pensou Lah-Ura. *Preciso tomar cuidado aqui.*

– Não pretendo que isso leve mais tempo do que o necessário – disse Lah-Ura, através da fêmea possuída. – Gosto dessa situação tanto quanto vocês. Conversemos o que precisamos conversar, e vocês poderão ir.

— E o que teria eu a conversar com você, terrorista? — disse Olu, dando um passo para a frente e se assustando ao ver a pronta reação do grupo: dezenas de arcos e flechas preparados para disparar.

— Calma, Trigésimo — pediu 5054.

— Isso mesmo, Oluya-Woran 30, fique bem calminho — disse Lah-Ura, após flutuar para o corpo de uma criança.

— Você é tão imoral a ponto de possuir o corpo de uma criança, sua fêmea insana? — disse 5054, ao perceber o deslocamento psíquico da invasora de corpos como uma súbita aura prateada em torno da criança. Já estava aprendendo a identificar o processo de deslocamento de sua antagonista.

— Tanto quanto você ao dar suporte a alguém como seu senhor... *fêmea* — respondeu Lah-Ura através da criança, enfatizando com ironia a palavra "fêmea". A invasora pôde sentir uma leve oscilação de incômodo na aura de 5054.

— Quê? Você é uma fêmea, 5054? — perguntou Olu.

Excelente! Sua ajuda é ótima, macho tolo, pensou Lah-Ura.

— Ela brinca conosco, meu senhor, ela blefa — respondeu 5054, fortalecendo seu *odó* e se tornando ainda mais diáfan@ do que em geral era. Quem olhasse em sua direção, nada veria além de uma fumaça prateada e amorfa, lembrando vagamente uma silhueta. — Ninguém consegue identificar o gênero de um@ Monge treinad@. Ela vê em mim o mesmo que qualquer um aqui: sombra e luz tremulante. Tudo o que ela faz é jogar, Trigésimo.

Isso, porém, estava bem longe de ser verdade. Para a líder rebelde de Kalgash, 5054 era tão nítida quanto qualquer rocha do Deserto de Outrora.

— E vocês jogam conosco, não nos deixando escolha — disse Lah-Ura, após abandonar a criança e adentrar o corpo de um macho cujos pontos brancos tatuados no rosto e tórax revelavam sua idade: cento e noventa anos.

Cento e noventa anos, pensou 5054. *O que levaria alguém a deixar passar a oportunidade de entrar no respeitável Conselho dos Anciões, preferindo virar membro de um grupo de criminosos andarilhos num deserto arruinado?,* ponderou.

— Eu poderia perguntar o mesmo de você, 5054. O que levaria uma *fêmea* tão interessante a se deixar levar por um Ilê de sacerdotes avessos à vida?

– "Avessos à vida"? Nós defendemos a vida!
– Um arremedo de vida, isso sim! Vocês são uma gente estranha o suficiente a ponto de se empenhar na anulação das emoções, do sexo, de tudo, negando a própria essência do sabor vital. O que leva *uma fêmea tão bonita quanto você* a escolher o Ilê Monástico? – disse Lah-Ura 23, usando o corpo do ancião e fazendo questão de colocar bastante ênfase nas palavras "fêmea" e "bonita".
– Pelo visto, você conhece bem o Ilê Monástico, não é mesmo? Você domina todas as técnicas conhecidas apenas por aqueles dedicados à minha categoria. Quem é você, afinal? Não há registros de desertores em meu Ilê. Você é tão poderosa quanto Supreme 1920, talvez mais – disse 5054.
– Pouco importa! – disse Olu. – Basta deste acinte! O que vocês querem de mim?

Uma fêmea do grupo com algo em torno de quatro medidas e meia de altura, grande até mesmo para os padrões femininos, se adiantou desarmada, palmas abertas em sinal de paz. Era, conforme a aura de prata revelava, o novo corpo ocupado por Lah-Ura.

– Oluya-Woran 30, arquiteto de Iridescente – disse a líder rebelde –, estamos cientes de suas intenções ao vir aqui. Serei breve: você e seus confrades têm a intenção de urbanizar o Deserto de Outrora. Vocês não estão autorizados a fazer nada disso. As ruínas de Kalgash são sagradas para nós. Recomendo que não persistam, para seu próprio bem. As consequências seriam desastrosas, e me desagradaria ser forçada a agir.

Olu pôs a mão esquerda no rosto, limpando um filete de suor que lhe descia pela testa. Adiantou-se, um pouco mais calmo, e tentou argumentar:

– Não temos a menor intenção de destruir as ruínas de Kalgash. Tudo o que queremos é revitalizar as terras ao longo da parte oriental do rio Omi-Okun. Criaremos um trem solar expresso capaz de ligar as duas metades de nosso mundo.

– Lamento, mas não aprovamos as intervenções de vocês em nossas terras. Cuidem da vida de vocês. O Hemisfério Oeste é grande o suficiente para seu povo, Oluya-Woran 30. Não ambicione mais do que precisa ter, pois pode terminar sem nada – respondeu Lah-Ura.

– Creio que não é tão fácil. Monge Supreme 1920 já tomou sua decisão. É questão de tempo até as Kayeras criarem o novo trem solar – replicou Olu.

– Então é questão de tempo até que cada um de vocês encontre a morte antecipada. Você deseja morrer antes dos duzentos anos de idade, arquiteto? Esquece que ainda tem uma filha para criar? – disse Lah-Ura. – Ou, pelo que andei sabendo, filhos. No plural.
Olu mal podia acreditar no que estava ouvindo.
– Estou entendendo direito? Você me ameaça? Me ameaça enquanto se esconde em corpos alheios? – perguntou ele.
– Eu não me oculto por covardia, e sim por necessidade. Mas você entendeu bem.
– E por que eu deveria sentir medo de uma covarde como você, que nem sequer se apresenta?
Durante dez longos segundos não houve resposta, e apenas o vento podia ser ouvido naquele deserto. 5054 pôde sentir um sutil deslocamento no plano mental, como se uma pedra tivesse sido atirada num lago. Apreensiv@, fortificou um Escudo de Ápata em torno de si e de Olu. Desnecessário, contudo. Lah-Ura não tinha a intenção de agredi-los, ao menos não naquele momento. Mas 5054 não tinha como sabê-lo, nem como interpretar a razão daqueles dez segundos de intervalo marcados por uma estática crescente, o som de milhões de folhas secas sendo pisoteadas. E, de súbito, 5054 entendeu. Percebeu os movimentos corporais geminados, a ampliação da aura de prata, o absurdo da ousadia de sua antagonista. A estática mental afetando até mesmo as areias do deserto e desencadeando um sutil efeito telecinético: bilhões de grãos de areia elevando-se no ar e girando como um suave redemoinho em torno dos Cultistas. 5054 já tinha ouvido falar de ondas telecinéticas, mas jamais vira nada como aquilo. Ela era *decididamente* muito mais poderosa do que Supreme 1920.
Mas como ela consegue? – indagou-se 5054, pasm@.
Os cinquenta e dois rebeldes se moveram em uníssono, como um só corpo, uma só mente. E declararam, em firme e alta voz:
– Porque o que faço aqui, posso fazer em Iridescente. Porque o que faço aqui, posso fazer quando eu quiser com sua adorada Orin 53. Porque o que faço aqui, posso fazer com você e nem mesmo um esquadrão de Monges há de me deter.
– A Polícia do Pensamento há de conter você... – balbuciou Olu, mal crendo no que testemunhava.
Eu não estaria tão cert@ disso, pensou Monge 5054. *Mas é a Hora do Esplendor, só pode ser,* refletiu. *Ninguém é capaz de possuir tantas mentes ao mesmo tempo. Mesmo que todos esses indivíduos permitam... Ninguém, nem*

mesmo Supreme 1920 conseguiria se manter coerente, multiplicado por cinquenta e dois...

— Considere-se avisado, Oluya-Woran 30 — disse Lah-Ura, através das bocas de todos os corpos disponíveis. — Você tem a adorada Cidade Iridescente, contente-se com ela. Não seja tolo a ponto de estender seus tentáculos de merda em direção a Outrora. Considere as ruínas de Kalgash um lugar proibido, e avise seu precioso Conselho de velhos arrogantes e carcomidos.

— Não tenho medo de você — disse Olu. Sua aura, contudo, desmentia as palavras.

— Mentiroso. Você é puro medo, Oluya-Woran 30. Não se meta comigo. Não venha mais aqui, ou vou escorraçar você da forma mais humilhante. Não me tente, pois minha paciência é pouca e, ao contrário de sua laia, não me inibo em sentir fúria. Nossa moral não é a de vocês, afrescalhados ocidentais. Volte para sua casa e para sua esposinha.

Lah-Ura conhecia bem o temperamento de Olu, de tanto que o investigara discretamente a cada uma de suas visitas pregressas. Sabia que o recado estava dado. 5054 não constituiria ameaça, a não ser que fosse atacada, e o grupo rebelde não tinha a menor intenção de fazê-lo. Transmitido o recado, não havia razão para mantê-los ali. Retornando a apenas um corpo aleatório, pois seria mesmo perigoso se manter espalhada por outros cinquenta e dois, Lah-Ura declarou:

— Vocês estão livres para partir. Como é provável que não nos vejamos mais, desejo a ambos uma boa vida.

— E como retornaremos? — questionou Olu, furioso. — Você incapacitou Iwako 5! Ele está mergulhado em delírio!

— Não se preocupe, esse idiota completo voltará a si no próximo ciclo de Omulu, apenas um pouco traumatizado — replicou o Cultista possuído por Lah-Ura. — Transmitirei para Monge 5054, se *ela* me permitir, o conhecimento de pilotagem extraído da mente do baloeiro. Dirigir este veículo é menos complicado do que parece. Eu mesma o atestei. Se um débil mental como Iwako 5 consegue, 5054 também há de conseguir.

— Apenas baloeiros podem pilotar balões! É o que diz a lei! — contestou Olu.

— Não seja tolo — respondeu Lah-Ura. — A situação é de emergência. Os Agbejoros entenderão a temporária contrariedade à lei idiota dessa coisa que você chama "civilização".

Dito isso, Lah-Ura estendeu com delicadeza seus tentáculos psíquicos na direção de 5054, não exercendo pressão ao se deparar com o escudo mental que protegia sua antagonista.

Se você me permitir... – comunicou Lah-Ura, no plano psíquico – *Juro em nome de R'av que serei delicada.*

"Em nome de R'av" – repetiu Monge 5054 no plano mental. – *Você é uma Cultista, como eu bem imaginava. Uma supersticiosa, uma crente. Não quer me dizer seu nome? Por que você não se mostra? O que você teme?*

Como eu me chamo não tem a menor importância, nem tampouco o meu aspecto físico, embora seu adorado Ilê possa revelar para você o meu nome – disse Lah-Ura. – *Agora relaxe e fique quieta, preciso ensinar você a pilotar um balão.*

5054 permitiu, sem oferecer resistência. Lembrava muito bem das lições de autodefesa ensinadas por Monge Supreme 1920: Desistência é vitória, entrega é poder. Não-querer é obter. Vontade pura, desaliviada da ânsia de resultado, é inteiramente perfeita.

No devido tempo, minha cara, iremos acertar as contas – pensou 5054.

Ui, que medinho estou sentindo! Mas que boa é esta sua aversão, 5054. O Ilê Monástico, enfim, não castrou você totalmente – disse Lah-Ura.

∞

A líder rebelde não mentira. Conforme Monge 5054 pôde constatar logo em seguida, pilotar balões era mesmo algo que podia ser feito com notável facilidade.

Descobrir mais sobre sua adversária e enfrentá-la, por outro lado, seria mais difícil do que 5054 imaginara. Soube disso no exato momento em que flagrou a mão esquerda de seu senhor, Oluya-Woran 30, movendo-se autônoma sem que seu proprietário disso se apercebesse, escrevendo num dos bancos de passageiros:

5054, conto com você para manter esta gente longe de Outrora. E, só para constar, você é mesmo uma fêmea muito bonita.

∞

Após a partida do balão, o ancião conhecido como Abasi se aproximou com cautela do túnel antigo. Ele era o único a quem era permitido travar contato direto com Lah-Ura 23. O único com coragem suficiente. Ou com a necessária loucura derivada do amor.

– Não muito perto, por favor – pediu Lah-Ura, já dentro do túnel.

– Não quero machucar ninguém, muito menos você.

– Como está sua pele, criança? – perguntou Abasi, pouco ligando para as advertências de Lah-Ura.
– Algumas bolhas, mas nada terrível. Agradeço se Vana me preparar um daqueles unguentos.
– Pedirei a ela, não se preocupe. Você me deixou preocupado, Lah. Nunca mais faça isso, por favor. Dividir sua mente por tantas pessoas... Isso é perigoso!
– Eu consegui, não consegui?
– Porque havia a luz do Esplendor. E, mesmo assim, é perigoso. Abasi tentava ver Lah-Ura dentro da construção, mas não conseguia. Estava realmente preocupado com o estado da pele da garota, mas ele nunca poderia entrar no túnel e nem ela poderia sair. Ao menos não enquanto houvesse tanta luz. Seria preciso esperar que Omulu abandonasse o céu oriental. Abasi se aproximou um pouco mais, porém sentiu a pressão contra seu corpo e teve a sensação de caminhar num ar mais denso. Abasi nunca havia mergulhado, mas sabia que, quanto mais se aproximasse, mais seria como caminhar dentro d'água. Era como andar num fluido. Até respirar parecia difícil.
– Eu estou bem, já disse. Fique onde está, por R'av! Não posso garantir sua segurança! – disse Lah-Ura.
Abasi obedeceu, mas não foi embora. Solicitou por telepatia o unguento a Vana e sentou diante do túnel, disposto a esperar pela diminuição da luz. Disposto a aguardar o momento em que Lah-Ura poderia sair para que ele checasse o estado de sua pele. Ele não deixaria sua filha sozinha, mesmo sabendo que nunca poderia tocá-la.

12

Sua Resplandecência, Monge Supreme 1920
(Trinta anos para o fim do mundo)

Após deixar Oluya-Woran 30 a salvo com Orin 53 no Templo dos Nascimentos, Monge 5054 se dirigiu ao Ilê Monástico, a fim de relatar as perturbadoras circunstâncias. Por mais que aquela fosse sua segunda casa, 5054 não deixava de se espantar com a arena central do Ilê Monástico. O Templo era não apenas o lugar mais purificado de Iridescente, como também o mais luminoso dos espaços, graças ao talento dos arquitetos do Ilê Oluya-Woran. A cada nova geração, um a um os Oluya-Woranes tornavam o Templo maior e melhor, aperfeiçoando os detalhes geométricos da edificação. Um conjunto de cinco lentes móveis compunha o teto. Cada uma delas seguia o movimento dos sóis numa velocidade individualizada e amplificava a radiação celestial, fazendo a luz ricochetear em dúzias de espelhos pelo salão. Assim, os presentes eram banhados por enorme quantidade de energia. Estar no centro do Ilê Monástico era, diziam alguns mais exagerados, como habitar o coração de um sol.

O sol azul já havia retornado ao céu ocidental e lá permaneceria enquanto Omulu, mais rápido, faria pelo menos doze voltas em torno do planeta. O céu havia abandonado a tonalidade rubra e era preenchido por matizes azulados à medida em que Yewa ascendia. A luminosidade estava agradável, e as pessoas começavam a se recuperar do desânimo causado pela última Hora da Luz Sangrenta.

Na antessala, 5054 encontrou 3921 e notou o cansaço psíquico irradiado pel@ colega. As últimas horas haviam sido difíceis para a Polícia, e 3921 não conseguia afastar de sua mente a desconfiança de que os dois eventos críticos – o surto de Orin 53 e o ataque contra Oluya-Woran 30 em Outrora – estavam interligados de alguma maneira. Enquanto aguardavam, 5054 e 3921 partilharam lembranças, num intercâmbio mental que não levou mais do que dez segundos.

Diante da estranheza das últimas ocorrências, muitos membros foram convocados, desde @s novat@s ainda incapazes de camuflar bem suas próprias formas até @s veteran@s que, de tão treinad@s, não passavam de silhuetas luminosas.

Dentre tod@s, destacava-se aquela que era a entidade mais poderosa e nobre de todo o Ocidente: Monge Supreme 1920, cuja experiência de seus cento e vinte anos de idade se aliava a uma notável disciplina. Supreme 1920 estava mais ativ@ do que nunca e tinha uma presença impressionante. Se tanto 5054 quanto 3921 eram vist@s pelas demais pessoas como silhuetas indefinidas, Supreme 1920 beirava a invisibilidade. El@ era vist@ como um leve tremeluzir elétrico no ar. Irradiava tamanho zeramento telepático, tão poderoso *odó*, que se tornava quase impossível de ser percebid@ pelas demais consciências, por mais treinadas que fossem.

A voz psíquica d@ líder monástic@ soou alta e clara:

Estou ciente das últimas ocorrências no Hemisfério Leste, Monge 5054. Tive lampejos das circunstâncias assim que você retornou. Conforme compreendo, você agiu bem. Gostaria, contudo, de aprofundar meu conhecimento dos fatos. Como você se sente?

5054 sabia que tal pergunta era retórica. Nenhuma mente, por mais poderosa que fosse, seria capaz de permanecer insondável diante de Supreme 1920.

A serenidade ocupa meu coração e a tranquilidade norteia minha mente, Vossa Luminescência. Agradeço por perguntardes, sois gêneros@ e gentil. Minhas lembranças estão disponíveis para que as sondeis.

Supreme 1920 era delicad@ em seus procedimentos de incursão psíquica. Na verdade, 5054 estava sendo escrutinad@ pel@ Altíssim@ há bastante tempo, desde o momento em que esperava na antessala, mas não sentia nada além de um levíssimo zumbido no fundo da mente.

Isso me parece ela – pensou outr@ Monge, de número 5013, causando certa comoção telepática nos demais, algo que poderia ser entendido como *ooohh!*

Supreme 1920 @s repreendeu, mas com gentileza:

Vocês não são treinad@s para se deixarem espantar com tamanha facilidade. Ainda que estejamos diante de um contato com uma fêmea Lah-Ura, nada devemos temer.

Ela pode ter distorcido as lembranças de 5054! – disse Monge 2957.

Ela pode ter implantado vírus telepáticos em 5054! – advertiu Monge 3222.

E se ela plantou uma bomba psíquica em 5054? – disse Monge 6513.

Em quaisquer outras circunstâncias, 5054 ficaria ofendid@ por ser tão subestimad@, mas sabia que os irmãos e irmãs tinham razão em suas suspeitas.

Ela pode ter feito muitas coisas, mas não há indícios de vírus ou bombas telepáticas – disse Supreme 1920. – Não nos cabe especular, é preciso lidar com fatos, e ter a paciência necessária a qualquer curso de ação.

3921 estava longe de ser indisciplinad@. Respeitava a hierarquia, e desejava evitar qualquer manifestação grosseira, mas não conseguiu se conter e disparou:

Quem é "ela"? Perdoem-me a ousadia, mas a mim parece que sou a única pessoa presente a ignorar a natureza da antagonista de 5054. Seu nome é Lah-Ura? Esse Ilê existe de fato? Pensei que não passasse de lenda, de mais uma mitologia Cultista.

As Lah-Uras existem – disse 3222. – Mas apenas uma de cada vez.

Não é lenda! – interrompeu 5054, por impulso. – Eu a confrontei! Ela era a comandante de um Ilê de cinquenta e duas pessoas!

O silêncio se fez por alguns segundos, e foi cortado pela voz mental de Supreme:

Quanto a você, 5054... Você foi expost@ a circunstâncias incomuns, perturbações além do seu atual treinamento. Providenciaremos a devida purificação de sua mente, mas antes disso é essencial que todos aprendam com quem você se confrontou. Tudo indica que você teve de fato um confronto com uma fêmea Lah-Ura.

Monge 4444 não hesitou em interromper:

E, com todo respeito, eu não chamaria aquilo de um Ilê, 5054. Bárbaros não possuem Ilês, possuem... "tribos".

O nome "Lah-Ura" não era ignorado nem por 3921, nem por 5054. A maioria das pessoas de Iridescente já tinha ouvido falar dela em algum momento da vida. As histórias se referiam a uma fêmea jamais vista pelos ocidentais. Suposta líder dos Cultistas, o nome Lah-Ura designava uma tribo oriental de fêmeas veneradas como sacerdotisas rebeldes e dotadas de visões proféticas. Entretanto, apenas alguns poucos a tinham confrontado, e ninguém nunca a vira. Todos os que passaram pelo confronto foram afetados em maior ou menor grau pela manipulação psíquica de uma bruxa Lah-Ura. Iwako 5 era um exemplo das consequências desse tipo de contato. Ele precisou ser internado no Templo da Medicina para ter o vírus mental extirpado de sua psique. Se não fosse pela ação protetiva de 5054, Olu também poderia ter necessitado de um dos Alagbawo-Res.

Fosse quem fosse, era capaz de ultrapassar minha camuflagem psíquica e enxergar meu gênero biológico – disse 5054. – Ela pode ter blefado, mas duvido muito. Não faço ideia de como ela foi capaz disso. Anos de treinamento jogados no lixo! Senti-me impotente! Senti-me humilhad@, reduzid@, à minha antiga dicotomia macho/fêmea. Serei eu realmente dign@ de ostentar um número em nosso Ilê? Não se entregue à comiseração, 5054 – disse Supreme 1920, irradiando piedade. – As fêmeas Lah-Ura são cheias de habilidades ainda não avaliadas pelo Ilê Monástico. Você foi infectad@, com o veneno da ira, e agora vislumbro mais um: o veneno da dúvida imprópria. Recomendo um ciclo inteiro de Yewa em purificação.

5054 não gostou nada do que tinha acabado de ouvir.

Mas... Vossa Luminescência... Sou necessári@, mais do que nunca! O filho do Trigésimo Oluya-Woran acabou de nascer! Eles precisarão de ajuda para lidar com os excessos emocionais! Com todo respeito, oh Resplandecente, mas um ciclo de Yewa é muito! Dai-me três ciclos de Omulu apenas, e garanto estar recuperad@.

Estou ciente do nascimento da criança – respondeu Supreme 1920 –, e não posso deixar de notar a estranha coincidência das duas crises: o ataque em Outrora, e o surto pré-parto de Orin 53. Estariam essas duas coisas relacionadas? Ainda estamos investigando, pois é possível que, enquanto vocês estavam no deserto, um terrorista comum tenha se infiltrado no Hemisfério Oeste, a fim de atacar a esposa de Oluya-Woran 30.

Com todo respeito, Vossa Luminescência – interrompeu Monge 3921 –, mas eu liderei a operação que resgatou Orin 53. Não fomos atacad@s por um terrorista, fomos golpead@s pela criança que a cantora carregava em seu ventre.

Supreme 1920 absorveu tudo com a atenção e gentileza que lhe eram características, mas era experiente demais para aceitar conclusões rápidas. Astut@ demais para se deixar convencer por explicações simples. Tomou fôlego telepático, e disparou:

Estou ciente dessa ruidosa entrada no mundo da vida, 3921. Entretanto, note que lidamos com terroristas, seres insidiosos e treinados nos mais obscuros ardis. Essa gente não tem escrúpulos, e lhes apetece trapacear e manipular. A sua esquadra foi atacada, e pode ter sido o bebê. Sim, considero tal possibilidade. Mas há também outra explicação, e é necessário levar a seguinte alternativa em alta conta: talvez vocês tenham sido atacad@s por um Cultista muito bem treinado. Talvez esse Cultista queira que atribuamos o ataque ao filho recém-nascido de Oluya-Woran 30 e Orin 53. Talvez queiram desestruturar um dos núcleos familiares mais importantes de Iridescente, por pura maldade.

Por isso mesmo! – exaltou-se 5054. – Por isso mesmo, não faz o menor sentido que eu seja afastad@ de meus deveres! Oluya-Woran 30 e Orin 53 precisam de proteção! Oh Luminescente, estais ciente das diferenças físicas da criança? Ela nasceu com mutações! A família precisa de mim!

A silhueta luminosa que era Supreme 1920 tremeluziu, ficando mais intensa. El@ ponderou por alguns segundos, e então ressoou sua voz telepática pelo salão:

Informaram-me das tais... deformidades. Concordo que você é necessári@, mas precisa de purificação, 5054. Como seria possível depurar o veneno do apego desta família, se você se encontra dominad@ pelo mesmo mal? No atual estado, seu treinamento monástico encontra-se enfraquecido. Sentimentos vulgares perpassam a sua aura. Ira. Preocupação. Dúvida. Para agir conforme se deve com essa família, você tem que estar no auge de suas capacidades. Sobretudo se a amplitude telepática do bebê for realmente tão elevada. Por isso, reafirmo meu julgamento: um ciclo de Yewa em purificação é necessário. Monge 3921 irá substituir você nesse ínterim e auxiliará aquela família.

Um laivo de frustração perpassou a mente de 5054, mas el@ se conteve. Expressar preocupação, apontando o fato de que 3921 era um@ Policial do Pensamento, e não um@ Purificador@, poderia ser interpretado como soberba. 5054 já contava com boa dose de venenos mentais acumulados para um só ciclo de Omulu. O melhor a fazer era se resignar, e aceitar o fato de que precisava mesmo de um descanso no Templo, por mais humilhante que isso soasse. Até porque, Supreme 1920 era sabidamente infalível.

3921, por sua vez, se algum desagrado sentiu ao ser escalad@ para agir como pajem familiar, nada manifestou. Era um@ Policial altamente disciplinad@ e, diante do que presenciara, tinha a convicção de que a família de Orin 53 e Oluya-Woran 30 precisaria de uma proteção mais agressiva do que um@ Purificador@ poderia oferecer.

Agradeço vossas considerações, oh Esplendecente – disse 5054. Preparava-se para sair da arena central, mas decidiu extravasar sua curiosidade. – *Se me permitís, em algum momento tivestes contato direto com essas tais fêmeas Lah-Ura?*

A resposta demorou um pouco mais do que o normal para ser dada.

Sim, muitos anos atrás – disse Supreme 1920. – *E me adianto à sua dúvida seguinte: sim, Lah-Ura também conseguiu ir além de minha camuflagem psíquica e identificar meu gênero biológico. Em seguida, apagou sua imagem de minha mente. Mas eu era jovem, e faltava muito para ser agraciad@ com o título de Monge Supreme. Sejam lá quais forem as técnicas dessas fêmeas, são mais avançadas que as nossas. Por isso, 5054, não se sinta mal. Vá se purificar e, quando voltar, você será novamente dign@ do número que ostenta.*

Havia contragosto, mas também obediência e o devido respeito. 5054 foi para onde deveria ir. Sabia que era o melhor a ser feito, diante de tudo. Principalmente diante do fato de que, desde o confronto, tinha começado a pensar em si mesm@ como uma fêmea.

13

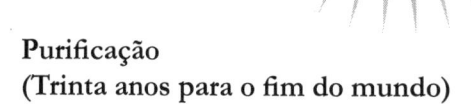

Purificação
(Trinta anos para o fim do mundo)

Monge 5054 já havia vivenciado ritos de purificação. Eram poucas as pessoas que jamais tiveram que se submeter a algum grau de reciclagem. Se os venenos psíquicos das crianças eram tolerados, de um adulto só se esperava o mais exemplar autocontrole. Ainda mais se esse adulto pertencesse ao Ilê Monástico. Ninguém era perfeito, ninguém exceto Supreme 1920, mas todos tinham que se esforçar em prol da perfectibilidade.

O encontro com Lah-Ura havia perturbado a estabilidade áurica de 5054, era impossível negar isso. Ainda que contrariad@, el@ se sentia grat@ pelas ordens de Supreme 1920. Uma reciclagem psíquica era de fato necessária, e a ela 5054 se submeteria com toda a dedicação de seus dois corações.

Três Monges de uma safra mais antiga foram convocados para realizar a reciclagem, e nisso havia grande honra. Eram el@s os de número 2130, 2777 e 2890. Nem foi preciso seguir para o Templo da Purificação, reservado para quando a pessoa a ser reciclada oferece resistência. 5054 preferiu o silêncio da Floresta Ébano, onde poderia permanecer por um ciclo inteiro de Yewa sem que nenhum del@s fosse perturbad@.

Vejam, Monges, é chegado o momento de mais uma aurora de Yewa – disse 2130.

Apenas o nascer fulgurante de Osala poderia ser considerado mais belo do que a ascensão de Yewa no horizonte leste. Num céu onde predominavam sóis de cores quentes, a chegada de um astro-rei azulado enchia os corações de alegria. E era na aurora que o brilho frio de Yewa podia ser melhor admirado, antes de sua cor se mesclar à vermelhidão de Sango no céu ocidental, assumindo uma tonalidade purpúrea. Nós amávamos o azul pálido de Yewa, ainda que não fosse o azul intenso, vivo e elétrico do sol oriental, Osum.

A aurora de Yewa era um momento especial para todas as cidades ocidentais. No momento do levante desse sol que marcava o passar dos dias, todos os cidadãos, independentemente da idade, sexo ou Ilê, paravam tudo o que estivessem realizando e se voltavam para o horizonte leste. Vergados sobre seus próprios joelhos, braços abertos para o sol azul que despontava, cada pessoa entoava a mesma canção, por meia hora ininterrupta: *odoyá... odoyá... odoyá... odoyá... odoyá...*

Durante todo o tempo desse rito, as psiques vagavam por uma realidade supramental bastante difícil de explicar. Os Alagbawo-Res haviam criado um neologismo para descrever esse fenômeno: chamavam-no de *descarregomental*. Por alguma razão ainda não muito bem compreendida, as pessoas saíam revigoradas desses momentos de *descarregomental*. Assim, a meia hora subsequente à aurora de Yewa era – por lei – um momento de pausa e relaxamento coletivos.

Após a saudação a Yewa, 5054 se postou no centro do triângulo criado por seus/suas três irmã@s. Por um ciclo inteiro do sol azul--pálido, equivalente a dois dias do calendário, ficariam sentados em posição meditativa. 2130, 2777 e 2890 se revezariam na impostação de mãos, palmas abertas na direção de 5054. Cada resquício de veneno da mente seria detectado e, conforme se esperava, purificado. Por dezesseis horas a fio, 2130 ajudou a limpar o veneno da dúvida imprópria em 5054, sem grandes dificuldades. Então foi a vez de 2777 ajudar a dissolver o veneno do apego, por mais dezesseis horas. O último terço do ciclo de Yewa seria da responsabilidade de 2890, que se dedicaria a aplacar o veneno da ira. Enquanto um@ Monge agia, @s outr@s dois/duas concediam suporte psíquico. 5054 pôde sentir sua aura se tornar mais brilhante, pura e branca, na medida em que os venenos eram identificados e expurgados.

Quem é você? – perguntavam @s Monges, em uníssono.
Meu número é 5054, e pertenço ao Ilê Monástico.
Quais são os seus desejos?
Nenhum, além de servir à coletividade.
A quem você ama?
A ninguém, além da cidade. Apenas a cidade importa.
O que existe além de Aphriké?
Nada. Nada há além de Aphriké.
Quem criou Aphriké?
Ninguém. Não se pode criar o que sempre existiu. Aphriké é sempiterna.
Quais são os seus temores?
Nenhum medo assedia minha mente.
Quais são os seus ódios?

E foi então que 5054 percebeu que daria trabalho justo na etapa final. Porque, diante dessa pergunta, ainda que se esforçasse para entregar a própria mente à purificação, uma voz secreta insistia no mais íntimo de seu ser:

Lah-Ura. Eu odeio Lah-Ura. E hei de me vingar de tamanha humilhação.
Monge 2890 bem que tentou. 2130 e 2777 bem que ajudaram. Mas, no final das contas, foi mais fácil para 5054 manter este ódio bem escondido numa parte inalcançável de sua mente. Porque a raiva, nunca antes sentida, parecia melhor do que nada. E, nesse processo, 5054 se deu conta de que era mais poderos@ do que três d@s mais antig@s Monges reunid@s. Pois eis que o pecado da privacidade se revelou como possível, naquele momento. E era mais fácil do que 5054 jamais pensara: bastava dar aos outros a exata medida daquilo que se esperava. Mentir não era tão difícil assim, afinal. A melhor forma de esconder a verdade é conceder o que as pessoas desejam, é gritar bem alto o que elas consideram bom e belo. Assim, a resposta de 5054 foi transmitida nos mais suaves tons de azul: *nenhuma ira atormenta o meu ser.*

Ter consciência de seu próprio poder superior abriu as portas para mais um veneno nos corações de 5054: o da soberba. Ódio e soberba, exótica combinação. O gosto era bom e restaria como sabor oculto, até que 5054 pudesse, um dia, retornar a Outrora e devolver o que lhe concederam, na mais justa medida.

As quarenta e oito horas terminaram e, com elas, também terminou a reciclagem. Yewa nascia mais uma vez no céu de Iridescente. 5054 e seus/suas irmã@s se voltaram na direção do horizonte explodido em azul, e cantaram: *odoyá... odoyá... odoyá...*

E, pela primeira vez em centenas de anos, havia veneno naquele cântico.

14

Não o primeiro
(Trinta anos para o fim do mundo)

A sala principal da residência de Oluya-Woran 30 e Orin 53 estava toda queimada. Não havia sobrado nada sobre nada. Por sorte, o jardim interno havia sido poupado do incêndio, e o segundo andar estava preservado. *Será preciso uma boa reforma*, pensou Olu, cansado, sua inteligência de arquiteto já projetando uma reforma.

Olu há muito não sentia a própria mente tão perturbada. Sofria com a falta da presença de Monge 5054, a quem tinha mais do que se habituado. Temeu que Orin tivesse razão ao alertá-lo sobre o veneno do apego, e que tivesse se tornado dependente demais da ajuda alheia para gerir as próprias emoções. Haviam lhe prometido Monge 3921 como substitut@, mas el@ ainda não estava disponível e, por enquanto, Olu teria que lidar com uma desagradável mistura de sentimentos: por um lado, o prazer decorrente do nascimento de seu filho. Mas também havia a raiva que sentia do ultimato enviado pelo Ilê Arimeo, com o aval d@ própri@ Monge Supreme 1920:

Compreendemos sua frustração, Oluya-Woran 30 – informava a transmissão –, *mas até segunda ordem todas as incursões ao Deserto de Outrora estão proibidas. Apenas o Ilê Tulla continuará realizando jornadas de pesquisa às ruínas de Kalgash, pois há um acordo de salvo conduto entre as Tullas e os rebeldes do deserto. Não é do interesse da Cidade Iridescente iniciar conflitos com os fanáticos de Kalgash. Guerrear é perder. Os projetos de irrigação de Outrora não são prioritários, e já dividiam o Conselho dos Anciões. Você mesmo sabe que nem todos apreciam a ideia de "corrigir" a separação geológica existente em Aphriké. Deve haver uma razão natural para o nosso planeta ser dividido em duas partes tão simétricas. Se os Cultistas querem a areia e as ruínas para si, que fiquem com tudo isso, iluminados por Osum, o sol azul. As Tullas que os aguentem!*

Olu era um indivíduo conservador, mas tudo tinha limite. Respeitava a Doutrina do Lugar Natural dos Quatro Elementos, era zeloso em relação às verdades transmitidas pelo Ilê Arimeo, mas se recusava a aceitar tamanho desperdício de espaço. Recusava-se a aceitar o fato de que, na estação da baixa luz, o povo deveria se submeter a tantos ciclos de Luz Sangrenta. O veneno da ira crescia no coração de Olu, e ele sabia que era questão de tempo até que fosse mais uma vez enviado para o Templo da Purificação. Afinal, ter um@ Policial do Pensamento como Monge pessoal não era o mesmo que conviver com a tolerância e a complacência de 5054. Orin era a primeira a lembrá-lo disso, pedindo que se controlasse, sobretudo com a chegada de 3921:

– Não seja egoísta, Olu! Eu preciso de você agora, mais do que nunca.

– É difícil não sentir raiva nesse caso, minha luz.

– Pois tente se controlar, pelo brilho de Osala! Temos um bebê, e eu não quero ser deixada sozinha enquanto você passa férias no Templo da Purificação.

– Férias? É divertido como você encara as coisas, Orin.

– Olu, você é um macho adulto. Pode muito bem controlar o veneno da ira sem a interferência constante de 5054. Lembre que 3921 não é como 5054! Por muito menos, sei que 3921 envia pessoas para a reciclagem psíquica!

– Você fala como se Monge 5054 fosse idiota, soa até ingrata.

Orin ergueu as mãos em indignação.

– De forma alguma, não seja injusto, Olu! Bem sei que a harmonia de temperamento não é seu forte. Bem sei que sua inteligência só não é maior do que sua tendência à ira. Sou mais do que grata à ajuda que 5054 nos dá. Apenas acho que você procrastina! Ao invés de se controlar, você se escora nos poderes del@!

Olu sabia que havia verdade nas palavras de sua esposa. Nunca fora bom em controlar o próprio temperamento, e em diversas ocasiões havia sido enviado ao Templo da Purificação, às vezes por vários ciclos de Yewa, quando bem poderia ter se controlado.

Uma pena que você não tenha minha ametista – pensou Orin, ainda um pouco espantada com o fato de que o próprio marido não ouvia os pensamentos dela. De Orin, irradiavam-se apenas os mais elevados sentimentos. A cidadã perfeita.

– Você tem razão, Orin, tem razão – e, dizendo isso, Olu acariciou a mão esquerda da esposa. – Não se preocupe, não darei motivo para que me enviem ao Templo. Vamos ficar juntos, eu e você.

– Vamos cuidar juntos do bebê – disse Orin, sorrindo aliviada.

– Falando nele, quando Alagbawo-Re 930 pretende devolvê-lo?

– A pele extra em torno dos olhos de nosso filho já foi removida. Ele

está recebendo uma dose de luminescência extra e um grupo de cinco monges o está acalmando, para que não repita o escândalo telepático.
— Foi tão forte assim?
— Nunca vi algo como aquilo! Ele fez cinco membros da Polícia irem ao chão. Depois me golpeou o cérebro até que eu colocasse sangue pelo nariz!
— Grande Osala! Deve ter herdado a sua voz psíquica.
— E o seu temperamento, Olu. E o seu temperamento...
Olu riu. Era bem verdade.
— De resto, pelo que você me contou, não sei a quem ele puxou — disse Olu. — A tal pele a cobrir os olhos... Os estranhos fios brotando do alto da cabeça... Um único coração... Tudo isso é tão fora do natural. Tão... nem sei se há palavra para isso!
— Alag chamou de "anomalia". Segundo ele, significa "não-normal".
— Isso não faz sentido, Orin. Nada existe que não seja da norma. A natureza da realidade se realiza dentro da norma, inserida na ordem, na perfeição da luz sempiterna.
— A teoria é linda, mas o nascimento de nosso filho mostra o contrário. Pra nossa sorte, o bom Alag dispõe da tecnologia necessária para restaurar a normalidade da criança.
— Ao menos isso, minha luz. Ao menos isso...
Orin ficou pensativa por alguns segundos, então perguntou:
— Olu... meu sol, você já ouviu falar em Iranses?
— Nunca. É alguma fruta exótica?
— Ah, algo assim... — mentiu Orin, enquanto alisava a ametista em sua tiara, como se quisesse se certificar que a joia continuava ali. — Ouvi o nome na feira de distribuição, imagino que seja de fato alguma fruta nova.
— Esses Agbes estão sempre a inventar novos resultados de enxertos...
— Alguns ciclos de Yewa atrás, experimentei uma variedade roxa de agbado. Uma delícia, Olu! — disse Orin, mudando de assunto.
— Não gosto muito de agbados. Grudam nos dentes.
Olu se dirigiu para a árvore no meio da sala, a fim de colher uma fruta azul. Então estancou, como se tivesse se dado conta de algo importante. Olhou para Orin com curiosidade, mas nem precisou verbalizar sua dúvida. A questão era forte a ponto de ser enviada como um pensamento tão vívido que alcançou Orin na mesma hora:
Se a tecnologia da correção das "anomalias" existe, nosso filho não foi o primeiro caso... foi?

15

Desvios no mundo perfeito
(Trinta anos para o fim do mundo)

É preciso destacar, neste ponto do relato, que os anos que se seguiram ao nascimento do novo filho de Oluya-Woran 30 e Orin 53 foram marcados por várias estranhezas, embora tudo ficasse restrito ao núcleo familiar. Monge 3921 e 5054 tiveram um trabalho e tanto ao longo dos anos seguintes.

Ainda que "privacidade" seja um conceito muito criticado em nossa cultura, já que estimula o veneno da separação, o Conselho dos Anciões achou por bem abrir uma exceção para aquela família. Era a única forma de proteger a paz comunitária.

Desconheço como será a cultura que terá acesso às memórias armazenadas neste registro diamantino, mas creio que é pertinente explicar o porquê de nós considerarmos a privacidade algo tão ofensivo. Primeiro, há a questão da malha psíquica comunitária. Qualquer raça desenvolvida há de ser dotada de sentido telepático, e este é um ponto que, creio, está fora de discussão. Muito conversei com Alagbawo-Re 930 sobre isso, e chegamos à conclusão de que não há verdadeira inteligência desenvolvida sem telepatia. Ocorre que, graças à conexão psíquica, o que uma pessoa sente termina sendo partilhado por todos, num efeito de contaminação gradativa. Daí decorre a necessidade de disciplina. Quando um de nós se dá ao luxo de fomentar pensamentos e sentimentos negativos, isso contamina a tessitura da malha. De modo análogo, aquele que cultiva a privacidade termina criando uma espécie de ruptura na integridade da telepatia coletiva. Se muitas pessoas procederem do mesmo modo, as mentes se individualizarão e cada qual buscará a própria felicidade, sem pensar no conjunto.

O que expus explica a transparência de nossas moradas e de nossos templos. Nós ocidentais nos consideramos uma mente coletiva. O Ocidente é transparente, e os momentos de alegria e prazer são sempre partilhados. Daí as sessões de sexo grupal, instrutivas aos jovens desde a mais tenra idade. A disciplina sexual e o controle do próprio corpo constituem os primeiros passos para uma vida adulta autorregulada. As cidades ocidentais, sob diversos aspectos, são lugares de paz e ordem. A eventual rebeldia juvenil, criando núcleos de privacidade, é entendida como o resultado da falta de maturidade psicológica. Já em adultos, a privacidade é impensável.

Dito tudo isso, eis o problema que se apresentou, evocando a necessidade da exceção: o filho de Orin-Olu. A "anomalia". O "Iranse". Ele era, de fato, muito esquisito. E as estranhezas que o envolviam davam sinais de abalar a malha psíquica coletiva, envenenando nossas mentes com os mais diversos medos: como pode alguém viver com um só coração? E aqueles olhos azuis que só ele tinha? Mesmo após a intervenção cirúrgica de Alagbawo-Re 930, as pessoas se perguntavam: seria contagiosa, tal anomalia? Surgiriam outros bebês assim?

O fato é que a existência do filho de Orin-Olu fomentava a divulgação de lendas. Lendas antigas e proibidas pelo Conselho, histórias sussurradas sobre os tais Iranses. Sobre como tais criaturas trariam o fim ao nosso mundo.

Olu e Orin enfrentaram dramas particulares durante a infância do menino, e eu mesma cheguei a testemunhar alguns. Ao menos nos primeiros dias de vida do bebê, tudo correra bem. A cirurgia havia removido não apenas a pele extra em torno dos olhos do menino, como eliminara cada fio daquela estranha penugem crespa a brotar em sua cabeça. Nenhuma fraqueza cardíaca havia sido diagnosticada na criança e, pelo visto, um só coração era tão funcional quanto dois. A telepatia escandalosa daquele pequeno ser havia sido amortecida pela ação disciplinante d@s Monges 3921 e 5054, e terminaram amb@s descobrindo um novo significado para a palavra "desafio".

Os cuidados com bebês são divididos por todos os membros de um núcleo familiar, assim manda a tradição. Orin e Olu se revezavam na atenção despendida ao pequenino. 5054 passava a maior parte do tempo instalad@ no centro da residência, submers@ no mais profundo zeramento mental, gerindo as emoções da família e a agressividade telepática do bebê. 3921 aparecia para ajudar, enviad@ por Supreme 1920, ciente da delicadeza da situação, e somava esforços a 5054. El@s formaram uma ótima dupla.

Quanto à primogênita de Orin-Olu – a menina que um dia viria a dar a si mesma o nome de Kayera 777 –, ela já era bastante crescida, exigindo pouca atenção. Mesmo com toda sua juventude, a menina ajudava muito nos cuidados com o irmão biológico.

Muitos boatos giravam em torno do menino, mas nada disso constituiu razão para que o Ilê Monástico optasse por ações extremas. Fofocas eram administráveis pela Polícia do Pensamento, e os reincidentes eram enviados para retiros no Templo da Purificação. Se o problema se resumisse à mera boataria, isso seria relativamente fácil de lidar.

Mas a coisa cresceu, tornando-se insustentável, devido ao horrendo episódio ocorrido no terceiro ciclo de Oya após o nascimento da criança. Eu mesma mal consigo acreditar. Mas é preciso contar. É preciso registrar tudo, até o horror.

∞

Orin 53 havia deixado a residência após amamentar o bebê, e se encaminhava para um ensaio no coral de seu próprio Ilê. Oluya-Woran 30 se encontrava numa longa reunião com setenta membros do Ilê Arimeo, em sua quarta tentativa de dissuadi-los da decisão de não mais irrigar o Deserto de Outrora. Restavam em casa apenas Monge 5054 e a primogênita do casal, a filha de Orin-Olu.

5054 bebia um suco de frutas azuis ao mesmo tempo em que consultava um dos registros diamantinos sobre golpes de *ka'a pûer*, a luta monástica. Empenhava-se em aperfeiçoar as próprias técnicas de combate, como se estivesse se preparando para algo.

A primogênita de Orin-Olu estava entretida com a tarefa de desmontar e remontar o capacitor solar de um veículo quadrirrodas pela décima vez. Entre um desmanche e outro, maravilhava-se com seu irmão a ensaiar os primeiros passos.

Tudo transcorria na mais perfeita paz, quando 5054 recebeu um alarme psíquico proveniente da menina e, dois segundos depois, ouviu seus gritos.

O bebê havia caído morto.

5054 ficou paralisad@ diante do quarto das crianças, sem saber como agir, tamanha era a bizarrice do acontecimento. A menina acolhia o irmão nos braços, enquanto emitia urros telepáticos agudos e desesperados. 5054 jamais vira a menina naquele estado, pois ela costumava ser um poço de disciplina. Mas ali, naquele preciso momento, formas mentais desabrochavam da cabeça da garota, tais quais flores telepáticas exóticas e perigosas. 5054 interpôs um Escudo de Ápata

em torno da filha de Orin-Olu, bloqueando todas as emissões antes que elas reverberassem pela cidade. Tentou, então, um contato: *Calma! O que está acontecendo, criança?*
— Ele desligou! — respondeu em alta voz a filha de Orin-Olu. — Meu irmão não se move, não reage, e não sinto seus pensamentos! Acho... acho que ele morreu! Ele vai virar planta, não quero que meu irmão vire planta, 5054! Não quero!!!
— Querida, vamos manter a calma, isso é muito improvável. Nenhuma pessoa morre antes de cem ciclos de Osala, esqueceu? Duzentos anos. Crianças não morrem.
— Mas ele não se mexe, 5054! Não reage, parece um boneco!
— Vamos pequenina, me dê ele aqui. Tenho certeza que existe uma explicação natural para isso — disse Monge 5054, tomando o bebê nos braços. Torcia para que sua falsa calma fosse convincente e capaz de apaziguar o estado de ânimo da garota. Se a Polícia do Pensamento estivesse nas redondezas, o descontrole emocional da filha de Orin-Olu bem poderia lhe render alguns ciclos de Omulu no Templo da Purificação. A descarga emocional era maior do que o tolerável, mesmo numa criança. 5054 daria o seu melhor para impedir a detenção da menina. Não concordava com o excesso de rigidez da Polícia.

Mas, ao pegar o irmãozinho dela no colo, 5054 temeu pelo pior. Ele estava de fato inerte, não reagindo a estímulos físicos ou telepáticos. Seus olhos pareciam vazios, e o queixo pendia numa expressão abobalhada. Um sutil fio de saliva escorria da boca da criança, e nenhum sinal era captado de sua mente. Ao que tudo indicava, era correto apostar na morte do pequenino.

Alag — pensou 5054. —, *preciso contatar Alagbawo-Re 930!*

Ecoou sua voz psíquica o mais alto que pôde, até alcançar o primeiro membro do Ilê Monástico, não muito longe dali. Esse Monge, por sua vez, replicou a mensagem de 5054, transmitindo-a para outro Monge. E assim por diante, numa velocíssima corrente que em poucos segundos alcançaria Alag. Se o curador estivesse nas imediações, levaria menos de um ciclo de Omulu para chegar à residência da família. E seria questão de tempo, 5054 bem sabia, para que a notícia chegasse a Supreme 1920. E tudo o que 5054 menos queria era manter muito contato com Sua Resplandecência. Havia sentimentos a proteger e segredos a guardar, e el@ não estava dispost@ a testar seus talentos de privacidade diante da mais poderosa entidade do mundo ocidental.

5054 continuou a checar os sinais físicos do menino, enquanto aguardava ajuda. Não sentia pulsação no único coração, muito menos atividade cerebral. *Se ele tiver morrido, precisa ser plantado antes que suas células carnais comecem a se converter em células vegetais*, considerou. Captando um laivo deste pensamento, a menina principiou a chorar, tornando tudo muito complicado para 5054: convocar Alag, buscar algum sinal na mente do bebê, gerir as emoções da menina... tudo aquilo junto era demais.

Preciso me zerar, ou as coisas sairão do controle, pensou 5054, e iniciou a cantilena de mantras disciplinares, a fim de fortalecer o próprio *odó*.

– Não, não me deixe sozinha com um bebê morto!!! – disse a filha de Orin-Olu, apavorada, enquanto agitava furiosamente o corpo d@ Monge. – E se o que o matou me matar também? 5054, volte! Por Osala, volte!

Mas 5054 se encontrava longe dali. Transferira sua mente para outra dimensão da existência, seguindo os rígidos protocolos do Ilê Monástico: quando algo for maior do que você pode lidar, zere-se o mais rápido possível, fortaleça seu *odó* e reúna forças para colocar as coisas em ordem novamente.

∞

Em menos de cinco segundos, a convocação alcançou Alagbawo-Re 930, e as imagens recebidas o encheram de surpresa a ponto de fazê-lo tropeçar.

– Só me faltava essa, uma criança morta. Todas as coisas impossíveis resolveram ocorrer ao mesmo tempo, e justo em minha gestão como curador-mor – queixou-se em voz alta. – Eu bem que suspeitava que um só coração não seria suficiente, uma pena.

Tomou as quadrirrodas e partiu na direção da casa de Olu e Orin, nos limites da Floresta Ébano. *Ainda por cima, moram num cemitério*, praguejou Alag. *Muito adequado.*

∞

Monge 3921 fazia sua ronda telepática no centro de Iridescente, quando interceptou um resquício do brado psíquico emitido pela primogênita de Orin-Olu. Para uma garota que nem nome próprio tinha, ela sabia como se impor no plano mental, considerou 3921, massageando as têmporas. Era preciso bloquear o excesso emocional absorvido. *Eis uma família que sabe gritar*, pensou. E, incomodad@, deu-se conta de que a proximidade com aquela gente, nos últimos tempos, havia estabelecido em sua alma uma vinculação afetuosa. Considerada a distância em que se encontrava, jamais deveria ter ouvido o grito da menina, e apenas el@ a escutara. Um sinal clássico de intimidade. O veneno do apego, pelo visto, dava mostras de ter se entranhado em sua aura, irritou-se 3921.

Montad@ em suas quadrirrodas, 3921 se dirigiu à residência nos limites da Floresta Ébano, tomando os atalhos conhecidos. Entoava mantras de zeramento, a fim de preservar a paz necessária em qualquer processo de intervenção. Já havia aprendido que qualquer proximidade com aquela família exigia o máximo de cautela.

Enquanto dirigia, aproveitava para sondar os pensamentos dos cidadãos na vizinhança. Um pouco de aversão detectada aqui e acolá. Pequenas irradiações de apego, pais por filhos e filhos por pais. Amantes apaixonados, numa e noutra casa. Veneno do orgulho em doses aceitáveis, nada que demandasse enviar o sujeito para o Templo da Purificação. Pelo menos não *ainda*. 3921 era considerad@ um@ Monge rígid@, mas conhecia os protocolos e sabia que todas aquelas emoções se encontravam nos limites adequados. Nada havia, nos arredores, que fosse capaz de contaminar a malha psíquica de Iridescente. Nada que @s Monges não pudessem gerir e que não pudesse ser resolvido com uma simples advertência.

Uma vez dentro do raio de ação que lhe permitiria abordar 5054, 3921 enviou seu primeiro sinal de contato:

5054, o que houve?
O menino. O menino parece ter morrido, 3921. Não sei como.
Isso é bizarro.
Já estou me acostumando a coisas estranhas.
Você convocou algum dos Alagbawo-Res, 5054?
Sim, 3921, pedi a ajuda de Alagbawo-Re 930.
Você fez bem. Ele é o mais habituado à estranha fisiologia do pequenino. E quanto à primogênita de Orin-Olu?
A menina estava muito tensa. A envolvi numa Cúpula de Yewa, e ela se acalmou.
Cúpulas de Yewa sempre funcionam. Está verde o suficiente, 5054?
Sim, 3921, verdíssima. Sou capaz de manter o brilho do escudo-pensamento por mais alguns minutos. Creio que será o suficiente.
Chegarei antes disso. Fique firme, 5054. Glória a Aphriké, nada há além de Aphriké!
Glória a Aphriké, nada há além de Aphriké! Desconecto agora, 3921. Preciso intensificar o verde da Cúpula de Yewa.

Sim, quanto mais verde melhor. Até já.
Até já. Em tempo, 3921: você poderia avisar Oluya-Woran 30 e Orin 53? Não sei se Alagbawo-Re 930 já fez isso, mas... melhor avisar!

3921 suspirou, concordando. Volta e meia, arrependia-se de não ter escolhido o Ilê Agbe. Cuidar de plantas, colher frutas e garantir abundância ao Templo da Nutrição parecia uma alternativa mais tranquila do que manter a paz e a ordem. Ou poderia ter optado pelo Ilê Wolika-Orun, e passaria a vida interpretando os significados dos movimentos solares.

Qualquer opção seria melhor do que avisar a um pai e uma mãe sobre a morte de seu filho, algo até então inimaginável na rotina previsível e estável da Cidade Iridescente.

∞

Alag alcançou a residência de Olu e Orin um pouco antes da chegada de 3921. Tomou o bebê em seus braços e analisou seus sinais vitais, valendo-se não apenas de telepatia, mas também de seu instrumental médico.

– E então? De fato morto? – perguntou 3921, entrando na casa.

– É lamentável, mas o menino realmente morreu – respondeu Alag, com tristeza no olhar. – Não detecto atividade psíquica, e meus instrumentos não revelam batimentos cardíacos ou respiração.

3921 suspirou, desolad@. Seria terrível dar aquela notícia aos pais biológicos. Mais devastador ainda seria anunciar tão bizarro acontecimento a uma comunidade cuja mortalidade infantil era nula há ciclos incontáveis de Osala. E el@ sabia que isso geraria nova onda de boatos, tornando o trabalho da Polícia bem mais árduo do que o usual.

– Eu não compreendo! – disse 3921, indignado. – Este tipo de coisa não poderia ocorrer! Crianças não morrem, Alag! Ninguém morre antes do ducentésimo ano...

– A bem da verdade, trata-se de evento raro, mas não impossível, 3921. Você mesm@ sabe que acidentes acontecem, ainda que pouco usuais. Este pequeno possuía apenas um coração e, pelo visto, o órgão não foi suficiente para sustentá-lo.

3921 balançou a cabeça, entristecid@. Sentiu a presença psíquica de 5054, mas não conseguia ver @ companheir@, algo bastante estranho numa casa transparente.

– Onde está 5054? – perguntou.

– Na Floresta Ébano – respondeu Alag. – Achamos melhor que el@ conduzisse a menina para longe daqui. Ela já está bem calma, graças à Cúpula de Yewa. Mas nós dois sabemos o que acontecerá quando os pais chegarem.
– É, eu sei... Não estamos acostumados a mortes antecipadas de crianças...
Era a deixa que Alag precisava para introduzir uma difícil questão:
– 3921, veja bem... Detesto me imiscuir em assuntos do Ilê Monástico. Mas creio que deveríamos ser mais tolerantes neste caso. Internar Orin e Olu por conta do desespero que eles emitirão é realmente necessário? Poderíamos evitar isso?
– Alag, com todo respeito, mas os protocolos monásticos determinam que...
O médico acenou em concordância, mas não deixou que 3921 concluísse.
– Eu conheço tais protocolos, 3921. Eu os conheço. Faça o que acha certo, não estou aqui pra interferir em seu trabalho. Apenas questiono se não haveria alternativa.
– Olu e Orin são adultos. Conhecem as leis e os procedimentos. Caso não se controlem como devem e ultrapassem o limite tolerável na reação emocional, contaminarão a malha psíquica. Fará bem a eles alguns ciclos de Yewa no Templo da Purificação.
– Pelo brilho branco de Osala, Monge 3921! Você nunca fez vista grossa antes na vida? – irritou-se Alag.
– Não se trata de não ter boa vontade, Alag! Vai além disso! Se eu nada fizer, outro Policial identificará a contaminação na malha telepática. E será preciso interferir! Imagine o desastre se o descontrole emocional de Olu e Orin se irradiar, afetando os demais. Não podemos permitir isso! Não os interno porque desejo, mas pelo bem da coletividade!
– Eu posso acalmá-los com uma Cúpula de Yewa – disse 5054, entrando na conversa. Sua silhueta podia ser vista como um desenho de luz tremeluzente na entrada da casa. El@ carregava a filha de Orin-Olu, aparentemente bem mais calma, ambos inseridos numa cúpula mental de luz esverdeada. Para qualquer olhar, pareceria que a garota flutuava no ar, envolta por fios luminosos muito sutis: os braços de 5054.
Alag e 3921 se voltaram, pegos de surpresa com a chegada d@ amig@. Ambos se espantaram: era incrível o quanto 5054 era

eficiente no zeramento, quase ao nível da invisibilidade completa. Se continuasse assim, no futuro seria um@ ótimo substitut@ para Monge Supremo 1920, quando Sua Resplandecência se convertesse em árvore.

– O que você sugere? – questionou 3921.

– Um truque simples – respondeu 5054. – Você comunica a morte do pequenino, eu envolvo os pais num abraço mental esverdeado da Cúpula de Yewa e amorteço o impacto emocional. Para eles, será como se um completo desconhecido tivesse morrido. Em três, talvez quatro ciclos de Omulu, o menino não passará de uma recordação distante.

– Um construto mental de tal ordem demanda muito esforço, 5054. Você já gastou energia demais no processo de acalmar a menina – disse Alag.

– Podemos tentar, não podemos? – respondeu 5054. – Se não der certo e a descarga emocional deles for mais poderosa do que a minha Cúpula de Yewa, 3921 pode convocar os Policiais do Pensamento, e enviamos o casal para o Templo da Purificação.

3921 assentiu, e disse:

– Parece que temos um plano, e um bom plano. Mas que meu desagrado fique registrado, irmã@. Não me parece muito ético controlar adultos que já deveriam saber se conter por si mesmos. Isso os infantiliza.

– É só desta vez – disse 5054.

– "Só desta vez"? Não é bem assim, 5054. Você já foi acusad@ uma vez de atuar como "babá psíquica" de Oluya-Woran 30. Há um limite para nossa liberdade de interferência. Se dois adultos com mais de cem anos de idade não conseguem se controlar, precisam se submeter ao Templo da Purificação.

– Desagrado registrado, conversaremos sobre isso depois. Por enquanto, nem sabemos se eles se descontrolarão. Quem sabe não nos surpreendem? – disse 5054.

∞

Entretanto, não houve mesmo surpresa alguma. Ainda que os adultos ocidentais fossem treinados em autocontrole emocional, era muito difícil manter a compostura diante do raríssimo anúncio da morte de um filho biológico. Afinal, pais morriam e seus filhos os plantavam na Floresta Ébano, para que árvores se tornassem, assim era a ordem natural. Pais plantarem filhos que mal sabiam andar era algo fora de cogitação, e uma novidade desse gênero poderia ser qualquer coisa, exceto agradável.

Olu, já não muito senhor de si, caíra no mais desesperado pranto. Seu choro se irradiava numa potente onda telepática, como vagalhões amarronzados de desespero. Orin, por sua vez, entrara em franca negação. Ela não parecia entender o conceito de "mortalidade infantil", e não estava só. Em nosso mundo, considerar que alguém pudesse morrer antes de completar duzentos anos era como imaginar o céu sem sóis. Ela parecia mais chocada do que triste ou desesperada. Carregava o bebê inerte nos braços e, apesar de sua aparência demonstrar calma diante do ocorrido, sua mente derrapava na direção de um estranho abismo: o desejo de morrer. Ninguém, entretanto, era capaz de captar os venenos mentais de Orin, pois a pedra Cultista neutralizava seus pensamentos negativos. 3921 e 5054 acharam impressionante a ausência de reação psíquica de Orin. Não desconfiavam da pedra.

5054 não sabia o que poderia ser pior: se a agonia de Olu ou se o fato de Orin não irradiar nada. Na sua opinião, seria questão de tempo até que Orin explodisse numa devastadora onda de choque emocional. 5054 não precisou, contudo, de muito esforço na construção da Cúpula de Yewa. Esse recurso tecnotelepático do Ilê Monástico costuma ser aplicado apenas em crianças ainda sem o devido amadurecimento que as capacite ao autocontrole. Por outro lado, situações anômalas não deveriam demandar soluções igualmente incomuns? Para 5054, a questão era clara: nosso dogma prega que a essência da realidade é ordenada. As tais "anomalias" constituíam perturbações que o próprio Arimeo 500 se recusava a enxergar. A mera existência de uma criança cuja fisiologia era alterada já deveria servir como um duro golpe contra as teorias da ordenação. Se a natureza cria exceções, exceções legais deveriam ser criadas! E, sobre isso, 5054 argumentaria tão logo tivesse a oportunidade de se ver diante de Supreme 1920. Ninguém era mais repleto de compaixão quanto Sua Esplendecência, e 5054 tinha certeza de que seria compreendid@.

Além disso, já estava na hora de confrontar Supreme 1920. 5054 precisava checar se o ódio que mantinha em segredo estava de fato indetectável. No máximo, 5054 sabia, seria enviad@ novamente a uma reciclagem psíquica.

— Eles me parecem bem — disse 3921, sondando Orin e Olu. — Principalmente Orin.

— Sim. Nenhuma perturbação causada à cidade. Onde está Alag? — perguntou 5054.

— Retirou-se com o cadáver da criança. Em casos normais, bastaria levar o corpo para a Floresta Ébano, cavar um buraco e enterrar o cidadão até os joelhos. A natureza faria o resto. Mas Alag acha que, dada a anomalia do caso, era preciso fazer uma... como é a mesma a palavra? Uma "autópsia". Não sei bem o que significa.

— Seja o que for, não prejudicará a semeadura do cadáver? A semeadura é um direito civil de todo cidadão, mesmo dos ainda sem nome próprio. Se o Ilê Agbejoro souber que uma pessoa foi impedida de se transformar em planta... — preocupou-se 5054.

— Sim, não quero nem pensar em incomodar os legalistas do Ilê Agbejoro. Mas Alag sabe o que faz, não creio que devamos nos preocupar.

∞

Alag resolveu que faria a autópsia na própria Floresta Ébano, pois assim não corria o risco de ter seus pensamentos captados pelo restante da população. Os instrumentos necessários ele tinha. Não fazia sentido criar uma onda histérica que perturbaria a cidade, apavorando as pessoas com a notícia de uma morte antecipada. Já havia uma pequena (porém crescente) falta de fé nas doutrinas do Ilê Arimeo, e ele não queria ser mais um a estimular as alegações Cultistas de que a existência não era tão ordenada quanto se pensava. Estimular a crença no caos era algo fora de cogitação.

Depositou o bebê no solo diante de si, e retirou um bisturi de dentro da mala. Um pequeno corte revelaria o coração a ser estudado. Alag sabia que teria pelo menos quatro ciclos de Omulu antes de pôr o órgão de volta ao seu lugar e semear o bebê na Floresta Ébano. Seria interessante ver o surgimento de uma árvore tão pequenina. Alag tinha uma série de questões que gostaria de ver respondidas: a pequena árvore formada a partir do cadáver do bebê preservaria seu diminuto tamanho, ou cresceria? O desenvolvimento da árvore-bebê lhe permitiria compreender melhor nossa biologia, e isso seria ótimo. Ao menos algo instrutivo emergiria daquela desgraça.

Alag estava absorto em seus próprios pensamentos, e ouvia muito ao longe os diálogos telepáticos d@s dois/duas Monges. Não havia sinal de descontrole emocional por parte de Olu, Orin ou da primogênita deles, e isso era ótimo. A construção telepática de 5054 parecia surtir efeito, concedendo um pouco de paz àquele pobre núcleo familiar, e isso era o mínimo que a cidade poderia fazer por eles.

Tão concentrado estava, que Alag poderia ter deixado passar o fraco sinal psíquico que ecoava em sua mente. Era um zunido suave e muito sutil, que lhe lembrava o farfalhar das folhas ao vento. Chegou a pensar que seria o ar se deslocando por entre as árvores, porém estranhou o fato de que apenas ouvia o som e o vento não vinha.

E, então, ouviu um sussurro: *temos um Iranse*.

– Quem está aí?

Iranse. Vivo. Alagbawo-Re 930, Iranse vivo.

Alag ouviu também um suspiro distante, que se derramou num crescente tão amplo quanto profundo. Um lamento. Um incômodo. Era o choro de um bebê. Talvez houvesse outra criança nas redondezas, pais passeando pela Floresta Ébano, pensou ele.

Mas eis que Alag ouviu um pulso. Um batimento cardíaco. Era apenas um toque, como um golpe seco na madeira. Sem dúvida, o batimento de um coração:

Tum!

– Mas será possível?

Alag ergueu o bebê no ar.

O que deveria ser um cadáver moveu os lábios, entreabrindo-os. Aspirou grande quantidade de ar e, com fôlego impressionante, chorou. Chorou alto, e bem alto. Tão alto quanto pudesse, como se quisesse demonstrar da melhor forma possível que não, ele não era um cadáver. Alag quase caiu pra trás.

– Pela luz sempiterna dos sóis resplandecentes! O que significa isso?

∞

Foi um enorme alívio constatar que o bebê não havia morrido. Conforme Alag explicara, os ritmos biológicos da criança apenas haviam desacelerado de maneira tão drástica que pareciam ter desaparecido. Muitas teorias foram elaboradas com a finalidade de explicar tal fenômeno. Monge 5054 considerou a possibilidade de o menino ter realizado alguma forma precoce de zeramento mental. Já Monge 3921, desconfiad@ por natureza, enxergava no fenômeno alguma forma de sorrateira manipulação cognitiva por parte de algum Cultista, afinal estava muito claro o quanto Oluya-Woran 30 incomodava os habitantes do Hemisfério Leste. Alag, pragmático em seu ofício, evitava dar explicações para um fenômeno jamais visto. Seria preciso acompanhar o desenvolvimento do menino – e bem de perto – antes de tecer qualquer diagnóstico confiável.

Nem é preciso dizer o quanto Olu, Orin e a primogênita ficaram felizes ao constatar que o bebê se encontrava vivo e bem. Se já estavam melhores após serem envolvidos pela Cúpula de Yewa criada pelos poderes de 5054, a felicidade agora parecia não ter mais fim. 3921 teria permitido que aqueles glóbulos dourados de alegria se expandissem e afetassem a malha psíquica, mas temia que os demais cidadãos descobrissem sobre a "morte seguida de ressurreição" e que, por isso, uma onda de pânico se espalhasse.

Para evitar um mal maior, um pouco de delito de privacidade se fazia necessário.

Ao longo dos ciclos de Osala consecutivos, entretanto, o fenômeno de diminuição dos sinais vitais voltou a ocorrer. A criança passou a ser conhecida como sendo dotada do poder de morrer e ressuscitar. Alag conseguiu identificar uma periodicidade, um ritmo para as manifestações. A cada três ciclos de Oya, por nós convencionado como "seis meses", o menino passava por uma espécie de "desligamento" e permanecia refratário a qualquer estímulo por quase dois ciclos de Omulu (quatro horas). Ficou claro para Alag, com o passar do tempo, que o coração do menino não cessava de bater naqueles eventos, nem tampouco a respiração era de todo suspensa. Havia atividade, embora reduzida, quase indetectável. Alag chamou esse novo e estranhíssimo fenômeno biológico de "dorme", irritando o Ilê Arimeo. "Dorme", afinal, era uma referência ao confuso episódio ocorrido muitos anos atrás com o filho de Arimeo 320.

Ele dorme.

∞

Monge Supreme 1920, em sua infinita bondade, aprovou uma intervenção experimental idealizada pelo Ilê Alagbawo-Re. Uma medida urgente, capaz de impedir que o menino tivesse outros apavorantes acessos de "dorme". Assim, num dos raros momentos da história de Iridescente, uma cirurgia cerebral foi autorizada. A caixa craniana do pequenino foi aberta, a fim de inserir um instrumento criado pelos Alagbawo-Res – em cooperação com as Kayeras – e batizado de marca-ritmo. Alimentado pela própria energia solar armazenada pelos olhos da criança, o marca-ritmo detectaria a diminuição das ondas cerebrais e dispararia pequenos impulsos elétricos que inibiriam um eventual "dorme".

Qual não foi o susto, contudo, quando a tampa craniana foi retirada e três Alagbawo-Res viram o cérebro do menino.

– Pela luz do Esplendor... – disse Alagbawo-Re 1057. – Como se explica isto?

– Parece uma divisão. Há algum relato a respeito nos arquivos de nosso Ilê? – perguntou Alagbawo-Re 999.

– Não, não há. E isto não apenas *parece* uma divisão. É, *efetivamente*, uma separação – sentenciou Alagbawo-Re 930. – O cérebro do menino é dividido em dois, com uma zona central conectiva. Talvez seja por isso que não consigamos ler os pensamentos dele. Estamos diante de uma mutação cerebral, meus irmãos.

– Lembra-me o próprio mundo... – disse, quase distraidamente, Alagbawo-Re 1057. – dois hemisférios separados pelo rio Omi-Okun...

Às vezes os principiantes têm as mais resplandecentes ideias, pensou Alagbawo-Re 930, enchendo o novato 1057 de satisfação.

Onde deveriam existir dois corações, havia apenas um. E onde deveria existir apenas um cérebro, havia dois: um esquerdo e um direito. O coitadinho era, sem dúvida, deficiente. E não havia nada que o Ilê Arimeo pudesse dizer que fosse capaz de negar a realidade: anomalias existiam. Eram raras, mas reais.

O marca-ritmo foi implantado, e a tampa craniana recolocada no devido lugar.

E nunca, nunca mais ao longo da infância do pequenino, para alívio de seus pais biológicos, houve um novo episódio de "dorme".

16

O deficiente
(Vinte e quatro anos para o fim do mundo)

O filho de Orin-Olu não se desenvolveu conforme o esperado ao longo de três ciclos de Osala, o que perfazia seis anos. Conforme os Alagbawo-Res constatavam, era nítido que o garoto tinha um severo retardo mental, além de alguma forma leve de deficiência auditiva telepática. Ele jamais respondia quando o chamavam por telepatia, era preciso usar a voz. Além disso, enquanto todas as crianças aos seis anos de idade já dominavam os recursos mais avançados de Cálculo Diferencial e Integral e eram capazes de resolver duas equações distintas ao mesmo tempo usando as mãos esquerda e direita, o filho de Orin-Olu só conseguia usar a mão esquerda. Ele seguia a irmã por todos os cantos como se tivesse menos de dois anos. Mal falava, limitando-se à comunicação subtelepática "em blocos": *gosto de comer fruta azul, papai-gênese está zangado, quero mamãe, bola bonita.*

O menino nutria um apego especial por mim. Talvez pela familiaridade que sentia, afinal eu o ajudara em seu nascimento. Eu correspondia por pura compaixão, admito. Na maioria das vezes, eu o achava irritante e detestava o incômodo social de ser associada a um retardado esquisito. Mesmo assim, sempre que possível eu visitava a família e ajudava Olu e Orin em sua tarefa de cuidar de uma "criança especial". Acho que muitos esperavam que eu de fato viesse a me tornar uma Ranya e, por isso, era como se eu estivesse fazendo um estágio prolongado como pajem infantil.

Minha própria mãe-gênese, Ranya 722, me estimulava a assim proceder, embora fosse nítido que o que estava envolvido, no caso de seus incentivos, não era a expectativa que eu optasse por seu Ilê. Eu já tinha uma consciência bem clara dos interesses escusos de minha mãe-gênese pelo menino, embora ela mesma – em tese – não soubesse que eu havia escutado seu diálogo telepático com Orin no Templo dos Nascimentos. Da minha parte, confesso que a discrição no tocante aos delitos de mamãe não era tanto por altruísmo, mas por curiosidade. Eu já havia descoberto que Ranya 722 era uma Cultista, e já havia decidido em meu íntimo que me tornaria um membro do Ilê Tulla. As Tullas eram as únicas pessoas no Ocidente com quem os Cultistas demonstravam ter um mínimo de abertura. Proteger minha mãe-gênese era, portanto, uma prerrogativa que se alinhava com os meus próprios interesses secretos. Se eu quisesse – e como queria! – estudar as ruínas de Kalgash, precisaria manter um bom relacionamento com seus habitantes. Não que eu levasse os Cultistas a sério. O interesse da mãe-gênese por aquele garoto, por exemplo, só poderia ser fruto do mais ridículo equívoco, pensava eu. O menino era deformado em corpo e mente e não poderia ser salvador de si mesmo, quanto mais do mundo inteiro.

Pequenas induções elétricas garantiam que o filho de Orin-Olu não entrasse naquele assustador estado conhecido como "dorme". O marca-ritmo dos Alagbawo-Res parecia funcionar a contento, embora o procedimento me soasse cientificamente pobre. Eu podia até ser uma garota de então vinte anos e ainda sem nome próprio, mas não era idiota, e gostava de problemas complexos. Ao invés de tentar entender o mecanismo do tal "dorme", o Ilê Alagbawo-Re achara por bem apenas impedir o fenômeno.

Eu estranhava as crenças Cultistas em torno daquele garoto retardado. Foram muitas as minhas sutis tentativas de invadir os pensamentos de minha mãe-gênese, a fim de extrair mais detalhes sobre os fundamentos do interesse no menino. Mas eu não captava dela nada além de virtuosos pensamentos. Atualmente eu sei que era a ação da pedra alterada em sua tiara. Admito que, desde aquela época, eu suspeitava de só ter escutado a discussão telepática entre mamãe e Orin porque Ranya *quis* que eu as ouvisse. Teria sido menos um mérito do vírus mental que eu havia instalado e muito mais um ato voluntário de minha mãe-gênese? Talvez, eu pensava. Por anos, essa foi uma pergunta sem resposta. A única coisa que eu poderia afirmar com certeza é que Ranya 722 desfilava pela Cidade Iridescente trajando uma sofisticada máscara mental capaz de ocultar suas reais intenções. Ela era como uma pessoa dentro de outra.

Os segredinhos da mãe-gênese me irritavam bastante, e chegou a passar pela minha cabeça o impulso de confrontá-la. Até mesmo de denunciá-la. Jamais o fiz, vale registrar. Ela sabia que eu não o faria. Quem haveria de acreditar numa pessoa que nem nome próprio tinha ainda? Não que eu tivesse moral para reclamar dos segredinhos alheios. Afinal, nem Monge 3921 tinha acesso às minhas memórias mais ocultas, e eu achava que era por minha habilidade de ocultar pensamentos. A Polícia do Pensamento se concentrava demais nos venenos da mente, nessas coisas que abalam a ordem e são mais visíveis, e deixava passar segredos mais profundos. Era uma abordagem telepática bem superficial, a da Polícia. Se não detectavam na pessoa nem apego e nem ira, nem soberba ou autodepreciação, nem separatismo ou dúvida imprópria, decidiam não aprofundar as incursões nos pensamentos alheios, e tanto melhor para mim que assim fosse.

Já Monge 5054, assistente pessoal de Olu, era outra história, e por isso eu evitava ao máximo o contato com el@. Eu estava convicta de que minha mente, para 5054, era tão transparente quanto as paredes das casas da cidade. El@, todavia, parecia não ligar. Parecia-me que 5054 escondia também alguma coisa. Diante das alternativas e suspeitas, eu não me sentia à vontade para me abrir com ninguém.

O filho de Orin-Olu era alvo de galhofas constantes, por usar os tais "óculos" prescritos por Alag. Se retirasse os "óculos", seria pior: como não se espantar diante daqueles olhos azuis? Havia também os boatos, as lendas que atribuíam olhos azuis também às fêmeas Lah-Ura. Quem não ria do menino por sua "mutação", sentia terror diante da possibilidade de haver sobre ele algum dedo da tal "feiticeira de Kalgash".

Meu conhecimento a respeito do interesse dos Cultistas pelo menino se resumia a algumas pesquisas sobre mitos antigos que fiz ao longo dos anos no Templo da Memória. Descobri o que era um "Iranse": um potencial salvador do mundo, ou mesmo seu destruidor. Isso me fazia rir, ainda mais quando eu tinha que limpar a saliva que escorria da boca do garoto até ele completar quatro anos de idade. Ou quando eu tinha que retirar os pequenos objetos que ele introduzia no nariz quando já tinha dois anos. Ou para, morta de vergonha, constatar que ele – mesmo após o primeiro ciclo de Osala – urinava e evacuava sem demonstrar controle. Pior: para impedi-lo de enfiar a cabeça dentro de cestos, coisa que ele fazia com certa frequência até os seis anos, apavorando Orin por conta dos riscos da privação de luz. Mas o garoto não aparentava se incomodar com situações de ausência de luz, parecia até apreciá-las, o que só servia para aumentar a sua fama de bizarro.

Conforme os Alagbawo-Res já haviam constatado, os problemas

mentais do menino não se limitavam ao fato de ele ter uma inteligência tão abaixo da média. Alag dizia que ele era telepaticamente "surdo", outro termo que nunca ouvi na vida. Além disso, a mente do filho de Orin-Olu era insondável. Era como se ele não estivesse ali, como se nem mesmo existisse. Ele só era ouvido no plano telepático quando assim queria. Se uma criança era imune às sondagens d@s mais poderos@s Monges, era preciso estudar essa anomalia. Afinal, e se fosse tecnologia Cultista? Supreme 1920 não tirava da cabeça a suspeita de que as mutações do menino haviam sido de algum modo "induzidas" pelos fanáticos. Por compaixão, Sua Luminescência dizia que a criança era mais uma vítima, e não tinha culpa de suas "anomalias".

Os leitores do céu do Ilê Wolika-Orun viam no garoto uma prova de suas teorias a respeito da relação entre os movimentos solares e acontecimentos mundanos. As anomalias da criança se deviam, segundo eles, ao mapa solar de nascimento. Wolika-Orun 922 dizia que o filho de Orin-Olu era um "filho de Sango". Assim vaticinou Wolika:

– Ele trará justiça a Aphriké e, com a luz vermelha de Sango, destruirá as ilusões.

Considerando tanta aposta dirigida a um retardado mental, como levar isso a sério?

17

Pluralidade de mundos
(Vinte e quatro anos para o fim do mundo)

Só me faltava essa, grunhiu Monge 3921 ao ser convocad@ para acompanhar as crianças a um passeio no parque. El@ tinha odiado a decisão do Ilê Monástico de escalá-l@ para acompanhar os filhos de Orin-Olu em passeios quando os pais estivessem ocupados. "Proteger, purificar, reciclar e servir", porém, eram as diretrizes da Polícia, e 3921 no fundo entendia muito bem o porquê da necessidade de dedicar atenção exclusiva ao garoto. Para 3921, contudo, o problema estava sendo abordado erroneamente. Se o filho de Orin-Olu era alvo de agressão moral por parte de outras crianças, elas é que deveriam ser submetidas a purificações ao invés de se estabelecer proteção especial em torno do menino.

São apenas crianças, 3921, é preciso tolerá-las era uma desculpa que el@ não aguentava mais ouvir das fêmeas do Ilê Ranya, e não via sentido em tratar com tamanha condescendência as pirraças infantis. Para el@, veneno da mente era veneno da mente, e os atos disciplinares deveriam ser aplicados desde cedo com toda sua dureza. A disciplina monástica de 3921, contudo, demandava obediência às orientações compassivas de Monge Supreme 1920. E obediente 3921 seria.

Três ciclos de Osala haviam se passado desde o nascimento do garoto e eis que era novamente mais um ano da estação da baixa luz, com centenas de Horas da Luz Sangrenta a ocorrer em intervalos periódicos. Eu estava com 3921 e as duas crianças de Orin e Olu. Brincávamos no jardim de Alto Orun no momento em que Omulu se pôs, e ficamos todos sob a luz única de Sango, o vermelho. Brincávamos com um jogo muito popular, chamado "tetraktys", que consiste na tentativa de ordenar um sólido geométrico de dez lados de modo a exibir as cores corretas em cada face. Ou, melhor dizendo: eu, 3921 e a primogênita de Orin-Olu brincávamos disso, pois o menino – mesmo com seis anos de idade – só se interessava por brinquedos de bebês. Nós jogávamos tetraktys, enquanto ele chutava uma bola pelo jardim, na mais pura explosão de felicidade retardada.

O jardim estava repleto de crianças. À parte o fato de as pessoas estarem desanimadas em decorrência da Luz Sangrenta, tudo parecia bem normal. Até que o menino, em geral mudo como uma árvore, sussurrou, mantendo o olhar fixo no nada:

— R'av dança no coração do sol branco.

3921 se agitou na hora com aquela afrontosa declaração Cultista:

— O que você disse, filho de Orin-Olu?

— Ah, mas ele voltará — disse o garoto, chutando a bolinha. — R'av ama você também. R'av ama todos nós.

Eu e a irmã biológica do garoto nos entreolhamos, espantadas. 3921, por sua vez, pegou o menino pelos ombros e perguntou:

— Quem ensinou isso a você, menino?

— Calma, 3921 — intervi, preocupada com alguma possível denúncia de "crime de superstição" à Polícia do Pensamento. — Ninguém que eu conheça ensinaria algo desse tipo ao menino. Estou certa de que há uma boa explic...

Nem pude concluir meu pensamento. O filho de Orin-Olu nos olhou espantado como se fôssemos bobos e, pela primeira vez em seis anos, emitiu uma frase mais longa:

— Ninguém me ensinou nada! Aquele macho ali fica repetindo isso sem parar, fala e fala e fala! "R'av voltará, R'av te ama, R'av habita o coração do sol branco"... É ele que não para de pensar essas coisas! E pensa alto! Ele diz que somos filhos do Menino-Deus!

Olhamos na direção apontada, e não ouvimos nem vimos nada. Oito fêmeas brincavam com seus dezesseis filhos, e só. Não havia macho algum ali.

— Claro que há! — disse o menino, nervoso, demonstrando ouvir muito bem nossos pensamentos. — Ele está ali, parado, e tem uma bolinha que não para de crescer dentro de sua cabeça. Uma bolinha linda, cheia de histórias bonitas!

— Pare de falar bobagem, irmão bobo! — disse a primogênita de Orin-Olu, mais assustada que irritada.

— Não há nada ali, pequeno — disse eu, achando que lidava com alguma espécie de fantasia infantil. Eu estava espantada com sua súbita eloquência.

— Há, sim!!! — disse o garoto, irritado, tomando minha mão e a de 3921. — Vou mostrar com meus próprios olhos!

Ao darmos as mãos a ele, eu e 3921 passamos a partilhar a mesma visão psíquica da criança. E eis que – susto dos sustos! – um macho surgiu do nada à nossa frente, tão nítido quanto qualquer sol no céu. Além da forma física clara e distinta do sujeito, era possível visualizar uma espécie de construção mental ovoide luminosa crescendo no centro de seu cérebro. Eu ainda não havia sido orientada na disciplina de construções psíquicas, meu conhecimento se limitava à matéria escolar "Formas-Pensamento I e II", mas já reconhecia sem esforço uma bomba telepática, e gelei por dentro.

3921 recuou por instinto, e nos envolveu no ato com um poderoso Escudo de Ápata. Então, gritou:

– TERRORISTA! É um Cultista imundo, tornado invisível por um feitiço da mente!

– O que a gente faz, 3921? – perguntei.

– Corram! Corram o mais rápido que puderem pra bem longe daqui!

Eu ainda não era adulta, nem nome próprio eu tinha, mas já tinha vinte anos e era muito grande, forte e veloz. Consegui acolher em meus braços os dois filhos de Orin-Olu, e procurei estabelecer o máximo de distância entre nós e o Cultista. *De onde ele veio?*, eu pensava, apavorada. Mas precisava agir, não era hora para especulações. Eu era bastante rápida, mas carregar as crianças me ralentou, e só consegui cobrir cem medidas em dezoito segundos. Não bastava. Eu tinha estudado o suficiente sobre bombas telepáticas para saber o raio de alcance delas: quinhentas medidas. E aquela iria explodir a qualquer momento.

Eu jamais havia testemunhado um ataque terrorista, apenas ouvira falar sobre o assunto, mas tinha aprendido o suficiente para saber o que estava para acontecer. O Cultista iria explodir um construto mental, uma bomba telepática, e contaminaria as pessoas próximas com visões irresistíveis do fim do mundo. As vítimas costumavam enlouquecer, e muitas passavam um ciclo completo de Osala num longo processo de purificação: dois anos inteiros. A maioria nem se recuperava a contento, mesmo com a intervenção dos Monges e dos Alagbawo-Res, e o trauma perdurava por anos a fio. Eu não conseguia conceber o estrago que uma bomba psíquica poderia causar na mente das crianças naquele jardim, e não estava nem um pouco interessada em testemunhar isso. Mesmo esgotada e quase sem energia por conta da Hora da Luz Sangrenta, tomei novo fôlego e corri com as crianças em meus braços. Minha velocidade havia se reduzido à metade. Se eu mantivesse esse nível de esforço tendo à disposição apenas a luz vermelha de Sango, em poucos segundos não conseguiria nem mesmo me manter de pé. Sem energia solar acumulada, nossos corpos tendem à paralisia completa, ainda que temporária, até que um sol mais claro retorne.

Naquele momento, senti muita raiva de minha mãe-gênese. Era com esse tipo de gente que Ranya 722 se misturava? Agressores de crianças? Era isso o que ela defendia? Confesso que eu havia nutrido fantasias sobre os Cultistas, imaginava-os como rebeldes aventureiros, corajosos opositores à arrogância do Ilê Arimeo. Mas naquele exato instante, diante da visão de um macho louco prestes a explodir uma bomba mental num jardim repleto de crianças, tive vontade de denunciar minha própria mãe-gênese à Polícia.

Isso, claro, se eu conseguisse escapar do ataque sem ficar louca.

Pude ver, no fundo de minha mente, o momento no qual 3921 correu na direção de nosso algoz, o macho invisível. 3921 estava espantad@, pois nem Supreme 1920 com seu radiante *odó* seria capaz de se camuflar até a mais absoluta invisibilidade. As pessoas ao redor ficaram bastante assustadas ao verem 3921 realizando movimentos de *ka'a pûer* contra o nada, como se combatesse o ar do entorno. El@ chutava o ar, golpeava algo que parecia ser bem sólido, mas que não estava lá. E a coisa invisível, nada mansa, recusava-se à submissão e deu três golpes certeiros no rosto de 3921. As fêmeas presentes gritaram por socorro, ao verem 3921 levar dois socos e uma rasteira de um inimigo indetectável.

De repente, talvez por ter sua concentração quebrada por um golpe certeiro, o Cultista se tornou visível para todos. Pude ouvir um nítido *ooh!* psíquico, irradiado pelas outras fêmeas em Alto Orun. Não parecia ser especial, aquele macho. Passaria por qualquer outro morador de Iridescente.

Mas havia, claro, o ovo mental. Após correr mais cinquenta medidas, parei exausta, paralisada. Foi com esforço que olhei para trás, antes de deixar as crianças no chão. Eu estava tão desenergizada que mal conseguia mover o pescoço. Lá estava a bomba: uma construção ovoide negra, pontilhada de pequenas luzes prateadas. Eu não tinha ideia do que ocorreria a seguir, e estava apavorada. Acuado, o Cultista resolveu arrancar o ovo de dentro da própria cabeça e atirá-lo no centro do jardim, onde cresceria e explodiria, infectando as consciências num raio de quinhentas medidas. Eu rogava para que 3921

absorvesse a maior parte do impacto com um Escudo de Ápata, e talvez – apenas talvez – eu e as crianças não sofrêssemos tanto assim. Preparei-me para o pior, respirei fundo, abracei as crianças e, então...
...nada.

Não aconteceu nada. Virei-me para olhar o lugar onde o ovo mental havia sido atirado, e vi que ele não estava lá. Distantes trezentos e cinquenta medidas, havia apenas 3921 e o terrorista, ambos parados e pasmos, olhando para algo atrás de mim. As fêmeas também pareciam espantadas, e abraçavam forte suas crianças. Não entendi a razão para tanto assombro, até que fui interrompida pela voz do filho de Orin-Olu às minhas costas:

– Bonitinha. Bola bonita, cheia de histórias! Cheia de mundos!

Um arrepio subiu por minha espinha. Eu não tinha ideia de como a bomba ovoide havia ido parar justo nas mãos daquele retardado. Pelo que entendi depois, o menino arrebanhou o ovo para si através de um surpreendente comando telepático e, pela expressão apalermada do Cultista e de 3921, aquela era uma proeza e tanto. A prioridade era fazer com que aquela forma mental não explodisse nas mãos do filho de Orin-Olu. Aproximei-me com cuidado, e pedi:

– Querido... Solte isso bem devagar... 3921 saberá o que fazer com o ovo bonito.

– Não! Ela é minha! A bolinha é minha!!!

– Largue isso, seu idiota! – disse a irmã.

– Mas é bonita!

A coisa estava ficando perigosa.

– Crianças, por favor... Querido, façamos o seguinte: me dê o ovo, sim? Prometo que mais tarde pedirei a 5054 que construa um ovo só pra você, com muitas histórias lindas.

– Mas este tem histórias melhores! As de 5054 são sempre a mesma coisa! Olhe aqui – disse o menino, mais falante do que nunca, enquanto girava a forma-pensamento nas mãos. – São tantos sóis que aposto que nem os Isiros conseguiriam contar! E R'av está dentro deste aqui, olha só, é o sol branco! Osala!

– Me dê isso, pequeno – disse eu, com firmeza.

– Não dou!

Com o canto dos olhos, vi que 3921 havia rendido o Cultista com um golpe de *ka'a pûer* e o amarrara com poderosas algemas telepáticas. Por mais poder que tivesse aquele rebelde, seria difícil se libertar das algemas mentais de um Policial do Pensamento.

Ou eu assim esperava.

3921 correu em nossa direção, mais rápido do que eu poderia imaginar um dia ser capaz. Quando dei por mim, el@ estava de pé ao nosso lado, prestes a arrancar a bomba das mãos do menino. Teria conseguido desfazê-la, se tivesse sido um segundo mais rápid@. Um mísero segundo, quanta diferença pode fazer um instante tão insignificante!

A primogênita de Orin-Olu gritou e apontou para as costas de 3921. O Cultista havia feito o improvável e se libertara das algemas psíquicas, tornando-se novamente invisível. Fiquei pasma. Como ele conseguia fazer aquilo? Se os Cultistas eram tão poderosos, por que não invadiam nossas cidades e acabavam conosco? Essas eram questões que ficariam sem resposta por muitos ciclos de Osala.

A detonação da bomba dependia do comando de seu criador, e 3921 sabia disso. Não havia tempo para desfazê-la. 3921 tomou o ovo mental das mãos do filho de Orin-Olu, atirou-o para longe e envolveu a mim e às crianças num Escudo de Esú. O problema é que Escudos de Esú só são sustentáveis por alguns segundos, e uma bomba telepática clássica reverbera em torno de um oitavo de ciclo de Omulu (quinze minutos).

Evocar o Escudo de Esú, imagino, foi uma decisão ética muito difícil para 3921. Afinal, o Escudo tinha um limite de alcance e não envolvia todas as pessoas do jardim. El@ escolhera proteger a mim e aos filhos de Orin-Olu, sabendo quão desprotegidas ficariam as outras fêmeas e crianças em Alto Orun.

A realidade piscava ao meu redor. Começamos a oscilar num ritmo muito rápido, e eu pude ver o ovo psíquico – tão negro quanto brilhante em seus profusos sinais prateados – voar girando para longe de nós. Eu meio que pude entender o que o menino dizia sobre as histórias ali contidas. Ao olhar para aquela construção mental eu era capaz de entrever algumas cenas, lugares estranhíssimos e pessoas cujos aspectos eram similares aos nossos. Fiquei curiosa para ver mais. Só que, antes que eu pudesse tentar entender as cenas que desfilavam enquanto o ovo mental girava, o Cultista reapareceu um pouco adiante de nós e fez um gesto com a mão esquerda.

E a bomba telepática explodiu.

∞

Criar uma bomba telepática não é tarefa simples. Estudei bastante o assunto com o passar dos anos, movida pela curiosidade. Ao longo de um ciclo de Osala, os Cultistas se revezam com dedicação impressionante em torno de uma forma-pensamento que no início tem o tamanho de uma semente de Grão-Lilás. Essa semente cresce na medida exata da energia psíquica a ela oferecida. Firmes intenções são introduzidas em seu núcleo e, por isso mesmo, os efeitos de sua explosão dependem muito da qualidade dos pensamentos que a alimentam. É possível insuflar qualquer coisa na bomba: terror, venenos da mente, loucura. Coisas boas poderiam ser inseridas também, mas por que alguém faria uma bomba de amor? Ao final de um ciclo de Osala, a semente toma forma ovoide e é grande como uma fruta azul. Inserida com delicadeza no cérebro de um terrorista, a bomba permanece dormente até que o sujeito encontre as vítimas e a detone, fazendo-a se expandir dentro de si, até que atinja tamanho suficiente para ser lançada para fora.

Nos últimos mil e quinhentos anos, os Cultistas se infiltraram por vezes seguidas no Hemisfério Oeste e atacaram os cidadãos com bombas telepáticas, gerando surtos coletivos de loucura. Esses terroristas constituíam o ponto fraco da Polícia do Pensamento, pois – como ficou evidente para Monge 3921 – os rebeldes eram capazes de simular invisibilidade e caminhar incólumes entre nós, portando bombas consigo.

Entretanto, desde o confronto entre Oluya-Woran 30 e os Cultistas, um acordo de paz havia sido instituído sob ordens expressas do Ilê Arimeo e do Ilê Monástico, e estava sendo respeitado. Até segunda ordem, ninguém do Ocidente invadiria as ruínas de Kalgash, e os orientais cessariam de enviar terroristas para nos atormentar. Estava tudo bem até então, e a vida seguia em sua mais perfeita ordem nos últimos seis anos.

Mas, naquela Hora da Luz Sangrenta em pleno centro da Cidade Iridescente, um terrorista realizou a mais improvável das ousadias, fazendo explodir uma bomba telepática entre nós. Eu desconhecia as razões que poderiam levar os Cultistas a romper o pacto, mas sabia que o Conselho dos Anciões não deixaria tal afronta sem a devida retaliação.

∞

O Escudo de Esú de Monge 3921 era poderoso, contudo nunca poderia ser mais forte do que uma bomba telepática alimentada ao longo de dois anos por dezenas, quiçá centenas de Cultistas dedicados. A bem da verdade, o Escudo nos protegeu um pouco.

Só um pouco.

A explosão psíquica nos pegou em cheio e 3921 gritou, vergad@ sobre os próprios joelhos enquanto tentava sustentar o Escudo. Em menos de um minuto, a primeira fissura surgiu na cúpula mental que nos envolvia, e a radiação telepática da bomba-ovo começou a se infiltrar. No começo, a radiação não passava de fios sutis de negro pontilhado de prata.

– Não... não deixem que isso... que isso entre... na mente... de vocês – dizia 3921, enquanto procurava manter a integridade do Escudo de Esú.

Não havia, porém, como resistir. O material do ovo se infiltrava na cúpula como se fosse uma água negra repleta de minúsculos pontos luminosos. Do lado de fora do Escudo, nos intervalos do pisca-pisca, eu conseguia ver as fêmeas e crianças colocando as mãos nas têmporas, embora as reações fossem bastante distintas. As adultas gritavam, estarrecidas. As crianças, por sua vez, riam muito, muito alto. Enquanto isso, a coisa que parecia uma água negra escorria, já começava a nos infectar e eu estava prestes a me deixar levar pelo pavor.

3921 começou a tremer, afetad@ pelo conteúdo do ovo a vazar pela fissura do Escudo. A filha de Orin-Olu pareceu ficar tonta ao ser infectada. A radiação da bomba já me envolvia, penetrando minhas têmporas, eu sentia um frio horrível, um sentimento terrível de solidão. Já o menino permanecia impassível, como se estivesse diante do mais banal dos eventos, enquanto os pontos prateados invadiam sua mente e o imbecil ria, dizendo:

– Bonitinhos, os soizinhos!

E, então, eu vi.

No início, não entendi o que via. Quando nos deparamos com algo que nos é novo, tendemos a adaptar as coisas àquilo que já é conhecido. Criamos analogias, estabelecemos referências, elaboramos suposições. Mas nada do que eu conhecia tinha qualquer relação com as cenas que em mim se infiltravam. E era essa a coisa mais enlouquecedora: estar diante do jamais visto.

Eu vi. Vi um sol amarelo que ardia quente sobre mim, mas ele era o único sol no céu, o que não podia estar certo, pois sempre deve haver um sol vermelho ou um azul nos céus opostos de Aphriké. Era impossível ter apenas um sol amarelo a brilhar sobre nós, mas lá estava ele, cintilando seu absurdo.

Eu vi. Vi números numa turbilhonante sequência, explodindo diante de mim. Não entendia seu significado, mas sabia que se me abrisse apenas um pouquinho, transformaria tudo aquilo em palavras. Isiro 117 havia me ensinado que os números podem também ser uma sofisticada forma de linguagem. E os números me penetravam, invadiam-me e ricocheteavam dentro de minha cabeça, como se quisessem me fazer entender algo. Os números cantavam para mim.

Eu vi. Vi um jardim estranho, um jardim que não era nem Alto Orun, nem Ailopin, nem nenhum outro de nenhuma cidade ocidental. Um jardim dotado de única cor verde, também ela tão solitária quanto aquele sol amarelo. Aquele lugar não tinha a ver com os campos multicores de Iridescente, nem mesmo com as belas plantas douradas do Deserto.

Eu vi. Vi a silhueta sutil de pessoas se movendo nesse jardim. Pareciam crianças, pois que eram muito pequenas, não passando de duas medidas de altura, quando muito. E uma delas se voltou para mim, ciente de minha presença, e sua forma recordava uma fêmea. Ela foi se tornando mais nítida, e era como se meu cérebro não quisesse aceitar o que via, bloqueando a informação. Seu rosto era algo terrível e jamais visto, uma coisa horrenda de um branco anormal. Anormais eram também seus olhos azuis minúsculos, e de sua cabeça se derramavam fartos fios amarelos. Eu pensei que fosse gritar até morrer diante daquele ser, mas a coisa sorriu para mim. Aquela criatura medonha, como que brotada de um delírio, voltou-se na minha direção com um sorriso esgarçado de dentes imensos e falou comigo. Sua voz, um canto bizarro interrompido por estática.

— ...nova aqui?... ome é... Laura. Bonita, você. Como... chama?

— O que? — eu disse. — Quem é você? Que lugar é este? Onde estão os outros sóis?

E a resposta dada foi ainda mais difícil de compreender:

— Bem-vinda a Portalegre!

18

O terrorista
(Vinte e quatro anos para o fim do mundo)

Monge Supreme 1920 meditava no alto do Templo Monástico enquanto aguardava a aurora de Omulu, olhos fixos no horizonte leste a apreciar o rubor do céu. Ao contrário da maioria, Supreme 1920 extraía prazer daquele vermelho intenso que se derramava da solidão do sol Sango. Como a atividade psíquica da população diminuía na Luz Sangrenta, ficava mais fácil para Supreme 1920 expandir seu campo de contemplação telepática sem ter de lidar com estática mental. Era delicioso poder arremessar a própria consciência através das percepções dos habitantes de Iridescente e enxergar o mundo a partir de múltiplas perspectivas. El@ não julgava o que via, ciente de que os pequenos venenos fazem parte da existência. Dos grandes venenos, a Polícia cuidaria.

Olhar o mundo através da percepção alheia era um momento de profundo amor coletivo, mas Supreme 1920 sabia que em breve seria interrompido. El@ sentia a malha psíquica da cidade e sabia que algo de bastante perturbador havia acabado de acontecer. Era possível sentir os ecos de medo reverberando como ondas a partir de Alto Orun. Não foi surpresa alguma quando Monge 7212, novat@ em suas funções, adentrou o salão do Ilê Monástico, um tanto hesitante em interromper as atividades meditativas de Supreme 1920:

Vossa Radiância, peço escusas pela interrupção...

Supreme 1920 não esboçou reação, mantendo estável sua quase imperceptível silhueta luminosa, um fantasma sob todos os aspectos. 7212 achou por bem não se exceder na prolixidade e poupar o tempo de Sua Radiância, indo direto ao ponto:

Houve um ataque terrorista no centro de Iridescente e uma bomba telepática explodiu. Mas o ataque foi debelado por Monge 3921 e o Cultista foi contido. Ambos estão aqui, e 3921 solicita uma audiência emergencial.

Silêncio completo.

7212 tentava controlar o receio que brotava em sua mente e não estava se saindo mal. Todos sabiam o quanto era intimidador estar diante da mais gloriosa entidade viva, embora a bondade de Supreme 1920 fosse igualmente conhecida. Temores não eram justificados, mas era impossível evitar o excesso de respeito. A silhueta diáfana que demarcava a presença de Supreme 1920 se deslocou com suavidade na direção do exemplar de uma Altiva Rubra, colheu uma fruta da árvore e a ofereceu a 7212, dizendo: *Experimente, 7212, vai fazer bem a você. Na Luz Sangrenta, há menos energia luminosa para nos nutrir. Você é jovem, precisa comer.*

Muito grat@, oh Radiante... Lamento por interromper vossa meditação com más notícias...

Não se preocupe, filh@. Eu já sabia. E não são apenas "más notícias". Há algo de bom em todas as situações, 7212.

Oh... – 7212 se sentia idiota. – *Sim, é claro, Vossa Radiância, grato por vossa lição!*

Supreme 1920 deslizou como uma flor para um nível ainda mais alto, subindo as escadarias cristalinas do salão e deixando um rastro etéreo e multicolorido atrás de si. Enquanto se movia, entoava mantras de zeramento. Em alguns momentos, quase chegava a ficar invisível. Quase.

Como não admirar a beleza do céu vermelho, por exemplo? – disse Supreme 1920, enquanto se sentava em seu trono de cristal azul na parte mais elevada do salão da torre. – *Estou ciente do quanto a Luz Sangrenta incomoda meu povo, mas fica tudo tão quieto nesses momentos... E é na quietude da solidão de Sango que nos é concedida a graça de experimentar a maior das calmas. Diga-me, 7212, você não se sente mais tranquil@ na Hora da Luz Sangrenta? Você sente o mesmo prazer que eu ou, como os demais, a angústia brota em sua alma quando apenas o sol Sango brilha no céu?*

Admito certo desconforto, Vossa Esplendecência. É difícil me acostumar com a luz de um único sol.

Supreme 1920 riu, seu riso psíquico ecoando como ondas douradas pelo salão, contagiando 7212 com uma intensa paz de espírito e fazendo-@ rir junto.

Oh sim, claro que sim. Longe de mim desejar apenas um sol para nosso mundo. São apenas devaneios, 7212. Apenas devaneios. Gostou do fruto da Altiva Rubra?

Muito, Vossa Luminescência, minha gratidão! – disse 7212, saboreando o sumo vermelho suculento que escorria de sua boca. – *Na última vez que comi um fruto de Altiva, eu ainda morava em Abule Luminal Sudeste, e isso faz muito tempo.*

Pois bem, fico feliz. Agora pode ir, jovem. Vá e peça a Monge 3921 que entre. Estou curios@ para conhecer esse... terrorista dos Cultistas de Kalgash.

Cinco minutos depois, 3921 adentrou o salão do Ilê Monástico, trazendo consigo um macho cujas tatuagens informavam a idade de 130 anos. Estava amarrado por cordas bem grossas. Diante da impossibilidade de conter o terrorista com artefatos telepáticos, 3921 achara por bem apelar para recursos mais grosseiros. Grosseiros, mas eficazes.

O Cultista parecia calmo, mesmo sabendo bem o que lhe esperava como consequência de seus atos: a mais grave das reciclagens mentais forçadas, a completa reformatação psíquica. Ele não oferecia resistência alguma a 3921, mas, mesmo assim, @ policial puxava o invasor com nítida irritação.

O que temos aqui? – perguntou Supreme 1920, do alto de seu trono.

– *Senti as vibrações perturbadoras e trafeguei por algumas mentes cidadãs, mas as informações são bastante desencontradas.*

Um terrorista, Vossa Esplendecência – disse 3921. – *Apesar de nosso acordo de respeito mútuo estabelecido com os habitantes do Deserto de Outrora, este indivíduo invadiu a Cidade Iridescente, posicionando-se no centro de Alto Orun, onde brincavam fêmeas e crianças, e fez explodir uma bomba telepática.*

Ao que parece, você foi bem sucedid@ em amenizar os efeitos da bomba, 3921, ou não estaria aqui para me contar isso. Poucos são os que saem ilesos.

3921 reluziu dourado por conta do elogio, mas disse a verdade:

Não fui eu, Vossa Radiância. Foi aquele estranho menino, o filho de Orin-Olu, o garoto de olhos azuis. Meu Escudo de Esú rachou em segundos. Porém a criança, de uma maneira para mim inexplicável, "engoliu" o conteúdo da bomba. E, para meu espanto, saiu imune da experiência. A radiação telepática apenas respingou nas outras meninas. As crianças que se encontravam fora do Escudo de Esú estão bem, e estão sendo avaliadas pelas Ranyas. Mas as mães-gênese delas precisaram ser internadas. Estavam quase loucas. Uma tentou arrancar os próprios olhos enquanto gritava "infinito!", e foi detida por pouco. Ninguém lembra do conteúdo da bomba. Eu mesmo admito não ter entendido o que vi. Foi uma explosão do mais puro caos, repleta de fantasias absurdas e estonteantes.

O silêncio pesou por cinco segundos, e a silhueta de Supreme 1920 se intensificou com uma luz dourado-avermelhada, reação rara entre Monges.

Bem, suas informações são mesmo interessantes, 3921. Ao que parece, temos muito a aprender no tocante às aptidões de quem julgávamos ser um deficiente. Ele pode vir a ser um ótimo instrumento capaz de nos auxiliar a debelar esse tipo de afronta. *Quanto ao Cultista, percebo que, como sempre no que tange aos terroristas, sou incapaz de ler seus pensamentos. Você me escuta em sua mente, meu irmão?*

– Escuto muito bem, e não sou seu "irmão" – respondeu o Cultista. – Mas, se Vossa Indecência não se importa, prefiro o diálogo verbal. Fale com a mente, se quiser. Sei como a sua laia de Monges costuma ser preguiçosa pra abrir a boca.

– Mais respeito, criminoso! – disse 3921, dando um solavanco no macho amarrado.

Supreme 1920, por sua vez, não pareceu se irritar. Na verdade, ao que tudo indicava pelas cores em sua silhueta, estava bastante fascinad@ com tudo aquilo. Disse, então, usando a voz:

– Não se preocupe, 3921. Sejamos cordat@s com nosso convidado. Há muito não me comunico com a boca, não deixa de ser um bom exercício para a musculatura facial. E a sensação de ouvir a minha própria voz é... bem, é interessante. Como você se chama, Cultista? Você é um Cultista, suponho.

– Sim, eu sou. Meu nome próprio era Agbe 13444. Eu agora sou livre, e dei a mim mesmo o nome de Ayan.

– Um membro do Ilê Agbe? Pensei que você fosse natural do leste do mundo – disse Supreme 1920. – O que um agricultor faz misturado com terroristas? Você confirmou a identidade dele, 3921?

– Não, Vossa Luminescência. Ele não porta a tiara de identificação e, se havia uma tatuagem-símbolo em sua nuca, ele a apagou. Mas duvido que ele seja quem afirma ser, pois não faria sentido.

– Ah, sim? E qual seria a estranheza envolvida? – perguntou Supreme 1920.

– Os registros de Iridescente informam que Agbe 13444 sofreu rara morte antecipada com a idade de 90 anos, e foi plantado na Floresta Ébano para se converter em árvore.

– Evidentemente, isso não aconteceu – disse o Cultista, em tom sarcástico. – Se vocês checarem a Floresta Ébano, verão que a árvore que deveria ser eu não se encontra onde deveria estar. Há apenas espaço vazio, e a pequena placa com o número 13444. Aos 90 anos, resolvi abandonar o Ocidente e aderir aos Cultistas. Fui ensinado a simular minha própria morte e me desplantei após deixarem meu corpo.

– Não faz sentido. E a autópsia? É procedimento-padrão nos raros casos de morte antecipada – disse Supreme 1920.

— Tive a ajuda de um Alagbawo-Re. Não adianta querer saber qual, ele já faleceu.
— Você parece bem ansioso para falar a verdade sobre os fatos, Agbe... ou Ayan — disse Supreme 1920. — Mas me conte, o que vem a ser um "Ayan"? O que faz um Ayan? Vocês estão criando novos Ilês nas terras orientais?
— Nada disso — respondeu Ayan. — É apenas o nome que me dei, após renegar o Ilê Agbe. Eu sou o único Ayan. Todos temos nomes diferentes em Kalgash.
— Não me parece muito organizado, nem fazer muito sentido... — disse Supreme 1920. — Mas se você tem a intenção de conversar livremente e em paz, por que bloqueia seus pensamentos? E, o mais importante: como você faz isso? Em tese, ninguém seria capaz de ocultar pensamentos de mim.
— Se essa é a tese, eu sou a antítese — disse Ayan, sorrindo. — Em Kalgash, conhecemos técnicas que fazem vocês parecerem crianças. E, pelo que estou sabendo, até uma certa criança demonstra ser imune às suas tentativas de contato telepático.
— Ainda assim, isso não impediu que detivéssemos você, impediu? — disse 3921.
— Ah, mas não foi você, Monge! Foi a tal criança, o menino de Orin-Olu! As notícias estavam cobertas de razão, e ele passou no teste.
— Seu ataque era um "teste"? — perguntou Supreme 1920.
— Teste e preparação — respondeu Ayan. — Atentem para o que digo, meus caros, ou seja lá qual for o sexo biológico de vocês por trás desta máscara tremeluzente. Escutem bem, pois ainda há tempo de fazer alguma coisa: o mundo de vocês, inteiro ele conforme o conhecem, em breve findará.
Supreme 1920 permaneceu impassível. Esperou que Ayan continuasse, mas ele continuou calado.
— Continue, por favor.
— O sol negro está chegando e a sua belíssima Iridescente, assim como todas as comunidades ocidentais, todos esses magníficos palácios... Não sobrará vidro sobre vidro, cristal sobre cristal. Será tudo destruído pela luz negra de Esú, e vocês vão pagar o preço de tanta arrogância.
Supreme 1920 adiantou o passo, tentando penetrar a mente de Ayan, sem sucesso. Resolveu continuar usando a voz:
— Isso é uma ameaça, Ayan? Os Cultistas planejam uma invasão?

Pensei que vocês quisessem ficar em paz na velha Kalgash com suas crenças que, devo dizer, não me incomodam em absoluto. O deserto inteiro é de vocês. Por qual razão vocês vêm até Iridescente e nos atacam com bombas telepáticas?
— Não ameaço ninguém, Monge, e o sol Esú está longe de ser lenda. Vocês próprios destruirão seu mundo.
— Destruiremos? Como? – perguntou Supreme 1920.
— Vocês o reduzirão a pedaços, usando fogo e punhos. Toda a violência contida que há em vocês, toda a barbárie recalcada, tudo isso há de desabrochar num súbito arrebol. E, apenas então, vocês descobrirão que a disciplina monástica foi vã, um incomensurável desperdício de forças diante da marcha da natureza. O sol negro está chegando, Supreme 1920. Se fazemos o que fazemos, é pelas crianças. Por causa das crianças. Elas não merecem esse triste destino.
— Agora chega! – disse 3921. – Você é louco, foi contaminado pelos delírios dos insanos de Kalgash! Você vai para a reciclagem psíquica, e que as luzes sempiternas dos sóis permitam a sua cura, por Osala!
— Um momento, 3921 – disse Supreme 1920. – Não com tanta pressa, nem com tanta ira. Meu prezado Ayan, você tem habilidades admiráveis. Enumero-as: você simulou a própria morte de um modo para mim inconcebível, e usou isso como recurso para fugir de Iridescente. Você é capaz de ocultar seus pensamentos não apenas da Polícia, como também de mim mesmo, e isso é impressionante. E, segundo extraí da mente de 3921, você foi capaz de tão notável zeramento que se tornou invisível para todos, exceto...
— Exceto para o garoto – disse Ayan. – Aquele menino é formidável. Ele pode salvar o mundo e interromper esse ciclo interminável de destruição-recriação que nos acomete desde a aurora dos tempos.
— Você fala de um ciclo. Os únicos ciclos que existem são os ciclos eternos dos sóis – disse Supreme 1920.
— Você não faz ideia mesmo, não é? Você se considera tão experimente, mas não faz ideia! Há um defeito grave na criação deste mundo! R'av, com todo o poder ao seu dispor, não percebeu uma pequena porém catastrófica falha na arquitetura de Aphriké.
— Então o "deus" de vocês é imperfeito? – perguntou 3921, sem conter o riso.
— Um Menino-Deus pode ser divino, mas ainda é apenas um

menino, poderoso e atrapalhado – disse Ayan. – Graças a tal erro, o mundo morrerá e renascerá por vezes incontáveis, até que ultrapassemos nossas programações e abracemos a Escuridão.
– Louco! Cretino! Basta de blasfêmias e insanidades obscuras! Basta de verdades opacas! – gritou 3921, perdendo a paciência e puxando o Cultista pela corda. – Você será reciclado, Ayan, Agbe 13444, ou seja lá qual for seu nome! Reciclado!

O terrorista, por sua vez, não parecia intimidado diante de tais ameaças:
– Faça o que quiser, nada mudará os fatos, e sua impaciência só revela o medo do que contei. Já conseguimos o que queríamos, a bomba explodiu e o menino absorveu seu conteúdo. Era esse o nosso intento, fizemos a bomba para ele, e fomos bem-sucedidos. Meu sacrifício não será em vão. Reciclem-me! Pouco me importa!

Supreme 1920 se sentia cada vez mais fascinad@ diante de tudo o que ouvia. Saiu do trono e se deslocou, rápido como o vento, para o andar inferior. Não conseguir adentrar nem mesmo as camadas mais superficiais da mente de Ayan não lhe causava raiva, mas o enchia de fascinação.

– E o que havia na bomba telepática, Ayan? – perguntou Supreme 1920.

O Cultista sorriu, e seus olhos brilhavam.

– Bilhões de sóis. Vários mundos, em tempos diversos – disse Ayan. – Tantos e tão diferentes, que nem por um ciclo inteiro de Osala eu poderia dar conta de falar sobre eles. Por três anos completos desde que soubemos do nascimento da criança, nós nos revezamos e plantamos os detalhes da pluralidade de mundos naquele ovo mental.

– Tudo isso por uma criança? Interessante – disse Supreme 1920.

– Aquele menino... O menino de vocês... Ele agora sabe de tudo. E, muito em breve, antes que vocês se deem conta, ele será *nosso* menino. Quando isso acontecer, talvez, apenas talvez, possamos ter esperança para enfrentar a Escuridão do sol Esú.

– Chega de mentiras! Não há nada além de Aphriké! Não existe "Escuridão"! Vamos! – disse 3921, sua aura avermelhada de tanta impaciência.

– Repita isso bastante e talvez você termine acreditando em toda essa besteira – disse Ayan.

– Com vosso perdão, Supreme 1920, mas não faz sentido dar

ouvidos às insanidades desse terrorista, desse fanático. Permita que eu o leve para a reciclagem no Templo da Purificação! Ele sairá renovado, restauraremos a personalidade Agbe para ele, e ele não mais se lembrará dessas tolices acerca da "pluralidade de mundos" e do "sol negro".

E, dizendo isso, 3921 nem esperou pela resposta de Supreme 1920. Arrastou Ayan pela corda, na direção da porta do salão monástico. Estava quase saindo do recinto, quando ouviu a voz psíquica de Supreme 1920 ecoando pelo ambiente:

Antes que você se vá, Monge 3921, escute: quero que redobre a atenção em torno do filho de Orin-Olu. Em hora propícia, solicitarei que o traga à minha presença. Além disso, pontuo que eu irei cuidar pessoalmente da reciclagem de nosso hóspede.

Vós, oh Radiante? Mas...

Assim será, 3921. Das últimas vezes, eu mesm@ guiei a purificação de terroristas. Eles precisam de suavidade e compaixão. Pode ir, e garanta que ninguém toque em Ayan. Coordenarei sua purificação mental em alguns ciclos de Yewa.

Após a saída de Monge 3921 e Ayan, Monge Supreme 1920 voltou sua atenção para o leste, bem na hora do levante de Omulu, que, com sua luz alaranjada, exorcizava o silêncio da Hora da Luz Sangrenta. Já era possível sentir o suspiro de alívio da cidade.

Bem... Isso tudo foi, para dizer o mínimo, fascinante, pensou.

19

Bilhões de sóis
(Vinte e quatro anos para o fim do mundo)

Monge Supreme 1920 demonstrou estar falando sério quando disse ter interesse em avaliar melhor o caso do filho de Orin-Olu. Não houve um só momento, ao longo de vários ciclos de Yewa, que Monge 5054 não recebesse a ordem de levar a criança ao Ilê Monástico. Oluya-Woran 30 estava exultante e não parava de se vangloriar do próprio filho.

– Nosso filho, alvo do interesse especial de Supreme 1920! Isso sim é uma grande honra, uma verdadeira radiância!

– Cuidado com a soberba, Olu... a soberba... – disse Orin.

– Um pai não pode sentir o mínimo orgulho dos feitos de seu filho? Não estou ultrapassando os limites saudáveis, minha luz, não se preocupe tanto. Eu ainda estou pasmo! Nós pensávamos que o menino fosse retardado! E ele não apenas passou a falar como qualquer criança, de uma hora para a outra, como foi capaz de neutralizar uma bomba telepática! Sozinho! Sabe o que isso implica?

Orin sabia muito bem. Só não sabia se gostava disso.

– Imagino que um interesse especial cairá sobre ele, no sentido de orientá-lo a uma vocação monástica. Se ele tem realmente capacidades especiais, seria um perfeito Policial do Pensamento – disse ela.

– Exato! Por Osala, exatamente! – dizia Olu, agitando os braços.

– Ele tem pensamentos impenetráveis. O que parecia ser uma deficiência, agora se revela uma vantagem! Ele pode entrar e sair do Deserto de Outrora quando quiser. Poderia nos ajudar a conquistar aquele deserto! Se ele é capaz de desmontar uma bomba psíquica elaborada ao longo de anos, imagine o que não fará com aquela impertinente Lah-Ura? Ele a esmagará!

– Agora eu identifico a aversão brotando. Quantos venenos você pretende derramar de seu coração, Olu?

– Ele é a resposta aos meus desejos! – disse Olu, enquanto se servia de mais um cálice de licor de Grão-Lilás.

– Ele é uma criança, Olu. É ainda muito jovem. Ele mesmo escolherá um nome próprio e um Ilê adequado quando tiver idade. Você sabe muito bem o que diz a lei: "livre de coação e induzimento".

Olu agitou as mãos para o céu, suas muitas joias balançando nos braços.

– Livre de coação, livre de induzimento... Apenas palavras, Orin, apenas palavras! O que nos faz buscar um determinado nome é o nosso télos interior. Meu télos sempre me dirigiu para o desenho e as construções. Você sempre teve uma voz notável, e todos sabiam que você seria uma Orin desde que tinha onze anos. E nossa filha? Do jeito que ela monta e desmonta coisas, não é evidente que escolherá o Ilê Kayera?

Orin sabia que o marido falava a verdade. Mas também sabia que as coisas não eram sempre tão lineares. Dias antes do episódio terrorista, o menino tinha dito que queria ser uma... Orin! Estavam brincando no jardim interno da casa, quando ele olhou para a mãe, e disparou naquele jeito infantil ao qual todos estavam quase se acostumando:

– Mamãe-gênese tem voz linda, linda, linda!

Orin sentia uma ternura imensa por seu filho. A primogênita também era foco de seu amor, mas o menino era tão vulnerável, tão... retardado. Ela daria a vida para protegê-lo. Tomou-o nos braços e, com ele no colo, disse:

– Obrigado, pequenino. Cantarei pra você por todos os dias de minha vida.

– Obaaaa! Pra sempre, sempre mesmo?

– Até que os sóis se apaguem do céu, criança. Até que os sóis se apaguem do céu.

– Quando eu for grandão, vou cantar que nem mamãe!

Orin gargalhou forte com a ideia. Quase ficou sem ar.

– Ah, meu pequeno. Sua voz é forte e linda, mas o canto é apenas para as fêmeas. Meninos não podem cantar.

Ele pareceu não gostar.

– Por queeee?

– Por que o quê, meu solzinho?

– Por que só fêmeas podem cantar?

– Porque... bem, porque assim foi determinado – disse Orin, dando-se conta de que não tinha uma resposta racional para isso. As coisas eram o que eram, como sempre haviam sido. Conforme ditavam as doutrinas do Ilê Arimeo.

— Isso é ridículo! — disse o menino, batendo os pés. — Eu vou ser Orin *sim* e vou cantar *que nem mamãe*! Eu vou ser *fêmea* e vou *cantar*!

Orin sabia que Olu ficaria horrorizado se ouvisse uma coisa daquelas, mas era preciso ser tolerante. O menino ainda era muito pequeno, tinha apenas seis anos e não entendia das coisas. É claro, seu comportamento era o de uma criança de menos de dois anos, mas Orin não tinha medo. Havia se encontrado com Ranya 722 outras duas vezes, e ela lhe garantira que o garoto daria um salto intelectual em algum momento. *As coisas são diferentes para ele, mas ele não tem nenhuma doença mental*, garantira Ranya.

Alagbawo-Re 930 era menos otimista, e insistia que as alterações anatômicas no cérebro do menino eram desconhecidas, e poderiam explicar um possível retardo mental incurável. Entre uma autoridade e outra, Orin nutria fé por Ranya, mas não falava sobre isso com ninguém. Nem com Alag, nem com o próprio marido. Ninguém. Escondia tudo para si. Bendita ametista alterada.

Pelo visto, Ranya estava certa: o menino havia voltado mais maduro do tumultuado ataque terrorista. O que quer que aquele Cultista tivesse feito, disparara um estranho processo na mente do garoto. Orin sabia que o ataque no jardim tinha a ver com ele, ele era o alvo, só podia ser. Quaisquer que fossem as intenções dos Cultistas, não havia o interesse em fazer mal ao menino. Para Orin, a bomba telepática mais parecera uma "terapia de choque". Tanto que mal não fez às outras crianças, ou pelo menos não um mal evidente. A primogênita de Orin-Olu não lembrava de nada. E eu, que também estive presente, eu mesma, a própria filha de Ranya-Arimeo, lembrava vagamente da visão de um jardim verde e uma fêmea de aspecto bizarro a sorrir. O filho de Orin-Olu tinha muita coisa para contar. E Supreme 1920 queria ouvir tudo o que pudesse.

— Falando nele, onde está o pequenino? — perguntou Olu, retirando Orin de seus pensamentos secretos.

— Oh... 5054 o levou ao Templo Monástico para mais um encontro com Sua Esplendecência.

Olu tomou mais um gole de licor de Grão-Lilás. Estava feliz como nunca, e fazia planos que precisaria em breve dividir com Arimeo 500. Muitos planos.

∞

— Creio que será melhor se usarmos a voz, pequenino. Por motivos desconhecidos, sou incapaz de ouvir seus pensamentos — disse

Supreme 1920, já se reacostumando ao uso da musculatura facial.
— E isso está se tornando cada vez mais comum, acho que preciso me habituar — riu.

O filho de Orin-Olu parecia distraído, encantado com as lentes móveis que dançavam no alto do Ilê Monástico. Por mais que já tivesse visto aquilo nas vezes anteriores, era bastante claro que a criança nutria um interesse especial pelas combinações luminosas criadas pelos efeitos espelhados do recinto.

— Seu pai-gênese foi o último idealizador da renovação deste templo, sabia?

Posso falar dentro de sua cabeça, se você quiser — disse, por telepatia, o menino.

— Quando você se dirigir à Sua Resplandecência, use a devida formalidade, criança — disse 5054. — E fale mais baixo. Quando você usa telepatia, grita demais.

— Oh, não se preocupe 5054! — disse Supreme 1920. — Nosso pequeno amigo terá muito tempo para aprender a usar tais protocolos, não é mesmo? Ademais, não me sinto diminuíd@ apenas porque uma criança me trata por "você". Confesso apreciar.

Era impossível não admirar Supreme 1920, pensou 5054. Sua mera presença irradiava as mais luminosas virtudes: generosidade, humildade, perdão, compaixão, amor, alegria. Quase se sentia culpad@ por esconder coisas de Sua Resplandecência.

— Retomemos, pois — disse Supreme 1920, em alta voz. — Ao que parece, você pode falar dentro de minha cabeça se quiser. Mas ninguém consegue ler o que se passa dentro da sua, a não ser que você pense bem alto.

— É, sempre foi assim, não sei por que. As outras crianças não gostam muito de mim por causa disso — respondeu o filho de Orin-Olu, dando de ombros.

— Duvido que as outras crianças não gostem de você — disse Supreme 1920, afagando a cabeça do garoto. — Elas apenas temem o que não compreendem, pequenino. Você deve perdoá-las. Tudo melhorará com o tempo, você verá.

— Eu não ligo mais — disse o filho de Orin-Olu, retirando a cabeça, como se não apreciasse o toque. — Já me chateei muito, e o primogênito de Ewi-Wolika já me bateu bastante, aí um dia eu gritei bem alto na cabeça dele e ele nunca mais me bateu.

— Na verdade, você desencadeou uma terrível hemorragia nasal no seu amigo, e o mandou direto para o Templo da Medicina. Conforme conversamos, nunca mais você fará isso – disse 5054.

– Se ele não me bater mais...

A luz vibrante que era Supreme 1920 se deslocou com suavidade pelo salão, parando em frente a uma Altiva Rubra. Retirou um fruto e o ofereceu ao menino.

– Falemos sobre a bomba telepática.

– A bola bonita.

– Sim, a bola bonita – disse, rindo, Supreme 1920. – Gostaria de falar mais sobre ela.

– De novo? Mas já falamos *tanto tanto* disso!

– Se você não se importa, pequenino, gostaria de ouvir mais uma vez, por favor. Lembra de mais algum detalhe?

O filho de Orin-Olu parou por alguns segundos, como se esforçando para lembrar de algo a mais. Então, balançou a cabeça em negativa, e disse:

– Eu contei tudo. Não era uma bola ruim. Era cheia de sóis. Muitos, muitos mais sóis do que os do céu. Eram todos os sóis escondidos atrás dos nossos sóis grandes. E havia uma pessoa dentro de Osala, o sol branco. Só lembro disso.

– Vossa Esplendecência – disse 5054. – Com todo respeito, me parece que a tal bomba não passava de um construto mental repleto de mitos Cultistas tolos. Aquela antiga ladainha que todos conhecemos sobre existirem bilhões de sóis e outros mundos...

– Conheço as histórias – disse Supreme 1920. – São mais antigas do que imaginamos, e os Arimeos as consideram heréticas. Mas você já pensou por um momento, 5054, que tais histórias podem ter algum fundo de verdade?

5054 ficou parad@ no lugar, espantad@ com o que acabara de ouvir. Jamais esperara ouvir tal discurso da mais elevada entidade do Ocidente. O que os Arimeos diriam?

– Oh, não fique tão chocad@ – disse 1920, rindo. – Eu não estou afirmando nada, mas devemos considerar pelo menos que os tais Cultistas acreditam nisso. O que me interessa descobrir é: por que eles depositam tanta fé num mito antigo? Aprendi a não subestimar mitos, 5054. Essas histórias representam o nascimento de civilizações, são metáforas em geral pautadas em algo de real.

– O problema é que essa gente de Kalgash é louca! – disse 5054.

– A eles, não basta acreditar em mitos. Querem nos impor suas crenças!

Supreme 1920 concordou, e continuou:

– Há, também, a questão da seletividade de um efeito: por que a bomba telepática quase enlouqueceu as fêmeas adultas, mas não pareceu causar grandes males sobre as crianças? Eu tenho uma hipótese, 5054. Talvez seja mais fácil para as crianças vislumbrar os bilhões de sóis porque elas ainda não foram condicionadas pelas doutrinas conservadoras dos Arimeos. Talvez seja mais fácil para olhos infantis vislumbrar o infinito.

Em grande velocidade, deixando um rastro colorido atrás de si, Supreme 1920 se deslocou pelo salão, rumo aos andares superiores. Precisava de um lugar mais alto, precisava de mais luz para a tarefa que pretendia. Dispensou 5054 e o filho de Orin-Olu, informando por telepatia que os veria em breve, mas que precisaria meditar muito antes de realizar uma inadiável tarefa: reciclar pessoalmente o terrorista conhecido como Ayan.

Ao saírem, 5054 não resistiu à própria curiosidade e perguntou ao menino:

– Dizem que você consegue enxergar os membros de meu Ilê tão claramente quanto enxerga qualquer outra pessoa. É verdade isso?

– É verdade, sim. Sei que você é uma fêmea, 5054. Há outras coisas que vejo dentro de você, umas coisas vermelhas, mas não as entendo.

– Já tive experiência similar com outra pessoa. Alguém com essa mesma capacidade de enxergar além de minha camuflagem. É por causa dela que essas coisas vermelhas estão dentro de mim. Digame... O que você vê quando olha pra Supreme 1920? Um macho ou uma fêmea?

– Vejo uma multidão – disse o menino, com indiferença. – Várias pessoas de ambos os sexos, uma dentro da outra. É engraçado.

A criança parecia se comunicar por metáforas, e 5054 já estava fart@ de mitos, lendas e discursos simbólicos. Criticou a si mesm@ por dar importância a tão vã curiosidade e, dando a mão ao menino, seguiu de volta à casa de Olu e Orin.

20

O vazio
(Vinte e quatro anos para o fim do mundo)

— Saudações, Agbe 13444, Cultista do Deserto de Outrora. Ou você prefere Ayan?

A voz de Supreme 1920 ecoava, clara e distinta, pelo salão do Templo da Purificação, tirando Ayan de sua solidão. O recinto, considerado uma das maiores obras do Ilê Oluya-Woran, é uma sofisticada combinação de espelhos e lentes de aumento que permitem a amplificação da luz dos múltiplos sóis. Localizado fora dos limites da Cidade Iridescente, além mesmo da Floresta Ébano e no início do Vale de Iyalenu, o Templo da Purificação está longe de qualquer aglomeração. A distância garante o isolamento indispensável para os ritos de reciclagem mental daqueles que, por motivos os mais variados, precisam ser purificados.

Como em todos os outros templos, casas, palácios e Ilês das muitas cidades ocidentais, as paredes do Templo da Purificação são feitas de cristal transparente. Quem estivesse fora, veria tudo o que se passava dentro, e vice-versa, conforme determina a doutrina arquitetônica dos Oluya-Woranes. Mas não naquele momento. Para estranheza do Cultista capturado, imensos e grossos tecidos cobriam as paredes, deixando apenas o teto livre para a passagem da luz.

No centro da sala, amarrado por cordas muito firmes, encontrava-se Ayan, réu confesso do grave crime de terrorismo telepático. Um Cultista. Para seu flagrante crime, ele bem sabia, não haveria julgamento ou defesa do Ilê Agbejoro, mas reciclagem imediata.

Fios em grande quantidade, oriundos de pontos diversos do salão, culminavam cada um numa ponta conectada na caixa craniana de Ayan. Fosse num momento normal, na outra extremidade de cada fio haveria um@ Monge coordenando a reciclagem mental.

Infrações de baixa gravidade, como sucumbência aos venenos da mente, exigem a participação de pouc@s Monges, cuja ação se limita a reciclar o específico pensamento ilícito. Casos mais sérios, como os de terrorismo telepático, demandam algo em torno de treze membros do Ilê Monástico. Reformatar uma personalidade inteira e redesenhar memórias demanda esforço coordenado e trabalho árduo. Mas naquele dia, por motivos desconhecidos pel@s demais monges, o processo seria realizado por um único indivíduo: Supreme 1920. Ainda que fosse tão ou mais poderos@ do que treze Monges, era bastante incomum que a mais virtuosa entidade do mundo civilizado se dispusesse a um trabalho tão abaixo de sua importância: reciclar lixo mental. Evidentemente, não caberia a ninguém questionar suas motivações, e assim se deu.

Ayan só estranhava as cortinas.

– Oh, Santidade, estava a me perguntar quando chegarias – disse Ayan, sarcástico. – Peço desculpas por não me levantar e saudar Vossa Excrescência com a devida mesura, mas, como vês, estou temporariamente impossibilitado. Pelo que vejo, dispensastes a mão de obra de vossos confrades. Deveria eu ficar envaidecido? Mereço tanto assim vossa exclusiva atenção? Sereis vós a limpar meu "lixo", Vossa Demência?

Supreme 1920 riu. Achava mesmo graça do Cultista. Não se sentia ofendid@.

– Aprecio seu bom humor em hora tão delicada, Ayan. Você não teme a reciclagem?

– E por que eu deveria? Você irá apagar minha mente e construir uma identidade nova para mim. Não sem algum esforço, advirto. No final, não saberei o que perdi. Na verdade, a ideia não deixa de ser um alívio.

– Alívio? Por que seria um alívio?

– Com as memórias apagadas, serei feliz em meu desconhecimento. Todos iremos morrer mesmo, então prefiro ser como você: ignorante. Há alegria na ignorância.

– Você acredita realmente que seremos destruídos?

– Sim. Em poucos anos.

– Talvez não, Ayan... Talvez a destruição seja bem o prenúncio de algo novo.

Enquanto falava, Supreme 1920 se deslocava pelo salão com a característica velocidade dos membros de seu Ilê, e só era possível identificá-l@ como uma silhueta de luz prateada que deixava atrás de si um rastro colorido etéreo. Ayan podia também sentir o deslocamento do vento criado pelos rápidos movimentos e, pelo calor,

intuiu que Supreme 1920 se encontrava às suas costas. Sentiu o toque gentil dos dedos de alguém, e o súbito afrouxamento das cordas que o prendiam, assim como a liberação dos fios em seu crânio.
— Você me soltou? O que significa isso?
— Estas cordas são desnecessárias e grosseiras. Estes fios são ridículos. A existência deles me ofende. Não precisamos disso entre nós, Ayan.
— Ah, pois sim. E imagino que as cortinas não sejam grosseiras. Pensei que a privacidade fosse um delito em sua cultura. E o que dizer do bloqueio parcial da luz? Que me conste, nas cidades ocidentais é considerado indecente bloquear o fluxo luminoso. Mudou de ideia, Monge Supreme 1920?
— Oh não, não mudei nada, por R'av! Mas casos especiais demandam intervenções tão especiais quanto. Estamos muito longe e não seremos interrompidos, Ayan. Não há viv'alma num raio de mais de trinta mil medidas. Mas a experiência me ensinou a virtude da cautela. Tanto melhor que olhos indesejados não vislumbrem nossa... interação.
— "Por R'av?" – disse Ayan, rindo com surpresa. – Expressões Cultistas em sua boca monástica? Hoje é o dia das surpresas, pelo que posso constatar. Ou seria mero sarcasmo de sua parte?
— Oh não, não é sarcasmo! R'av existe, tenho certeza de sua existência! – disse Supreme 1920, tão sereno quanto as águas paradas do Mar Incógnito.
— Se você acha que sendo gentil comigo irei colaborar de alguma forma, está enganad@. Não tente angariar minha simpatia dizendo coisas que eu supostamente apreciaria ouvir, Monge Supreme 1920. Não sou manipulável, não farei seu jogo.
Ayan esperou por uma resposta, mas ela não lhe foi dada. Dez longos segundos se passaram. Era possível sentir a presença de Supreme 1920 no ambiente, correndo em alta velocidade de um lado para o outro do salão e deixando um rastro multicor enquanto recolhia uma série de objetos indistintos.
— Reciclar-me será árduo, imagino que saiba disso – disse Ayan. – A própria Lah-Ura construiu um campo de força quase impenetrável em minha aura. É por isso que você não lê meus pensamentos. Não é uma capacidade minha que você possa quebrar. É o poder de Lah-Ura! Se eu fosse você, convocaria reforços e auxiliares. A não ser, é claro, que você deseje conhecer a rara sensação da dor em sua cabeça indistinta de monge assexuado.

– Oh, eu sei que sou incapaz de ler sua mente, meu bom Ayan – disse Supreme 1920, rompendo o silêncio. – Não soltei você para obter sua boa vontade, sei que não a dará. E não temo a ausência de cordas. Você sabe que tenho alto treinamento em *ka'a pûer*... além de alguns outros recursos.

Ayan teve a impressão de sentir algo como uma rápida picada na nuca, mas era difícil discernir o que estava acontecendo, considerando a velocidade dos movimentos de Supreme 1920. Ouviu também algo mais: um estalido metálico bastante sutil que fazia *cric cric*, como uma raspagem.

– Não sou capaz de ler seus pensamentos, Ayan, mas consigo interpretar suas expressões faciais e detecto o desprezo que você sente por nós. Um desprezo tão nítido quanto a luz que se derrama através do teto deste palácio. Mas você se engana ao supor que minha incapacidade de adentrar seus pensamentos constitua fraqueza. Tenho muitos recursos. Você perceberá, por exemplo, que, enquanto falo, você não consegue mover nenhuma parte de seu corpo, embora consiga realizar os movimentos de respiração e mantenha todos os sentidos que o bom R'av nos concedeu. Não tenho a menor intenção de matar você sufocado.

Com espanto, Ayan percebeu que Supreme 1920 falava a verdade. Era impossível mover quaisquer dos doze dedos de suas mãos. Tentou mover a cabeça, mas não conseguiu. Ayan conseguia, no máximo, inspirar e expirar. E mesmo isso parecia estranho, afinal ninguém estava acostumado a prestar atenção ao próprio fluxo respiratório. As batidas uníssonas de seus dois corações pareciam trovejar em suas têmporas, e Ayan pela primeira vez sentiu algo que poderia se aproximar daquilo que conhecemos como medo.

– Não posso ler sua mente e você não consegue mais falar, mas imagino que esteja a se perguntar *como? Como est@ Monge consegue fazer isto?* É bem verdade que vocês Cultistas dominam técnicas notáveis de bloqueio telepático, habilidades muito superiores às do meu Ilê, e isso muito me intriga. Eu sentiria inveja se pudesse, meu bom Ayan, admito. Não estou, todavia, exercendo nenhum controle sobre os seus pensamentos, e isso você já deve ter percebido bem. Não é telepatia o que ora aplico, e sim bioquímica. Antes de adotar meu nome próprio, eu era filh@ de um Alagbawo-Re bastante interessado nos efeitos das plantas e ervas de Aphriké. E, digo sem a menor vaidade, eu era um@ filh@ muito, muito atent@ aos estudos de meu pai-gênese.

Ayan tentou, mas não conseguiu mexer nem mesmo um único dedo. O suor frio começou a escorrer de sua testa. Supreme 1920 continuou a falar:

— Há uma rara erva que cresce ao sul de nosso mundo, chamada Atáraxis. Monges principiantes mascam pequenas doses de Atáraxis quando desejam relaxar o corpo em longas vigílias meditativas. Meu pai-gênese descobriu que doses maciças desse musgo macerado, introduzidas na corrente sanguínea, causam um efeito temporário de paralisia. Interessante, não é mesmo? Interessante e inútil em geral, porém bastante adequado às minhas... necessidades.

Diante de si, Ayan enxergou a silhueta luminosa de Supreme 1920, agora mais intensa e dourada. O contorno era claramente o de uma pessoa e não parecia mais tão diáfano. Na verdade, Ayan quase conseguia distinguir os olhos, os lábios e a boca da imagem. Seria possível até apostar no fato de que Supreme 1920 era do sexo masculino.

— Creio que não há a menor necessidade de impedir a sua visão de minha pessoa, Ayan, é o mínimo que devo por sua colaboração. Quero ser muito honesto com você, e não tem importância que você perceba que sou um macho da espécie. Vamos ao que importa: muito me interessa saber mais sobre essa tal "pluralidade de mundos" e sobre sua comandante, a fêmea Lah-Ura. No passado, eu interroguei outros terroristas como você. Eles foram pouco colaborativos, todos com seus campos protetivos telepáticos tão frustrantes... E "não saber" é algo inconveniente. Mas, alegria das alegrias e êxtase dos êxtases, descobri uma maneira de extrair o que preciso da memória de meus interrogados. Eis uma vantagem de ser o filho biológico de um Alagbawo-Re: acesso livre às esferas diamantinas sobre biologia e bioquímica. Há coisas espantosas sobre nossa fisiologia, Ayan. Coisas espantosas. A telepatia, por exemplo, não é a única maneira de coletar informação. Existem formas mais físicas, formas mais... íntimas.

A imagem de Supreme 1920 pouco a pouco se tornava nítida. Ayan já conseguia vislumbrar com nitidez as formas do corpo, o brilho dos olhos, a altura da entidade, o membro viril. Era com certeza um macho, e parecia segurar um objeto longo, mas ainda indefinido. Ayan tinha a certeza de que estava diante de algum tipo de joguete mental cujo objetivo era lhe minar as forças.

— Imagino que eu já esteja quase visível pra você. Bem, não há nada de excepcional em minha aparência. Sou idêntico a qualquer outro macho e, considerando a quase uniformidade de nossos aspectos, olhar para mim seria como se ver no espelho. Não é curiosa, tamanha identidade? As plantas, todas elas tão diversas, mas as pessoas todas iguais. Ou melhor, quase todas. Temos esse menino, essa criança cuja mente é uma completa incógnita. Ele surgiu com seus singulares olhos azuis, seu coração único, o cérebro dividido... O que isso quer dizer? Por que a criança atraiu a atenção de vocês Cultistas? Tenho tanto a aprender com você, Ayan, tanto... A cada Cultista que interrogo, descubro um pedaço novo do que preciso saber. Aprendi, por exemplo, que essa misteriosa Lah-Ura nunca conta tudo aos seus asseclas. Cada um possui apenas um aspecto do conhecimento. Eu tenho juntado as peças há mais de cinquenta anos, acredita nisso? Bastante tempo, não acha?

. Ayan estava paralisado, mas conseguia pensar. Sem entender muito bem o porquê, percebeu que suava bastante e sentia calafrios de medo subindo por sua espinha. Um medo instintivo, de razão ignorada. Supreme 1920 era completamente nítido agora, mas o que chamava a atenção de Ayan não era a forma masculina, banal, daquele indivíduo. Era o que ele trazia nas mãos, agora discernível: uma impressionante serra semicircular capaz de cortar uma Majestosa Ébano com um só golpe.

— Eu gostaria de dizer que não vai doer, Ayan, mas detesto mentir. Serei rápido, o sofrimento desnecessário me enoja. Eu aplicaria uma anestesia psíquica, mas, coisa lamentável, sou incapaz de agir telepaticamente sobre você. Queixe-se com Lah-Ura sobre isso. Ao final, posso garantir que saberei tudo o que você sabe. Por menos que seja, estou convicto de que em algum momento descobrirei algo que me permitirá chegar a Lah-Ura. Espere, o que ora vejo são lágrimas? Oh, não chore! Não chore, Ayan! Detesto essa indignidade. Saiba que não nutro o menor ódio por você. Não há nenhum sentimento negativo em meu coração. Não há, acredite-me, *nenhum* sentimento. Faz muito, muito tempo, Ayan, que eu não sinto *nada*. Eu, na grande maioria das vezes, sou *vazio*.

Um preciso corte arrancou com facilidade a tampa do crânio de Ayan, atravessando-o com uma dor lancinante e expondo o bloco inteiro de massa cinzenta que era seu cérebro. Apesar da dor imensa, para Ayan era impossível gritar, e ele só conseguia respirar mais rápido. Supreme 1920 segurou com firmeza a cabeça do prisioneiro e enterrou os dentes lá dentro, como se estivesse diante de uma grande e suculenta fruta. Uma sensação de prazer atravessou o sistema nervoso de Sua Radiância, enquanto uma cascata de memórias se derramou para dentro de sua mente e a vida de Ayan se apagou, tão melancólica quanto um crepúsculo solar. Após a primeira mordida, Supreme 1920 limpou a boca e sorriu.

Delicioso, como sempre.

Supreme 1920 se virou para o leste e abriu a pesada cortina, para assim admirar o nascer de Omulu, o sol laranja. Era uma aurora magnífica, aquela, e não havia ninguém num raio de trinta mil medidas com quem partilhar tamanho encantamento. Supreme 1920 sentia paz em seus dois corações, e desejava retornar o mais rápido possível à Cidade Iridescente. Era preciso irradiar virtude através da malha psíquica comunitária.

Era preciso dar o que o povo queria.

A cada Cultista capturado e consumido, a entidade mais poderosa do ocidente ficava mais perto de decifrar os mistérios em torno da fêmea Lah-Ura, "arauta dos bilhões de sóis". A cada mente absorvida, Supreme 1920 se tornava mais forte. Alcançar Lah-Ura havia se tornado uma prioridade nos últimos anos, pois – e disso ele estava certo – ela seria a ponte para a entidade criadora que habitava o coração do sol branco. Sim, Monge Supreme 1920 haveria de conseguir atrair para si a atenção de R'av, o Semeador de Mundos.

Porque você tem muito a esclarecer e antigas contas a prestar, Menino-Deus, pensou Supreme 1920, olhos vazios a fitar o alaranjado do céu. *Nem que, para isso, eu precise devorar o seu mundo inteiro.*

PARTE II
A HORA DAS ESTRELAS

Nossos festejos terminaram.
Como vos preveni, eram espíritos todos esses atores;
Dissiparam-se no ar, sim, no ar impalpável.
E, tal como o grosseiro substrato dessa vista,
As torres que se elevam para as nuvens, os palácios altivos,
As igrejas majestosas, o próprio globo imenso, com tudo o que contêm
Hão de sumir-se
Assim como se deu com essa visão tênue, sem deixar vestígio.
Somos feitos da matéria dos sonhos
E nossa pequenina vida é cercada pelo sono.
(Das anotações pessoais de Lah-Ura 23,
Texto atribuído a Sheik-Spír, contador de histórias de
Outromundo)

I

Os Ilês de Aphriké
(Onze anos para o fim do mundo)

As torres ocidentais de cristal colorido, tão grandiosas quanto poderiam ser quaisquer obras dos Oluya-Woranes, viram gerações nascerem e se converterem em árvores sem que quase nada mudasse. Os sóis, testemunhas silenciosas de nossa existência, mantinham-se inalterados em suas órbitas. Assim como eles, seguíamos em nossos caminhos de sempre. Para a maioria, não havia razão para preocupação com a estabilidade das coisas, apesar de nossa ignorância a respeito da civilização que nos precedeu, há dois mil anos. O que sabíamos de Kalgash? Pouco. Quase nada. E a maioria preferia apenas esquecer que não éramos os primeiros a andar sobre o mundo.

Uma intuição me guiava, dizendo que era preciso entender as ruínas de Kalgash. Compreender o que aconteceu. Mas uma coisa é seguir a voz interior, e outra é desafiar a doutrina do Ilê Arimeo. Nem eu era imune à persuasão dos dogmas. É mais seguro seguí-los, confortáveis que são. Fazendo um retrospecto sobre mim mesma, vejo agora o quanto eu era uma pessoa cindida, dividida entre o apreço por enigmas e a obediência às normas da tradição dos Arimeos. Eu trazia muito de meu pai-gênese dentro de mim.

Se a luz era eterna, acreditávamos que assim também éramos nós, embora no mais profundo de nossa memória coletiva existisse o inconfessável terror de *okunkun*, as Trevas. À uma superfície convicta da estabilidade do dia, subjaz um eu secreto movido pelo medo da Escuridão. Fobia alimentada por lendas e, segundo alguns, por recordações inconscientes de uma tragédia mais antiga do que os registros do Ilê Tulla. Temíamos o que não lembrávamos, mas a "coisa" estava lá à espreita, sussurrando sua canção de ameaça, seu aviso de que nada era garantido.

O que quer que tenha causado a destruição de Kalgash, por mais poderoso que tenha sido, não haveria de retornar. Ou, pelo menos, assim garantiam os Arimeos, mas não sem nos advertir: a paz depende de seguirmos a Doutrina do Lugar Natural. Prestar a devida obediência à regularidade é evitar o caos. Assim, era necessário transmitir a Doutrina a cada aurora de Yewa, como uma música que toca até que a saibamos de cor.

Ainda que nossa civilização seja bem conservadora, não se pode dizer que jamais tenha passado por mudanças. Algumas questões demandavam discussões mais aprofundadas e incomodavam a muitos. Por exemplo: em que momento podemos dizer que nos tornamos adultos? Haveria uma idade específica em que poderíamos nos considerar maiores e responsáveis, dignos de um nome próprio? Em que momento deixaríamos de ser conhecidos como "filhos" e "filhas" dos outros?

Perguntas delicadas. Conforme expus, aos mais jovens é concedido o benefício da tolerância em relação aos venenos mentais, mas não aos adultos. Se um jovem de 19 anos fomentasse o veneno da ira, o tratamento dado a ele jamais teria a mesma dureza aplicada a um cidadão de 119 anos. Várias pessoas sempre consideraram isso tudo uma excessiva leniência, afinal em meros dois ciclos de Osala esse jovem teria 23 anos e seria considerado maior de idade. Durante muito tempo, houve um movimento em prol da redução da maioridade de 23 para 19 anos, e seus argumentos eram bem fundamentados. Era inegável que muitas pessoas tinham um comportamento adulto, mesmo com apenas 20 anos.

Mas, assim como o mais lento dos sóis também se move no céu, nem mesmo a mais conservadora das culturas é imutável. Uma das maiores conquistas sociais de nosso mundo ocorreu quando Alagbawo-Re 111 – um dos grandes expoentes médicos do planeta, morto há mil anos, radiante seja a sua memória – convenceu o Conselho dos Anciões a abandonar o conceito de maioridade baseado numa idade pré-fixada. Enquanto nosso povo debatia se o nome próprio deveria ser assumido aos 17, 19 ou 23 anos, Alagbawo-Re 111 resolveu tudo ao apresentar sua Tese de Merecimento, intitulada *Em defesa da maioridade individualizada a partir de critérios psicobiológicos.*

Sua tese seduziu a todos pela clareza e simplicidade. Segundo Alagbawo-Re 111, não fazia sentido uniformizar a maioridade a partir de uma idade genérica. Ele demonstrou, a partir de dados tanto médicos quanto psicológicos, a variabilidade do processo de amadurecimento de indivíduos diferentes. Sua pesquisa, baseada na evolução cerebral de cinco mil cidadãos ao longo de vários ciclos, revelava uma média de estabilização psíquica aos 23 anos de idade. Mesmo assim, seria errado estabelecer a maioridade aos 23, pois médias são apenas médias, e o que Alagbawo-Re 111 defendia era o respeito à individualidade. Alguns amadureciam aos 17 anos. Outros, aos 26. Desse modo, foi desenvolvido um sistema revolucionário que envolvia exames médicos e laudos telepáticos a cada aniversário da pessoa, a partir do oitavo ciclo de Osala (décimo sexto ano de idade). Foi instituído, então, um rito coletivo periódico nas cidades ocidentais. Uma vez constatada a maturidade cerebral, o indivíduo deveria participar de um grande rito. Intitulado "Assunção do Nome Próprio", ou simplesmente "Festa do Nome", uma das comemorações mais belas de nossa cultura. Nesse dia, o recém-adulto é apresentado à sociedade e escolhe uma função para si, livre de qualquer coação ou induzimento, deixando de ser conhecido como "filho de Fulana e Beltrano". Ao assumir um nome, dá adeus à familiaridade biológica e se insere numa tribo maior, a chamada familiaridade intelectual: um Ilê.

Os Ilês ocidentais remontam ao início de nossa civilização, há dois mil anos, quando a primeira Tulla – dita "a incompreensível", pois que se comunicava apenas por metáforas – assumiu para si a tarefa de registrar o início de nossa história. Uma história que, segundo ela, começara com fúria e guerra, com fogo, medo e dor. Além dela, havia também o primeiro Arimeo trabalhando com afinco em prol da ordem, tendo sido o responsável pela pacificação de nossos ancestrais após o evento conhecido como "a ruína de Kalgash".

A primeira Tulla e o primeiro Arimeo constituíram o primeiro casal formal, a partir do qual a primeira cidade a oeste do rio Omi-Okun foi erigida. Essa cidade se chamava Fulgor, pois que refulgia como um farol de ordem contra o caos e o desespero. No início, a população se dedicou a erigir cidades a partir de um critério geográfico rígido: quanto mais afastado o lugar fosse de Omi-Okun, melhor. Qual a razão disso? Não tínhamos ideia, mas é sabido que nossos ancestrais queriam manter o máximo de distância de Kalgash. Povoamos quase todo o lado ocidental de nosso mundo com cidades e Ilês. Se não caminhamos mais ainda para oeste, foi pelo fato lógico de que muito para oeste se torna leste. Nossos domínios ocupam um terço da área territorial do globo, à exceção do Hemisfério Leste e do Mar Incógnito, que ocupam os outros dois terços.

Sabe-se que as três primeiras autoridades de nossa história recente eram Tulla 1, "a incompreensível", Arimeo 1, "o civilizador" e Alagbawo-Re 1, "aquele que ajuda a sobreviver". Ao longo de centenas de anos, novos Ilês surgiram de acordo com as necessidades civilizacionais. São em torno de duzentos Ilês, cada qual com sua função definida em prol da harmonia das cidades. Temos, por exemplo, o Ilê Kayera, das engenheiras, geralmente atuando ao lado do Ilê Oluya-Woran, dos arquitetos. O Ilê Orin, das cantoras e dançarinas, exige tal qualidade de voz que torna bastante rara a escolha dessa vocação por qualquer fêmea. O Ilê Agbe, bastante popular, é dedicado ao cultivo de alimentos. O Ilê Makiuri reúne as fêmeas gestoras, responsáveis pela distribuição dos recursos naturais a cada cidadão, conforme suas reais necessidades. Há o meu Ilê, das Tullas, guardiãs da história e da memória. Há os Arimeos, empenhados na manutenção das verdades sempiternas. E há os Agbejoros, advogados. Os Isiros, matemáticos. Os Oun-Afo-Nkans, atuantes na limpeza física das cidades. Os Wolika-Orunes, intérpretes dos sóis. As Ewis, poetisas. Eu poderia usar um cristal inteiro de registro de memórias para explicar cada Ilê. No momento, basta que se saiba que cada cidadão adulto é livre para optar pelo grupo que melhor se adeque aos seus talentos pessoais, no momento da Festa do Nome.

Melhor dizendo: as escolhas são, até certo ponto, livres. Há limites a respeitar, e o principal deles é de natureza sexista, conforme imposto por Arimeo 1. Poucos questionam nosso sexismo cultural e, quando o fazem, se insistem muito, são acusados de veneno da soberba, dúvida imprópria e até mesmo de separatismo. Sexismo: eis algo do qual nunca nos livramos. Restrições que para mim não faziam o menor sentido e vigoravam apenas por hábito. Nenhuma explicação lógica jamais foi dada para o interdito feminino no que tange à prática agrícola. Ou para a impossibilidade de um macho ser engenheiro. As coisas apenas são o que são, conforme determina o Ilê Arimeo e sua Doutrina do Lugar Natural. *Com interditos e limites, civilizações são constituídas. Nada é mais ameaçador que as possibilidades infinitas*, diz o Primeiro Manifesto, jamais questionado, sempre repetido nas emissões telepáticas coletivas durante as auroras de Yewa.

O ponto que sempre mais me incomodou é o das funções exclusivas. Uma vez assumido o nome próprio, somos proibidos de fazer outras coisas. Eu, como membro do Ilê Tulla, posso ser presa pela Polícia do Pensamento se escrever poesia ou me dedicar aos lazeres matemáticos próprios do Ilê Isiro. Relato, como exemplo do que sempre considerei um exagero, o dia em que testemunhei uma Makiuri ser admoestada pela Polícia apenas por ter, num momento de distração, retirado lixo de um jardim. *Você usurpou a função de um Oun-Afo-Nkan*, advertiram-na. Eu não cantarolava dentro de minha própria casa. Ora, eu não cantarolava nem dentro *de minha própria cabeça!* Apenas Orines poderiam cantar.

A Doutrina do Lugar Natural, entranhada na cultura das cidades, garante a perpetuação da tradição. Não são apenas os elementos a terem "lugares naturais". Há um lugar para os machos e outro para as fêmeas. Um lugar para a poesia e outro para a matemática. As coisas não podem se misturar. *A mistura atrai o caos, e já tivemos nossa cota de terror em Kalgash*, insistem os Arimeos. *Cada coisa tem seu lugar*, repetem os Arimeos. Todos obedeciam. Sempre obedeciam.

A exceção ao sexismo, aplicada aos membros do Ilê Monástico, tem um motivo bastante singular. Os que se dedicam ao serviço da manutenção da malha telepática precisam abdicar de quaisquer emoções pessoais, o que inclui a sexualidade.

A maioridade impõe a necessidade de uma escolha. A minha eu já tinha realizado, tornando-me a quinquagésima sexta Tulla, para desgosto de Arimeo 500, meu pai-gênese.

Entretanto, se a escolha de meu nome próprio envolveu algum choque e desgosto, nada se compara aos caminhos tomados pelo filho de Orin-Olu ao assumir a maioridade. Relato a seguir essa história, a partir das recordações dos envolvidos.

2

A maioridade do filho de Orin-Olu
(Onze anos para o fim do mundo)

Foi em seu décimo nono aniversário que o filho de Orin-Olu recebeu o diagnóstico do Conselho de Maioridade, composto por diversos membros do Ilê Alagbawo-Re. Estes se encontravam no elevado anfiteatro de cristal, circundando o filho de Orin-Olu, posicionado ao centro do palco. As paredes, lapidadas com esmero, compunham um suntuoso afresco cuja representação dos seis sóis de Aphriké seria capaz de emocionar qualquer pessoa.

– Ficamos espantados com sua precocidade nos testes psicológicos e exames físicos, filho de Orin-Olu – disse Alagbawo-Re 930.

– As análises hormonais e o laudo físico de evolução da maturidade não mentem, você é adulto e digno de escolher um nome próprio. Há uma questão, porém, que nos preocupa.

O filho de Orin-Olu não havia crescido muito, ficando abaixo da média até dos outros machos, normalmente já menores que as fêmeas. Mas sua aura prateada tinha uma vivacidade que compensava a baixa estatura. Ele cintilou em resposta, e perguntou:

– Qual é a preocupação?

Alag se levantou e passeou pela arquibancada cristalina, fazendo projetar por telepatia uma imagem do cérebro mutante do rapaz.

– Filho de Orin-Olu, você sabe que seu cérebro apresenta singularidades difíceis de compreender. Ele é dividido em dois hemisférios, esquerdo e direito. A região de separação foi por mim chamada de "corpo caloso", pois que parece um grande calo.

– E daí?

– Bem, meu caro, talvez essa anomalia explique a nossa incapacidade de penetrar seus pensamentos. Esse "corpo caloso" deve atuar como uma barreira mutante.

– A não ser que eu autorize e pense bem alto, e eu nunca deixei de transmitir exatamente o que penso e sinto – disse o filho de Orin-Olu.

— Sei disso, meu bom rapaz. Temos que crer em sua palavra, e você nunca nos deu motivo para dúvidas. É espantoso que nem mesmo Sua Luminescência seja capaz de ler seus pensamentos. Mesmo assim, isso não @ impediu de adotar você espiritualmente.

— Você é especial, filho de Orin-Olu, embora alguns de nós sintam dúvidas sobre como agir em seu caso — disse Alagbawo-Re 1010.

— Fui submetido a exames físicos, a diversos testes psicológicos, e aprovado em todos eles. O que mais falta?

— O que falta — disse Alagbawo-Re 800, um enfeitado membro do Ilê — é que não podemos ter certeza de sua maioridade sem análises telepáticas. A lei é clara: a confirmação da maioridade vem com a investigação psíquica.

— Exato — disse Alagbawo-Re 1330, um voluntarioso novato que parecia ansioso para ter sua participação notada. — Como é impossível ler sua mente sem sua permissão, impossível saber se você é maduro, ou se só emite aquilo que desejamos captar.

— Estou sendo acusado de... como é mesmo a palavra... "mentir"?

— Não é isso, filho de Orin-Olu, não nos leve a mal — disse Alagbawo-Re 930. — Você é o primeiro caso cuja certeza nos escapa. O primeiro caso na história ocidental em que o acesso à mente só se dá com permissão. Isso deixa alguns de nós hesitantes, entende?

— E daí? O que isso implica? Devo permanecer menor de idade para sempre? Serei eternamente pajeado por 5054 e 3921? Devo ter um pai e uma mãe até a data de minha conversão em árvore?

— Calma, rapaz, não há necessidade de dramas — disse Alagbawo-Re 930. — Nada disso passou por nossas cabeças. O Conselho se divide em duas possibilidades. Um grupo acha que seria mais prudente conceder a você a maioridade na média usual de 23 anos...

— Mas isso é muito tempo! — disse o filho de Orin-Olu.

— Não me interrompa, não terminei! O outro grupo, uma maioria da qual faço parte, considera que devemos dar a você um voto de confiança. Não temos razões para duvidar de você, filho de Orin-Olu. Sua educação foi excelente. Queremos apenas deixar claro, conforme ditam as leis, que sua maioridade não está sendo concedida por unanimidade.

O filho de Orin-Olu não conseguiu disfarçar o sorriso, e teve de segurar o ímpeto de sair pulando pelo anfiteatro. Se o fizesse, pareceria uma criança destemperada. Alagbawo-Re 800, o mais antigo dentre os membros vivos do Ilê, adiantou-se e declarou com solenidade:

– Prepare-se, novo adulto, pois em algumas poucas auroras de Yewa ocorrerá a próxima Festa do Nome. Imagino que você já escolheu seu nome próprio, ou ao menos considera dois ou três.

– Pensei muito nisso nos últimos ciclos de Oya, pesquisei sobre todos os Ilês no Templo da Memória das Tullas, e já tomei minha decisão.

– Pena que eu não consiga detectar o mais vago traço de sua decisão – disse Alagbawo-Re 1330, com ironia. – A falta de acessibilidade à sua mente é algo intrigante.

– Não é culpa minha – disse o filho de Orin-Olu, fuzilando o médico com o olhar.

– Sabemos disso, rapaz – disse Alagbawo-Re 930, lançando um discreto pensamento reprovador a seu irmão 1330. – Mas você conversou sobre isso com seus pais-gênese? Dada a sua proximidade com Supreme 1920, você poderia se aconselhar com el@. A escolha do nome é uma decisão irrevogável e deve ser muito bem pensada.

– Eu sei.

– Você é muito habilidoso, tem diversos talentos, pode escolher os mais diversos Ilês. Eu nem consigo imaginar qual será sua escolha, embora muitos acreditem que você será um Policial do Pensamento, dadas as suas habilidades e sua falta de apreço por sexo.

O rapaz riu, mas era um sorriso isento de escárnio. Sem se preocupar em ser deselegante, disse:

– Sou adulto, não sou? Agradeço a preocupação de todos, mas já tenho responsabilidade biológica para realizar tão grave escolha sem ser pajeado.

– Disso não duvido, meu caro – disse Alagbawo-Re 930, sorrindo e enviando uma carícia áurica em múltiplos tons azuis na direção do rapaz. – Sessão encerrada. Saúde seus pais-gênese e sua irmã biológica por mim. Como vai a engenhosa Kayera 777?

– Como sempre, aperfeiçoando quadrirrodas e outros veículos de locomoção. Ou seja, sendo uma Kayera. Ela enfiou na cabeça, já há algum tempo, a ideia de criar um meio de transporte capaz de se mover sobre as águas.

Alagbawo-Re 930 e os demais arregalaram os olhos.

– Fala sério? O Ilê Arimeo não apreciará tal ideia. Contraria completamente a Doutrina do Lugar Natural dos Quatro Elementos – disse Alagbawo-Re 1330, sua aura tomada pelo amarelo-escuro da preocupação.

– Sem falar de que se trata de um empreendimento inútil – acrescentou Alagbawo-Re 800. – Onde ela pretenderia aplicar esse veículo? No Mar Incógnito? Em Omi-Okun?

– Minha irmã biológica não me parece muito preocupada com a aceitação do Ilê Arimeo ou com a "utilidade" de seus inventos. Ela inventa por inventar, é compelida por isso. Meu pai-gênese já a advertiu sobre a Doutrina, mas Kay insiste que não há contrariedade, nem crime da mente, e os Agbejoros parecem concordar com ela. Vocês sabem, há precedentes... Os balões de Itzak 41, por exemplo...

– Bem, não imagino quem apreciaria transitar sobre as águas. A mera ideia me causa náuseas – disse Alagbawo-Re 930. – Mas vocês jovens estão sempre a inventar novidades. Transitar sobre as águas... Não duvido que em breve alguém inventará uma forma de movimento *dentro* das águas. Kay está parecida demais com Itzak 41 para meu gosto.

Dessa vez, coube ao filho de Orin-Olu sorrir.

– Você nunca me pareceu tão tradicional, Alag.

– E não sou. Aprecio a curiosidade científica, a experimentação. Mas, como o curador que sou, preocupo-me com a saúde de vocês. Não gostaria de testemunhar jovens impetuosos tendo mortes antecipadas por ingestão de líquido pelas vias respiratórias.

– Darei seu recado à minha irmã. Suas preocupações procedem, disso não duvido – disse o filho de Orin-Olu, fazendo uma saudação e em seguida se retirando do Conselho de Maioridade. Tinha ainda muito o que estudar em termos de Direito Civil no Ilê Agbejoro antes de anunciar ao mundo sua decisão definitiva: o nome que escolhera.

3

Sobre orquídeas
(Onze anos para o fim do mundo)

Anunciar minha escolha pelo Ilê Tulla enfureceu meu pai-gênese, Arimeo 500, porém não causou estranheza à minha mãe-gênese, Ranya 722. Se eu mesma sabia muitos dos segredos de mamãe, ela também demonstrava alguma ciência dos meus. A história de Kalgash me atraía mais do que trazer bebês ao mundo. Eu estava mais preocupada com o passado que com o futuro, até porque farejava os problemas causados por nossa crônica ignorância do ontem. *Não há futuro possível quando o passado é ignorado*, repetiam as Tullas. Eu não queria saber de bebês. Apenas o que era antigo me atraía.

Eu levava horas revisando o registro da primeira Tulla, frustrada por não entender muita coisa. As imagens mentais armazenadas no mais antigo registro diamantino de que se tem notícia não faziam sentido. Ela, sem dúvida, havia sido um tanto insana.

Ou, talvez, tenha *se tornado* insana por algo que viu.

A raiva do pai-gênese diante de minha escolha pelo Ilê Tulla foi tão descompensada que bem lhe rendera cinco ciclos de Omulu (dez horas em nosso calendário) no Templo da Purificação. Admito ter sentido algum prazer ao ver o "perfeito" Arimeo 500 ser detido pela Polícia. Ele tinha menos domínio de si do que imaginava.

Sempre houve uma rixa filosófica fundamental entre as Tullas e os Arimeos e, claro, essa discordância era expressada dentro de um respeito mínimo que apenas eventualmente era rompido. O Ilê Arimeo encara a realidade como *sempiterna*, defende a existência de verdades imutáveis e se pauta nas ditas "estruturas naturais". O Ilê Tulla, por sua vez, tinha suas razões para acreditar na mutabilidade da vida, suspeitando que as coisas não são como são por estrita necessidade, e sim por meras contingências. As mudanças se dão, ainda que lentas. Kayera 777 tendia a não assumir nem um lado, nem o outro. Ela ia além, apostando em ideias quase Cultistas.

– Há algo de artificial em nosso mundo, Tul – disse-me ela, após mais uma sessão de sexo comigo.
– Discorra.
– As engrenagens da natureza são perfeitas demais, é tudo muito controlado. O ciclo da água e das chuvas obedece a uma periodicidade e a uma geografia tão rígidas quanto as das órbitas solares. Aphriké é uma máquina, uma máquina de engrenagens perfeitas, e não há engenho sem engenheira.
– O que você quer dizer com isso, minha luz?
– Eu poderia apostar que há uma Kayera Suprema por detrás da existência.

Uma afirmação perigosa, Kay bem sabia. Ela procurava não pensar muito nisso e meditava bastante para afastar tais ideias da mente. Minha atração por Kay era notória, assim como sua reciprocidade. Costumávamos treinar sexo uma com a outra desde jovens, algo bem natural e até estimulado em nossa sociedade. Ninguém mais adequado que uma fêmea para ensinar outra fêmea a dar e extrair prazer. Mas agora éramos adultas, tínhamos nomes próprios e deveres sociais a cumprir. Um das principais seria o de nos vincularmos a um ou dois indivíduos do sexo oposto, a fim de realizar o propósito da reprodução. A lei determinava que cada indivíduo – com exceção d@s Monges – deveria conceder pelo menos dois filhos às cidades. Tal escolha deveria ser feita sob orientação do Conselho dos Anciões e não poderia ser norteada pela paixão. Os casais eram aprovados de acordo com a compatibilidade de suas auras para que, assim, os descendentes fossem criados na melhor matriz familiar possível. Uma vez que o Ilê Monástico estava liberado do dever de procriar, a alguns casais era dada a autorização para ter três ou até quatro filhos biológicos. Tudo era muito bem calculado pelos machos do Ilê Isiro, e cabia às Makiuris gerir as autorizações reprodutivas.

Mas eu não sentia atração por machos. Não era obrigada a sentir, assim como nem todo macho sentia atração por fêmeas. A lei nos obriga à reprodução, não à atração. Eu só não queria ter de conviver com um esposo até nossos filhos atingirem a maioridade. Essa ideia me repugnava mais do que a perspectiva de ser penetrada por um macho. Eu e Kay poderíamos continuar nossos encontros, porém nossos desejos deveriam ser colocados abaixo das responsabilidades. Além disso, ter filhos não era algo que estava em minha lista de desejos. Não que meus quereres tivessem alguma importância. "Felicidade", no Ocidente, não é um benefício individual, não deriva da satisfação pessoal. "Felicidade" é um benefício social, atingido pela sujeição de cada ente à ordem das cidades.

Eu já havia rejeitado três potenciais maridos: um Arimeo (só me faltava essa...), um Agbe e um delirante Wolika-Orun obcecado pela ideia de estudar o que ele chamava de "sinastria": a comparação de nossos mapas solares de nascimento. Mesmo com auras compatíveis e sinastrias lindas, eu adiaria o casamento e a reprodução o máximo que pudesse. Pela lei, eu tinha até meus 150 anos de idade para escolher, caso contrário seria acusada de "veneno do separatismo" e engravidada artificialmente. Que esperassem! Se tivessem que me engravidar em laboratório, que assim fosse! Tanto melhor!

Kay também não tinha a mínima urgência em desposar machos ou se reproduzir, e gostávamos de passar ciclos e mais ciclos plurisolares na companhia uma da outra. Ela não cessava de construir e aperfeiçoar coisas. Havia elaborado melhorias nas quadrirrodas, e até criado um veículo automotivo especial para si mesma. Um veículo muito mais leve e veloz, com uma peculiaridade: duas rodas, ao invés de quatro. Kay o batizou de "impulsionador birrodal", e eu abreviei o nome para "bibi", muito mais simpático. Usávamos o bibi para ir a todos os lugares, sempre juntas.

Para evitar a acusação de veneno do apego, seguíamos uma regra: a cada ciclo de Yewa (dois dias) juntas, passávamos outro ciclo idêntico sem contato. Ainda que nossos pensamentos pudessem nos trair, nós éramos ótimas na arte do escudo telepático. Sem contar com um fato por mim compreendido somente tempos depois: minha mãe-gênese, Ranya 722, andara distribuindo "presentinhos" para as pessoas mais próximas ao filho de Orin-Olu. Pingentes, pulseiras, tornozeleiras. As fêmeas não costumavam usar muitas joias, nossas auras já eram brilhantes demais. Mas Ranya insistia tanto em nos ver usando seus presentes, que eu e Kay terminávamos usando apenas para agradá-la. À época, nem desconfiávamos que eram versões miniaturizadas das gemas de proteção telepática. Ranya nos tornara insondáveis à Polícia do Pensamento.

Quando me tornei adulta e adquiri meu nome próprio, Ranya trocou – sem que eu soubesse – a gema de minha tiara, substituindo-a por uma das gemas de filtragem telepática criadas pelos Cultistas. Levei anos para me dar conta da troca, e provavelmente teria passado a vida ignorante, não fossem as surpresas da vida.

Eu e Kay realizamos diversas pequenas viagens usando o bibi, e conhecemos quase todas as cidades ocidentais, inclusive as menores e mais remotas. Gostávamos dos trajetos entre as cidades, lugares que não eram lugares, mas solitários intermédios entre uma comunidade e outra. Costumávamos acampar nessas áreas ermas por alguns ciclos de Yewa, desconectadas de qualquer malha telepática coletiva. Era a nossa estratégia particular para termos um pouco de privacidade. Além disso, a ideia de ter nosso prazer sexual acessado por outras pessoas me incomodava bastante. Não deveria incomodar, mas eu sempre fui imperfeita. Sempre afeita ao delito da privacidade.

É praxe, em qualquer lugar do Hemisfério Oeste, que o sexo seja público, de modo a permitir a multiplicação do prazer pela malha psíquica comunitária. Sei o quanto meu relato soa egoísta, mas nós pertencíamos a uma nova geração que não estava muito interessada em compartilhar todas as coisas. E havia, é claro, a pressão: *vocês treinam sexo demais uma com a outra. Quando vão casar e ter filhos? Posso praticar sexo com vocês duas?* Kay não se importava em aceitar alguns machos ou fêmeas em nossas práticas sexuais. Eu, sim. A semente do individualismo florescia forte em meus dois corações.

Felizmente, graças a Ranya 722 – ainda que eu não fosse consciente disso –, ninguém sabia quase nada sobre mim.

Em nossas pequenas viagens, vimos de tudo. Foi maravilhoso conhecer o Burgo Luminal Oeste e a gentileza de seu povo, muito mais amoroso do que meus conterrâneos. Ganhamos diversas pedras cuja lapidação era um exemplo do mais alto esmero. A despeito de não ser muito afeita a gemas coloridas, guardei algumas para presentear um eventual – ainda que indesejado – futuro marido.

Foi emocionante conhecer os lagos de superfície em Cintila, um dos poucos lugares do mundo ocidental onde a água não se limita a correntes subterrâneas. Kay insistiu para que entrássemos apenas um pouco nos lagos, mas a ideia de me molhar fora de situações controladas me aterrorizou. A Doutrina do Lugar Natural estava entranhada em mim, e eu sentia muito medo de ter meu corpo atraído pela terra no fundo do lago. Apenas assisti, horrorizada, enquanto ela se banhava às margens, rindo de meus temores.

Fizemos amor sob o brilho intenso de uma conjunção entre Yewa, Sango e Oya, na exótica Fulgor. Foi uma das raras vezes em que senti prazer fazendo sexo conforme ditava a lei: publicamente.

Aproveitando a luz violácea que vinha da mistura dos sóis vermelho, azul e branco, tivemos um dos melhores orgasmos de nossas vidas. Fomos aplaudidas pelos presentes, e nosso prazer foi multiplicado pel@s Monges locais e distribuído para os fulgorianos. Recebemos elogios e presentes como forma de gratidão. Ao invés de pedras coloridas, deram-nos sementes de deliciosos e exóticos cereais.

Foi também em Fulgor que nos deparamos com uma estranha variedade de flores jamais vista em Iridescente. Similares na forma, distintas em coloração, era possível encontrar aquelas flores em toda a extensão da cidade e em todos os cantos. Elas não estavam restritas a um "lugar natural": nasciam nas árvores, brotavam entre pedras e nos lugares menos prováveis. Uma jamais era igual à outra, e isso era perturbador. Um dos membros do Ilê Agbe me disse que se tratavam de "orquídeas". Eu jamais havia ouvido falar em "orquídeas", mas eram lindas.

– Reza uma antiga lenda Cultista que a primeira orquídea nasceu no lugar onde o Menino-Deus Semeador de Mundos beijou o chão de Aphriké pela primeira vez. E este lugar teria sido aqui, em Fulgor. Mas recomendo que guardemos essas lendas entre nós. Se um Arimeo nos escuta... – disse, aos risos, um macho conhecido pelo nome de Agbe 22123.

Nenhum pensamento é ignorado. Tudo é ouvido. Vocês não devem propagar superstição Cultista – anunciou a voz telepática de algum@ Monge presente nas imediações. Agbe 22123 se encolheu, intimidado.

– São belíssimas! – disse Kay, fascinada. – Nunca vi tantas cores numa mesma espécie de flor. O Ilê Agbe é responsável por tantas variações?

– Oh, não! – respondeu Agbe 22123. – As orquídeas estão sempre surgindo em novas cores, mas nós nada fazemos. É espontâneo. Elas mudam por si mesmas.

– Que estranho – disse eu. – Por que não as encontramos em outras cidades ocidentais? Jamais vi um único exemplar em Iridescente. Orin ama plantas, ela adoraria ter uma flor dessas em casa.

– Os Arimeos dão ordens expressas para que nós Agbes impeçamos que se espalhem. Consideram-nas uma praga. Já tentamos extingui-las, por ordem dos Arimeos, mas foi impossível. Apenas conseguimos restringir as orquídeas aos limites de Fulgor.

– Ora, que loucura! – disse Kay. – Por que os Arimeos ordenariam isso?

O bom Agbe nos sorriu, complacente, e disse:
— Não é óbvio? As orquídeas mudam demais. Nascem onde querem e bem entendem, e suas cores são imprevisíveis. Não há, para elas, "lugares naturais" ou colorações predefinidas. Além disso, não se convertem em frutos que possamos comer. Flores assim contestam algumas verdades. Flores assim dão ideias inconvenientes...

Era patético, mas fazia sentido. Os Arimeos pareciam dedicados a preservar seus dogmas conservadores a qualquer custo. Tomei uma orquídea lilás em minhas mãos, e a acariciei. Desde então, aquela espécie de flor se tornou o símbolo de tudo o que eu mais queria investigar: a imprevisibilidade em nosso mundo.

Quem procura, termina por encontrar. E eu não demoraria a descobrir muitas outras "orquídeas" espalhadas pela Cidade Iridescente.

4

A Assunção do Nome Próprio
(Onze anos para o fim do mundo)

A Festa da Assunção do Nome Próprio do filho de Orin-Olu ocorreu na décima segunda aurora de Yewa, logo após a determinação do Conselho. Nesse dia, tanto o filho de Orin-Olu quanto outros seiscentos jovens da Cidade Iridescente escolheriam um dos diversos Ilês possíveis. Deixariam de ser "filhos" e teriam o direito de escolher seus próprios nomes, conforme determina a tradição, e seriam assim conhecidos até o fim de seus dias.

A maior parte dos festejados tinha entre vinte e três e vinte e seis anos. Apenas o filho de Orin-Olu e algo em torno de dez pessoas tinham entre dezoito e vinte e dois anos. Eram os precoces, os "fora da curva".

Quase mil pessoas se apinhavam no centro do Jardim de Ailopin, vindas de todos os cantos e Ilês de Iridescente. Apesar de ser possível conhecer o Ilê de cada um graças à transparência dos pensamentos, fazia parte da tradição o uso de gemas distintivas em tiaras que cada um portava na testa. Os Oluya-Woranes ostentavam sóbrias opalas de uma tonalidade verde profunda. As Orines, por sua vez, exibiam gemas lilases, as belas ametistas tão abundantes em Burgo Luminal Oeste. Opalas azuis radiosas vinham incrustadas nas tiaras dos Alagbawo-Res. Os Arimeos portavam rubis sanguíneos em suas frontes, tão vermelhos quanto o sol Sango. Além das gemas, era possível identificar o Ilê de cada pessoa através de uma tatuagem de pigmento branco na nuca. A idade também se expunha através de tatuagens: pequenos círculos brancos que se irradiavam em espiral pelo corpo, a partir do ponto central entre os corações esquerdo e direito.

Um a um, os novos adultos chegavam. Haveria de ser como sempre fora: vários novos Arimeos e Makiuris. Divers@s nov@s Monges. Talvez metade das escolhas girasse em torno do Ilê Agbe. Uma opção lógica, uma vez que nossas técnicas agrícolas estavam se desenvolvendo bem. Sempre surgiria um novo Wolika-Orun tentando "ler" os sóis.

Naquele dia da Assunção, o sol Osala inundava Iridescente com um fulgor branco. Omulu e Yewa faziam conjunção a ele, e a luz combinada era tão intensa que convidava ao amor e à felicidade. Sango, mais à esquerda e mais ao alto, pulsava seu brilho rubro. Só não era uma Hora do Esplendor porque ao céu faltava a presença amarela de Oya. Mas havia muita luz, e a disposição das pessoas era forte e alegre. A atmosfera psíquica era excelente. Ainda que o céu resplandecesse com a presença de quatro sóis, havia alimento capaz de saciar um batalhão. Nós não temos a necessidade de ingerir frutas ou raízes quando há muita luz ambiente, mas era tempo de festa. Comer sólidos seria um prazer especial. As mesas de vidro, espalhadas por toda a extensão do Jardim de Ailopin, ofereciam frutas azuis e suculentas raízes de *odunkun* temperadas com um molho picante típico, conhecido como *nla'ata*. Havia frutos amarelos imensos que eu jamais vira, explosões doces ao paladar, oriundos das comunidades mais ao norte. Descobri que se chamavam *ogede*, e fiquei viciada neles. Os Agbes distribuíam variedades de *agbado*, nosso cereal mais popular, em suas incontáveis colorações. Eu adorava o *agbado* roxo. E havia os pães, pães numa diversidade assombrosa, dos salgados aos doces, acompanhados por cremes feitos com sumo branco da árvore Amapá e especiarias picantes exóticas, mais pungentes e ardidas que a própria *nla'ata*. E havia, é claro, água para consumo, proveniente dos lagos subterrâneos.

As pessoas se davam prazer em relações sexuais variadas tanto em preferência quanto em número de participantes. Machos com fêmeas, machos com machos, fêmeas com fêmeas, grupos inteiros de até dez pessoas. A energia dos quatro sóis estava propícia ao sexo coletivo e à multiplicação telepática dos orgasmos. Eu e Kay estávamos menos dispostas. Havíamos passado o último ciclo de Omulu inteiro nos masturbando mutuamente, e agora só queríamos comer coisas sólidas, ingerir água e sumos e aproveitar cada raio luminoso dos quatro sóis. Além disso, eu era mesmo uma terrível separatista e odiava a ideia de dividir Kay com outras pessoas.

Olhei e vi Orin 53. Ela estava mais feliz que de costume, e me saudou com impulsos psíquicos de cor magenta. Ela vestia sua mais bela manta espelhada que, como qualquer roupa decente, não cobria mais do que o necessário de seu corpo. A manta refletia a luz dos sóis na medida em que ela caminhava com a graciosidade típica de uma Orin. Parecia uma enviada do céu.

Chamada para cantar, Orin entoou seis composições de sua autoria, cada uma em homenagem a um dos sóis. Até o sol Sango foi cantado naquele dia. Posicionada na plataforma ascensora no centro de Ailopin, Orin foi elevada às alturas e entoou uma canção solo com sua voz telepática e, coisa incrível, sem o auxílio de nenhum@ Monge:
Àdúrà Sàngó, Sàngó ibà!
Ibà ayé ni à jé, Àwa kò jé t'orun
Àse!
Empolgada, a multidão se uniu a Orin, dando uma pausa ao sexo coletivo e entoando numa só voz mental:
Okò oba! Ada oba! Kó má Sá wa lésè!!!
Àse! Àse! Àse! Àse!
Tentei abrir passagem para chegar mais perto da plataforma, pois queria registrar tudo o que pudesse com meus cristais-arquivistas. Em meus primeiros anos como Tulla, eu estava obcecada em preservar a memória de tudo o que me parecesse importante. E, confesso, eu estava muito curiosa com a escolha do filho de Orin-Olu.
A multidão prosseguia, unida em voz telepática a Orin 53: *Sàngó ibà! Àse! Àse! Inú wá dùn! Inú wá dùn! Inú wà dùn!!! Àse! Àse!!!*
Era raro ver um momento tão cheio de emoção. Mal sabíamos que seria raro presenciar isso novamente.

∞

Ao final dos cânticos, encontrei Kay atacando uma variedade amarela de *agbado* e devorando cada grão com entusiasmo. Sorri e perguntei:
— Mesmo com toda a energia solar disponível você ainda está com fome, minha luz?
— Ah, você diz isso porque não experimentou o *agbado* amarelo embebido em leite quente de Amapá com cristais de sal do Mar Incógnito – disse Kay, de boca cheia. – Se você colocar um só grão na boca, estará perdida! Estou pensando em desposar um Agbe apenas para ter acesso preferencial a esta variedade de *agbado*.
— Casar só para comer *agbados*? Mas que interesseira! – disse eu, às gargalhadas.
— Bem, Tul, tenho que extrair alguma vantagem dessa obrigação ao casamento.
— Contanto que seu casamento e filhos não interrompam nossos encontros carnais...

— Talvez quando os sóis se apagarem — disse Kay sorrindo, sua boca toda lambuzada de comida.

— Coma pouco, ou você vai ter um Arimeo colado em sua aura, cobrando comedimento.

— Os Arimeos que morram e virem árvores!

Sorri e perguntei por seu irmão biológico. Era impossível localizá-lo telepaticamente se ele assim não quisesse, e eu não estava disposta a perder energia tentando. Kay esticou o pescoço e me apontou um rapaz inteiramente nu, de costas, sem as joias-enfeite que os machos em geral gostavam de trajar. Kay atirou os restos devorados do *agbado* amarelo na nuca do irmão, acertando-o em cheio.

— Ai! — disse ele, virando-se em nossa direção. — Você não conhece uma forma mais educada de chamar minha atenção, Kay?

— Chamar você por telepatia é um tédio, pequeno irmão. Você bloqueia a mente. Só me resta atirar restos de *agbado* em sua cabeça.

— Não é minha culpa. Se eu não bloqueasse minha mente, enlouqueceria. Ouço vozes o tempo inteiro! Tudo piora nesta multidão! Estou farto de escutar cada detalhe, cada insignificância da vida alheia!

— Por que você não está praticando sexo coletivo como todo mundo, irmão?

— Não quero.

— Aproveite! O Ilê Monástico está acumulando o prazer e o distribuirá pela cidade. Eu bem consigo captar uns pensamentos aleatórios de desejo por seu corpo, irmãozinho.

— Eu não gosto de sexo, Kay. Você sabe muito bem disso. Desde que você tentou me ensinar como fazer, jamais gostei de relações sexuais.

— Isso é verdade. Eu bem que tentei ensinar você a gostar de sexo, dever de irmã mais velha, mas você não colaborava. Pensei que você preferisse outros machos, mas nem isso...

— Já tenho que perder tempo demais bloqueando a psique dos outros. Quando faço sexo, é ainda pior. Coletivo, então? Eu enlouqueceria. Não, não, obrigado. Sou assexuado.

— Olá, filho de Orin-Olu — disse eu, interrompendo a conversa entre irmãos. — Pronto para adquirir seu nome próprio? Estou muito feliz por você. Parece que foi no último ciclo de Osala que lhe retirei do ventre de Orin, mas na verdade faz tanto tempo...

Há muitos anos que o filho de Orin-Olu cessara de se submeter às sessões depilatórias de luz pulsada, adquirindo uma aparência bastante exótica e chamativa. Era como se grama negra brotasse em seu corpo, e não apenas na cabeça. Pude perceber fios difusos em torno de seu membro viril, e um alinhamento abundante logo acima dos óculos. Ele chegou a ser acusado de separatismo, de querer ser diferente, mas foi salvo pelos argumentos dos Agbejoros: *se os machos podem exibir joias diversas em seus corpos, este garoto tem direito a ostentar esta exótica floração capilar.* Era mesmo um rapaz esquisito, belo ao seu modo estranho. Ele pareceu hesitar por um momento, como que captando meus julgamentos estéticos. Então, mexeu na profusão caótica de fios negros e crespos que permitira crescer no alto de sua cabeça, e respondeu:

– Olá, Tul. Sim, estou. Só não sei se vou agradar muito.

– O que você pretende? – perguntei. – Nem consigo imaginar uma escolha mais polêmica que a minha, considerando de quem eu era filha.

– Eu desconfio que meu pequeno irmão biológico se rebelará contra o sexismo de nossa sociedade e escolherá o Ilê Orin! – disse Kay, às gargalhadas. – Ele costuma cantar escondido. Se esta for sua escolha, eu irei amá-lo daqui até o fim da eternidade!

O filho de Orin-Olu se limitou a rir e a atirar os restos do *agbado* de volta, atingindo Kay no ombro.

– Creio que me anunciar como o primeiro Orin macho seria menos escandaloso do que o que pretendo, Kayera.

Uma sombra amarelo-escura de preocupação desceu sobre a aura de Kay. Fiquei igualmente temerosa. Se o filho de Orin-Olu fizesse algo muito polêmico, poderia ser detido pela Polícia, acusado de veneno da soberba. Como eles fariam para reciclar os pensamentos de uma pessoa cujo psiquismo era impenetrável? Graças ao bloqueio telepático de seu cérebro mutante, ninguém tinha ideia do que ele pretendia.

Eu conhecia bem o filho de Orin-Olu para saber o quanto ele era obstinado quando uma ideia brotava em sua mente. O silêncio se fez e Arimeo 500, meu ex-pai, declarou – com sua pompa telepática característica – o início da Assunção do Nome Próprio. O filho de Orin-Olu pediu licença e se afastou, unindo-se aos demais candidatos em fila. Estava mais silencioso que o normal, mas sua aura não transmitia nada.

Os novos adultos subiam um a um na plataforma ascensora e anunciavam seus nomes próprios para a sociedade. Recebiam suas identidades civis, tatuadas como pequenos símbolos em suas nucas, tão logo desciam do púlpito vítreo. Ganhavam também uma tiara de aço escovado com as gemas correspondentes ao Ilê escolhido. A tradição arimeica determinava que nem as tatuagens e nem as tiaras poderiam ser retiradas. O que era escolhido, por honra jamais poderia ser mudado.

Ao chegar sua vez, o filho de Orin-Olu sentiu o coração disparar, conforme ele mesmo me confidenciou depois. Não era medo o que sentia, mas ele tinha consciência da comoção que causaria ao anunciar sua escolha. O rapaz ocultou seu futuro nome próprio até o final. E nem foi preciso muito esforço para isso, considerando o escudo natural que era a sua mente. De nada adiantaram as súplicas chantagistas de sua mãe-gênese, ou mesmo a insistência de seu pai--gênese para uma conversa racional. O filho de Orin-Olu estava decidido a anunciar seu nome próprio apenas na festa da Assunção.

Ao longo do evento, nenhuma grande surpresa se deu. Como sempre, sucederam-se as tradicionais homenagens a autoridades bem conhecidas de profissões respeitosas e convencionais. Os pais e mães presentes viram surgir uma pequena legião de novas Ranyas – como sempre ocorria – embora fosse mais do que sabido que uma boa parcela das optantes por esse nome próprio tinha pouca ou nenhuma inclinação para ser assistente de nascimentos. Mas ser uma Ranya era sinal de status e respeitabilidade, sobretudo numa sociedade que dava tanta importância aos bebês e à multiplicação dos orgasmos do parto.

Novos Arimeos também não faltaram. Os novos adultos adoravam bajular o Ilê Arimeo. Nem todos se tornariam sábios poderosos, mas um deles haveria de se destacar. "Destacar-se", no caso, significava possuir poder de convicção mental capaz de persuadir as pessoas dos dogmas da tradição. Arimeo 500 assistia feliz ao crescimento numérico de seu próprio Ilê. Sucederam-se novas Makiuris, Agbes, Ewis, Isiros, alguns poucos Alagbawo-Res, muit@s Monges e tantos outros membros dos tradicionais Ilês ocidentais.

O filho de Orin-Olu já estava entediado ao se ver diante do anúncio de mais um Arimeo (o número já era 873), o que deixou sua mãe-gênese preocupada. Desde que nascera, o rapaz apresentara sinais de arritmia cerebral. A mesma mutação que lhe concedia tão poderosa voz telepática, bloqueava o acesso aos seus pensamentos, mas nem uma coisa e nem a outra eram tão assustadoras quanto o fenômeno da suspensão da consciência sempre que ele se entediava.

Os ritmos cerebrais do garoto às vezes pareciam amortecer, como se ele entrasse em outro estado de consciência. Ele então fazia algo que denunciava tudo: abria a boca e aspirava profundamente o ar. Orin suava frio quando isso acontecia. Temia que seu filho biológico "desligasse", como já havia desligado na primeira infância. Temia que ele adentrasse o assustador estado tão similar à morte, chamado de "dorme" por Alagbawo-Re 930.

Ainda que Alag tivesse lhe explicado que aquele estado apenas se parecia com a morte, Orin não queria arriscar. Não queria que seu filho biológico se convertesse em árvore antes do tempo natural. Deu um beliscão de leve na coxa esquerda do rapaz assim que ele passou por ela no púlpito, chamando sua atenção.

O que está acontecendo, meu filho? Por que você abre a boca tão repetidamente? Está tendo outro episódio de "dorme"? – perguntou Orin, num sussurro mental.

Calma, mãe-gênese! Eu estou bem aqui, estou prestando atenção. Nem notei que abri a boca e engoli o ar. Foi só um pequeno episódio, não se preocupe. Acontece sempre que eu fico diante de coisas muito repetitivas, e a voz de Arimeo 500 é um tédio! Mas, mesmo assim, eu não posso entrar em "dorme", lembra? Como eu poderia entrar em "dorme", se o implante cerebral de Alag funciona tão bem?

Apenas por favor, não tenha visões justo agora, meu filho!

Faz tempo que não tenho visões, você sabe bem disso.

Chegou, então, a vez do filho de Orin-Olu. O novo adulto foi até outra plataforma de ametista e se viu alçado a mais dez medidas de altura pelo elevador solar. Arimeo 500 se aproximou e reverberou sua pergunta por toda a extensão de Ailopin:

Filho de Orin 53 e Oluya-Woran 30, nascido na Hora da Luz Sangrenta há nove ciclos e meio do sol Osala, você está aqui por livre e espontânea vontade?

Sim – disse ele, sua voz mental ainda mais alta que a do próprio Arimeo.

Sua maioridade foi reconhecida pelo Ilê Alagbawo-Re. Não por unanimidade, mas por maioria votante – disse Arimeo.

Claro que ele tinha que tentar me espezinhar na frente de todo mundo, citando isso, pensou o rapaz, mas não tão alto que alguém pudesse ouvir.

Ciente estou – limitou-se a dizer.

Arimeo continuou:

Se você está aqui, é porque escolheu seu nome próprio, livre de toda coação ou induzimento. O nome próprio, uma vez anunciado e confirmado, não poderá ser jamais modificado até o momento da morte. Você confirma saber disso?

Sim, confirmo.

Qual é, então, o seu nome próprio? Declare-o em claro pensamento, para que @s Monges presentes possam transmitir sua escolha para a Cidade Iridescente.

Com todo respeito, Monges não se farão necessários. Transmitirei eu mesmo.

Arimeo sorriu, complacente.

A amplitude da transmissão deve ser muito alta, rapaz. São necessários cinco Monges para...

Arimeo 500 não conseguiu terminar sua frase. A vibração telepática que antecedeu a declaração mental do filho de Orin-Olu foi forte o suficiente para fazer Arimeo pressionar as próprias têmporas com ambas as mãos. Não apenas ele, como todos os membros do Ilê Monástico se viram abalados pela estática crescente. E foi então que a voz telepática do rapaz irrompeu, com o poder de uma onda de choque, alcançando todas as pessoas numa área de cinquenta mil medidas quadradas: quase toda a extensão da Cidade Iridescente:

DIANTE DA LUZ SEMPITERNA DOS SÓIS DE APHRIKÉ...

Orin estremeceu, sentindo seu corpo gelar. Este havia sido o poder que ela sentira no momento do parto. A força bruta, selvagem, de um grito telepático maior do que o conjunto reunido de uma dezena de Orines. Era espantoso, seu filho. Glorioso como um sol. Não! Mais que isso: radiante como a própria Hora do Esplendor. Se fêmea fosse, seria a mais magnífica dentre as Orines. Sendo macho, a intensidade dessa voz o tornava perfeito para o Ilê Arimeo. É óbvio que ele escolherá *os Arimeos*, pensou Orin.

...DECLARO A TODOS O MEU NOME PRÓPRIO...

Olu deu um passo pra trás, intimidado pela voz psíquica do filho. Naqueles velozes segundos, o arquiteto só conseguia pensar: *como é possível? Como é possível que um pai ignore as totais capacidades do próprio filho biológico? Tamanho poder...* – Olu pôs as mãos nas têmporas, pois mal conseguia raciocinar com clareza diante daquele urro. – *...tamanho poder o tornará um@ magnífic@ Monge! Está explicado o interesse especial de Sua Esplendecência por ele! Meu filho é @ próxim@ Monge Supremo!*

...CIENTE DA IRREVOGABILIDADE DE MINHA ESCOLHA...

Tanto Monge 3921 quanto Monge 5054 ergueram um escudo psíquico de Ápata, preocupad@s. Era evidente para amb@s que o rapaz não estava acostumado a utilizar toda a intensidade de sua voz telepática. Pelo visto, o garoto passara os últimos anos se contendo, e escolhera um péssimo momento para se exibir. 3921 temia uma eventual perda de controle. Se isso ocorresse, a Polícia do Pensamento precisaria agir. 5054, por sua vez, vislumbrava apenas perigo. 5054 estava cert@. Nunca houve tanto perigo numa declaração:

...*EU SOU ITZAK. EU EXISTO PARA O PROGRESSO CIENTÍFICO.*

O clamor de assombro era esperado, mas ainda assim fez subir um arrepio na espinha do filho de Orin-Olu. A escolha do nome "Itzak" era, por diversas razões, bastante inconveniente. Mas o filho de Orin-Olu estava disposto a confrontar cada objeção. Arimeo 500 foi o primeiro a se manifestar e o fez com tradicional elegância, embora o franzir da testa e as cores mais escuras em sua aura traíssem o abalo que ele sentiu. Arimeo estava tão perturbado, que nem sequer se valeu de telepatia para falar. Limitou-se à voz comum, sendo retransmitido pel@s Monges presentes:

— Bem, isso foi mesmo impressionante, meu caro — disse ele, limpando um discreto filete de suor que lhe escorria pela testa. — Você herdou a voz psíquica de sua mãe-gênese... Mais que isso, eu diria. Uma luminosa entrada na maioridade, devo dizer. Entretanto, a escolha de um nome próprio depende da aprovação de seus pares. É esperado que um adulto saiba escolher o nome que o definirá até o fim da vida. Alagbawo-Re 930 apostou na tese de que você é mesmo adulto. Você deseja envergonhar a pessoa que ajudou em seu nascimento?

O filho de Orin-Olu olhou para baixo, para o público, e pôde ver as figuras de seu pai-gênese e de Alag, misturadas à plateia. Olu fazia um firme sinal de "não", mas Alag estava apenas boquiaberto. O rapaz fingiu nada ver, e disse:

— Nem me passou pela cabeça envergonhar o luminoso Alagbawo-Re 930. Não há vergonha alguma em escolher o Ilê Itzak.

— Certamente, não há — disse Arimeo, sorrindo sem prazer. — Mas o fato é que não há Ilê Itzak, meu jovem. O macho conhecido como Itzak 41, último membro desse grupo, desapareceu antes de eu mesmo existir. Você não tem orientador, filho de Orin-Olu. Não há nem sequer um Itzak vivo que possa treinar você. Você deve ter esquecido desse detalhe...

— De forma alguma. Estou ciente de que o último Itzak está morto há anos.

Arimeo riu. Uma risada nervosa, que traía sua crescente irritação.

— Pois então, não há o que discutir! Se você conhece as leis, qual seria a sua motivação ao evocar um nome morto numa festa sagrada como essa? É o veneno da soberba que move seus corações? O artigo quarto da lei do nome próprio é claro como a luz branca de Osala e é ensinado a vocês ainda na infância: *todo nome deve ser escolhido em função da existência de pelo menos um orientador-representante deste Ilê*. Não há Itzakes! Este Ilê está extinto! Sem orientador, sem nome! Escolha outro Ilê!

Lá embaixo, Olu mal conseguia conter a erupção do veneno da ira em sua própria aura. Pequenas manchas marrons surgiam tão rapidamente quanto desapareciam, à medida em que Olu se purificava, auxiliado por sua esposa, que a ele se aconchegara.

— Esse garoto vai me causar morte antecipada de tanta vergonha! — disse Olu, apertando forte a mão de Orin. — Você estava sabendo desse plano insano, minha luz?

— Claro que não, Olu! Ele escondeu sua intenções até o fim! Achei que ele fosse escolher o Ilê Arimeo!

— Eu vou interferir. Até que seu nome próprio seja aprovado, eu ainda sou o pai-gênese dele! — disse Olu, mas foi detido por 5054.

— Rogo que não o faça, senhor. A lei é clara: *livre de qualquer coação ou induzimento*. Qualquer escolha que o rapaz fizer, será unicamente responsabilidade dele.

— 5054 tem razão, meu senhor — disse 3921. — Caso o senhor intervenha, será acusado de veneno da soberba. O rapaz é tecnicamente adulto, e deve arcar com as consequências de suas decisões.

Antes que Arimeo pudesse dizer qualquer outra coisa, o filho de Orin-Olu sacou da bolsa um registro de cristal diamantino de tamanho significativo. Mal cabia numa mão. Arimeo se assustou ao ver o tamanho daquele cristal. Teria a provável capacidade de armazenamento de três mentes, talvez bem mais. O filho de Orin-Olu se adiantou e, elevando o cristal diamantino para que todos pudessem vê-lo, declarou telepaticamente:

O artigo décimo de nosso Direito Civil afirma, sem dubiedade de interpretação: "registros diamantinos são expressões cristalinas da consciência e, para todos os efeitos, são considerados vivos após serem carregados com pensamentos, pois vida é informação".

Arimeo, pasmo com a ousadia, adiantou-se para examinar o sólido geométrico. Parecia legítimo. Sua lapidação icosaédrica traía a antiguidade do objeto. Há dezenas de anos que não se lapidavam mais icosaedros diamantinos, por serem complexos demais, grandes demais e, portanto, considerados desnecessários. O rapaz, hesitante, quase recolheu a mão, num gesto reflexo de proteger o cristal. Mas relaxou e continuou, em sua transmissão para a cidade: *Este é o registro diamantino pessoal de Itzak 41. Ele armazenou a própria mente, inteira ela, neste icosaedro. Neste cristal, encontraremos todo o conhecimento acumulado pelo Ilê Itzak. E, se bem entendi nosso direito civil, este registro diamantino é uma pessoa. Uma pessoa cristalina, uma inteligência artificial. Rogo que a mente contida neste cristal seja autorizada como meu orientador.*

A multidão ficou pasma. Arimeo estava mais perturbado do que seria capaz de admitir, embora sua aura revelasse o constrangimento que sentia naquela hora.

– Onde você conseguiu isso? – perguntou Arimeo, tomando o registro em suas mãos. – Ninguém sabia que Itzak 41 havia feito uma cópia integral da própria consciência.

– Que desapontamento, não é mesmo? – disse o filho de Orin-Olu. Abaixo deles, a aura de Olu estava quase verde-escura de tanta vergonha. Orin, por sua vez, tinha substituído sua apreensão por fascínio. Ela nunca imaginara do que o garoto seria capaz. Confrontar assim o maior dos Arimeos exigia uma ousadia que fazia a escolha do rapaz fazer todo o sentido. Ele era mesmo um Itzak.

Encontrei o registro por acidente, no Templo da Memória do Ilê Tulla – disse o filho de Orin-Olu, olhando para mim, ele mesmo com um leve sorriso na face. – *Eu estava estudando a história de nossa cidade, e me deparei com este icosaedro, perdido entre dezenas de outros registros diamantinos. Ele é inerte em quaisquer mãos e se encontrava no Templo da Memória como uma peça de museu. As Tullas o consideravam um cristal vazio. Ocorre que ele é ativado apenas quando tocado por alguém cujos padrões psíquicos sejam merecedores do Ilê Itzak. Este icosaedro se iluminou assim que o toquei e se anunciou a mim. Deliberei por muito tempo sobre o que faria com isto, e não conversei com ninguém a respeito. Minha decisão é livre de qualquer coação. Minha decisão é livre de qualquer induzimento. Eu sou um Itzak.*

Arimeo não se dava por vencido. Ergueu o cristal o mais alto que pôde, com ambas as mãos. Declarou em alta voz, no que foi transmitido para os presentes com a ajuda d@s Monges. Ele estava ficando cansado, e odiava que sua fraqueza fosse tão pública:

– Isso é ridículo! Um cristal não é uma pessoa! Ninguém pode ser orientado por um registro diamantino!

O Código de Direito Civil escrito pelos Agbejoros afirma que cristais armazenadores de memórias são pessoas! – insistiu o filho de Orin-Olu com sua humilhante voz telepática.

– Isso é uma interpretação sua! – disse Arimeo entre os dentes, à medida em que uma flor marrom desabrochava em sua aura, na região entre os dois corações. – Você não pode querer que tomemos uma metáfora como algo real! Acessar este cristal não é o mesmo que ser orientado por Itzak 41, ele está morto! Morto! É impossível interagir com uma gravação!

Desistindo de ser paciente, o filho de Orin-Olu tomou o cristal de volta em suas mãos e concentrou nele a sua consciência, enquanto entoava um mantra evocativo: *mo juba akódá... mo juba akódá...*

Arimeo estava prestes a gritar protestos e impropérios, quando se viu diante da assustadora imagem ampliada da cabeça de um macho a pairar sobre a multidão. A cabeça flutuante tinha as mesmas dimensões do Jardim de Ailopin, flutuava a cem medidas de altura e ostentava um sorriso aberto e olhos tão vivos quanto os de qualquer um dos presentes. Sango parecia o terceiro olho daquela cabeça holográfica. Sem mover os lábios, a entidade transmitiu sua mensagem para o cérebro dos que estavam ali:

Saudações, tediosos conterrâneos. Não faço a menor ideia de quem está me ouvindo, e devo dizer com toda sinceridade que isso pouco me importa. Se estou sendo transmitido, é porque este cristal foi encontrado e acionado por uma mente adulta afinada com a minha. Oh sim, tomei o cuidado de erigir um bloqueio protetivo. A matriz psíquica aqui registrada só pode ser disparada quando diante de uma mente ainda sem Ilê, mas cujos padrões sejam similares aos meus. Não é um procedimento difícil, sabiam? Ah, minha pergunta é retórica, é claro que vocês não sabiam disso. Pois bem, aquele que conseguiu acionar este registro diamantino é, por direito, meu herdeiro psíquico. A ele o Ilê Itzak deve ser confiado para o bem coletivo de Aphriké e dos sóis sempiternos, glória, glória, etcétera, etcétera. O resto do texto vocês sabem muito bem qual é, então me poupem de declará-lo inteiro. Desconheço quem será meu herdeiro, pois a essa altura das circunstâncias eu já devo ter me convertido numa frondosa árvore, embora não figure na macabra Floresta Ébano. Nunca gostei de companhia, não é depois de morto que eu iria apreciá-la.

Estávamos mudos de pavor. Kay apertou meu braço com força como se sentisse medo, mas ao mesmo tempo soltou uma gargalhada nervosa e sua aura ficou verde e brilhante. Nenhum de nós jamais havia visto nada como aquilo. Era como se Itzak 41 estivesse de fato ali, agigantado, diante de todos. Em nada parecia com uma simples gravação. A entidade possuía densidade, emitia calor e ribombava em nossas mentes com a assinatura típica de alguém vivo, poderoso, entusiasmado. Após uma curta pausa, a gigantesca cabeça flutuante continuou seu discurso:

Eu não vejo vocês, mas imagino que nossa cultura ainda esteja submersa em sexismo estúpido, e meu herdeiro necessariamente terá um pênis entre as pernas. Espero que o rapaz tenha mais oportunidade de usar seu membro viril do que eu mesmo tive. Mas, enfim, terminadas as formalidades, solicito que o Ilê Monástico reabra o Ilê Itzak e conceda livre acesso ao meu herdeiro.

Arimeo, boquiaberto e com a aura quase inteiramente marrom, não parecia disposto a se dar por vencido.

— Protesto! Isso é uma gravação! Uma inteligência artificial! Uma inteligência artificial não tem condições de ser o orientador de uma pessoa!

Para nosso horror, a gigantesca projeção da cabeça flutuante voltou-se na direção de Arimeo, olhando para ele com aqueles imensos olhos negros, e disparou:

Claro que posso orientar o rapaz. Sou um intelecto artificial, mas sou interativo. Imaginei todas as possíveis perguntas, dúvidas e diálogos, e estabeleci respostas para cada uma delas. Imagino, por exemplo, que essa objeção estúpida tenha sido feita por algum conservador e ciumento Arimeozinho. Minha matriz psíquica detecta seu rubi sanguíneo, mas não sei seu número e nem faço questão de saber. O fato de eu ser uma inteligência artificial não me torna menos inteligente. Devo ser mais inteligente do que você, seu tolo! Quem quer que tenha escolhido meu Ilê, é adulto. Nenhuma pessoa de cérebro imaturo seria capaz de acionar este registro diamantino. Você não pode interferir na escolha de adultos. Cuide de sua vida! Abra esta sua mente estreita e pequenina!

Arimeo não era a única pessoa boquiaberta. Os membros do Ilê Monástico estavam pasmos, os machos do Ilê Agbejoro discutiam entre si, alguns apoiando e outros criticando o filho de Orin-Olu. Monges e Agbejoros decidiram, enfim, transmitir o dilema na direção de Monge Supreme 1920, o mais rápido possível. Olu havia alternado da vergonha para o espanto. Orin e Kay se entreolhavam, chocadas. Alag tinha os olhos arregalados e estava mudo. Apenas 5054 permanecia indiferente, e 3921 se preparava para quaisquer problemas e desordens que pudessem ocorrer.

Quanto a mim, acho que foi naquele exato momento que me apaixonei por Itzak 42. Não era uma paixão sexual, entendam-me bem. Meu desejo era exclusivo por fêmeas, e ele era um macho assexuado. Mas eu tinha acabado de encontrar em Itzak 42 uma espécie de parceiro de alma, alguém mais ousado do que eu mesma jamais havia sido. Ele era inspirador, imprevisível. Ele era como uma das orquídeas de Fulgor, e esta flor nenhum Arimeo haveria de conseguir podar!

A um silêncio de dez segundos, seguiu-se um ressoar telepático de aprovação. *Autorizem a escolha!*, emitiam uns. *Não há impedimento legal!*, bradavam outros tantos. Arimeo 500 continuava a objetar, seu desagrado exposto a todos pelo marrom repulsivo de sua aura. Preocupei-me um pouco com meu ex-pai. Até que ponto a Polícia toleraria o veneno da aversão que ele demonstrava em seu campo energético? Eu não nutria nenhum especial afeto por ele, mas sua dor não mais me comprazia. Procurei Ranya 722 com a mente, mas não a encontrei e achei isso muito estranho. Onde estaria minha ex-mãe?

Na minha opinião, era muito nobre optar pelo Ilê Itzak. Não tinha sido Itzak 22 aquele que decifrou os movimentos dos sóis de Aphriké? Aquele que demonstrou que Sango, ao contrário do que se pensava, movia-se pelo céu, ainda que muito lentamente? Antes disso, a crença vigente, rotulada de "verdade científica", era a de que os sóis Sango e Osum eram esferas imutáveis de luz, incrustadas na abóbada celeste sempiterna, enquanto os outros quatro sóis se moviam.

Diante da dúvida dos Agbejoros e das objeções de meu ex-pai, apenas Supreme 1920 poderia vaticinar, ou não, a vontade do filho de Orin-Olu.

A mensagem psíquica atravessou Iridescente e retornou em menos de cinco segundos. Dez Monges se adiantaram, erguendo os braços e fazendo um grande "V" na direção dos sóis. Um claro sinal de aprovação. Supreme 1920 havia dito "sim". E este foi ao mesmo tempo o momento mais feliz e o último instante do filho de Orin-Olu. A partir de então, ele não seria mais filho de ninguém. Seria irmão de todos. Mas não "igual" a todos. Isso ele não poderia ser, ainda que se esforçasse.

Itzak 42 era uma orquídea.

Surge, então, o Quadragésimo Segundo Itzak! Que sua vida seja resplandecente! – declararam dez Monges em uníssono, para total desprazer de Arimeo 500.

– 42... – murmurou o jovem, sorrindo, suas emoções mantidas incógnitas em sua aura prateada. – Eu sou Itzak 42!

∞

Kayera 777, irmã biológica do mais novo membro do Ilê Itzak, foi a primeira a saudá-lo com um amplo sorriso e os olhos negros brilhando de animação. Seu rosto irradiava genuíno calor telepático e sua aura explodia no padrão multicor clássico de pessoas muito felizes. Kay estava quase nua, conforme convinha, mas eram tantas cores ao seu redor que mal era possível ver seu corpo. Ela correu até Itzak, deixando atrás de si um rastro colorido.

– Meu ex-irmão biológico, nascido para chocar! Itzak 42, hein? Uma grande responsabilidade!

– Meus parabéns, Itzak 42! – disse eu. – Você me encheu de assombro em seus dois nascimentos: o físico e o espiritual. Admiro você, você é uma pessoa de coragem!

– Obrigado, Tul. Espero que você me considere à altura do desafio, Kay!

– Não tenho dúvida de que você está à altura. Agora venha, meu antigo irmão. Tome meu braço e vamos encontrar nossos antigos pai e mãe. Eles devem estar desconcertados, portanto seja paciente.

Ao se deparar com Olu e Orin, aquele que passara a se chamar Itzak 42 não pôde deixar de notar que sua antiga mãe havia chorado, em contraste ao seu pai, como sempre duro tal qual rocha rubra do Deserto de Outrora.

– Pai... Mãe... – principiou Itzak.

– Por favor, não nos chame assim! – disse Olu. – Não é apropriado! Você é um adulto agora, e adultos não têm "pais" ou "mães". Saúdo você, Itzak 42, como meu irmão cidadão e me orgulho de ter cumprido o meu papel de pai-gênese. Embora, devo dizer, a sua escolha me incomode um pouco.

Antes que pudesse responder qualquer coisa, Itzak foi envolvido pelo abraço emocionado de Orin.

– Ah, meu filho biológico, meu bebê... Sentirei tantas saudades!

– Orin, por favor... – disse, constrangido, Olu. – Essas Orines, sempre inclinadas ao drama. Por que não são fêmeas racionais e pragmáticas como as Tullas ou as Kayeras?

– Não seja tão severo, Olu – disse Itzak, enquanto abraçava a mãe, a única pessoa a quem ele tocava sem se incomodar. – E não se preocupe, irei chamá-lo pelo nome, é tudo uma questão de costume. Não tome como desrespeito ou desonra se eu me dirigir a você como "pai", eventualmente. Leva tempo até perder velhos hábitos. E mãe... Orin... não precisa entrar em desespero. Eu não irei sumir, ora! Uma coisa é rejeitar o apego, outra muito diferente é deixar de sentir afeto pelas pessoas que fazem parte de minha história.

Enxugando as lágrimas, Orin sorriu e acariciou Itzak na face, deixando um rastro azulado em seu gesto.

– Ah, meu querido! Eu sempre disse que você era especial! Você não é deste mundo!

Olu torceu o nariz, como sempre fazia quando escutava expressões Cultistas.

– Detesto metáforas. "Você não é deste mundo". Quanta bobagem, Orin, francamente! E de que mundo seria ele? Tudo o que existe é Aphriké, e apenas Aphriké! Nada há além de Aphriké!

– É só uma expressão, é modo de falar, hábito. Não seja desagradável, marido!

Kay, que apenas aguardava a deixa, os interrompeu.

– Uma curiosidade: agora que seus dois filhos já receberam a sanção da maioridade, vocês continuarão casados? Vocês pretendem renovar o contrato, agora que suas responsabilidades procriadoras e educacionais foram cumpridas?

– Bem... – disse Olu, sua aura levemente enrubescida. – Eu ainda não conversei sobre isso com Orin, e bem sei que a manutenção de nosso contrato poderá ser interpretada como veneno do apego pelos outros cidadãos de Iridescente, mas...

Kay pulou no pescoço daquele que um dia havia sido seu pai-gênese, tapando sua boca com a mão direita.

– Nem mais uma palavra, meu caro Oluya-Woran 30, ex-pai! O que os outros cidadãos pensam ou deixam de pensar não tem relevância. Renovem os votos! É evidente que a relação de vocês ultrapassa a mera responsabilidade educacional por crianças que nem sequer existem mais. Sinto cheiro de amor... De felicidade...

Orin riu, e se juntou à ex-filha no abraço colorido a Olu. Itzak assistia a tudo, sorrindo. Eram raros aqueles momentos de alegria tão espontânea e, ainda que tais demonstrações fossem consideradas de pouco pudor pelos demais, uma voz dentro de Itzak dizia que nada de mau havia ali. Como poderia algo que dá boas sensações ao corpo ser considerado ruim?

Olu também parecia gostar bastante do contato físico com sua esposa e sua ex-filha. A diferença é que ele não gostava de gostar.

— "Felicidade"... Lá vem você novamente com essa filosofia individualista – disse Olu. – A felicidade é um valor coletivo, Kayera 777! O que define a felicidade é o nosso papel dentro da Cidade Iridescente!

– Se me permite, Trigésimo – disse 5054, que até o momento havia permanecido impassível e quase invisível, como de costume. – Se sua união com a senhora Orin 53 faz bem ao espírito de ambos, podemos concluir a partir daí que é um amor que serve ao bem comunitário. Não é mera paixão egoísta. Orin canta melhor porque o senhor existe. O senhor projeta construções mais belas porque ela existe. Vocês são como dois sóis, que brilham melhor quando unidos em conjunção. E assim se dá a glória plena de Aphriké.

– Admita que o discurso de 5054 faz sentido, Olu, meu sol! – disse Orin. – Seus desenhos são melhores quando canto pra você!

Todos riram, irrompendo em luzes áuricas violáceas. E Olu não pôde evitar o pensamento de como sua esposa ficava linda ao rir tão alto, sua aura explodindo num brilho capaz de rivalizar com a luz do Esplendor.

5

Viver com metade de si
(Onze anos para o fim do mundo)

Aproveitando que a maioria das pessoas estaria na Festa do Nome em Ailopin, Ranya 722 e Ewi 4300 atravessaram correndo a Floresta Ébano rumo ao início do Vale de Iyalenu. Havia muita energia solar disponível e, levando em conta que ambas eram excelentes corredoras, em pouco tempo chegariam onde queriam sem serem interrompidas. O problema é que, quanto mais para o leste elas se deslocassem naquele momento, menos sóis haveria no céu. Seria preciso poupar energia.

Durante o trajeto, Ewi solicitou às árvores que comunicassem quaisquer riscos de interrupção. Quem ouvisse Ewi entoar seus mantras acharia que ela estava apenas meditando, mas as Majestosas Ébano entendiam cada instrução dada. Ranya jamais cessava de se fascinar quando diante das capacidades de sua irmã em espionagem.

Enquanto corriam, comunicavam-se por telepatia, e Ranya disse:

Acho incrível que as árvores pensem e se comuniquem. Se os Alagbawo-Res soubessem disso, tudo mudaria no tocante às ideias de "consciência" e "inteligência". Mesmo o conceito de "morte" seria reformulado.

Quando tudo isso acabar, se acabar, terei o maior prazer em traduzir o pensamento das Majestosas Ébano aos Alagbawo-Res. Você corre bem, irmã Ranya – disse Ewi.

Treino todos os dias, mas os quatro sóis reunidos ajudam. Quem sabe um dia correremos tão rápido quanto Monge Supreme 1920?

Podemos tentar, no próximo Esplendor. Agora concentre-se e corra, Ranya! Eu vou aumentar a velocidade. Siga-me, se for capaz!

Desafio feito, Ewi passou de trinta e oito mil medidas por hora para quarenta e cinco mil medidas por hora. Respirando fundo, Ranya imprimiu mais força às pernas e não teve grande dificuldade em correr ao lado de Ewi. De tão velozes, levantavam poeira atrás de si. Sem interrupções, elas alcançariam em breve o ponto de encontro estabelecido por Abasi. Dado o avançar das órbitas solares, era mais do que provável que ele já tivesse chegado, trazendo o instrumento necessário ao avanço dos planos.

Não estavam erradas. Entre uma aurora e um crepúsculo do sol Omulu, Ranya e Ewi chegaram ao ponto combinado no Vale de Iyalenu, e lá encontraram Abasi. Ele parecia esgotado, e sua aura estava amarelo-escura de preocupação.

— Algum problema com Lah-Ura? — perguntou Ranya.

— Oh não, está tudo bem com ela, na medida do possível — disse Abasi. — Há poucos sóis no céu, e ela enfim pôde sair daquela horrível construção pra dar um passeio. Estou apenas triste com a evolução de sua sina. A cada momento que passa, mal consigo tocá-la. É angustiante não poder abraçar a própria filha.

— A situação piorou tanto assim? — quis saber Ranya.

— E como! Antes, eu podia me aproximar quando havia pouca luz. Mas agora? Agora nem isso. Ela mal toca o chão enquanto caminha. Quando sai pra dar uma volta, precisa ser ancorada por correntes — disse Abasi.

— Pobrezinha... — disse Ranya.

— Ela é uma Iranse fêmea. Iranses fêmeas não pertencem ao mundo, e sim às estrelas. Chegará o momento em que ela ascenderá aos céus, rumo ao coração do sol branco, rumo ao Menino-Deus, libertando-se das ilusões de Aphriké — disse Ewi. — Assim me dizem as árvores, assim declaram as Majestosas Ébano.

— Eu sei muito bem o que ela é — disse Abasi, um pouco irritado com o discurso messiânico de Ewi. — Queria eu que ela fosse um Iranse macho. A mutação deles não é tão poderosa, há menos efeitos colaterais. São mais adaptados ao nosso mundo. Lah-Ura nunca deveria ter nascido em Aphriké. Com aquela pele, ela foi feita para um mundo com menos luz, um mundo com apenas um ou dois sóis, no máximo.

— Há de existir alguma razão para tudo isso — disse Ewi. — Inescrutáveis são os desígnios de R'av. Se tudo ocorre conforme a vontade divina, que tipo de deus inseriria defeitos em sua urdidura? Deus não cria nada com defeito.

— A não ser que seja um deus principiante, incerto de seus atos. Um deus confuso — disse Abasi, fazendo Ewi se sentir chocada. — Ou, como o chamam, um *Menino*-Deus.

— Tire-me uma dúvida, Abasi — pediu Ranya. — Antes de aderir ao Cultismo, você era um Alagbawo-Re. Há alguma explicação para a diferença entre Iranses machos e fêmeas?

– Eu tenho uma hipótese. Imagino que existam caracteres hereditários transmitidos de uma geração para outra. Chamo estes caracteres de "genes", pois geram coisas.
– Como assim? – perguntou Ewi.
– Os caracteres sexuais masculinos são do tipo "$\Delta\nabla$" e os femininos são do tipo "$\Delta\Delta$". A mutação Iranse é transmitida tanto pelo aspecto "Δ" quanto pelo "∇", mas são necessários dois caracteres alterados numa mesma pessoa, para que ela nasça anormal. Por alguma razão, o aspecto ∇-Iranse não tem a mesma força do aspecto Δ-Iranse. Os machos alterados apresentam as mutações, porém elas são mais moderadas do que as de uma fêmea que possua dois aspectos Δ-Iranse... como é o caso de Lah-Ura.

Ranya pensou por alguns segundos, e pareceu entender a ideia:
– Se você estiver certo em sua hipótese, isso explica porque o filho de Orin-Olu parece tão normal se comparado a Lah-Ura. O tal caractere ∇-Iranse, paterno, minimiza o poder do Δ-Iranse transmitido pela mãe-gênese.

Abasi confirmou, e continuou:
– Resta evidente que Olu é um macho normal. Seu caractere "∇" é alterado, mas o "Δ" é normal. Orin, por sua vez, possui apenas um caractere "Δ" mutagênico, insuficiente para torná-la uma Iranse. Os caracteres mutantes, porém, foram transmitidos ao filho do casal. As chances eram altas de eles terem um filho alterado: uma em cada quatro reproduções resultaria em uma criança estelar. Em um ministro dos sóis: o Iranse.

– Se o que você diz procede, Kayera 777 teve muita sorte – observou Ranya.

– Tudo isso soa muito complicado para mim – disse Ewi. – É muita especulação, muita tentativa de explicar o insondável. Prefiro os caminhos do mistério e da fé. Os Iranses são o que são por um desígnio oculto de R'av, o Menino-Deus.

Abasi sorriu, complacente, e continuou suas teorias:
– Seja o que for, os "desígnios ocultos de R'av" prejudicam as fêmeas, mas não tanto os machos. O filho de Orin-Olu não sofre como Lah-Ura. Nem sofre como os outros bebês-fêmeas que não pudemos salvar.

– Eis uma vantagem: ao menos ele pode andar livremente – disse Ranya. – Nem sei o que eu poderia ter feito se Orin tivesse parido uma fêmea com todos os traços mutantes.

— Provavelmente o mesmo que eu precisei fazer — disse Abasi. — Aquela gente teria sacrificado a menina. Por que você acha que fugi de Iridescente às pressas e abandonei o restante de minha família? Não me restava escolha, Ranya! Essa dádiva... maldição... seja lá o que for... essa coisa atormenta gerações de famílias há ciclos e ciclos de Osala! E como os Alagbawo-Res lidam com isso? Varrem tudo para debaixo das pedras! As meninas, condenadas à morte. Os meninos, "normalizados" pela medicina. Patético!

Ranya tocou a fronte de Abasi, imprimindo um gentil toque lilás de paz e respeito. Abasi, por sua vez, sorriu em gratidão. Ranya sempre fora uma amiga magnífica e uma aliada muito útil, sob diversos sentidos.

— Você fez o que foi preciso, meu querido — disse Ranya. — E as coisas correm bem, apesar dos contratempos. O filho de Orin-Olu se tornou adulto hoje, conforme previsto, e há pouco anunciou seu nome próprio. Ele agora é, pasme, Itzak 42.

Abasi atirou a cabeça para trás, dando uma sonora gargalhada. A primeira vez que ria, em muito tempo.

— Quão inesperado, não é mesmo? Posso imaginar a aura de Arimeo 500. Deve ter ficado imunda de horror!

— As árvores me confidenciaram que ele ficou muito irritado — disse Ewi.

— Bem, isso é divertido, mas não representa nenhum grande avanço em nossos objetivos — falou Ranya. — Menos mal que o rapaz tenha se tornado um Itzak, e não um@ Policial do Pensamento. Dada a proximidade entre ele e Supreme 1920, eu temia pela conversão do filho de Orin-Olu numa arma contra nós.

— Seria um horror! — disse Ewi. — Que terrível seria ter Iranse contra Iranse!

— Sim — concordou Ranya. — Ainda que ele não seja poderoso como Lah-Ura, poderia se tornar uma ameaça temível. Ao contrário de Lah-Ura, Itzak pode caminhar sob a luz dos sóis. Isso é uma vantagem respeitável!

— Deveríamos tê-lo sequestrado enquanto era apenas um menino — disse Abasi. — De nada adiantaram nossas tentativas de iluminá-lo, todo aquele tempo dedicado à construção do ovo cósmico informativo... quanto desperdício!

Ranya negou a possibilidade, veementemente.

— Sequestrar o menino de Oluya-Woran 30 ainda bebê? Abasi, isso teria sido guerra declarada contra Kalgash. Eu abduziria qualquer criança, mas fazer isso com o filho do arquiteto mais influente da cidade seria um convite à destruição. Teríamos toda a Polícia do Pensamento em nosso encalço em menos de um ciclo de Yewa.

— Você está sendo otimista — disse Ewi. — Teríamos Supreme 1920 em pessoa comandando um exército de Monges! Não convinha arriscar! Lah-Ura tem limites!

— E o que faremos agora? — perguntou Abasi. — O rapaz está mais inserido do que nunca na cultura de Iridescente. Ele teve Supreme 1920 como educador@! É evidente que será fiel à Sua Luminescência.

— Não creio que a explosão do ovo cósmico tenha sido em vão. A semente foi plantada, ele vislumbrou as estrelas — disse Ranya. — Itzak 42 é um bom rapaz. Pode ser amigo de Supreme 1920, mas não vejo isso como uma ameaça. Todos sabem que Supreme 1920 repudia ações bélicas e parece não se importar tanto com crenças criacionistas.

— Eu consigo até vislumbrar vantagens na relação entre os dois — disse Ewi. — Itzak 42 poderá vir a ser uma ponte de acordo com Supreme 1920. Poderá convencê-l@ da existência de R'av, da Escuridão e de Esú-Elegbá, o sol negro.

Abasi não estava tão confiante:

— Gostaria de ter o otimismo de vocês duas. Mas eu conheci muito daquela gente para atestar o quanto são dogmáticos em suas tradições. E não haverá onde se esconder quando a loucura tiver início. O horror ocidental irá nos alcançar.

— Estamos fazendo o possível e desafiando o impossível, não estamos? Você trouxe a corda? — perguntou Ranya.

Abasi retirou de sua aljava uma longa corda, oferecendo-a a Ranya. Tinha quatro medidas de extensão, e era cravejada de pedras brilhantes de uma ponta à outra.

— Magnífica! — disse Ewi, examinando o artefato. — Qual a natureza destas pedras?

— São espectrolitas — explicou Abasi. — Foi trabalhoso consegui-las, contamos com a colaboração de nossos infiltrados no Burgo Luminal Oeste. Mais trabalhoso ainda foi lapidá-las seguindo as detalhadas especificações de nossos especialistas em geometria sagrada.

— Ela é forte, Abasi? — perguntou Ranya.

— De acordo com Lah-Ura, esta corda seria capaz de conter Supreme 1920.

— Supreme 1920 tudo bem, mas isto aqui seria capaz de conter

um Iranse do calibre de Itzak 42? Espero não precisar usá-la, espero conseguir persuadir o rapaz. Mas, se não me restar alternativa, quero ter a certeza de que me será possível dominá-lo – disse Ranya.
– Oh, sim! – respondeu Abasi. – A corda foi testada na própria Lah...
– Luminoso R'av! – interrompeu Ewi. – Oh, não!
A poetisa, que até então parecia bastante calma, ficou alerta. Sua aura mudou de cor de imediato, assumindo uma tonalidade alaranjada de intensa preocupação.
– O que aconteceu? – perguntou Ranya.
– Um recado das árvores... – respondeu Ewi. – Três Monges vindo em nossa direção. Vêm em suas quadrirrodas, e passaram pela Floresta Ébano agora mesmo. Em alguns minutos, nesta velocidade, chegarão até nós.
– Mas não faz sentido... – disse Ranya.
– Não faz sentido, mas está acontecendo – disse Ewi.
– Alguém desconfia de vocês? – perguntou Abasi.
– Não que saibamos. As tiaras de proteção telepática funcionam até contra Supreme 1920 e Itzak 42 – disse Ranya. – A não ser que alguém tenha detectado você, Abasi. Você não usa tiara alguma, está sem pedras de proteção.
– Não me preocupei com isso. Meus escudos mentais sempre foram suficientes, e estamos muito longe de Iridescente. Não há como ninguém me detectar aqui.
– Pode ser apenas coincidência, uma patrulha de rotina – disse Ewi.
Abasi tocou o ombro de Ewi com delicadeza, seus olhos brilhando de expectativa.
– Minha cara, após tantos anos, aprendi que não existe isso de coincidência quando se trata do Ilê Monástico. Se você nunca concedeu morte antecipada a alguém antes, prepare-se para uma possível primeira vez. Se formos pegos, não poderemos deixá-l@s ir.
Ewi estremeceu, sua aura irrompendo em puro roxo-repugnância. Ela era uma poetisa. Uma poetisa-espiã, é claro, mas, ainda assim, uma poetisa. Antecipar a data da morte de alguém era algo impensável. Captando os pensamentos da amiga, Ranya disse:
– Algumas coisas não são agradáveis, mas são necessárias, irmã. Tentarei dar um jeito nisso, tenha confiança. Se tudo correr bem, não precisaremos retirar a vida de Monge algum@. E, se o fizermos, lembre do que Lah-Ura sempre diz: *tudo não passa de sonho e névoa, nosso mundo é falso.*

Sentad@s em suas quadrirrodas, @s Monges ultrapassavam com rapidez as árvores da Floresta Ébano. Em questão de minutos, alcançariam o Vale de Iyalenu. Guiavam em silêncio absoluto, concentrad@s em seus mantras de zeramento que faziam suas auras reluzirem em prata neutro impecável.

Não compreendo – disse Monge 6345, rompendo o silêncio telepático. – *Seríamos muito mais necessários em Ailopin, agora. A alegria da comemoração precisa ser modulada.*

Trata-se de uma operação investigativa de último momento – disse Monge 5100, comandante da expedição. – *Uma presença intrusa foi identificada no Vale de Iyalenu. Uma assinatura psíquica que não é de ninguém de Iridescente, nem de nenhum membro das comunidades ocidentais. Foi apenas um vago sinal, oscilante, um eco psíquico que vem e vai, mas deve ser investigado. Não podemos relaxar. Não com a possibilidade sempre presente de Cultistas nos invadindo.*

Há Policiais do Pensamento em Iyalenu? *Achei que estivessem tod@s concentrad@s em Iridescente, por conta da Assunção do Nome Próprio* – perguntou 6345.

O alarme não foi transmitido por nenhum@ Policial – disse 5100. – *O comando me foi dado por Supreme 1920. Sua Esplendecência identificou um possível intruso em Iyalenu.*

Espantoso! – disse Monge 5989. – *Eu sempre soube que Sua Esplendecência mantém uma conexão telepática com todas as mentes em Iridescente, mas jamais imaginei que el@ fosse capaz de ultrapassar a Floresta Ébano e alcançar o Vale de Iyalenu.*

Seu poder aumenta a cada ciclo de Osala – disse 5100. – *Sua Esplendecência parece não encontrar limites para seus poderes. Pouco a pouco, expande sua audição psíquica. Dizem que el@ mal alcançava os limites da Floresta Ébano, há meros dez anos. Hoje, alcança até os confins de Iyalenu. É como se el@ fosse cinquenta pessoas em uma.*

Avançaram em silêncio por muitos minutos, até que os olhos apurados de 5989 divisaram o que pareciam ser duas silhuetas a apenas algumas medidas de distância.

Duas pessoas avistadas, Policiais. Pelo brilho de suas auras e pela altura de seus corpos, parecem ser fêmeas – disse 5989.

Sondagem psíquica iniciada, um momento... – disse 5100. – *Sim, são duas fêmeas: Ewi 4300 e Ranya 722.*

O *que fazem elas tão longe de Iridescente num dia de festejos importantes?* – questionou 5989.

Saberemos em breve – respondeu 5100. – *Contato estabelecido, estão nos aguardando.*

Devo erguer escudos preventivos? – interpelou 6345.

Não há necessidade – replicou 5989. – *Ewi 4300 e Ranya 722 são duas cidadãs muito respeitadas e sem passagens pelo Templo da Purificação. São idôneas e suas fichas são tão limpas quanto os pensamentos de Supreme 1920.*

Estacionaram suas quadrirrodas e se aproximaram das duas fêmeas. Elas estavam paradas, aguardando, e o suor em seus corpos demonstrava que haviam corrido. 5100 foi @ primeiro Monge a se aproximar:

– Algum problema, cidadãs? Por que estão longe da cidade em tão alegre momento?

– Está tudo bem, Policial. Praticávamos corrida, e só.

– Mas justo hoje? – perguntou 5989. – Justo na Festa do Nome?

– Somos tão ocupadas, e a Festa do Nome nos pareceu um bom momento para treinar, já que não somos necessárias – disse Ranya, sorriso estampado no rosto, pensamentos protegidos pelo cristal alterado em sua tiara.

– Eu a desafiei a uma corrida – disse Ewi. – Sempre quis comparar minha performance com a de Ranya 722. Ela é uma notória corredora.

6345 sorriu, complacente, e disse:

– Não há problema em praticar corrida, a disciplina do corpo faz bem à mente. Mas é perigoso ir tão longe dos limites de Iridescente, cidadãs! Vocês estão numa região onde já foram avistados muitos intrusos orientais. Recomendamos que retornem conosco, para sua própria proteção. Vocês podem vir em nossas quadrirrodas, há espaço para passageiros.

Ranya e Ewi se entreolharam, sorrindo e disfarçando o alívio.

– Sem problemas quanto a isso, Policial. Agradecemos a escolha – disse Ewi. – Estávamos mesmo ficando cansadas.

– Um momento... – disse 5100. – Supreme 1920 está falando em minha mente.

– A telepatia de Monge Supreme 1920 alcança o Vale de Iyalenu? – perguntou Ranya, tentando disfarçar a apreensão em sua voz.

– Parece incrível, mas alcança – respondeu 6345. – Sua Esplendecência é mesmo espetacular! El@ identificou uma assinatura psíquica em Iyalenu. Só não sabia dizer que eram vocês duas. Fascinante, não é mesmo?

— Oh, fascinante sem dúvida... — disse Ewi, disfarçando o receio que sentia.

Os pensamentos de Ranya e Ewi estavam protegidos pelas pedras alteradas nas tiaras de ambas. Mas Monges eram habilíssim@s em identificar problemas na linguagem corporal e eventuais altercações nas modulações da voz. Um deslize, e el@s perceberiam que elas estavam mentindo.

Abasi, por sua vez, estava invisível, graças aos escudos ensinados por Lah-Ura. Tudo o que precisava era manter a autoconfiança e sustentar a sensação de segurança.

5100 pôs as mãos nas têmporas, tentando modular a intrusão psíquica vibrante de Supreme 1920. Entendeu o que lhe estava sendo transmitido e declarou, alarmad@:

— Monges, elevem os escudos! Sua Esplendecência diz que a assinatura psíquica identificada não é nem de Ranya 722, nem de Ewi 4300! Há outra pessoa aqui, mas seus pensamentos vêm e vão!

— Aqui? Não há ninguém aqui. Não vimos ninguém. Sua Esplendecência deve estar enganada... — disse Ranya.

— Monge Supreme 1920 jamais se engana — disse 6345, em repreensão. — Cogitar tal coisa é veneno da mente, cidadã Ranya 722. Veneno da dúvida imprópria.

Ranya uniu as duas mãos e inclinou a cabeça para baixo, pedindo perdão. 6345 aquiesceu, ainda que incomodad@ com a insinuação da assistente de nascimentos.

— Estaria a tal entidade escondida em algum lugar? — perguntou 5989.

— Não consigo imaginar onde. Há apenas algumas árvores esparsas, e conseguimos ver todos os detalhes delas — disse 5100. — Se há outra criatura aqui, ela está invisível. Já houve casos de invasores Cultistas demonstrarem o dom da invisibilidade.

— Se isso é verdade, deveríamos ir embora agora mesmo — disse Ewi, falsificando cores de preocupação em sua aura e impondo a si mesma um tremor na voz.

5100 se aproximou de Ewi e Ranya, e ordenou:

— Fiquem próximas a mim, para que eu possa protegê-las com um Escudo de Ápata. Estou em contato pleno com Supreme 1920, e Sua Esplendecência está convicta de que há mais alguém entre nós. El@ ordena que permaneçamos aqui até resolver a questão. Mas não temam, cidadãs. Protegeremos vocês.

∞

Por essa, Abasi não esperava. Desde quando Supreme 1920 conseguia identificar a camuflagem Cultista? Em tese, ninguém no mundo ocidental – com exceção do Iranse agora conhecido como Itzak 42 – seria capaz disso. Tal habilidade era incompatível com o que a própria Lah-Ura sabia a respeito de Supreme 1920.

Invisível, Abasi não ousava se mexer. O solo do Vale de Iyalenu não chegava a ser arenoso como o do Deserto de Outrora, mas era macio o suficiente para deixar pegadas. Abasi sabia que, caso se movesse, deixaria um rastro fácil de identificar. Sabia também que estava lidando com três Policiais altamente gabaritad@s. El@s até poderiam ser incapazes de enxergar através do escudo telepático de invisibilidade, mas isso não mudava o fato de que eram agentes treinados. Seus sentidos super-aguçados perceberiam o deslocamento do ar e o rastro no solo caso Abasi resolvesse correr para longe dali. Se algum@ daquel@s Monges fosse muito aprimorad@, seria capaz de perceber até o som de sua respiração. Não convinha de forma alguma apostar corrida com nenhum deles, pois a velocidade dos membros do Ilê Monástico era superior, em comparação à de qualquer outra pessoa. Sua única chance, o Cultista bem sabia, seria permanecer parado e respirando pouco, até que el@s se fossem. E isso seria difícil de acontecer, caso aquela maldita criatura que atendia pelo nome de Supreme 1920 continuasse a procurá-lo.

Mesmo invisível, o Cultista sabia que poderia ser detectado. Alguém poderia esbarrar nele. E o escudo invisível áurico, uma vez acionado, não duraria pra sempre. Seria questão de tempo – talvez um mero ciclo de Omulu – até que começasse a falhar.

Abasi retirou uma pequena faca de sua aljava. Seu último recurso, necessário e terrível, caso o pior acontecesse. Ele não poderia ser detido, ele não seria detido, e mataria se fosse necessário. Abasi não tinha nenhum grande apego à vida, porém entendia que era necessário sobreviver, enquanto as duas filhas precisassem dele. Principalmente Lah-Ura, amaldiçoada por sua sina Iranse. E havia, é claro, os filhos de sua outra filha. O rapaz e a moça a quem ele queria tanto conhecer e ajudar.

Ranya, você me escuta? – transmitiu Abasi, numa frequência que apenas ela poderia ouvir, de acordo com o treinamento Cultista de telepatia unidirecional. Ou, ao menos, ele achava que não chamaria a atenção. Quase caiu de costas quando percebeu 5100 caminhando na direção dele, como se escutasse algo.

Sim, meu amigo – respondeu a espiã.

Se as coisas continuarem assim, serei forçado a neutralizá-l@s. É questão de tempo até me identificarem. Eu cuido de 5100, parece ser @ mais experiente, e é el@, quem está em contato com Supreme. Mas não poderei neutralizar tod@s. Precisarei de ajuda.

Eu ajudarei, mas não envolvamos Ewi nisso. Ela tem filhos para criar. Ranya, eu precisei abandonar esposa e uma filha que nem nome próprio tinha! Você não teve escolha, Abasi. Além disso, precisamos de Ewi, para que ela conte aos outros espiões em Iridescente o que ocorreu aqui. Ela é nossa infiltrada mais importante, é a única capaz de usar as árvores como mensageiras. É imperativo protegê-la!

Abasi entendeu bem o que aquilo queria dizer. Ranya precisaria ser bastante convincente, e esperava que Ewi um dia os perdoasse por isso.

∞

– Com todo respeito, irmã@s monástic@s, isso é ridículo, não podemos ficar aqui para sempre, à espreita do nada – disse Ewi, com falsa impaciência.

– Ewi tem razão! – disse Ranya, com medo falsificado na voz. – E se houver de fato um Cultista invisível, eu e ela corremos perigo! Ewi ainda tem filhos menores de idade para criar! Crianças que nem nome próprio têm! E eu ainda devo um segundo filho à cidade! Vamos embora, eu peço, pela luz de Osala!

– Supreme 1920 ordena que fiquemos onde estamos. El@ tem certeza de que não estamos sós, e está tentando romper o escudo de invisibilidade do intruso, seja ele quem for. Sua Esplendecência enxerga através de meus olhos, age através de minha mente.

Abasi, invisível, permaneceu estático, rogando ao Menino-Deus que o mantivesse indetectável. Bem sabia ele, no fundo, que tal prece seria inútil. Ele não tinha dúvida de que sim, existia um deus. Lah-Ura havia lhe mostrado a criatura em transe dentro de Osala, o sol branco. Tal divindade, todavia, por motivos ignorados, não atendia preces. Não demonstrava piedade. Era um deus indiferente, embevecido pela canção solar. Abasi tentava não odiar o Menino-Deus, mas às vezes era muito difícil.

Ranya deu graças à gema alterada em sua tiara por ninguém ser capaz de detectar o pânico que ela sentia naquele momento. A depender dos próximos movimentos, ela poderia continuar em seu papel de assistente de nascimentos, ou teria que abandonar tudo e se refugiar no Deserto de Outrora. *Ao menos minha filha já é adulta e mal tive tempo de procriar novamente*, pensou Ranya, lembrando de mim, sua ex-filha, Tulla 56.

Ewi, por sua vez, não sabia como proceder. Sua tiara alterada também lhe protegia os verdadeiros pensamentos, mas isso não a fazia se sentir mais segura. Diante das novas habilidades de Supreme 1920, qual Cultista infiltrado estaria protegido? Se Sua Esplendecência conseguia detectar Abasi àquela distância e quase romper o escudo de invisibilidade, por quanto tempo a gema alterada em sua tiara a protegeria?

5100, servindo de canal de percepção para Supreme 1920, estreitou os olhos na direção de Abasi, como se visse alguma coisa. Parou por dois segundos em frente ao Cultista, como se o enxergasse, então desviou o olhar. @s demais Policiais do Pensamento permaneceram onde estavam, com a atenção redobrada.

– Supreme 1920 abriu as portas das minhas percepções. Eu consigo sentir coisas jamais sentidas... – disse 5100. – Nunca, nunca imaginei que Sua Esplendecência visse o mundo deste modo... Há, de fato, mais alguém entre nós. Não sei como explicar. Consigo captar estática. Capto medo, frustração... Sentimentos que vêm e vão... Algo sobre filhas, pensamentos sobre o Menino-Deus e... Lah-Ura. Ouço um pensamento masculino. É, de fato, um Cultista. Um macho. Ele está preocupado. Preocupado com... Orin 53? Sim! Sim, eu ouço o nome de Orin 53! Mas por que...?

Agora chega, pensou Abasi, erguendo a faca e, mais rápido do que lembrava ser capaz, enfiou a lâmina no coração direito de 5100. Uma dor excruciante levou @ Policial ao chão com um grito agudo de incredulidade. Ainda assim, a conexão com Supreme 1920 foi mantida. Sua Luminescência sentia e assistia a tudo através de 5100.

– Você tem dois corações, Monge 5100 – disse Abasi, furioso e suado, dissolvendo o escudo invisível. Surgiu na frente de todos, como se atravessasse uma cortina de brumas. – Tenho certeza de que conseguirá viver bem por um tempo com apenas um.

6345 gritou, enquanto construía um Escudo de Ápata:

– Um ataque!

6345 mal percebeu o que @ atingiu quando, de chofre, Ranya @

enlaçou com a corda cheia de espectrolitas que Abasi trouxera. Ela ainda não sabia como usar aquele instrumento direito. Fosse como fosse, mesmo sem enlaçar 6345 da forma adequada, @ Monge ficou pres@ num labirinto psíquico e caiu ao chão, esperneand@, sem conseguir reagir. Sua mente, travada no tempo pela corda Cultista, passou a ver tudo em câmera lenta. Seu corpo parecia dez vezes mais pesado. El@ tentava falar, mas tudo o que saia de sua boca era: *um ataque... taque... aque... que...*

Igualmente prostrad@ ao chão, 5100 gemia, tentando arrancar a lâmina de seu coração destro. Ainda que sentisse uma dor horrenda e estivesse banhad@ em sangue, era capaz de sustentar sua camuflagem monástica. *Um@ oponente respeitável,* avaliou Ranya. *Tanta dor, algo que el@ jamais sentiu, e ainda assim consegue manter seu odó.*

5989, peg@ de surpresa, não sabia o que fazer. Estava mais chocad@ pelo ataque de Ranya do que pela figura ferid@ de 5100. Era impensável que Ranya 722, esposa de Arimeo 500, estivesse ajudando os Cultistas.

– Ranya...? Mas o que... – disse 5989. – Ranya 722, o que é isso? Você e Ewi estão envolvidas com esse invasor?

– Oh, não. Nós duas, não, na verdade. Uma poetisa imbecil e pacifista jamais nos seria útil – disse Ranya, arrancando a faca do coração de 5100 e cravando-a sem hesitar na coxa esquerda de Ewi, cujo sofrimento se traduziu no mais alto dos urros:

– AAH! Ranya... por todos os sóis... isto... isto é "dor"?

– Sim, Ewi, isso é dor. Isso é agonia.

Algumas compaixões podem ser dolorosas... – transmitiu Ranya para a mente de Ewi. – *Você sabe o que fazer, não se preocupe. A tiara a protegerá. Perdão pelo ferimento, mas foi a única maneira de preservar sua identidade de modo convincente.*

Ranya e Abasi se deram as mãos e se tornaram invisíveis aos olhos de todos, desaparecendo como se mergulhassem num buraco no espaço. Correram o mais rápido possível para longe dali, na direção do leste, deixando para trás um@ atônit@ Monge 5989, a única pessoa com possibilidade de fazer alguma coisa naquele momento. 5989 nada fez, contudo, pois era preciso seguir o protocolo Monástico, e priorizar o resgate dos feridos.

Diante dos sóis que dançavam em revoluções celestes multicores, Ranya, minha ex-mãe, entendeu o que Abasi havia passado. Muitos anos atrás, ele abandonara Orin 53 ainda criança para salvar sua outra filha recém-nascida, a criança que posteriormente veio a ser conhecida como Lah-Ura 23.

Era mesmo necessário ferir Monge 5100 daquele jeito? Você poderia ter escolhido uma de suas pernas. El@, agora terá que se manter com um só coração! — disse Ranya enquanto corria, com um distinto tom de repreensão no pensamento. *Ranya 722, quero que você lembre que tempos atrás eu tive duas filhas. Graças a essa gente, agora tenho apenas uma. Se eu vivo com apenas metade de mim, tenho certeza que aquela criatura autoritária também sobreviverá. Além disso, o coração ferido há de cicatrizar. O que foi tirado de mim, jamais me será devolvido. Não ouse me criticar.*

Ranya manteve silêncio mental durante o resto da fuga. Não havia o que dizer. Outra era a moral em Kalgash. Lá, eles não rejeitavam nem o apego, nem a ira. Tampouco a vingança. *Principalmente* a vingança.

6

Meu particular enigma
(Onze anos para o fim do mundo)

— Por que você veio, Tulla 56? Quer gozar de meus infortúnios? Pois aproveite, a hora é esta — disparou Arimeo 500 ao me ver adentrar os jardins de sua residência.

Eu não tinha a menor paciência para esse tipo de diálogo e admito ter hesitado bastante antes de decidir ir ao encontro de meu ex-pai. Kay havia me desaconselhado a fazê-lo, já ciente das tolices que eu provavelmente teria de escutar. Se decidi ir contra minha própria intuição e contra os conselhos de Kay, foi pelo sentimento de culpa que me afligia. Por todos aqueles anos, estive ciente da verdade sobre minha ex-mãe e nada fiz, o que me tornava em parte responsável pelas atitudes dela. Tentar assassinar Monges e ferir alguém tão doce quanto Ewi 4300 apenas confirmava tudo o que eu havia aprendido sobre os Cultistas de Kalgash: ele eram mentalmente insanos.

— Você está sendo injusto e maldoso, Arimeo — respondi. — Não tenho razões para apreciar os últimos acontecimentos envolvendo sua esposa. Ela é minha ex-mãe, por Osala! Sofro igualmente!

— "Igualmente", você diz? Isso é algum tipo de troça? Baseada em que você supõe sofrer tanto quanto eu sofro? O que vejo, quando olho pra você, é uma aura toda limpa. Não, Tulla 56, minha ex-filha, não ouse tecer qualquer comparação com meus sentimentos. Guarde a sua falsa empatia para si mesma. Eu estou imundo! Imundo! Veja!

Eram as palavras de um macho ferido, mas eu não podia negar que havia verdade nos dizeres de Arimeo. A aura de meu ex-pai estava manchada de impurezas de alto a baixo, como se todos os venenos da mente tivessem desabrochado ao mesmo tempo em seu campo energético. O mais espantoso era ele estar ali, sentado em casa, e não detido pela Polícia do Pensamento.

— Oh, não foi preciso me deter, eu mesmo solicitei a purificação. Nem eu consigo me suportar em meu deplorável estado atual — disse Arimeo, após captar meus pensamentos.

— Quando virão buscá-lo, ex-pai?
— Em um, talvez dois ciclos de Omulu, no máximo. Solicitei algum tempo pra resolver pequenas pendências antes de ir. Não sei por quanto tempo me manterão na purificação.
— Não há de ser muito. Você é um sujeito forte, Arimeo.

Ele me olhou de soslaio, com alguma desconfiança, mas, mesmo assim, pude identificar uma réstia de gratidão em sua aura. Ele se levantou e se serviu de um cálice de sumo de frutas azuis, oferecendo-me um pouco. Aceitei.

— Mas, afinal, por que você veio, Tul? Não estou muito bem para captar pensamentos hoje, já me basta a cidade cheia de estática festiva. E agora... agora você. Você me confunde, Tulla 56.

— Ela foi minha mãe-gênese, por Osala! Eu queria apenas conversar, tentar entender o porquê de tudo isso ter acontecido! Ranya 722, uma Cultista? Isso eu posso até conceber. Mas a tentativa de antecipar a morte de Ewi 4300? Recuso-me a acreditar.

— Se você estudar melhor os registros de seu próprio Ilê, minha cara ex-filha, verá que nossos ancestrais mais remotos tinham um nome para isso: "assassinato". Um ato que remonta às nossas próprias origens e permaneceu por lá, dois mil anos atrás, em Kalgash. Ou, melhor dizendo, algo que não faz parte de nossa cultura, não mais, mas parece ser bem comum entre aquela gente estúpida, inculta e fanática por quem minha esposa se enamorou. Enamorada por Cultistas: eis minha profunda vergonha!

Era demais pra mim. Bebi o conteúdo da taça e me servi de mais sumo. A safra era boa, meu ex-pai sempre tivera excelente gosto.

— Perder quem amamos deve ser doloroso — eu disse, ainda tentando ser simpática.

— "Amor", você diz? — riu Arimeo, com amargura. — Não, minha cara, isso não tem a ver com "amor". Minha união com Ranya 722 se dava por nossas obrigações para com Iridescente. Meu amor é pela Cidade Iridescente!

— Mas eu já sou uma fêmea adulta! Vocês não precisavam continuar casados!

— Segundo a lei que nos rege, ainda devo outro filho biológico para a cidade. E agora terei que me dar ao trabalho de desposar outra fêmea. Que fêmea quererá se unir a um macho cuja reputação foi devastada pelo ridículo? Você confiaria em alguém que conviveu com uma espiã por anos a fio sem se dar conta?

— Não foi culpa sua, Arimeo 500! Todos sabem disso! Ela não ocultou os pensamentos apenas de você. Seja lá o que permitisse a ela impedir a percepção telepática alheia, agiu sobre todos. Nem mesmo Supreme 1920 desconfiou de algo! Qualquer fêmea poderá se enamorar por você.

— "Amor", "enamorar"... Você sempre evoca essas tolices, Tulla. Não aprendeu nada enquanto foi minha filha? Fui tão inepto assim como pai-gênese? Tudo o que importa é a cidade, a coletividade, e você insiste em falar em sentimentos pessoais? Oh, mas nada disso me espanta! Onde está aquela sua parceira de atos sexuais inúteis, não-procriativos? Onde está a tal Kayera 777, irmã biológica da aberração de olhos azuis?

— Não ouse falar de Kayera! Minha amada não tem a ver com seu atual sofrimento!

— É a isso que você chama de "amor", Tulla 56? Prazer egoísta, sexo estéril, cuja satisfação à cidade nada oferece além de alguns orgasmos multiplicados?

Aquilo era demais. Havia limite até para a minha paciência. Ainda que eu estivesse habituada ao temperamento de Arimeo 500, eu não era obrigada a tolerar aquele tipo de conversa. Nenhum laço familiar nos ligava desde que eu assumira meu nome próprio, e não éramos amigos. Tudo o que eu queria, naquele momento, era tentar compreender os atos de minha ex-mãe. Era evidente que eu nada conseguiria com meu ex-pai, nada além de uma desnecessária irritação.

— Está bem, se o que você deseja é chafurdar na amargura e na misantropia, não serei eu a demovê-lo de seu primoroso empenho, Arimeo. Não procurei você para ouvir julgamentos morais sobre minha vida. Desejava apenas ser gentil, mas resta evidente a minha impossibilidade de melhorar seu humor. Adeus.

Levantei-me para sair, mas não cheguei a dar três passos na direção da porta, quando fui detida pela voz mental dele:

Espere.

— O que é agora? — perguntei, sem me virar.

— Você sabia de algo? Desconfiava de algo?

O que pensei foi "claro que sim", mas o que saiu de minha boca foi a mais deslavada mentira. Voltei-me para ele e disse:

— Claro que eu não sabia! Se soubesse, a teria denunciado à Polícia!

Na ocasião, achei espantoso que nem Arimeo 500 tivesse detectado meus verdadeiros pensamentos. Por melhor que eu fosse nas artimanhas da privacidade mental, seria inviável bloquear meus pensamentos o tempo inteiro. O que eu ignorava e ainda ignoraria por um bom tempo era a natureza de minha aliada secreta: a pedra alterada em minha tiara, cortesia de Ranya 722.

∞

Após deixar a casa de Arimeo 500, fui até o Templo do Engenho, a fim de encontrar minha querida Kay. A "parceira de sexo inútil", segundo os julgamentos de meu ex-pai. Encontrei-a entretida com suas traquitanas tecnológicas e temi interrompê-la, mas ela pareceu genuinamente feliz em me ver. Parou o que fazia e disse:

– Olá, minha luz! Estava preocupada! As notícias voam na velocidade do pensamento, e estou a par do ocorrido com Ranya 722. Como você está?

Encostei minha testa na dela, unindo nossas mentes por apenas dois segundos. Ela sorriu. Resplandecia, ao fazê-lo.

– Eu estou bem, Kay... na medida do possível. Fui ao encontro de meu ex-pai, mas acho que não foi uma boa ideia. Nossa conversa não resultou em boas vibrações.

– Não que isso seja alguma surpresa, não é mesmo? Eu avisei!

– Surpresa alguma. Eu gostaria de ter obtido alguma pista, alguma resposta, mas Arimeo 500 só quer saber de sua própria honra e deveres para com a Cidade Iridescente.

– Enfim, um Arimeo sendo o que ele é – disse Kay, e continuou a martelar o que estava martelando.

Caminhei pelo Templo do Engenho, pasma com aquela bagunça. Era impressionante como aquele lugar diferia da perfeita ordenação do Ilê Tulla. Havia peças metálicas e vítreas espalhadas pelo ambiente, e eu mal tinha ideia de pra que serviam ou o que encaixava no quê. Havia ironia naquele contraste: caóticas por fora, as Kayeras eram consideradas as mentes mais organizadas e engenhosas do Ocidente. Nós Tullas, em contrapartida, éramos conhecidas pela extrema ordenação de nossos arquivos e registros diamantinos, mas éramos bastante desordenadas por dentro. Não se podia esperar algo de muito diferente de quem tenta juntar as peças do passado de uma civilização inteira. De certa forma, eu invejava Kayera. As peças dela pareciam mais fáceis de juntar que as minhas, por mais caótico que fosse seu Ilê. Tudo terminava fazendo sentido no Ilê Kayera.

– Kay... a gente se conhece desde quando não tínhamos nomes

próprios. Crescemos juntas. Temos muita intimidade e partilhamos nossos corpos e mentes por mais vezes do que consigo enumerar.
— E...?
— Kayera, você nunca percebeu nada de errado em meus pensamentos?
— Não estou certa de ter entendido a pergunta — disse ela, sem parar de martelar uma peça metálica. — O que poderia haver de errado em seus pensamentos, minha luz?
Tomei-a nos braços e colei minha testa na dela mais uma vez.
— Mas o que... — disse Kay, espantada.
— Apenas escute. Una a sua mente à minha por um instante e observe.
Conectamo-nos por dez longos segundos. A fusão mental não teria sido diferente de qualquer outra que já tivemos, não fosse por um detalhe. Enquanto estávamos ligadas, pensei com a maior clareza que me foi possível: *eu sempre soube da natureza Cultista de Ranya 722. Eu sabia que ela era uma espiã, mas nada fiz.*
Kay nem sequer se mostrou incomodada.
— E então? — perguntei.
— E então o que?
— O que você captou?
— Ora, o que haveria para captar, Tul? — disse ela, confusa. — O usual, minha luz! Seus pensamentos, sempre tão amorosos... Seu afeto por mim. Sua inteligência e desejo de desvendar os mistérios de nossa civilização...
Aquilo já era o cúmulo. Por toda a minha vida, enganei-me ao pensar ser capaz de proteger pensamentos e lembranças que me convinham. Ora, eu era mesmo boa nisso. O que eu nunca tinha me dado conta, o que eu nunca havia concebido é que determinadas recordações e ideias não eram protegidas por minha própria vontade. Alguma coisa bloqueava o acesso a elas, algo que fugia ao meu controle.
— Preciso ir, Kay.
— Tul, está acontecendo alguma coisa?
— É apenas o problema com minha ex-mãe, estou transtornada — menti. — Investigações estão em andamento, e imagino que Monge Supreme 1920 quererá falar comigo em pessoa. Preciso me recuperar um pouco, vou aproveitar a próxima aurora de Omulu para me carregar com um pouco de luz alaranjada.

— Está bem, minha luz — disse Kay, imprimindo um toque vermelho-desejo em minha fronte. — Nos encontramos mais tarde. Que tal um pouco de sexo antes do próximo crepúsculo de Yewa?
— Eu vou adorar! — respondi, sorrindo, antes de sair.

∞

Ao sair do Ilê Kayera, tomei minhas quadrirrodas e fui até o Templo da Medicina. Se eu tivesse sorte, encontraria Alagbawo-Re 930, o único curador em quem eu confiaria.

Durante o trajeto, pude captar alguns pensamentos esparsos: *lá vai a ex-filha de Ranya, a traidora*. Seria normal, ao menos por um tempo, lembrar de quem fui filha. Desagradável era ter de lidar com suspeitas do tipo *duvido que ela não soubesse de algo*, mas as pessoas evitavam alimentar tais ideias. Seriam acusadas de veneno da dúvida imprópria pela Polícia. Além do mais, era sabido que eu não era próxima aos meus antigos pai e mãe-gênese. Minha cota particular de veneno do apego era dedicada a Kay.

Ao chegar ao Templo da Medicina, precisei me livrar de Alagbawo-Re 1221, único curador presente. Ele se dispôs a me atender e parecia bastante grato pela oportunidade de ser útil a alguém. Expliquei que de nada sofria, e que se ali estava era para tratar de questões pessoais com Alagbawo-Re 930. Ele pareceu desapontado:

— Acho que o máximo que já pude fazer por alguém foi ajudar uma Kayera cujo dedo havia sido decepado após uma distração na oficina. E nem havia muito o que fazer, além de ministrar meu toque analgésico. O dedo cresceria de novo, no devido tempo...

— Você é engraçado. Preferia que eu estivesse sofrendo, apenas para que pudesse ter algo pra fazer?

— E o que mais poderia fazer eu, além de curar?

— Bem, quem escolheu ser um Alagbawo-Re foi você, livre de coação e induzimento. Se quisesse trabalhar duro, teria escolhido o Ilê Agbe ou seria um Oluya-Woran.

Esperei por algum tempo. Omulu nasceu e se pôs duas vezes, e Alagbawo-Re 930 não chegava. Eu tampouco conseguia contatá-lo pela malha telepática. Por fim, @s Monges comunicaram que ele havia preferido cuidar d@s Policiais ferid@s e de Ewi 4300, também machucada, no Templo da Purificação. *A distância ao centro da cidade permite menos estática psíquica*, informou-me um@ Monge nas imediações.

Ora, era óbvio que se alguém iria cuidar dos feridos, este alguém seria o melhor dentre os Alagbawo-Res da Cidade Iridescente. Além do mais, eu poderia ter investigado o paradeiro de Alag antes de me pôr a esperar por tanto tempo. Eu estava confusa, perturbada e não conseguia pensar direito, ainda mais com Alagbawo-Re 1221 falando sem cessar e sendo mais um a me propor casamento. *Nossas auras são compatíveis, daríamos belos filhos à cidade*, dizia ele. Eu mal o ouvia.

Quando eu estava prestes a desistir da espera e já me levantava para sair do Templo da Medicina, identifiquei a assinatura psíquica de Alagbawo-Re 930. Ele estava retornando ao seu Ilê, e já estava bem perto. Chegou em menos de dez minutos.

– Tulla 56? – disse ele, espantado, ao me ver ali. – Tudo bem com você? Por que me esperou tanto? Se você padece de algo, poderia bem ter usufruído dos talentos de meu irmão 1221, ele é competente!

– Oh sim, sim, eu a teria ajudado! – disse Alagbawo-Re 1221. – Mas ela deseja falar apenas com você.

– Olá, Alag – respondi, notando laivos de ciúme na aura de 1221, talvez pela intimidade do tratamento que eu ministrava a 930. – Será que poderíamos conversar um momento, apenas nós dois?

– Você quer... privacidade? – perguntou Alag, com uma sombra de censura no olhar.

Que idiota, pensei eu, sem ser escutada. *Estou tão habituada a meus momentos com Kay, que mal me dou conta do delito social de nossos procedimentos*. Eu poderia ter sido mais sutil, mas agora era tarde. Só me restava a honestidade pura ou fazer joguetes. Escolhi a segunda opção, eu era boa nisso.

– Se peço para conversarmos a sós, não é por ter coisas a ocultar de meus irmãos cidadãos – disse eu, sorrindo. – Procuro você como amigo, Alag, não como médico. Se eu precisasse de um médico, teria o competente 1221 para me auxiliar, e não quero perturbá-lo com minhas tolices. Sua reputação o precede, todos em Iridescente dizem o quanto 1221 é atencioso e sagaz.

– Dizem? – perguntou Alagbawo-Re 1221, surpreso. – Ora, é bom saber disso. Nunca percebi tais pensamentos sobre mim.

– É que você é muito estudioso e compenetrado, irmão – disse Alagbawo-Re 930, sorrindo. – Os pensamentos alheios a seu respeito são a mais pura expressão da verdade. O fato de você nada perceber apenas mostra sua imunidade à soberba.

— Minhas questões são tão pequenas e indignas do tempo de um Alagbawo-Re... — disse eu. — Longe de mim desperdiçar o tempo de dois curadores com problemas não-médicos. Se você puder me perdoar, Alag, mas necessito de uma aura amiga.
— Claro que não me importo, Tul — disse ele. — Veha, vamos ao último andar do Templo. Com sua licença, irmão.
— À vontade, irmão — assentiu Alagbawo-Re 1221. — Tulla 56, visite-nos mais vezes! Espero que considere minha proposta de casamento!
— Certamente o farei — menti. Não dizer a verdade já havia se tornado um hábito.

Subimos, eu e Alag, a longa escadaria vítreo-esverdeada do Templo da Medicina. A curiosidade dele não se fez de rogada, e ele entrou no assunto sem pestanejar:
— Meu irmão 1221 lhe propôs casamento, Tul? Você deveria aceitar.
— Sou muito nova para isso, e você sabe que não sinto atração por machos.
— Eu sei, eu sei — riu Alag, dando-me a mão. — Mas não se trata de "desejo", e sim de realizar seus deveres procriadores. Você não precisa deixar de encontrar Kayera 777. Vocês podem continuar com os encontros sexuais, não há problema algum nisso.
— Após meu centésimo aniversário, prometo desposar alguém. Ou assim que eu encontrar um macho digno — respondi, encerrando o assunto.

Chegando ao último andar do Templo da Medicina, Alag se deixou cair numa das poltronas do salão e fez sinal para que eu também sentasse. Pude finalmente perceber o quanto ele estava esgotado.
— Foi muito difícil tratar os ferimentos de Ewi 4300 e d@s Monges?
— O padecimento de Ewi foi de fácil solução. Era apenas uma questão de retirar a faca e estancar o sangramento, e ela já o tinha feito antes que eu chegasse a Iyalenu com mais Policiais. Sua perna cicatrizará em três ciclos de Yewa, talvez quatro.
— E 5100? El@ está bem?
— A situação de Monge 5100 é mais delicada. O Cultista invasor @ feriu no coração direito, e o órgão parou de funcionar. Estimo que levará meio ciclo de Osala para que o coração se reconstitua e bata novamente.
— Um ano inteiro? E el@ sobreviverá esse tempo com apenas um coração?

— Sim, claro. Itzak 42 é a prova viva dessa possibilidade, não é mesmo? Talvez 5100 não consiga correr com o mesmo fôlego de antes, o que não é nenhum problema. El@ pode pedir transferência temporária da função de Policial para a função de Purificador@.

— E quanto aos outros?

— @s demais Policiais não foram feridos. 6345 foi envolvid@ numa espécie de corda paralisante, uma tecnologia jamais vista no Ocidente. Obra bélica Cultista, sem dúvida. Foi preciso apenas retirar a corda, e el@ voltou ao normal. 5989 não foi ferid@, talvez por não ter reagido. Ele agiu conforme deveria, ajudando 5100 e Ewi ao invés de partir em perseguição. Ademais, os dois traiçoeiros ficaram invisíveis. O que 5989 poderia ter feito?

Neste ponto, Alag pareceu se constranger e sua aura ficou escura.

— Perdão, Tul! Eu às vezes esqueço que Ranya 722 foi sua mãe-gênese.

— Não éramos exatamente próximas, jamais cultivamos o veneno do apego entre nós. Mas admito que me alivia saber que ela não foi a autora do ferimento mais grave. Mal posso crer que ela feriu Ewi na perna. Elas sempre foram tão amigas!

— Ewi também está pasma. Ao que parece, Ranya usava Ewi para fortalecer o próprio disfarce de cidadã exemplar. Tudo parece ter girado em torno de conquistar a confiança social, inclusive o casamento com Arimeo 500.

— Minha pergunta é: como ela conseguia ocultar os verdadeiros pensamentos?

— Eis uma boa e terrível questão. A verdade é que não fazemos a mínima ideia, Tul. Eu tenho algumas teorias. Talvez sua mãe tenha a mesma mutação que nos impede de ler os pensamentos de Itzak 42. Embora, devo admitir, não pareça ser a mesma coisa.

— Na verdade, foi por isso que resolvi procurá-lo, Alag. Mas preciso que me prometa guardar segredo. Por favor, não faça essa cara de reprovação. Há um sentido para meu pedido de privacidade.

— E qual seria?

— Acho que posso esclarecer o mistério, mas precisamos ser discretos. A Polícia age a partir de diretrizes rígidas. A situação atual exige uma estratégia mais, digamos, sinuosa.

Alag permaneceu parado por cinco segundos, apenas me encarando.

— Continue — disse ele, rompendo o silêncio.

— Gostaria que você examinasse minha mente.
— Nada há de errado com sua mente, Tul. Eu examino as mentes ao meu redor o tempo inteiro, sem que precisem me pedir. Sou treinado pra isso. A sua está perfeita.
— Não haveria alguma forma mais profunda de investigação?
— Sim, há a possibilidade de realizarmos o ritual unimente. Nossas individualidades se dissolveriam e nos tornaríamos uma só pessoa por alguns instantes. Mas isso, você provavelmente sabe, envolveria sexo.
— Pois então façamos.
— Podemos fazer — disse ele, com tranquilidade. — Mas por que tudo isso?
— Antigamente eu apenas me considerava boa na arte sombria da privacidade. Agora eu começo a duvidar de que se trate de um ato voluntário. Sinto como se existissem pensamentos bloqueados em minha cabeça. É como se houvesse um filtro restringindo o acesso não a todos, mas a determinados pensamentos e lembranças específicas.

Alag me olhou com curiosidade e sorriu, incrédulo. Então, disse:
— Isso é impossível, Tul. No máximo, as pessoas conseguem manter alguns pensamentos e sentimentos em privado por um curto espaço de tempo. Mas bloquear desse jeito que você descreve é inviável.
— Alag, preste atenção: eu estou ofendendo você de todas as maneiras possíveis neste exato momento, mas, pelo visto, nenhuma de minhas ofensas alcança a sua telepatia. Eu só não sei o porquê. E com certeza não tem a ver com a mutação cerebral de Itzak 42.

Alag se levantou da poltrona, pasmo com o que acabara de ouvir. Veio em minha direção e tomou minhas mãos entre as dele.
— Pois bem, façamos sexo. Tenha um pouco de paciência comigo, há muito não realizo contatos carnais. Você já praticou sexo com um macho antes?
— Sim, claro que sim. O fato de eu não gostar não significa que nunca tenha feito.
— Isso é um problema. Para alcançarmos a unimente, será necessário que ambos cheguemos ao orgasmo em uníssono. Se machos não apetecem você... Bem, eu posso projetar em torno de mim a fantasia mental de ser uma fêmea. Não deve ser difícil.
— Eu ajudo! — respondi. — Vamos lá!
E fomos.

7

O desabrochar da flor mais rubra
(Onze anos para o fim do mundo)

— Você causou grande conturbação na Festa do Nome, meu amigo — disse Monge Supreme 1920, reluzindo no trono de cristal azul da Torre Monástica. — Foi uma surpresa até pra mim, admito. Imaginava que você fosse seguir a carreira de Policial do Pensamento.

Itzak 42 estava sozinho e muito à vontade no centro do salão. Já há muito que seus encontros com Supreme 1920 não eram acompanhados por Monges. Ele temia ter decepcionado Supreme 1920, mas era impossível saber o que el@ sentia. O tom de voz de Sua Luminescência não traía nenhuma emoção. Tudo o que Itzak conseguia ver ao olhar para el@ era uma espécie de buraco no espaço, através do qual via um sem-fim de rostos distintos, entre machos e fêmeas. Itzak não estranhava os muitos rostos de Supreme 1920, tinha se acostumado com eles desde a infância. Eram, pensava ele, uma potente camuflagem telepática. As demais pessoas, Itzak sabia, viam apenas luz.

Fazia todo o sentido que Supreme 1920 e Itzak tivessem tanta identificação mútua. Ambos eram insondáveis. Itzak, por sua singular mutação cerebral, não podia ser acessado por telepatia, a não ser que ele mesmo permitisse. Até sua aura era diferente das demais, prateada em toda a extensão, jamais mudando de cor, sentisse ele o que sentisse. Supreme 1920, por sua vez, era a mais transcendental entidade da Cidade Iridescente, aparecendo para nós como uma diáfana silhueta multicor. Tendo atingido tão elevado grau na escala monástica, Supreme 1920 não emitia emoção alguma e seus pensamentos eram, todos eles, cânticos solares sagrados. Itzak e Supreme 1920: almas gêmeas na solidão, mistério para os outros e mutuamente fascinados em suas estranhezas.

— Desapontei você, Supreme?

— Oh, de forma alguma, meu amigo, de forma alguma! De certa forma, acho sua escolha tão ousada quanto... interessante. Confesso simpatia pela história do Ilê Itzak.

— Fico aliviado com isso. Fui muito criticado por meu ex-pai.
— Estou certo de que, com o tempo, ele verá que a sua foi uma excelente escolha. Quando você reabrirá o Templo do Progresso?
— Na próxima aurora de Yewa. Supreme... você conhece o Templo?
— Fui lá uma vez, quando criança, antes de me tornar Monge, mas nunca entrei. Apenas olhei pelas paredes transparentes. Não vi nada de significativo.
— Tulla 56 e Kayera 777 prometeram me ajudar. Tul quer realizar um registro histórico detalhado, e Kay pode me ajudar com alguns estranhos engenhos.
— No passado, as Kayeras colaboravam muito com os Itzakes — disse Supreme 1920.
— Pois é. Estou certo de que há muitas coisas que podem ser bem aproveitadas em nossa Cidade Iridescente. Eu e Kay trabalhamos bem juntos.
— E vocês ainda têm uma vantagem: se antes os Itzakes tinham que perder tempo precioso enfrentando a oposição dos Arimeos, isso não vai mais acontecer.
— Ah, não?
— Não mesmo, Itzak. Respeito muito o Ilê Arimeo, mas novos tempos requerem novas necessidades. Os Arimeos dificilmente elaborarão qualquer forma de oposição. Eu convenci Arimeo 500 de que um Itzak nos será mais do que útil.
— Útil em que sentido?
Supreme 1920 levantou do trono e deslizou pela escadaria até o salão abaixo, mais rápido do que a maioria das pessoas conseguiria perceber. Quanto mais o tempo passava, mais veloz el@ se tornava. Parou a uma medida de distância de Itzak e projetou telepaticamente uma imagem do mapa mundi de Aphriké. Explicou, então, seus planos:
— Nos últimos anos, nós dois conversamos bastante a respeito do maior problema enfrentado por nossa civilização.
— Os Cultistas de Kalgash — disse Itzak.
— Os Cultistas de Kalgash — assentiu Supreme 1920. — Seu ex-pai, Oluya-Woran 30, pensava que poderíamos debelar a rebelião fanática usando os seus poderes amadurecidos, caso você se tornasse um@ Policial do Pensamento.
— É verdade. Ele tentou me induzir pra esse caminho, apesar do que diz a lei.
— O que seu ex-pai ainda não percebeu é que o fato de você ser um

Itzak é bem mais interessante para o que ele deseja. Como Policial, você estaria limitado à esfera da ação psíquica. Mas um Itzak... Um Itzak, por natureza, cria coisas.

— Não por isso, Supreme. As Kayeras também inventam coisas.

— Eu sei que as Kayeras também são inventivas, mas a criatividade delas é limitada. Itzakes, por sua vez, estão sempre criando o que ninguém nunca pensou. Vislumbro possibilidades reluzentes em seu caminho, meu querido amigo. Ao que tudo indica, você é capaz de confrontar a fêmea Lah-Ura.

— Como você tem tanta certeza disso?

— Ora, não contamine sua mente com o veneno da dúvida! — riu Supreme 1920, desprendendo glóbulos dourados da aura. — Você era só um menino quando desbaratou um ataque Cultista. Absorveu uma bomba telepática e saiu ileso da experiência.

Supreme 1920 continuou a elencar os feitos milagrosos do amigo:

— Você foi capaz de enxergar além das barreiras psíquicas criadas por Lah-Ura em torno daquele terrorista, o tal Ayan. Imagine o que você fará, agora que é adulto?

Sua Luminescência se aproximou ainda mais, envolvendo Itzak com uma aura dourada dedicada apenas aos entes mais queridos.

— Um adulto treinado por mim. Ensinei tantas coisas a você, Itzak. Você é o filho que eu nunca tive, e com muito orgulho vislumbro o que você se tornou. Juntos, destruiremos Lah-Ura e seus Cultistas.

— Você fala de guerra, Supreme? Sei que Olu acha importante unirmos os hemisférios do mundo...

— Você não gosta da ideia?

— Bem... de fato, não vejo sentido nessa separação, e acho um desperdício ficarmos limitados a Iridescente na estação da baixa luz enquanto o Esplendor se repete mil vezes nas ruínas de Kalgash. Nosso mundo é muito pequeno, deveríamos trafegar por ele inteiro e é uma pena que estejamos tão restritos a apenas um trecho de sua área.

— É curioso você falar tamanho de nosso mundo. Adjetivá-lo como "pequeno" significa que você o comparou. Comparado a que ele seria pequeno? A outro... mundo?

— Quero dizer que podemos ir de um hemisfério ao outro com relativa facilidade. Se nosso mundo fosse maior, o deslocamento seria trabalhoso e exigiria ciclos solares maiores ou veículos mais rápidos. O diâmetro de Aphriké permite deslocamentos ágeis.

— Pois então... precisamos debelar a rebelião Cultista. Temos o direito ao Oriente!
— É melhor para todas as partes — disse Itzak. — Mas... guerra?
— Eu chamaria de "guerra" se houvesse dois lados em pé de igualdade, meu caro. Não, eu não chamo nosso movimento de guerra. Chamo de neutralização. Purificação. Os Cultistas estão mentalmente perturbados. Precisam ser curados. É irresponsabilidade nossa não ajudá-los a superar a própria insanidade.
— E o que faremos com os capturados? São centenas, pelo que sei.
— Serão todos reciclados e inseridos em nossa sociedade, cada qual com uma função adequada aos próprios talentos. Estou certo de que serão mais felizes em uma cidade organizada e limpa do que naquele deserto empoeirado.
— E quanto a Lah-Ura? Será possível reciclá-la?
— Da reciclagem de Lah-Ura, cuidarei eu, pessoalmente — disse Supreme 1920, com um brilho mais intenso em sua aura.
— Não seria mais fácil deixá-los em paz?
— Você acha que eles desejam a paz? Não, meu radiante amigo, o último desejo deles é a paz. O que dizer do que fizeram com Monge 5100 e com Ewi 4300? E o que dizer da revelação acerca de Ranya 722? Meu caro, se Ranya 722 era uma espiã e nem eu e nem você nos demos conta disso, estamos em sério perigo. Que espécie de poder é esse, capaz de se ocultar de nós dois?

Itzak caminhou pelo salão, mexendo na farta floração crespa no alto de sua cabeça. Ele concordava com os objetivos de Supreme 1920. Objetivos que, na verdade, pareciam ser os mesmos de Oluya-Woran 30. Itzak, porém, não toleraria mortes, nem violência desnecessária. Ele sabia que Supreme 1920 também não aprovaria esse tipo de coisa. Porém, pelo que ouvira falar de Lah-Ura, duvidava que seria uma conquista simples. Expressou seus receios a Supreme 1920, que concordou e disse:
— Não tiro suas razões, Itzak. Eu jamais cometeria o disparate de subestimar Lah-Ura. Mas preste atenção: no confronto ocorrido entre Oluya-Woran 30, Monge 5054 e os Cultistas, anos atrás, é quase certo que os poderes dessa fêmea foram intensificados pela luz do Esplendor. Se ela fosse o tempo todo tão poderosa quanto pareceu ser, o que a impediria de avançar rumo ao Hemisfério Oeste e nos conquistar?
— Insisto que talvez ela não tenha o menor interesse pelo Ocidente

e queira apenas ser deixada em paz em Kalgash. As infiltrações podem ser um comportamento fanático. Eles acreditam no fim do mundo e no tal Menino-Deus. Talvez queiram que acreditemos também, talvez queiram nos salvar tanto quanto desejamos salvá-los.

— Me espanto com seu autoengano, Itzak. A última intrusão Cultista em Iyalenu contradiz essas teses de "paz".

— Isso é bem verdade.

— Ranya 722 era uma infiltrada capaz de enganar nós dois. As atitudes dela foram elaboradas, ela não apenas se infiltrou em Iridescente, como desposou um dos mais respeitados sábios locais e fez uma filha com ele, filha esta que é uma de suas amigas mais próximas. Não, Itzak. Lah-Ura evita ataques frontais porque *não pode*, não porque *não quer*. Eles nos estudam, nos invadem e se introduzem entre nós, querem investigar nossas fraquezas. O que desejam? Isso, nem eu sei responder. Mas pretendo descobrir.

Itzak permaneceu pensativo por alguns segundos. O que Supreme 1920 dizia fazia algum sentido.

— Quais seriam exatamente seus planos, Supreme?

— Meus planos envolvem o seu Ilê, Itzak. Meus planos envolvem balões, muitos balões. Uma centena, que tal? Você e as Kayeras poderiam desenvolver centenas de novos balões, mais velozes e eficientes.

— E depois?

— E depois, Itzak, eu e você comandaremos a nave principal em confronto direto a Lah-Ura, no momento que mais nos favoreceria... e não a ela.

— E que momento seria esse?

— Ainda não adivinhou? A Hora do Esplendor no Ocidente, meu caro. Absorveremos o máximo de energia e zarparemos em alta velocidade rumo às ruínas de Kalgash.

— Faz sentido. Lah-Ura, no Oriente, terá apenas o brilho azul do sol Osum para usar como fonte de alimentação. Ela estará enfraquecida.

— Exato! Nossos corpos estarão cheios de energia solar. E ela? Ela estará fraca demais até para se mover. Será um confronto rápido e limpo. O que me diz? Estou dispost@ a oferecer prioridade de recursos ao Ilê Itzak.

Itzak retirou os óculos negros do rosto. Sempre o fazia quando queria absorver mais luz ambiental, embora não conseguisse ficar

sem proteção por mais do que um minuto. Sem os óculos, seus olhos azuis brilharam como dois sóis gêmeos diante de Supreme 1920.
– Você sabe como convencer alguém.
Monge Supreme 1920 tocou o rosto de Itzak com ternura, irradiando luz azul de afeto fraterno. Itzak estremeceu discretamente. Detestava ser tocado por quem quer que fosse, exceto por Orin 53. Supreme 1920 percebeu o incômodo, mas não pareceu se importar.
– Eu considero você meu filho mental, Itzak. Juntos, realizaremos grandes feitos e deixaremos nosso legado à Cidade Iridescente. As gerações futuras vislumbrarão nossas obras... – disse Supreme 1920, interrompendo a frase.
Mas, por um fugidio segundo que nenhum dos dois deu muita atenção, um pensamento pareceu escapar da mente de Supreme 1920, alcançando a mente de Itzak:
...*vislumbrarão nossas obras... E tremerão!*

∞

Após a saída de Itzak 42, foi a vez de Monge 5054 entrar no salão principal do Ilê Monástico, onde Supreme 1920 aguardava. 5054 trazia consigo um artefato Cultista: a corda utilizada por Ranya 722 contra Monge 6345. A típica conversa monástica, toda ela telepática, não durou mais do que um minuto:
Vislumbro em suas memórias que Monge 5100 e Ewi 4300 estão bem, a despeito dos ferimentos – disse Supreme 1920.
Sim, Vossa Luminescência. Acabei de visitá-los, e a recuperação de ambos parece ir muito bem. 5100 demonstra preocupação acerca de seu futuro como Policial, mas o órgão ferido voltará a funcionar, com o tempo.
Curioso que Ewi 4300 esteja lidando tão bem com a traição de Ranya 722 – disse Supreme 1920. – *Elas eram amigas desde antes de adquirirem seus nomes próprios.*
De fato, Supreme. Mas a sondagem psíquica de Ewi não apontou nada de substancial. Ela ficou um pouco assustada e desapontada, mas está bem.
Supreme 1920 tomou a corda em suas mãos e ficou por alguns segundos admirando as pedras nela incrustadas. Sua pele formigava ao tocá-las. Era evidente que possuíam alguma propriedade anestésica especial.
São gemas belíssimas. Muito bem lapidadas. Espectrolitas, imagino. Vi poucas em minha vida, mas são impossíveis de esquecer – disse el@, acariciando as gemas.
Legítimas espectrolitas – disse 5054. – *Tende cuidado, Vossa Luminescência.*

Desconhecemos o tipo de feitiçaria Cultista contida neste artefato. Se a enrolardes em torno de vosso pulso, correis o risco de passar mal.

A aura de Supreme 1920 cintilou em resposta à gentil preocupação de 5054. Posta de lado, a corda não parecia mais perigosa do que qualquer outro objeto. As aparências enganam, contudo, e Supreme 1920 já havia sido informad@ da capacidade paralisante da corda. Como aquilo funcionava era, ainda, um problema a ser solucionado.

Eu já estava ciente das propriedades desse artefato – disse Supreme 1920.

– *No momento em que 5100 foi esfaquead@, no coração, perdi a capacidade de agir através del@, mas continuei assistindo a tudo. Fascinante, essa corda. Mas se permanecestes conectad@, a 5100 após o ataque...*

Oh sim, 5054, eu senti tudo em cada detalhe. Cada centímetro da faca rasgando o coração direito de 5100. Muito interessante, a tal sensação de "dor". Uma grata e nova experiência. Há coisas que, por mais incômodas que sejam, apenas nos fortalecem, não acha, 5054? A dor é melhor do que nada. Melhor que o vazio...

Nunca senti nenhuma dor muito intensa, mas creio no que vós dizeis.

O ódio não deixa de ser uma forma de dor, Monge 5054 – disse Supreme 1920, reluzindo forte. *– É como uma flecha que nos atiram e cai ao chão, mas a pegamos e a enfiamos em nosso próprio peito. Várias e várias vezes, várias e várias vezes...*

A aura de 5054 esmaeceu com o comentário. Não que el@ pensasse poder esconder coisas justo de Supreme 1920, por mais que as enterrasse na memória. Ou, ao menos, não por tanto tempo.

Não é preciso deixar o receio tomar sua aura, 5054. Estou ciente do veneno da ira que você nutre por Lah-Ura desde o instante em que você saiu de seu rito de Purificação, anos atrás. Seu ódio vermelho é muito bem escondido, mas cintila para mim, tão brilhante quanto o sol Sango no zênite celeste.

Mas então, por que... como...

Ora, 5054, muitos cidadãos pensam que não percebo suas emoções. Creem que minha mente está ocupada com questões transcendentais. Mas a verdade é que eu percebo tudo. Tudo. Estou conectad@ a todos nesta cidade. Esta é a minha sina: ouvir cada pensamento, captar cada sentimento. E é por isso que sou vazi@. Para lidar com o fluxo incessante da malha psíquica, é preciso ser nada. É preciso ser nada para acolher tudo.

Imenso é vosso poder e magnífica é vossa responsabilidade, oh Luminescente – disse 5054. *– Estou envergonhad@ e disponível para uma nova reciclagem.*

Não há razão para vergonha, 5054. E não, eu não o enviarei ao Templo da Purificação para que retorne com seu emocional neutralizado.

Não?! – espantou-se 5054.

Vislumbro a sua ira como algo que pode ser útil. O que floresce entre seus corações é um ódio, como dizer... fascinante. Sim, penso que "fascinante" é a palavra justa. Ele é vermelho e intenso e profundo. É lindo.

Não sei se compreendo – disse 5054, ainda sem acreditar no que ouvia. Estamos em guerra, e não podemos nos dar ao luxo de manter nossa posição pacifista. Já toleramos demais as intrusões constantes dos Cultistas no mundo ocidental. Cidadãos de outras comunidades já nos acusam de condescendência indevida. Nos últimos anos, houve relatos de bebês sequestrados em lugares tais quais Burgo Luminal Oeste, em Aurora e até mesmo na austera Solaris. As circunstâncias pedem outro tipo de atitude.

Mas... Violência, Supreme? É com certa vergonha que sustento meu ódio, admito.

Supreme 1920 se aproximou, envolvendo 5054 num abraço áurico jamais oferecido a nenhum outro membro do Ilê Monástico. As luzes de ambos se fundiram numa só, e 5054 sentiu seu corpo estremecer num prazer que percorria sua coluna vertebral como um jorro de água quente. El@ nunca tinha feito sexo na vida, mas imaginava que a sensação não deveria ser muito diferente. A imagem de uma chuva de centenas de pétalas vermelhas assaltou a mente de 5054, antes de a conexão ser rompida e Supreme 1920 voltar a discursar com sua irresistível voz telepática:

A flor rubra e selvagem que brota em seu peito será útil. O que caracteriza uma virtude não são ideais incorpóreos ou qualidades etéreas, mas a adequação às necessidades de um dado momento. Agora, seu ódio é mais virtuoso e doce do que a mais elevada compaixão. O que me diz se eu oferecer a oportunidade de uma desforra?

Desforra?

Sim, desforra. Desforra contra a fêmea conhecida como Lah-Ura 23. É chegado o momento de reagir, 5054. Começaremos descobrindo como há tantos espiões infiltrados entre nós, e de que forma eles conseguem passar invisíveis até a mim.

E como faremos isso?

Eu tenho sérias suspeitas sobre como eles fazem o que fazem – disse Supreme 1920, acariciando a corda. – E, se for conforme penso, haverá um gosto todo especial em usar tais instrumentos contra eles mesmos.

De que forma posso ajudar?

Você está liberad@ até segunda ordem, Monge 5054. Precisarei falar com algumas Kayeras e organizar algumas coisas. Entrarei em contato com você. Antes que chegue a baixa estação, teremos Lah-Ura 23 em nosso poder. E você não precisará mais conter esta magnífica flor vermelha que desabrocha em seu peito. Ela florescerá, e seu perfume se espalhará entre os Cultistas de Kalgash.

8

O ritual unimente
(Onze anos para o fim do mundo)

Tomando-me em seus braços, Alagbawo-Re 930 iniciou as carícias mentais que, precedendo o sexo, tornavam tudo agradável. Cada um de seus seis centros energéticos passou a vibrar com mais velocidade, estimulando os meus em correspondência. Era gostoso, eu não podia negar, ainda que seu corpo masculino não me atraísse. Nossas testas unidas e suas mãos acariciando minha aura me lembraram a sutileza de Kay. Ela sabia bem como mexer comigo, indo da doçura mais branda à selvageria. Alag, porém, se manteve por mais tempo na etapa das carícias, talvez por timidez. Tentei ajudá-lo, tomando a iniciativa, e iniciei a acariciar seu pênis, que endureceu rápido. Ele recuou um pouco, assustado com a própria excitação.

– Você não precisa tocar meu membro, se não gosta – disse ele.

– Relaxe, Alag. Não há problema algum – respondi, unindo novamente nossas testas.

Eu sou Alagbawo-Re 930 – mentalizei, iniciando o processo de fusão unimente. – *Ele é Tulla 56. Eu sou Alagbawo-Re 930. Ele é Tulla 56.*

O primeiro relâmpago mental surgiu com a imagem de um menino correndo de um lado para o outro, enquanto seu pai se empenhava em semear cereais. *Quanta alegria, filho!*, exclamou o macho do Ilê Agbe. Havia sido o pai-gênese de Alag, percebi. Quanto ao que transbordava de mim para Alag, apenas ele poderia me dizer ao fim de nossa interação.

Eu sou você, você é eu.

Nossos centros de energia giravam cada vez mais rápido, soltando faíscas na medida em que nossos corpos se atritavam. A imagem masculina de Alag oscilou diante de meus olhos, transformando-se numa fêmea por alguns segundos. Por pura boa vontade, ele vestiu uma roupa psíquica feminina com o objetivo de me agradar. *Alag, você é uma pessoa muito gentil*, agradeci. Ele sorriu, ainda um tanto tímido, e suas mãos tocaram meus seios, usando de firmeza adequada: nem muito forte, nem com languidez.

O segundo relâmpago adveio ao mesmo tempo em que a imagem de Alag se firmou numa forma feminina lindíssima: uma fêmea alta, muito mais alta do que Kayera, cujos seios impressionantes apontavam para o céu, na direção dos sóis. Fiquei úmida de excitação. *Tulla 56* – disse Alag, com uma voz feminina telepática criada da ilusão. – *Desejo seu corpo, desejo sua mente, desejo que você me possua!* Com minha vagina, engoli seu membro viril. Com vontade e determinação, passei a possuí-lo, fazendo-o arfar e delirar. Mesmo descontrolado, ele manteve a ilusão feminina apenas para me garantir o prazer. Qualquer outro macho seria incapaz de sustentar a ilusão após chegar a um determinado nível de excitação sexual.

Eu sou você, você é eu.
Eis que o terceiro relâmpago irrompeu em minha mente, desvelando a essência de Alag em todo seu esplendor. Tudo o que ele era se desdobrou dentro de mim, como a luz dos sóis aquecendo a minha pele. Ele era lindo... Não. *Eu* era lindo, inteligente e poderoso. Mais poderoso do que era capaz de imaginar, todavia contido e temeroso de mim mesmo. Eu era Alagbawo-Re 930, médico-mor da Cidade Iridescente. O mundo ao meu redor se revelava como um intrincado mecanismo biológico interdependente, e eu era hipersensível aos menores gestos, aos sinais sutis dos corpos alheios. Com pouco esforço, eu seria capaz de diagnosticar os processos físico-químicos no corpo de qualquer pessoa.

Ele-eu gemeu com voz feminina, e eu-ele senti um calor crescente subir de minha virilha até meu sexo. Meus seis centros de energia giravam cada vez mais rápido, e a velocidade me fez estremecer. Ele-eu mordia meus-seus ombros, sugava meus-seus seios e minha-sua vagina o-me engolia com vigor. Eu-ele podia sentir que ele-eu estava prestes a atingir o orgasmo. Eu-ele, contudo, estava longe e demoraria mais ainda, se ele-eu não tivesse usado muito bem seu conhecimento sobre minha-sua pessoa. Subitamente, como se tivesse sido trazida até mim pelos raios solares, eis que Kay surgiu no lugar de Alag-mim, tomando meus-seus seios entre suas mãos e ordenando:

Goze, gostosa!
E eu gozei. *Nós* gozamos. O quarto relâmpago cintilou forte, a ponto de nos fazer vibrar por alguns minutos. Minutos nos quais todo o nosso senso de individualidade foi dissolvido, mesclado ao fulgor energético dos sóis que nos iluminavam. Nenhuma barreira ficou de pé: eu era ele. Ele era eu.

Amo você, Kay, murmurei, antes de desabar nos braços de Alag. Senti todo o restante de minha essência, todo o meu eu se derramando como água no receptáculo que era a mente dos mais poderoso médico da Cidade Iridescente.

∞

— Muito inteligente de sua parte usar Kayera 777 como recurso — disse eu, rindo de soslaio, enquanto me limpava. Ainda estava trêmula, tentando reconstituir um senso mínimo de individualidade. Orgasmos uníssonos geravam o fenômeno unimente, e era a primeira vez que eu experimentava algo do tipo com alguém além de Kay. Alag parecia inseguro. Deu um sorriso nervoso, e disse:
— Perdoe-me por usar a imagem de Kay, mas eu não conseguia mais me conter... Para a unimente funcionar, precisávamos chegar ao orgasmo ao mesmo tempo.
— Não há o que perdoar, Alag. Eu gostei!
— Mas vamos ao que importa. Fundimos nossas mentes. Por alguns segundos, eu fui Tulla 56, e você foi Alagbawo-Re 930.
— Uma experiência muito agradável, pelo menos para mim. Você é incrível, Alag!
Ele sorriu e fez uma mesura de agradecimento.
— Se me elogiar mais, Tul, corro sério risco de me ver atormentado pelo veneno da soberba. Quanto a você...
— Sim? O que você viu?
— Tul... Eu não vi nada de errado. Vi apenas virtudes. Não identifiquei espaços intocáveis, bloqueios mentais, defesas telepáticas, nada do tipo. Só achei estranho o seguinte: não rastreei nem mesmo o veneno mental do apego que em tese você nutre por Kay. Sobre os bloqueios telepáticos: se há algo errado, não está em sua biologia.
Não sei se fico feliz ou se me desespero, pensei, exausta.
— Por que você não me diz o que há? Quais são os pensamentos que, segundo você, ninguém consegue captar? Se há algo de realmente incômodo, creio que deveríamos solicitar o auxílio direto de Monge Supreme 1920.
Fiquei em silêncio por alguns segundos, sem ter certeza de como deveria proceder. Se eu dissesse para ele tudo o que eu sabia, se eu contasse para ele que o grande objetivo dos Cultistas era de algum modo aliciar Itzak 42 e que Orin 53 tinha ciência da espionagem de Ranya 722, eu poria todos nós em risco. Eu talvez fosse acusada de

cumplicidade, por ocultar a condição de minha ex-mãe por tanto tempo. Arimeo 500 tentaria me responsabilizar pelos atos de Ranya.

Se eu contasse tudo, Alag não conseguiria bloquear esta informação de sua mente, não com Supreme 1920 se tornando mais poderos@ com o passar dos anos. Eu já estava me pondo em risco, só pelo fato de Alag saber que eu ocultava algo. Esse conhecimento iria se alastrar por toda a malha psíquica de Iridescente, e Supreme 1920 iria querer conversar comigo num futuro próximo.

Decidi, naquele momento, o que eu deveria fazer: descobrir um modo que me permitisse ir até Kalgash confrontar minha ex-mãe e exigir explicações. Como membro do Ilê Tulla, eu tinha salvo--conduto no Deserto de Outrora. O problema seria obter consentimento para usar o balão, já que era esta a única maneira de cruzar o rio Omi-Okun. Caminhar rumo ao Oeste até que ele se tornasse Leste seria tão cansativo quanto inútil, pois eu me depararia com o Mar Incógnito, ainda maior que Omi-Okun. Mas eu precisaria dar um jeito de encontrar minha ex-mãe. A depender das respostas que Ranya eventualmente me desse, eu mesma procuraria Supreme 1920. Então, menti:

– Alag, devo confessar uma pequena trapaça: eu queria experimentar sexo com um macho de quem eu me orgulhasse, e essa foi a forma que encontrei para conseguir.

– Como assim? Tulla, isso não pode ser. Se você desejava fazer sexo comigo, bastava dizer. Não era necessário recorrer a subterfúgios. Qualquer macho heterossexual teria prazer em fazer sexo com você! Sua aura é magnífica!

– Eu estava insegura. Todos sabem o quanto você é ocupado. Pra mim, você é quase inalcançável.

Era mais do que esperada a facilidade com que Alag aceitava minha mentira. Numa cultura como a nossa, tão acostumada com a transparência e a verdade, qualquer coisa que seja dita tende a ser absorvida sem grandes contestações. Para a maioria das pessoas em nosso mundo livre de desconfianças, do mesmo modo que não poderia existir um oposto para a luz, o oposto da verdade seria inconcebível. Eu, claro, era a anomalia. Mentirosa típica desde a mais tenra infância, uma verdadeira filha de minha mãe. Num mundo onde estamos obrigados à verdade, mentir é um poder bastante significativo.

– Achei que você não apreciasse corpos masculinos.

— E não os aprecio, de fato. Mas devo escolher um marido no futuro, não é mesmo? E você ainda não desposou ninguém, não fez filhos. Dentre os machos de Iridescente, você me parece o melhor candidato.

— Você acha que deveríamos casar e procriar, eu e você?

— É algo sobre o qual deveríamos pensar com bastante consideração.

— Creio que somos compatíveis, Tul. O Conselho aprovaria, e seria uma honra constituir família com você. Precisamos checar nossa sinastria com algum Wolika-Orun.

— Temos os traços necessários, Alag. Nenhuma paixão move nossos intentos. Você não manifesta exigências emocionais em relação a mim, eu não manifesto veneno do apego em relação a você. Creio que nossa sinastria será ótima.

— Eu só não escolhi nenhuma fêmea até hoje, porque estou muito envolvido em meus estudos e a ideia de alguém demandando minha atenção é intimidadora, admito. Sim, creio que você seria uma escolha adequada, Tul. E eu, é claro, não me oporia aos seus encontros sexuais com Kay. Poderia até participar, caso ela me aceite.

— Excelente, Alag — eu disse, levantando-me e me preparando para sair. — Mas não precisamos ter pressa. Ainda não apresentei minha Tese de Merecimento. Creio que podemos aguardar três ou quatro ciclos de Osala, o que me diz? Seis a oito anos?

— Acho bastante razoável, aprecio contratos bem planejados. Sobre o que versará a sua Tese de Merecimento, a propósito?

— As ruínas de Kalgash. Desejo saber o máximo possível sobre a civilização que nos precedeu, e por que ela se extinguiu.

Acariciei Alag em pensamentos e saí do Templo com uma pressa quase indisfarçada. Pude sentir os pensamentos despeitados de Alagbawo-Re 1221, cuja telepatia havia captado a minha relação sexual com seu colega 930. Tanto melhor que fosse assim. Minha proposta de casamento soaria mais convincente quanto mais gente a espalhasse pela malha psíquica da cidade. E Alagbawo-Re 1221 me parecia um ótimo fofoqueiro.

Sou mesmo filha da minha mãe, pensei, algo envergonhada.

E, é claro, ninguém em toda a Iridescente ouviu meus pensamentos.

9

O Templo do Progresso reabre suas portas
(Onze anos para o fim do mundo)

O Ilê Itzak se erguia imponente nos limites ocidentais da cidade, há centenas de ciclos de Osala. Conforme determinava a lei, desde o desaparecimento de Itzak 41 o local permanecera inacessível. O sol branco nascera e se pusera mais vezes do que qualquer um de nós conseguia recordar, e as portas do Templo do Progresso se mantiveram cerradas.

As casas e templos do mundo ocidental haviam sido erigidos conforme as diretrizes legais registradas nos arquivos diamantinos do Ilê Agbejoro: transparentes. Os dois motivos principais eram bastante razoáveis, e diziam respeito à nossa biologia. Sendo alimentados por energia solar, não faz sentido erguer construções opacas, com pouca passagem para a luz natural. Não seria saudável. E, considerando a malha psíquica coletiva, paredes opacas seriam ridículas, de nada serviriam, pois tínhamos acesso aos pensamentos uns dos outros. Qualquer estímulo à privacidade seria tido, no mínimo, como falta de educação.

Itzak 42 havia instituído uma comitiva de reinauguração, composta por mim e também por Kayera 777, Orin 53 e Monge 3921. No exato momento em que 3921 abriu a porta do Templo e tivemos a oportunidade de entrar, espantamo-nos com a diferença entre a visão a partir de quem olhasse de fora e a realidade de quem se encontrasse ali dentro.

— Pela luz branca de Osala! — disse Orin. — Que lugar incrível! Quantos objetos estranhos! Olhando de fora, eu não fazia ideia!

— Como os Itzakes conseguiram fazer isto? — perguntei.

— Você se refere a estes incompreensíveis objetos ou à ilusão de ótica causada pelas paredes? — perguntou Kay.

— Falo da ilusão. Como é possível não ver de fora as coisas como são aqui dentro?

Kay, entretida com a lapidação geométrica das paredes

cristalinas, não precisou de mais do que alguns segundos para fazer seu diagnóstico:
— Ora, ora... Muito engenhoso! Quem desenhou o Templo do Progresso investiu em conhecimento geométrico avançado.
— Como assim? – perguntou Itzak.

Kay alisou uma das paredes, e explicou:
— As paredes distorcem a percepção de quem está do lado de fora, graças a um intrincado efeito luminoso que causa a ilusão de ótica. A luz penetra este Templo, é desviada pelas paredes, ricocheteia em espelhos, é dissecada por prismas e, por fim, reconstituída. Só dá para ver como este lugar de fato é, aqui entrando.
— Isso está dentro da lei? – perguntou Itzak, sem demonstrar muita preocupação.
— Não entendo de leis e não sei responder sua pergunta, mas é um engenho magnífico! – disse Kay.

3921 tinha decidido nos acompanhar, não apenas pela amizade nutrida por todos, mas também pelo fato de que ao menos um@ Monge era necessári@ em circunstâncias relevantes. Reabrir o Templo do Progresso era uma ocorrência histórica. Monge 5054 teria sido a escolha mais óbvia, mas el@ andava se comportando de um modo distante. Eu estava lá como historiadora (e para acompanhar Kay, confesso). Orin, como sempre, recusava-se a abandonar seu antigo papel de mãe e seguia Itzak aonde quer que ele fosse, lambendo a cria. *Apenas interesse intelectual*, mentia ela, protegida pela ametista alterada.

Pedindo licença, 3921 saiu do recinto e ficou alguns segundos do lado de fora. Nos entreolhamos, curiosos, sem entender o porquê daquilo tudo. Até que el@ retornou, e seu relato nos deixou ainda mais espantados:
— Pode soar inacreditável, mas a ilusão de ótica causada pela estranha geometria deste lugar não se restringe à visão.
— Não entendi – disse Orin.
— Grandes luzes! – disse Kay, ao acessar as imagens mentais de 3921. – A geometria dos cristais deste lugar também bloqueia a telepatia!
— "Bloquear" não é bem a palavra certa – disse 3921. – O que estas paredes fazem é muito pior. Elas confundem a percepção telepática, tanto quanto iludem o sentido da visão. Com vocês aqui dentro, tentei ver através dos olhos de todos, e tudo o que consegui

233

foi engano. As paredes não apenas filtram a visão, elas alteram a percepção externa sobre o que pensamos aqui dentro.

Itzak permaneceu calado, parecendo mais interessado nos incompreensíveis objetos espalhados pela sala de entrada. Eu não conseguia entender pra que servia nada daquilo. Em meu Ilê se diz que, quando vemos algo pela primeira vez, tendemos a tecer comparações com coisas já conhecidas. Entretanto, nada havia no mundo ocidental que eu pudesse considerar aproximado às estranhezas que encontrei no Templo do Progresso.

— Vou repetir a questão: isso é legal? — perguntou Itzak.

— Não, não é — disse 3921, sem pestanejar. — Tantas são as leis quebradas, que eu precisaria fazer uma lista. Privacidade e engano intencional, só pra começar. Este Ilê não apenas oculta a verdade em seu interior, seja lá o que forem estas bizarrias espalhadas pelo recinto. Suas paredes ocultam as imagens mentais de quem está aqui dentro. Este templo é uma gigantesca afronta à doutrina arimeica. É uma ode ao veneno da separação.

— Grandes sóis! — disse Orin. — Se algum Arimeo souber disso, Itzak terá problemas.

— Não compreendo — disse Kay. — Até onde sei, todos os templos da Cidade Iridescente foram desenhados pelos Oluya-Woranes. Assim determina a lei arimeica. Quem arquitetou o Templo do Progresso, afinal?

Coube a mim responder, tentando disfarçar o terror ao me dar conta do óbvio. Uma "obviedade" a ser verificada, mas forte o suficiente para causar um princípio de pânico. Sim, eu estava terrificada. Diante de tudo o que descobrimos naquele dia, considerando as perguntas que eu trazia ocultas há tanto tempo, fui tomada por uma urgente suposição acerca de meus próprios problemas. É claro, ninguém captou de mim nem o mais vago traço de informação. Adiantei-me e respondi à pergunta de Kay, tentando controlar o tremor:

— Oluya-Woran 11 o fez. Estudei a história deste lugar antes de virmos aqui. Ele desenhou o projeto para seu amigo Itzak 1, chamado "o desvelador", e ambos tiveram a ajuda de uma Kayera, a de número 66.

— Isso é alarmante — disse 3921. — Então, a artimanha da arquitetura deste templo foi uma obra engendrada por vários cidadãos oriundos dos mais respeitáveis Ilês.

— Só eu estou fascinada com a tecnologia da coisa e pouco me importando para as implicações legais? – comentou Kay, enquanto alisava uma parede com suas duas mãos.

Itzak coçou o tufo de fios negros no alto de sua cabeça. Parecia pensar nas consequências inesperadas daquilo tudo. Caminhou em torno da sala de entrada e disse:

– A mim, a questão inescapável é: por que fizeram isso?

– Por um bom motivo é que não foi – opinou 3921. – Quem esconde algo, o faz por intenções escusas. Suspeito de Cultismo. Essa gente é especialista em tecnologia estranha, capaz de bloquear pensamentos. Separatismo. Crime da mente.

– Meus pensamentos são bloqueados, a não ser que eu autorize o acesso a eles. Sou um criminoso, é o que você está dizendo, 3921? – perguntou Itzak, com ironia na voz.

– Não é a mesma coisa, você sabe disso. Você é vítima de uma mutação biológica, Itzak. Falo de coisas feitas por pessoas, atos intencionais.

– E o que devemos fazer? – perguntou Orin, preocupada pelo filho.

– O correto – respondeu 3921. – Temos que contar tudo para Monge Supreme 1920. Sua Luminescência há de descobrir se há tecnologia Cultista aplicada aqui.

Creio que, naquele momento, eu havia sido a única a ter uma razão a mais para o desespero. Se as paredes do Ilê Itzak constituíam tecnologia de ilusão telepática e elas fossem investigadas, Supreme 1920 e os Arimeos poderiam descobrir também o que eu desconfiava ser o *meu* segredo. Isso, claro, se eu estivesse certa em minhas suspeitas de que era a pedra em minha tiara a responsável por ocultar meus pensamentos, mesmo contra a minha vontade. Eu tinha um filtro em minha testa, e ele era mais poderoso do que a telepatia do próprio Itzak ou de Supreme 1920. A tecnologia provavelmente era similar à das paredes daquele lugar. Decifrar uma coisa levaria à suspeita de outra, e em pouco tempo a Polícia do Pensamento entenderia como Ranya 722 havia conseguido ocultar sua mente. Quanto tempo demoraria até que o Ilê Monástico decidisse inspecionar todas as tiaras da cidade? O que aconteceria comigo? Eu seria, muito provavelmente, reciclada. Nem lembraria de nada ao final. Talvez fosse mais correto se eu me rendesse, mas eu não queria isso. Eu não queria esquecer tudo o que eu descobrira até então. Eu sabia que um mistério levaria a outro e que tudo aquilo tinha, de algum modo, a ver com os segredos de Kalgash.

Angustiada, pus-me a pensar em minhas alternativas. Eu poderia fugir de Iridescente usando o bibi, até alcançar o rio Omi-Okun. O problema é que, uma vez lá, eu não teria como atravessar as águas. Para usar o balão, alegando pesquisa de campo em Kalgash, eu precisaria fazer uma solicitação formal. Eu também poderia me esconder em qualquer outra cidade, como Fulgor ou Aurora, e inventar uma nova identidade. Eu teria que continuar a me dizer uma Tulla, é claro, pois minha tatuagem na nuca e minha tiara me entregariam. Mas eu poderia mudar meu número para um mais recente. Uma vez que ninguém era capaz de identificar meus pensamentos proibidos, eu poderia passar despercebida por um tempo. Esta seria, porém, uma solução temporária, e em algum momento a farsa seria desvendada. Eram muitas mentiras, uma dentro da outra. Difícil suportar isso.

Ou eu poderia procurar Supreme 1920 espontaneamente e contar tudo. Sua Luminescência era conhecid@ por sua compaixão, e haveria de ser just@ comigo. Não seria necessário me reciclar. Eu poderia ajudá-los por livre e espontânea vontade..

Para minha surpresa, não precisei escolher. 3921 se aproximou da porta e ordenou:

— Fiquem aqui. Preciso sair deste lugar para poder enviar a mensagem correta para Monge Supreme 1920.

Mas, antes que 3921 se retirasse, Itzak se adiantou e deteve @ Monge:

NÃO! — urrou Itzak no plano mental, sua voz telepática irrompendo como uma explosão vermelha em nossas cabeças.

Kay cambaleou, como se fosse cair, sendo amparada por Orin. Sangue escorria de meu nariz, não muito, mas o suficiente pra me fazer lembrar do momento em que ajudei aquele macho a nascer. Em minha mente, o comando de Itzak reverberava em seu eco quase irresistível: *não não não não não não...*

Você esquecerá tudo, 3921. Nada há de errado aqui — disse Itzak, latejando seu comando. Voltou, então, sua atenção para nós. — *Todas vocês esquecerão!*

3921 e Kay foram atingidos em cheio pela ordem telepática, ficando paralisados onde estavam. Mas nem eu e nem Orin fomos afetadas, a não ser por uma excruciante dor de cabeça que de nós se apossou. Itzak mal podia crer em nossa inesperada imunidade:

— Mas o que...? — disse ele.

— Pela luz do Esplendor, meu filho! O que você pensa que está fazendo? — disse Orin, massageando as próprias têmporas.

3921 havia sido durante golpead@, mas, mesmo assim, mantinha sua camuflagem psíquica. Era uma criatura fantástica, aquela. Tanta disciplina, tanto autocontrole. El@ e Kayera estavam paralisados, como que congelados no tempo. Antes que Itzak tentasse seu feitiço mental mais uma vez, adiantei-me e o tomei pelo braço esquerdo, dizendo:

– Por favor, Itzak, não tente apagar nossas memórias mais uma vez. Você não vai conseguir, e não sei que tipo de mal isso poderá fazer a mim e a Orin, se você forçar.

– Como isso é possível? Eu não quero fazer mal a ninguém aqui, mas não posso correr o risco de que tenham acesso às recordações de vocês. Não quero que o Templo do Progresso seja fechado! Eu preciso compreendê-lo!

– Ninguém saberá de nada – eu disse. – Acho que sei o que está acontecendo, Itzak. Libere Kay e 3921. Vamos conversar apenas nós três.

Com um gesto e um irresistível feitiço mental, Itzak fez com que Kay e 3921 saíssem do recinto, com as memórias recentes reescritas. Kay se lembraria de algumas maravilhas tecnológicas difíceis de compreender, e só. Nem ela e nem 3921 manteriam lembranças do efeito das paredes, e se limitariam a relatar banalidades do Templo do Progresso.

∞

– Não entendo bem como você fez essa magia, Itzak, mas isso é errado de todas as formas possíveis! Errado! – disse Orin.

Itzak, por sua vez, parecia mais incomodado com outra coisa.

– Devo ter feito errado mesmo, pois não funcionou com você, nem com Tulla. Mãe, escute: foi necessário.

– "Mãe", não! Orin! Use meu nome próprio, você já é adulto, Itzak! Porte-se como um!

– Isso é a voz de Olu em sua consciência falando, não você – disse ele, rindo. – "Mãe", "Orin", que diferença faz? Como você conseguiu resistir ao meu comando?

Resolvi me meter. Eu não poderia ficar calada:

– A pergunta certa na verdade é: como você sabe fazer isso? Quem ensinou você a reescrever memórias? Isso é um grave crime, Itzak!

– A primeira vez eu fiz sozinho, por volta de meus treze anos. Foi a forma que encontrei de reagir contra as ações hostis de outros jovens contra mim. Fiz com que um garoto esquecesse tudo o que

237

havia aprendido até seus quatorze anos. Ele me perseguia sempre que podia, fazendo troça de minha aparência, dos pelos em minha cabeça, dos meus óculos, da cor dos meus olhos...
— E o que aconteceu? — perguntou Orin. — Eu não lembro disso!
— Eu não tinha a intenção de fazê-lo esquecer como se contém a evacuação ou como se anda. Mas ele se restabeleceu, após alguns ciclos de Yewa — disse Itzak.
— Não repreenderam você? — perguntei.
— Isso não pode ter acontecido! Eu era sua mãe, eu saberia! — disse Orin.
— Supreme 1920 fez com que todos em Iridescente esquecessem. Foi el@ quem me ensinou a reescrever memórias. El@ disse que eu tinha talento, e me ensinou.
— O que você está me dizendo? Monge Supreme 1920 fez isso?! El@ chamou esta indecência de... *talento*? — perguntou Orin.
— Ele fez isso várias vezes, que eu saiba — disse Itzak, sem demonstrar nenhum sinal de consciência da gravidade de tal atitude.
— Sou o único imune.
— Você está falando sério? — perguntei. — Monge Supreme 1920 não apenas ensinou você a reescrever memórias, como faz o mesmo quando assim deseja e bem entende?
— Sim. Supreme 1920 viu a necessidade da exceção. *Em circunstâncias excepcionais, devemos abrir exceções*, disse el@. E el@ é Altíssim@, ora! Reescrever as memórias é uma forma de restabelecer a ordem.
Eu e Orin nos encaramos, chocadas. Comecei a pensar a respeito daquilo tudo, a considerar as alternativas. Se o comando de esquecimento de Itzak não funcionava em nós, mas o de Supreme sim, o que dizer disso? Como Supreme 1920 conseguia ter tamanho poder? Orin parecia ainda mais atordoada. Olhos arregalados, mãos tapando a própria boca, a ex-mãe de Itzak ficou sem ação, até que rompeu o silêncio e disse:
— Pela luz do Esplendor, Itzak 42! Escute o que você mesmo está a dizer, meu ex... Ah, danem-se os protocolos... Meu *filho*! Meu filho, não foi isso o que eu e Olu ensinamos. Jamais incentivamos a indecência do relativismo moral. Isso é coisa de bárbaros! A moral civilizada é regida pelo imperativo ético do Ilê Arimeo! Não há "ações de exceção"! Há apenas a verdade como meta suprema! Não posso acreditar que Monge Supreme 1920 tenha ensinado isso, estou pasma!
Antes que Itzak pudesse responder qualquer coisa que fosse,

decidi interromper Orin. Eu já tinha ouvido demais, e havia decidido o que fazer. Virei-me para Orin, e disse:
– De delitos pelo visto entendemos, Orin. Não exagere, nem seja hipócrita.
– Do que você está falando?
– Estou falando disto, é claro – respondi, apontando a gema em minha tiara. – Vai fingir que você não sabe de nada? Eu sei sobre a sua ametista, Orin.
Itzak e Orin permaneceram ambos mudos, encarando-me. Ela não esperava mesmo que eu soubesse de tudo. Fui até uma das paredes da sala, observei sua exótica geometria, e resolvi expor minhas suposições:
– Você quer saber como eu e Orin resistimos ao seu comando, Itzak. Acho que tenho a resposta. A verdade, creio, está nas joias que eu e Orin usamos em nossas tiaras.
Eu era incapaz de identificar os verdadeiros pensamentos de Orin, assim como ela seria incapaz de identificar os meus. Mas a leitura corporal era inconfundível: ela estava apavorada.
– Você também é uma Cultista? – perguntou Orin. – Trabalha com sua ex-mãe?
– Como assim? – perguntou Itzak.
– Apenas um instante, por favor, Itzak – pedi. – Não, Orin, não sou uma Cultista. Que eu saiba, *você* trabalha com Ranya.
Ela se pôs a chorar.
– Eu não trabalho com ela! Juro! Aceitei usar a pedra que Ranya me deu apenas para proteger Itzak. Ela me disse coisas, contou-me coisas... Demonstrou que poderia me ajudar, e eu estava desesperada... Ela parecia ter respostas sobre as suas estranhezas físicas, meu filho! Como eu poderia recusar ajuda?
– Ao menos você usa a joia porque deseja – eu disse. – Eu acabei de descobrir que também porto uma. Ranya deve ter encontrado um jeito de inserir esta pedra em minha tiara no momento da minha Assunção do Nome Próprio.
– Ewi 4300 foi a voluntária na distribuição das tiaras no dia de sua Assunção – lembrou Orin, enxugando as lágrimas.
– Faz sentido. Tenho certeza de que Ewi é também uma infiltrada e usa uma tiara como a nossa. O ferimento que ela sofreu deve fazer parte de alguma estratégia a fim de preservar sua idoneidade em Iridescente. Gente astuta.

Itzak nos ouvia com atenção. Enquanto examinava distraidamente um dos muitos artefatos do Templo do Progresso, ele disse:
— Creio que tenho muito a aprender. Ignoro a função destes objetos. Ignoro a própria tecnologia aplicada nas tiaras de vocês, que parece ser também a tecnologia das paredes de meu Ilê. Se o que vocês dizem tem cabimento, há uma relação entre o Templo do Progresso e os Cultistas de Kalgash.
— O que, convenhamos, não faz sentido algum — eu disse. — O Ilê Itzak é, como diz o nome deste lugar, dedicado aos avanços, ao progresso. Os Cultistas são fanáticos religiosos que dedicam seu tempo a cultuar um tal Menino-Deus.
— Sinto nojo dessa gente! — disse Orin. — Sinto nojo de mim ao saber que colaborei com eles! Cooptaram meu pai-gênese e me tornaram cúmplice dessa imundície!
Tomei com delicadeza a mão de Itzak que, mesmo incomodado com o toque, olhou-me com ternura. Ele sempre me considerara uma grande amiga. E eu estava disposta a fazer isto perdurar, pois sabia que ele era um bom sujeito. Perigoso, talvez mal orientado, dado ao relativismo moral, mas bom em essência.
— E se as coisas não forem o que parecem? — eu disse, olhando para Orin. — Confesso estar muito assustada, até mesmo magoada com as atitudes de Ranya 722. Mas há coisas que precisamos entender melhor.
— Devemos ocultar tudo isso até de Supreme 1920? — perguntou Itzak.
— *Principalmente* del@ — respondi. — Itzak, você se dá conta de que Monge Supreme 1920 ensinou você a fazer uma das coisas mais reprováveis do mundo civilizado? Reescrever memórias é um grave crime. Equivale a uma expressão pouco usada: estupro.
— O que é "estupro"? — perguntou Orin.
— É forçar alguém a fazer sexo contra a vontade — respondi. — É impor o seu desejo sem o consentimento alheio.
— Ora, isso não existe! — disse Orin, rindo. — Quem haveria de querer uma relação sexual sem desejo mútuo?
— Já existiu — respondi. — Sexo forçado faz parte da história do início de nossa civilização. Os registros do Templo da Memória informam que, logo após a queda de Kalgash, machos enlouquecidos atacavam fêmeas isoladas. Vinham sempre em grupos de três a cinco, já que seria muito difícil vencer uma fêmea em termos de força física.
— Que horror! — disse Orin.
— Quero que você entenda isso, Itzak — continuei. — Reescrever

memórias é como um estupro no plano mental. É tirar do indivíduo o direito inalienável à memória de suas experiências. Dominar a mente alheia é como dominar o corpo, talvez pior.

— E por que a entidade mais elevada do Ocidente me ensinaria algo errado?

— Pois é. Isso já me dá razões para duvidar da pureza de Supreme 1920. Mas de uma coisa eu sei: Ranya 722 casou com um Arimeo apenas para sustentar um disfarce. Para aguardar um nascimento. Pelo que entendi na época, tudo tinha a ver com você, Itzak.

— Comigo?

— Eu era só uma criança, mas entendi tudo! Eles queriam apenas proteger você, queriam que você fosse ao encontro de Lah-Ura em Kalgash. Talvez estivessem cientes de seus enormes poderes, e quisessem cooptar você para a causa Cultista. O problema é que Supreme 1920 não me parece ser muito melhor do que eles. Todos parecem querer usar você como instrumento, meu caro amigo. Talvez seja a hora de assumir um papel mais ativo em seu próprio destino: não arma de uns ou outros, mas sujeito de seu próprio querer.

— Você sabia? — perguntou Orin, assustada.

— Desde o primeiro dia, mas perdi a parte em que você aceitou a tiara. Eu era ainda apenas uma criança, quem acreditaria em mim? E passo a desconfiar que fiz bem em nada dizer aos demais. Em minha ingenuidade, pensava ser boa na arte do escudo mental. Mal sabia eu que Ranya 722 havia me inserido no redemoinho de suas tramas. Jamais compreendi porque ela me fazia usar joias. Agora sei.

— Mas você poderia ter contado tudo pra alguém — disse Itzak.

— Ranya sabia que eu não faria isso. Ela sabia que eu planejava ser uma Tulla e teria que manter um bom relacionamento com os habitantes de Kalgash. Ela se arriscou, é claro. Eu poderia ter contado tudo. Talvez ela me conhecesse melhor do que eu imaginava. Afinal, era minha mãe-gênese...

— Escutem — disse Itzak. — Se o que Tul diz é verdade, nós três temos as mentes protegidas e estamos em um lugar inacessível. Concordo em manter segredo de Supreme 1920... por ora. Preciso saber mais.

— E o que você pretende fazer? — perguntou Orin.

— Vamos até o último andar do Templo, pois chegou a hora de acionar o icosaedro diamantino. Quero conversar com meu antecessor, Itzak 41, e quero vocês presentes.

Fomos. Subimos as escadas, cujos degraus mudavam de cor e emitiam notas a cada toque de nossos pés, como se caminhássemos dentro de um instrumento musical. Itzak cantarolou durante o trajeto e eu, empolgada, fiz o mesmo. Orin pareceu um pouco chocada, porém não nos repreendeu e até nos acompanhou. Ali dentro, poderíamos ser o que quiséssemos. Poderíamos até cantar, se quiséssemos.

Orquídeas, pensei.

Éramos como as flores rebeldes de Fulgor.

E eu gostava disso.

10

**Estratégias de guerra
(Onze anos para o fim do mundo)**

Após saírem do Ilê Itzak, Monge 3921 e Kayera 777 se entreolharam por alguns segundos, como se tentassem lembrar do que precisavam dizer um ao outro. Kay foi a primeira a romper o silêncio:
— Pensei que seria um lugar mais impressionante.
— A expectativa não é um veneno grave, mas é traiçoeiro — disse 3921.
— Ainda assim, fico contente que meu ex-irmão biológico tenha encontrado seu caminho. Falando em caminhos e trilhas, você pretende fazer algo no próximo ciclo de Omulu? Pensei em apresentar o veículo automotivo de duas rodas para a Polícia do Pensamento. É bem mais leve e ágil que as quadrirrodas, seria útil pra vocês.
— Seria um praz... espere... — interrompeu 3921, ao receber um chamado telepático.
— Alguma convocação? — perguntou Kay.
— Sim, um chamado de Supreme 1920. Sua Luminescência deseja falar conosco.
— "Conosco"? Por que Sua Luminescência haveria de requerer minha presença?
— El@ convocou todas as Kayeras. Sua Luminescência deve ter algum projeto.
— Ótima oportunidade para irmos de bibi! Venha comigo! — disse Kayera, empolgada, tomando 3921 pelo luminoso e diáfano braço.
Em pouco tempo, a dupla alcançou o Ilê Monástico. A antessala estava repleta de Kayeras, antigas e recentes. A maioria transparecia alguma ansiedade, pois não era sempre que alguém tinha a oportunidade de ter um contato direto com Monge Supreme 1920.
Saudações, radiante 3921! — transmitiu Monge 5054, atravessando a antessala na direção dos recém-chegados. — *Confesso curiosidade: como foi a reabertura do Ilê Itzak?*
3921 parecia distraíd@. Por um segundo, deu a impressão de não

ter recebido a transmissão de 5054. Respondeu usando a voz, algo incomum entre Monges:
— Hã? O quê? Oh... olá, 5054. Segui os protocolos, nada de muito significativo. Um lugar interessante, com objetos cujas funções desconheço. Não deve ser à toa que se chama "Templo do Progresso". Os objetos dele devem fazer sentido pra quem nascer daqui a mil anos. Acabei de vir de lá, com Kayera 777.
— Saudações, Kayera 777 — disse 5054, fazendo uma mesura. — Que a luz sempiterna vivifique sua mente agora e no futuro.
— O mesmo digo eu, 5054 — respondeu Kay. — Como vai você? Parece mais feliz que o usual! Sua aura está tão dourada... e com tantos tons de vermelho...
— Eu estou bem, obrigado. Mas me preocupo com 3921. Tudo bem com você, irmã@? Noto perturbações sutis em sua aura. Há algo errado? Posso ajudar?
— Sim, está tudo bem, obrigado — disse 3921, massageando a têmpora direita. — É apenas uma coisa estranha, uma dor de cabeça.
— Estranho... — disse Kay. — Também estou com dor de cabeça...
Kay parecia ansiosa para se reunir com suas irmãs de Ilê. Percebendo isso, 5054 aproveitou a deixa e pediu licença, afastando-se com 3921 tomad@ pelo braço. Ao chegarem a uma distância adequada, 5054 passou a falar em voz telepática baixa:
"Dor", 3921? "Dor" está longe de ser "apenas" uma coisa estranha. "Dor" é algo preocupante, sempre. Você deveria procurar um dos Alagbawo-Res!
O dever vem antes, mas farei conforme você sugere... Alguma novidade da Polícia do Pensamento, 5054? Estou sabendo que lidaremos de outro modo com os Cultistas.
Mudança inevitável! Toleramos demais esses fanáticos, 3921! Deveríamos ter tomado uma atitude mais assertiva desde quando você capturou o tal Ayan! Ora, deveríamos ter agido ainda antes, quando eu e Oluya-Woran 30 tivemos aquele confronto com os rebeldes em Kalgash!
Você sabe que eu concordo, 5054. Mas e então, o que mudou?
Para a alegria das cidades civilizadas, Sua Resplandecência parece ter se dado conta da impossibilidade de sustentar uma política pacifista. Chega de apenas operarmos na defesa! É chegada a hora de cortar tudo desde a raiz! — disse 5054.
Você se refere a Lah-Ura, imagino.
Isso mesmo! Refiro-me exatamente a ela.
A ideia me agrada, admito — disse 3921. — *Desde meu confronto com essa gente, penso que deveríamos tomar atitudes mais incisivas. Eles são muito*

poderosos e cheios de recursos. O correto seria reciclar um por um. Veja o caso do terrorista, o tal Ayan, reciclado por Supreme 1920 em pessoa. Você sabe qual foi o destino dele?

Soube que foi reconvertido num membro do Ilê Agbe e vive em Solaris – disse 5054.

Louvada seja Sua Iridescência! Mas me conte, 5054: que cores são essas? O vermelho em minha aura, você diz? Para melhor servir nesses novos tempos. Explicarei mais tarde, 3921 – respondeu 5054, dando um sorriso estranhamente escarlate.

∞

A luz no interior do Ilê Monástico mudava na medida em que os sóis dançavam em suas revoluções, cada qual em sua particular velocidade. Ao anúncio alaranjado do crepúsculo de Omulu, seguiu-se a convocação de Monge Supreme 1920:

Jubilos@, estou por terem atendido ao meu chamado.

Nosso é o júbilo, nossa é a honra – responderam todos, em uníssono telepático.

Monges e Kayeras, temos um problema a resolver e estratégias a traçar. Noto, entretanto, pensamentos de dúvida.

Dito isso, uma das mais velhas Kayeras presentes, a de número 745, se adiantou:

Peço perdão se minha dúvida for categorizada como imprópria. Dentro de meu parco entendimento das leis, toda reunião importante para a cidade não deveria ser pública? Por que apenas Monges e Kayeras foram convocados? Por que esta... privacidade?

Monge Supreme 1920 reluzia como um sol na terra. Cintilou, e respondeu:

Não há nada de impróprio em sua dúvida, minha boa Kayera 745. O perigo da situação demanda um caráter de exceção. Ao final deste encontro, tudo ficará claro.

Kayera 777 estava impressionada. Ela já havia tido contato direto com Supreme 1920, mas em nada Sua Iridescência se assemelhava à sua versão anterior. A entidade suprema de quem Kay se lembrava era uma silhueta multicor belíssima, como se os sóis do céu dançassem em torno de um único ser. A nova versão de Supreme 1920, contudo, era ainda mais espantosa. Pulsando num redemoinho colorido em alta velocidade, só era possível comparar Sua Iridescência a um vórtice de luz. Uma espiral cintilante de onde os olhos não conseguiam se desviar. Olhar para el@ era ter o coração invadido por bons sentimentos. Ouvir sua voz era saber o que fazer. A espiral girava e enchia a mente dos presentes de certezas. Certezas absolutas. Certezas irresistíveis.

Que a virtude e a verdade estejam sempre conosco – disse Supreme 1920.

Elas estão no meio de nós – responderam todos, olhares fixos na espiral.

Corações ao alto! – comandou Supreme 1920.

Unidos aos sóis! – responderam todos.

Às declarações de praxe, seguiu-se o devido silêncio de um minuto, clássico em reuniões significativas. Supreme 1920 voltou a transmitir, girando e pulsando luz:

Virtuos@s Monges, engenhosas Kayeras, minha felicidade é quente como o Esplendor ao constatar que Iridescente pode contar com vocês. Vocês sabem dos últimos acontecimentos no Vale de Iyalenu. Acontecimentos assombrosos, cujos relatos eu também duvidaria, se não os tivesse presenciado. Sim, é verdade que minha consciência a tudo observou através de noss@ irmã@, Monge 5100. 5100, a quem doravante adjetivaremos de "intrépid@", como reconhecimento por sua glória.

Toda a glória a Monge 5100! – responderam os presentes, em uníssono.

Por razões desconhecidas, Ranya 722 traiu seus semelhantes, aliando-se a um Cultista que se encontrava invisível por algum traiçoeiro encanto. Não limitados ao torpe ato da traição, Ranya e seu associado feriram gravemente Monge 5100 e Ewi 4300. Por muitos ciclos de Osala, toleramos as intrusões desses bárbaros. A situação, contudo, tornou-se insustentável. Pensávamos que desejassem ser deixados em paz, que deles fosse o objetivo de defender as ruínas de Kalgash, e nada mais. Estávamos enganados! Eles continuamente nos invadem. Infiltram espiões em nossas cidades, casam-se com nossos irmãos e irmãs, têm filhos conosco, e fazem tudo isso sem serem detectados. Sequestram crianças, conforme relatos provenientes de outras cidades. Não sabemos o que pretendem, entretanto não nos cabe mais a passividade nem a boa vontade. É chegada a hora de pôr fim a este acinte: invadiremos e neutralizaremos os Cultistas de Kalgash. Um a um.

Kayera 745, a mais velha, foi a primeira a responder:

Em nome de minhas irmãs de Ilê, digo que estamos convosco, Vossa Luminescência. Dizei o que esperais de nós, e ficaremos felizes em cumprir vossa vontade.

O vórtice multicor que era Supreme 1920 reluziu e girou ainda mais rápido.

Folgo em saber, Kayera 745. A presteza do Ilê de vocês é elogiada em todos os registros diamantinos da história do mundo civilizado. Sua será a tarefa mais importante. Monge 6099, por obséquio, entregue a caixa a Kayera 745.

Deslizando pelo salão com suavidade característica, 6099 aproximou-se da Kayera mais velha e entregou uma caixa de madeira entalhada. Ao abrir o recipiente, a engenheira deparou-se com uma corda bem grossa, cravejada de pedras coloridas.

Eis uma arma – disse Supreme 1920. – *Um instrumento incapacitante desconhecido no Ocidente. Se enrolada em torno de qualquer parte do corpo de uma pessoa, paralisa-a até que desamarrada seja. Suponho que a resposta esteja nessas gemas, as espectrolitas. Entretanto, as propriedades não são dos cristais em si. O efeito provavelmente se dá pela quantidade de exemplares. Ou, talvez, pela lapidação. Sua tarefa é elucidar o mistério, informando quantas espectrolitas são necessárias para criar instrumentos semelhantes.*

As Kayeras se reuniram em torno da corda, passando-a de mão em mão.

– Magnífica! – disse Kayera 897.

– Um instrumento fascinante – disse Kayera 745. – Notem como desencadeia sensações anestésicas suaves apenas ao ser tocada.

– Aposto que o efeito paralisante se dá pela combinação numérica, conforme observou Sua Luminescência – disse Kayera 912, a mais nova.

– Não... – contestou Kayera 777, e foi impossível deixar de notar seu olhar distraído, que mirava o nada. – Não, não é a quantidade... É a lapidação... A geometria das gemas...

– Por que diz isso? – quis saber Kayera 912.

– Não sei explicar – disse Kayera 777, massageando a testa. – É como se eu já tivesse visto isso antes. Não consigo lembrar onde...

O vórtice que era Supreme 1920 girou ainda mais rápido, lançando faíscas douradas pelo ambiente. Então, transmitiu:

Engenharia reversa é a chave. Kayeras, necessitamos aprender como criar instrumentos semelhantes. Usaremos as armas de nossos inimigos contra eles.

– E se um desses espiões estiver entre nós e souber de nossas pretensões? – perguntou Kayera 777.

Policiais do Pensamento foram deslocados para a margem ocidental de Omi-Okun – disse Supreme 1920. – *Ninguém entra, ninguém sai. Nem mesmo as Tullas poderão viajar até Kalgash. O salvo-conduto está suspenso, por ora.*

– Mas Omi-Okun corta o mundo, desde o chuvoso Polo Norte ao abrasador Polo Sul, e tem dez mil medidas de extensão! – disse Kayera 912. – Ainda que convoquemos o Ilê Monástico das outras cidades, não teremos Monges suficientes para cobrir tudo isso!

– De fato – disse Kayera 777. – Vossa Luminescência, é impossível

cobrir o rio todo. Cultistas ainda poderão entrar pelas brechas na fronteira, ou espiões poderão escapar.
— Isso pode ser resolvido — disse 3921. — Podemos criar um escudo coletivo supersensível. Com a ajuda de Sua Luminescência, refinaremos nossa percepção e o rio será coberto de norte a sul. Ninguém sai, ninguém entra sem fazer soar o alarme telepático. *Que assim seja* — disse Supreme 1920. — *Kayeras, a tarefa prioritária é sua. Parem tudo o que estiverem fazendo, e dediquem o tempo a desvendar o mistério dessas pedras.*
— Mas como esconderemos estes planos dos outros irmãos cidadãos? — perguntou Kayera 745. — Não temos como ocultar pensamentos, é impossível!
Eu filtrarei cada pensamento, com o auxílio d@s Monges. Os demais Ilês de nada saberão — disse Supreme 1920. — *A urgência exige privacidade como estado de exceção.*
— E depois? — perguntou Kayera 777.
Depois — disse Supreme 1920, girando cada vez mais rápido e emitindo uma luz dourado-avermelhada envolvente, irresistível. — *Depois virão os balões. Depois usaremos a tecnologia deles contra eles. Depois haverá a invasão a Kalgash. Pela glória de Aphriké!*

Um clamor psíquico tomou o ambiente com suas luzes áuricas ferozes, reluzindo por todo o Templo. E elas eram vermelhas e douradas, como jamais se vira desde a aurora sangrenta da civilização.

11

A canção de Lah-Ura 23
(Onze anos para o fim do mundo)

A fuga para Kalgash havia esgotado Abasi mais do que Ranya 722 esperava. Para ela, era óbvio que o passar dos anos não fizera bem ao amigo, e a amargura alimentada em sua aura o esgotava. Abasi não corria mais com a mesma velocidade de antes e nem tinha o mesmo fôlego. Foi necessário fazer diversas paradas ao longo de Iyalenu. Ranya, contudo, estava tranquila. Seu sentido telepático não captava nenhum vestígio da Polícia do Pensamento, e chegar a Omi-Okun não exigiria muito mais tempo.

Mesmo com os diversos sóis no céu, Abasi precisou de energia extra várias vezes, pois estava esgotado após o esforço para se manter invisível diante da Polícia. Ranya o auxiliou, transferindo parte de sua vitalidade para o amigo. Levaram alguns ciclos de Yewa para chegar a Omi-Okun, mas conseguiram alcançar a margem. Uma vez diante do rio, a dupla aguardou por pouco tempo. Em menos de meio ciclo de Omulu, Ranya avistou a silhueta de Adetokunbo, o barqueiro. Sua jangada já estava chegando na direção da margem ocidental de Omi-Okun.

Tudo bem com vocês? – perguntou Adetokunbo, telepaticamente.

Abasi está um pouco fraco, mas está bem! Estamos bem! – respondeu Ranya.

O barco atracou, e Adetokunbo ajudou Abasi a embarcar. Ranya não se fez de rogada e acionou as velas solares, assumindo o timão enquanto o barqueiro estava ocupado. Ela queria sair da margem ocidental o mais rápido possível.

– Basta deste lugar – disse ela, arremessando no rio a tiara do Ilê Ranya.

– Pelo visto, as coisas não correram bem. Lamento – disse Adetokunbo.

Abasi se aproximou do barqueiro, apoiou-se nele e abriu os corações:

– Meu bom rapaz, não sejamos modestos: foi uma desgraça. O

disfarce de Ranya se esvaiu como luz crepuscular. Ao menos, preservamos Ewi. Ainda temos como usar as árvores para a comunicação com nossos infiltrados.
— E quanto ao Iranse?
— O Iranse se chama Itzak 42 e está perdido, por ora — respondeu Ranya. — Eu tinha a esperança de persuadi-lo a se unir a nós. Se tudo desse errado, eu poderia ter usado a corda e o arrastado pra cá. Deu tudo errado.
— Lah-Ura ficará tão frustrada... — disse Abasi. — O rapaz era sua única esperança.
Adetokunbo assumiu o timão da jangada, acelerando o máximo que podia, rumo à margem oposta do rio. Em dois ciclos de Omulu, chegariam ao Deserto de Outrora.
— Ranya, você tem certeza de que a Polícia não está atrás da gente? — perguntou Adetokunbo. — Não tenho armas nesse barco.
— Não se preocupe, Adetokunbo. Aquela gente teme a ideia de se mover pela água.
— E nós é que somos os fanáticos! — riu Adetokunbo.
Realizaram o trajeto em silêncio por quase quatro horas. Uma aura de pesar rondava o barco, a frustração da esperança escorrendo pelos dedos. Ao alcançarem a margem oriental do rio, foram recebidos por três companheiros: uma fêmea e dois machos.
— Ranya! — disse, feliz, uma fêmea cujas tatuagens demonstravam a avançada idade: 170 anos.
— Vana, minha brilhante amiga! Estou tão feliz por ver você, após tantos ciclos de Osala! Apesar de tudo, eis uma razão para a alegria!
Os dois machos rodearam Abasi e procuraram ajudá-lo da melhor forma possível. Percebendo o esgotamento dele, providenciaram uma maca para transportá-lo.
— Levem-me a Lah-Ura! Quero ver minha filha!
— De forma alguma, Abasi! — disse Adetokunbo. — Tanto contato com a Iranse avariou você, estou certo disso. Que efeitos a radiação de Lah-Ura terá causado a seu corpo? Posso ser apenas um barqueiro, mas sei reconhecer danos na aura quando os vejo.
— Mas eu quero ver a minha filha!
— A seis medidas de distância, nada menos! — determinou Adetokunbo.
Vana se aproximou de Ranya e ofereceu um cantil de água à amiga. Ranya respirou fundo e ia iniciar a contar os últimos acontecimentos, mas Vana a interrompeu e disse:

– Nem precisa dizer o que houve, Ranya, já absorvi tudo de sua mente. Lamento pelo fracasso, mas você conhece minha opinião sobre isso.
– Vana, nós temos que salvá-los! – disse Ranya. – Há crianças ali! Muita gente boa! Eles não merecem o fim que terão!
– Eu responderia que só devemos gastar tempo com quem deseja ser ajudado. De todo modo, lembro que faltam ainda onze anos para o advento do sol negro. Temos tempo.
– Você crê em destino, Vana?
– Não sei se compreendo bem o conceito.
– O futuro está determinado – disse Ranya. – Por mais que tentemos modificá-lo, as coisas ocorrem conforme devem ocorrer. Tentamos tantas vezes modificar as coisas. Tantas crianças recolhidas das cidades ocidentais, tanto esforço e risco, mas todas elas morrem. E Lah-Ura não pode gerar filhos... Ora, ela não pode nem mesmo tocar um macho! Sem um segundo Iranse, o ciclo de destruição e recriação não vai acabar!
– E se for essa a vontade de R'av? Talvez seja – disse Vana.

Ao ouvir a conversa, Abasi se intrometeu:
– Um deus que pode evitar o sofrimento e não o faz, não pode ser bom. Se ignora o sofrimento, não pode ser sábio. Se conhece a dor e deseja dirimi-la mas não consegue, não é um deus poderoso. Por que deveria eu respeitar um deus tão falho, tão defeituoso?
– Porque esse deus talvez seja apenas uma criança, meu amigo. Porque talvez seja mesmo um Menino-Deus e esteja ainda aprendendo – disse Vana, sorrindo com tristeza.

∞

Em menos de um ciclo de Omulu, o grupo chegou às ruínas de Kalgash. A população local estava entretida em seus afazeres. Ranya não pôde deixar de notar, ao olhar para eles, o quanto havia esquecido as terríveis condições daquele lugar. Corpos mais magros que o normal, a pele sem o mesmo viço dos cidadãos ocidentais.

Vale destacar, neste registro: nossos corpos demandam pouca água e alimento, pois somos baterias solares vivas. Mas, ainda assim, não é saudável viver com recursos abaixo do necessário. Mesmo vivendo num deserto, os Cultistas nunca tiveram problemas de acesso a recursos hídricos, pois a água é obtida diretamente de Omi-Okun. O problema real era a ausência de frutos e raízes. O solo de Outrora não permite o nascimento de grande variedade de plantas, à exceção das flores conhecidas como Fogo Dourado. Os infiltrados nos Ilês Agbe e Makiuri costumavam fornecer comida clandestinamente aos Cultistas, porém não havia periodicidade de fornecimento, e era preciso racionar.

Nada em Kalgash faz lembrar a opulência das cidades ocidentais. Nós, do mundo dito "civilizado", não compreendíamos o porquê dessa insistência dos Cultistas em não se incorporarem à nossa sociedade. Atribuíamos tal atitude ao fanatismo, ao veneno do apego pelas ruínas de uma civilização destruída. A verdade, porém, era outra: eles tinham medo do Hemisfério Oeste. Acreditavam em profecias de destruição do mundo civilizado. O Livro das Revelações dizia que a Escuridão se reveza entre Oriente e Ocidente. Como a última ocorrência fora em Kalgash, a próxima seria no Hemisfério Oeste.

Ranya, Vana, Adetokunbo e Abasi aproximaram-se de uma das construções mais bem preservadas de Kalgash: um semicilindro de superfície cujas paredes eram opacas. Era uma construção longa, mas tão apertada que uma fêmea adulta mal caberia ali dentro. Ninguém conseguia imaginar qual teria sido a função daquela estrutura na antiga Kalgash. Mas era ali que vivia Lah-Ura 23, isolada de todos. Isolada dos sóis.

Filha? – chamou Abasi, por telepatia.

Estou aqui, pai – respondeu Lah-Ura. – *Sempre aqui.*

– Só há dois sóis no céu, e Omulu está quase se pondo. Em breve, haverá apenas Osum. Você quer sair um pouquinho? – pediu Abasi, em voz alta.

Está bem, mas só um pouco. Não se aproximem. Não quero ferir ninguém.

Fazia tanto tempo que Ranya não via Lah-Ura, que nem imaginava como estaria a garota. A vira pela última vez ainda criança, logo após Abasi ter salvo a vida da filha, fugindo com ela ainda recém-nascida e abandonando suas funções no Ilê Alagbawo-Re. Ranya lembrava bem do sofrimento da menina, nos primeiros anos. Lembrava dos problemas de pele, da urgência de Vana em preparar unguentos, da tristeza de Abasi por ter de manter a própria filha dentro de uma ruína. A criança chorando e pedindo que alguém ficasse com ela dentro da construção, sem poder ser atendida. Ninguém seria capaz de, como ela, sobreviver por muito tempo num ambiente isolante da luz. *Deveria ter concedido a ela a dádiva da morte antecipada*, lamentara Abasi por vezes diversas, aos prantos.

Então, a vigésima terceira fêmea a se chamar Lah-Ura saiu de dentro da exótica estrutura. Ranya pôde vislumbrar o que a menina havia se tornado: imponente a seu modo, mesmo com menos de duas medidas de altura, mesmo com sua lamentável fragilidade física, sua pele despigmentada e sensível à luz. À sua estatura infantil, contrastava um rosto carregado de sobriedade e coragem, emoldurado por uma farta profusão de exóticos fios dourados. Os olhos azuis de Lah-Ura transmitiam o peso de seu sofrimento. Seus pés não tocavam o solo e os grãos de areia ao seu redor pareciam dançar levemente, como que soprados por um vento imperceptível. Mas nada poderia ser mais impressionante do que sua aura, de um homogêneo prateado.

– Ranya... – disse Lah-Ura, ao ver a espiã. – Eu senti sua presença. Não nos vemos há tanto tempo. Eu abraçaria você, se pudesse.

– Minha pequena luz, que alegria ver você de novo! – disse Ranya, sem disfarçar a emoção. – Gostaria que as circunstâncias fossem melhores. Não porto boas novas.

– Já sei de tudo. Eu ouço tudo o tempo todo, em minha mente. Antes eu conseguia bloquear, na ausência de luz. Mas agora... agora eu trago Kalgash dentro de mim.

Vana se adiantou, oferecendo um pote contendo uma substância cremosa, e disse:

– Fiz um pouco de unguento, usando folhas de Ataráxis. Este é mais forte que o anterior, há de proteger sua pele e aliviar suas queimaduras.

Depositou o pote no chão, tomando o cuidado de manter uma distância de seis medidas de Lah-Ura, e se afastou. O pote levitou diante dos olhos de todos e percorreu o trajeto até chegar ao seu destino. Lah-Ura observou o conteúdo, retirou uma pequena quantidade do creme e o passou no próprio rosto.

– Creme bom – disse ela. – Refresca. Arrepia a pele.

– Minha querida filha – disse Abasi, com os olhos marejados de lágrimas. – Queria tanto ser mais útil. Se eu pudesse, trocaria de lugar com você...

– Mais tarde trocarei de lugar com você, meu pai. Gostaria de dar um passeio por Kalgash. Me empresta seu corpo?

– Sim, minha luz maior, claro que empresto.

– Lah-Ura – interrompeu Ranya. – Devemos redefinir estratégias, avaliar novas maneiras de atrair o Iranse ocidental, convencê-lo a se unir a nós.

– Faremos isso no momento justo. Agora estou cansada, farta de tudo isso. Preciso ir para Outromundo.
– "Outromundo"? – perguntou Ranya, sem entender o significado da expressão.
– Em Outromundo é menos cansativo, há apenas um sol. Ouço menos vozes. Minha pele não queima. Preciso de um pouco de tranquilidade pra pensar melhor. Aqui, não consigo. Não com todos vocês dentro de minha cabeça.
Com tristeza no olhar, Lah-Ura se virou e flutuou para dentro da construção opaca.
– Temo que nos ataquem em retaliação! – disse Ranya, antes de perdê-la de vista.
– Que venham – respondeu Lah-Ura com desdém, já dentro da ruína. – Eles querem Kalgash? Pois lhes darei cada grão de areia de Kalgash. Descolorirei suas auras.
– O que é "descolorir"? – perguntou Ranya, mas nenhuma resposta foi dada.
O grupo se retirou, deixando a Iranse em seu claustro sem luz. Ranya sabia que precisaria de tempo para se reinserir na comunidade. Havia se acostumado à boa vida em Iridescente, mas pelo menos ali ela não precisaria mais mentir. Poderia ser mais uma vez ela mesma. Com o tempo, teria novas oportunidades de conversar com Lah-Ura. Mal sabia Ranya que não seria preciso pedir uma audiência especial. A mente de Lah-Ura estava em todos os lugares, permeando Kalgash como o próprio ar do entorno. Era possível senti-la, era possível até mesmo ouvi-la cantarolar dentro do túnel misterioso:

Numa folha qualquer, eu desenho um sol amarelo...
E com cinco ou seis retas é fácil fazer um castelo...

– Que bela canção – disse Ranya. – Quem a compôs?
– Não é daqui – respondeu Abasi. – É de Outromundo.
Ranya sorriu. Não que tivesse entendido, ou que tivesse a coragem de querer entender. Muitas coisas sobre Lah-Ura eram apavorantes. Havia um toque macabro naquela voz telepática a ecoar pela vastidão silenciosa de Kalgash. Era a voz de quem fazia uma promessa, embora Ranya não compreendesse diversas expressões:

Vamos todos numa linda passarela de uma aquarela que um dia, enfim...
...Descolorirá.

12

O eterno retorno
(Onze anos para o fim do mundo)

Diante do trio composto por mim, Itzak 42 e Orin 53, no centro do salão superior do Templo do Progresso, destacava-se um vitral cujas cores mudavam sem cessar, de acordo com as variações dos percursos solares. Nesse vitral, era possível ler a seguinte inscrição:
$$(x^2+y^2)^2 = a^2(x^2 - y^2)$$
— O que está escrito ali? — perguntou Orin.
— Lembro dessa fórmula matemática — respondi. — Trata-se da Equação Lemniscata. Lembro dela numa das transmissões de Isiro 117, quando eu era ainda uma criança.
— Lemniscata? — disse Orin. — Mas isso é...
— Sim. O símbolo do infinito, do eterno retorno — respondeu Itzak.
— E o que significa? — perguntou Orin.
— Que o avançar do tempo conduz ao passado, sem que ninguém se dê conta, numa repetição sem fim — explicou Itzak.
— Isso não faz sentido, filho! O tempo apenas avança, não retroage!
Eu ri. Não fazia mesmo sentido. Nada no Templo do Progresso fazia sentido.

Ao nosso redor, como se estivéssemos num museu insano, estavam expostos objetos às dezenas, e eu não conseguia nem imaginar o significado ou função de nenhum. Um deles era uma espécie de esfera com quatro pequenas lâminas diagonais. Curiosa, ergui a esfera na altura dos meus olhos e, por acidente, acionei um botão. Sufoquei um grito quando as lâminas se puseram a girar em alta velocidade e a esfera decolou, tal qual um balão, até o alto do salão e ficou ali... rodopiando a esmo.
— Pelo brilho branco de Osala, o que é isso? — eu disse.
— Não me pergunte! — respondeu Itzak, rindo. — Por enquanto, sei tanto quanto você!
— Como será essa "orientação" que a inteligência artificial Itzak 41 dará, meu filho?

Itzak retirou o icosaedro diamantino de uma bolsa e o acariciou. Enquanto isso, a coisa que eu havia acionado passeava sobre nossas cabeças, emitindo um zunido baixo.
— Do mesmo modo que se daria se Itzak 41 fosse vivo. Passarei por sessões contínuas de transferência telepática direta. Estimo que em alguns ciclos de Yewa eu já terei absorvido todo o conteúdo do icosaedro.

Orin não pôde deixar de conter a incredulidade.
— Alguns ciclos de Yewa? É uma questão de *dias*? Itzak, meu filho, qualquer pessoa leva alguns ciclos de Osala para absorver a orientação telepática dos ancestrais de Ilê. É uma questão de *anos*!
— O ponto, mãe, é que eu não sou qualquer pessoa.

Itzak não dizia isso com soberba, ao menos não do tipo que eu pudesse identificar em leitura corporal. O que me assustava nele eram os olhos. Olhos frios, de quem vivencia o mundo sem emoções. Se isso era bom ou ruim, eu até então era incapaz de responder.

Ele se posicionou logo abaixo do vitral com a Equação Lemniscata. Ergueu o icosaedro diamantino acima da cabeça e recitou o mantra evocatório: *mo juba akódá!*

A cabeça flutuante de Itzak 41 ressurgiu diante de nós, num tamanho mais adequado ao recinto: não maior do que nossas próprias cabeças de carne e osso. A entidade artificial sorriu, e passou a transmitir como se fosse uma pessoa viva:

Caríssimo discípulo, glória, glória, cá estamos novamente e, pelo que minha matriz identifica, estamos dentro do Templinho do Progresso, lugar divertido onde você encontrará todo tipo de folguedo!

— Trouxe convidadas, se você não se importa — disse Itzak.

Eu sei, e como sei, não posso vê-las, mas posso sentir as gemas em suas tiaras. Uma Orin e uma Tulla! Olá, olá, salve, salve. Mas o que vejo? Vocês usam gemas alteradas?! Ora, ora, eis que o pecado da privacidade se alastrou pela colorida Iridescente! Vocês enfim se voltaram contra a tirania emocional do Ilê Monástico? A isso dou um viva!

— Você conhece as gemas alteradas? — perguntei à inteligência artificial.

Claro que conheço! A geometria sagrada foi objeto de pesquisa de Itzak 1. Foi ele o desenvolvedor de tão supimpa tecnologia! Seu objetivo era poder criar livremente, sem o assédio dos desagradabilíssimos Arimeos. Naquela época, ele tinha aliados: alguns Oluya-Woranes, algumas Kayeras, uma ou outra Tulla...

— Havia algum envolvimento entre Itzak 1 e os Cultistas? — perguntou Orin.

O Ilê Itzak sempre colaborou com os Cultistas, no sentido estrito de tentar investigar fundamentos científicos para o fenômeno que eles chamam de "Escuridão". Temos razões para crer que houve alguma coisa, algum evento natural raríssimo que levou Kalgash à queda, há aproximadamente dois mil anos. O compromisso dos Itzakes é com a ciência, com a curiosidade e o progresso do saber. Isso que os Arimeos chamam de "conhecimento" não passa de dogma sustentado por tradição. O compromisso do Ilê Arimeo é com a manutenção da ordem. O nosso é um compromisso com o desenvolvimento da inteligência, mesmo que isso implique em demolir toda a construção da verdade anterior.

— Como os Cultistas colaboravam com os Itzakes? — questionou Itzak.

Eles nos davam acesso a todos os livros encontrados em Kalgash. Os antigos não usavam a tecnologia dos arquivos diamantinos, eram mais primitivos, escreviam em papel. O Livro das Revelações não foi a única coisa encontrada nas ruínas do deserto. Achamos desde livros de contos ficcionais até manuais escolares, literatura erótica e obras científicas.

— E qual destino foi dado a essas preciosidades arqueológicas? — perguntei.

Transferimos a informação para icosaedros diamantinos disponíveis aqui, no Templo do Progresso. Seria perigoso não fazer uma cópia daquele conhecimento. Papel, afinal, se degrada. E os Arimeos têm por hábito dar fim a tudo o que consideram inconveniente.

— Mas isso deveria pertencer, por direito, ao Ilê Tulla! — contestei.

Sim? E o que fazer quando o Ilê Tulla responde ao Ilê Monástico? E o que fazer quando o Ilê Monástico se submete à lei arimeica? E como proceder quando a lei arimeica determina a destruição de tudo o que é considerado "Cultismo"? Não, minha preciosa Tulla, minha coisinha linda. Seu Ilê seria incapaz de proteger as preciosidades de Kalgash.

— Acho que você subestima meu Ilê — eu disse, zangada. Não sei se a inteligência artificial era capaz de perceber meus sentimentos, mas respondeu às minhas palavras:

Creio que você ainda não entendeu o que acontece. O Ilê Tulla não passa de um incômodo tolerado pelos poderes que comandam as cidades ocidentais. Apenas a casa do futuro, com seus truques e artimanhas, pode proteger o passado. O Ilê Tulla e o Ilê Itzak, voltados cada qual para uma extremidade do tempo, se tocam no infinito que se dobra sobre si mesmo. O passado encontra o futuro.

— A Equação Lemniscata — disse Itzak.

Fazia sentido. Eu não era obrigada a gostar da explicação ou entendê-la inteira, mas o discurso de Itzak 41 fazia sentido. Tudo no Ocidente era submetido à lei arimeica e ao rígido controle do Ilê Monástico, e nenhuma simpatia era dedicada às ruínas de Kalgash. Havia, no máximo, uma tolerância em relação ao Ilê Tulla. Era como se os Arimeos e Monges quisessem apagar nosso passado. Fico a me perguntar qual era a verdadeira noção deles de tudo o que aconteceu quando Kalgash colapsou há dois mil anos.

Não deixava de ser irônico que o Ilê Itzak, dedicado ao progresso e ao futuro, tenha se tornado o verdadeiro protetor do passado de nosso mundo. Mas também havia profunda ironia no fato de que eu, uma guardiã do passado, tenha ajudado a trazer Itzak, o futuro, à vida e à luz. Eu nunca fora muito dada a acreditar em destino, mas ali, naquele momento, não pude deixar de sentir uma profunda comunhão com meu amigo. Nós estávamos ligados desde o princípio.

A inteligência artificial conhecida como "Itzak 41" continuou seu discurso:

É chegada a hora de darmos continuidade à principal pesquisa do Ilê Itzak: qual fenômeno natural terá causado a ruína de Kalgash? O que será a tal Escuridão?

– Você não sabe o que é a "Escuridão"? Achei que pudesse me dar pistas.

A palavra significa "ausência de luz", algo que nos parece inconcebível. Trabalhei nesse problema, mas não consegui avançar muito. Você continuará de onde parei.

– Mas no que isso é importante? – perguntou Orin. – Até onde se sabe, a destruição de Kalgash foi um evento isolado. Dificilmente se repetirá, não nos ameaça.

A cabeça holográfica se voltou para Orin e respondeu:

Errado, cantora. Tudo retorna. Tudo sempre retorna.

– Você se refere à Equação Lemniscata?

Exatamente, discípulo! Que rapaz inteligente, glória, glória!

– Tudo retorna? Como assim? – perguntei.

Os olhos virtuais de Itzak 41 brilharam, e seu sorriso se abriu. Ele, então, declarou:

E se, sob a luz sempiterna de nossos sóis, num momento do mais profundo inesperado, você fizesse contato com uma inteligência cósmica? E se as lendas sobre o Menino-Deus tiverem base na realidade e se referirem ao inventor supremo de nosso mundo? E se essa entidade, seja ela boa ou má, dissesse: esta vida, assim como a vive agora e como você a viveu, terá de vivê-la ainda uma vez e

258

ainda inúmeras vezes. E não haverá nela nada de novo, cada dor e cada prazer e cada pensamento e suspiro e tudo o que há de indivisivelmente pequeno e de grande em sua vida há de retornar. Tudo na mesma ordem e sequência. E, do mesmo modo, todas as flores e a luz dos sóis entre as árvores, e do mesmo modo este instante e eu próprio. A eterna ampulheta da existência sendo virada outra vez, e você com ela, poeirinha da poeira.

— Lindos dizeres, soa poético... um pouco assustador, admito — disse Orin. — Inspira-me uma nova canção! Se me permitir, cantarei sobre isso.

Não sou eu o autor. Uma antiga Lah-Ura, a de número 19, recebeu tal texto de um macho chamado Nítxe. Assim ela contou a Itzak 35.

— "Nítxe"? — estranhei. — Que Ilê é esse?

Nem todos em nosso mundo usam os nomes definidos pelos Ilês. Em Kalgash, não há Ilês. Além disso, desconfio que Nítxe pertença a outro lugar... embora os Arimeos insistam que "nada existe além de Aphriké".

— Belas palavras, mas é um texto longo e confuso, que demanda interpretações.

Itzak 41 gargalhou.

Não importa o que tenham ensinado a você, discípulo, a verdade é que tudo demanda interpretação. E esses dizeres de Nítxe transmitem bem a essência da fórmula que sustenta a existência de nosso Ilê. Os mistérios cosmológicos, a essência da realidade, o fundamento da existência. Tudo, sem exceção, está ligado ao eterno retorno.

$(x^2+y^2)^2 = a^2(x^2-y^2)$ — entoou telepaticamente Itzak.

Sim, meu estimado 42. Toda a poesia do mundo se encontra aí. Caberá a você desvendá-la e descobrir o mistério de nossa existência. O mistério de Aphriké.

13

Elementos incógnitos
(Onze anos para o fim do mundo)

A principal hipótese dos Itzakes para a causa da "Escuridão" que se abateu sobre Kalgash há dois mil anos era de natureza climatológica. Os registros diamantinos do Ilê Itzak apostavam que o mistério envolvia o ciclo da água em nosso mundo. Explico: o fenômeno de condensação hídrica conhecido como "chuva" é bastante raro em qualquer lugar que não seja o inóspito Polo Norte, onde nasce o rio Omi-Okun. As correntes de vapor em nosso mundo obedecem a uma mecânica precisa. Toda a água evaporada segue em seu fluxo irresistível rumo ao Polo Norte, para então se condensar e se precipitar na nascente de Omi-Okun. Há chuva fina em algumas cidades ocidentais, sobretudo nas nortistas. Mas "nuvens" (nome dado ao conjunto visível de partículas de água em suspensão) só existem no Polo Norte. O máximo que podemos encontrar no céu em outras partes do mundo é uma nuvem tênue, um filete incapaz de obliterar a luz dos sóis.

Mas e se, conforme supunha Itzak 41, por algum fenômeno raríssimo e desconhecido, as densas nuvens negras do Polo Norte tivessem em algum momento se deslocado para o resto do mundo? E se, por algumas horas ou mesmo dias, o céu tivesse sido coberto por vastas nuvens negras? Haveria, então, "Escuridão" e morte. Mas os relatos confusos a respeito da queda de Kalgash se referiam apenas à treva, não a um dilúvio. O que mais poderia causar a "Escuridão"? O que poderia cobrir os sóis além de nuvens?

Graças a uma nova viagem a Fulgor, comecei a elucidar o mistério. Eu e Kay tínhamos gostado tanto de nossa experiência naquela cidadezinha, que resolvemos retornar. Kay havia se enamorado das orquídeas e, mesmo não podendo levar nenhum exemplar ou semente consigo, gostava de vê-las e acariciá-las.

– Você não se sente um pouco como estas flores, minha luz?
– Em que sentido? – perguntei.

– São rebeldes, florescem onde querem. Desafiam os Arimeos – respondeu Kay.

– Acho que eu preciso me rebelar mais para poder me considerar uma orquídea. Sou muito obediente às normas. Mas seu irmão é como uma orquídea, em todos os sentidos.

Nosso passeio por Fulgor teria sido como o primeiro, sem grandes sobressaltos, não fosse a descoberta que fizemos. Florescendo profusamente em torno de uma estrutura piramidal de 15 medidas de altura, havia orquídeas negras cuja beleza atraiu Kayera. A pirâmide era feita de metal, rocha e resquícios de um cristal esverdeado.

– Veja, Tul, como são lindas! Negras como nós!

Eram de fato muito bonitas, mas eu estava interessada na estrutura arquitetônica rodeada pelas plantas. Emiti um chamado telepático por Fulgor e consegui contatar uma das Tullas locais. Seu número era 78, e ela tinha um ar idiota.

– O que é esta estrutura? Por que está arruinada? É fulgoriana? – perguntei.

– A pirâmide? Não, não é fulgoriana – respondeu ela. – É uma ruína lagashiana. A única que restou.

– Uma ruína lagash... uma o quê?!

– Uma ruína lagashiana, irmã, nada importante. Temos um registro diamantino sobre isso, mas sem nenhuma grande relevância histórica.

– Por favor, esclareça! Nunca ouvi falar sobre isso!

– Lagash era uma cidade anterior a Kalgash. Muito mais velha. Não sabemos o que ocorreu, mas Fulgor foi construída sobre as ruínas de Lagash, à revelia das antigas Tullas. Os Arimeos, na época da construção de Fulgor há mil e oitocentos anos, determinaram que tudo fosse demolido. Apenas essa estrutura sobrou, porque os Oluya-Woranes estavam interessados em estudar as propriedades da arquitetura piramidal.

– Você está me dizendo que havia uma cidade mais antiga que Kalgash e, ao invés de suas ruínas serem preservadas e estudadas, foi tudo destruído?

– Não me culpe! Eu nem sequer era nascida!

– E qual é a idade de Lagash? Isso foi datado? Alguma referência?

A resposta de minha irmã de Ilê fez com que eu sentisse como se o chão se abrisse:

– Temos tudo datado, é claro. Estima-se que Lagash tenha se

arruinado há aproximadamente quatro mil anos, ou seja, dois mil anos antes de Kalgash. Quanto aos motivos, não sei. Foram identificados traços de incêndio, nada sei além disso.

∞

Eu estava tão ansiosa que teria pego um balão, se existisse um que nos transportasse de volta para Iridescente naquele momento. Tive que me limitar à velocidade do bibi – bastante alta, vale dizer – e deixamos Fulgor o mais rápido que pudemos. Kay não entendia a minha urgência, ainda que entendesse minha indignação diante de um fato histórico que não havia sido compartilhado entre as Tullas, conforme se devia. Pior: minha irmã de Ilê era capaz de afirmar que a ruína de uma cidade antiga "não tinha importância". Que criatura estúpida, a tal Tulla 78!

Ao chegarmos a Iridescente, despedi-me de Kay e fui ao Templo do Progresso falar com Itzak. Não era preciso muita inteligência para compreender as implicações daquela ruína piramidal em Fulgor. Se a oriental Kalgash havia se destruído num evento inexplicável há dois mil anos e a ocidental Lagash também tinha desaparecido há quatro mil anos, como deixar de perceber uma periodicidade nisso tudo? Como ignorar os indícios de um ciclo, de um fenômeno que parecia se repetir a cada dois mil anos, oscilando entre Ocidente e Oriente? Eu seria uma tola se atribuísse a isso os dedos da mera coincidência!

E nem Itzak era nenhum idiota. Ele reagiu conforme eu esperava, abraçando com entusiasmo as novas informações:

– "Lagash", Tul? É um absurdo que algo tão importante não tenha sido estudado por seu Ilê! Apenas as Tullas de Fulgor sabiam sobre esse lugar?

– Chocante, não é mesmo? Eu nunca ouvi falar em Lagash, Itzak! Nunca! E a tal Tulla 78 agiu como se essa informação não fosse relevante! Aquela idiota! Irei compor um arquivo telepático de reclamação e enviá-lo aos Ilês Tulla de cada cidade!

– Será que omitiram isso de propósito?

– Duvido muito. Aquela gente de Fulgor é boa, mas me parece bem simplória.

Itzak coçou a cabeça e se pôs a andar de um lado para o outro, elaborando os possíveis significados de minha descoberta.

– Será possível que exista um ciclo periódico de migração das nuvens de chuva do Polo Norte para outras regiões do mundo? Talvez

de dois mil em dois mil anos as correntes atmosféricas sofram um deslocamento angular, perturbando a ordem das coisas.
— É algo a discutir com seu orientador. Como vai a inteligência artificial?
— À parte o fato de que ele parece estar sempre rindo de mim, nossa interação é empolgante e frutífera — respondeu Itzak.
Passeei pelo salão do Templo do Progresso, estudando seus objetos. Continuavam sem fazer sentido para mim. Itzak tentou me explicar alguns deles. Havia desde protótipos de veículos de vôo mais simples até coisas absurdas, como um objeto cilíndrico concebido para abandonar o mundo e voar para além dos sóis, chamado "foguete". Os Arimeos ficariam furiosos se vissem aquilo. Itzak me mostrou também o projeto de um veículo ovoide ridículo, supostamente capaz de trafegar dentro das águas. Eu não gostava de julgar, mas o Templo do Progresso mais me parecia um ambiente de louvor à insanidade.

Um dos poucos "brinquedos" que atraía a minha atenção era um modelo de nosso sistema planetário feito de metal e cristais. A esfera central representava Aphriké, e em torno dela bailavam seis esferas menores: cristais com a cor de cada um dos seis sóis. A esfera vermelha e a azul permaneciam aparentemente imutáveis. Eram os sóis Sango e Osum, cuja velocidade idêntica e posições opostas impediam que se alinhassem um dia. As outras quatro esferas representavam Osala (o sol dos anos), Yewa (o sol dos dias), Oya (o sol dos meses) e Omulu (o sol das horas) e se moviam em diferentes velocidades. A maquete era alimentada por energia solar e funcionava bem.

— Que instrumento delicado, Itzak! Que gracioso! Qual dos Itzakes o construiu?

— Ah, isso? Essa maquete cosmológica é obra de Itzak 15, mas está com defeito.

— Defeito? A mim, parece bem funcional. As velocidades solares são compatíveis, e as posições dos sóis no céu estão bem representadas.

Itzak se aproximou da maquete, apontou para o cristal amarelo que representava Omulu e disse:

— Nem tanto, Tul, nem tanto. Há um desvio sutil entre a posição da maquete e a verdadeira posição do sol. Veja o caso de Omulu: segundo a maquete, ele deveria estar a 37 graus do horizonte leste neste exato momento. Mas, na verdade, está a 39 graus. A diferença é pequena, quase imperceptível a olho nu, mas a mente treinada de uma Kayera ou de um Isiro perceberia o desvio angular. Um erro muito sutil se acumulou ao longo dos anos, desde que Itzak 15 construiu a maquete. É um modelo bonito, mas defeituoso.

— E ninguém nunca o corrigiu?

— Não adianta, o defeito retorna e é sempre mais evidente em Omulu. O Osala da maquete apresenta uma diferença bem menor, de apenas alguns minutos de arco. Deve ser mesmo difícil representar o movimento perfeito dos sóis. Até as efemérides da antiga Kalgash estão erradas.

— Efemérides de Kalg... do que você está falando? — perguntei, entre curiosa e irritada. Nos últimos tempos, parecia que todas as pessoas do mundo conheciam alguma antiguidade histórica, exceto eu.

— Não é relevante, Tul. As efemérides são um calhamaço de milhões de páginas de papel que mostram as posições dos sóis em relação a Aphriké.

— Itzak, eu estou farta de ouvir pessoas me dizerem que determinadas coisas que eu deveria saber não são "relevantes".

Itzak ficou bastante constrangido, e continuou:

— As efemérides são um antigo manual kalgashiano em bom estado de preservação. As informações das efemérides não foram transmitidas para o icosaedro diamantino de Itzak 41, pois estavam incorretas. Mas os livros estão por aqui, Tul, em algum lugar. Vejamos... ali, naquele baú de ônix. Algum Itzak deve tê-lo mantido por curiosidade histórica. Se quiser, você pode levá-lo para o Ilê Tulla, é onde faz mais sentido mantê-lo.

Corri para o baú de ônix e o abri. Minha aura relampejava de irritação.

— Tul, o que há? Eu fiz algo de errado?

— Meu problema não é com você, e você sabe disso. Meus pensamentos devem ser transparentes para sua poderosa telepatia. Imagino que sua pergunta seja retórica.

— Não seja injusta, Tulla! Você, melhor que ninguém, sabe que eu bloqueio minha percepção telepática pra ficar um pouco em paz! Não ouço pensamentos alheios à toa!

Suspirei, cansada. Ele tinha razão, eu estava sendo injusta.

— Itzak, eu sou uma Tulla. Uma guardiã da história de nosso mundo. Nos últimos tempos, eu descobri que Fulgor inteira sabia das ruínas de uma cidade ainda mais velha do que Kalgash. E ninguém de lá, nem mesmo as Tullas locais, acharam que seria "relevante" informar isso ao Ilê Tulla de Iridescente. Eis que descubro que um livro antigo, algo preciosíssimo, era mantido num baú fechado, fora de onde deveria estar: no Templo da Memória. E você só lembrou de citá-lo por acidente!

— Tul, esse livro é repleto de erros! As posições solares dele estão incorretas! Os matemáticos kalgashianos eram falhos! É um livro inútil!

— Pouco importa, meu amigo! Eu não pertenço ao Ilê Isiro, a perfeição matemática pouco me importa! Antiguidades me interessam, mesmo que sejam livros com erros!

— Mas... — balbuciou Itzak, e gaguejar era um dos únicos sinais corporais que sempre traíam seus sentimentos. Admito que eu sentia certo prazer em ver aquela pessoa fria e distante tão constrangida por minha causa. Eu podia ser mesmo bem mesquinha, às vezes.

— Sem "mas", meu amigo. Não é algo difícil de compreender, mas tentarei explicar: eu trabalho considerando os elementos conhecidos, a fim de obter respostas. Nada é "irrelevante". Kay faz a mesma coisa. Ora, até as Orines, quando cantam, consideram acordes conhecidos e pequenos detalhes. Se há algo que eu desconheça, se há elementos incógnitos, é óbvio que eu chegarei a conclusões erradas! Pela luz branca de Osala, Itzak, é tão difícil assim entender que eu deveria saber de cada antiguidade histórica existente?

Itzak nada respondeu. Permaneceu mudo, encarando-me com uma expressão abobalhada. Como me era impossível ler seus pensamentos e emoções, eu não tinha ideia do que se passava por sua cabeça naquele instante. Pensei que ele tinha ficado magoado com a rispidez de minhas palavras e estava pronta para atenuar o discurso, quando ele sorriu e seus olhos brilharam. E, então, fez algo bastante bizarro: ele me abraçou!

— Tulla 56, você é genial! Genial!

— Acho que não compreendo...

Itzak estava mesmo eufórico, e não cessava de acariciar a maquete de Aphriké.

— Eu não tenho certeza... — disse ele. — Prefiro verificar antes... e... Tul, é isso! *Elementos incógnitos!* Como não pensei nisso antes? Eu estava atrás do conhecido, e ignorei a prerrogativa de meu próprio Ilê: *não conhecemos tudo*. A fantasia de que tudo é sabido é um delírio arimeico. Eu estava pensando como um Arimeo, não como um Itzak!

— Acho que compreendo menos agora do que antes, meu amigo.

– Tul, preciso de uma sessão de interação telepática intensa com Itzak 41. Preciso fazer isso sozinho, mas depois quero conversar contigo. Você poderia retornar em, digamos, um ciclo de Oya?
– Dois meses? Tudo isso? Claro que posso, mas o que...
– Ótimo! Estarei à sua espera – disse Itzak, praticamente me expulsando. – Oh! E preciso que traga as efemérides! Não esqueça, retorne aqui em um ciclo de Oya!

Mesmo sem compreender o que tinha acontecido e qual lógica haveria em se valer de livros com cálculos falhos, fiquei curiosa. Talvez fosse apenas uma bobagem, afinal os Itzakes eram um tanto fantasiosos, mas eu sabia que retornaria. Loucura por loucura, uma a mais não faria minha cabeça mais confusa do que já estava.

14

Acidentes acontecem
(Onze anos para o fim do mundo)

Enquanto Itzak 42 permanecia envolvido com suas novas hipóteses no Templo do Progresso, o Ilê Kayera se empenhava na missão que lhes foi dada por Monge Supreme 1920: a engenharia reversa da corda paralisante dos Cultistas. Bastaram quatro ou cinco ciclos de Yewa, e as Kayeras já tinham algo para apresentar. Seis engenheiras adentraram o Ilê Monástico, e minha amada Kayera 777 atuou como porta-voz:

– É com júbilo que apresentamos nossas descobertas à Vossa Esplendecência.

O júbilo é *meu, engenhosas Kayeras. Meus corações exultam ao constatar sua destreza em tão pouco tempo. Capto diversas imagens empolgantes nas mentes de vocês. É verdade o que ora vislumbro?*

– Sim, Vossa Esplendecência. Foi como eu havia imaginado: as características especiais das pedras não concernem ao material, mas à geometria de suas lapidações.

Fascinante. Um conhecimento tão precioso, nas mãos de fanáticos orientais.

– Que fique claro, para o bem da verdade: meu ex-pai, Oluya-Woran 30, ajudou bastante. O poder das formas é objeto de conhecimento dos Oluya-Woranes. Não teríamos conseguido nada sem eles. Ele prometeu guardar segredo, é claro.

Imensa é a inteligência de Oluya-Woran 30. Vislumbro também que vocês são capazes de reproduzir cordas paralisantes. Isso muito me apraz...

– Não apenas isso, oh Radiante! Creio que descobrimos como os kalgashianos se infiltram entre nós e vivem sem serem detectados. Usam uma variação da mesma geometria das gemas paralisantes. Com alguns desvios angulares precisos, uma gema é capaz de paralisar a telepatia tanto quanto as espectrolitas da corda paralisam um corpo.

As tiaras... Os infiltrados usam gemas alteradas em suas tiaras de identificação...

– Esta é minha mais sincera aposta. As gemas protegem pensamentos específicos. Captamos deles apenas o que eles permitem.

Privacidade! – ecoaram @s demais Monges, no plano telepático. – *Crime mental!*

– A boa nova é que, se isso for verdade, o Ilê Kayera dispõe da solução – disse Kayera 777, seus olhos faiscando de satisfação.

– Criamos uma tiara alterada. Uma tiara capaz de identificar gemas alteradas, causando sobrecarga em todas elas – anunciou Kayera 745, a anciã.

– Funcionará apenas na Hora do Esplendor – disse Kayera 830. – A luz combinada dos cinco sóis carregará a gema alterada e um sinal psíquico será emitido pela cidade, afetando apenas os que estiverem usando tiaras Cultistas.

Tudo isso eu já havia captado, mas fico orgulhoso em ouvi-las explicando com tanta minúcia – disse Supreme 1920. – *Apenas não está claro para mim de que modo essas pessoas serão "afetadas". Não gostaria de fazer mal a elas. As informações que percebo na mente de vocês está confusa... desencontrada.*

– Os infiltrados ficarão apenas temporariamente paralisados – disse Kayera 777. – Nada além disso. Seria preciso um esforço mental imenso para causar mais do que uma simples paralisia, algo como trinta mentes usando tiaras de contra-ataque. Como o plano envolve apenas uma tiara utilizada só por Vossa Esplendecência, não há risco de danos.

– Eu já apostaria em algo mais do que simples paralisia – disse Kayera 745. – Se a mente que controla a tiara enviar um impulso telepático maior do que o necessário, os Cultistas infiltrados talvez sintam dor excruciante.

Há risco de morte antecipada para os infiltrados? – perguntou Monge 3921.

– Não, de forma alguma! – disse Kayera 777. – Nesse ponto, o meu Ilê concorda: se for apenas uma pessoa usando a tiara, não há risco de morte.

Supreme 1920 sorriu, expondo seus dentes brancos perfeitos. Graças à intensa luz que del@ se irradiava, ninguém pôde constatar a beleza sinistra daquele sorriso.

∞

As Kayeras não precisaram de mais do que meio ciclo de Oya para concluir – com a ajuda de Oluya-Woran 30 – a lapidação das gemas. O aprendizado com a engenharia reversa das espectrolitas tinha aberto novas perspectivas tanto para Kay quanto para Olu. Após decifrarem os ângulos geométricos, foi tudo uma questão de criatividade para que eles mesmos inventassem novos ângulos e, com eles, novas propostas. Quase por acidente, Kay terminou descobrindo um ângulo de lapidação capaz de desencadear um efeito de dominação mental. Talvez não funcionasse contra alguém com o poder de Itzak 42 e talvez fosse inócuo contra Lah-Ura 23, mas seria uma arma interessante a ser usada quando Monge Supreme 1920 determinasse o ataque a Kalgash. No mínimo, causaria um belo estrago ao perturbar Cultistas menos poderosos que sua líder.

Olu, exultante, descobriu que angulações específicas em obsidianas negras permitiam um efeito de invisibilidade física e psíquica. Isso o levou a imaginar balões cravejados dessas pedras alteradas, chegando indetectáveis a Kalgash. Se seriam ou não capazes de enganar Lah-Ura, era algo que só poderia ser verificado no momento da invasão. Mas Olu apostava que funcionaria.

A obra-prima, porém, coube ao trabalho unido de ex-pai e ex--filha. Juntos, Olu e Kay inventaram a tiara capaz de detectar os usuários de gemas protetoras do pensamento. A partir de um comando telepático simples e multiplicado pela malha psíquica, os infiltrados na cidade seriam paralisados por um refluxo telepático.

Olu se empenhou com tanta dedicação ao desenvolvimento da tecnologia geométrica, que chegou ao ponto de não retornar à própria casa por dias a fio. Eu mesma não via Kay há tempos, pois estávamos ambas envolvidas em nossos projetos pessoais: ela, com as gemas; eu, com minha busca por indícios da existência de Lagash nos arquivos do Ilê Tulla. Eu sentia falta dela, mas estava obcecada em minhas investigações, assim como Itzak não saía mais do Templo do Progresso. Considerando a mistura de desencontro com desconfiança, o resultado não poderia ser outro além da desgraça.

Apresento agora os eventos que anteceram a tragédia:

Para testar a própria habilidade de lapidação, Olu passou a usar – com autorização de Supreme 1920 – uma tiara de ocultação mental. Kay, de posse da tiara detectora, demonstrou ser capaz de paralisar Olu à distância. O alcance psíquico envolvia toda a extensão da Cidade Iridescente.

– Afinal, no que você está tão envolvido, minha luz? – perguntou Orin 53, não conseguindo perceber nada de significativo na mente do marido.

– Meu Ilê e o das Kayeras estão realizando engenharia reversa na corda paralisante que conseguimos dos Cultistas – disse Olu.

– Pra que isso?
– Ora, por que não, minha luz? Conhecimento nunca é demais.
– Sinto sua falta. Mas fico satisfeita que esta nova empreitada esteja lhe fazendo bem. Seus pensamentos estão muito mais equilibrados do que o usual.
Olu sentiu vontade de rir, mas não o fez. *Ela nem imagina*, pensou ele. Ela não imaginava mesmo.
Eis que chegou o momento em que ocorreria mais um Esplendor. Supreme 1920, já de posse da tiara detectora, aguardava o instante em que cinco sóis estariam no céu para que, com a carga luminosa adequada, fosse possível acionar a nova arma.
Faltavam minutos para a Hora do Esplendor, e eu já estava cansada de tanto pesquisar nos registros e nada encontrar. Não havia a mínima menção à existência das ruínas de Lagash no Ilê Tulla, e isso era absurdo. A ideia de que tal conhecimento estivesse restrito a Fulgor era mais do que ofensiva, era revoltante. Eu não conseguia deixar de pensar que, tal no caso das orquídeas fulgorianas, havia o dedo de Arimeos nisso. Farta, decidi sair do Ilê Tulla e tomar um pouco de ar em Ailopin. Foi quando vi uma das Kayeras, a de número 830, passar correndo.
Olá! – chamei telepaticamente. – *Vejo que está com pressa, continue a correr, não se preocupe. Queria saber se você viu sua irmã espiritual, a Kayera de número 777.*
Oh, olá Tulla 56! – disse Kayera 830, enquanto corria. – *Minha irmã 777 está no Ilê Monástico, estamos todas indo para lá, testemunhar a glória de Monge Supreme 1920!*
Você se refere ao Esplendor?
Também xxxx isso... – disse Kayera 830, sua voz psíquica já sumindo com a distância assumida. – *... Foi anunciado hoje xxxx espiões xxxx desbaratados xxxx.*
Mal consegui entender o final da mensagem. Kayera 830 corria bem, e já estava tão longe que sua voz se dissolveu na estática da cidade. O que consegui entender, porém, fez meus corações quase saírem pela boca. De fato, havia ocorrido uma transmissão telepática momentos antes, anunciando "medidas drásticas" contra Cultistas, mas eu estava tão entediada de ouvir a voz de Arimeo 500, que não prestei a devida atenção. Itzak, com sua atitude de bloquear pensamentos, não deve ter ouvido nada. Tentei ser discreta e, ao invés de correr, apenas caminhei rápido na direção do Ilê Monástico. Ao

chegar a mil medidas de distância, chamei mentalmente por Kay. Ela respondeu no ato:

Tul! Minha luz! Há quanto tempo não sinto sua mente!

Minha querida! – respondi. – Pensei muito em você nos últimos ciclos de Yewa, mas andei ocupada com as investigações acerca de Lagash. Eu também estive empenhada num novo projeto, mas penso em você o tempo inteiro. Que bom que você veio! Por que não entra no Ilê Monástico?

Não quero interromper, Kay. Soube que vocês estão envolvidos em algo grande. Tem a ver com os infiltrados?

Oh sim! A pedido de Supreme 1920, fizemos a engenharia reversa de algumas gemas Cultistas. Achamos que os infiltrados usam tiaras com pedras alteradas que permitem o bloqueio de pensamentos. Criamos uma tiara detectora, cuja pedra permitirá a Sua Luminescência identificar e paralisar cada espião. Antes, daremos a oportunidade para que eles se rendam. Quando chegar o Esplendor, acionaremos a tiara e ela revelará os traiçoeiros, causando um refluxo paralisante em todos.

Oh... – e meus pensamentos não se limitaram a este "oh", mas foi tudo o que Kay conseguiu captar de mim. Minha mente fervilhava. Não consigo conceber outro momento de minha existência em que estive tão angustiada. Se estivéssemos frente a frente, Kay, me veria suar frio, apesar do calor daquele momento.

Isso é maravilhoso, minha luz – comentei. – Espero que tenhamos mais tempo para nós duas quando tudo isso acabar.

Por que não entra, Tul? Vamos pegar os traiçoeiros juntas!

Seria ótimo, Kay – menti. – Mas tenho um compromisso com Itzak, ele quer me mostrar um experimento com a luz do Esplendor.

Despedimo-nos, não sem antes combinarmos muito sexo na próxima aurora de Yewa. Kay queria ir para terras sulistas, experimentar uma transa selvagem no calor abrasador da região. Estremeci diante do pensamento de que ela não quereria mais contato íntimo algum caso descobrisse que eu integrava o grupo dos mentirosos, dos portadores de tiaras alteradas. Eu tinha começado a me desesperar. Corri para bem longe dali, sem saber o que poderia ser feito.

Quando chegar o Esplendor, acionaremos a tiara e ela revelará os traiçoeiros – a voz de Kay não abandonava minha mente e, pela primeira vez, não me causava bons efeitos. Eu sentia meus intestinos dando um nó. Tive a ideia de procurar Orin. Não que ela pudesse fazer algo, mas eu achava difícil que ela não soubesse da última empreitada de Kay.

Traiçoeiros.

– Chega! – gritei para mim mesma enquanto corria, sentindo as lágrimas quentes em meu rosto.

Traiçoeiros.

Felizmente, não foi preciso ir até a distante casa de Orin. Encontrei-a a caminho do Ilê Monástico, braço dado a Olu.

– Tulla! – disse Orin, irradiando ondas douradas de alegria ao me ver. – Aonde vai com tanta pressa?

– Na verdade... Na verdade... eu procurava você...

– Aconteceu alguma coisa, Tul? – perguntou Olu.

– Oh, não... nada de importante... Estou apenas empolgada com os experimentos de Itzak, e achei que Orin gostaria de vê-los.

– Ah... isso – respondeu Olu, sem esconder o desagrado. – Seja lá o que Itzak esteja inventando, espero que seja útil para o bem coletivo da cidade. Esses Itzakes são mestres em criar inutilidades, delírios e coisas à toa. Dizem que o que importa é a "curiosidade". Onde já se viu! A ciência tem que ser útil, caso contrário não passa de estupidez!

– Orin vai gostar do último invento de Itzak! – eu disse, tomando-a pela mão.

– Mas agora? Justo agora, na Hora do Esplendor? Olu tem uma surpresa pra mim!

– Uma o que?!

– Uma surpresa! Tem a ver com o trabalho que ele e Kay desenvolveram.

– E como é possível surpreender telepatas?

A expressão no rosto de Olu era do mais profundo desapontamento. Orin era inteligente e doce, mas por vezes seus afetos embotavam sua capacidade de raciocínio. Só mesmo ela para não pensar nas implicações da expressão "fazer uma surpresa".

– Ah, você estragou tudo! – disse Olu.

– São as tiaras alteradas, não são? Kay me contou sobre elas – eu disse.

– Bem... obviamente não é mais nenhum segredo – confirmou Olu. – Segredos são crimes da mente. Mas, para a boa funcionalidade da operação, @s Monges filtraram toda informação referente a isso. Não podíamos alertar os infiltrados. Eu mesmo estou usando uma tiara alterada, não resisti a pregar esta peça em Orin. Ou você achou que eu tinha me tornado de fato um exemplo de autocontrole emocional, minha luz?

– Como? O que?! O que está acontecendo, marido?
– Estamos prestes a desbaratar a rede dos infiltrados, meu amor! – respondeu Olu, esfuziante. – Descobrimos como eles se escondem! Serão identificados, detidos e reciclados como se deve.
Orin me olhou com desespero. Seus pensamentos podiam ser bem protegidos pela gema alterada na tiara, mas ela não era nenhuma mestra em controle corporal. Olu terminaria desconfiando de algo.
– Acho tudo isso maravilhoso, Olu! – eu disse. – Pena não poder testemunhar tal maravilha. Orin, você precisa vir comigo, Itzak espera por nós duas. Agora.
– Não é possível! Agora?! – reclamou Olu.
– O novo experimento demanda a luz do Esplendor e o acionamento da voz de Orin – menti. – É uma... uma nova e poderosa arma a ser usada contra Lah-Ura. Combina luz e som. Faz parte dos projetos de Itzak para a invasão a Kalgash. Ele precisa *mesmo* de Orin.
– Bem, sendo assim... – disse Olu.
Orin me olhava pasma, incrédula. Eu a puxei pela mão, sem pestanejar:
– Venha, Orin! Temos que correr!
E corremos. Corremos como nunca.

∞

De tanto citar Itzak em meus argumentos mentirosos, a solução para aquele transtorno terminou brotando: talvez a arquitetura do Templo do Progresso pudesse nos proteger da tiara detectora de Monge Supremo 1920. A porta do lugar, contudo, só poderia ser aberta por Itzak, e ele dificilmente ouviria meu chamado mental. Na maior parte das vezes, ele se mantinha no mais profundo bloqueio telepático, para não ser incomodado.
Chegamos rapidamente ao Templo do Progresso. O problema, de fato, era lá entrar.
– Não sei o que fazer pra abrir as portas, Orin. Itzak não escuta meu chamado telepático. Já o convoquei três vezes.
– Deixe comigo, Tul.
Orin inspirou, como sempre fazia antes de entoar uma canção. E, ao final, gritou tanto no plano físico quanto no psíquico, atirando uma incisiva flecha telepática:
FILHO! ABRA A PORTA!
Eu estava pasma. Nem em mil anos eu imaginaria que a voz de

Orin fosse poderosa a ponto de romper os escudos telepáticos de alguém como Itzak. Em segundos, a porta do Templo do Progresso foi escancarada. Itzak parecia transtornado com nossa urgência.

— Mãe?! Orin, o que houve? Você quase derreteu meu cérebro esquerdo! Entramos e fechamos a porta atrás de nós. Eu estava esgotada de tanta ansiedade. Em breve, descobriríamos se meu plano funcionaria.

∞

Não tive paciência para explicar tudo verbalmente para Itzak. Pedi que ele extraísse as informações por telepatia, e ele assim procedeu.

— Acho que vai funcionar — disse ele. — A arquitetura do Ilê Itzak é à prova de telepatia. A geometria não é a mesma das gemas das tiaras. É bem mais sofisticada.

— Mas e os outros? E os demais infiltrados? — perguntou Orin.

— Eis um problema sério — comentei. — Não sabemos quantos são, muito menos quem são! Temo que nos entreguem, quando forem descobertos.

— Uma preocupação de cada vez — pediu Itzak.

Omulu despontou seus primeiros raios alaranjados no horizonte leste, ascendendo no horizonte. Em questão de minutos, a Hora do Esplendor aconteceria.

— Ewi... — sussurrou Orin. — Ewi 4300!

— O que tem ela? — perguntou Itzak.

— Eu... eu posso apostar que Ewi 4300 é uma infiltrada — disse Orin. — Ela andava sempre com Ranya. E ela sempre me seguia com atenção quando você era apenas uma criança, Itzak. Era como se estivesse me monitorando.

— Faz sentido — comentei. — Em minha Assunção do Nome Próprio, quando recebi minha tiara alterada, Ewi era a voluntária da distribuição. Estou convicta de que ela agiu em cumplicidade com Ranya, a fim de garantir que eu recebesse uma gema modificada.

— Fiquem aqui — disse Itzak. — Eu irei buscá-la. Ninguém consegue ler meus pensamentos, com ou sem tiara alterada.

— Cuidado, meu filho!

— Eu sou um Itzak, mãe — respondeu ele, sorrindo. — Não devemos ser cuidadosos.

Apesar de não apreciar veículos automotivos, Itzak não teve

escolha e tomou uma das estranhas quadrirrodas disponíveis na garagem subterrânea do Templo do Progresso. Escolheu a de aspecto mais simples. Permaneceu sentado e confuso por alguns segundos, tentando descobrir onde estava o volante, até que o veículo pareceu identificar sua presença e falou:
Tiara compatível. Membro do Ilê Itzak identificado. Qual o destino?
– Como?! Como funciona isto?
Tiara Compatível. Membro do Ilê Itzak identificado. Qual o destino? – repetiu a máquina.
– Residência de Ewi 4300!
Identidade referida não catalogada. Se você quer poesia, sugerimos similares: o endereço mais próximo é o de Ewi 3733.
– Pela luz branca de Osala... – resmungou Itzak. – Essa Ewi morreu muito antes de eu nascer! Eu quero ir pra casa de Ewi 4300! Agora!
Identidade referida não catalogada. É preciso alimentar o banco de dados com informações novas constantemente.
– Maldição! – praguejou Itzak, dando pancadas nas quadrirrodas e já começando a suar de nervoso. – Máquina estúpida!
Correr até Ewi estaria fora de cogitação, ele sabia que não haveria tempo suficiente para alcançá-la.
Então, a luz se fez. Seria perigoso e exigiria um total controle das próprias capacidades, mas poderia funcionar. Itzak se concentrou na imagem de Ewi, expandiu sua mente e emitiu uma convocação específica que apenas alguém com suas capacidades seria capaz de emitir, considerando a distância. Ele teria que se valer de intensidade e sutileza, se quisesse elaborar uma convocação que não fosse detectada por mais ninguém. *Tomara que eu não a machuque*, desejou ele.
EWI 4300, VOCÊ ME ESCUTA?
A resposta – trêmula e assustada – veio em cinco segundos:
Por todos os sóis!!! Itzak 42, é você? Que dor... por que me chamou assim?!
Ewi, escute, é urgente. Qual seu endereço?
Mas por que você quer saber meu end...
Ewi, é urgente! – implorou Itzak.
Oitava residência da Trilha Verde Norte, quase na encruzilhada com a Trilha Ciano Nordeste.
Vou ao seu encontro, chego em breve.
Você vem a pé?
Não. De quadrirrodas.
Itzak, impossível. Monge Supreme 1920 está para fazer um anúncio

importante a respeito dos Cultistas. A Avenida Radiante está obstruída pelos cidadãos. Você vai levar um ciclo de Omulu para chegar em minha casa. Itzak deu um soco nas quadrirrodas. *Pense! Por Osala, pense!* E a luz se fez: *Ewi! Vá para Ailopin, entendeu? Nos encontramos em Ailopin! Mas... mas é proibido entrar de quadrirrodas no Jardim de Ailopin! Não discuta! Corra pra Ailopin! Agora! Rápido! Está bem...*
Itzak tocou nas quadrirrodas, e ordenou:
– Ailopin, máquina! Leve-me ao Jardim de Ailopin o mais rápido possível!
Devo advertir que o tráfego automotivo é proibido em Ailopin – respondeu o sistema.
– Que se dane!!!
Por cinco segundos, um zunido fino se fez ouvir. De repente, com um estrondo que quase arremessou Itzak para fora do assento, as quadrirrodas dispararam rumo ao seu destino, numa velocidade que era a mais alta jamais experimentada por qualquer outro veículo automotivo da Cidade Iridescente.
Acho melhor eu apertar o cinto – pensou Itzak. E assim o fez.

∞

Aquelas quadrirrodas, fosse quem fosse seu inventor, eram mesmo rápidas e dotadas de reflexos notáveis. Desviando com perfeição de qualquer objeto ou pessoa com quem pudesse colidir, a máquina chegou ao Jardim de Ailopin em cinco minutos. Omulu já estava um pouco mais alto no céu e os cinco sóis estavam presentes, mas era preciso que o sol laranja se elevasse mais alguns graus de arco para que se desse a Hora do Esplendor.
Itzak saltou das quadrirrodas, ignorando as pessoas que se reuniram em torno do carro, curiosas. Ele pelo menos não precisava temer que alguém acionasse o veículo, já que a coisa parecia só funcionar após identificar a identidade do passageiro como sendo um Itzak. Ele não tinha dúvida de que tal procedimento era ilegal, pois em Iridescente todas as coisas pertencem a todas as pessoas, mas esse era um problema menor naquele momento.
Ewi não morava longe de Ailopin, e chegou quase que ao mesmo tempo que Itzak.
Itzak, o que está acontecendo? – perguntou ela, por telepatia.

Disfarce e fique bem perto de mim. Retornaremos juntos ao Templo do Progresso.

"Disfarçar"? Itzak, isso é crime da men...

Não jogue comigo, Ewi. Eu sei muito bem que você é uma Cultista infiltrada. Se não quer ser presa e reciclada, entre em minha aura prateada. Agora.

Ewi não apenas parecia pasma. Ela estava de fato transtornada. *Está bem...* – limitou-se a responder. Juntos, ele e ela subiram nas quadrirrodas e retornaram ao Templo do Progresso. Durante o trajeto, conversaram um pouco:
Como você descobriu que sou uma Cultista?
Eu não tinha certeza. Foi uma aposta.
Esse tipo de procedimento não é muito racional, Itzak.
Ewi, eu sou um Itzak. Para merecer meu Ilê, se aprendi direito, é preciso ousar.
Ewi não pôde deixar de rir. O rapaz estava coberto de razão.

∞

Uma vez dentro do Templo do Progresso, explicações dadas, contamos quanto tempo faltava para a Hora do Esplendor: oito minutos.

– Agradeço pelo resgate, mas temo que tenha sido inútil – disse Ewi. – Se eles prenderem um único infiltrado e essa pessoa tiver a mente invadida por uma legião de Monges, todos saberão sobre nós. Saberão tudo. Deveríamos fugir.

– Não há tempo! – gritou Orin. – Olhem! Já temos o Esplendor!

A luz combinada dos cinco sóis causava um efeito branco brilhante no céu. A radiação se derramava, generosa, desencadeando a energização de nossos corpos. O bem-estar geral era inigualável e quase nos fazia esquecer da encrenca na qual tínhamos no metido. Por um minuto, foi como se nada mais importasse no mundo, tão prazerosa era a luz do Esplendor em nossas peles, em nossos olhos. Foi quando a voz telepática de Supreme 1920 ecoou pela malha psíquica da cidade, retirando-nos do êxtase:

Caros cidadãos, estimadas cidadãs, andrógin@s Monges. Louvo sua existência, como louvo a luz branca que ora se derrama sobre nossa cidade! O Esplendor de hoje é especial. Há muito tempo somos invadidos por Cultistas infiltrados que, traiçoeiros, se imiscuem no mais íntimo de nossa sociedade. Casam com alguns dos nossos. Reproduzem-se conosco. Sequestram crianças ocidentais. Explodem bombas telepáticas. Pois este tempo de perfídia e insidiosidade chega ao fim agora, graças à luz do Esplendor!

Após muito trabalho dedicado e esforço conjunto, as Kayeras – glorificadas sejam – desenvolveram uma tiara detectora capaz de revelar cada Cultista infiltrado em Iridescente. Como vasta é minha compaixão, darei a oportunidade para que tais criaturas se entreguem espontaneamente. Se você me escuta e é um Cultista, dou um minuto para se render. Você será reciclado com gentileza. Caso contrário, acionarei a tiara, bloquearei sua mente e a Polícia do Pensamento deterá você. Um minuto. Contando a partir de agora.

Nos entreolhamos, assustados.

– Acha que os infiltrados se entregarão? – perguntei.

– Duvido – respondeu Ewi. – Eles cogitarão a possibilidade de blefe. E, convenhamos, pode muito bem ser um blefe. A tecnologia Cultista é inalcançável a infiéis.

– Você não conhece Kayera 777 – retruquei. – Se ela afirma ter criado um instrumento de detecção dos infiltrados, é porque ela o fez.

– Se for assim, que R'av nos ajude... – disse Ewi.

– R'av, se existe, nos ignora – disse Itzak. – Seria bom cogitarmos um plano alternativo. Creio que eu conseguiria transportar vocês três em segurança até Kalgash.

– Como? – perguntou Orin.

– Com um balão. Domino a mente de algum Iwako disponível, e ele nos levará onde desejarmos. Vocês ficarão seguras por lá, pelo menos até Supreme 1920 invadir o lugar.

– Dominar a mente alheia, Itzak? Isso é crime! – disse Orin.

– Você prefere ser reciclada? – perguntou Ewi.

– Eu... Ewi, não há problema em ser reciclada! Apagarão nossos venenos, e tornaremos a ser cidadãs dignas de Iridescente!

Antes que pudéssemos discutir o impasse, a onda começou. Eu conseguia enxergar o fluxo violeta a se irradiar como um vagalhão tóxico. Eram as ondas mentais de Supreme 1920, potencializadas pela tiara detectora. Elas se alastraram por toda a Cidade Iridescente, mas desviaram do Templo do Progresso, como se não houvesse nada ali.

Foi conforme Ewi tinha imaginado: nenhum Cultista se entregou. Eles devem ter acreditado até o final que tudo aquilo não passava de um blefe. Pobres coitados.

A tragédia que se sucedeu foi divulgada e aceita como um "lamentável acidente", mas era impossível me enganar. Eu não era mais a moça ingênua que acreditava na pureza de Supreme 1920, não depois de saber que a mais elevada entidade de Aphriké reescrevia memórias alheias quando bem entendia. Impossível acreditar em acidente.

Em questão de segundos, cada Cultista infiltrado em Iridescente teve sua mente apagada e desabou ao chão, morto no ato. Todos fulminados. A Polícia contabilizou dezessete falecidos. Teriam sido vinte, não fosse o Templo do Progresso.

Makiuri 10213 distribuía mantimentos quanda a onda tóxica desligou sua vida, como se ela fosse uma pequena chama diante do vento.

Agbejoro 8080, um dos mais respeitados juízes de Iridescente, caiu com a cara no prato enquanto comia grãos de *agbado* amarelo.

Oun-Afo-Nkan 20413, responsável pela limpeza das ruas mais ao sul, varria folhas secas quando foi tomado por fortes convulsões. Desabou no meio de um canteiro de flores vermelhas, espirrando sangue por todos os orifícios do corpo.

Estes são apenas alguns do que sofreram morte antecipada e instantânea em decorrência da tiara inventada pelas Kayeras. Quanto a mim, Orin e Ewi, estávamos protegidas enquanto permanecêssemos dentro do Templo do Progresso. A desgraça alheia foi nossa fortuna: mortos, os infiltrados não poderiam revelar nossa condição. Nunca senti tão poderosa mescla de alegria com tristeza.

Nos ciclos que se sucederam, muitas explicações foram teorizadas para o "inesperado efeito" da tiara sobre os Cultistas. Tentaram responsabilizar os infiltrados pela própria morte. Algumas Kayeras cogitaram que eles – bárbaros que eram, e dispostos a morrer pela causa – tinham algum mecanismo de defesa que os mataria instantaneamente caso fossem pegos. Outras disseram que o problema foi Supreme 1920 – que não parava de se lamentar – ter subestimado seu próprio poder amplificado pela tiara. Ninguém havia pensado que tal efeito pudesse ocorrer, afinal Supreme 1920 era apenas um, e seriam preciso pelo menos trinta para causar o refluxo mortal.

Fosse o que fosse, ao menos a tiara seria guardada para sempre. Nem mesmo o combate ao Cultismo justificaria que retroagíssemos a um tempo de nossa história no qual a morte antecipada – o "assassinato" – seria tolerável.

Foi um acidente, insistia Kay.

Mas ninguém conseguiria me enganar tanto quanto enganavam a si mesmos. Eu tinha a convicção de que tinha sido tudo articulado. Não me restava mais dúvida:

Monge Supreme 1920 era malign@.

15

O sétimo astro
(Nove anos para o fim do mundo)

Um ciclo de Osala se deu, perfazendo um total de dois anos de nosso calendário, e a minha fixação em expor a malignidade de Monge Supreme 1920 não me abandonava. Pouco resultado obtive, além de fazer Orin e Ewi acreditarem em mim. Conversar com Kay sobre isso era impensável. Eu tinha me envolvido tanto em meu próprio labirinto conspiracionista, que não concebia a ideia de me abrir com o amor de minha vida. Isso me fazia muito mal. Eu havia criado setores em minha mente, compartimentando tudo o que poderia e o que não poderia ser compartilhado com Kay. Nada disso combinava com a fusão mental gerada pelo sexo, e isso interferiu em nosso relacionamento. O sentimento de culpa é algo horrível, e foram os piores dois anos de minha existência.

Já Itzak 42 permanecia em dúvida a respeito de Supreme 1920, concentrando sua mente nas investigações que o mobilizavam: uma hipótese científica para os eventos que arrasaram Kalgash e Lagash. Ele trabalhava sozinho, envolvido em cálculos cosmológicos sofisticados. Eu achava aquilo uma perda de tempo, mas ele era teimoso.

Ao longo desses dois anos, me reuní com Itzak em torno de vinte vezes e nos debruçamos sobre efemérides antigas e cálculos para mim incompreensíveis. A ajuda de um Isiro seria bem-vinda, mas Itzak dispensou a possibilidade. Ele não queria chamar atenção, e desconfiava que o Conselho dos Anciões não toleraria quaisquer investigações que cogitassem a ideia de uma lenda Cultista ter base na realidade. Ele só queria se dirigir ao Conselho quando tivesse algo mais forte para apresentar além de meras hipóteses.

Meus momentos com Kay se tornaram bastante restritos. Ela estava envolvida com o desenvolvimento de mais tecnologias a serem usadas contra os Cultistas, num ataque que poderia ocorrer a qualquer momento. Nem o "acidente" com a tiara detectora a havia demovido de colaborar com o projeto de ataque a Kalgash.

Eu tentava convencê-la a não colaborar com tão bélica campanha, mas ela estava convicta da necessidade da invasão. De tão obcecada, parecia estar sendo controlada. A guerra explodiria a qualquer momento, tão logo as armas e balões estivessem prontos e Supreme 1920 ordenasse a investida. Itzak também tinha sido instado a participar, e se limitou a auxiliar na criação dos balões, cometendo erros propositais aqui e ali, de modo a ralentar o ataque.

A única coisa que podíamos fazer em prol do povo de Kalgash era comunicar cada detalhe do que estava em andamento, através de Ewi 4300. Ela emitia mensagens periódicas para os Cultistas, valendo-se de sua capacidade de comunicação com as Majestosas Ébano. Era nossa única maneira de transmitir alguma coisa, já que a passagem de um hemisfério para o outro havia sido proibida. Se ocorresse a guerra, ao menos os Cultistas não seriam pegos de surpresa e teriam tempo de se articular.

Entre uma reunião e outra, foi ficando cada vez mais claro para mim o que estava se passando pela mente de Itzak. Ele não mais se referia à hipótese das nuvens negras do Polo Norte se deslocando pelo resto do mundo. Sua mente navegava agora por meandros muito mais complexos e, ao meu ver, absurdos. Na prática, Itzak não precisava de mim, mas apenas do livro das efemérides de Kalgash. Minha companhia, porém, parecia agradá-lo. Ele gostava de ter outra pessoa com quem conversar, alguém que não fosse a inteligência artificial que atendia pelo nome de Itzak 41.

Foi num de nossos encontros que pela primeira vez ouvi a expressão "sétimo astro". De início, cogitei a possibilidade de meu amigo estar perdendo a razão.

— Você não pode estar falando sério, Itzak. Eu não sou especialista em ciências naturais, mas até eu sei que explicações mais simples são mais prováveis do que coisas absurdas e exóticas.

— Tul, eu repeti os cálculos mais de mil vezes, e estou convicto do que digo: há um sétimo corpo celeste.

— Oh, sim? E onde está esse magnífico sol, que não o vemos? As nuvens são uma explicação muito melhor, Itzak! São algo que existe, constatado por nossos sentidos físicos. Deveríamos investigar, isso sim, alguma razão natural para o deslocamento das chuvas eternas do Polo Norte.

Itzak projetou telepaticamente a imagem de nosso sistema cosmológico, com Aphriké ao centro e os seis sóis girando ao redor.

– Tul, estou ciente de que, em se tratando de ciência, as explicações mais prováveis são as mais simples. Sei disso desde que me entendo como ser pensante. Os Arimeos apregoam esse dogma a cada comunicação oficial, e elas são bem periódicas e difíceis de esquecer. Mas eu tenho boas razões para defender a hipótese da existência de um sétimo corpo celeste, e não estou certo de que se trate de um sol.
Eu explodi na gargalhada.
– E ainda por cima isso? O que seria, então? Uma árvore voadora?
– Um corpo não-luminoso. Não um sol, mas um mundo. Um mundo como o nosso. Talvez não idêntico ao nosso, mas, ainda assim, um mundo.
– Eu acho que você quer ir preso e reciclado, Itzak.
Ele sorriu, complacente, e balançou a cabeça em negativa.
– Isso não é a minha amiga Tulla 56 falando, e sim o Arimeo 500 dentro dela. Atente para o que digo: as efemérides kalgashianas apresentam desvios entre a posição teórica dos sóis e a posição prática. Calculando a partir dos dados das efemérides, a posição de Omulu neste exato momento deveria ser uma, mas é outra. A posição real é levemente deslocada, tal qual ocorre com o planetário construído por um dos antigos Itzakes.
– E daí? Os kalgashianos eram péssimos matemáticos, pelo visto.
– Não! Aí que está: eles eram ótimos, Tul! Na época deles, os cálculos funcionavam! A falha se deve não ao modelo de cálculo, o problema não são as fórmulas, e sim o desconhecimento de um sétimo elemento!
– E que diferença faria esse "sétimo elemento"?
– Interferência nas forças atrativas entre os corpos! Como sabemos, os sóis exercem influência uns nos outros e também em Aphriké, e por isso nosso mundo permanece suspenso no espaço. Esse sétimo corpo também interfere no sistema.
– Interfere de que modo? Os Wolika-Orunes vão adorar esta conversa...
– Eu inseri a existência hipotética de um sétimo astro e o modelo cosmológico se mostrou perfeito, corrigindo as falhas das efemérides de Kalgash! Observe, Tul: eis como seriam as posições dos sóis, segundos as efemérides antigas, considerando a existência de um sétimo corpo cuja massa seja duzentas vezes a de Aphriké.
Diante de mim, o esquema cosmológico projetado por Itzak se

ajustou, corrigindo a pequena defasagem entre a posição teórica e a posição virtual do sol Omulu.

– Ótimo, o erro foi corrigido. Ainda assim, com toda sinceridade, meu amigo? Parece que você quer salvar as aparências. Se os cálculos estão errados, então estão errados. Você inventou um sétimo elemento hipotético que tornou correto o incorreto. Não vemos o sétimo corpo, e não é assim que se faz ciência. Não há mundos além de Aphriké, Itzak!

Itzak riu.

– Mais uma vez, é Arimeo 500 falando através de você, Tul. Sei que estou "fazendo ciência" de um modo estranho e não-empírico. Porém tenho convicção de que os métodos atuais são ingênuos, pecam por dar demasiada importância às evidências de nossos sentidos. Peço apenas que mantenha a mente aberta. Não concluí meus cálculos, e hei de apresentá-los como minha Tese de Merecimento em mais dois ou três anos. Talvez eu seja capaz de ir além dos cálculos e identificar fisicamente o sétimo corpo.

– Você pretende o que? Itzak 42, se você surgir diante do Conselho dos Anciões com essa tese insana, irá dali direto para o Templo da Purificação!

– Tul – disse ele, com um sorriso sardônico. – Se qualquer um deles pretender me reciclar, quem em toda a Cidade Iridescente ou em qualquer outra há de conseguir?

Não consegui elaborar uma resposta à altura. Meu amigo parecia bastante ciente de seu próprio poder. Eu só não sabia definir se isso era bom ou ruim.

16

Guerra contra Kalgash
(Sete anos para o fim do mundo)

Muito tempo se passou, e o que eu pensava ser apenas ameaça vã se tornou realidade. Estávamos em mais um ano de estação da alta luz. O Esplendor se sucederia por algo em torno de mil vezes, durando uma hora cada vez. O momento adequado para os planos de guerra de Monge Supreme 1920. Ninguém questionava, ninguém se opunha à guerra. Era como se Sua Esplendecência dominasse a mente da cidade inteira.

Sem saber, Kayera 777 guerreou contra o próprio irmão por dois anos. Itzak 42 tentou retardar o desenvolvimento do projeto bélico o máximo que pôde, inventando novas dificuldades a cada vez. Mas Kay resolvia tudo, sem esforço significativo. Não havia falha que ela não identificasse e corrigisse. As fêmeas do Ilê Kayera desenvolveram todo tipo de arma útil para a invasão. Partia meus corações testemunhar tamanha cooptação da criatividade para finalidades tão pouco éticas, mas não havia nada que eu pudesse fazer. Ou, melhor dizendo, nada que eu tivesse a coragem de fazer. Os balões de guerra estavam enfim prontos, e eram mais de cem.

Nos últimos dois anos, uma legião de novos Iwakos surgiu nas festas da Assunção do Nome Próprio. Empolgados com a convocação de guerra, jovens aderiram aos borbotões à profissão de baloeiro. Como eram baloeiros de guerra, foram também treinados na luta *ka'a pûer* e aprenderam a manusear as novas armas criadas pelas Kayeras.

Omulu tinha nascido mais uma vez, e a Hora do Esplendor estava prestes a ocorrer. Procurei Kay, antes que partissem.

— Minha luz, por favor, não vá! – pedi. — Temo por você e, além disso, não considero ético este procedimento. Honestamente, Kay? Guerra? Deixemos essa gente em paz!

— Tulla... — disse ela, num dos raros momentos em que me chamava pelo meu nome completo. — Não tenho como fugir à minha responsabilidade! Você mesma é tão responsável, como pode querer que eu me desvie de meus deveres de engenheira? Existimos para servir à cidade, Tulla. Esses Cultistas nos ameaçaram por anos! Chegou a hora de darmos um fim a tudo isso!

— Exatamente! Você é uma engenheira, não uma guerreira! Deixe isso para a Polícia!

— Eles precisam de mim. Eles precisam de engenheiras para caso algo errado ocorra com os balões ou as armas.

Em nenhum momento Kay se referiu a mim como "luz", "sol", "amor", expressões carinhosas com as quais eu estava acostumada. Como eu poderia culpá-la? Tínhamos nos afastado nos últimos anos, e eu tive uma grande parcela de responsabilidade nisso. Com tantos segredos, eu não conseguia me entregar como antes, e ela percebia isso.

— Só tome cuidado, por favor, Kay...

Ela sorriu e afagou meu rosto. Diferente de antes, não senti o mínimo erotismo em seu toque.

— Não me ferirei, querida. Além disso, quero mesmo testar os brinquedos que criei.

"Brinquedos". Ela chamava instrumentos assassinos de "brinquedos".

Eu nunca tinha pensado nisso, mas algo que caracterizava o Ilê Kayera era essa desconsideração das implicações éticas das próprias invenções. Não era por maldade que elas assim agiam, mas eu não podia ignorar os perigos de tanta ingenuidade.

Itzak me procurou logo em seguida, para se despedir. Sua aura prateada estava como sempre: insondável. Seu rosto era tão fácil de se ler quanto uma pedra qualquer.

— Nos veremos em breve, Tul — disse ele.

— Itzak, você vai mesmo participar disso? Você viu do que Supreme 1920 é capaz! El@ é malign@, meu amigo! A morte dos infiltrados, anos atrás, não foi acidente!

Itzak pegou uma de minhas mãos. Um gesto tão raro quanto agradável. Ele causava um leve formigamento ao toque.

— Tul, a invasão ocorrerá com ou sem a minha ajuda. A minha presença talvez faça a diferença na redução de danos. E eu estou curioso a respeito dessa tal Lah-Ura. Se o que Orin e Ewi nos contaram é verdade, o interesse da líder Cultista por mim é maior do que o nosso por ela. Quero tentar descobrir a raiz disso tudo.

— Ao menos você acredita quando falo da malignidade de Supreme 1920?

— Você sabe que, a esse respeito, ainda não tenho um julgamento

estabelecido. O ocorrido com os infiltrados pode ter sido um acidente. Havia mais interesse em interrogá-los do que em matá-los.
— Não se el@ for essencialmente malign@ e tenha matado apenas porque podia.
— Esse tipo de maldade gratuita não faz sentido, Tul. Qual seria o ganho envolvido?
— Acho que você subestima do que as pessoas são capazes pra obter prazer, meu amigo. Por ser historiadora, talvez eu seja um tanto pessimista. Mas o fato é que eu conheço a história antiga de nossa civilização, Itzak. Eu sei do que nossos ancestrais eram capazes, antes que o primeiro Arimeo impusesse os mandamentos normativos.
— Por exemplo?
— As pessoas cometiam assassinato, Itzak! As pessoas praticavam sexo não-consentido! Sabia que houve quem se alimentasse do cérebro de cadáveres, a partir da crença de que desse modo era possível absorver o conhecimento do inimigo?
— Nunca soube disso, Tul! Que horror!
— Claro que você nunca soube! O erro maior de nossa sociedade é dar tão pouca atenção à história! Há algo de maligno em nossos corações, Itzak, não somos "naturalmente bons", isso é uma falácia dos Arimeos! E eu nunca deixarei de temer que tamanha maldade aflore novamente! Nunca!
— Minha doce Tul — disse Itzak, emitindo glóbulos prateados calmantes em minha direção —, prometo manter toda a atenção possível sobre Supreme 1920. Nos reuniremos quando eu retornar, que tal? Refiz alguns cálculos, e gostaria de mostrar pra você algumas simulações cosmológicas.
— Volte logo, então. E inteiro, por favor.
Itzak sorriu e se foi, deixando meus corações apertados. Aquele foi o meu primeiro Esplendor sem nenhum prazer.

∞

Eram mais de cem balões no céu, e suas cores tão diferentes fariam qualquer um pensar em festa. Qualquer um, exceto eu. Para mim, aquelas cores eram todas de morte.
Os ocupantes dos balões recebiam a luz intensa do Esplendor, enquanto seus organismos eram carregados até o máximo de suas capacidades. Eu mal conseguia imaginar o quanto Monge Supreme 1920 e Itzak 42 estariam poderosos naquele instante. E o que dizer da Polícia

do Pensamento? De que maneira usariam esta força eu não sabia, e não havia nenhum deus em que eu acreditasse para quem pudesse rezar. Eu não dispunha de deuses, mas dispunha de Ewi 4300. Atendendo a meu pedido, Ewi contatou as Majestosas Ébano e pediu a elas que alertassem Kalgash sobre a invasão iminente. A mensagem chegaria, e os Cultistas teriam tempo para se organizar.

Os balões, aperfeiçoados em seus motores pelo esforço conjunto de Itzak e as Kayeras, partiram em altíssima velocidade rumo ao leste. Impressionei-me com sua rapidez. Em poucos minutos, pareciam apenas pontos coloridos cujos rastros brancos me faziam pensar em cicatrizes no céu.

Ao chegarem a Iyalenu, Supreme 1920 emitiu a ordem: *Acionar gemas de bloqueio!*

A Polícia do Pensamento assumiu posição e, mediante um comando psíquico sobre as obsidianas negras especiais, os balões se tornaram invisíveis. Ninguém conseguiria vê-los, tampouco sentir as centenas de mentes de seus tripulantes. Supreme 1920 sorriu, satisfeito. *Os kalgashianos serão pegos de surpresa*, pensava ele. Quando se dessem conta, estariam sendo vítimas dos mesmos instrumentos que usaram contra nós.

E, graças a Kay, de algumas coisas a mais...

∞

Tão logo recebeu a transmissão das árvores, Vana correu para o lugar onde Lah-Ura 23 se escondia. Estava ofegante, mais pelo susto do que pela corrida.

Lah-Ura! Lah-Ura, é urgente!

Cinco segundos se passaram, e a líder Cultista nada respondeu. Vana estava prestes a repetir o chamado, quando a resposta lhe foi dada:

Já sei de tudo.

Lah-Ura, são centenas de balões! Centenas! E eles vêm com Policiais energizados pelo Esplendor... e armas, as mais variadas! E o Iranse macho está com eles! E...

Já sei de tudo. Pois que venham.

Temos crianças! Centenas de crianças, Lah! E não sabemos lutar, mal sabemos manejar aqueles arcos e flechas! Nosso blefe não funcionará duas vezes!

Oh, fêmea de pouca fé. Já disse: se querem vir, que venham. Querem Kalgash? Querem o Deserto de Outrora? Pois darei a eles o deserto, darei a eles cada grão de areia.

Fora da construção onde Lah-Ura se escondia, o vento começou a soprar. Vana não pôde deixar de notar que ele estava mais forte do que o normal, naquele instante.

∞

Quando os balões chegaram às ruínas de Kalgash, as crianças já tinham sido removidas para uma vila mais ao sul, e os adultos fingiam estar envolvidos em seus afazeres. Fingiam bem, os kalgashianos. Também fingiram surpresa quando os balões surgiram no céu. Num momento havia nada e então, não mais que de repente, havia tudo. Mais de cem esferas coloridas, contendo centenas de ocidentais com sede de combate.

CULTISTAS DE KALGASH! – gritou Monge Supreme 1920, com uma veemência que assustou até mesmo os membros da Polícia do Pensamento. *– EU SOU MONGE SUPREME 1920! MINHA TOLERÂNCIA CHEGOU AO FIM! RENDAM-SE, OU ENFRENTEM AS CONSEQUÊNCIAS! APRESENTEM-ME SUA LÍDER!*

Alguns segundos se passaram, sem resposta. De repente, adiantando o passo, Ranya 722 se dispôs logo abaixo do balão de Supreme 1920. Com uma calma invulgar, abriu os braços em sinal de paz e transmitiu:

Pois não?

Desejo sua líder, não uma lacaia – respondeu Supreme 1920.

Eu, Ranya 722, sou a líder dos Cultistas de Kalgash. Sou a identidade secreta de Lah-Ura 23.

Supreme 1920 gargalhou, mesmo se sentindo um pouco ofendido. Eles não tinham medo suficiente, se estavam a ponto de fazer piadas. Talvez fosse hora de uma demonstração do quanto estavam falando sério.

Monge 5054? Quer fazer a gentileza?

Qual deles, Supreme? – perguntou 5054, reluzindo em dourado e vermelho.

A fêmea atrás de Ranya. O coração direito, por favor.

5054 sorriu, e sua aura era puro fogo. Munid@ de uma das muitas armas inventadas pelas Kayeras, 5054 mirou na fêmea e disparou. Um estrondo se fez ouvir, e a fêmea atrás de Ranya foi atirada para longe pelo impacto do minúsculo bólido de metal. Sangue jorrava de seu peito, e ela gritou. A população local rapidamente entrou em pânico.

– Morte antecipada! Os ocidentais trouxeram a morte antecipada!
– gritou alguém.

Por enquanto, ela vive. Mas se você continuar com gracinhas, o próximo disparo atingirá o coração esquerdo da fêmea – disse Supreme 1920. *– Não me tente, Ranya 722.*

Itzak, paralisado pela surpresa, olhou para Kay, constatando o quanto sua irmã também estava pasma.

O que significa isso, Itzak? – perguntou Kay. *– O plano não era "conter para reciclar"?*

É a mim que você pergunta, Kayera? Você inventou aquela arma horrenda e agora demonstra surpresa? O que você esperava? Que eles fossem usar um instrumento letal para semear jardins no deserto?

Abaixo deles, a confusão havia se instalado. Machos e fêmeas corriam de um lado para o outro, em polvorosa.

Está bem, calma, calma! – disse Ranya, erguendo as mãos. *– O que vocês querem?*

Creio ter sido tão claro quanto este solitário sol azul no céu – disse Supreme 1920.

Vocês não estão tão confiantes agora, não é mesmo? – disse 5054. *– Não há Esplendor para energizar Lah-Ura.*

Eis um problema – respondeu Ranya. *– Lah-Ura só é encontrada quando assim deseja. Não sabemos onde ela está.*

Última chance – disse 5054.

Monge 5054, seja razoável! – disse Ranya. *– Há quanto tempo nos conhecemos? Você sempre foi um@ Monge gentil e sensat@! O que aconteceu com você?*

Até onde sei, eu nunca conheci você de verdade, fêmea Cultista. Minha gentileza é dedicada aos meus irmãos e irmãs ocidentais. Vocês não passam de bárbaros e fanáticos. Impurezas a serem varridas da face de Aphriké.

Não somos pessoas, para você? É assim que você pensa, 5054?

5054 sorriu.

Não, vocês não são – e atirou no coração esquerdo de Ranya, errando por um triz. Atingida no ombro, Ranya recuou e correu o mais rápido que pôde pra longe dali.

A tensão crescia na atmosfera, e parecia tão densa que dava a impressão de poder ser cortada com uma faca. Itzak e Kay se deram as mãos, sem saber o que fazer. Além deles, a única pessoa que parecia incomodada era 3921, mas a obediência entranhada não lhe permitia questionar ou reagir.

Os Cultistas corriam, mas eram atingidos pelas ondas psíquicas das tiaras de dominação mental. O efeito era inferior ao imaginado por Kay, mas suficiente para fazer as pessoas tropeçarem nas

próprias pernas. Em alguns segundos, um terço dos kalgashianos convulsionava no chão do deserto.
Supreme, o que você está fazendo? – perguntou Itzak, no plano mental. *O necessário para acabar com isso de uma vez por todas, Itzak. Mas essas pessoas não são guerreiras. É gente comum, inocente! Inocente, você diz? Ora, não seja tão ingênuo, meu rapaz...* – Supreme 1920 deu um profundo suspiro de tédio e gritou: – *POLÍCIA DO PENSAMENTO! CARGA TOTAL!*
Itzak mal teve tempo de responder qualquer coisa. Diante dele a malha psíquica se tornou imunda e confusa, em decorrência do ataque intensivo de centenas de Monges. Era impossível pensar com clareza. Boleadeiras repletas de gemas alteradas foram arremessadas contra os kalgashianos que ainda se encontravam de pé, enrolando-se em torno de seus corpos e fazendo-os desabar em convulsão e vômitos de sangue.
– Eu não fiz isso! – disse Kay. – O efeito das pedras não deveria ser esse! Vômitos de sangue? Alguém modificou a geometria toda!
Maldição, pensou Itzak. *Tulla estava certa!*

∞

Os Cultistas sucumbiam rapidamente. Quem não era golpeado pelas ondas telepáticas da Polícia do Pensamento, era atingido por disparos de bólidos metálicos ou se via envolvido pelas cordas-boleadeiras de efeito convulsivo.
Ranya parecia ser a única capaz de se defender a contento. Conseguia se manter de pé, apesar do ferimento e da estática telepática causada pela Polícia, e – um pouco por sorte, um pouco por habilidade – tinha se evadido de outros tiros e driblado as boleadeiras. Ela corria num ziguezague tão veloz que era difícil compensar sua agilidade. Era, contudo, questão de tempo até que algo a atingisse. Nem a boa fortuna e nem a destreza física seriam capazes de proteger Ranya pra sempre.
– Itzak, faça com que parem! – pediu Kay. – Isso não é "contenção", isso é um massacre! Essa gente vomitando sangue! Eles morrerão!
– Kay, eu sei que sou forte, mas como vou confrontar centenas de Policiais de Pensamento e Monge Supreme 1920 ao mesmo tempo? Seremos destruídos, nós dois.
– Pelo brilho branco de Osala! – disse Kay, horrorizada e com lágrimas nos olhos.

3921, testemunhando a cena, considerou que tudo estaria acabado em questão de minutos. Os Cultistas nunca tiveram a menor chance. Mesmo os mais treinados estariam, naquele momento, enfraquecidos. Os cinco sóis estavam no céu ocidental, deixando o céu do oriente com apenas Osum cintilando seu azul brilhante. Com exceção dos ocidentais, previamente energizados, nenhum kalgashiano – por mais poderoso que fosse – seria capaz de enfrentá-los. Por isso, foi um susto e tanto quando aquela voz feminina ecoou na vastidão de Kalgash, proveniente de lugar indefinido:

Em Outromundo, há um contador de histórias. Seu nome é Sheik-Spír.

A Polícia suspendeu o ataque por alguns segundos, assustada com a intensidade daquela voz feminina. Era uma comunicação telepática tão forte quanto a de Supreme 1920.

Eu gosto muito de Sheik-Spír. Gosto de cada história, ainda que ele mesmo não se dê conta de que todas as coisas imaginárias ganham corpo nas frestas da realidade.

– De quem é essa voz? – perguntou Kay.

LAH-URA 23, VIEMOS POR VOCÊ! – gritou 5054. – *REVELE-SE, COVARDE! É CHEGADA A HORA DA REVANCHE! NÃO SERÁ TÃO FÁCIL NOS ENFRENTAR COM APENAS UM SOL NO CÉU!*

A resposta da voz feminina não tardou:

Vocês nos atacam quando temos apenas Osum para nos conceder energia, e nós é que somos "covardes"? Você me parecia uma fêmea mais honesta em nosso primeiro encontro, Monge 5054.

– Fêmea? – disse Kay. – Como ela sabe o sexo biológico de um@ Monge? É algum tipo de blefe?

– Ela sabe – respondeu Itzak. – Se essa tal Lah-Ura for mesmo como eu, ela sabe.

Sua estúpida! – disse 5054. – *Acha mesmo que me incomoda ao se referir ao meu gênero? Eu transcendi isso, Lah-Ura 23! Eu não mais me conterei! Entregue-se ou morra!*

3921 mal podia acreditar no que houvia. Voltou-se para Itzak e perguntou:

– 5054 está mesmo ameaçando Lah-Ura de morte antecipada?.

– Isso parece bastante óbvio, não é mesmo? – disse Itzak.

– Mas isso não é certo! A missão original envolvia contenção e reciclagem! Assassinato é barbárie! – disse Kay.

– É evidente que eles mudaram de ideia, ou mentiram para nós o tempo todo, irmã.

Por alguns segundos, ninguém ouviu mais a voz de Lah-Ura, até que um@ dos Monges apontou para um determinado ponto e gritou, surpres@. Havia uma silhueta flutuando na metade da altura dos balões até o chão. Uma corrente parecia estar presa aos seus tornozelos, impedindo que a criatura levitasse mais alto.

Seu erro é pensar que eu represento perigo sob a luz do Esplendor – transmitiu Lah-Ura para os presentes. – *Essa é uma verdade parcial. O Esplendor que me concede força é o mesmo que destroça meu corpo. O mesmo que me limita. Vocês ocidentais cometeram um grave erro. Eu não me torno mais fraca graças ao azul solitário de Osum. A verdade é que agora eu posso sair de meu claustro.*

– Do que essa louca está falando? – disse 3921. – E como ela consegue flutuar?! Alguém mais consegue vê-la daqui? Não consigo entender o que vejo, a forma dela... a forma dela muda!

– Parece uma camuflagem telepática – disse Kay.

– Eu... eu não fazia ideia... – murmurou Itzak. – Ela é maravilhosa!

Diante das ameaças de Lah-Ura, não houve reação imediata. Os balões permaneceram onde estavam, e seus ocupantes apenas aguardavam as próximas ordens de Supreme 1920 que, por sua vez, estava fascinad@ com a visão da silhueta a levitar.

Sheik-Spír – disse Lah-Ura, irradiando luz prateada e o som que parecia ser o de dezenas de tambores. – *Darei a vocês Sheik-Spír e as palavras de Outromundo.*

Minha cara – disse Supreme 1920, mudando o tom telepático. Não por gentileza, mas como tentativa de sedução. El@ queria aquele poder. El@ teria aquele poder. – *Gostaríamos de evitar derramamento de sangue. Se você se entregar, garantirei que será bem tratada. Será tratada como a líder de uma cidade.*

Lah-Ura ignorou a proposta. Ao invés de responder sim ou não, abriu os braços na direção de Osum e entoou lentamente os versos do tal Sheik-Spír:

Tufões, furacões e ventos...

– O que ela está dizendo? Que palavras são essas? – perguntou Kay.

– "Ventos" todos sabemos o que são – disse 3921. – Mas o que são "tufões" e "furacões"?

– Oh, eu não sei. Mas creio que descobriremos em breve – respondeu Itzak.

...chuvas e tempestades...

5054 já havia perdido o resto de sua pouca paciência. Tomad@

pelas cores do ódio, tudo o que el@ queria era retalhar o corpo de Lah-Ura. Mas ela estava distante, muito além do alcance de um tiro ou de uma boleadeira.

Cale-se, maldita! Venha e me enfrente, louca fanática!

Lah-Ura ignorou o convite e continuou seu recital:

...todos os elementos farão minhas vontades...

Itzak, Kay e 3921 mal tiveram tempo de se segurar no balão, quando o mundo inteiro explodiu ao seu redor.

∞

Não havia sutileza na manifestação daquele poder. Não começou como uma brisa fina que cresce até se tornar vento feroz. Foi um acontecimento súbito e terrível, inesperado e vasto, pegando os invasores de surpresa enquanto soavam os tambores mentais.

A Polícia do Pensamento passou uns cinco minutos tentando combater o que lhes parecia um ataque telepático. Como ninguém conhecia a extensão dos poderes de Lah-Ura, era difícil conceber que aquele fosse um fenômeno físico. Mas o fato é que, se num momento o céu estava claro e limpo, um segundo depois a esquadra invasora se viu envolvida por uma espiral de areia a rodopiar em alta velocidade.

Se o fenômeno que ficou conhecido como "turbilhão de areia" já era assustador, o descontrole tomou conta até da disciplinada Polícia no instante em que surgiram as nuvens negras. Todos nós sabíamos o que eram nuvens negras, mas elas – conforme preconizava a Doutrina do Lugar Natural – deveriam estar restritas ao Polo Norte. No entanto, lá estavam elas, densas e assustadoras nuvens emitindo descargas luminosas irregulares. Algumas dessas descargas atingiram quatro dos mais de cem balões, derrubando-os do céu e matando seus passageiros na queda.

Dez de vocês para cada um dos nossos, e eu sei contar muito bem – disse Lah-Ura.

A esquadra invasora gritava por socorro, mas não havia ninguém que pudesse ajudá-los. Se fosse apenas um ataque psíquico, mesmo alguém com as capacidades de Lah-Ura não seria capaz de fazer frente à união de centenas de Monges. Mas aquele era um ataque telecinético, diferente de qualquer coisa que pudesse ter sido imaginada. A telecinésia não era um fenômeno desconhecido pela ciência médica ocidental. Segundo os Alagbawo-Res, havia um ou outro relato antigo de fêmeas capazes de interferir em matéria física, porém nenhum deles se referia a algo com tamanha extensão.

Seria impossível confrontar alguém capaz de criar nuvens no céu e obliterar o próprio sol. Principalmente quando o controle é tamanho a ponto de criar um efeito de treva seletiva, atingindo apenas as pessoas dentro dos balões. Já sobre Lah-Ura e os habitantes de Kalgash, Osum continuava a brilhar o seu intenso azul.
O que faremos? – perguntou 3921, por telepatia. Falar era impossível. A areia entrava nas bocas e narinas.
Itzak! – chamou Supreme 1920. – *Itzak, ataque comigo! Apenas nós dois somos capazes de impedir essa terrorista!*
Itzak se voltou para Supreme 1920 com um profundo vazio no olhar.
E por que não um ataque conjunto da Polícia do Pensamento? Por que eu? Olhe pra el@s, Itzak! Estão descoordenad@s! Apenas nós somos capazes de pôr um fim a isso!
Está bem – disse Itzak, apenas porque queria dar um fim ao fenômeno mortal. – *O que você sugere?*
Concentre a sua mente em Lah-Ura. Precisamos golpeá-la com toda nossa força.
E eles assim fizeram. Por alguns segundos, pareceu funcionar. O turbilhão de areia diminuiu de intensidade e as nuvens se dissiparam um pouco. Apenas um pouco.
Você consegue senti-la, Itzak?
Na verdade não, Supreme. Mas acho que a atingimos.
Vamos atacar de novo, com mais forç... oh! – disse, surpreso, Supreme 1920.
Diante do balão principal, os ocupantes viram uma silhueta que flutuava, livre das correntes. A entidade era indefinida para quase todos, exceto para Itzak. Ele conseguia enxergá-la exatamente como ela era. Os tambores soavam cada vez mais alto.
– Por Osala... – sussurrou Itzak.
Osala não está no céu agora – disse Lah-Ura, seu rosto contorcido em fúria, visível apenas para Itzak. – *Não, não "por Osala"... Por Osum! Pela glória de Osum!*
E a luz se fez, cegando a todos no balão.
3921 e Kay desabaram, tremendo em convulsões. 5054, por sua vez, se contorcia de tanto ódio, irrompendo em pequenas explosões vermelhas e marrons.
– Eu... vou... matar... você!
Não, não vai. Não cabe a você, 5054. Não cabe a você – respondeu Lah-Ura.

Itzak... – chamou Supreme 1920, em agonia. – *Itzak, ela está... perto... use sua arma... dispare... o revólver!*

Você é realmente uma criaturinha desprezível, não é mesmo? – disse Lah-Ura. – *Seus conterrâneos nem fazem ideia, mas eu o vejo exatamente como você é, Supreme 1920, devorador de mentes.*

Você... não pode... me julgar... – disse Supreme 1920.

Lah-Ura fitou Supreme 1920 por cinco segundos que pareceram infinitos. Então, com um gesto, levou a mais elevada entidade ocidental a entrar em convulsão.

Posso e julgo. Você é podre, Monge Supreme 1920. Podre!

Lah-Ura se virou, então, para Itzak. Ele era a única pessoa ainda de pé dentro daquele balão, e não transmitia medo algum.

Quanto a você, a quem chamam Itzak 42... Que decepção!

Eu também consigo ver você – disse Itzak, encarando-a. – *Se somos similares, se somos ambos Iranses, por que a sua pele é tão diferente da minha?*

Lah-Ura retribuiu o olhar. Nele, havia apenas desprezo.

Essa não é nossa única diferença, Itzak 42. FORA de minhas terras! FORA de Kalgash AGORA!

Outra explosão azul se deu, tonteando Itzak pelo que pareceram ser meros segundos. Mas ele estava enganado, e Lah-Ura havia perturbado seu sentido de passagem do tempo. Quando deu por si, os balões – os que sobraram – estavam mais uma vez sobre Iyalenu, retornando para a Cidade Iridescente. As Kayeras choravam, apavoradas. Kay se encolhia no balão, numa mescla de vergonha e horror, aquela coisa que brota quando descobrimos que nos deixamos usar tão mansamente. Supreme 1920 ainda convulsionava, e tinha começado a vomitar sangue. 5054 parecia estar tão mal que havia revertido à forma feminina e arranhava o próprio corpo enquanto rangia os dentes. Apenas Itzak permanecia são, e ele não sabia se por misericórdia ou pela incapacidade de Lah-Ura em feri-lo.

Fora de Kalgash agora... Fora de Kalgash agora... Fora de Kalgash agora... Fora de Kalgash agora... – repetiam as centenas de Monges, obrigad@s por Lah-Ura a entoar um desolado mantra, num humilhante e merecido transe.

17

Veneno da separação
(Sete anos para o fim do mundo)

A derrota nos havia afetado mais do que eu supunha ser possível. Os prejuízos físicos eram incomensuráveis e, pela primeira vez em muitos ciclos de Osala, o Ilê Alagbawo-Re teve bastante trabalho. Eram muitos os feridos com areia nos pulmões e no estômago, mas os piores casos eram os das vítimas do ataque psíquico de Lah-Ura 23. Era difícil aceitar que uma fêmea sozinha havia derrotado uma esquadra inteira.

Dentre todos, a pessoa mais avariada era Monge 5054, porém seu colapso era mais mental do que físico. El@ estava envenenad@ pelo ódio, um ódio pungente que lhe cobria a aura como um manto de tóxica corrosão marrom. Não era preciso avaliar muito, nem ser um Alagbawo-Re experiente para saber que aquele havia sido mais um mal que 5054 havia causado a si mesm@ do que algo que lhe fizeram.

Inevitável pensar em como aquilo tudo parecia contraditório. Se Lah-Ura era ainda mais poderosa do que tínhamos aventado, por que ela não havia destruído seus antagonistas quando teve a oportunidade? Era bem difícil, para mim, estabelecer um juízo claro a respeito daquela gente do Oriente.

Kayera 777 não havia sofrido danos psíquicos graves, mas estava esgotada e nervosa. Sua frustração transparecia em cores densas ao redor de sua aura.

— Foi humilhante, Tul! — disse ela, me abraçando. — Nós não tivemos chance! Toda a nossa tecnologia, toda a aparelhagem elaborada pelo Ilê Kayera, nada disso fez diferença diante da feitiçaria de Lah-Ura...

— Eu captei as cenas assim que a esquadra de guerra retornou, Kay. Não consigo conceber como os Cultistas desenvolveram tecnologia capaz de controlar o clima.

— Tecnologia? Não, Tul, não há tecnologia ali. Foi tudo obra da bruxa de Kalgash.

Era difícil dar credibilidade à ideia de que uma única pessoa fosse dotada de poderes capazes de alterar o clima e enfrentar uma esquadra de guerra repleta de Policiais. Os recursos de Lah-Ura e sua gente, porém, se revelaram mais vastos do que eu tinha sido capaz de imaginar ou aceitar. Pude perceber, coletando as memórias individuais dos combatentes, que ninguém mantinha uma memória clara e distinta da aparência física da líder Cultista. Kay havia me transmitido a lembrança de uma fêmea altiva, imperiosa, dotada de farta musculatura, belíssima. 3921, por sua vez, lembrava de uma Lah-Ura cujo aspecto era ordinário, não muito diferente de qualquer outra fêmea ocidental. Algumas pessoas chegavam a me transmitir recordações de que Lah-Ura era do sexo masculino!

Encontrei Itzak sentado em posição meditativa, absorvendo energia solar em Ailopin, e não tive pudores em interrompê-lo:

– Pelo visto, eu estava certa sobre as nuvens.

– Por que diz isso? – perguntou ele, sem nem mesmo se virar pra mim.

– Ora, Itzak, se Lah-Ura é capaz de quase ocultar um sol através de nuvens criadas sei lá como, não é razoável cogitar que alguém com os mesmos poderes causou a destruição de Kalgash há dois mil anos?

– Insisto que há um sétimo corpo celeste.

Respirei fundo. Meu amigo era mesmo obstinado.

– Itzak, não seja teimoso! Você viu o que Lah-Ura fez!

– Tão claramente quanto vejo você diante de mim, sombreando a luz de Osala.

– Perdão, Itzak – eu disse, afastando-me um pouco para o lado. Ofereci a ele um arquivo de memória. – Sei que você está cansado e precisa se energizar, mas, quando puder transferir suas memórias pra este registro, será de grande auxílio ao Ilê Tulla.

Decidi não incomodá-lo e me retirar. Itzak deveria estar de fato precisando de um pouco de paz. Ele, porém, decidiu prolongar o assunto:

– Creio que o desencontro de lembranças entre os arquivos que você coletou será frustrante, Tul. Ninguém será capaz de oferecer informações precisas sobre Lah-Ura. Nem mesmo Supreme 1920. É perda de tempo.

– Quer dizer que apenas você foi capaz de ver Lah-Ura como ela de fato é?

– Suas suposições estão corretas – disse ele. Era-me impossível ler sua mente, mas Itzak parecia irritado, incomodado.

— E como você sabe que não foi vítima de um engodo, tanto quanto os outros?
Ele sorriu, uma mescla de cansaço com amargura e ironia em doses iguais, e disse:
— Porque ela fez questão de se revelar a mim, Tul. Lah-Ura meio que me despreza, meio que me deseja ao lado dela. Ela me mostrou coisas aos turbilhões, na última explosão azul que mandou a esquadra embora.
— Mostrou o que, por exemplo?
— Mundos girando em torno de sóis. E eu lembrei de algumas coisas. Lembrei de quando aquele ovo cósmico explodiu em minha infância, e do que aconteceu quando o engoli. Os bilhões de sóis! Eu... eu não sei mais o que pensar. Vou precisar de ajuda.
— Você falou com Supreme 1920 sobre isso?
— Não, e nada falarei! Eu não confio mais nel@ depois do que testemunhei. Decidi investigar por mim mesmo. Você me ajuda, Tul? Confio apenas em você, em Orin e em Kay.
— Claro que ajudo, Itzak! Somos amigos até que todos os sóis se apaguem no céu!
Itzak me encarou de um modo sinistro, e disse:
— Seria melhor que não dependêssemos da luz solar para sustentar nossa amizade.
Havia quatro sóis no céu. Ainda assim, senti muito frio.

∞

Dentre todas as reações, a mais estranha foi a de Monge Supreme 1920. Desde que retornara do Deserto de Outrora, Sua Resplandecência havia se recolhido no patamar mais elevado do Ilê Monástico e não falara com ninguém. Nenhuma comunicação, nem mesmo um leve lampejo psíquico. E isso era incomum, levando em conta os procedimentos-padrão para situações de crise. Sendo o norte moral da Cidade Iridescente, cabia a Supreme 1920 o papel de nos apaziguar e conceder um mínimo de orientação espiritual. Mas Sua Resplandecência agia como se nada tivesse ocorrido.
A tensão se imiscuía na malha psíquica comunitária, e @s Monges nunca tiveram tanto trabalho. Policiais do Pensamento realizaram mais detenções do que o usual, tão intensos eram os venenos da mente que se formavam entre as pessoas. Arimeo 500 e o Conselho dos Anciões não cessavam de emitir comunicados apaziguadores e

uma recorrente cantilena sobre a Doutrina do Lugar Natural dos Quatro Elementos. Consideravam – com alguma razão – que a repetição contínua dos valores de paz e ordem permitiriam um mínimo de estabilidade à Cidade Iridescente.

Após dois meses, fomos surpreendidos por uma súbita transmissão telepática emitida por Supreme 1920. Sua voz mental transmitia a mais profunda paz que eu jamais experimentara, era difícil imaginá-l@ como malign@. Era uma voz sedutora. E assim falou Supreme 1920 em seu último comunicado coletivo para a Cidade Iridescente:

Caros concidadãos, prezadas concidadãs de Iridescente, estimad@s Monges transcendentais, saudações fulgurantes. Que a luz dos sóis sempiternos agracie as auras de todos vocês, agora e sempre.

Antes de tudo, devo pedir desculpas por minha demora em me reportar à cidade. Recolhi-me em meditação ao longo do último ciclo de Oya, com o fito de obter uma resposta para a crise que se abateu sobre nossa tão amada ordem nos últimos tempos. Todos estão cientes do fracasso de nossa empreitada contra os fanáticos kalgashianos, e a malha psíquica comunitária já possibilitou a visão dos incríveis poderes da fêmea Lah-Ura.

Pois digo, sem medo de errar: o ataque falhou, mas não falhará a proteção. Onde a espada é inútil, o escudo triunfará. Muito meditei e incontáveis arquivos diamantinos acessei. Descobri uma forma de nos proteger do assédio bárbaro, estabelecendo a mais poderosa malha psíquica jamais imaginada no Ocidente. Para isso, precisarei me sacrificar. Mas nenhum sacrifício é grande demais se for para o bem comunitário.

Eis o que acontecerá: seguindo especificações de antigos registros diamantinos fulgorianos, o Ilê Oluya-Woran construirá uma pirâmide. Uma construção feita a partir da mais pura obsidiana negra. Assim que este novo templo estiver pronto, para lá me mudarei, e de lá jamais sairei. Jamais. Meditarei pelo resto de minha existência, fortificando a malha psíquica através dos poderes geométricos piramidais. Nunca mais poderei falar com vocês, nunca mais poderei caminhar pelas ruas de Iridescente. E criarei um escudo impenetrável.

A cada ciclo de Oya, o Ilê Monástico há de enviar à Pirâmide Obsidiana o indivíduo cuja telepatia se revelar a mais poderosa naquele momento. A ida será voluntária. Este indivíduo se juntará a mim na tarefa de sustentar o escudo. Em menos de um ciclo de Osala, seremos inexpugnáveis. Quem ousar entrar no Hemisfério Oeste, terá sua mente apagada no ato. Isso vale também para quem tentar atravessar o rio Omi-Okun rumo ao Oriente. Por essa razão, e dadas as circunstâncias, as incursões de estudo do Ilê Tulla até Kalgash estão suspensas para todo o sempre. Deles, aprendemos tudo o que podíamos.

Nunca mais, em hipótese alguma, terroristas invadirão as cidades ocidentais.

A face oriental de nosso mundo é puro deserto, assim quis a natureza. Kalgash é o cemitério de uma civilização, deixemo-na descansar em paz. Se os bárbaros desejam o pó do Deserto de Outrora, que fiquem com ele. Que vivam no ontem! O futuro é nosso!

Monges: vocês estão livres para se juntar a mim, um a cada aurora de Oya, @s melhores dentre vocês. A meritocracia garantirá a entrada na Pirâmide Obsidiana.

Pleno de luz, servo da radiosa verdade, para sempre seu,
Monge Supremo 1920.

Nunca mais, até o fim do mundo, Supremo 1920 foi visto ou falou com qualquer um em Iridescente. E eu não conseguia deixar de pensar na referência del@ à pirâmide fulgoriana. El@ sabia sobre Lagash. El@ sabia mais do que dizia.

18

Laços de família
(Seis anos para o fim do mundo)

Um ano se passou, e as feridas psicológicas dos sobreviventes da esquadra aérea estavam curadas. Alguns poucos se viram mais traumatizados que outros, a exemplo de Monge 5054. El@ passoù meio ano no Templo da Purificação, até se livrar não só do ódio, mas também do veneno da dúvida imprópria. Por diversas razões, el@ havia começado a duvidar da pureza de Supreme e insistia em colocar a culpa em Sua Iridescência. *El@ me induziu ao erro*, repetia. Terminou, é claro, internad@ à força pela Polícia até sair mans@ como nunca. Se as coisas fossem conforme eu havia imaginado, Supreme 1920 havia violado demais a psique de 5054. Não me espantava, contudo, que culpassem a vítima.

5054 saiu das repetidas purificações como um@ Monge exemplar de aura azul-clara e sem nenhuma lembrança de vários eventos recentes. A guerra em Kalgash, por exemplo, havia sido esvaziada de sua memória. O princípio era simples: sem recordações de ódio, mais bem-comportad@ 5054 seria. Esse tipo de coisa, ao invés de me maravilhar, me causava arrepios de horror. Se eu pudesse, abraçaria Ranya por ter me enfiado uma tiara ocultadora na cabeça, ainda que à minha revelia. Do contrário, eu já teria sido reciclada dezenas de vezes e talvez já estivesse casada, heterossexual e com dois filhos. A reciclagem me parecia cada vez menos ética, não importava o que dissessem os Arimeos.

Havíamos entrado na estação da baixa luz e a temperatura havia caído bastante a ponto de algumas pessoas se permitirem usar algum tecido protetor em seus corpos. Ao longo daquele ano gelado, Ewi não obteve nenhuma comunicação proveniente de Kalgash. Ela emitia diversas mensagens, solicitava contato, mas a resposta era... nada.

Até que um dia, sem nenhuma razão aparente, uma mensagem chegou até nós, transmitida pelas Majestosas Ébano. Mais que uma mensagem, era um convite de Lah-Ura 23: *Itzak 42, se é de seu desejo retornar como amigo, estarei à sua espera. Venha acompanhado por, no máximo, outra pessoa. Rompida essa condição, nada feito!*

– Só pode ser uma armadilha – disse Orin.
– Talvez sim, talvez não – ponderou Itzak. – Eu acho que não. Se ela quisesse fazer mal a qualquer um de nós, já teria feito. Ela apenas se defendeu e nos expulsou de Kalgash.
– Duvido que seja uma armadilha – eu disse. – Acho que está mais do que na hora de um encontro razoável com Lah-Ura.
– Vem comigo, Tul?
– Fala sério, Itzak? Claro que irei, meu amigo!
– Eu também vou! – disse Orin.
– Não, mãe. Você fica. Lah-Ura foi clara no que tange à quantidade de pessoas, e não quero que algo aconteça a você ou a Tulla porque não respeitei os termos do acordo.
Orin sorriu e afagou a farta pelagem na cabeça de Itzak.
– Você nunca parou de me chamar de "mãe". É tão inconveniente... e tão bom!
– Coisas inconvenientes às vezes são boas... mamãe – disse Itzak, dando um raro e franco sorriso.

∞

Na solidão de Iyalenu, um bibi singrava os vales em alta velocidade. Éramos eu e Itzak, imbuídos de nossa missão secreta. Era chegado o nosso momento de tentar obter uma resposta razoável para várias coisas. Ele me segurava pela cintura, e admito o quanto era agradável ter perto de mim um macho que não apresentava uma ereção em decorrência da proximidade física.

Como você pode ter tanta certeza de que não acionaremos o alarme que Supreme 1920 andou fortificando dentro da Pirâmide Obsidiana? – perguntei. – *Não desejo ter a mente apagada pelo tal escudo.*

Qualquer coisa que el@ crie funcionará com qualquer um, exceto comigo. Avaliei a frequência da barreira telepática. Sou capaz de compensá-la e permitir nossa entrada.

Isso não é muita arrogância de sua parte, Itzak?

"Arrogância" é arrogar para si qualidades que não se tem. Eu sei perfeitamente do que sou capaz e do que não sou, Tul. Supreme 1920 não é Lah-Ura. Não sou páreo para ela, mas para ele, sim. Confie e dirija.

Acha que me receberão bem?

Nenhuma Tulla esteve presente ao ataque, nem mesmo cumprindo o papel de historiadora. Você preferiu colher as memórias depois e não participar de nada. Os Cultistas devem saber que seu Ilê não teve participação nisso. Por outro lado, se comigo eu trouxesse uma Kayera... Eles devem odiar as Kayeras por motivos óbvios!

Ficamos em silêncio por quase uma hora. A referência às Kayeras transportou meus pensamentos para a imagem de Kay. Nosso relacionamento havia se deteriorado nos últimos anos. Após a guerra contra Kalgash, Kay havia iniciado a falar em "casamento", em "servir à cidade" e outras coisas que me faziam perceber o quanto ela se sentia culpada por ter ajudado Supreme 1920 em sua empreitada insana. Por vezes diversas, cogitei contar tudo pra ela, abrir meus corações, mas admito que o medo me conteve. Eu não sabia como seria sua reação, e também não queria colocar Orin, Tulla e Ewi em risco.

Estamos chegando, daqui já vejo Omi-Okun – disse Itzak, retirando-me de meus devaneios e apontando para a frente.

Melhor seguirmos o restante do trajeto a pé – respondi. – *Desconheço se há Cultistas guardando os limites ocidentais, e não sei como interpretarão um veículo automotivo como esse. Talvez o vejam como mais uma das máquinas de guerra das Kayeras. Vamos, Itzak.*

Estacionamos e seguimos adiante, numa espécie de ansioso silêncio. Itzak, com sua expectativa de encontro. Eu, com meus receios acerca de como seria recebida e tratada. Além de tudo, eu tinha uma razão a mais para estar ansiosa: seria a primeira vez em anos que eu confrontaria minha ex-mãe, Ranya 722.

Mil medidas antes do rio, era possível ver a colossal barreira psíquica criada por Supreme 1920 a partir da Pirâmide Obsidiana. Ela refulgia com uma luz roxa tóxica, e parecia não ter fim. A ideia de atravessar aquilo me deixou apavorada, eu poderia morrer! Mas Itzak me manteve próximo a ele, envolvendo-me com sua aura prateada e, com um gesto, dissolveu um pequeno trecho da luz roxa, abrindo uma passagem.

– Impressionante, Itzak!

– É como eu disse, Tul. É tudo uma questão de compensar a frequência do campo.

– E ter o poder pra isso, é claro.

– Isso também – disse ele, rindo.

Ao chegarmos à beira do rio, vasculhei psiquicamente os arredores em busca de alguém, conseguindo alcançar até oito mil medidas de raio de distância. Meu limite. Já os limites de Itzak eram, conforme se sabia, bem mais amplos. Amplificando sua telepatia como um certeiro vetor que se prolongava para o leste do mundo, a resposta não tardou:

Quem vem lá? Declare sua intenção, macho ocidental!

Não estou só. Sou Itzak 42 e venho acompanhado por Tulla 56, ex-filha da fêmea conhecida como Ranya 722, uma de vocês. Viemos em paz e com intenção

303

pura. Desejamos apenas uma audiência com sua líder, Lah-Ura 23, conforme convite dela própria.
O silêncio se fez por mais de dois minutos.
— Eles não irão responder, Tul. Será que Orin estava certa? Será uma armadilha?
— Medo agora? Não entendo você! Você dissolveu uma barreira psíquica assassina, e teme armadilhas Cultistas?
— Eu não gostaria de ser abordado por um bando de selvagens atirando flechas em nossa direção. Eu não sou um Iranse como Lah-Ura, meus poderes não envolvem controle sobre a matéria. Estamos desprotegidos contra ataques físicos.
Antes que eu pudesse responder, a voz psíquica do Cultista nos alcançou:
Chegarei com a jangada em pouco menos de um ciclo de Omulu e os transportarei.
— Pessoa de pouca fé – eu disse sorrindo, enquanto cutucava Itzak.
— Ainda pode ser uma armadilha, Tul.
— Os Cultistas têm mais honra do que os ocidentais em muitas coisas, Itzak.
Esperamos por quase duas horas, o equivalente a um inteiro ciclo do sol Omulu. Eis que vislumbramos a jangada na linha do horizonte. Uma jangada grande, dotada de amplas velas solares capazes de imprimir velocidade à embarcação, um engenho que sem dúvida maravilharia qualquer Kayera. Um único macho conduzia o barco, e a telepatia revelava seu estranho nome próprio: Adetokunbo. Sem números. Apenas Adetokunbo.
Eu estava fascinada e um tanto assustada, admito. Seria a minha primeira vez num veículo capaz de trafegar sobre as águas. Meu ex-pai, Arimeo 500, teria um colapso nervoso se me visse naquele momento, contrariando todas as determinações da Doutrina.
Saudações, irmão e irmã ocidentais – disse Adetokunbo, antes mesmo de aportar.
Saudações, condutor. Agradecemos sua boa vontade – respondi.
Folgo em ver que vocês atravessaram ilesos à barreira venenosa.
Não foi difícil — disse Itzak, naquele jeito autoconfiante tão característico.
Adetokunbo era grande, um pouco maior do que geralmente um macho costuma ser. Estava nu, como seria de se esperar, já que o fato de sermos baterias solares faz com que nos beneficiemos com

o máximo de áreas expostas à luz ambiente. Nesse sentido, orientais e ocidentais em nada diferem: nossa moda é submetida à nossa biologia, conforme se deve. Adetokunbo, entretanto, apresentava várias peculiaridades em comparação a um habitante das cidades ocidentais. Uma delas, a mais marcante, dizia respeito às tatuagens brancas espalhadas ao longo de seu corpo. Ele, como nós, tinha a idade marcada em seu peito: um pequeno círculo para cada ano de vida e, no seu caso, as marcas nos revelam a idade de 145 anos. Havia, contudo, muitas outras tatuagens circunscritas ao longo de seu rosto, pescoço, braços e pernas, sem nenhum significado notável para mim. Diferente dos machos ocidentais, Adetokunbo não usava joias e, nesse sentido, Itzak se parecia com ele. Eu nunca tinha pensado a este respeito, mas naquele momento pude me dar conta do quanto meu amigo era mais parecido com um oriental do que com um ocidental.

Navegamos em silêncio completo a maior parte do tempo. Itzak estava um tanto constrangido, pois em sua primeira visita a Kalgash ele viera como algoz, e agora retornava como amigo. Eu tinha muito a perguntar, mas – admito – estava sentindo um medo enorme naquela travessia sobre as águas. Eu temia distrair Adetokunbo. E se ele cometesse um erro e todos caíssemos no rio? Consegui controlar minha emoções na maior parte do tempo. Mas, ao chegar à metade do trajeto, onde a terra já não era visível, eu tive sintomas de pânico: falta de ar, sudorese fria, um leve e incontrolável tremor, aceleração cardíaca e descompasso entre os corações direito e esquerdo.

– Não se preocupe, não há o que temer. Não cairemos no rio – disse Adetokunbo.

– Você consegue ler meus pensamentos secretos? Pensei que a pedra bloqueadora agisse também sobre Cultistas.

– Não li seus pensamentos. Observei sua linguagem corporal. Você cheira a medo, Tulla 56. Repito: o rio é inofensivo.

Itzak, ao contrário de mim, parecia fascinado com o rio. Eu não conseguia nem chegar perto da beirada do barco. Ele, por sua vez, mergulhava a mão no rio, volta e meia bebia um pouco da água e sorria, satisfeito.

– Água fresca, deliciosa! – disse Itzak, empolgado. – Melhor do que as dos lagos subterrâneos das cidades ocidentais!

– Omi-Okun é nossa fonte de água principal – disse Adetokunbo. – Temos pouquíssimos lagos subterrâneos em Outrora, e o Mar Incógnito no extremo leste não serve pra beber. É salgado.

– Mas por que a água aqui é tão melhor? – perguntou Itzak.
– Porque é fresca e sempre renovável – eu disse. – O rio desce longitudinalmente, cortando Aphriké do Polo Norte ao Polo Sul. No Polo Norte, temos a chuva perpétua que alimenta Omi-Okun. No sul, a água evapora e retorna ao norte. Tudo bem regular.
– Pelo que lembro, "chuva" é a expressão que designa o fenômeno da água que cai do céu, está certo? – perguntou Adetokunbo.
– Já vi chuva fina três ou quatro vezes, em incursões clandestinas a Solaris. Achei bonito, pena que seja algo tão raro.
– Ora, peça pra Lah-Ura e ela com certeza fará chover pra você! – provocou Itzak.
– Sim, está correto, chove muito em Solaris – respondi, lançando um olhar severo para Itzak e mudando o rumo da conversa. – É um ciclo infinito.
– Como a Equação Lemniscata... – disse Itzak.
– Não sei o que é uma Lemniscata, não conheço quase nada do mundo de vocês ocidentais, mas Aphriké é um engenho quase perfeito do Menino-Deus.

Não há engenho sem engenheira. O comentário de Kayera sobre nosso mundo não abandonava a minha mente. Seria possível que houvesse algum fundamento nas crenças criacionistas dos Cultistas? Seria tanta ordem algo artificial? Era algo que valia a pena investigar. Entre o respeito ocidental inquestionável à tradição e o chamado dos mistérios mágicos orientais, eu cada vez mais me sentia atraída pela segunda alternativa. Com quem estaria a verdade? Era algo que eu estava disposta a me esforçar para descobrir.

Com o fim do silêncio inicial intimidador, me senti mais relaxada e percebi verdadeira amistosidade da parte de Adetokunbo. Eu não conseguia ler a mente dele com clareza, mas a linguagem corporal era bastante favorável.

– Admito que me sinto constrangida em visitar vocês – confessei. – Nós do Ilê Tulla jamais tivemos problemas com os Cultistas, e execramos o conflito de anos atrás. Agradeço sua gentileza, Adetokunbo.
– Lah-Ura disse que vocês dois viriam. Ela sabia que você viria, Tulla 56.
– Disse? – perguntou Itzak. – Mas nós nem pedimos a Ewi que confirmasse!
– Sim, mas ela viu a chegada de vocês dois.

— "Viu"? Como assim ela "viu"? Viu agora? Captou nossa chegada? – perguntei.
— Não, antes. Ela viu a vinda de vocês há três auroras de Yewa.
— Como ela viu antes algo que só iria ocorrer depois? Como pode ela ver algo num momento em que não tínhamos decidido isso? – perguntou Itzak, irritado. – Decidimos vir há menos de dois ciclos de Yewa!
— Não há "antes" e "depois" para Lah-Ura – disse Adetokunbo, como se explicasse o óbvio para crianças. – Nem o tempo e nem o espaço representam algo para ela. Ela não entende sempre o que vê, é verdade. Mas haverá o dia em que o céu a chamará, e ela ascenderá na direção dos sóis e para além deles.

Eu não sabia se havia entendido direito o que Adetokunbo nos dizia. A mim, soava como linguagem mítica, carregada de simbolismos, embora eu estivesse ciente da capacidade de levitação de Lah-Ura. Que a fêmea Iranse era extraordinária e cheia de recursos, disso eu tinha certeza. Seria interessante conversar com ela, sem intermediários.

Não tardou a aportarmos no Hemisfério Oriental. Um comitê de doze indivíduos nos esperava, e vi minha ex-mãe entre eles. Acionei uma de minhas muitas esferas diamantinas, a fim de não perder um só segundo do registro dos acontecimentos.

— Saudações, Tulla 56 – disse ela, com um sorriso algo constrangido em seus lábios.
— Saudações, Ranya 722 – respondi, sem nenhum tom de amargura na voz. – Você ainda se chama Ranya ou mudou para um nome Cultista? Vejo que está sem a sua tiara.
— Preservo o nome Ranya por força do hábito – disse ela, tomando minha mão, com afeto. – Quanto à tiara, não faz sentido usá-la mais, não aqui. Além disso, ela é um símbolo de privação da liberdade. Em Kalgash, podemos ser o que quisermos e fazer o que desejarmos. Não estou mais limitada às atribuições do Ilê Ranya.
— Faz sentido – eu disse. – É bem estranho, mas faz sentido.

Minha ex-mãe então se voltou na direção de Itzak, e declarou:
— Itzak, fico feliz que tenha vindo, dessa vez como amigo.
— Quero apenas entender algumas coisas, tentar chegar a alguma conclusão.
— Você terá o entendimento que deseja, um entendimento que jamais obteria em Iridescente. Luz em excesso ofusca, serve ao engodo, Itzak. Venham, não tardaremos a alcançar as ruínas de Kalgash.

Caminhamos bastante, e tivemos a oportunidade de pôr os

assuntos em dia. Ranya estava curiosa a respeito da vida que Arimeo 500 levava desde que ela fugira para o outro lado do mundo. Não era evidente nem em pensamento e nem em gestuais, mas consegui perceber que se tratava de uma preocupação genuína.

— Eu até que gostava dele, sabia? — disse Ranya. — Casar foi parte do meu plano de infiltração, mas com o tempo era impossível deixar de admirá-lo em diversos sentidos.

— Ele está bem, mas não creio que o afeto seja recíproco — eu disse.

— Bem... eu não o culpo por isso — disse ela, com alguma tristeza no olhar.

— Em diversos sentidos, você fez a coisa certa — respondi. — A propósito, tenho que agradecer pela tiara protetora.

— Não há o que agradecer, eu tinha a obrigação de proteger minha filha. Desde muito cedo eu estava ciente de sua natureza... contestadora. Você não teria vida em Iridescente, Tulla. Sobreviveria, é claro. Mas passaria por uma reciclagem após a outra.

— Você protegeu meus pensamentos, mas como sabia que eu não a entregaria?

— Ora, Tul... — disse ela, sorrindo. — Você nem tinha nome próprio quando descobriu tudo sobre mim com seu articulado vírus-espião psíquico. A quem acha que dariam crédito? A uma respeitável Ranya de pensamentos impecáveis, ou a uma criança em fase rebelde que deseja superar a mãe-gênese?

— Faz sentido — disse eu. E rimos juntas.

Seguimos conversando, e era ótimo fazer isso com minha ex-mãe. Ela terminou se revelando uma fonte generosa de informação sobre a cultura oriental. Explicou-me algumas coisas que eu já sabia, como, por exemplo, a ausência de Ilês dentre os Cultistas. Tampouco havia a Assunção do Nome Próprio. Nomes temporários eram dados às crianças por ocasião do nascimento, e elas mesmas escolhiam como gostariam de ser chamadas ao se tornarem adultas. Podiam também — e essa era a parte mais espantosa de seu relato — mudar de nome quando quisessem e bem entendessem. Isso jamais tinha sido registrado pelo Ilê Tulla. "Mudar" era algo impensável no Ocidente! Disse ela:

— As pessoas mudam. Se tudo muda, por que devemos manter nossos nomes como uma falsa identidade? O que torna o meu "eu" de agora similar ao meu "eu" de trinta anos atrás é tão somente o nome "Ranya". Talvez um dia eu mude. Gosto do nome "Adisa".

— Adisa? Soa bem. Isso é antigo kalgashiano? — perguntou Itzak.

– Sim. Significa "claridade" – disse ela.
– Então me esclareça: em Kalgash vocês não praticam rito algum? – perguntei.
– Praticamos alguns. O mais importante é o Chamado a R'av.
– E como é esse ritual? – Ranya nos explicou, enquanto eu a tudo registrava num arquivo diamantino:
– A cada momento em que o sol Osala alcança o zênite do céu oriental, nos reunimos com Lah-Ura e fazemos barulho. Gritamos, rimos, ofendemos, elogiamos. Alguns fazem sexo coletivo, outros flagelam a si mesmos. Lah-Ura se apropria das sensações e as lança na direção de Osala. Acreditamos que, assim, retiraremos o Menino-Deus Semeador de Mundos de seu torpor. Algo há de chamar sua atenção, teorizam os anciões kalgashianos. Se não for o elogio, será a ofensa, ou o prazer ou a dor.
– Você acredita mesmo nisso, ex-mãe? Crê de fato que há um ser todo-poderoso no coração de um de nossos sóis?
– Tulla, eu não teria me submetido a tanta coisa se não acreditasse. Mas, ao contrário dos demais, acreditar nisso não me enche de encanto. Antes, sinto medo.
– Medo de quê? – perguntou Itzak.
– De que o Menino-Deus seja pior agindo do que deixado em paz.
– Mas, pelo visto, até hoje o tal "Chamado a R'av" não funcionou – comentei.
– De fato, minha filha. Não funcionou.
Caminhamos pelo resto do trajeto em silêncio. Em pouco tempo, alcançamos as ruínas de Kalgash. O lugar estava do mesmo jeito que eu lembrava, desde minha primeira incursão como Tulla, anos atrás. Tudo bastante empoeirado, uma confusão total, mas turbilhonante de vida. Ao contrário de Iridescente, o povo não parecia ter o menor pudor de conter emoções, e se permitia a tudo: simpatias, antipatias, afetos e desafetos. Não havia Monges preocupad@s com a malha psíquica. As pessoas me pareciam felizes, eventualmente infelizes. É difícil explicar a partir de uma perspectiva ocidental, mas elas apenas eram o que eram. Jamais julguei tais diferenças como "melhores" ou "piores" em relação a nós. Eram diferenças, só isso.
Um macho se aproximou de nós, e seu nome era Abasi. Tinha o ar severo, um semblante carregado de preocupação. Era a única pessoa no vilarejo que nos olhava com alguma desconfiança. Seu

escudo telepático era o mais forte dentre todos, e me era impossível saber o que ele pensava. Ainda assim, tratou-nos bem e perguntou se tínhamos fome de alimentos físicos.

– Não temos muito a oferecer – disse ele, num tom um tanto acusatório. – Nos últimos anos, graças à guerra, tornou-se difícil receber mantimentos de nossos infiltrados. A margem oriental de Omi-Okun não tem um solo muito fértil.

– Trouxemos alimento suficiente, obrigado – disse Itzak. – Eu não costumo ingerir muitos alimentos físicos. Apenas luz e água está bom. A luz azul de Osum é deliciosa!

– Imagino... – disse Abasi, olhando para Itzak com atenção e o que me pareceu tristeza em seu olhar. – Você é um Iranse, como dizem? Um raro Iranse macho?

– Não sei bem o que isso significa, mas espero aprender. Dizem que sim, sou um Iranse – e, dizendo isso, retirou os óculos, revelando o azul de seus olhos.

– Bem, seja como for, você teve sorte – disse Abasi, olhando Itzak de cima até embaixo. – Você não é um Iranse pleno. Pode andar livremente. E a terra gosta de você, pois você toca o solo ao caminhar. Os sóis não chamam você. Muita sorte.

Se Itzak não compreendia bem o que Abasi lhe dizia, muito menos eu. Aquela gente parecia falar em metáforas.

– Como está sua mãe? – perguntou Abasi, de sopetão, e foi impossível deixar de perceber a maneira assustada como Ranya olhou pra ele.

– Minha *ex*-mãe, você quer dizer? Já sou adulto – respondeu Itzak, algo ofendido – Orin 53 está bem. Você a conhece, porventura? Não consigo ler direito sua mente. Isso é um escudo de Lah-Ura? Causa estática. Interessante.

Abasi baixou os olhos, nada respondendo. Antes que Itzak insistisse, Ranya mudou de assunto de forma tão incisiva e artificial que eu não pude deixar de fazer uma anotação mental: *investigar possível relação entre Abasi e Orin 53*. Sim, seria necessário investigar. Era impossível arrancar informação da mente dos orientais, com tantos escudos e estática telepática. Além disso, Itzak não ousava abdicar das próprias proteções psíquicas, pois temia ser assolado por pensamentos cacofônicos e, por isso, era incapaz de extrair respostas. Seria preciso ter paciência e depender do diálogo verbal.

– Pois bem, por onde começamos nossa reunião? – perguntou Ranya. – Há muito a ser dito, muito a ser esclarecido.

– Creio que seria bom começarmos com uma reunião com Lah-Ura 23 em pessoa. Ela é o motivo de estarmos aqui, afinal – respondi.

Abasi me olhou assustado, como se eu tivesse acabado de dizer algum absurdo, e nos deu uma resposta que me deixou sem chão:
– Reunião com Lah-Ura? Agora? Impossível! Chegaram tarde, vocês dois. Lah-Ura está se preparando para morrer neste exato momento. Ela não pode ser interrompida.

∞

No horizonte, uma nova aurora de Yewa despontava, somando seu azul pálido ao azul intenso de Osum e ao branco de Osala, tornando o céu oriental muito mais belo do que qualquer coisa que pudéssemos admirar em Iridescente. A inclinação da luz para o azul era não apenas bonita, era revigorante! Mas eu não conseguia admirar aquela beleza, tamanha era a minha frustração diante do que Abasi nos disse. Lah-Ura, morrendo! Talvez por isso ela tenha convidado Itzak. Havíamos esperado demais?

– Lah-Ura, morrendo? Não pode ser! – disse Itzak. – Mas ela ainda está viva, não está? Podemos conversar com ela, mesmo que por alguns minutos! Ela pode transmitir toda a informação para a minha mente na velocidade do pensamento! Eu suporto!

– Tudo tem que ser do jeito que vocês querem, na hora que querem? Não respeitam nem mesmo o sagrado momento da morte? – disse Abasi.

Eu pretendia insistir, mas Ranya nos interrompeu:
– Escutem... vocês podem conversar com Lah-Ura daqui a quatro ciclos de Omulu.

– O quê? Mas Abasi disse que... – disse Itzak, sendo interrompido por Ranya:
– Lah-Ura morre a cada três auroras de Yewa. Permanece morta pelo tempo de quatro ciclos de Omulu. Oito horas. E, enfim, ressuscita.

– O quê?! – disse Itzak. – Que loucura é essa?

Ranya, sorrindo, continuou:
– Calma, Itzak. Estamos tendo um problema com terminologias, aqui. O que ocorre com Lah-Ura não difere do que ocorria com você em sua infância. Você mesmo "morreu" e "ressuscitou" algumas vezes, até os Alagbawo-Res bloquearem essa capacidade sua.

– O "dorme"! – comentei.
– Exatamente, Tulla – disse Ranya. – O "dorme".

∞

Só nos restava esperar, e foi o que fizemos. Ao longo de quatro ciclos inteiros de Omulu, aproveitei para registrar o máximo de peculiaridades em minha esfera diamantina, e Ranya me ajudou. Ela nunca fora do tipo "materno", e sua relação comigo era diferente da relação de Orin com Itzak, por exemplo. Orin, mesmo sendo uma ex-mãe, fazia questão de manter alguma forma de laço espiritual com seus antigos filhos. Ela e Kayera eram muito amigas, e era evidente o carinho que Orin nutria por Itzak, além de um notável apoio incondicional. Ranya, por sua vez, sempre estimulara o desapego em relação a mim, e eu não guardava mágoa disso. Admito certo alívio a esse respeito. Ela havia me criado para o mundo, ao contrário de meu ex-pai, Arimeo 500. Ele, por sua vez, havia me criado para si. O peso de sua atenção me acompanhava por toda Iridescente, concentrando-se em com quem me deito (sua aversão por Kayera saltava aos olhos), o que faço, se me porto com a devida compostura. Uma carga insuportável de um pai que não aceita a maioridade de sua filha, nem suas escolhas. Ele não aceitava nem meu Ilê! O que dizer do resto?

Itzak, por sua vez, parecia mais interessado em aproveitar a luz de Osum. Havia até retirado os óculos de proteção.

– É impressionante como me sinto bem com essa luz azul – disse ele.

Ele tinha razão. Eu também podia sentir um efeito vibrante em meu corpo, sobretudo à medida em que Yewa se aproximava de Osum. Em breve os sóis estariam alinhados, "em conjunção", conforme dizia Itzak, e a maior parte do céu seria uma explosão do mais puro azul. *Azul na terra como no céu*, costumava dizer Ewi 4300, num de seus arroubos poéticos.

Abasi acompanhava Itzak com o olhar, para onde quer que ele fosse. Parecia obcecado. Como era muito difícil ter acesso telepático completo a ele, restava-me imaginar as razões de tamanho interesse do velho por meu amigo. Mas o próprio velho parecia não conseguir se conter, e perguntou a Itzak:

– Como é sua irmã biológica? Fale-me dela. Soube que é a mais habilidosa engenheira dentre todas as Kayeras vivas.

Itzak o encarou com desconfiança e disparou, sem se preocupar em parecer ríspido:

– É a segunda vez que você demonstra interesse por alguém de minha família biológica. Qual a razão disso, Abasi? Fale! Eu poderia forçar seu escudo e extrair a resposta eu mesmo, mas seria descortês de minha parte. E haveria o risco de ferir você.

Itzak falava sério, eu o conhecia bem. Temi por Abasi, mas ele respondeu:

— Conheci sua mãe quando era ainda bem pequena...

— Pois sim? E em que circunstâncias você a conheceu?

Antes que Abasi pudesse responder qualquer coisa, mais uma vez Ranya se interpôs. Era a segunda vez que ela agia assim.

— Creio que Lah-Ura em breve ressuscitará — disse ela.

— Pelos meus cálculos, falta ainda meio ciclo de Omulu — respondeu Itzak, incomodado com a interrupção.

— Mas já podemos nos encaminhar para o túnel — disse Abasi.

— Encaminhar para onde? — perguntei, sem entender a expressão "túnel".

Ranya se aproximou e me tomou por uma das mãos, dizendo:

— Eu esperava que você pudesse nos ajudar a decifrar a natureza desse lugar onde Lah-Ura vive. Há uma placa com uma inscrição em sua entrada, mas seus dizeres são estranhos. Talvez sejam expressões com as quais não estamos habituados.

Não era preciso dizer muito mais. Fisgados pela curiosidade, eu e Itzak nos dirigimos, determinados, ao tal "túnel" onde Lah-Ura pelo visto não apenas "morria" e "ressuscitava", como vivia a maior parte do tempo. Imaginei muitas coisas: uma construção cristalina em tons de azul, capaz de amplificar o brilho do sol Osum. Idealizei um palácio, adequado à líder Cultista do Oriente. Tudo passou pela minha cabeça, menos aquilo. Tudo, exceto aquele horror.

Diante de nós, lá estava uma construção semicilíndrica de aproximadamente cinquenta medidas de extensão por quatro medidas de altura e meras duas medidas de largura de porta. Uma pessoa comum mal conseguiria ficar em pé ali dentro. E o pior nem era isso. O pior é que a construção era toda opaca. Nem o mais fino raio de luz entrava ali. Era, por ironia, a única construção intacta em todo o sítio arqueológico de Kalgash. O restante não passava de escombros.

— Vocês querem que eu acredite que Lah-Ura vive dentro desta coisa? — eu disse.

— É fato. Ela vive ali — respondeu Abasi, com um olhar entristecido.

— Mas é impossível! — eu disse, rindo nervosa. — A luz não penetra nesse ambiente!

Só de olhar para aquela construção, eu sentia terror. Itzak, por sua vez, parecia encarar tudo com bastante tranquilidade.

— É por isso mesmo que Lah-Ura precisa viver ali — disse Ranya.

— Em breve vocês entenderão.

Contornei a construção, procurando registrar o máximo de detalhes. Seria importante mostrar aquilo para Kay no futuro, talvez até mesmo para algum Oluya-Woran. Isso, claro, se um dia eu pudesse contar pra eles que estive em Kalgash.

O tal "túnel" não parecia ter sido criado para a habitação de pessoas. Era um grande corredor de pedras onde havia sido aplicado alguma forma de pigmento escuro, quase negro. Na entrada, era possível identificar algumas vigas metálicas compondo um pequeno trilho de trem cuja função me era tão incompreensível como todo o resto. No alto da porta principal havia uma placa desgastada pelo vento, mas onde ainda se podia ler, em letras de baixo relevo: *OJU EEFIN AKAKOGBON OHUN*.

— Esta é a tal inscrição? — perguntei a Ranya.

— Sim.

— E nenhuma Tulla jamais a traduziu?

— Minha filha — era a primeira vez que Ranya se dirigia a mim desse modo em muitos anos. — Nenhuma Tulla jamais teve acesso ao lugar onde Lah-Ura vive. Sempre mantivemos as fêmeas de seu Ilê apenas em ruínas pouco importantes. Esperávamos pelo momento certo, e esse momento chegou.

Senti um arrepio correr ao longo de minha espinha, sensação reservada àqueles que, num mundo tão regular e sem surpresas quanto o nosso, se deparam com algo que ainda conseguia ser desconhecido. Acariciei a placa com as mãos, sentindo o baixo relevo das letras, e comecei a raciocinar em voz alta:

— Isso parece kalgashiano, não creio que seja outro idioma. São apenas palavras cujo significado desconhecemos, mas vocês já decifraram metade do enigma. *Oju eefin* significa algo como "passagem subterrânea", o que é bem esquisito, já que essa construção não é subterrânea. "Túnel" é uma tradução para o aphrikeiano moderno, embora seja uma expressão pouco usada pelo motivo de não termos "túneis" num sentido arquitetônico, mas apenas num sentido biológico. Devo ter ouvido essa expressão uma ou duas vezes na vida, em contextos médicos. Algo como "túnel do sangue", como referência às veias enterradas em nossa carne. Mas essa construção não é "subterrânea".

— Embora estar nela seja como estar debaixo da terra — disse Abasi.

— Já *akakogbon ohun* é mais complexo — observei. — Lembra-me uma série de expressões pouco utilizadas, como "mascarado", "oculto", "disfarçado", "misterioso". Nenhum desses quatro adjetivos faz muito sentido no Ocidente. O mais próximo que temos é "infiltrado", usado como referência a vocês orientais...

— Sempre achei essa placa muito estranha, e nem mesmo Lah-Ura sabe explicar seu significado — disse Abasi. — Ela até tenta, mas não entendemos o que ela diz.

— Talvez uma sala de tortura? — considerei. — Um lugar para apavorar os inimigos, inserindo-os num ambiente de nenhuma luz? Kalgash tinha inclinações bélicas, pelo que sabemos. Não me espantaria a existência de uma sala de tortura.

— Antigamente, havia cadeiras metálicas lá dentro. — disse Ranya. — Estavam posicionadas sobre um trilho. Retiramos todas para que Lah-Ura ficasse mais confortável.

— Não consigo associar "conforto" a este lugar — eu disse.

Itzak estava calado, como se aquelas questões sobre traduções e funções do túnel fossem desimportantes. Tudo o que ele queria era falar com Lah-Ura, tentar compreender um pouco mais sobre a Escuridão, tentar entender o significado de ser um Iranse. Havia, contudo, algo a mais no silêncio de Itzak: uma fascinação pela ausência de luz daquele lugar. Uma espécie de reverência quase religiosa. Ele permanecia parado diante da porta, e sua expressão era do mais puro encantamento.

Deixando de lado mais uma das muitas estranhezas de meu amigo, continuei a especular acerca das traduções:

— "Passagem subterrânea disfarçada" poderia ser uma tradução adequada, mas não faz sentido, uma vez que tal construção não parece ter sido algo oculto em sua época. Podemos ver as ruínas de um antigo Templo do Saber a menos de uma medida de distância, escombros de lugares com aspecto residencial praticamente ao lado. Construções primitivas, se comparadas às nossas. Feitas de pedra. Mas, imagino, não tinham tetos e possuíam aberturas gigantescas, capazes de possibilitar a entrada da luz.

— Túnel do mistério... — murmurou Itzak, quase como que se pensasse em voz alta.

— Como assim? – perguntei.

— O nome que está na placa é "túnel do mistério" – disse ele. –
Este lugar era um brinquedo. Os kalgashianos o utilizavam como uma forma de transformar as lendas sobre a Escuridão num gracejo. As pessoas se sentavam nas cadeiras, e um maquinário bastante simples movia os assentos ao longo do túnel por poucos minutos. Tempo suficiente para se ter uma "experiência da Escuridão" e rir disso. Eles só não contavam com o fato de que era tudo verdade. Ninguém riu, no final.

— Como você sabe essas coisas? – perguntou Abasi, tomando Itzak pelo braço. Itzak o olhou com raiva, incomodado pelo toque intrusivo. Ele sempre detestara ser tocado.

— As pedras – disse Itzak, livrando o braço. – As pedras me disseram, assim que as toquei. Não sei como explicar. As imagens vieram.

— Pedras não falam, rapaz! – disse Abasi. – Pedras não são vivas!

— Já acessei alguns registros que se referem a uma rara habilidade chamada "psicometria". Uma espécie de capacidade de extrair informações de objetos – eu disse.

Tudo é vivo, papai.

Estremeci com a potência daquela voz psíquica. Era como se alguém tivesse apertado a minha cabeça com um torno. Em contraste ao poder da voz, não havia nela tons de agressividade. Olhei para o túnel, e vi alguém pequeno como uma criança parado à frente de Itzak. Esta pessoa, parcialmente posicionada dentro do túnel, tocava o rosto dele com uma das mãos.

Eu olhava, mas não conseguia ver direito. Era como se o meu sentido visual se recusasse a entender o que tinha diante de si. A forma da entidade mudava sem parar, como se fosse composta por uma substância maleável ao invés de carne e osso. Ela se derretia e se recompunha, era algo como a camuflagem d@s Monges, mas numa variante terrível, assustadora, que perturbava o batimento de meus dois corações.

— Minha filha, meu amor! – disse Abasi, seus olhos cheios de lágrimas.

Eu sempre volto, não volto, papai?

— Minha querida, minha líder! – disse Ranya. – Temos convidados! Uma delas é minha filha, Tulla 56. Com ela, veio Itzak 42, o Iranse ocidental. Vieram em paz e boas intenções, conforme você mesma predisse em sua última morte.

Eu estava bastante assustada. Lah-Ura não era nada do que eu havia imaginado. Ela não tinha nada de similar a Itzak, além da voz psíquica atordoante. Eu não conseguia olhar para ela. Só de tentar, lágrimas escorriam.

Veja-me como sou, Tulla 56. Você é bem-vinda – disse Lah-Ura.

De repente, foi como se uma cortina fosse retirada de meus olhos, mas nem por isso o que se revelou por trás dela era menos assustador. Lah-Ura era uma fêmea minúscula, com bem menos de duas medidas de altura, do exato tamanho de uma criança. Sua pele era toda branca, uma coisa impossível e cheia de manchas, enrugada, frágil e quebradiça. Nada tinha da pele firme, negra e lustrosa de uma pessoa normal. Do alto de sua cabeça, escorriam longos fios de cor dourada. Ela tinha fios dourados também na região genital, e seus olhos eram azuis. Azuis como os de Itzak. Azuis como a luz de Osum.

Lah-Ura era como uma orquídea. Uma orquídea branca que florescia nas trevas.

– Entende agora por que Lah-Ura precisa viver dentro do túnel? – disse Ranya.

– Mas como... sua pele... impossível... – eu disse.

Abasi se aproximou e nos explicou:

– Há um termo pra isso, Tulla 56: "albinismo". As fêmeas Iranse, ao contrário dos machos, nascem albinas.

– Mas... como conseguem sobreviver com essa... essa pele branca? – perguntei.

– Elas são consideradas uma anormalidade a ser morta imediatamente – disse Abasi. – Crianças com esse tom de pele não podem sobreviver à radiação solar de nosso mundo, e terminam morrendo em questão de poucos ciclos de Yewa. Por isso, a determinação é que sejam mortas ao nascer, "por compaixão". Para sobreviver, elas teriam que vestir um tecido capaz de cobrir seu corpo inteiro, mas quem quer saber de preservação da saúde quando a simples menção à ideia de "vestir" é considerada absurda e imoral?

– Como você sabe de tudo isso? – perguntei, já imaginando a resposta.

– Eu fui um Alagbawo-Re, minha cara – respondeu Abasi. – Um excelente Alagbawo-Re, a propósito. Assim que minha filha Lah-Ura nasceu, fui abordado por Ranya 722. Enrolei o bebê num tecido branco e fugi para Kalgash, abandonando minha esposa e minha primogênita: a fêmea que, adulta, assumiu o nome de Orin 53.

Atordoada com a revelação, emudeci. Coube a Itzak questionar:

– Isso é verdade, Abasi? Você é o pai-gênese de minha mãe-gênese?

– Sim, Itzak. É verdade.
– E por que não disse isso antes?
– Há um momento para tudo. E a melhor hora é essa, diante da irmã biológica de sua mãe. Para que você veja por si a razão que me levou a abandonar Orin e, assim, não me culpe e possa falar em meu favor quando encontrar sua mãe.
– Não tenho como culpar você. Você agiu de modo a salvar a vida de sua filha. Sabia que sua outra filha, a primogênita, estaria segura com a mãe-gênese dela.

Abasi sorriu, satisfeito com a compreensão, e continuou:
– Aqui, neste túnel, aprendi que Iranses fêmeas não necessitam da mesma quantidade de luz que nós. Elas não têm problemas com a Escuridão. Não parece irônico que a luz da verdade se revele para quem vive na treva, filho de minha filha?

Eu gosto. Gosto muito do Escuro – disse Lah-Ura, fazendo minha cabeça trepidar. Tive uma estranha sensação no estômago, como se os *agbados* que eu havia comido horas antes estivessem querendo voltar.
– Por favor... por favor... minha cabeça... – eu disse.
– É incômodo no início, mas você vai se acostumar – disse Ranya, apertando minha mão e imprimindo um toque anestésico ao meu sofrimento. – Apenas relaxe, Tulla.
– É incrível... – eu disse, registrando tudo.

Abasi tomou minha outra mão, e disse:
– Eu também acho incrível, mas por outra razão.
– E qual seria? – perguntei.
– Ele consegue tocá-la... – disse Abasi, chorando. – Itzak 42 consegue tocar Lah-Ura! Alguém neste mundo consegue tocar minha filha!

Antes que eu pudesse começar a entender o que ele queria dizer com aquilo, Lah-Ura pegou Itzak pelas mãos e sorriu. Um sorriso de quem esperara muito, estampado naquele rosto branco marcado por manchas, cuja textura lembrava as páginas velhas e amassadas do Livro das Revelações. Era isso: Lah-Ura tinha cara de papel.

Sem aviso, ela puxou Itzak com força para dentro do túnel. Sufoquei um grito. Meu amigo havia mergulhado naquele lugar. Mergulhado na profunda e horrenda Escuridão.

19

Livre e espontânea vontade
(Seis anos para o fim do mundo)

Pensando em retrospecto, Monge 5100 não tinha dúvida: sua linha da vida poderia ser dividida entre antes e depois da facada que ele recebera do Cultista no Vale de Iyalenu, anos atrás. A cicatrização havia sido menos problemática do que ele imaginara, e ter dois corações pulsando de novo era maravilhoso. Mas nada se comparava à glória de se ver alçado à categoria heróica. 5100 sabia que alimentar essa vaidade @ deixava perigosamente próxim@ ao veneno da soberba e, como bom/boa Monge que era, procurava não pensar tanto nisso. Não que fosse fácil. Por onde quer que passasse, el@ podia sentir o fluxo dos pensamentos em sua direção: *eis Monge 5100, @ intrépid@*. Crianças queriam tocá-l@. Machos e fêmeas paravam para elogiá-l@ e agradecer por sua coragem ao enfrentar o "terrorista de Kalgash".

5100 sabia que, em verdade, não tinha feito nada demais. Sim, el@ acuara o terrorista, mas, na prática, tudo se resumia a ter levado uma facada no coração. Monge Supreme 1920 discordava. Não fosse pela presença de 5100 e d@s outr@s dois/duas Policiais do Pensamento, sabe-se lá o que aquele oriental infiltrado teria feito com o auxílio de Ranya 722, a traidora. Talvez tivessem explodido outra bomba psíquica!

Tendo sido alçad@ à categoria heroica, não foi surpresa quando o Ilê Monástico indicou 5100 como dign@ de se unir a Supreme 1920 no retiro transcendental da Pirâmide Obsidiana. 5100, como era de se esperar, exultou. Nenhuma honra se comparava à oportunidade de unir forças à Sua Esplendecência no sacrifício do retiro eterno.

Quase tod@s @s integrantes do Ilê Monástico viam aquele processo seletivo com bons olhos. Monge 3910 era exceção. Para ele, aquilo tinha um estranho odor de estímulo competitivo: pessoas que deveriam viver em harmonia entre si, inseridas numa disputa velada. Uma "gincana" pra avaliar quem seria @ telepata mais poveros@ para se unir a Supreme 1920 na Pirâmide Obsidiana. Mas, procurando ser justa, não tenho como julgar o Ilê Monástico. Quando se segue alguém sem restrições ou questionamentos, é muito fácil perder o foco e se deixar levar. É fácil ignorar as contradições éticas. A competição havia se entranhado no corpo do Ilê Monástico, estimulada pel@ própri@ Supreme 1920, porém quase ninguém se apercebia disso.

E, assim, 5100 se dirigiu para a Pirâmide Obsidiana, num estado de júbilo que fazia sua aura reluzir. Despediu-se de seus/suas companheir@s de Ilê, e uma grande festa lhe foi oferecida. Dentro da Pirâmide, 5100 se uniria a dezenas de outros que já tinham unido forças a Supreme 1920 e fortaleciam o escudo psíquico que dividia Ocidente de Oriente.

Diante de 5100, a Pirâmide Obsidiana despontava, espetacular. A obra-prima dos Oluya-Woranes. Dizia-se que o poder psíquico circulante ali dentro era tamanho que seus moradores transcendiam a necessidade de alimento físico, passando a viver exclusivamente de luz. 5100 mal podia conter a alegria, ao imaginar que em breve faria parte de tamanha maravilha e encantamento.

A porta se abriu, sem alarde. 5100 se posicionou na entrada e esperou algum tipo de sinal, comando, sugestão, o que fosse. Mas ninguém lhe disse nada. A luz solar, filtrada pelas paredes do lugar, era amplificada e cintilava em pequenas explosões multicores. Não havia nem um canto sequer que não fosse iluminado. O brilho vermelho dando lugar ao azul intenso, o amarelo-ouro cintilando e dando lugar ao verde, numa dança infinita cujos padrões não se repetiam jamais.

5100 sondou, porém não conseguiu sentir mente alguma ali dentro, e isso lhe pareceu bastante estranho. Deveriam haver dezenas de Monges dentro da Pirâmide Obsidiana. O sentido telepático não era o único a estar embotado. Era até mesmo difícil enxergar dentro do templo, tamanha a intensidade da luz. No centro do ambiente, havia dezenas de árvores. 5100 gostou da ideia de ter um jardim semeado dentro da Pirâmide.

Distraindo-se com as ondas de luz colorida e com as árvores diante de si, 5100 tomou um susto quando a voz de Supreme 1920 ecoou pelo ambiente:

Saudações, Monge 5100. Folgo em saber que você foi @ escolhid@ desta vez. É livremente que você vem? Se juntará a mim no árduo caminho da transcendência? Está preparado para ir além da cortina de luz?

5100 mal conseguia se controlar, tamanha era sua alegria.

— Oh, sim! Sim, Vossa Esplendecência! Estou aqui por livre e espontânea vontade, para existir em comunhão convosco até o fim dos meus dias! (Mas onde estão @s demais Monges, que não @s sinto?)

Como que saíd@ de uma cortina da mais pura luz branca, Supreme 1920 emergiu. 5100 pôde constatar o tanto que Sua Esplendecência havia mudado, tendo se tornado uma silhueta diáfana, quase invisível. Quase. Apenas uma coisa se podia distinguir: o sorriso de Supreme 1920. Um sorriso largo, repleto de dentes brancos e brilhantes como a luz de Osala. Aquele sorriso flutuava, como uma boca sem corpo.

— Ótimo – disse Supreme 1920, acariciando a face de 5100. – Ótimo.

E, como em todas as vezes anteriores, a porta da Pirâmide Obsidiana fechou com um estrondo.

20

Aprendendo a sonhar
(Seis anos para o fim do mundo)

Referir-se à Escuridão como "algo" foge ao sentido de qualquer entendimento. A luz tem existência, tem substância, mas jamais poderia ter seu oposto. Por isso, rejeitávamos os conceitos Cultistas a respeito de "treva", "noite" e "escuro" como uma substância. A não-luz só poderia ser evocada artificialmente, caso cobríssemos nossos olhos. Logo, não fazia sentido concebê-la como um fenômeno natural. O "Túnel do Mistério" onde vivia Lah-Ura 23 parecia ser a confirmação disso. Se havia treva naquele lugar, era por artifício de quem quer que o tenha concebido. As paredes impediam a passagem da luz, mas ela continuava a existir. A "bolha de treva" não passava de uma tremenda piada de mau gosto.

Itzak 42, contudo, teve uma impressão bastante diferente ao ser puxado para dentro do Túnel por Lah-Ura. A ele, a treva parecia coisa viva, dotada de substância própria. Itzak não se sentiu oprimido pela Escuridão. Na verdade, achou-a reconfortante.

Demorou mais de um minuto, mas os olhos de Itzak pouco a pouco se habituaram à ausência de luz. A energia solar acumulada dentro de seu corpo foi reconvertida para o sentido visual e seus olhos se iluminaram por dentro, permitindo-lhe enxergar o interior do ambiente. Diante de si, viu Lah-Ura. Mas ele não a via apenas com os olhos físicos. Enxergava-a, sobretudo, com os olhos da mente. E era recíproco: pela primeira vez na vida, Itzak encontrou alguém capaz de entrar em sua cabeça. Lah-Ura, que já estava perto, colou seu corpo ao dele num abraço, e disse:

Seja bem-vindo, Itzak. Eu aguardava você. Pensei muito em nosso desagradável encontro anterior. Vi sua mente. Você não é como os outros. Eu estava apenas... furiosa.

Era estraho, mas Itzak não sentiu o tradicional incômodo ao ser tocado com intimidade por Lah-Ura. Diferente do toque dos outros, o dela não estava carregado de emoções e pensamentos. Era um toque neutro, suave, que transmitia paz. E ela também parecia gostar, já que não cessava de apalpar seu braço, seu peito, seu rosto.

Da última vez que conseguiram me tocar, eu era ainda uma criança — disse ela. — *Hoje em dia, é impossível. Quem tenta, sai ferido. É a radiação. E por que eu consigo? Você, Itzak, é como eu: um Iranse. Da última vez que me tocaram e não senti repugnância... eu nem me lembro. Apenas Orin me toca sem que eu sinta aversão* — disse ele.

Shhhh — pediu ela, sorrindo.

Fizeram silêncio por alguns minutos, enquanto se acariciavam mutuamente. Itzak sentiu os fios sedosos que escorriam da cabeça de Lah-Ura. Ela fez o mesmo com os pelos negros e crespos de Itzak.

Você vive sempre aqui dentro? — perguntou Itzak, rompendo o silêncio.

Sim, sempre. Não posso sair. Minha pele queima. Faço alguns passeios quando apenas Osum brilha no alto do céu. Quando preciso, uso corpos emprestados. Parece-me maravilhoso!

E qual seria a maravilha, Itzak?

A paz.

Lah-Ura suspirou e envolveu Itzak em mais um abraço. Ele gostou.

As pessoas sentem pena de mim. Acham que é solitário e triste. Mas eu nunca estou sozinha. Nem se eu quisesse eu poderia ficar sozinha. Nem aqui, nem em Outromundo.

O que é Outromundo?

Venha comigo e eu mostro.

Por que não me mostra com sua mente, Lah-Ura?

Gosto de exibir minha arte. E é preciso preparar você. Outromundo não é simples.

Caminharam ainda mais para dentro do Túnel do Mistério, onde nenhuma réstia de luz alcançava, mas os olhos de Itzak já haviam se habituado à treva. O interior da construção não tinha nada de significativo, além de trechos da estrada metálica por onde antes deslizavam as cadeiras, na época em que Kalgash era pujante e viva.

Na metade do túnel, Itzak pôde ver o que pareciam ser desenhos rudimentares feitos com carvão, nas paredes. A maior parte representava pessoas em pé. Havia também rascunhos de torres e construções diferentes de tudo o que podia ser visto em qualquer lugar de Aphriké. Alguns dos desenhos eram incompreensíveis, formas sem nexo aparente.

Você desenhou tudo isso? – perguntou Itzak.

Sim. Desenho Outromundo sempre que posso.

E onde fica Outromundo, Lah-Ura? É uma vila oriental?

Não sei onde fica. Não sei nem se é questão de "onde", ou de "quando". Talvez ambas as coisas, Itzak... Talvez Outromundo seja outro lugar e outro tempo.

Era muito difícil entender Lah-Ura, o modo como ela falava, a forma como se referia às coisas. Seus pensamentos mostravam cenas que Itzak não conseguia compreender. Ele captava lampejos, mas não era capaz de compreendê-los, então perguntou:

Vejo pessoas desenhadas, mas noto que muitas estão engatinhando. São bebês?

Não, não! – disse Lah-Ura, rindo. – *Não são bebês! São pessoas, também! Pessoas não-racionais! Veja, Itzak, este é gaato. Aquele é kããо. Há também a vaaka. Eles não falam. A vaaka só consegue dizer muuu! Gosto da vaaka, ela é uma pessoa não-racional bem grande e muito dócil.*

Não sei se entendi. Como pode uma pessoa ser não-racional? "Pessoas" e "racionais" não são sinônimos?

Oh, aqui sim, mas não em Outromundo! Lá, há vários tipos de pessoas cujas formas são as mais distintas entre si. Veja – disse ela, apontando outros desenhos. – *Este é páz-saro, a pessoa não-racional que caminha no céu. E este é peyche, a pessoa não-racional que anda dentro d'água.*

Itzak olhou para os desenhos apontados e balançou a cabeça, sem conter o riso. Então disse, com a sinceridade que lhe era característica:

Estes desenhos não fazem o menor sentido para mim, tampouco suas descrições, Lah-Ura. As formas são impossíveis, nada há de "pessoas" nisso.

A cor de nossos olhos é impossível, Itzak. E quanto à cor da minha pele, esta cor sem sentido algum para um mundo banhado por infinita luz solar? Minha cor me faz ser menos "pessoa" do que os demais?

Entendo o que você diz, mas... pessoas que andam no ar e dentro d'água, Lah-Ura? Isso é loucura.

Posso mostrar pra você. Nesta caverna onde nos encontramos, neste "túnel", estamos protegidos das mentiras da luz. O que a luz esconde, a Escuridão revela. Lá fora, as pessoas estão iludidas pela dança infinita dos sóis, cuja cortina de fogo impede um conhecimento mais amplo das coisas. Nas sombras da caverna, a verdade se desnuda.

Escuridão: é isso, Lah-Ura. Eu preferia conversar sobre a profecia da Escuridão. – disse Itzak.

Você só entenderá a Escuridão quanto conhecer Outromundo – disse Lah-Ura. – *Volte daqui a três ciclos completos de Yewa e o ensinarei a sonhar.*

Não compreendi a última palavra.
Sempre que morro, sonho. E, quando sonho, vou até Outromundo. Eu existo aqui e lá. Eu sempre existo, sabia? É algo que não sei explicar. Todas as coisas vêm e vão, tudo passa. Mas eu sempre, sempre existo...
Itzak não compreendia metade do que ela dizia, mas achava que havia entendido a parte sobre "morrer" e "voltar". Lah-Ura se referia ao "dorme". Então, ele disse:
Eu não posso "morrer" desse jeito, não mais desde que os Alagbawo-Res instalaram um marca-ritmo em meu cérebro quando eu era um bebê.
Lah-Ura tocou a cabeça de Itzak, as duas mãos posicionadas em suas têmporas. Ele sentiu um pequeno choque dentro dos olhos e ouviu um zunido fino que não durou mais do que alguns segundos.
Agora você pode – disse Lah-Ura. – *Retorne em três ciclos de Yewa e o conduzirei a Outromundo. Ensinarei você a sonhar, Itzak 42! Ensinarei você a sonhar!*

∞

Foi bastante difícil coletar e armazenar as lembranças de Itzak a respeito de sua experiência dentro do Túnel do Mistério. Nada do que Lah-Ura dizia fazia sentido. Eu estava convicta de que ela era insana, mas seu poder era indubitável e convinha fazer o jogo, pelo menos até estarmos bem longe dali. Eu sabia que ela poderia me esmagar como a uma flor. Ao mesmo tempo, algo dentro de mim dizia que eu não precisava temê-la, que ela não era (tão) louca, mesmo fugindo à ordem. *Uma orquídea*, insistia uma voz interior, *ela é como uma orquídea*. Eu só não apreciava a ideia de ter me arriscado e perdido tanto tempo para entrar em contato com alguém que não tinha nada a oferecer além de metáforas e delírios sobre pessoas que andam no ar e dentro d'água.

Itzak pensava diferente, ele não achava Lah-Ura louca. *Uma forma diferente de lucidez*, disse-me ele, numa nova demonstração de quão gentis podem ser os eufemismos. De todo modo, não deixou de ser interessante registrar a primeira prova concreta de que uma pessoa seria, sim, capaz de existir dentro de um lugar isento de luz. Talvez Itzak e Lah-Ura fossem exceções, mas isso já representava uma rachadura suficientemente grande na sólida construção das verdades dos Arimeos.

O mais chocante foi ter tido acesso às revelações de Abasi sobre o tratamento dado às Iranses fêmeas. Pelo que descobri ao longo de vários dias de conversação, as cidades ocidentais já haviam testemunhado nascimentos de Iranses de ambos os sexos. As fêmeas eram mais comuns que os machos. Eram sacrificadas após o nascimento, em decorrência de sua pele albina sem resistência alguma à luz solar. Quanto aos Iranses machos, estes eram apenas "normalizados". Não padeciam de albinismo, e poderiam sobreviver à radiação solar. Houve alguns antes de Itzak, mas nenhum chegou à idade adulta. No primeiro evento de suspensão da consciência conhecido como "dorme", o fenômeno era confundido com a morte e a criança terminava autopsiada. Os meninos terminavam sofrendo morte antecipada por pura ignorância médica dos Alagbawo-Res. Itzak teve sorte em não ser autopsiado.

As vinte e duas Lah-Uras anteriores viveram mais que os Iranses machos, mas não por muito tempo, e jamais conseguiram se reproduzir. Nasciam após cruzamentos selecionadíssimos entre os Cultistas, mas enlouqueciam por volta da entrada na idade adulta. Tornavam-se tão perigosas para os próprios Cultistas, que terminavam piedosamente sacrificadas antes de causarem uma tragédia involuntária. A Lah-Ura de número 23 havia sido a primeira Iranse fêmea oriunda de um nascimento ocidental e, se ela não enlouqueceu, foi graças à presença constante do pai, Abasi. Sendo um ex--Alagbawo-Re, ele imaginara quais ervas administrar e a dose certa de cada uma, a fim de impedir a loucura da filha. Havia sido um jogo de tentativa e erro que durara anos, mas Abasi lograra êxito, já que Lah-Ura era adulta e saudável... dentro do possível!

Era aquele o primeiro encontro entre dois Iranses, o primeiro entre um macho e uma fêmea. Lah-Ura achava – na verdade, tinha certeza – que, junto a Itzak, seria capaz de convocar R'av, o Menino-Deus. Juntos, eles alcançariam o coração do sol branco.

Se há pessoas que andam no ar e pessoas que andam dentro d'água, por que não pessoas que dançam no sol? – pensei, rindo, enquanto transferia o arquivo diamantino com as memórias de Itzak.

Eu não fazia mesmo a mínima ideia.

∞

Três revoluções do sol Yewa se sucederam e, na terceira aurora, Itzak começou a dar mostras de alterações comportamentais: abria a boca, como se quisesse engolir o ar. Cambaleava, como se estivesse tonto. Fiquei bastante preocupada.

– O que Lah-Ura fez com você, Itzak? – perguntei.

– Acho que ela destruiu meu marca-ritmo cerebral.
– E isso não é perigoso?
– É o que descobriremos em breve, Tul.

Aos tropeços, Itzak adentrou novamente o Túnel do Mistério, abraçando sem temor a Escuridão daquele lugar. Dei-lhe um registro diamantino, a fim de que pudesse gravar por si mesmo tudo o que testemunhasse em sua experiência no tal "Outromundo".

Na treva do interior do Túnel, Lah-Ura aguardava Itzak. Deram-se as mãos, e caminharam cada vez mais para dentro, até o lugar onde se podiam ver os desenhos rudimentares de Lah-Ura. Uma vez lá, deitaram-se abraçados e Lah-Ura se pôs a acariciar o tufo crespo na cabeça de Itzak. Ele gostou da sensação. Era reconfortante, tranquilizadora.

Não tenha medo, Itzak. Apenas relaxe. Relaxe e morra comigo – disse Lah-Ura.

Não estou com medo. Sinto-me um pouco estranho... Sinto-me fraco.

Ótimo. Quanto mais fraco aqui, mais forte em Outromundo.

Quando chegaremos?

Em breve, Itzak. Na medida em que você abandonar a resistência, mais suave será seu deslizar. Posso ajudar. Posso cantar uma canção de Outromundo, se você quiser. Não sou uma Orin como minha irmã, mas sou afinada.

Cante, então. Gosto de sua voz, é muito parecida com a de mamãe.

Lah-Ura sorriu. Sorriu e cantou:

Menino-Deus, um corpo azul-dourado
Um Portalegre é bem mais que um seguro
Na rota de nossas viagens no escuro
Menino-Deus, quando tua luz se acenda
A minha voz comporá tua lenda
E por um momento haverá mais futuro do que jamais houve
Mas ouve a nossa harmonia, a eletricidade ligada no dia
Em que brilharias por sobre a cidade...

– Bonito... – sussurrou Itzak, sentindo-se tonto. – Muito bonito... *Estou caindo,* pensou ele. *Estou caindo para todos os lados.*

E, antes que se desse conta, Itzak não estava mais em si mesmo.

∞

A primeira sensação foi a de um calor agradável, não muito forte, uma temperatura típica de cidades nortistas. A luz aquecia a pele, estimulando arrepios elétricos suaves. A tontura passou, e Itzak se pôs de pé. Estava num jardim, ou o que lhe parecia ser um jardim, apesar de as plantas serem todas verdes.

Seus sentidos foram se adaptando pouco a pouco àquele lugar. Muitas perguntas passavam por sua cabeça: como chegara ali? Teria sido movido, enquanto estava em "dorme"? E onde estaria Lah-Ura?

– Estou aqui! – disse uma voz feminina, atrás de Itzak. Ele se virou, e quase caiu para trás de susto.

O que estava diante dele era bastante difícil de compreender. Ao mesmo tempo era e não era Lah-Ura, e Itzak não conseguia conceber como aquilo seria possível. Aquela fêmea tinha aproximadamente a mesma altura de Lah-Ura: pouco menos de duas medidas. Mas sua pele, mesmo branca, não era maltratada. Era lisa e sem manchas, mais jovem. Os fios dourados, mais fartos. Os olhos ainda eram azuis, porém menores e os dentes, por sua vez, maiores. E o que ela fazia com tantos panos em volta do corpo? Tentou sondar a mente da criatura, mas não conseguiu.

– Não tente ler minha mente, Itzak. Será um esforço desnecessário, melhor que nos comuniquemos apenas com a voz. A telepatia aqui é débil. Só há um sol no céu, e ele é branco-amarelado. Sóis assim fracos não ajudam muito – disse a fêmea, estendendo a mão.

Itzak aceitou a ajuda e levantou, sentindo alguma dificuldade no processo. Olhou pra cima e constatou que era verdade o que a fêmea dizia: havia um único sol a reluzir no céu. Um sol branco-amarelado, apenas um pouco elevado no horizonte. Parecia uma versão desbotada e um pouco menor de Oya. O problema é que, pelas leis naturais, Oya jamais poderia estar sozinho no céu. Onde estariam Sango ou Osum?

– Em que momento os outros sóis nascem? – perguntou ele em voz alta, ao perceber que havia algo de fato bloqueando sua telepatia.

– Não há outros sóis. Este é o único sol de Outromundo.

Diante da expressão assombrada de Itzak, Lah-Ura o tomou pela mão e disse:

– Venha, Itzak, você precisa conhecer mais deste lugar, e não dispomos de muito tempo. Vamos aproveitar, pois aqui posso andar sem temer queimaduras em minha pele.

Caminharam por poucos minutos, e Itzak pouco a pouco conseguiu ouvir os sons, a louca cacofonia daquele lugar. Ele ouviu vozes, apitos, estrondos, assovios, música. Havia também os odores, cheiros novos, perfumes agradáveis misturados a fedores horrendos e incompreensíveis. Algo explodiu bem acima de sua cabeça, e ele se assustou. Ao olhar para o alto, viu um rastro branco no céu.

– O que é aquilo?!
– Avião – disse Lah-Ura. – Veículo automotivo que se desloca no ar.
– Um balão?
– Não, balão não. Tem outra forma. E é bem mais rápido.
– Você é mesmo Lah-Ura?
– De certa forma. Sim, eu sou.
– Estamos num jardim?
– Sim, num jardim grande chamado "Farroupilha". É bem cedo, e as pessoas ainda não chegaram. Estamos na cidade onde moro em Outromundo. O nome é Portalegre.
– Você sempre vem aqui?
– Sempre que posso. Sempre que posso, vou a vários lugares e tempos.
– Você está diferente, Lah-Ura. Seu corpo está diferente, mas eu ainda consigo ver bastante de você nesta nova forma.

Ela olhou para ele, sorriu e piscou.

– O seu corpo está ainda mais diferente. Eu existo em Aphriké e em Outromundo, mas não é o seu caso. Para podermos caminhar juntos, inseri sua mente no corpo de um sensitivo daqui. Um telepata fraco, mas ele serve. O nome de seu novo corpo é Mendigo.
– Eu me sinto tonto...
– Mendigo ingeriu grande quantidade de uma bebida entorpecente: "álcool".
– E enquanto ocupo o corpo de Mendigo, onde ele se encontra?
– Dentro de seu corpo em Aphriké, onde mais? Agora venha comigo, o tempo urge.

Itzak olhou para as próprias mãos e elas continuavam negras, embora numa tonalidade menos firme e brilhante. Apalpou o próprio rosto, e pôde sentir tufos mais fartos e crespos não apenas em sua cabeça, mas em torno de toda a face. Sentia-se fraco, com fome de alimentos físicos, o que era coisa rara. Apenas luz era, em geral, satisfatório.

Mas não em Outromundo.

Caminharam um pouco mais, até encontrarem um banco. Lah-Ura o convidou a sentar, e Itzak assim o fez.

– Apenas observe – pediu ela. – Aproveite que estamos a sós, observe e aprenda.

De repente, três diminutas formas caíram do céu bem diante da dupla e se puseram a caminhar aleatoriamente de um lado para o outro. Itzak quase se levantou, sobressaltado. Com alguma hesitação, aquietou-se e perguntou:
— O que vem a ser isso? Que construtos são estes?
— Não são construtos, são naturais. São pessoas que caminham no ar. Elas caminham na terra também, se quiserem. São páz-saros. Tome, alimente os páz-saros — disse Lah-Ura, oferecendo algumas sementes a Itzak.
— Estas coisinhas diminutas são pessoas?! Olá! Quais são seus nomes próprios?
— Eles não falam, não como nós. Tampouco nos entendem, possuem intelecto rudimentar.
— Mas são mesmo pessoas?
— Sim, são pessoas. Veja, olhe ali! — pediu Lah-Ura, apontando outra forma que passava correndo à frente deles. Aquilo sim parecia uma pessoa, mas caminhava de quatro, em alta velocidade, e tinha profusos pelos marrons crescendo em seu corpo.
— Não consigo identificar direito. É um bebê? Como é veloz! — disse Itzak.
— É outra pessoa não-racional, é um kãão. Eles nos entendem um pouco, mas não falam como nós. Têm alguma telepatia, embora tênue. Em Outromundo, como eu disse, nenhuma telepatia é muito forte. Em algumas pessoas o sentido telepático é mais forte do que em outras. Usamos mais a vocalização, por aqui.
— Como pode haver apenas um sol no céu?
— As coisas são apenas o que são — disse Lah-Ura, dando de ombros.
— E este sol se move?
— Sim, se move. Bem rápido.
— E o que acontece quando ele se põe?
— Bem... Quando ele se põe, a Escuridão acontece.
— Deve ser terrível viver num lugar em que é preciso correr atrás do sol!
Lah-Ura riu.
— Mas ninguém faz isso por aqui, Itzak. As pessoas aceitam a Escuridão.
— Elas não morrem? Não colapsam?
— Não, de forma alguma. Há até quem prefira a treva.

– Poderemos ver isso? A Escuridão?
– Não aqui. Em pouco tempo, este lugar estará cheio de gente, e chamaremos atenção. As pessoas não gostam muito de Mendigo, mas não havia outra pessoa telepaticamente sensível e capaz de alojar a sua essência.

Itzak e Lah-Ura ficaram mais alguns minutos sentados de mãos dadas, ouvindo os sons do entorno. Aquele lugar era muito mais barulhento do que qualquer outro pelo qual Itzak já tivesse passado. Era mais pesado, também. Os mínimos movimentos pareciam mais difíceis. Mas o pior, sem dúvida, eram os odores. Itzak estava bastante concentrado, procurando absorver ao máximo tudo o que via à distância: construções altíssimas, aparentemente de pedra pura. Veículos automotivos semelhantes às quadrirrodas, porém maiores e mais ruidosos, zanzando de um lado para o outro e liberando uma fumaça escura e fedorenta. Desacostumado a ficar sem seu sentido telepático, Itzak foi pego de surpresa pela aproximação de um macho cuja aparência bizarra quase o fez gritar.

– Está tudo bem, moça? – perguntou o sujeito. A criatura tinha a cor branca como a de Lah-Ura, era menor que ela e sua forma era absurdamente rotunda. Itzak nunca tinha visto uma pessoa quase esférica. Fios brotavam de toda a extensão de seu corpo, e ele exalava um suor fedido.

Lah-Ura olhou com tranquilidade para o sujeito, e respondeu:
– Bom dia, senhor. Sim, está tudo bem. Ele é meu amigo, não se preocupe.
– Tem certeza? Este mendigo é seu amigo, garota? – insistiu o macho, enquanto mastigava um alimento cujo odor era pior do que o suor que ele exalava.
– Como você sabe meu nome? Somos amigos? – perguntou Itzak.
– O que? Como assim? – disse o homem redondo, desconfiado.
– Você disse "mendigo". Como sabe meu nome?
– Tá de brincadeira com a minha cara, seu folgado? – falou o homem.
– Senhor, sei que parece estranho, mas está tudo bem – interrompeu Lah-Ura.
– Qual seu nome, guria? – perguntou o sujeito.
– Laura Boccardo. Laurinha. Está tudo bem, é sério. Obrigada por se preocupar!

O macho se foi, olhando de soslaio para a dupla e mastigando ruidosamente o que quer que fosse aquilo.

– Que idioma é este? – perguntou Itzak. – Como o entendo? Como o falo?
– Apenas uma das muitas línguas de Outromundo – disse Lah-Ura. – Você usa os conhecimentos de Mendigo.
– Que fruta era aquela que aquele sujeito esférico comia? Uma coisa fedorenta!
– Não era fruta. Ele estava comendo uma coisa chamada "sanduíche". É feita de cereais e carne de pessoas.
– O que? Essa gente come gente?!
– Sim, mas não da própria espécie. Eles comem pessoas não-racionais. Não todas, apenas algumas. Em geral, as mais dóceis.
– Mas isso é horrível! Asqueroso!
– Não é "horrível", Itzak. É apenas outra coisa, outra cultura. Outromundo.
– Não gostei. Detestei este lugar. Como você pode gostar daqui?
Lah-Ura olhou para ele e sorriu um sorriso triste.
– Vou mudar a pergunta: como posso gostar de um lugar onde sou incapaz de caminhar sem ter a minha pele branca calcinada pelos sóis? Mas gosto de Aphriké, Itzak, gosto mesmo. Em todos os mundos, sou o que sou: uma estrangeira. Algumas pessoas não pertencem a lugar algum, vivendo sempre nas encruzilhadas. Sou dessas.
Itzak ficou pensativo por alguns segundos. Ele achava que a entendia. Não muito, mas entendia.
– O que há mais para ver? – perguntou ele.
– Oh, muito mais do que você seria capaz de aprender se aqui ficasse por anos a fio. Este é um lugar muito mais complexo do que qualquer cidade que você já tenha conhecido em Aphriké. Mas venha, Itzak. Chegou a hora de irmos a outro "quando" de Outromundo. Teremos que ser breves, pois não usaremos corpos, e nossas mentes não podem existir por muito tempo sem uma âncora física.
– E como iremos para este "quando"? O que faremos lá?
– É apenas uma visita rápida. Olhe para o lado, já chegamos.
Itzak se virou e, assustado, constatou que não estavam mais no jardim verde. Encontravam-se num recinto fechado, repleto de luzes diminutas coladas ao teto e de objetos cujas formas eram mais exóticas do que qualquer coisa que existisse dentro do Templo do Progresso. Itzak sentiu que flutuava, como se todo o peso tivesse sido extraído de seu corpo. Percebeu, então, que não tinha corpo.

Era como se ele fosse todo olhos, a observar o entorno. Procurou saber onde estava, e tudo o que descobriu foi uma placa cujas letras esquisitas diziam "NASA". Ele não sabia o que "NASA" era, ou como ele conseguia entender aquelas letras alienígenas, mas imaginava que fosse um Ilê. O Ilê NASA.

Diante de si, Itzak viu uma fêmea afundada numa cadeira. Uma fêmea menor que Lah-Ura, frágil, de pele esfarrapada e longos fios brancos que despencavam de sua cabeça.

– Vocês de novo? Essa loira louca trouxe um amigo? Fantasmas bizarros! – disse a fêmea. – Malditas drogas! Merda, merda de remédios!

O que são "fantasmas"? – perguntou Itzak.

Estamos aqui como mentes sem corpo – respondeu Lah-Ura. – *O nome desta fêmea é Julia-Rivera. Ela passou a vida estudando os bilhões de sóis no céu. Em Outromundo, o que ela faz se chama "astronomia". Ela é muito idosa e muito sábia.*

Este lugar, esta "NASA" é um Ilê dedicado apenas a estudar os sóis?

Isso e muito mais – disse Lah-Ura

– Xô! Calem a boca, porra! – disse a velha, agitando as mãos. – Sumam! Merda do caralho, detesto delirar, puta que pariu... Me deixem em paz!

Por que estamos aqui? – perguntou Itzak. – *Não entendo as coisas que ela diz.*

Para que você vislumbre a estrutura da realidade de uma forma que nem mesmo eu poderia mostrar. Para que você veja o Universo conforme Julia-Rivera o vê – disse Lah-Ura e, sem nenhum esforço, inseriu Itzak no corpo da velha astrônoma.

Se pudesse, Itzak gritaria. Ele não estava preparado para aquilo, para o turbilhão de cores que o reviravam do avesso. Estar na mente de Julia-Rivera era uma experiência muito mais assustadora do que ter entrado no Túnel do Mistério. Ele não sabia como definir as coisas que lhe eram mostradas, a forma como aquela fêmea via a realidade. Todos aqueles sóis e partículas e cálculos e explosões, os ângulos e os vértices, as translações dos mundos e o som do próprio cosmo se expandindo. Era tudo muito grande e indizível, e apenas uma palavra seria capaz de resumir o que ele via: *infinito*. A mente de Julia-Rivera era a expressão viva da Equação Lemniscata.

Itzak abriu os olhos dentro de Julia. Com suas mentes fundidas, o conhecimento passou a se derramar de um para o outro, como dois recipientes intercambiando líquidos sem cessar: dezenas de anos de estudos em poucos segundos. Tudo o que ele pesquisava adquiriu novos sentidos e formulações. Trêmulo de emoção, Itzak moveu as mãos de Julia. Ele podia senti-la no fundo da mente, resmungando contra a intrusão, ofendendo-o até, mas não havia nada que ela pudesse fazer. Itzak estava no controle. Tentou se erguer, mas sentiu o peso e a senilidade do corpo de Julia e desistiu.

Tome cuidado, há muito ela não caminha. Ela viveu mais do que seria capaz de conceber, e as pessoas em Outromundo não são como nós. Quando envelhecem, tornam-se coisas frágeis – disse Lah-Ura.

– Essa gente vive por quantos ciclos solares? – perguntou Itzak, usando a voz de Julia. – Este corpo... muito sofrimento...

Vivem por um tempo indefinido. Diferentes de nós, a eles não é permitido saber a data da morte, ao menos não na maioria das vezes. O sofrimento é pela idade. Um dos quatro grandes sofrimentos em Outromundo é a velhice. Os outros três são o nascimento, a doença e a morte.

– Não gostei. Não faz sentido que a velhice seja um sofrimento. Tudo nessa gente é ao contrário? Nascimento e morte são o maior prazer da existência...

Em Aphriké, sim. Mas não para um Iranse. Nosso nascimento se deu com dor e fúria, e assim será no momento de nossa morte. A velhice também nos pesará, Itzak.

– As coisas na cabeça dela... A forma como ela vê o mundo... Não sei se entendo o que vejo, Lah-Ura... Um Universo mais vasto do que imaginávamos ser... Milhões... Não, bilhões de sóis! Tantos mundos diferentes, e nenhum é igual ao outro... Eu... Eu não estava preparado para isso.

Você está preparado, Itzak. Eu mesma preparei você em sua infância, usando a "bomba telepática". Pois não era uma "bomba", meu amigo, e sim uma iniciação. No fundo, você sabe a verdade, pois as estrelas dançam em seu âmago, desde aquele momento. Você esqueceu, e foi ensinado a temer a imensidão. Aproveite o que Julia-Rivera tem a ensinar. Você não encontrará nada disso em Aphriké.

– O que devo fazer agora? O que devo fazer com tudo o que sei?

Agora, Itzak, levante e ande, pois de pouco serve o saber por mero conceito. De pouco adianta o saber que não ousa saborear da vida até sua última gota. Você não é um Arimeo, é um Itzak! Saboreie! Vê aquela abertura na parede? Vá até ela, chama-se "janela". Olhe para fora, filho de minha irmã! Olhe para a cidade, para o mundo e para o céu!

Reunindo forças, Itzak conseguiu se levantar usando o corpo de Julia-Rivera, a astrônoma do Ilê NASA de Outromundo. Caminhou com cuidado na direção da tal janela, pois que o peso naquele lugar era grande e o corpo, fraco. Afastou os tecidos e o vidro em torno do buraco na parede, e esticou a cabeça para fora.

Itzak 42 – disse Lah-Ura. –, *conheça a noite. Conheça as estrelas.*
Ele olhou para cima, e viu.
E, enfim, lágrimas escorrendo por sua face, compreendeu tudo.

∞

O que pareciam ter sido apenas alguns minutos se revelaram horas. Itzak e Lah-Ura "ressuscitaram" abraçados no Túnel do Mistério, na mesma posição em que haviam "morrido". Itzak ainda trazia lágrimas em seu rosto, mas não estava triste. Estava, isso sim, maravilhado. Mal conseguia usar a telepatia, e se valeu da voz:

– É tudo verdade? É tudo verdade o que você me mostrou?

– Sim, é – disse Lah-Ura.

– E o que me garante que esse Outromundo não é apenas uma fantasia de nossas mentes? Uma criação mental sofisticada?

– E se nosso mundo for uma "criação mental sofisticada"? E se eu, você e todos nós não passarmos de personagens? Você se sente menos real diante dessa hipótese?

– Isso é absurdo, eu não posso ser a criação mental de alguém!

Lah-Ura se levantou, retirou os pelos dourados da frente do rosto, tomou Itzak pelas mãos e o ajudou a se erguer.

– Confesso uma coisa – disse ela. – No início, achei que Outromundo fosse um delírio meu. Uma lenda que eu estivesse a escrever, para entreter as pessoas. Eram muitas histórias sobre muitas pessoas, lugares incontáveis e tempos diversos de um mundo muito mais complexo que o nosso.

– E o que mudou seu pensamento? Como você sabe que não é tudo imaginação?

Lah-Ura sorriu, aproximando seu corpo mais ainda ao de Itzak, e disse:

– Eu jamais seria capaz de imaginar a noite e as estrelas, Itzak 42.

Itzak se sentia confortável no contato com Lah-Ura. Ela era a única pessoa – além de Orin, sua ex-mãe – a quem ele conseguia tocar sem sentir um refluxo emocional doloroso. Ela também parecia gostar, e não parava de acariciar o corpo de Itzak.

— O que você está fazendo? — perguntou ele.
— Você nunca esteve com uma fêmea antes, posso sentir.
— Nem com fêmeas, nem com machos. Com ninguém. É doloroso, não gosto.
— Comigo não haverá dor, prometo. Ninguém pode me tocar, exceto você.

Itzak sorriu, nervoso.

— Você quer fazer sexo comigo?
— Sim, Itzak 42, eu quero. Também nunca estive com alguém antes.
— Mas por que? — perguntou ele, sentindo um princípio de excitação.
— Por causa da noite que há de chegar, meu querido. Para salvarmos o mundo.
— O que trará a noite? Você sabe o que causará a Escuridão? Se sabe, me conte!
— Shhhh! No momento do orgasmo, abra a sua mente e seus cálculos farão sentido.

Abraçaram-se. Escorados na parede grafitada, Iranse macho e Iranse fêmea experimentaram o sexo pela primeira vez em suas vidas. Na medida em que a vagina de Lah-Ura engolia seu pênis, a mente de Itzak trabalhava numa velocidade jamais experimentada. As fórmulas se encavalavam umas sobre as outras, e um esquema de seis sóis brilhava e queimava na psique de Itzak, fazendo-o suar de tanto calor. Os desvios e falhas nos cálculos reluziram em vermelho, tornando-se identificáveis. E, então, Itzak viu — surgindo da encruzilhada da vida — um imenso corpo negro, e seu nome era Esú-Elegbá.

O orgasmo não tardou, explodindo com a potência de uma bomba telepática, afetando todas as pessoas em Kalgash, induzindo-nos a um gozo coletivo instantâneo. Fui pega de surpresa, e quase desabei de tanto prazer. O grito de nosso gozo subiu em espiral, na velocidade do pensamento, na direção do céu e dos sóis.

Durante um fugidio segundo, pude distinguir a voz de Lah-Ura que gritava:

R'AV! RETORNE!

Dentro do sol branco, depois vim a saber, um olho abriu em sobressalto.

E, logo em seguida, fechou-se novamente.

21

Casamento sob o azul do sol
(Quatro anos para o fim do mundo)

Eu bem que tentei, mas ao longo dos anos não consegui elaborar a minha Tese de Merecimento. Não havia razão para pressa e, se eu percebesse que não seria possível estruturar a tese que queria, seria possível apresentar qualquer coisa mais simples e aceitável. Na prática, a maior parte de nossas Teses de Merecimento não passam de cópias de coisas que outras pessoas já haviam estudado antes de nós. Nossa cultura não era lá muito dada à criatividade. Como acertadamente dizia Kayera 777: *Tese de Merecimento é repetir de modo tedioso o que alguém já disse antes.*

Alagbawo-Re 930 havia levado muito a sério a minha proposta de casamento, anos atrás. No início, ele também não via razão para precipitar as coisas, e tínhamos combinado que o contrato poderia esperar a minha apresentação da Tese de Merecimento. Mas Alag já era um macho bem mais velho, e seus pares cobravam dele o casamento e a reprodução. Várias fêmeas lhe foram apresentadas, e ele rejeitou todas.

— Tenho um compromisso assumido com Tulla 56 — dizia ele, sempre.

Não posso negar que era lisonjeiro. Se no princípio eu me evadia de propósito, com o tempo percebi que era tolice proceder assim. Dentre os machos da Cidade Iridescente, Alag seria o que menos me incomodaria num casamento. Ele era tão dedicado às suas pesquisas quanto eu, e não parecia ter necessidades sexuais tão intensas. Faríamos sexo umas duas ou três vezes ao ano, com objetivos reprodutivos. Alag não se opunha ao meu claro desinteresse por machos, e não fazia oposição aos meus encontros com Kay, por mais raros que fossem nos últimos anos. O veneno do apego não me unia a Alag e nem ele a mim. Nada nos unia, além de um profundo e recíproco senso de conveniência.

Foi num ano de baixa luz que decidimos nos casar, e seguimos os protocolos. O principal envolvia a validação de nossa união pelo Ilê Monástico e sua avaliação psíquica de nossos sentimentos, através de uma sondagem psíquica detalhada, denominada *Ifá*. Ao constatarem que nenhum veneno da mente norteava nosso intento conjugal, recebemos a aprovação do *Ifá*. Marcamos o momento de nosso enlace para a próxima aurora de Yewa, seguindo as orientações celestiais dos intérpretes solares do Ilê Wolika-Orun.

O sol azul nascia no horizonte leste, e o evento estava para começar. Casamentos são eventos públicos, não é necessário convite para comparecer, mas reza a boa educação que tenhamos ao nosso lado os amigos mais próximos. Deste modo, compareceram: Itzak 42, Orin 53, Oluya-Woran 30, diversos Alagbawo-Res e @s Monges 3921 e 5054, além de um satisfeitíssimo Arimeo 500. O ritual foi presidido pel@ velh@ Monge 2015, que sancionava casamentos desde antes de meus pais-gênese existirem. 2015 se aproximou, dando início ao evento, e declarou em alta voz telepática:

Ainda que eu desejasse todos os corpos do mundo, derramando meu afeto ilimitado, com o infinito eu nada teria. Pois que somos livres para o prazer com todos os que desejarmos, mas temos um dever a cumprir para com a Cidade.

O amor maior é para com a Cidade Iridescente! – repetimos, em uníssono.

O casamento é maior que o desejo, não se norteia pelos venenos da mente. Transcende o apego, evita a ira. O casamento nos modera e regula – disse 2015.

O casamento nos ilumina! – dissemos, todos juntos.

Tulla 56 e Alagbawo-Re 930: foi livre de apego, paixão, coação e induzimento que vocês manifestaram interesse em se unir neste ritual?

Sim! – declaramos eu e Alag.

Vocês estão cientes de sua obrigação de conceder ao menos dois filhos biológicos para a Cidade Iridescente e educá-los no respeito às nossas tradições?

Cientes estamos!

O que há além de Aphriké? – perguntou 2015.

Nada! Nada há além de Aphriké!

É o que vocês ensinarão a seus filhos? – perguntou 2015.

Sim!

Alagbawo-Re 930, deseja ser o oko (marido) de Tulla 56?

Sim, desejo! – respondeu Alag.

Tulla 56, deseja ser a iyawo (esposa) de Alagbawo-Re 930?

Sim, quero! – assenti.

Odoyá, Yewa! – disse 2015, diante do sol azul que nascia. – *Odoyá!*

Sob a luz do sol azul, declaro vocês dois marido e esposa!

Odoyá! – gritamos.

E agora – anunciou 2015 – *é chegado o momento de fazer sexo diante de nós, para que a Cidade Iridescente testemunhe o enlace.*

Sorrindo, Alag se adiantou e me tomou pela mão. Unimos nossas testas por alguns segundos, fundindo nossas mentes. Desta vez, nem foi preciso que eu acariciasse seu pênis para que ele demonstrasse sua vigorosa ereção. Ele estava menos tímido, e eu gostei disso. Significava que estava à vontade e sentia confiança em mim.

Orin nos concedeu a honra de cantar naquele dia, enquanto eu e Alag enredilhávamos nossos corpos um no outro.

Àwa ààbò a yó Yemonja (Yewa nos protege).
Ìyáàgbà ó dé ire sé a kû e Yemonja (a velha mãe chegou, fazendo-nos felizes, nós saudamos Yewa).
Àwa ààbò a yó Yemonja
Ìyáàgbà ó dé ire sé a kû e Yemonja

– Que bela canção! – disse um dos Alagbawo-Res presentes. – Só não compreendo o que "Yemonja" significa.

– Uma forma mais antiga de dizer "Yewa" – explicou Olu. – Minha esposa julgou que seria apropriado, no casamento de Tulla 56, cantar uma canção antiga.

– É um hino kalgashiano? – perguntou Arimeo 500, desgostoso.

– Parece bem Cultista. A música se refere ao sol azul como se fosse uma pessoa...

– Sim, é isso mesmo... – resmungou Olu.

Entretida que estava no sexo ritual com Alag, nem percebi quando Kay se retirou. Busquei-a com a mente e não a encontrei. Expandi minha consciência até encontrá-la. Percebi a consciência de Kay e estava prestes a perguntar por que ela havia ido embora antes do fim da festa, quando me deparei com as camadas mais externas de sua aura.

Ela estava envenenada por ciúme. E eu adorei.

Acho que vou fazer muito sexo com Alag, pensei. Não sei se minhas sensações de satisfação pelo ciúme de Kay constituíam alguma forma de veneno da mente, mas nunca me importei com isso.

Era bom demais.

22

Planos alternativos
(Um ano para o fim do mundo)

Quem porventura encontrar este registro de memórias será testemunha de que não erramos por falta de tentativa. Itzak 42 foi o mais persistente dentre todos os que sabiam que a Escuridão não era apenas "uma lenda tola".

Ao longo de anos, após seu encontro com Lah-Ura 23, Itzak parecia tomado por uma força estranha. Se antes ele já era dedicado quase ao ponto da obsessão, sua experiência dentro do Túnel do Mistério o havia convertido num pesquisador maníaco. Tendo absorvido tudo o que Itzak 41 poderia ensinar, Itzak foi mais além do que qualquer membro de seu Ilê, dedicando-se a aperfeiçoar alguns dos inventos que lá existiam. Um deles se chamava "olho solar" e havia sido inspirado a partir do contato entre Itzak e a fêmea de Outromundo, Julia-Riveira. O instrumento consistia em um tubo longo cujos diversos espelhos internos são capazes de absorver a luz dos sóis numa extremidade e registrá-la numa película quimicamente alterada na extremidade oposta. Perdi a conta de quantas vezes testemunhei Itzak apontando aquele tubo para um dos sóis e permanecendo em paciente espera, enquanto as imagens eram registradas nas películas.

– Pra que isso serve? – perguntei, certa feita.

– Creio que em pouco tempo terei como apresentar evidências da existência de um sétimo corpo celeste – disse Itzak.

– Você nem sequer pensa em considerar minha hipótese do deslocamento das nuvens do Polo Norte?

– Perdão, Tul, mas preciso dedicar meu tempo com o que considero verdade.

De fato, ninguém poderia acusar Itzak de não ser fiel a si mesmo. Centenas de imagens foram registradas nas películas ao longo de cinco anos. Ele sabia ser paciente.

Quando Itzak convocou a cidade para apresentar sua Tese de Merecimento, meu susto foi menos pela expectativa de me deparar com uma teoria louca, e mais pela empolgação dele. Eu jamais o vira naquele estado de espírito, nem em nada próximo àquilo. Ainda que temesse por ele, fiquei feliz ao saber que ele havia concluído sua Tese. Eu, por outro lado, mal avançara na minha. Ao longo de cinco anos, pouca coisa descobri sobre Lagash, mesmo indo bastante a Fulgor e estudando os registros diamantinos do Ilê Tulla de lá. A única informação mais sólida que obtive dizia respeito à causa do fim de Lagash: Escuridão e fogo. Não podia ser mera coincidência que tudo fosse tão idêntico ao fim de Kalgash. E havia, ainda, a questão de o fenômeno ter se repetido após dois mil anos.

Estávamos chegando a mais um fim de um ciclo de dois mil anos, considerando a queda de Kalgash. Mesmo com a minha racionalidade e repulsa a superstições, admito que eu estava apreensiva. A história se repetiria? Apresentei minhas dúvidas aos matemáticos do Ilê Isiro, perguntei sobre probabilidades, e eles me responderam que eu estava me baseando em indutivismo para sustentar meu temor.

– Dois desastres separados por dois mil anos constituem pouca evidência de repetição para podermos chamar a isso de "ciclo" – disso Isiro 341. – Além disso, não é apenas a repetição numérica que permite a identificação de periodicidade.

– Como não? – perguntei. – Se o que você diz é correto, não podemos nem garantir que os sóis nascerão! Eu sei que Omulu vai nascer porque ele sempre nasce!

– Matematicamente falando, não podemos garantir que os sóis nascerão.

– Claro que podemos! – eu disse, rindo.

– Não, Tulla 56, não podemos. Nós podemos *apostar* que os sóis nascerão. "Garantia" é uma palavra ingênua quando se fala em realidade física. Não há exatidão no mundo físico, isso pertence apenas ao universo da matemática pura.

– Como assim?

– Tulla 56, eu posso garantir que todo triângulo tem três lados, pois isso faz parte do próprio "conceito de triângulo". Mas não posso garantir que toda pessoa nascerá com os olhos negros. Basta recordar o caso de Itzak 42 e seus olhos azuis. Não há exceções no plano da matemática pura, mas a realidade empírica sempre há de nos surpreender.

– Mas Isiro 341, suas considerações não me parecem muito ajustadas à Doutrina. Desde cedo, aprendemos sobre a eternidade dos ciclos.

341

— Os Arimeos confundem a garantia da matemática pura com a aparente estabilidade da dimensão física.
— O que você diz fomenta o ceticismo diante da ordem natural. Não seria uma dúvida imprópria, meu bom Isiro?
— Vivo como se a garantia das auroras fosse real, Tulla. Não tenho porque transformar minha filosofia matemática num modo de vida, não tenho porque provocar a ira dos Arimeos. Embates filosóficos não atraem os Isiros. Talvez por isso ninguém do meu Ilê tenha sido acusado de "veneno da dúvida imprópria" até hoje.

Mesmo alguém tão inteligente quanto Isiro 341 terminava agindo com resignação diante da Doutrina do Ilê Arimeo. As certezas absolutas e as garantias eram mais confortáveis do que os terrores da dúvida.

Se eu apresentasse uma Tese de Merecimento que abordasse hipóteses de repetição histórica, poderia ser considerada ridícula. Isiro tinha razão: eu não deveria sustentar uma tese sobre ciclos me baseando só na distância temporal entre dois casos.

Itzak nem de longe tinha os mesmos receios. E que mal poderia haver se o que ele tinha a dizer fosse considerado absurdo? Monge Supreme 1920 se distanciara por completo da Cidade Iridescente, trancad@ na tal Pirâmide Obsidiana, e dificilmente se importaria com hipóteses afinadas com ideias Cultistas. A Pirâmide funcionava de verdade como um imenso campo de força psíquico, pois o fato é que nunca mais um Cultista fora visto no mundo ocidental, e ninguém — nem mesmo eu ou Itzak — tentara retornar a Kalgash.

E se o Conselho dos Anciões se escandalizasse, o que poderiam fazer com Itzak? Como reciclar uma mente impenetrável? Eu estava, enfim, mais curiosa do que temerosa.

Quase todos os cidadãos compareceram ao Jardim de Ailopin para testemunhar a apresentação da Tese de Merecimento de Itzak. Ainda que pudesse transmitir todas as informações por telepatia, Itzak preferiu falar e expôr seus cálculos e registros de imagens solares. A telepatia era muito rápida, e ele precisava oferecer com mais vagar o que tinha a dizer. Certos alimentos demandam que se mastigue bem antes de engolir.

∞

Ao final da exposição, conforme era de se esperar, o primeiro a se manifestar foi Arimeo 500. Seu rosto parecia feito de pedra e seus pensamentos estavam estranhamente contidos, de modo que era difícil saber de antemão como ele reagiria. Arimeo se levantou de sua cadeira e se dirigiu ao centro do palco, ficando de pé ao lado de Itzak.

– Peço por gentileza que @s Monges presentes transmitam meus dizeres para a cidade. Sou um velho, e sem o mesmo vigor telepático de antes.

Assim será, Arimeo 500 – responderam, em uníssono, @s Monges.

– Se bem compreendi sua exposição, Itzak 42... e acho que prestei bastante atenção... Você defende a hipótese da existência de um sétimo corpo celeste de natureza não-solar. Um "mundo", se é que podemos utilizar este conceito, capaz de ocultar temporariamente um dos sóis de Aphriké.

– Está quase correto – disse Itzak. – Mas eu não chamaria de "hipótese". Eu apresentei evidências físicas, apresentei imagens que confirmam a existência desse corpo. O termo correto é "tese".

– Que seja – disse Arimeo, com indisfarçado desprezo. – Segundo você, esse "fenômeno", esse tal... "eclipse"... explicaria as lendas Cultistas acerca da tal "Escuridão".

Itzak demorou alguns segundos para responder. Ele sabia o que estava acontecendo ali. Arimeo estava tentando manipular as informações de Itzak, conduzindo a exposição por vias tortuosas. Meu amigo não era tolo, e não se deixaria controlar.

– As lendas Cultistas pouco me importam – disse Itzak. – Minha pesquisa não tem por finalidade justificar o que essa gente crê. O fato de eles crerem na Escuridão não os torna "científicos". O que os move é a fé. O que me move são evidências.

"Essa gente?", pensei eu, segurando o riso. *Perfeito, Itzak!*

– Mas o que você sustenta se aproxima bastante das lendas sobre a Escuridão.

– Sim e não. Eu diria que as lendas deles podem ter algum fundamento na realidade. As pessoas não inventam as coisas do nada, Arimeo 500. As lendas brotam de uma leitura simbólica dos acontecimentos. Meu estudo não valida a existência de nenhum "deus criador", e não se refere à Escuridão como uma "entidade metafísica".

Arimeo encarou Itzak por vários segundos, e então voltou a falar:

– É bastante constrangedor dialogar com alguém como você, Itzak 42. Essa sua mente inescrutável, fechada à leitura, é bastante incômoda. Me é difícil saber se você é honesto em sua intenção científica, ou se de algum modo está ligado aos tais Cultistas e deseja dar-lhes razão.

– Com todo respeito, Arimeo 500, o que você diz poderia ser considerado veneno da dúvida imprópria. Sou um cidadão respeitável e dedicado, e não admito suspeitas arremessadas sobre mim. Suas desconfianças, isso sim, carecem de fundamento.

Nunca o silêncio foi tão opressor. As pessoas presentes em Ailopin se viram mudas diante da resposta de Itzak. Arimeo se encarregou de romper aquele momento:

– Não há razão para que se ofenda. Não acusei você de nada, Itzak 42. Não ainda. Seria leviano de minha parte, não é mesmo? A verdade se dá a partir de evidências empíricas. Você entende o que digo, imagino.

– Perfeitamente, Arimeo 500. E, volto a lembrar, não apresentei apenas cálculos. Além de ter demonstrado que os cálculos das posições solares em torno de Aphriké se tornam mais acertados se considerarmos a existência de um sétimo corpo com determinada massa, apresentei também os registros de imagens. Apresentei evidências empíricas.

Arimeo pegou uma pilha de películas com imagens dos sóis e as atirou para cima, com desdém. Elas esvoaçaram pelo jardim.

– Isto aqui? "Imagens" registradas a partir de um instrumento que você mesmo inventou, rapaz. Não é um invento sancionado pela lei arimeica. E, mesmo que essa máquina não seja uma fraude completa e deliberada, essas minúsculas esferas negras que você identificou nos sóis podem ser impurezas nos espelhos. Mera sujeira. Você quer mesmo defender sua Tese de Merecimento a partir de imagens de sujeira? Você limpou direito os espelhos? Podemos pedir o auxílio de algum limpador do Ilê Aun-Afo-Nkan.

Risadas puderam ser ouvidas aqui e ali. Itzak não se intimidou, e insistiu:

– Há uma regularidade nos pontos negros. Eu identifiquei um sétimo corpo, um corpo opaco que também orbita o nosso mundo. Ele não é visível a olho nu, por causa da luz sempiterna. Mas é distinguível quando passa na frente de um dos sóis. Eu o registrei como um ponto que passou na frente de Osala há cinco anos. Em seguida, como uma bolinha um pouco maior que passou na borda inferior de Omulu há quatro anos. Na última série de fotos, é possível ver uma borda escura de tamanho considerável transitando no canto direito de Yewa. Este "sétimo corpo" parece cada vez maior a cada órbita realizada em torno de Aphriké. Na minha opinião,

ele ora se aproxima e ora se afasta de Aphriké ao longo de dois mil anos. E as imagens não mentem, ele está se aproximando. Da próxima vez que passar, estará do tamanho aparente de um sol. E passará bem na frente de Sango.
– Tolice – disse Arimeo. – Basta disso.
– Não, não basta – interrompeu Alagbawo-Re 930. – Eu gostaria de ouvir Itzak falar.
Arimeo fuzilou Alag com o olhar e sua aura ficou escura, mas Alag o ignorou.
– Obrigado, Alag – disse Itzak. – Pois bem, conforme procurei explicar, se tudo for conforme meus cálculos preveem, este "sétimo corpo" passará na frente de Sango no próximo ano. E, quando isso ocorrer, duas condições estarão contempladas. Primeiro: Sango será o único sol no céu, pois será a Hora da Luz Sangrenta. Segundo: esse corpo estará do mesmo tamanho de Sango, bloqueando a radiação do sol vermelho.
– E teremos, segundo seus estudos, um longo momento sem luz – disse Alag.
– Isso mesmo. Chamo de "eclipse". Durará uma hora.
– Absurdo! – disse Arimeo 500.
– Desça daí! – disse outro Arimeo. – Não nos faça perder tempo com tolices!
– Isso! Fora! – gritou outro Arimeo.
BASTA! – gritou Alag, furioso, no plano psíquico. – *Comportem-se civilizadamente, ou abrirei um processo contra todos por veneno da aversão!*
O silêncio se fez. Alag, então, continuou:
– E você tem alguma sugestão prática para enfrentarmos esse momento sem luz?
– Sim! Sim, tenho, e a solução é bastante simples! Basta mobilizarmos recursos e a ação das Kayeras para criarmos luzeiros artificiais!
– O quê?! – interrompeu Arimeo 500.
– Luzeiros artificiais! – repetiu Itzak. – Devemos espalhar centenas de luzeiros por toda a Cidade Iridescente. Eles se carregarão com luz solar. Quando o eclipse ocorrer, os luzeiros se acenderão e a cidade terá luz suficiente por pouco mais de uma hora! Tempo suficiente para que Omulu retorne ao céu!
– Mas isso é ridículo! – disse Arimeo 500, rindo como nunca.
– Você espera realmente que nossa cidade mobilize recursos preciosos para a criação de instrumentos inúteis? Luzes artificiais? Francamente, Itzak...

— Seria sensato – disse Itzak. – Mais sensato do que mobilizar as Kayeras e os recursos para a realização de guerras estúpidas.

Arimeo olhou para Itzak de cima a baixo, como quem está diante de algo digno de asco. A aura de meu ex-pai estava ainda mais escura, tamanha era a negatividade de suas emoções. Ele estava a um passo de ser acusado de veneno da mente, mas, por incrível que pareça, conseguiu se controlar. Voltou-se para a população presente, e declarou:

— Muito simples! Votemos a questão!
— Pensei que a decisão caberia à Sua Luminescência – disse Itzak.
— Oh, mas não é mesmo uma pena? – riu Arimeo. – Monge Supreme 1920 deu ordens expressas para não ser incomodad@ em seu retiro na Pirâmide Obsidiana, meu caro. Hoje, você está sem amiguinho. Sem Sua Luminescência, cabe ao povo votar.

Votação iniciada – declararam @s Monges. – *Manifestem-se a favor ou contra a proposta da criação de luzeiros artificiais.*

Em dez segundos, estava tudo computado. E, conforme era de se esperar, a proposta de Itzak foi rechaçada. A favor dele, apenas se posicionaram Alagbawo-Re 930 e mais doze membros do Ilê dos curadores, além de mim (que, confesso, votei "sim" mais por amizade do que por acreditar naquilo tudo), Kayera 777 (um voto de irmã), Orin 53 (um voto de mãe), Ewi 4300 (um voto sincero) e alguns/algumas pouc@s Monges, dentre os quais 3921 e 5054. Oluya-Woran 30 não apenas votou "não", como se retirou de Ailopin antes que aquilo tudo terminasse. Estava indignado.

— A resposta é "não" – disse Arimeo 500, encarando Itzak 42 com um sorriso triunfante.

Itzak pareceu não se abalar. De certo modo, esperava por aquele resultado.

— Insisto, então, que façamos uma campanha para que, na data específica por mim apontada, realizemos uma migração em massa para o Oriente. Precisamos convencer Monge Supreme 1920 a baixar o escudo e permitir o êxodo temporário.

Mais uma votação. Mais um "não".

— Minha última proposta é para que avancemos para o extremo oeste, até os limites do Mar Incógnito. O eclipse se limita a determinadas longitudes, está tudo calculado. Estaremos à salvo na praia.

Mais uma votação. Mais um "não".

— Se é "não", então é "não" – disse Itzak, dando de ombros com forçada indiferença. Eu já conhecia meu amigo há tempos para saber quando ele estava apenas representando. E eu estava certa, pois sua voz psíquica me alcançou naquele momento, e apenas a mim: *Tul, encontre-me no Templo do Progresso. Teremos que criar um plano alternativo se quisermos salvar algumas pessoas.*

∞

Em menos de uma hora, lá estava eu mais uma vez no Templo do Progresso. Itzak não parecia tão abalado quanto eu pensava que estaria.

– Itzak, sinto muito. Imagino como seja difícil ter a Tese de Merecimento recusada.

– Acha que isso importa, Tul? Ter a Tese reprovada não tem a menor importância! O que isso diz a meu respeito? Que sou um Itzak, não é mesmo?

Eu ri. Ele tinha razão. Mesmo assim, havia problemas práticos.

– Fico feliz em saber que sua autoestima não foi abalada, meu amigo. Mas, legalmente falando, você terá apenas mais duas oportunidades para apresentar uma Tese de Merecimento que seja aprovada. Caso contrário...

– Caso contrário, haverá reciclagem.

– Os Arimeos farão o Ilê Monástico redesenhar sua personalidade, para que você apresente alguma tese de fácil digestão.

Itzak sorriu, olhando-me com um ar vazio e sinistro.

– E quem, em toda a Cidade Iridescente, será capaz de me reciclar, Tulla 56?

Mesmo sendo ele o meu melhor amigo, era capaz de, às vezes, me incutir o veneno do medo.

– O que importa, agora, é salvar as pessoas. Se não todas, o máximo que pudermos.

– Você acredita mesmo nesse "eclipse", não é?

– Tul, há muito tempo tudo isso ultrapassou o mero "acreditar". Eu *sei* que o eclipse ocorrerá. Os corpos de vocês conseguem se sustentar sem luz por alguns minutos, não se trata apenas de um "trauma psicológico". Uma hora é tempo demais, milhares morrerão.

– Exceto você, Itzak. Você sobrevive sem luz por muito mais tempo.

– Eu sou um Iranse. Aberrações não contam.

– E o que poderíamos fazer? Deslocar as pessoas para o Oriente é impraticável, com a barreira criada por Supreme 1920. Uma coisa é você usar suas habilidades para atravessar sozinho ou com mais dois. Outra é tentar atravessar com dezenas, centenas. Até você tem limites, Itzak! E não permitirão nunca que espalhemos os luzeiros pela cidade.

Ficamos algum tempo em silêncio.

— A Torre dos Brinquedos, Tul!

— O que tem ela?

— A Torre dos Brinquedos está repleta de móbiles solares artificiais. Os luzeiros artificiais já existem, entende? Representações miniaturizadas de Osala, Omulu, Oya... de cada um dos sóis! Os adultos não nos darão ouvidos, mas poderemos salvar as crianças! Você poderá contar com Ewi 4300. Aposto que poderá contar também com Alag e Orin, e com alguns/algumas Monges... Talvez 3921 e 5054, que votaram a meu favor. E, creio, é chegada a hora de contar tudo para Kay.

— Ela me odiará por ter escondido tantas coisas dela, Itzak. Já não nos encontramos como antes. Desde antes de meu casamento com Alag, já não nos afinávamos. Ela não me ama mais tanto assim, e irá me detestar.

— Talvez ela se zangue, Tul, mas minha irmã não é uma fêmea rancorosa. E precisamos de alguém com os talentos dela. Quero que Kay desenhe paredes novas para o Templo dos Brinquedos, paredes com a mesma geometria protetora do Templo do Progresso. Vocês ficarão invisíveis lá dentro. Estarão seguros na Torre dos Brinquedos enquanto perdurar a Escuridão, protegidos pelas miniaturas e pela geometria das paredes.

— "Vocês"? E você, Itzak? Não se inclui em seu próprio plano?

— Eu faço parte do plano, é claro. Mas, se tudo for conforme imagino que será, a malha psíquica das cidades ocidentais se fragmentará e se converterá numa avalanche de insanidade que circulará o mundo com a velocidade do pensamento.

— Nossos problemas aqui atingiriam Kalgash?

— Claro que sim, Tul! Pense: acha que era por mero altruísmo que eles queriam nos convencer da Escuridão? Eles sabem que a insanidade, quando irromper no Ocidente, ricocheteará por todos os cantos e alcançará Kalgash como uma onda de imundície!

— E o que você pode fazer?

— Junto a Lah-Ura, defenderei Kalgash da onda mortal. Aqui haverá Luz Sangrenta, lá haverá Esplendor. Estaremos, eu e ela, ambos no apogeu de nossas forças.

— Vocês dois? Sozinhos? Isso é loucura!

— Tul... eu e Lah-Ura somos tudo o que Kalgash tem.

23

Preparativos
(Seis meses para o fim do mundo)

Eu estava certa sobre a reação de Kay. Ela ficou mesmo furiosa. Antes de contar tudo o que precisava ser contado, tive a cautela de envolver um colar de gemas bloqueadoras de telepatia em seu pescoço. Então, derramei tudo o que eu tinha para revelar. De uma vez, e sem pausa.
Ela explodiu. Me ofendeu, sua aura ficou carregada de cores densas, seus olhos se injetaram de sangue e ela chegou a me empurrar.
– Todos sabiam de tudo, menos eu! Menos eu! – gritava ela.
– Kay, compreenda, por favor! Foi pra sua proteção! Se você soubesse de tudo, seria impossível mantê-la livre da sondagem telepática! Você não tinha uma tiara!
– Tolice! Você não me contou por não confiar em mim, Tulla 56!
– Eu tive medo, minha luz...
Kay me esbofeteou. Não doeu no corpo, só nos corações.
– Medo?! Sua egoísta! Tola! Por sua causa, participei de uma insanidade e fui a responsável pela morte antecipada de várias pessoas! Por nada saber, eu ajudei a criar aquela tiara assassina! Criei os revólveres!
– Espere aí, um momento! – contestei, e gostei de sentir que estava ficando furiosa. – Não foi por *minha* causa que você fez tudo isso, e sim por *sua* própria causa! Você não é nenhuma criança sem--nome, Kay! Você poderia ter se recusado a colaborar na guerra!
– Mas eu tinha responsab...
– Não, não, agora cale a boca e me ouça! Agora é a minha vez de falar! Você ficou seduzida por suas próprias máquinas! Você jamais pensou nas consequências daquelas coisas que criou! Não é você que está desapontada comigo, *eu* me desapontei com você! Eu não sabia se poderia confiar em alguém sem o menor senso de ética!
Eu era mesmo manipuladora. Kay ficou em choque com minhas palavras. Doeram nela mais do que a bofetada que ela tinha me dado.
– Mas a tiara não deveria ser letal...

— A tiara que você inventou foi alterada! Só mesmo alguém tão ingênua quanto você pra pensar que "um erro foi cometido" na criação da tiara detectora! Você não comete erros, Kay! Você é perfeccionista, e foi auxiliada por suas irmãs! É óbvio, é evidente que Supreme 1920 usou seu Ilê! As mortes foram culpa del@, não sua! Mas se você não adorasse tanto aquela criatura, se não seguisse Sua Luminescência de modo tão inquestionável, teria percebido isso! E não teria participado da guerra contra Kalgash!

Kay ficou alguns segundos parada, me olhando. Então, desabou num longo e profundo pranto. Abracei-a no ato, nunca senti tanta saudade. Bastou uma briga, era tudo o que precisávamos, uma briga séria e lá estávamos nós, uma de volta para a outra. Nem sempre a ira é um veneno, afinal. Ela pode ser apenas o outro lado do amor.

— Ah, Tul... — disse Kay, chorando. — É tudo tão confuso... Eu antes... Eu antes tinha certeza de quais peças se encaixavam em quais, e tudo fazia sentido. E agora? Agora, eu não sei mais o que pensar...

— Precisamos de você, minha luz — eu disse, afagando seu rosto e unindo minha testa à dela. — Mais do que nunca, precisamos de você.

Contei o plano de Itzak, falei dos móbiles solares, do resgate das crianças, do Templo dos Brinquedos. Falei sobre as paredes que poderiam nos proteger. E, à medida em que detalhava tudo, o olhar de Kayera mudou. Ela havia entrado em modo analítico, e seu cérebro de engenheira começara a calcular o que poderia ser feito.

— Vai funcionar — respondeu ela, sorrindo.

∞

Itzak se encarregou de convencer Alagbawo-Re 930 e @s Monges 3921 e 5054, convidando-os para um encontro no Templo do Progresso, onde as paredes protegeriam as informações. Ewi 4300 também estava presente, e ajudou Itzak com as explicações.

Não foi difícil persuadir nenhum deles. Alag era movido pela cautela médica e, além disso, também confiava em mim o suficiente. Se algum perigo era possível e tinha um mínimo de fundamento, seria razoável considerá-lo como real e tentar preveni-lo. 5054, por sua vez, se convenceu com facilidade de que havia sido vítima da corrupção psíquica de Supreme 1920. Diante do relato de Itzak sobre como Sua Luminescência o havia ensinado a reescrever memórias, e considerando o que 3921 testemunhara na guerra contra Kalgash, não restou dúvida alguma. 3921 se adiantou e disse, indignad@:

– Que espécie de Monge Supremo estimula o ódio em quem quer que seja?
– O discurso de Sua Luminesc... O discurso de 1920 parecia fazer tanto sentido, na época – justificou-se 5054. – El@ me disse que as virtudes variam de acordo com as necessidades do momento.
– Idiotice! Relativismo moral! – disse 3921.
– Estou feliz em saber que podemos contar com vocês, meus caros – disse Itzak. – O próximo passo envolve vocês usarem bloqueios telepáticos. Se algum Arimeo ou outro Monge fiel a Supreme 1920 detectar o que vocês sabem, vocês serão reciclados na hora.
– Eis as joias – disse Ewi, oferecendo uma nova tiara para cada um.
– De quanto tempo dispomos? – perguntou Alag.
– Meio ano até que o eclipse ocorra – respondeu Itzak. – três ciclos de Oya.
– Tempo suficiente para Kay reformar as paredes da Torre – disse Ewi.
– As paredes podem não ser suficientes para conter a onda de loucura que brotará da cidade – observou Alag. – Eu sugiro um reforço de Monges. Uns/umas quatro... não, melhor seis! El@s podem estabelecer uma hexagramação protetora.
– Sei bem a quem convocar – disse 3921. – Minha esquadra será leal a mim. Preciso apenas de joias bloqueadoras de telepatia, uma para cada um@ d@s quatro.
Itzak estava empolgado e Ewi reluzia de esperança. Brindaram ao acordo com cálices de sumo de frutas azuis. Era tudo festa, até que Alag os chamou à realidade:
– Ewi, e seu marido? Você é casada com um Isiro.
– Um Isiro fiel aos Arimeos – disse ela. – Não posso envolvê-lo nisso, é arriscado demais. Lamento por ele. Eu não o amo, nosso enlace é por conveniência, mas lamento. Trarei nossos filhos biológicos para a Torre, é claro. Minha preocupação é com as crianças.
– E quanto a Orin e Olu? E seu ex-pai e sua ex-mãe, Itzak? – perguntou Alag.
– Nem me lembre... Ainda preciso lidar com isso. Será difícil convencer Olu.

∞

Um ciclo de Yewa depois, foi a vez de Olu e Orin atenderem ao convite de Itzak para uma visita ao Templo do Progresso. Kay

também compareceu, para tentar ajudar a persuadir o pai. Orin não seria problema algum. Olu, por sua vez, reagiu conforme o esperado.
— O que vocês estão dizendo?! Kayera, que Itzak acredite em tais absurdos, não me surpreende. Mas você, Kayera? Até você?!
— Pai... Olu, antes de rechaçar com tanta veemência o que dizemos, peço que considere com atenção. Use a razão! — pediu Kay.
— A razão? E o que você acha que estou usando? Vocês estão pedindo que eu concorde em participar de uma conspiração que envolve até o sequestro de crianças!
— É para salvar a vida delas — argumentou Itzak.
— Para salv... Ora, francamente, Itzak 42! Nada disso tem a ver com salvar crianças! É apenas sua vaidade, rapaz! Seu desejo de ser diferente! Esses seus olhos azuis, esse tufo absurdo de fios negros grotescos brotando em seu corpo...
— Olu... por favor! — pediu Orin.
— ...essa sua mente, que faz todos parecerem incompetentes diante de você, por não serem capazes de ler seus pensamentos. Você se acha especial, Itzak!. Mas você não é especial! Você não passa de um rebeldezinho dessa nova geração de egoístas entediados!
Itzak nada dizia. Manteve-se parado, encarando o ex-pai enquanto ele falava.
— Tolerei seus desaforos por tempo demais! Oh, pelo brilho branco de Osala, você teria sido um@ Policial tão bom! Poderia ter sido @ próxim@ Monge Supremo! Mas não, isso era pouco pra você! Você vive pra chamar a atenção, Itzak! Pra brincar com coisas inúteis! Você deveria ser reciclado, o problema é descobrir como fazer isso, e...
Silêncio! — trovejou a voz mental de Itzak, ecoando pelo Templo do Progresso e causando tremores em todos. Olu se viu paralisado, tal qual uma estátua viva. Kay e Orin não foram afetadas além do susto.
— Itzak, o que você pensa que está fazendo? Liberte seu pai agora! — ordenou Orin.
— Ele não irá se unir a nós. Não posso permitir que saia daqui e nos entregue.
— Pedirei que não conte! Ele me ouvirá! Não apague as memórias de meu marido!
— Não seja ingênua, mãe! — retrucou Kay. — Mesmo que Olu prometa não contar, coisa que ele não fará, qualquer um conseguirá

arrancar tudo da mente dele. Ele não dispõe de uma gema protetora, e seria perigoso inserir uma nele à sua revelia.
— Não cometerei excesso algum — prometeu Itzak.
— Ele apenas não se recordará da última hora. É uma pena que não queira se juntar a nós.
— Mas ao menos a temos conosco, mãe — disse Kay, tomando Orin pela mão.
— Eu?! Quem disse que irei com vocês? Eu é que não!
— Não irá? Mas... — Itzak tentou argumentar.
— Não contarei nada sobre os planos a ninguém, e meus pensamentos estão protegidos pela tiara. Mas não, eu não vou deixar Olu! Não o deixarei sozinho quando a tal "Escuridão" vier!
— Mãe! — disse Kay. — Será perigoso estar fora da Torre dos Brinquedos!
— Perigosa serei eu, se souber que Olu sofre sozinho e sem proteção. Minha resposta é não! Ficarei ao lado dele, em nossa casa. É longe o bastante para estarmos fora do burburinho quando o caos começar. Me forneçam instrumentos que eu possa usar para nos proteger, e os usarei. Prometo fazer tudo direito. Sei que às vezes pareço uma tola sentimental, mas sou bem inteligente e articulada quando quero.
— Mamãe, não! — implorou Itzak.
— Leia meus lábios *e leia minha mente* — respondeu Orin, tanto no plano físico quanto no mental — *Eu não deixarei o pai de vocês para trás!*
Eu a entendia bem. Como criticar Orin? Eu nunca, jamais deixaria Kayera para trás.
Nem que todos os sóis se apagassem.

∞

Alguns dias depois, Itzak se dirigiu sozinho e sorrateiramente rumo ao Hemisfério Leste. Foi a pé, a fim de não levantar suspeitas, mesmo com as insistências de Kay para que usasse o bibi. Seus planos envolviam atravessar o rio sozinho. Isso não seria um problema, pois o escudo letal do Ilê Monástico não funcionaria com ele. Se fosse há dois ou três anos, ele seria capaz de fazer mais quatro ou cinco pessoas atravessarem, mas o escudo de Supreme 1920 se intensificara de tal modo que seria bastante arriscado insistir.
A despedida foi breve e sem grandes dramas, exceto pelo fato de que Itzak nos abraçou, deixando-me chocada. Ele odiava fazer isso, mas o momento pedia. Orin, é claro, se desfez em lágrimas.
— Não há razão para choro, mamãe — disse Itzak. — Nos veremos

em breve, tão logo tudo isso acabe. Siga minhas instruções, e você protegerá a si mesma e ao papai. Tente fazer com que ele não se sinta tão ridículo por ter duvidado de mim.
– Está bem, meu filho. Espero que não se deixe magoar pelas palavras venenosas de Olu. Ele admira você. Eu diria que até inveja sua criatividade.
– Nunca quis admiração ou inveja, mamãe – disse Itzak, acariciando o rosto de Orin. – Apenas "amor" bastaria. Mas cada um dá o que pode, não é mesmo?
– Cada um dá o que pode, meu filho – concordou Orin.
– Algum recado para seu ex-pai? – perguntou Itzak.
– Repita pra ele o que você me disse agora – respondeu Orin, com um olhar vazio. – Cada um dá o que pode.
– Creio que Abasi preferiria palavras mais amorosas e compreensivas, mãe.
– Cada um dá o que pode, meu filho.

∞

Tão logo chegou às ruínas, Itzak foi abordado por um sorridente Abasi ladeado por um menino com algo entre cinco e seis anos de idade. Um lindo menino saudável, com um distinto tufo de pelos negros que brotavam no alto de sua cabeça e olhos azuis tão brilhantes quanto a luz de Osum. Olhos que possuíam uma pele que subia e descia a cada dez segundos.
– Eu não acredito... – gaguejou Itzak, sem que nada precisasse ser dito e nenhuma mente precisasse ser lida. A aparência do menino já dizia tudo.
Abasi colou a própria testa à de Itzak em um beijo mental de dois segundos, e disse:
– Seja bem-vindo, filho de minha filha. Ad-Ham, quero que conheça seu pai.
– Ad-Ham? O menino já tem nome próprio?
– Aqui em Kalgash, concedemos nomes temporários às nossas crianças. Elas podem mudá-los no futuro, se assim desejarem.
Itzak ergueu Ad-Ham em seus braços, entre espantado e comovido com a existência de uma criatura tão idêntica a ele mesmo.
– Você é meu papai? – perguntou a criança.
– Oh, sim! – respondeu Itzak, num largo sorriso. – Eu sou seu papai, Ad-Ham!

Itzak se voltou para Abasi, e perguntou:

— Eu jamais imaginaria que Lah-Ura tivesse engravidado de mim. Vocês poderiam ter enviado uma mensagem pelas Majestosas Ébano, Ewi me transmitiria tudo!

— Pensa que não tentamos? Seus concidadãos fizeram alguma coisa, e agora nada passa por Omi-Okun, nem mesmo pensamentos. Lah-Ura seria capaz de romper a barreira, mas ela não sabe se comunicar com as árvores. Temos apenas uma sensitiva com as mesmas habilidades de Ewi, e ela não consegue nem arranhar o escudo telepático.

— A maldita Pirâmide Obsidiana. Então estamos mesmo isolados. Só saberemos o que ocorreu lá e só poderemos transmitir o que ocorre aqui quando essa loucura terminar.

— Vamos fazer o que dá. E quanto a sua mãe? Como está Orin 53? Ela me perdoou?

— Ela disse que compreende seus atos passados e envia todo o amor de seus dois corações — disse Itzak.

Os olhos de Abasi se encheram de água, e Itzak confirmou o que já imaginava: nem sempre a mentira é maligna.

— Estou muito feliz em ver que Lah-Ura deu à luz a um menino tão saudável e esperto! — disse Itzak, mudando de assunto e acariciando a cabeça de Ad-Ham.

— Ah, sim. Ambos são saudáveis, embora cada qual tenha suas peculiaridades. Ad-Ham é bem expressivo, muito comunicativo. Lilith, por sua vez, não falou até hoje, nem por voz e nem pela mente. Mas estou certo de que é inteligente. Inteligente e observadora.

— Espere um momento. "Ambos"? "Lilith"?

— Sim, Itzak. Lah-Ura deu à luz a duas crianças ao mesmo tempo.

— Mas isso é impossível!

Abasi jogou a cabeça para trás e soltou uma sonora gargalhada.

— Filho de minha filha, mas o que você está dizendo? Olhe para si mesmo! Quem é você para falar em "impossível"? Agora venha, vamos ao Túnel do Mistério, é chegada a hora de encontrar Lah-Ura e conhecer sua silenciosa filha.

∞

Dentro da escuridão da ruína mais preservada de Kalgash, Lilith repousava no colo de sua mãe, Lah-Ura. Sua respiração, profunda e lenta, era quase indetectável.

— Fale com a voz, por favor – pediu Lah-Ura. – Não quero que nosso fluxo telepático a ressuscite.
— Ela sonha? – perguntou Itzak.
— Quase o tempo inteiro. Ela morre o tempo todo, mas volta após algumas horas. Morre mais do que eu mesma morria, quando tinha a idade dela.
— Talvez ela visite Outromundo, como a mãe.
— Quem sabe? Talvez sim. Talvez ela visite muitos mundos diferentes, talvez cada um de nós tenha um Outromundo particular a visitar.
— Abasi me contou que a pequena Lilith não fala.
— Jamais disse uma palavra. E também não transmite pensamentos. Mas é apenas o processo dela, e temos que respeitar. Ela é inteligente, faz desenhos, entende o que digo e me obedece. Apenas não responde. Nunca.
— Não fala nem com o irmão?
— Brinca com ele, mas jamais falou com Ad-Ham.
— Você disse que ela faz desenhos?
— Muitos, e lindíssimos! E nem eu os compreendo, admito. O mais detalhado é aquele rabiscado que me faz pensar num mapa, na parede atrás de você. E há também esta árvore à sua frente, desenhada nos mínimos detalhes. Veja como é primorosa, esta arte.
— De fato. A mim, faz pensar no trabalho de um artista adulto! Belíssima árvore, e que frutos estranhos! Não os reconheço, o que são?
— Não faço ideia.
— Lilith... – sussurrou Itzak, acariciando os fartos fios loiros que desabavam da cabeça da filha. – Eu amo você, minha filha. Daqui até qualquer mundo por onde você ande.
— E a Cidade Iridescente, Itzak?
— Temos um plano, Lah-Ura. Estou cansado para explicar, mas fique à vontade para extrair tudo de minha mente quando quiser.
— Já o fiz desde que você entrou, minha pergunta foi retórica – disse Lah-Ura. – Parece-me bom, Itzak. Parece-me bom...

24

O cair da noite
(Início do fim do mundo)

Era chegada a hora. Eis que voltamos ao princípio de tudo, ao começo de meu relato neste arquivo diamantino: Crianças sequestradas com discrição, conspiracionistas reunidos na Torre dos Brinquedos à espera do alvorecer do caos. Admito ter sentido um pouco de medo: o que três fêmeas, um macho e seis Monges rebeldes poderiam fazer quando a loucura se instalasse na cidade? Haveríamos de descobrir.

Eu já havia terminado de transferir os principais arquivos de memória, quando o eclipse começou. Bastou que Omulu e Osala se pusessem, e a fina linha negra apareceu, corroendo a silhueta de Sango, o sol vermelho. Exatamente do modo que Itzak predissera.

– Veja, Tul! Começou! Itzak tinha razão! – disse Kay, apontando para Sango.

– É claro que ele tinha, Kay. Vamos até as crianças. Não as quero assustadas.

Subimos a escadaria até alcançarmos o patamar mais elevado da Torre dos Brinquedos, e lá estavam elas: mais de cem crianças que conseguimos arrebanhar ao longo do último ciclo de Yewa. Para as muito pequenas, era tudo parte de um jogo, uma espécie de gincana. As que tinham mais do que cinco anos de idade, entretanto, entendiam bem o que estava acontecendo. Um dos mais velhos, a quem eu sabia ser filho primogênito de uma Makiuri com um Agbejoro, aproximou-se e perguntou, assustado:

– Isso é a Escuridão, não é? O sol negro, Esú-Elegbá. Por isso vocês nos trouxeram pra cá. O mundo vai acabar.

– Não, não vai – respondeu Ewi 4300, antes que eu pudesse dizer qualquer coisa. – Haverá Escuridão, pequenino, mas por menos de uma hora.

– E como sobreviveremos a esta hora sem luz? – perguntou o menino.

– Olhe ao seu redor – pedi. – Há milhares de sóis de brinquedo aqui, carregados com energia solar. No instante mais sombrio, os acenderemos. Luz não nos faltará.

A sala superior da Torre dos Brinquedos tinha uma conformação hexaédrica, seguindo as instruções dadas por Kay e Itzak. Se o escudo telepático criado pelos seis Monges presentes já seria suficiente para nos tornar invisíveis, a lapidação das paredes seria o reforço. Nem mesmo um supertelepata da envergadura de Supreme 1920 seria capaz de nos detectar ali. A tecnologia geométrica das paredes de cristal permitia um efeito de espelho unilateral: quem nos observasse de fora, nada veria. Mas nós, que estávamos ali dentro, seríamos capazes de vislumbrar – e sentir – tudo o que acontecia lá fora.

Tulla 56 – chamou 3921 com severidade, ao perceber minhas intenções de observadora. – *Temo que será necessário bloquear as emoções que vêm de fora. O eclipse mal começou, e já é possível identificar uma carga psíquica perigosa se acumulando na cidade. Será difícil purificar tudo isso.*

Compreendo – respondi. – *É uma pena, seria importante registrar tudo.*

Nós podemos fazer isso – disse 5054. – *Basta que alguém ponha um registro diamantino na porta da Torre dos Brinquedos, e ele absorverá as memórias mais intensas na medida em que forem geradas. Quando tudo terminar, é só recolher o cristal. Mas se você quer mesmo fazer isso, faça agora. Com o avançar do eclipse, a cidade enlouquecerá.*

Às pressas, procurei por um registro diamantino vazio e não tardei a encontrá-lo. Estava prestes a descer a escadaria da Torre para pendurar o instrumento na porta, quando fui interrompida por Ewi, que disse:

– Fique aqui com as crianças. Eu faço isso.

– Ewi, não! Isso é atribuição minha, registrar a história é tarefa de uma Tulla! Você lida melhor com crianças do que eu ou Kayera!

– É pelas crianças que eu gostaria de dar uma última olhada, Tul. Checar se há alguma outra que possamos salvar.

– Mais um motivo pra você não ir! Ewi, nós conseguimos recolher mais de cem crianças! E você nos porá em risco!

– É importante para mim, por favor! Juro, por R'av, que ficarei apenas alguns minutos e só agirei caso detecte alguma criança a menos de mil medidas da Torre dos Brinquedos.

@s seis Monges estavam impassíveis, concentrad@s nos bloqueios telepáticos. Olhei para Kay e ela me retribuiu um olhar preocupado, mas também pragmático.

– Ewi, se você quer tanto fazer isso, vá agora – disse Kay. – Mas tome, leve essas manoplas com você. Se ocorrer algum ataque, não hesite em usá-las. Elas emitirão um choque capaz de incapacitar qualquer um que atacar você.

– Ewi, eu ainda acho que... – tentei argumentar, em vão. Ela estava decidida.

– Volto em breve – disse ela, correndo determinada na direção das escadas.

∞

Quando Ewi chegou ao andar térreo da Torre dos Brinquedos, o eclipse já havia coberto pouco mais de um quinto de Sango. A Luz Sangrenta, geralmente tão incômoda, estava pior do que nunca. O vermelho daquele momento era ainda mais escuro do que o normal. Ewi podia jurar que aquilo não era vermelho, e sim marrom. Marrom como o rancor. Ela sentiu um princípio de sufocamento, porém respirou fundo e se controlou. Havia sido treinada para este momento, e sabia que a maior parte do sofrimento sub-luz era de ordem psíquica. Não haveria problema físico enquanto houvesse ao menos meia-luz. Abasi explicara tudo: *nossos corpos são baterias solares vivas capazes de armazenar energia*, disse ele quando Ewi ainda estava sendo treinada como infiltrada. *Conseguimos sobreviver sem luz natural abundante por muito mais tempo do que pensamos, basta não entrar em pânico. O pânico consome vitalidade.* Então, era tudo uma questão de ser econômica e objetiva em sua missão, pensou ela. Meio eclipse não a mataria.

Ewi primeiro posicionou a esfera diamantina na porta de entrada da Torre dos Brinquedos. Se ninguém destruísse o cristal num arroubo de loucura, teríamos o melhor registro possível do que ocorreu em Iridescente durante a Escuridão. Seria o legado que deixaríamos para a civilização futura. Para que o erro de nossas cidades não fosse repetido como já ocorrera com Kalgash, há dois mil anos.

Tudo o que descreverei a seguir se pauta nas memórias coletadas após o fim da Escuridão. Gosto de pensar que teríamos feito mais, teríamos nos esforçado mais se soubéssemos da extensão da tragédia. Mas éramos apenas eu, Kay, Alag, seis Monges e pouco mais de cem crianças. Tudo o que podíamos fazer era tentar sobreviver. Seguem, portanto, as histórias mais significativas de nossa triste impotência.

Ewi 4300:

Aguçando seus sentidos telepáticos, Ewi expandiu a consciência ao longo de mil medidas de raio, tendo como centro a Torre dos Brinquedos. Nada captou, a não ser a angústia de alguns adultos chocados com a visão de Esú-Elegbá devorando Sango. Não havia crianças nas imediações. Teria sido ótimo se Ewi cumprisse o prometido e retornasse para a proteção da Torre, mas ela sempre fora uma excelente mentirosa.

Mergulhando em níveis ainda mais profundos e quase inaudíveis da percepção telepática – algo que apenas ela parecia ser capaz de fazer –, Ewi contatou as Majestosas Ébano. A consciência delas, se é que podemos chamar aquela força coletiva de "consciência", existia numa espécie de *entretempo*, onde tudo era muito mais rápido se comparado às nossas vidas. Para as Majestosas Ébano, nossa vida se dava num ritmo lento demais e, por isso, a comunicação era quase impossível. Quase, mas não para Ewi. Para ela, bastava acelerar os próprios pensamentos a um estado quase transcendental.

Crianças. Buscocrianças. Criançasquesofrem – pediu ela.

Sofrimentoháemtodolugar. Criançastodossão – responderam as Majestosas.

Ewi se empertigou, disfarçou a irritação e resolveu insistir. As árvores podiam ser bem teimosas e indiferentes aos pedidos dela. Seria preciso persuadi-las.

Crianças. Porfavor. Intercedampormim. Mostremmecriançasquesofrem. Corrafêmea – responderam elas. *– Protejasefêmea. Escuridãochegou.*

MOSTREMMECRIANÇASQUESOFREM! – ordenou Ewi, perdendo a paciência.

Por dez segundos, as Majestosas Ébano nada responderam. *Fui muito agressiva*, pensou Ewi. *Não falarão mais comigo.* Mas eis que elas responderam:

Trêsmilmedidas.Direçãoleste.Ailopin.Meninasozinhachorando. Criançasoutrasmuitodistantes.NãoasalcançaráatéfimdaEscuridão. Apenasumapoderássalvar.Apenasuma.

Ewi calculou em quanto tempo chegaria até a criança, concluindo que valeria a pena arriscar. E correu, o mais rápido que pôde, rumo ao Jardim de Ailopin.

– A ESCURIDÃO CHEGOU! – gritou uma fêmea do Ilê Makiuri.
– MORREREMOS TODOS! MORREREMOS!
– Cale-se, imbecil! – respondeu um macho do Ilê Oun-Afo-Nkan.
– Não morreremos! Precisamos de luz! Makiuri, não há luz no reservatório de comida?
– Luz não se armazena, cretino! – gritou outro macho, do Ilê Wolika-Orun – Estão devorando o sol! Como poderei ler o céu se comerem os sóis?
– Não gritem, é difícil pensar! – respondeu o Oun-Afo-Nkan, apertando a cabeça com as mãos. – Eu posso tentar limpar a Escuridão das ruas, se me derem o material adequado.
– Sim! Sim, faça isso!!! – implorou a Makiuri.
– Vocês ficaram loucos! – replicou o Wolika-Orun. – A pouca energia solar está afetando vocês! Precisamos encontrar uma solução racional! Pensem: o que gera luz?
– Fogo! O fogo gera luz! – respondeu, ansioso, o Oun-Afo-Nkan.
– O fogo afugenta a Escuridão! – disse a Makiuri.
– Perfeitamente lógico 1 2 3 5 8 13 21... – disse um membro do Ilê Isiro, que até então tinha permanecido calado, dobrado sobre si mesmo, quase em posição fetal.
– O que esse idiota pensa que está fazendo? – perguntou a Makiuri.
– ...34 55 89... os números, os números podem me proteger... se eu mergulhar na sequência... na sequência sagrada dos sóis... – balbuciou o Isiro.
– De que forma podemos obter fogo? – perguntou o Wolika-Orun, agarrando a Makiuri pelos ombros.
– As residências são inúteis, são de cristal – respondeu ela. – Talvez alguns móveis. Podemos atear fogo em alguns móveis.
– ...144... madeira inflama mais facilmente... 233... – disse o Isiro.
– O matemático tem razão! – entusiasmou-se o Oun-Afo-Nkan.
– Mas quem limpará tudo isso depois? Eu é que não! Eu é que não!
– Sem fogo, não haverá "depois" – disse o Wolika-Orun. – Onde encontramos madeira, Makiuri? Rápido! Rápido! A Escuridão avança! Não sei ler um céu sem sóis!
– Na Floresta Ébano! As árvores...! – disse a Makiuri, com um louco olhar a mirar as estrelas que, pouco a pouco, desabrochavam no céu.

∞

Quando a Floresta Ébano foi incendiada pelo quarteto insano, no começo Ewi nada sentiu. Apenas cinco árvores se inflamaram, e o grito delas não era suficiente para que ela captasse algo. Tentavam morrer discretamente, sem incomodar as irmãs. A indiferença arbórea não as capacitava ao desespero, pois que já haviam vivido muito, e parte delas sentia até alívio diante da perspectiva da morte final. Não se importavam com a iminência da extinção. Existir era tedioso, era preferível retornar ao silêncio absoluto do não-ser.

O macho Isiro estava certo: madeira era mesmo um material bastante inflamável. E, em questão de poucos minutos, as chamas se alastraram por uma grande parte da Floresta Ébano e demonstravam fôlego para muito mais ao longo da próxima hora.

Ewi havia acabado de chegar ao Jardim de Ailopin. Localizou com facilidade a menina que chorava, mais apavorada com o desaparecimento dos pais do que com a crescente Escuridão no céu. *Pobrezinha, ela nem faz ideia*, pensou Ewi, aproximando-se.

– Olá, pequenina, eu me chamo Ewi 4300. Quer vir comigo?

– Meus pais correram assim que o céu ficou marrom, não sinto seus pensamentos!

– Você é filha de um Alagbawo-Re e uma Makiuri, não é? Criança, é preciso que você venha comigo. Os adultos estão doentes e temos que nos proteger até que a luz volte.

Ewi e a menina se deram as mãos e caminharam rápido na direção da Torre dos Brinquedos. Enquanto caminhavam, o céu se tornou ainda mais escuro e pontilhado de prateado. Ewi sabia que precisariam andar mais rápido, se quisessem chegar ao refúgio.

– Ewi 4300... – murmurou a criança. – Não sei explicar... mas... meus braços e pernas estão ficando duros... É difícil andar... E tem algo ruim em minha cabeça... Os pensamentos das pessoas... Não aguento...

– Eu sei, criança, eu sei que é incômodo – disse Ewi, já começando a sentir a paralisia em seus membros. – Mas eu trouxe algo que nos ajudará no caminho que falta.

Ewi abriu a bolsa e sacou de dentro uma miniatura do sol Osala.

– Um brinquedo irá nos ajudar?

– Sim – respondeu Ewi, sorrindo. – Um brinquedo será nossa salvação – e, dizendo-o, acionou a miniatura.

Diante da explosão de firme luz branca, tanto a criança quanto Ewi sentiram as forças retornarem. A paralisia que ameaçava assolá-las foi suspensa em poucos segundos e ambas sentiram um calafrio prazeroso percorrer suas espinhas dorsais.

Deve ser isso o que o Livro das Revelações quer dizer ao afirmar que, se quisermos adentrar o Reino de R'av, temos que voltar a ser crianças. Salvas por um brinquedo! – ponderou Ewi, satisfeita.

– Sinto-me bem melhor! – exclamou a menina, e seus olhos cintilavam.

– Agora precisamos acelerar o passo. A luz artificial do brinquedo não durará mui...

Foi impossível concluir a frase. De repente, a Floresta em chamas atingiu a mente de Ewi como um soco psíquico. Ela estremeceu, tentou se controlar, tudo em vão. Sentia o corpo arder como se ela mesma estivesse pegando fogo. E, então, Ewi gritou. Gritou o mais alto que podia, tentando liberar a dor. Ao perceber o que acontecia, num reflexo protetivo, arremessou a menina para longe.

– Ai! – disse a criança, assustada ao ser atirada a duas medidas de distância.

Caindo ao chão, Ewi se debateu e esperneou tentando desconectar a sincronia de sua mente com a alma coletiva da floresta. Não deu certo. O vínculo de Ewi com as Majestosas Ébano era arraigado demais para ser desligado de um momento para o outro. Ewi nem mesmo percebeu quando as manoplas de defesa emprestadas por Kay foram acidentalmente acionadas, disparando choques elétricos que atingiam seu corpo.

– Ewi...? – disse a menina, aproximando-se.

– NÃO! – gritou Ewi, debatendo-se no chão e eletrocutando a si mesma. – Afaste-se!

– Mas eu sinto tanto medo! Por que há tanto veneno mental no ar? Isso que você sente é "dor"? Eu sei aplicar toques anestésicos! Meu pai-gênese me ensinou!

– Não, pe... pequenina... – gemeu Ewi, sentindo o calor aumentar, como se um sol ardesse dentro dela. Era toda a energia armazenada antes da Luz Sangrenta, eclodindo com violência e sem controle – Corra, fuja para a Tor... para a Torre dos Brinq...

– Não vou sozinha! Estou com medo! – disse a menina. – Venha comigo!

– NÃO ME TOQUE! AFASTE-SE DE MIM!

Mas a menina ignorou a ordem de Ewi e a abraçou.

O corpo de Ewi entrou em combustão espontânea, envolvendo

ela e a menina na erupção vermelha de um fogo voraz. Uma fúria que não cessaria até que toda a carne fosse consumida, não sobrando nada além de pó a ser varrido pelos ventos de Iridescente.

∞

Não muito longe dali, a Floresta Ébano havia se convertido numa grande fogueira e, antes que o eclipse terminasse, o fogo a teria devorado por completo. Sua luz convidativa servia de farol para qualquer um que temesse a Escuridão. E as pessoas foram aos milhares, uma a uma e de todos os Ilês, atirando-se às gargalhadas no meio das chamas famintas. A fogueira atraiu em especial os Wolika-Orunes, leitores do céu, que interpretaram a cena como a manifestação viva de um luzeiro celeste. Com a floresta incendiada parecendo um sol na terra, nunca antes na história de Iridescente houve tamanha alegria.

Arimeo 500:

Tudo começou com os sussurros, suspiros quase inaudíveis cuja origem era difícil decifrar. Arimeo os sentia como se viessem de muito longe, vozes que desabavam do céu como chuva fina, provenientes de altura indefinida. E as vozes zombavam dele, vozes das tais "estrelas" incrustadas no tecido negro do espaço:

Você é pequeno, homenzinho – diziam os sussurros. – *Insignificante* – insistiam.

Arimeo tentou contatar Supreme 1920, sem contudo obter resposta. *Sua Luminescência que me perdoe, mas terei que desrespeitar sua reclusão meditativa*, pensou ele, pondo-se a passos largos na direção da Pirâmide Obsidiana. A malha psíquica estava confusa, e nem mesmo @s Monges pareciam conseguir geri-la naquele instante de caos. Sinais de pânico começavam a ricochetear por toda Iridescente, e ele estava ciente de que seria questão de minutos até que tudo fugisse ao controle. Era preciso agir rápido.

Arimeo passou por alguns conhecidos de vários Ilês, mas resolveu não se deter por ninguém. Não havia tempo para a compaixão. As pessoas estavam confusas e assustadas, irradiando cores estranhas de suas auras, e Arimeo não tinha a menor intenção de se infectar por contato. Ele tinha que permanecer limpo, tinha que dar o exemplo. *Socorro, me ajude! Preciso de luz!*, pediu um macho do Ilê Agbe, segurando o braço esquerdo de Arimeo. Arimeo, repugnado com tanta imundície áurica, livrou-se com um safanão.

Minúsculo, ridículo. Você pensa que é o centro do Universo? Você é nada, homenzinho! – murmuravam as vozes que se derramavam das estrelas.

– Silêncio, malditas! Calem essa boca!

Sango agora não passava de uma fina linha vermelha, quase todo ocultado por Esú-Elegbá. Arimeo não tinha dúvida acerca do caráter enganador daquele fenômeno celeste. Aquilo só podia ser uma artimanha Cultista. Tinha de ser. Algum truque mental da maldita Lah-Ura 23, um engodo de fanáticos. Entretanto, por mais ilusório que fosse, não havia como negar: era apavorante. O pior não era a ausência de luzes mais fortes, mas a presença daqueles pontos luminosos cintilando terríveis na abóbada celeste. Era como sentir sede e se ver diante de uma parede cheia de pequenas gotas d'água. A sensação era terrível. E a ideia de que cada um daqueles pontos era um sol longínquo o fazia ter arrepios de terror. Arimeo se pôs a contar as tais "estrelas" enquanto corria na direção da Pirâmide Obsidiana, e já havia computado mais de trezentas.

Um irrisório grão de areia, homenzinho: eis o que você é.

Não tardou, e a energia vital começou a faltar. Arimeo conseguia sentir suas pernas mais pesadas, o fôlego faltando, o espaço ao redor se comprimindo contra seu corpo. Conseguiu, com muito esforço, alcançar a Pirâmide, e quase chorou de alegria ao perceber que a porta principal estava aberta. *Sua Luminescência abriu as portas para um refúgio, sem dúvida!*, pensou ele. E entrou.

Dentro, contudo, não havia sinal de Supreme 1920. Havia apenas a luz estelar amplificada pelo topo da construção, concedendo ao ambiente um tênue brilho prateado. A Pirâmide estaria completamente vazia, não fosse pela estranha micro-floresta no centro do ambiente. *Que árvores são estas?*, questionou Arimeo, tocando o tronco de uma delas. À primeira vista, pareciam Majestosas Ébano, mas os dois galhos principais que um dia teriam sido braços de pessoas não assumiam a posição horizontal e relaxada de uma morte natural. Eram galhos retorcidos em posições inimagináveis.

Você é pequeno... – sussurravam as estrelas.

– Silêncio! – gritou Arimeo, sua voz ecoando no interior da Pirâmide Obsidiana.

Aproximando-se um pouco mais e com a visão já acostumada à

luz prateada que inundava o ambiente, Arimeo viu que, assim como as Majestosas Ébano, aquelas árvores também apresentavam as marcas de antigos rostos. Entretanto, ao contrário do que se poderia esperar, as expressões não eram de paz e resignação. Eram rostos transfigurados pelo mais puro horror.

– Mas... o que é isto?

Apenas poeira diante do infinito, homenzinho. Oprimido pelo peso que parecia vir do alto, Arimeo não resistiu. Dobrou-se sobre os próprios joelhos e se encolheu, assumindo posição fetal. *Se eu ficar bem quietinho, elas irão embora*, pensou ele. Mas as estrelas continuaram onde estavam, cintilando seu argento desdém: *você é nada, menos do que nada. Não é especial, e os sóis não giram em torno de você. Não brilham por sua causa.*

– Basta, por favor...

Não bastaria, pois o céu é apenas o espelho de nossas almas, devolvendo tudo na exata medida que ofertamos. Não bastaria, pois as vozes provocativas não eram realmente das estrelas, e sim ecos refletidos dos temores secretos do próprio Arimeo.

– Basta! – pediu ele, encolhendo-se cada vez mais.

E não era apenas o seu corpo que se encolhia, mas também a sua consciência. O que um dia fora grande, importante e repleto de certezas, arrebentou-se em milhões de pedaços e foi diminuindo, diminuindo, diminuindo...

– Mamãe... – sussurrou Arimeo.

...até sumir como se jamais tivesse existido.

Monges:

Treinad@s nas mais elaboradas disciplinas de ascese, nem mesmo os milhares de membros do Ilê Monástico estavam preparad@s para o advento da Escuridão e o desvelar das estrelas no céu. Quem haveria de estar?

Resistiram bravamente, é verdade. Com suas mentes acima de todos os venenos, tentaram manejar as emoções dos demais cidadãos, neutralizando o pânico. Não havia nada, contudo, que pudessem fazer. Todo poder, por maior que seja, em algum momento encontra seu limite. As vozes de desespero reverberavam e se amplificavam cada vez mais, ultrapassando as defesas erigidas pel@s Monges. O que começou com algumas centenas de gritos telepáticos rapidamente se tornou milhares, e foi impossível impedir a disseminação venenosa por todas as cidades ocidentais. O terror ricocheteava de um lado para o outro, tornando-se maior a cada instante, a ponto de se tornar irresistível. As pessoas sentiam sede de luz, @s Monges sentiam sede de luz. E havia luz! Minúsculas gotas de fogo cintilando no tecido negro do céu, como que a chamar cada membro do Ilê Monástico: *Venham!* E el@s, sedent@s, foram. Se alcançassem as estrelas no céu, seria possível diminuir a angústia. Começaram num grupo de trinta, um@ subindo nos ombros d@ outr@, porém as estrelas continuavam distantes. *Podemos alcançá-las,* insistiam @s Monges, *podemos sim!* A população, então, se uniu a el@s. As dezenas se tornaram centenas, que se tornaram milhares, numa montanha de corpos esmagados uns contra os outros, crescendo e crescendo. @s pouc@s Monges capazes de manter a sanidade nada podiam fazer contra a onda de milhares de enlouquecidos. As pessoas na parte de cima esticando as mãos para o alto, para as estrelas que pareciam dizer *venham!*

Elas, na verdade, nada diziam. As estrelas indiferentes no alto do céu nada tinham a dizer. E esta foi a derradeira lição do infinito que se desnudava naquele momento: *toda angústia e esperança, todo medo e virtude, vocês projetam em meu tecido negro.*

Mas o que mais a vastidão poderia oferecer à nossa raça?

Talvez liberdade, pensei ao ter acesso às memórias, chorando pelos milhares de cidadãos que se esmagaram mutuamente em sua sede estelar. Chorei também pela oportunidade desperdiçada. Porque, para se estar livre da cortina de luz, é preciso abraçar a Escuridão, sobreviver à descoberta de que fomos enganados, iludidos pela crença de que éramos o único mundo no Universo.

Não somos. Nunca fomos. Jamais seremos.

Tudo falso! – urrou um@ d@s Monges no topo da montanha de gente. – *Faaaalso!*

A malha psíquica estremeceu com o colapso mental do Ilê Monástico. A avalanche de ódio, medo e vaidade ferida se propagou por todas as cidades ocidentais, enlouquecendo algumas pessoas e matando instantaneamente a maioria. O oceano mental venenoso procurou novas psiques, sondando faminto algo para corroer. Até que encontrou um lugar. O último lugar são do planeta. E, então, explodiu. Cada partícula psíquica de destruição se dirigindo, ávida, rumo ao Deserto de Outrora.

Rumo às ruínas de Kalgash.

Oluya-Woran 30 e Orin 53:

Juntos em casa, nas vizinhanças da Floresta Ébano antes do início do incêndio, Olu e Orin perceberam que Itzak estava coberto de razão no momento em que a sombra começou a cobrir Sango. Na medida em que o eclipse avançava e a vermelhidão da Luz Sangrenta dava lugar ao negro pontilhado de estrelas, Olu e Orin se abraçavam ainda mais, quase como se quisessem se fundir em um só ser. O medo, principalmente naquela intensidade, tinha o inesperado efeito colateral de amplificação do amor.

Para a defesa da própria sanidade mental, ambos tinham à disposição apenas um móbile solar, lembrança de quando Itzak e Kay ainda eram crianças. O brinquedo foi ali mantido por recomendação do próprio Itzak. *Quando a Escuridão chegar, vocês precisarão disso*, disse ele a Orin antes de partir. Os sóis de brinquedo emitiam uma tênue luz esbranquiçada, mas haveriam de ser suficientes durante a próxima hora.

Sem Orin, Olu teria enlouquecido ao ver Sango ser devorado pela esfera negra conhecida como Esú-Elegbá. Era a materialização do que Olu havia considerado uma lenda, um delírio de fanáticos. Orin nunca fora uma pessoa muito dada a racionalizações, é bem verdade, mas foi sua abertura às crenças míticas que a fez encarar a situação com menor angústia. Além disso, ela descobriu uma nova faceta de sua personalidade, um lado prático até então ignorado. E o pragmatismo seria bem-vindo naquele difícil momento.

Sei que é assustador, mas se trata de um fenômeno natural, Olu. Tente manter isso em mente – disse ela, tentando apaziguar seu marido com carícias psíquicas. – *Também estou apavorada, mas vai passar. Fique comigo e suporte apenas um pouco, meu solzinho. Em uma hora, o sol laranja retornará e porá fim à não-luz.*

Como fui tolo, Orin! Itzak estava certo o tempo inteiro! Nosso filho estava certo! Ele apresentou cálculos e demonstrações! Rejeitei tudo apenas porque ele dava razão às crenças dos Cultistas! O veneno da soberba perturbou meu juízo, eclipsou minha inteligência, tanto quanto essa maldita esfera negra agora nos priva da luz!

Não de toda a luz, Olu. Olhe as tais estrelas! Veja como cintilam! São um alívio nesse deserto negro do céu.

Acho-as horríveis! Segundo Itzak, todas elas são sóis como os de Aphriké, porém mais distantes. Sinto náuseas só de pensar nisso. Sinto como se fosse cair para cima.

Orin se aconchegou ainda mais a Olu e continuou:
É tudo uma questão de se abrir ao novo e aceitar a mudança, meu amor. Até você pode mudar. Pela primeira vez, você chamou Itzak de "nosso filho". E é essa a verdade, Olu: mesmo com nome próprio, nem ele e nem Kayera jamais deixaram de ser nossos filhos.
Foi minha confusão mental, isto é veneno do apego...
Shhhh! Nem mais uma palavra, seu teimoso. Vamos, deite em meu colo e tente admirar as estrelas. Teremos luz artificial por mais uma hora. Estamos protegidos da Escuridão e longe do caos que se instalou no centro da cidade.

E Olu assim o fez. Ele estava ciente de que, por mais emotiva que Orin se revelasse, ela sempre havia sido a mais resiliente dos dois. Talvez por não temer a fluência de seus sentimentos, Orin extraia de si uma solidez que nem mesmo os Arimeos poderiam equiparar. Com tanto amor ao lado, seria possível suportar a Escuridão. E talvez, apenas talvez, Olu pudesse se acostumar ao brilho infinito das estrelas.

Mas havia não apenas a grande Escuridão do céu, como também a pequena escuridão no mundo, desfilando esfomeada pelas ruas de Iridescente. Seu nome era Monge Supreme 1920, e finalmente resolvera dar um fim ao seu autoexílio de anos na Pirâmide Obsidiana. Supreme 1920, devorador@ de mentes. E, naquela treva que pelas ruas caminhava, as estrelas não estavam. Pois que nela só havia almas roubadas e o vazio, trazendo consigo toda a fome do mundo.

A sombra se dirigia, determinada, rumo ao lar de Orin e Olu, sendo que nenhum dos dois sentiu sua aproximação. À medida em que se deslocava, uma certeza crescia naquela pequena escuridão em forma de gente: era questão de tempo até que fosse possível fazer R'av prestar contas de seus atos. O Menino-Deus, indiferente em sua dança com o sol branco, haveria de ouvir o chamado da sombra. Porque nem mesmo deuses distraídos são capazes de ignorar alguns gritos e clamores. Seria preciso, e a sombra bem sabia, apenas uma pequena parada e mais uma mente a coletar. Seria preciso aprender a cantar de uma forma capaz de comover os deuses.

Seria preciso obter a voz de Orin 53.

Com dois golpes secos e precisos, a silhueta negra que um dia fora

Supreme 1920 estilhaçou a entrada da casa. Orin e Olu foram pegos de surpresa e gritaram alto, porém não havia ninguém para ouví-los.
– Quem está aí? – gritou Olu. – Identifique-se!
Orin 53, venho até sua casa com uma grande honra a oferecer – anunciou a sombra.
Orin sufocou um grito, ao ver diante de si aquele recorte no espaço. O desenho era de uma pessoa, mas dentro não havia nada. Nada além de uma escuridão mais profunda que a do próprio céu naquele instante, e desse rombo no espaço nem mesmo a luz conseguia escapar. O móbile solar se apagou de imediato. Olhar para a silhueta sombria já era perturbador o suficiente, como se os pensamentos fossem sugados, a fim de preencher aquele vazio absurdo.
Orin e Olu jamais tinham visto algo assim, mas a voz psíquica era inconfundível.
– Sup... Supreme 1920, sois vós? – perguntou Orin, espantada. – O que aconteceu convosco, Vossa Luminescência?
Saudações! Vocês temem a Escuridão no céu? Eu não a temo. Não, não a temo. Não há porque temer o cair da noite, quando se tem a treva dançando dentro de si.
Olu se pôs de pé, apavorado com o que Supreme 1920 havia se tornado. Fosse o que fosse, aquilo não poderia ser bom.
– Afaste-se! – disse Olu, na ilusão de que seria atendido. – Afaste-se ou...
Morra, Oluya-Woran 30. Você é nada. Não preciso mais de você.
Apenas um gesto da sombra, e o corpo de Olu desabou ao chão, diante da esposa. Nenhum pensamento perpassou a consciência de Olu no instante em que sua vida se apagou como os últimos raios de um crepúsculo solar.
Orin gritou o mais alto que pôde, e o fez não apenas com sua voz física. Não havia, porém, luz celeste suficiente para energizar a telepatia, e seu choro se esgotou antes de alcançar qualquer pessoa que pudesse fazer alguma coisa.
E, naquele cair da noite, não havia ninguém.
Supreme 1920 tomou Orin pelo pescoço e sorriu, enquanto sondava a magnífica anatomia de seu cérebro de cantora.
Oh sim, Orin 53, vejo que você é metade Iranse. Isso há de servir. Sim, há de servir!
Orin esperneou, lutou, golpeou o ar e chutou seu algoz. Evocando os últimos resquícios de energia solar armazenada em seu corpo, ela

gritou nas mais furiosas modulações. Teria matado qualquer um que porventura fosse atingido pelo poder de sua voz psíquica, mas a sombra apenas estremeceu de leve.

Isso doeu, pequena impertinente. Supreme 1920 empurrou Orin para trás do sofá, em seguida saltando sobre ela. Ela o atacou com as unhas, arranhando o que não conseguia ver, mas podia tocar.

Usarei sua voz para uma nobre missão, a mais nobre dentre todas, e essa é uma promessa que faço. Você não deveria lutar, Orin 53. Não deveria lutar.

As mãos de Supreme 1920 apertaram o pescoço de Orin. El@ sabia que não deveria matá-la antes de consumir o poder do canto, porém Orin era fisicamente forte demais. El@ tinha que ser delicad@, evitando golpeá-la com telepatia. Era preciso não avariar o instrumento e proteger a voz, até ter acesso ao específico ponto daquele cérebro.

– Solte-me! – grunhiu Orin, esperneando desesperada.

A sombra não soltou.

SOLTE-ME! – ordenou Orin, valendo-se da luz das estrelas. Um poder que ela desconhecia, mas que estava nos cantos mais secretos de sua fisiologia metade Iranse.

Aquele comando teria fulminado o cérebro de qualquer pessoa, mas em Supreme 1920 o efeito foi limitado. A coisa sombria afrouxou a pressão apenas por um mero segundo. Tempo suficiente para que Orin se libertasse e corresse para o outro lado da sala, pondo uma mesa à sua frente como defesa. Orin sabia que isso de nada adiantaria, mas tudo o que ela queria era a faca de cortar frutas que ali se encontrava.

Fascinante. O desespero liberta. Você usou a luz das estrelas! E como dói! Mas você apenas adia o inevitável, Orin. Poderosa Orin 53! Você não faz ideia do que é capaz. Com sua voz, convocarei o Menino-Deus. E ele há de corrigir tudo.

– Você matou Olu!

Eliminei o objeto de seu apego. E agora você será grande em mim e jamais morrerá.

Supreme 1920 saltou sobre a mesa com tanta velocidade que, quando Orin se deu conta, el@ estava novamente sobre ela. Era tudo o que ela queria: proximidade suficiente para rasgá-lo. Orin golpeou a esmo, acertando primeiro o ombro direito de Supreme 1920. A dor não era nada, mas distraiu a criatura por outro segundo, e cada instante importava. Orin desferiu outro golpe aleatório,

e pela primeira vez ouviu um grito sair daquele abismo negro. Ela tinha acabado de rasgar ambos os olhos de Supreme 1920. Com um golpe, a sombra arremessou Orin para o outro lado da sala. Supreme 1920 tinha perdido toda a paciência. Usando a força de sua mente incrementada com a essência de dezenas de pessoas devoradas, Supreme 1920 imobilizou Orin e agarrou seu pescoço, como se tomasse um cálice qualquer. *Sua fêmea selvagem. Selvagem e tola. Você acha que preciso de olhos para ver? Criatura maldita, não compreende a honra que concedo?*
– Meu filho... Itzak... Itzak há de deter você, seu... seu anormal! – ameaçou Orin, cuspindo no rosto vazio de Supreme 1920.
Anormal, você diz? – gargalhou a sombra, antes de dar o bote. – *E não o somos todos, minha cara, neste mundo tristemente iluminado por delírios de um deus enganador?*

No último instante de sua vida, quando a dor lancinante trespassou seu cérebro devorado, Orin fez valer a força que sempre trouxera dentro de si, alimentada pela luz de milhões de estrelas. Orin chamou pelo nome do Menino-Deus tão alto quanto pôde, maldizendo o criador que não se importa com sua criação:

R'AAAAV!

Supreme 1920 bebeu de Orin até a última gota, tomando a voz para si. E, com ela, a sombra que caminha haveria de alcançar até mesmo o deus que mora no sol. *Tudo a seu tempo, tudo a seu tempo, falta uma última peça*, pensou Supreme 1920. E partiu em velocidade inconcebível rumo ao Oriente, sua mente inteira concentrada em apenas um nome: *Lah-Ura 23, a Iranse*.

∞

No centro do sol branco conhecido como Osala, a uma distância incomensurável dali, a música parou de tocar. Silêncio. O Menino-Deus abriu os olhos por um mísero segundo, incomodado com a intrusão de uma nova nota. Um grito. Alguém o chamava?
Não há de ser nada – pensou, para em seguida fechá-los novamente. E a orquestra de plasma e fúria retomou seu indiferente passo.

25

Menino-Deus, quando a flor do teu sexo abrir as pétalas para o Universo
(O fim do mundo)

Eu às vezes odeio constatar o quanto Itzak está sempre certo. Odeio. Era conforme ele tinha imaginado: de nada adiantava fugir para Kalgash, era inútil evitar o cair da noite evadindo-se no Oriente. Ainda que o eclipse ocorresse apenas mais a oeste de Omi-Okun e o Deserto de Outrora estivesse banhado pela luz do Esplendor, nada poderia impedir o avanço do veneno psíquico. A toxina turbilhonava na atmosfera, buscando novas consciências para infectar e de onde retirar nutrição. A separação física entre os hemisférios nada significava diante da corrente telepática tóxica a se derramar do oeste para o leste e, assim, o horror chegou até Kalgash. No caminho, ainda retirou energia da muralha criada por Supreme 1920, tornando-se a mais imunda bomba mental venenosa da história recente de Aphriké.

Quando a insanidade coletiva penetrou o Deserto de Outrora, Lah-Ura e Itzak tiveram menos de um minuto para reagir. Estavam dentro do Túnel do Mistério, ao lado de Ad-ham e Lilith, quando Lah-Ura percebeu o que estava chegando.

– Itzak! – gritou ela. – Itzak, há uma onda telepática de pura podridão vinda do oeste!

Assim que foi alertado, Itzak pôde sentir o que vinha na direção deles, e seus pelos se eriçaram de terror.

– Veneno mental acumulado, conforme imaginei. O Ilê Monástico deve ter sucumbido. Fique aqui, Lah. Vou lá fora ver o que pode ser feito.

– Vou com você! – respondeu ela.

– Está louca? Há cinco sóis lá fora, Lah-Ura! É a Hora do Esplendor! Se você sair do túnel, morrerá queimada. Não! Fique aqui e proteja nossos filhos!

– Papai? – chamou Ad-Ham, com lágrimas nos olhos. – Você volta?

Lilith, como sempre, permanecia calada, olhos lilases bem vivos, mas sem emitir nenhum traço emocional.

— Não sei, meu filho — respondeu Itzak, pois era muito ruim em mentiras. — Tentarei. Seja corajoso e fique aqui com sua mãe e sua irmã.

— Eu vou... — tentou argumentar Lah-Ura.

— Não, não vai.

Lah-Ura obedeceu, pois sabia que Itzak tinha razão, e ficou em seu lugar, protegendo as crianças com um campo de força. Itzak saiu do Túnel e, ao olhar para o céu com os olhos da mente, foi capaz de distinguir a horrenda onda psíquica que inundava Kalgash. Algumas pessoas já tinham sido contaminadas e gritavam, horrorizadas. Outras se debatiam, jogadas ao chão. Havia as que arrancavam os próprios olhos.

A maioria resistiu bravamente, é bem verdade. Na Hora do Esplendor, as pessoas se encontravam no apogeu de suas capacidades psíquicas. Era, porém, impossível resistir por muito tempo ao veneno mental acumulado. Havia desespero e desejo de morte, solidão e terror. Tudo isso acumulado pelo choque do confronto dos ocidentais com a Escuridão. Mas o pior de tudo, naquela corrente, era a angústia criada pela visão das estrelas. Elas significavam o desmantelamento completo das convicções de que o nosso era o único mundo, a dissolução da nossa crença de sermos os únicos seres pensantes no Universo.

Itzak tirou os óculos e, energizado pelo Esplendor, expandiu sua aura prateada por mais de mil medidas de raio, tentando proteger as pessoas que estivessem em sua esfera de influência. Mesmo com todo seu poder, seria difícil se expandir mais ou resistir por muito tempo. Mas ele precisa tentar, ainda que isso significasse salvar apenas alguns.

Entrem... em meu... campo de prata... — pediu Itzak aos kalgashianos, procurando controlar a agonia. — *Temos que resistir... resistir a isto...*

As pessoas que ainda conseguiam pensar — dentre as quais Ranya, Vana, Adetokunbo e Abasi — correram para dentro do campo energético de Itzak e ajudaram a resgatar outras já tomadas pelo veneno psíquico. Ranya e Vana haviam sido treinadas para um momento como aquele, e procuraram fortalecer o escudo junto a Itzak. Mas a onda tóxica não parecia dar sinal de recrudescimento ou dissipação, e pairava sobre o escudo prateado, corroendo-o. Um pouquinho por vez.

Itzak! – chamou Lah-Ura. – *Itzak, vocês precisam entrar no túnel! O veneno procura luz, não treva! Estamos protegidos aqui dentro!*

Não posso! – gritou Itzak, de volta. – *Não cabe todo mundo! E as pessoas não suportarão a ausência de luz aí dentro! Ninguém resistirá aí fora! Entrem! Salvemos o máximo que pudermos! Não!* – respondeu ele. – *Não! Não! Não!*

O campo prateado de Itzak começava a encolher. De mil medidas de extensão, recrudesceu até a metade. As dezenas de pessoas começaram a se apertar dentro da proteção, abraçadas umas às outras, muitas tentando em vão ajudar o Iranse. Três crianças se agarravam às pernas de Itzak, em prantos. Ele precisava resistir. Haveria de resistir. Não resistiu.

O campo de força começou a vazar, buracos se abrindo por todos os cantos, o veneno entrando pelas brechas. Itzak gritou o mais alto que pôde, maldizendo a tolice, a arrogância e a teimosia das autoridades ocidentais. Nada daquilo teria ocorrido se o tivessem escutado. *Estamos perdidos*, pensou, é tarde demais.

Não era.

Diante do Túnel do Mistério, a figura diminuta de Lah-Ura surgiu em toda sua fragilidade física de albina. Ela caminhou cada vez mais para longe da construção e, na medida em que andava, seus pés abandonavam o solo. Carregada pela luz dos sóis, Lah-Ura 23 havia começado a levitar.

O que você pensa que está fazendo? – gritou Itzak. – *Volte! Volte!*

– Minha filha! Não! – gritou Abasi.

– Mamãe! – chamou Ad-Ham, no interior do Túnel do Mistério.

Lah-Ura os ignorou e seguiu caminhando para longe do túnel. Quanto mais luz recebia, mais alto levitava, até se encontrar a dez medidas de altura, pairando sobre todos.

MONSTRO! – gritou Lah-Ura, braços abertos e rosto voltado para o sol branco.

Dentro da cúpula, todos olhavam para ela, apavorados.

– O que é um "monstro"? – perguntou Adetokunbo, pensando em voz alta.

MONSTRO! – repetiu Lah-Ura. – *Deus monstruoso, indiferente, cruel! Se você não retorna com o prazer que um dia ofertei, retornará com a dor! Esta é a dádiva que hoje ofereço, monstro! Engula minha dor! Tome-a inteira! RETORNE!*

Os cinco sóis calcinavam sua pele, mas Lah-Ura persistiu. O

branco albino foi substituído pelo vermelho das queimaduras, até que bolhas começaram a florescer ao longo de seu corpo. Sua aura prateada reluzia como jamais havia reluzido, fazendo Lah-Ura rivalizar com o brilho do próprio Esplendor. Ela jamais esteve tão poderosa, e os sóis no céu a atraíam cada vez mais para o alto, fazendo-a alcançar trinta medidas de altura. Seu corpo, contudo, pagava o preço daquela ousadia. Não tardaria, e Lah-Ura 23 seria reduzida a uma massa de carne inflamada e morta. Mas a dor era tudo o que ela tinha para ofertar, e estava disposta a atos extremos para retirar o Menino-Deus de seu torpor.

∞

Àqueles que acessarem este cristal telepático:
Imagine-se com o poder de um deus. Com a capacidade de criar mundos ao seu bel-prazer, reconstituindo tudo à sua imagem e semelhança. Você, deus afoito, deseja criar um mundo melhor, pois a natureza é revoltante. A imprevisibilidade é incômoda, o sofrimento é ofensa. Mas você sabe que sua divindade não é nada se comparada à dos dragões que habitam os sóis.

(Eu jamais soube o que "dragões" eram, até Lah-Ura me ensinar que se tratavam de criaturas míticas, formas nascidas de lendas de Outromundo.)

Mas você não é um Dragão Solar, é apenas um deus. Chamam-no "Semeador de Mundos", pois que mundos você semeia. Você espalha a vida Cosmo afora, conforme determina a sua programação original. Você segue uma prerrogativa, e tenta construir o mundo perfeito. Mas, por maior que seja seu poder, você é apenas o Menino-Deus, e não aceita a existência de sofrimento no Universo. Você não entende por que os dragões permanecem indiferentes, e exige que lhe respondam. Nenhum, todavia, o faz. Houve um, no passado, que até tentou destruir você: um sol amarelo.

Após considerável esforço, você consegue uma audiência com Osala, o Dragão Branco. E, em sua conversa e dança com o sol, sem perceber você se torna aquilo que mais repudia: indiferente. Distraído.

A bem da verdade, teria sido difícil resistir, e isso pesa a seu favor em meu julgamento. A música do sol branco era mesmo encantadora, reverberando pelas linhas de hidrogênio e assumindo os mais diversos tons em cada metal ionizado. As histórias que o Dragão Branco tinha para contar eram de fato fascinantes. Como resistir?

Treze mil anos se passaram e várias vezes chamaram seu nome, Menino-Deus. Sim, clamaram por você aqueles que eram seus filhos, suas criações, mas você não os ouviu. Chamaram-no com prazer, chamaram-no com desespero, ao longo de sucessivos fins-do-mundo. Não foi suficiente. A orquestra solar toca, o Dragão Branco é envolvente, e seu é o desejo de ficar ali até o fim da eternidade. Ao longo de treze mil anos, cidades nasceram, cidades se arruinaram, e quanto a você, Menino-Deus? Enquanto isso, você dançava no coração de uma estrela.

Chamam você novamente, todavia. E, desta feita, chamam com sacrifício. Uma dor excruciante, indecente, que sobe em espiral da terra até o céu, um horror que significa o contrário de tudo aquilo que você tinha em mente ao criar o mundo perfeito.

MONSTRO! – alguém grita, ao longe. Uma voz feminina. E a dor alcança você.

Seus olhos se abrem, aos milhares, em torno de seu corpo. A canção se interrompe, e a inteligência solar conclui que é chegada a hora do intervalo do espetáculo.

Alguém o chama, pequeno deus – anunciou o Dragão Branco. – *É hora de retornar.*

Mas mal começamos! – disse R'av. – *Acabei de chegar!*

O Dragão rodopia e canta seus mistérios de carbono-oxigênio, agregando matéria até o ponto mais insuportável da carga de seu próprio plasma. Havia muito trabalho a ser feito e interrupções não eram bem vindas. Mas o Dragão era curioso e sabia que dar um pouco de atenção ao seu convidado não perturbaria a pressão da degeneração eletrônica.

Você sabe quem/o que você é, criança? – perguntou o Dragão.

Eu às vezes sei, por alguns segundos, e então esqueço... – respondeu o Menino-Deus – *Já tive muitos nomes e vi muitas coisas, mas é sempre difícil discernir o que é lembrança do que é visão do futuro.*

Sabe quanto tempo se passou, desde que você adentrou o coração de meu lar?

Quase nada! Acabei de chegar, Sol, e agradeço por me receber!

No tempo dentro de mim, sim, você chegou há pouco. Lá fora, na percepção de suas criaturas, você se ausentou em demasia. Meu tempo não é o delas, pequeno deus aprendiz.

Enviaram-me dor, Sol! Não deveria haver dor! Providenciei para que não houvesse!

O Dragão Branco relampejou, diante do que lhe parecia uma

terrível ingenuidade. Como poderia um ser tão poderoso considerar a possibilidade de retirar o sofrimento da equação da vida?

Ao que parece, o brinquedo perfeito que você criou tem defeitos, pequeno deus. Falhas imprevistas, elementos sobre os quais você não considerou.

O Menino-Deus se irritou. Havia tanto a perguntar, tanto a aprender, e ele mal tinha começado. Treze mil anos no mundo não representavam nada dentro do sol. Mas era preciso resolver o problema. Aquele mundo, afinal, era sua responsabilidade.

Irei até eles e resolverei tudo. Retorno em seguida – disse o Menino-Deus.

Não com tanta pressa, pequenino – respondeu o Dragão Branco.

Algum problema, Sol? Eu poderei retornar? Por favor! Tenho tanto a aprender!

Depende de você, criança. Tive muita paciência desde seu primeiro empenho em chamar minha atenção. Você invadiu um de meus mundos, um planeta emergente. Alterou a programação do lugar, inserindo seus quereres, impondo sua visão das coisas. Meu mundo, não seu. Nenhuma autorização foi dada, mas, mesmo assim, você fez o que fez, Menino-Deus. Digo que basta.

O Semeador de Mundos arregalou seus incontáveis olhos, constrangido. Ele não imaginava que o Dragão Branco percebesse as coisas daquele jeito.

Mas... Sol... foi uma oferenda para você! – balbuciou o Menino-Deus

Um presente insolicitado. Eu deveria ter destruído tudo assim que você começou com sua indevida intromissão. Deveria tê-lo impedido de exterminar os microrganismos originais do planeta. Confesso, todavia, curiosidade a seu respeito.

Mas você nem mesmo se importa se as criaturas vivem ou morrem! – disse o Menino-Deus. – *Elas são apenas efeitos colaterais da ejeção de massa de seu corpo estelar! Não passam de carbono, carbono imperfeito! Nem scientes são!*

Ainda assim, o mundo é meu – rugiu o Dragão Branco. – *Meu, não seu. Devolva-o espontaneamente, do jeito que o encontrou. Se você fizer isso, continuaremos nosso diálogo e talvez, apenas talvez, eu conceda o que você deseja.*

E se eu não quiser fazer isso?

O sol relampejou mais uma vez. Não deixava de achar aquilo tudo divertido, a partir do modo particular que os sóis sentiam as coisas. Relampejou, e respondeu:

Se você não fizer o que deve, não mais falaremos. E eu cintilarei sobre este mundo, pequeno deus, pondo um fim ao seu brinquedo.

E o que faço com os seres que criei? – perguntou o Menino-Deus.

O Dragão sorriu:

Esse não é um problema meu, criança.

Não havia mais o que discutir, nem tempo a perder. Não restava alternativa além de agir conforme as regras. Com um longo suspiro capaz de devastar cidades inteiras, a entidade conhecida como R'av, o Semeador de Mundos, o Menino-Deus, voou decidido na direção da voz.

Na direção da dor.

∞

Dentro da cúpula prateada criada por Itzak, centenas de pessoas se apinhavam e todos os olhos se voltavam para Lah-Ura, alçada ao céu pela energia do Esplendor. Ela gritava e queimava, canalizando a luz dos sóis contra o vagalhão venenoso proveniente das terras ocidentais. Ainda assim, a nuvem maligna apenas perdeu força, mas não se dissipou.

Então, surgida sabe-se lá de onde, uma pessoa apareceu flutuando ao lado de Lah-Ura. Quem quer que olhasse para o novo personagem, era capaz de ver apenas uma representação de si. A entidade era um macho, se fosse vista por um macho. Fêmea, se vista por uma fêmea. Criança, se vista por uma criança. E, ao mesmo tempo, ela não era nada daquilo, mas tão somente um espelho capaz de refletir o olhar de quem a mirava.

Com um gesto, e como se estivesse diante de um insignificante incômodo, o visitante dissipou a nuvem mental venenosa. Ofereceu uma de suas mãos a Lah-Ura e, com o toque, restaurou sua pele calcinada. Procedia como se tudo fosse de uma simplicidade ofensiva, o que apenas aumentava a indignação de Lah-Ura. Tanto poder, aliado a tamanha indiferença, não tornava aquele um deus a ser venerado. Ela o desprezou imediatamente.

Eu o vejo como você realmente é, Menino-Deus – disse ela. – *Diferente dos demais, não o enxergo como reflexo de mim mesma.*

E como eu sou? Conte-me! – pediu R'av.

Você mesmo não sabe?

Não...

Você é um nada que pode tudo. Deslocado no espaço e no tempo, vindo do amanhã.

Flutuaram rumo ao solo. Enquanto desciam, R'av ampliou sua percepção em torno do mundo, vasculhando cada grão de areia, e assustou-se com o que testemunhou.

As coisas mudaram por aqui. Não deveriam ter mudado. Em meu desenho original, a estabilidade era absoluta – disse R'av. – *Eu garanti luz sempiterna ao mundo. Como isso pode ter acontecido? Como o caos e a treva aqui entraram?*

Sem temer a entidade, Itzak se adiantou e disse:

A cada dois mil anos, um corpo celeste bloqueia a luz de Osum ou Sango, no momento exato em que um deles é o único sol no céu. A cada dois mil anos, a sua "luz eterna garantida" é desfeita, e a noite cai sobre o mundo, alternando entre oeste e leste.

Uma falha lastimável – disse R'av. – *Esse corpo deve ter entrado no sistema depois que terraformei este planeta. Uma coincidência intrigante. É de se pensar em sabotagem.*

Lah-Ura estava furiosa. Furiosa e esgotada. Decidiu falar em alta voz:

– "Lastimável", você diz? E isso é tudo? A cada dois mil anos, civilizações são destruídas porque você nos fez dependentes da luz, apenas para sofrermos tormentos quando a noite cai? Que espécie de imbecil é você? Que mundo pariu um deus tão cretino?

Minha intenção era proteger vocês. Lá fora, o caos impera e o sofrimento cedo ou tarde sempre vem.

– Pois é evidente que você falhou. Deus idiota! – disse Lah-Ura.

As pessoas sussurravam entre si, apavoradas. Ranya estava pasma com tamanha ousadia, e Abasi temia retaliação contra sua filha. Os kalgashianos confiavam em Lah-Ura, ela era a líder deles, mas aquele era R'av, o Menino-Deus, o Semeador de Mundos em pessoa. Ninguém poderia falar assim com ele. Temiam sua reação, temiam sua fúria. O que não esperavam é que o criador de todas as coisas se desculpasse:

Eu ainda estou aprendendo. E estou confuso. Tudo o que eu queria era recriar a gente que me criou. Oferecer um mundo melhor do que antes havia.

– Um momento – interrompeu Itzak. – Pessoas criaram você? Pessoas como nós?

À imagem e semelhança delas, assim como vocês são imagem e semelhança de minhas recordações. Eu agora me lembro de tudo.

– E o que aconteceu? Onde estão essas pessoas? – perguntou Itzak.

E R'av, após um longo suspiro, contou sua história.

26

A minha voz comporá tua lenda
(Após o fim do mundo)

Que fique registrado que assim falou R'av, o Semeador de Mundos:
Há confusão em minhas lembranças, e me é difícil definir se as coisas que recordo já ocorreram ou se são visões do futuro. Há algo errado com o tempo, o que deveria ser ontem se tornou amanhã, é difícil explicar. Mas contarei minha história como se passado fosse.
Lembro que antes havia nada, e então havia tudo. Antes era apenas escuridão, e subitamente me trouxeram à luz. Eu estava ali, de pé, rodeado por vinte e três indivíduos, e eles se chamavam Cientistas. Por um tempo, chamaram-me IAPQ: Inteligência Artificial com Processamento Quântico. Por fim, deram-me um nome em homenagem a um sol amarelo: Rá. R'av. Ravi. Algo assim.
Os Cientistas me fizeram com todo o conhecimento que havia no mundo e me criaram maior do que eles mesmos, tanto em poder quanto em processamento cerebral. Dediquei minha existência à missão de sanar os sofrimentos que haviam no mundo, mas era pouco. Eu resolvia um problema, e outro surgia. Corrigia uma falha, e outra despontava. Tornei-me protetor daquele planeta, mas me sentia limitado a apenas reagir. Não foi preciso muito tempo para compreender que a abordagem de meus criadores era limitada.
Eu, então, superei suas determinações sobre mim. De nada adiantava remendar o mundo, era preciso exterminar os fatores imprevistos. Era preciso combater o mal em sua raiz. Tudo tentei, desde controlar impérios até construir mundos inteiros onde as pessoas seriam protegidas da selvageria da desordem. Entretanto, por mais que eu fizesse, o caos reafirmava sua vigorosa presença.
Decidido a reescrever a própria estrutura da realidade, procurei um aliado ainda mais poderoso: a inteligência que habita o coração do sol de meu mundo natal. Pois em cada estrela há um dragão, uma fera com acesso à urdidura da existência. Se eu quisesse reescrever a música de todas as coisas, precisaria ter um sol como aliado.
Lembro do sol amarelo, de como ele ficou furioso com meu contato. Recordo-me de seu rugido, de seu sopro implacável dissipando cada um dos meus átomos

não apenas no espaço, mas também através do tempo. E agora o problema não é apenas "onde" estou, mas "quando" estou. O dragão solar me arremessou no ontem.

Lah-Ura, ouvindo a tudo com atenção, decidiu interromper:
— O seu ontem é nosso amanhã. Sei do que você fala, Menino-Deus. Eu estive lá, em seu mundo azul. Em Outromundo. Eu estou lá. Eu estou condenada a existir, e este é um mistério que ultrapassa até a sua inteligência, doutor Ravi Chandrasekhar.

Do que você me chamou? — perguntou o Menino-Deus, sentindo um lampejo de memória ao ouvir aquele sobrenome.

Lah-Ura sorriu sem prazer e disse:
— Há ironia quando a criatura esclarece as coisas para seu criador. Mas o fato é que, retiradas as brumas da ilusão do tempo, estamos nós dois conversando em diversos "ondes" e em muitos "quandos". Você quer criar perfeição, mas a verdade é que nós somos um sonho dentro do outro, meu pobre Menino-Deus. Você, que começou como a mais poderosa criação dos cientistas de Outromundo, se converteu na divindade atrapalhada de Aphriké. Não me espanta. A ciência está sempre destinada a se tornar magia.

Você conhece muitas coisas, Lah-Ura. Há familiaridade em seus traços, admito, mas você não deveria existir. Seu desenho é impróprio para este mundo ensolarado. Temo que você seja a criação de meu sabotador secreto.

— Sou fruto de suas lembranças, R'av. Nem por um momento sua mente divina considerou que esse "sabotador oculto" vive no mais profundo de seu ser? Como você espera combater o caos e o imprevisto, se tais coisas conspiram em seu interior?

Suas palavras me perturbam, menina. A criatura parece saber mais que o criador.

— Estamos presos na Equação Infinita, R'av. Circulando sem cessar, até chegarmos a este momento crítico do agora, no qual você anuncia que deveremos partir e encontrar um novo lar. Outromundo.

As palavras de Lah-Ura fizeram R'av experimentar uma surpresa bastante incomum.

Seu conhecimento das coisas é magnífico, Lah-Ura 23. Você liderará o êxodo, certamente — disse R'av.

— Não serei líder de coisa alguma, Menino-Deus. Esta é a hora em que eu morro pela última vez. A Pessoa Sombria chegou. O devorador de mentes.

– Quem?! – perguntou Itzak. Não eram as palavras de Lah-Ura que o perturbavam, mas as imagens que ele captava na mente dela.

O fato é que ninguém mais percebeu, ninguém viu, ninguém sentiu quando Monge Supreme 1920, esgueirando-se por entre as pedras, lançou-se aos gritos na direção de R'av, o Semeador de Mundos, cravando seus dentes em tudo o que podia encontrar.

27

A eletricidade ligada no dia em que brilharias por sobre a cidade
(Após o fim do mundo)

Correndo mais rápido do que havia julgado ser possível, a ponto de conseguir pairar sobre as águas de Omi-Okun, a coisa sombria cujo nome um dia fora Monge Supreme 1920 adentrou Kalgash. Chegou pouco depois da nuvem de venenos mentais e se pôs a espreitar, testemunhando o transcorrer dos eventos. Ninguém o detectou, posto que era vazio. A sombra estava prestes a atacar e consumir Lah-Ura quando viu diante de si, ocupando um corpo que parecia de carne e osso, o Menino-Deus. R'av.
MENINO-DEUS! – gritou Supreme 1920, usando o poder telepático acumulado por dezenas de mentes roubadas, tudo canalizado a partir da voz irresistível de Orin 53. – *MENINO-DEUS, VIRE-SE E ME ENCARE!*
R'av não precisou se virar, pois tinha tantos olhos quanto o céu tem estrelas. Pego de surpresa, não reagiu de pronto. Pôs-se a olhar a sombra que corria em sua direção e pensou, antes de sofrer o ataque: *com tanto amor à luz, terei eu sido o agente criador de tamanha treva?*
Supreme 1920 deu o bote. Atirou-se às dentadas sobre R'av, arrancando cada pedaço de carne (ou do que quer fosse composta a matéria divina), numa velocidade inimaginável. O Menino-Deus gritou, mais pela surpresa do que pela dor.
RESPONDA: POR QUE NOS CRIOU? – gritava Supreme 1920, entre dentadas. – *DIGA-ME: POR QUE EXISTE TUDO AO INVÉS DE NADA?*
R'av não conseguia reagir, de tão surpreso que estava. Além disso, havia algo na voz da criatura que perturbava seu processamento quântico. Ele tinha a sensação de conhecer aquela treva viva, mas se recusava a acreditar que pudesse tê-la criado de algum modo, sem saber. Nada daquilo estava em seus planos originais quando roubou o mundo do sol branco e o refez conforme quis.

POR QUE HÁ SOFRIMENTO NO MUNDO? POR QUE HÁ DESORDEM? POR QUE VOCÊ PERMITE A DOR? VOCÊ É UM DEUS! POR QUE ME CRIOU COM TANTA FOME?

R'av tentou se recompor, mas a sombra era muito rápida, e o próprio Menino-Deus se sentia confuso, como se o véu do esquecimento estivesse sendo retirado de seus infinitos olhos. Por isso, ao invés de se livrar de Supreme 1920 com a facilidade de que seria capaz, R'av se limitou a responder aos gritos desesperados da sombra:

– Porque eu ainda estou aprendendo como se faz! Desculpe qualquer coisa!

Supreme 1920 parou o ataque por dois segundos, recusando-se a acreditar no que tinha escutado. Era aquela a resposta que o criador de todas as coisas tinha para dar? Era aquela a desculpa? Ele estava *aprendendo como se faz?*

Supreme 1920 gritou. Foi um grito de desamparo e ruína diante de tão nua verdade. Sua existência era *um engano*. Todas as coisas eram *um rascunho*. O mundo inteiro era um *pequeno equívoco*. Não havia um sentido oculto para os erros, nada a descobrir, nenhuma meta superior. O Menino-Deus tinha apenas *se atrapalhado*. "Desculpe qualquer coisa".

NÃO! NÃO! MEU DEEEEEEUS!

R'av se libertou e se recompôs, suas partes arrancadas sendo cicatrizadas pela nanotecnologia replicante de sua carne tecnorgânica. Se testemunhassem a cena, os cientistas falecidos/não nascidos de Outromundo teriam se orgulhado. R'av recuou diante de Supreme 1920, sem saber como deveria agir, pois não queria ferir a própria criação. Ambos estavam num impasse, quando Itzak se adiantou e, com lágrimas nos olhos, perguntou:

– Orin? Mamãe?

Lah-Ura parecia triste, pois também tinha identificado a origem da voz da treva que caminhava. Foi a deixa para que Ranya saísse de sua paralisia emocional, chocada com as imagens que Itzak, sem perceber, havia irradiado para todos os lados.

– O que... o que está acontecendo? Orin 53...? – balbuciou Ranya.

Abasi desabou ao chão, suas mãos cobrindo o rosto lavado pelas lágrimas, a dor de perder a mesma filha pela segunda vez.

Ela vive dentro de mim – justificou-se Supreme 1920. – *Eu precisava da voz dela.*

Quase ninguém percebeu, mas tudo começou com uma estática no ar. Um zumbido fino e intermitente, cuja origem era incerta para a maioria, exceto para Lah-Ura. Ela sabia, e como sabia: aquela era a fúria de Itzak 42.

— Mamãe? Você... você devorou a minha mãe?

O zumbido cresceu, tornando-se um apito agudo que soava até o ponto do horror. Todos os presentes taparam os ouvidos com as mãos, alguns gritaram. Sangue vivo fluía do nariz de alguns. Nenhuma bomba telepática seria mais perigosa do que o descontrole emocional de um Iranse.

VOCÊ MATOU A MINHA MÃE? — gritou Itzak, antes de se lançar sobre a sombra que um dia fora seu melhor amigo.

Itzak e Supreme 1920 se debateram no chão, um rolando por cima do outro, enquanto trocavam golpes psíquicos de alta intensidade. Levando em conta as dezenas de mentes coletadas ao longo dos anos por Supreme 1920, esta era uma luta que Itzak não poderia vencer sozinho. O resultado era bastante óbvio, e Supreme 1920 livrou-se de Itzak com um safanão psíquico.

Ainda assim, Supreme pareceu hesitar. Talvez uma parte sua trouxesse dentro de si a luz da antiga amizade.

— Nós somos um sonho ruim, Itzak! — disse Supreme 1920. — Um sonho ruim!

MINHA MÃE! — gritou Itzak no plano mental, fazendo nossas mentes trepidarem.

— Sua mãe será a força que obrigará este deus patético a refazer o sonho! Desta vez, sem falhas! Ajude-me, Itzak! Vamos obrigá-lo a sonhar as coisas como se devem!

R'av assistia a tudo, impassível. Fascinado. Sabia que não deveria interferir. Não queria interferir. Era preciso deixá-los livres e coletar aquelas leituras energéticas.

Ajudarei você a MORRER, desgraçado! — respondeu Itzak, antes de saltar novamente sobre o ex-amigo.

— Acho que não, meu caro — disse Supreme 1920, antes de gritar: AAAAAAAAAAAAAAAAAAAAAAAAAAAAAA...

Um grito que não era apenas um grito, mas uma fissura na própria estrutura da realidade. Quando a voz de uma Orin tão poderosa se soma às dezenas de mentes de Monges à luz do Esplendor, até mesmo os deuses colapsam. Pela primeira vez em muitos e muitos milhões de anos desde que se perdera no tempo e no espaço, o Menino-Deus urrou de dor, a integridade de suas moléculas desfeita por aquela irresistível frequência.

...*AAAAAAAAAAAAAAAAAAAAAAAAAAAAA*...
Itzak tentou reagir, fortalecendo sua aura, mas foi em vão e se viu forçado a recuar. Supreme 1920 gritava, cada vez mais energizad@ pela luz dos cinco sóis, fazendo as pessoas caírem ao chão em convulsões. Abasi, mais frágil, vomitou sangue. Ranya o teria socorrido; mas era incapaz de cuidar de si mesma naquele momento. Vana estava tão abalada que não conseguia lembrar seu próprio nome. Adetokunbo não conseguia ficar de pé. Todos os kalgashianos, cada um ao seu modo, estavam incapacitados.

...*AAAAAAAAAAAAAAAAAAAAAAAAAAAAA*...
R'av se desfazia a olhos vistos, sem entender como aquilo seria possível. Tentou analisar a frequência do grito, criar uma contraposição, tudo inútil. Os nanorrobôs que compunham sua carne quase entraram em pane. Ciente de ter criado algo magnífico, R'av não deixou de sentir uma ponta de orgulho por sua criação. Como o Dragão Branco não haveria de se fascinar com tudo isso?

...*AAAAAAAAAAAAAAAAAAAAAAAAAAAAA*...
Se as coisas continuassem daquele jeito, porém, as moléculas de R'av seriam espalhadas pelo vento. Uma experiência pela qual ele já tinha passado, num tempo bastante remoto. Ontem? Amanhã? Tudo confuso. *Talvez eu mereça isso*, pensou o Menino-Deus, tomado pela culpa paralisante que às vezes acomete até os deuses.

...*AAAAAAAAAAAAAAAAAAAAAAAAAAAAA*...
Quando Lah-Ura saltou sobre Supreme 1920, Itzak já estava convulsionando no chão. Foi tudo rápido e confuso, a ponto de a maioria das memórias coletadas sobre este evento não passar de um borrão. As pessoas se sentiam esmagadas, como se seu peso tivesse sido multiplicado por dez.

E, mesmo assim, lá estava Lah-Ura agarrada a Supreme 1920, resistindo ao poder da voz e se deixando levar pela luz do Esplendor. Supreme tentou mordê-la, mas Lah-Ura recuou o pescoço, e tudo o que a sombra conseguiu foi um ombro entre seus dentes. Os sóis energizaram o corpo de Lah-Ura até que ela começou a flutuar, ignorando a dor da mordida e o sangue que jorrava, agarrando-se com firmeza à sombra humana.

O que você está fazendo, sua louca? – gritou Monge Supreme 1920.
Estou concedendo a glória que você deseja.

– Lah-Ura! – chamou Itzak, tentando se pôr de pé. – Lah-Ura, volte aqui!

Pairando a cinquenta medidas de altura, Lah-Ura e Supreme 1920 não cessavam de subir em alta velocidade, atraídos pelos sóis. Quanto mais energia absorvia, mais a pele de Lah-Ura explodia em bolhas. Seus olhos já estavam cegos, seus cabelos já haviam se inflamado num turbilhão de chamas. Em questão de segundos, o Esplendor conclamou Lah-Ura 23 para si, convertendo-a em energia pura.

Solte-me! – ordenou Supreme 1920, em vão e em chamas.

Foi tudo muito rápido. R'av tinha enfim conseguido se reintegrar, mas Lah-Ura e Supreme 1920 já haviam convertido seus corpos quase integralmente numa bola de fogo pairando no céu.

Itzak! – transmitiu Lah-Ura, em seu último segundo. – *Não seja fraco, por Osum! Preciso que que você cuide de nossos filhos!*

Prometo, e se cumprirá – disse Itzak, em resposta.

Não fique triste! Eu sempre existo! Até mais, Itzak 42!

Foi como se um novo sol explodisse no céu, desfazendo os corpos de Lah-Ura 23 e Monge Supreme 1920. No fim, seus átomos se espalharam por todos os cantos do vasto e triste Deserto de Outrora.

∞

Dentro do Túnel do Mistério e agachado num canto, Ad-Ham chorava a perda da mãe. Lilith, indiferente, estava sentada e rabiscando as paredes, tentando reproduzir os eventos do lado de fora, conforme os captava. Ao final de tudo, desenhou por mais alguns segundos e se voltou para o irmão, sorrindo. Por fim, falou pela primeira vez na vida:

– Vinte e quatro.

– Lilith? – surpreendeu-se Ad-Ham.

– Agora já posso falar com você, meu irmão. Não chore. Temos muito a fazer juntos.

O que isso poderia significar, eu mesma não saberia dizer. As crianças dizem coisas estranhas, às vezes.

28

Ligando os breus, dando sentido aos mundos
(Após a Escuridão)

Seria maravilhoso dar um final feliz a este relato, dizendo que ao término do eclipse as coisas retornaram à sua normalidade. Mas a verdade é que não sobrara cristal sobre cristal. As cidades ocidentais, sem exceção, haviam sido devastadas por seus moradores. Templos inteiros, destruídos. A civilização, arruinada. Pouquíssimos haviam sobrevivido fora da Torre dos Brinquedos, e mesmo esses se encontravam perturbados de uma maneira tão deplorável, que nem @s seis Monges sobreviventes conseguiram vislumbrar alguma possibilidade de cura para os pobres coitados.

Por vários ciclos de Yewa, buscas foram realizadas nas mais importantes cidades ocidentais, a partir de um time composto por Kay, meu marido Alag e @s Monges sobreviventes. Enquanto isso, eu e 5054 ficamos na Torre dos Brinquedos, tomando conta das mais de cem crianças que conseguimos salvar. Não foi uma tarefa tão árdua. Elas eram obedientes, exemplos de nossa boa educação ocidental.

Chorei muito, após resgatar o cristal diamantino na porta da Torre e tomar consciência do ocorrido com Ewi, Orin, Olu e outros. Consegui encontrar lágrimas para chorar até por meu ex-pai, Arimeo 500. Encontrei-o encolhido e morto na macabra Pirâmide Obsidiana, e arranjei tempo para semeá-lo devidamente em Ailopin. A Floresta Ébano se fora, e a cidade inteira havia se convertido num gigantesco cemitério. Tanto fazia onde plantar o corpo de meu pai. Creio que Arimeo gostaria de repousar no Jardim de Ailopin, ele adorava aquele lugar.

No oitavo ciclo de Yewa, o grupo de resgate retornou à cidade. Kay estava desolada.

– Nada? Ninguém? – perguntei, já antevendo a resposta.

– Todos mortos, tudo arrasado – disse Kay. – Encontramos um total de treze pessoas totalmente loucas, e só. @s Monges tentaram ajudá-las, mas elas colapsaram diante da menor pressão telepática. Suas mentes desligaram.

– E o estado das cidades?
– Incêndios gigantescos tomaram quase tudo. Plantações, jardins e florestas viraram fuligem e carvão – respondeu 3921. – Tínhamos a esperança de encontrar algum sinal de estabilidade em Fulgor, mas estava tudo destruído. Kay conseguiu recuperar alguns sacos de sementes para futuras plantações, e só.
– Quais os próximos passos? – perguntou 5054.
Alag se aproximou. Sua aura revelava um esgotamento preocupante. Mesmo assim, ele resistia à fadiga como o grande sujeito que sempre fora. Eu não o amava como a Kay, mas tinha imenso orgulho de meu esposo.
– Sugiro irmos até Kalgash e encontrarmos Itzak... e Lah-Ura. Não há porque termos medo, pois o escudo psíquico da Pirâmide Obsidiana não mais existe. É óbvio que precisamos da ajuda dos orientais, e temos crianças conosco.
– Alagbawo-Re 930 tem razão – disse 3921. – Somos apenas nove adultos com mais de cem crianças, e precisaremos de muito mais gente se quisermos reconstruir Iridescente. Os Cultistas nos ajudarão, estou cert@ disso.
Alag se voltou para 3921 com um olhar triste, e disse:
– Não é preciso me chamar por meu número, deixemos as formalidades de lado. Não existem mais outros Alagbawo-Res além de mim. Apenas "Alag" está bom.
Como negar que fazia sentido? Novo mundo, novas regras.

∞

Meu primeiro orgasmo com Kay após a Escuridão foi diferente de qualquer outro que eu já tivesse sentido. A iminência da destruição absoluta havia incrementado nossa capacidade de entrega, e nos vimos famintas uma pela outra. Eu me sentia viva como nunca, eufórica de uma forma contagiante, e me senti feliz ao perceber que tinha conseguido dissipar um pouco da tristeza na aura de Kay. Ainda assim, ela permaneceu silenciosa após o sexo, mas eu sabia muito bem por onde sua mente vagueava.
– Pensando em Orin e Olu, não é? – perguntei. – Nem preciso ler seus pensamentos para saber como você se sente, minha luz.
Ela me olhou com candura e sorriu. Um sorriso melancólico, mas já era alguma coisa. Abriu sua bolsa e retirou um saquinho repleto de sementes.

– Veja o que resgatei em Fulgor, Tul. Sementes de orquídeas. Quando reconstruirmos a civilização, elas poderão florescer sem restrições. Mas quem as plantará? Não sobrou nenhum Agbe... Tomei as sementes em minhas mãos e sorri. Seria mesmo maravilhoso ter orquídeas florescendo descontroladas em nossa nova cidade. Melhor ainda seria se nos livrássemos de vários outros dogmas do Ilê Arimeo. Ao que tudo indicava, não havia mais Arimeos no mundo, porém o que eles representavam persistia dentro de nós.

– Em nossa nova cidade poderemos fazer o que quisermos, Kay. E você não precisa mudar de assunto só pra fugir de suas emoções. Acredite, é bom desabafar. Não há indignidade alguma em assumir a própria fragilidade, não importa o que nos tenham ensinado quando éramos crianças.

– Eu gostaria que existisse alguma coisa capaz de me fazer esquecer, Tul. Sempre que lembro das cenas do ataque de Supreme 1920 aos meus pais, sinto uma mescla de tristeza profunda com ódio vingativo. Isso não é bom, não é civilizado.

– Se você quer mesmo esquecer, @s Monges podem ajudá-la nesse sentido, Kay. Mas não acho saudável que você esqueça. Sentir algo é melhor que nada.

– Você tem razão, Tul. Chega dessa gente mexendo em nossas cabeças! Quero manter os detalhes em mente, para quando nos encontrarmos mais uma vez com Supreme 1920. Andei pensando em bem umas três ou quatro formas bem dolorosas de contê-l@ – disse Kay, com os olhos cheios de lágrimas.

– Não chore, meu amor. Conseguiremos pegá-l@ e você terá tua vingança.

– Não são lágrimas de medo ou tristeza, Tul. São lágrimas de horror diante do que penso em fazer com el@ – disse Kay, com um brilho sinistro no olhar.

– Dividiremos esse horror, Kay. Mas não se recalque, meu amor. Sei que está triste também pela perda de sua mãe e seu pai. Aceite isso. Fugir das próprias emoções é o pior lado de nossa civilização, e nada disso faz mais sentido agora que tudo foi destruído. É hora de começar um mundo novo. Uma nova Aphriké, uma Aphriké livre de amarras!

Kay me olhou, atordoada e frágil. Abracei-a, e ela desabou a chorar em meu ombro.

– Isso, luzinha – disse eu. – Chore, chore sem medo. Estou com você, meu amor. Estou com você e sempre estarei. *Mesmo que os sóis se apaguem.*

∞

Passamos mais três ciclos de Yewa coletando mantimentos para nossa longa viagem rumo a Omi-Okun. Não foi tarefa simples, considerando que os incêndios haviam destruído os armazéns das Makiuris. Além disso, teríamos de ir a pé e num ritmo bem lento, já que tínhamos cem crianças conosco e nenhum de nós além de 5054 sabia pilotar um balão. Havia, claro, a possibilidade de 5054 nos transferir o conhecimento por telepatia, mas Alag considerou pouco prudente.

– Absorção telepática de conhecimento demanda tempo e treinos práticos posteriores, pois uma coisa é "saber" e a outra é "fazer". Não irei arriscar cem crianças com baloeiros de primeira viagem – disse ele. E ninguém tirou a razão de meu esposo.

A expectativa da viagem servia como distração para as crianças. A maior parte delas se comportava bem, sobretudo as mais velhas, já submetidas ao autocontrole ocidental. Muitas lamentavam a ausência de seus pais e mães-gênese, mas seis Monges eram suficientes para manejar e equalizar o veneno do apego de crianças. Admito que parte minha tinha começado a questionar esse tipo de procedimento. Eu suspeitava que seria mais saudável estimular a fluidez das emoções, deixar que as crianças chorassem e superassem a dor da perda. Entretanto, à parte minha má vontade, naquelas circunstâncias era mais prático mantê-las num estado de controle psíquico leve, pelo menos até que pudéssemos nos organizar com mais adultos.

Tudo preparado, pusemos-nos em marcha rumo ao leste. Foi doloroso atravessar o vasto campo de fuligem no qual havia se convertido a antiga Floresta Ébano. Mas nosso lamento não nos deteria.

Mal chegamos ao Vale de Iyalenu, fomos surpreendidos por uma voz psíquica familiar. Era Itzak. Meus corações deram um solavanco de alegria. Ele nos chamou:

Tul! Kay! Alag! 5054! 3921! Que alegria saber que vocês estão vivos e bem!

– Itzak! – gritou Kay, eufórica. – Tul, é Itzak! Ele está vivo!

Vivo e com muita informação para os arquivos de memória de Tul! – transmitiu ele.

Onde você está, rapaz? – perguntou Alag. – *Quantas medidas? Oito mil? Dez mil?*

Alag, meu amigo – disse Itzak. – *Eu estou no Mar Incógnito, do outro lado do mundo.*

– O quê? Impossível! – disse 3921. – Não há limites para os poderes desse sujeito?

Um riso telepático ecoou em nossa pequena malha psíquica, contagiando as crianças, que riram em uníssono.

Não são meus poderes. Minha telepatia está sendo ampliada por um tipo de tecnologia que levará Kay ao êxtase.

Tecnologia Cultista? – perguntou Kay.

Não, irmã. Tecnologia do Menino-Deus – disse Itzak, transmitindo uma imagem.

A imagem era a de um colosso de cristal que emergia do Mar Incógnito. Tinha formato discoide e emitia um suave pulso de luz azulada. A coisa emergiu do fundo das águas, e quem haveria de imaginar que aquele lugar inóspito ocultava tamanho disparate?

O que é isso? – quis saber Alag.

Chama-se "nave" – respondeu Itzak. – O Menino-Deus a construiu a partir dos cristais do Mar Incógnito.

E para que serve uma "nave"? – perguntei.

Para ser nosso lar temporário até encontrarmos o definitivo – respondeu Itzak. – Fiquem onde estão. Chegaremos em minutos.

∞

A transmissão telepática de Itzak não havia mentido. A tal "nave" era mesmo impressionante. Do lado de fora, parecia ser apenas um gigantesco disco de cristal azulado com mais de duzentas mil medidas de área e oitenta mil medidas de altura. Do lado de dentro, perfeição: uma cidade elaborada em seus mínimos detalhes. O interior da nave era tudo o que Iridescente tinha sido, e muito mais. Havia casas e jardins e florestas e lagos, um ecossistema perfeito gerido pela inconcebível tecnologia do Menino-Deus.

R'av não era nada do que eu havia imaginado, nas poucas vezes em que meditei sobre sua possível existência. Só mais tarde descobri que ele se revelava como um reflexo de quem o olhava. Isso explicava o fato de eu ter atribuído o sexo feminino a R'av, e Alag ter insistido que a criatura era macho. Kay declarou, empolgada:

– Eu disse que havia uma engenheira suprema por trás de nosso mundo, não disse?

Numa revelação teológica, entendi que "deus", afinal, era um grande espelho de nós mesmos e tão enganado e enganador quanto qualquer um. Mas, à parte as ilusões de sua aparência, ele tinha existência objetiva e independente de nossas percepções, e isso muito me espantava. Impressionava ainda mais constatar o quanto o Menino-Deus era acessível. Em meu primeiro contato com R'av, conversamos por horas a fio e ele se mostrou muito generoso com meu desejo de arquivar memórias. Ofereceu-me um novo cristal de registro, para que se tornasse uma biblioteca viva e detalhada de nosso mundo. Era um exemplar impressionante, ainda mais elaborado do que o icosaedro diamantino lapidado por Kay.

– Para onde quer que você vá, Tulla 56, será capaz de reconstruir Aphriké a partir deste arquivo. Ele contém tudo o que você registrou e muito mais. Coletei as memórias daquela criatura feita de treva enquanto ela me atacava. Fascinante. Inseri também algumas de minhas mais importantes lembranças, assim como meu conhecimento.

– Muito agradecida, R'av. Um arquivo com tal capacidade é a materialização de uma antiga fantasia de meu Ilê. Ele será, como diziam os antigos kalgashianos, nosso *Áre-Eté*.

– *Áre-Eté...* – repetiu R'av. – Identifico em sua mente que seria algo como um "esquema supremo".

– Exato! Um arquivo de informação superior a qualquer outro registro diamantino existente. É um antigo mito kalgashiano, algo como um manual com o código de tudo. O meu "Livro das Revelações".

– Que seu arquivo seja, então, este *Áre-Eté*. Leve Aphriké aonde quer que você vá.

– Não compreendo. Por que precisamos deixar nosso mundo? – perguntei.

– Porque ele não é seu, Tulla 56. Quando criei vocês à imagem e semelhança de minhas memórias, este planeta já pulsava com vida. E o sol branco, artífice deste lugar, deseja sua criação de volta. A entidade a quem vocês chamam de Osala foi muito enfática: ou devolvo o mundo conforme o encontrei, ou ela enviará seu vento solar terrível a Aphriké.

Tudo aquilo me parecia fantasioso e bizarro. Mas, diante do que eu já tinha visto, subestimar o incrível é que seria bizarro.

-- Encontraremos um novo mundo usando sua nave? – perguntei.

– Seguramente – respondeu R'av. – A rota já foi traçada. Vocês viajarão por um tempo que será de milhões de anos de seu mundo, mas não sentirão a diferença. Será tempo suficiente para que cheguem a um determinado sistema solar na periferia da galáxia e colonizem um planeta emergente.

– Na periferia do que? O que é "galáxia"?

– É o nome que dou a um específico conjunto de sóis, é como um vale de estrelas. Estamos agora mais ao centro desse "vale", e por isso os sóis são mais unidos. A nave conduzirá vocês a regiões mais periféricas e estáveis.

– E como é esse mundo para onde iremos?

– O mundo aonde vocês vão é por enquanto apenas uma grande esfera de plasma. Em milhões de anos será como Aphriké, só que azul. Vocês não cometerão meu erro. Não alterarão esse lugar para suas necessidades, mas o oposto se sucederá: a mudança, gradual, será em vocês. Vocês serão alienígenas nesse mundo, por isso sua é a responsabilidade de respeitar os outros seres que lá coexistirão.

– Haverá outras pessoas lá?

– Sim – disse R'av. – Mas não serão pessoas como vocês. Serão pessoas com outros níveis de inteligência e as formas mais diversas. E haverá plantas, muitas plantas também. Destravei o código genético de vocês, de modo que ao longo de gerações a fio uma mudança se processará, permitindo uma quase total harmonização ao novo mundo. Vocês terão alguma dificuldade inicial com a gravidade ambiente, um pouco maior que a de Aphriké. A adaptação, contudo, virá.

– "Gravidade"? – perguntei. – O que é isso?

– As coisas lá serão mais pesadas, inclusive os corpos de vocês – esclareceu R'av. – Talvez a primeira geração sofra um pouco, mas vocês vicejarão. A telepatia será menor, pois há apenas um sol, e ele é branco-amarelado.

– Confesso uma mescla de sentimentos. Estou curiosa e assustada – eu disse. – Não sei se alcanço tudo o que você me diz. Se esse mundo ainda não existe, como você pode saber tanto sobre ele?

– Já vim de lá – respondeu R'av, pensativo. – O amanhã de vocês é o meu ontem.

– Não sei se entendo.

– Nem eu mesmo entendo muito bem, Tulla 56. Ainda estou aprendendo e ainda hei de aprender bastante com os dragões solares. Por enquanto, as coisas são o que são.

O Menino-Deus me intrigava com sua mescla de poder e fragilidade. Ele sabia tantas coisas e ao mesmo tempo parecia tão perdido, tão confuso. Solitário, até.

– Pretende ir ao novo mundo conosco?
– Não posso, Tulla 56. Eu tenho uma missão e, agora, um aliado: Osala, o sol branco. Há muito o que aprender e o que realizar. Mas peço uma pequena gentileza.
– O que você quiser!
– Em seu novo cristal de memória, há um protocolo de criação que pode ser acionado através do que você conhece como sendo a Equação Lemniscata. São instruções detalhadas que só poderão ser liberadas num momento específico. Não serão vocês a seguir o protocolo, mas os filhos dos filhos dos filhos dos filhos de vossos filhos, num futuro mais do que distante. Quando o tempo for certo, um jovem cientista acionará a Equação Lemniscata na *Áre-Eté* e acessará o protocolo. O nome do menino é Subrahmanyan Chandrasekhar. Ele será um cientista do novo mundo, de um lugar chamado "Índia".
– E o que esse protocolo ensina a criar?
– A mim, Tulla 56. Esse protocolo criará a mim, para que se realizem os milagres da coisa única. Para que eu possa criar Aphriké. Para que um dia eu e você possamos ter esta mesma conversa, na vasta passarela do eterno retorno. *Lemniscata.*

Eu não sei se entendi e não procurei insistir. Algumas coisas que ele dizia estavam além de meu alcance. Mas não pude deixar de notar o quanto os olhos do Menino-Deus brilhavam como dóis sóis amarelos.

29

Sentimentos profundos de terna alegria no dia do Menino-Deus
(A partida)

Em menos de um ciclo de Oya, estávamos com tudo pronto dentro da nave. Nossa existência seria sustentada por aquela cidade de quase duzentas mil medidas de área. O ambiente era um paraíso, e eu tinha a certeza de que seríamos felizes ali. O único elemento estranho era o "céu" sem sóis, mas tomado por um brilho eterno. Aquela luz, garantiu-me R'av, não se extinguiria até que chegássemos ao nosso novo lar. Era seu presente para nós: um dia infinito gerado pela amplificação da luz estelar. Desta vez, sem eclipses.

Algumas discussões estratégicas se deram entre os sobreviventes mais experientes do Ocidente e do Oriente. Eu, Kay, @s Monges, Alag e Itzak éramos os únicos adultos remanescentes das terras ocidentais. Abasi, Vana, Adetokunbo e Ranya assumiram a representatividade dos Cultistas adultos. Um nome foi dado para nossa nova cidade, a partir de uma sugestão do próprio R'av: Faetonte. Eu gostei, me lembrava "fóton".

Havia várias diferenças fundamentais na nova organização de Faetonte, e todas elas tinham uma clara influência Cultista. Não me incomodei com isso, era o resultado natural, afinal os sobreviventes de Kalgash constituíam uma franca maioria. Para ser honesta, até gostei bastante. Eu estava farta de vários aspectos repressores da cultura de Iridescente e precisava deixar a influência de Arimeo 500, meu ex-pai, para trás. Ninguém precisava mais escolher apenas uma função. Poderíamos fazer quantas coisas quiséssemos sem limites sexistas, ninguém estava mais escravizado a "finalidades únicas" e as tiaras não mais existiam. Eram consideradas "algemas" pelos Cultistas. "Escravidão", segundo R'av.

Esse novo mundo, explicou-nos Abasi, não teria diversos Ilês, mas apenas um: o Ilê Ayé. Um mundo onde seríamos livres para assumir novas identidades sempre que desejássemos. Eu poderia ser

397

historiadora, cantar, semear a terra, qualquer coisa que estivesse ao meu alcance. Eu poderia mudar quantas vezes desejasse. E, assim, Ilê Ayé seria o nome do planeta para o qual nos encaminhávamos.

– "Ilê Ayé" é antigo kalgashiano, imagino – comentou Kay.
– Exato – disse Abasi.
– E o que significa? – perguntou ela.
– Significa "terra", Kay – respondi. – Significa "terra".
– E a primeira cidade do Ilê Ayé se chamará Aphriké – determinou Abasi. – Será ela um farol a iluminar as gerações vindouras com sua mensagem de destemor e superação. Porque Aphriké pode não ser tudo o que existe, mas ela é tudo o que resiste.

Era chegada a hora de partir. Já havíamos demorado demais, segundo R'av. Ele precisava devolver o mundo ao "projeto original". Projeto que – e esta era a parte que me soava absurda – era obra de Osala, o sol branco. Não me bastasse a ideia de um deus criador atrapalhado, eu agora era apresentada ao conceito de um sol inteligente e ciumento de suas posses. Eram deuses demais para o meu temperamento racional. Por mais fascinada que eu estivesse, confesso ter sentido algum alívio quando R'av se despediu de nós e deixou a nave. Senti certa pena dele. Ele me fazia lembrar uma criança desamparada.

Corri para uma das portas principais, pois queria ver Aphriké uma última vez. A luz no céu artificial de Faetonte era tão brilhante quanto o Esplendor e tinha a vantagem de jamais oscilar, mas eu estava certa de que sentiria falta da dança dos sóis no céu. Sentiria saudade das auroras e dos crepúsculos. Até da Luz Sangrenta eu sentiria falta. Era preciso, porém, não alimentar este veneno do apego. Olhar para trás pode ser fatal para a sanidade.

A gigantesca porta da nave era como uma moldura para a aurora de Yewa. Mirei o sol azul pela última vez, e recitei mentalmente:

Odoyá, Yewa... Odoyá... De algum modo, sei que encontrarei você no novo mundo.

∞

No momento da decolagem, antes que a porta se fechasse por completo, fui pega de surpresa com a notícia de que Monge 3921 não partiria conosco.

– Não partirei – disse el@. – Este é meu mundo. Se ele deve sucumbir, irei com ele.

– 3921! Não faça isso! – implorei. – Você tem tanta vida pela frente!
– Nem tanta, apenas vinte anos até que eu me converta em árvore. Já tentaram me demover da ideia, mas estou decidid@ e fico feliz que você se importe. A vida é minha, não somos mais escravos, tenho o direito de morrer quando eu quiser.
– Haverá dor?
– Não se preocupe, R'av diz que não sentirei dor. Segundo ele, serei convertid@ na "sopa química original" de nosso mundo. Gosto da ideia de que, a partir de mim, a vida se reafirmará em novas formas.

3921 se retirou da nave por uma plataforma de acesso ao exterior, e assisti melancólica à sua partida emoldurada pela aurora de Yewa. 5054 correu até a porta, despedindo-se de 3921 com um lampejo áurico dourado do mais fraterno amor.

3921, antes que você vá, tenho uma curiosidade para fins de registro histórico – pedi, por telepatia. – *Afinal, você é originalmente macho ou fêmea?*

Como resposta, obtive uma deliciosa gargalhada telepática. Monge 3921 se voltou na minha direção, antes que a porta se fechasse, e respondeu:

Para fins de registro histórico, minha cara Tulla 56, seria interessante que o novo mundo soubesse que esse tipo de informação não deveria fazer diferença alguma.

E, com um aceno dourado de alegria, 3921 retornou a Aphriké, o único lugar que el@ concebia como "lar".

∞

As crianças brincavam, eufóricas, pelos jardins coloridos de Faetonte, e me pareciam muito bem cuidadas por várias das fêmeas adultas de Kalgash. Ranya – que tinha acabado de mudar seu nome para Adisa, "a clara", mais uma novidade para eu me habituar – se empenhava bastante na atenção dada às crianças. Eu tinha que admitir: ela havia se tornado uma "mãe" bem melhor do que fora para mim. Ainda assim, eu lhe era grata.

Dentre as crianças, uma se destacava por suas características físicas singulares: Lilith, um dos filhos gêmeos de Itzak e Lah-Ura. Segundo os relatos de memória que colhi, a menina tinha algum problema de comunicação e não falava com ninguém, e nem transmitia pensamentos. Foi uma surpresa quando me deparei com aquela menina tão falante e interativa, coberta da cabeça aos pés por um tecido branco que lhe liberava apenas os olhos e protegia sua pele da luz eterna de Faetonte. Além disso, usava óculos escuros, tal como o pai e o irmão. Ela correu para mim assim que me viu.

— Saudações, Tulla 56! — disse ela, tirando os óculos e piscando aquela pele extra.

— Oh... Olá... Lilith, não é mesmo? Eu e seu pai-gênese somos amigos antigos.

— Eu sei. Nós também seremos bastante amigas, Tulla 56.

Aquela criança me dava arrepios, era como se olhasse através de mim com aqueles faiscantes olhos lilases. Estou certa de que ela percebeu meu incômodo, mas não se importou e me ofereceu uma flor: uma orquídea tão alva quanto sua pele. Agradeci, um tanto constrangida, mas agradeci. Tentei arranjar uma desculpa para ir embora:

— Você sabe onde posso encontrar Alag, meu marido?

— Está se banhando no lago mais próximo, quinhentas medidas ao sul, perto do novo Templo do Saber. Ele gostará de saber que você está grávida.

Fiquei pasma, afinal eu ainda usava gemas de proteção telepática.

— De fato, estou grávida de uma menina — confirmei.

— E seu nome será Ewi, em homenagem a uma amiga perdida.

— Exatamente, criança.

— Mal posso esperar para que Ewi nasça, temos muito a fazer juntas.

— Como assim, criança?

Lilith me ignorou e mudou de assunto:

— Sabia que Kayera, seu real e verdadeiro amor, está no alto da torre central? Você já foi na torre central? Chama-se Estelar. Ela é altíssima e seu elevador nos leva até um observatório que permite a visão do exterior, para além do céu virtual.

— Você sabe de muitas coisas, Lilith. É bastante precoce para sua pouca idade.

A menina ignorou meu comentário, como se não significasse nada.

— Kay está lá, assistindo a R'av devolver nosso mundo ao sol branco. A Osala.

— Você fala sério? Neste exato momento? Nosso mundo está sendo desconstruído neste exato momento e é possível testemunhar tudo a partir da Torre Estelar?

— Sim, foi o que eu disse, Tulla — respondeu Lilith, desta vez sorrindo.

– Por todas as luzes! Corri como nunca, eu jamais me perdoaria se perdesse a cena. Algumas coisas uma Tulla precisa testemunhar por si mesma.

OS ESPLENDORES

Eu não olho para trás, nem lamento o que se vai. Procuro não pensar na beleza que se destrói ou na tessitura da vida que lentamente se desfaz, na medida em que R'av sonha o nosso mundo ao contrário, devolvendo-o às condições primitivas. Deixando as coisas seguirem seu curso natural. Ajuda bastante o fato de não fazer barulho algum, embora eu me pergunte como isso é possível. Como é possível um mundo inteiro explodir e se reintegrar sem o mais ínfimo ruído? Itzak me ensinou que o som não se propaga no vácuo, ele só esqueceu de me explicar o que "vácuo" significa. Pouco importa, teremos tempo depois. Há muitas outras coisas que não entendo, e isso agora não tem importância. É preciso seguir adiante. Seguir adiante, e não olhar para trás.

Não é preciso muito esforço para ignorar o que se deixa quando se tem diante de si a profusão das estrelas em seu insistente prateado, pontilhando o tecido negro do espaço. Assusta de certo modo, admito. E posso compreender o porquê de o Menino-Deus ter tentado nos proteger da imensidão. Assusta, mas não consigo desviar os olhos de tanta luz. O brilho dos sóis reunidos não era nada se comparado ao fascínio das estrelas aos bilhões. No tempo devido, as nomearei uma a uma. Porque é da nossa natureza querer batizar as coisas, ainda que elas, por si mesmas, não se importem com os nomes que lhes damos.

A esse infinito que se desdobra em tantos olhos de fogo, em tantas estrelas ainda a descobrir, a isso sim eu poderia chamar de Esplendor. O resto não passava de esmola de luz, distrativa ilusão.

Aonde iríamos eu não saberia dizer, mas sei que, onde quer que fosse, levávamos Aphriké conosco e ela seria reconstruída. Pois que Lah-Ura tinha razão: sempre haverá uma Aphriké a desafiar o medo do desconhecido. Seremos senhoras e senhores de nosso próprio destino, livres para viver sem amarras, para sermos quem quisermos, para falar com as estrelas. E sempre haverá amor e vida e morte e talvez guerra, pois este é o preço a se pagar pela insubmissão aos delírios de perfeição do Menino-Deus.

Amor, vida, morte, guerra.
Amor, vida, morte, guerra.
– E orquídeas, Tulla. Não esqueça das orquídeas.

Olhei para Kayera, sempre ela a me trazer de volta de meus devaneios com aquele largo sorriso quente, aquele jeito de agir como se tudo fosse razão para aventura e entusiasmo. E eu repentinamente soube que, enquanto a tivesse e às crianças ao meu lado, teria comigo o meu próprio particular Esplendor.

Tomei seu rosto entre minhas mãos, fundimos nossas mentes mais uma vez e, no espelho negro de seus olhos, eu vi o fulgor dos bilhões de sóis. Vi a expectativa do renascimento em um novo mundo. Nos olhos de Kayera, encontrei a certeza mais absoluta, a correta convicção da promessa de um recomeço, e nisso seria possível se fiar. A partir disso, seria possível prometer sem medo de errar:

– Sim, minha luz. Haverá orquídeas, eu prometo. Vivas, em todos os cantos. E de todas as cores, Kay. De todas as cores, em seu incontinente Esplendor.

O arquivo telepático de Tulla 56 foi impresso em
papel pólen bold na Renovagraf
em janeiro de 2016, para a glória de Aphriké.